L'Ingénieux hidalgo

DON QUICHOTTE
DE LA MANCHE

1

Miguel de Cervantes

L'Ingénieux hidalgo

DON QUICHOTTE
DE LA MANCHE

1

ROMAN

Traduit de l'espagnol
par Aline Schulman
Préface de Jean-Claude Chevalier

Éditions du Seuil

Ouvrage traduit avec le concours du Centre national du livre
et l'aide de la Direction générale du livre, des Archives
et des Bibliothèques du ministère de l'Éducation
et de la Culture espagnol.

TEXTE INTÉGRAL

TITRE ORIGINAL
El Ingenioso hidalgo Don Quijote de la Mancha
ÉDITEUR ORIGINAL
Editorial Gredos, Madrid, 1987
Édition établie par Vicente Gaos
d'après l'édition Princeps 1605 (pour le tome 1)
et 1615 (pour le tome 2)

ISBN 978-2-02-022212-9
(ISBN 2-02-22216-7, édition complète en poche)
(ISBN 2-02-013256-7, 1re publication)
(ISBN 2-02-32422-9, édition complète)

Nouvelle sortie de Don Quichotte

Une évidence : l'œuvre d'art, principalement l'œuvre d'art ancienne, est intouchable. Elle mérite le respect, l'admiration, la révérence et, si possible, la compréhension. Mais y toucher, jamais. Y reprendre quoi que ce soit, y ajouter ceci ou retrancher cela, pas question. Évidence récente cependant : les historiens sans trop de peine en dresseraient l'acte de naissance, et elle n'est pas très éloignée de nous – deux siècles à peine. Ce qui trompe là-dessus s'aperçoit aisément : l'évidence, tant qu'elle existe, n'a pas d'âge. Elle a les prestiges de l'éternité. Et c'est ainsi que le monument, la toile, la partition et son exécution, le poème, la tragédie, le roman sont tabous : ils doivent demeurer tels qu'ils nous furent légués. Et s'ils ont souffert d'adultérations, être rendus à leur état premier.

On dira que dans les derniers temps, et plus que dans le passé un peu lointain, on ne s'est pas privé d'intervenir dans les œuvres, de les déguiser, de les triturer, d'en déplacer le sens ou de le mettre à la portée du premier moderne venu. Mais l'effet et l'intention sont trop clairs : provocation aperçue ou recherchée. Et qui dit provocation dit transgression. Or, point de transgression sans règle, sans loi ou sans obligation que l'on viole. Tout le monde, donc, s'accorde sur cette évidence, pour la respecter ou pour la bafouer : l'œuvre d'art est intouchable.

Mais cette évidence est opinion, et les conduites sont autres. La moindre observation montre aisément qu'on ne met aucune rigueur ou aucune cohérence dans l'application de ce décret. On s'accordera sans trop de difficultés sur le besoin de rendre le monument ou la statue à son état originel. L'intervention, que sur les toiles on se permettra, sera de les changer de lieu : on les arrachera au mieux à l'entassement du cabinet de peintures, à l'ombre des chapelles et, pour ce que l'on tient pour une meilleure présentation, on inventera le musée et sa science. On recourra aussi à la chimie, mais ce sera pour leur restituer ce qu'on suppose avoir été leur éclat, leur transparence ou leur pâleur premiers.

Avec la musique, on s'accorde plus de liberté. On multiplie ou on restreint le nombre des exécutants. On choisit de ne jouer que sur les instruments du jour. Et ici commence la querelle entre les apôtres du moderne et les tenants de l'ancien, qui jugent que ce n'est pas assez de conserver la partition mais qu'il faut, impérativement, y ajouter ce que l'on en tire.

La littérature du passé – si l'on excepte le théâtre qui permet les mêmes interventions que la musique – n'est pas soumise à plus de violence, même si celle-ci est d'un autre ordre. La pratique des anthologies et des extraits ampute les œuvres, met à la suite ce que l'original sépare. Pour le reste, on se borne à l'ajout de notes, de gloses, de lexiques, de variantes, de commentaires, d'introductions, etc. Bref, on enveloppe l'œuvre de toute une pâte qu'elle n'a pas connue dans les moments de sa naissance. On n'oblige pas le lecteur à les mêler, et il peut, s'il en a le désir ou la force, trouver l'œuvre telle qu'elle fut, telle qu'elle fut voulue et connue (si l'on néglige du moins la modernisation graphique). En musique comme en littérature, en somme, il serait permis de dire que l'on n'est jamais privé de la partition, même si dans un cas on n'y accède, le plus souvent, qu'au travers de l'interprétation.

L'affaire commence avec les étrangers et, pour eux, avec les traducteurs. Le même qui jure ses grands dieux que l'œuvre d'art est intouchable, le même qui admet qu'on livre Cervantes ou Shakespeare « dans le texte » à un Espagnol ou à un Anglais d'aujourd'hui, le même se récrie à l'idée qu'un Français pourrait, devant ces deux auteurs, être mis dans les mêmes conditions que le lecteur espagnol ou anglais. Pour rien au monde il ne le tolérerait. L'évidence, à laquelle comme tant d'autres il croyait, ici soudain s'évanouit. Il consent que Cervantes n'ait pas écrit pour un Espagnol du XXe siècle. Il lui serait insupportable que, écrit – mis – en français, ce ne soit pas pour un Français de maintenant. De là qu'il ne se conçoive pas comme un simple intermédiaire entre Cervantes et moi, mais comme un « créateur », ainsi qu'il le confesse souvent. Et que sa tâche soit celle d'une « recréation ».

On trouverait aisément les raisons de cette incohérence. Car c'en est une de ne pas vouloir que le lecteur étranger soit traité comme le lecteur natif. L'interprète qui, sur un marché, à la guerre, dans une rencontre diplomatique, exerce son savoir, a pour tâche de rendre accessible à son public ou à son client une parole qui ne l'est pas. Le traducteur de textes anciens délaisse son travail de traducteur pour celui de l'interprète : il met à la portée immédiate d'un auditeur immédiat ce qui lui échappait. Il choisit de le faire ; il passe d'une langue à une autre, et cette opération, il la double d'une autre : il adapte son texte à son public, auquel de ce fait il donne la commande.

Cette posture, on le devine, en appelle une autre, tout à l'opposé. Celle qui veut que chaque auteur, par exemple, soit mis dans la langue de son siècle : Dante dans le français du XIIIe siècle, Cervantes dans le français de Louis XIII, etc. Et les auteurs du temps où le français n'existait pas encore, dans la langue de l'époque la moins disconvenante. Ce qui suppose chez le traducteur toute une science étendue et une dose suffisante de patience. Les conséquences, cependant, même pour le lecteur cultivé, ne sont pas toujours minces. Il arrive souvent que l'on produise un ouvrage bien plus opaque, bien plus ardu que, pour ses lecteurs, l'original. La faute en est aux idiomes dont la vitesse d'évolution est dissemblable. Elle laisse l'espagnol du Siècle d'Or ou l'italien du *Quattrocento* plus intelligibles à nos contemporains que le français de Chrétien de Troyes, ou même de Montaigne.

A ces deux façons de faire, extrêmes l'une et l'autre, l'université, toujours timide, et quelques autres répondent en ménageant présent et passé. Quelques pincées du premier et du second ; ici et là une construction syntaxique d'autrefois ; une portion de lexique suranné, placée aux bons endroits ; se garder de tout ce qui serait outrageusement d'aujourd'hui, et, juge-t-on, on obtient ainsi une patine suffisante. Au vrai, une chimère linguistique, un outil qui n'a eu d'existence en aucune époque et qui est « la langue de la traduction ».

* * *

La carrière de *Don Quichotte* en France n'échappe pas à ce problème. Et toutes les incarnations qu'il y a connues ne sont qu'autant de solutions aux difficultés dudit problème. Mis en notre langue, presque dès l'origine, par César Oudin, traducteur du Roy, pour ses premières aventures, et par François de Rosset, pour ce qui est des secondes, il avait là la voix de son temps. Avec quelques fausses notes et quelques dévoiements qui n'avaient pour cause que les inévitables erreurs, les faiblesses, les méprises, les inattentions des traducteurs. Moyennant des reprises, heureuses ou maladroites, ces traductions firent encore bon usage jusqu'à notre siècle. Et dans de prestigieuses collections. Florian, un siècle et demi plus tard, en prit à son aise. Il retint ceci, oublia cela, refit ce qui n'était pas à son goût ou qu'il supposait étranger à celui de son temps et du public qu'il visait. A l'époque romantique, Louis Viardot, sans les emportements de l'époque, fit montre de scrupules. Il ne lâcha pas Cervantes d'une semelle, et de cet attachement trop étroit il fabriqua une exactitude, mais aussi, trop souvent, une prose empruntée, raide et bien grise. Francis de Miomandre, enfin, il y a quelques décennies, essaya, non sans succès, de redonner verve et ton, presque d'aujourd'hui, à des aventures et à des dialogues qui étaient sur le point de n'en être plus.

Chacun donc, hors les premiers, luttaient pour composer autrefois et maintenant. Loin de ces batailles, à l'écart des problèmes qui les engendrent et qui demeurent, il fallait bien qu'on s'essaie à une autre façon de faire. Qu'on ne se soucie ni du présent ni du passé, surtout pas de leur compa-raison, et qu'on se lance à conter avec le naturel et la viva-cité que réclame cette opération. Tout invitait, à l'occasion d'un texte plus que connu, à retenir des hiérarchies qui ne soient pas celles qui viennent d'être rappelées. Bref, l'op-portunité s'offrait avec insistance pour que don Quichotte tente une nouvelle sortie.

On se souviendrait, sans jamais faillir sur ce point, que l'œuvre de Cervantes, avant toute autre chose, est une his-toire. Une histoire d'aventures. Qu'on y voyage sans cesse comme on y dialogue sans cesse, et que conte, il faut comme en tout conte qu'on y soit pris et qu'on ne le lâche plus. Ceci, mis sur tout le reste, le devançant et le soumet-tant, il ne restait plus qu'à traduire par l'oreille et pour l'oreille. Pour une oreille d'à présent.

Cervantes, en ses parties narratives, a une phrase longue et sinueuse, lentement développée, rebondissant de cause en concession, puis de relatives en adversation, pleine de mots de liaison, subordonnants et coordonnants. L'habitude de son temps et sa volonté propre. Ce ne sont plus les mœurs du nôtre. La traduction des *adonde, el cual, sin que, ante los cuales*, par exemple, nous découragerait de suivre. On les négligera :

> « En estas pláticas llegaron, rodeados de muchachos y de otra mucha gente, al castillo, *adonde* en unos corredores estaban ya el Duque y la Duquesa esperando a Don Quijote y a Sancho, *el cual* no quiso subir a ver al Duque *sin que* primero no hubiese acomodado al rucio en la caballeriza, porque decía que había pasado muy mala noche en la posada ; y luego subió aver a sus señores, *ante los cuales* puesto de rodillas, dijo » (II, cap. LV, Clas. Cast, p. 18-19).

Et ce seront quatre phrases où il y en avait une :

> « Tout en parlant de la sorte, ils étaient arrivés au château, escortés de gamins et d'une foule de gens. Là, dans une galerie, les attendaient le duc et la duchesse. Mais Sancho refusa de monter les voir avant d'avoir installé son âne à

l'écurie car, disait-il, sa bête avait passé une très mauvaise nuit dans son précédent logis. Après quoi, il alla saluer leurs hôtes et se mit à genoux devant eux » (II, chap. LV, p. 406).

Cervantes, par paires, accumule les synonymes. Fort souvent, il y trouve le meilleur moyen de l'équilibre et de l'harmonie de sa phrase. On l'y reconnaît à cent pas. Les commentateurs se sont épuisés, puis querellés, pour y trouver de nécessaires nuances. Ils ont peu remarqué qu'il suffisait maintes fois de retrancher l'un ou l'autre de ces compagnons pour que toute la phrase soit prise de boiterie. L'oreille ici, l'oreille encore, et d'aujourd'hui, conseillera tantôt de conserver :

« porque no se le *desmayasen* y *cayesen* » (II, cap. XLVIII, p. 207) – « pour les empêcher de *pendre* et de *tomber* » (II, p. 344);
« de muy *buen grado* y de *mejor talante* » (II, cap. XLI, p. 71) – « de *bonne grâce* et de *mon plein gré* » (II, p. 292);
« nos *rapes* y *tundas* » (II, cap. XLI, p. 70) – « que nous soyons *tondues* et *pelées* » (II, p. 292);

tantôt d'abandonner :

« la que tengo *grabada* y *estampada* en la mitad de mi corazón » (II, cap. XLVIII, p. 206) – « que je porte *gravée* au plus profond de mon âme » (II, p. 344);
« tanto, que la *cubrían* y *enmantaban* desde los pies a la cabeza » (II, cap. XLVIII, p. 207) – « si longs qu'ils la *couvraient* des pieds à la tête » (II, p. 345);
« daba señales de venir *mal molido* y *peor parado* » (II, cap. LV, p. 22) – « il paraissait en *fort piteux état* » (II, p. 407).

Le conte est fait pour la voix, silencieuse ou vive, peu importe. Il lui faut des pauses naturelles, et celles de chaque époque sont naturelles au récitant ou au lecteur de chaque époque. On ne se fera pas scrupule, pour y parvenir, d'ajouter un adjectif ou autre chose. Ainsi – le célèbre mouvement ternaire – ce qu'on dépeint est fait de trois éléments :

> « … y finalmente les encareció el asalto de la ínsula (1), y
> el miedo de Sancho (2), y su salida (3), de que no pequeño
> gusto recibieron » (II, cap. LVI, p. 23).

On leur donnera la même composition : un déterminant, un
déterminé.

> « … en leur dépeignant à grand renfort de détails *l'assaut
> de l'archipel, l'effroi de Sancho* et son *départ précipité* ; ce
> dont ils se divertirent beaucoup » (II, p. 408).

A qui objectera que le déséquilibre de l'original – un seul
mot pour dire le départ – mimait la fuite et la hâte, on
répondra qu'au mime il est répondu par la déclaration expli-
cite : *précipité*.

Le souci d'aller droit aux faits, de les présenter dans leur
suite le plus nûment que l'on peut, invite aussi à se défaire
de quelques artifices. Ou plutôt à ne pas sans cesse les rappeler. Histoire d'une histoire qui raconte des histoires, et
sans qu'on sache toujours, au plus juste, qui les rapporte :
Cervantes s'est plu à y égarer et à troubler :

> « *Después desto,cuenta la historia que* se llegó el día de la
> batalla aplazada » (II, cap. LVI, p. 23).

On lui fera l'infidélité, çà et là, de n'y pas insister. Installé
dans le conte, porté par lui, on ne fera pas souvenir qu'on y
est :

> « Le jour fixé par la bataille arriva » (II, p. 408).

Et on ne se privera pas de gommer certains jeux du vrai et
de l'apparence. On posera tout net ce qui est dit, solidement,
comme une certitude de fiction, sans se préoccuper de dire
que c'était ce qui paraissait – à quelqu'un qu'on ne nomme
guère du reste :

> « *Parece ser que cuando* estuvo mirando a su enemiga le
> pareció la más hermosa mujer que había visto en toda su

vida » (II, cap. LVI, p. 27) – « Il avait en effet suffisamment regardé son ennemie pour en conclure qu'il n'avait jamais vu plus jolie femme de toute sa vie » (II, p. 409) ;
« El caballo *mostraba ser* frisón… » (II, cap. LVI, p. 25) – « Le cheval était un solide frison… » (II, p. 409).

Les exégètes ici s'indigneront. Ils n'y trouveront pas leur compte. Mais aussi ce n'est pas pour eux qu'on a traduit. Ni pour donner à connaître les mouvements d'une philosophie du passé, mais pour dire, presque oralement, les faits, les gestes, les dires de deux héros installés dans toutes les imaginations.

On n'a plus lieu dès lors, par exemple, de maintenir un jeu qui fait le désespoir des commentateurs – les quatre coins ? – et demeure aujourd'hui encore dans son obscurité. On en fait un jeu de l'Oie (II, p. 406), ce que tout le monde entend. Comme entendaient Sancho, observons-le, les Espagnols de 1605. Et comme le même Sancho enfilait des proverbes vrais, inventés ou estropiés, on prendra des libertés avec ses propres proverbes :

> « *la mujer honrada, la pierna quebrada y en casa* » – « poires et femmes sans rumeur sont en prix et grand honneur » ;
> « *la hija honesta del trabajo hace fiesta* » – « les filles et les poules se perdent de trop courir » ;
> « *no con quien naces sino con quien paces* » – « qui se frotte à l'ail ne peut sentir la giroflée ».

C'est à quoi convient l'efficacité, la drôlerie et, au bout du compte, la « fidélité ».

Les valets ne diront plus *Seigneur* mais *Monsieur*, comme on ferait aujourd'hui. Et comme on faisait autrefois, dans le monde et dans la littérature. L'écuyer ne s'écorchera plus la bouche à vouloir articuler *Seigneur brave homme*, mais, tout simplement, lancera *Mon bon monsieur*. Las de deviser et désireux de dormir, il parlera de *fermer les vannes* (II, chap. XII, p. 86-87), ce qu'en espagnol (*las compuertas*) strictement il déclairait. Mais cette « fidélité », toujours bonne à prendre, il faut le répéter, n'est pas le but premier.

C'est, ici et partout, l'oreille qui doit continûment être séduite : qu'elle soit blessée, et l'histoire qu'on lui conte s'interrompt. Lisez, la volonté de la traductrice a été que vous ne la lâchiez pas avant le terme. Avant que le héros n'expire.

JEAN-CLAUDE CHEVALIER.

Je dédie cette traduction à mon père

Traduire un texte du passé, une écriture parvenue jusqu'à nous, mais que des siècles séparent de nous, c'est, qu'on le veuille ou non, faire œuvre de « restauration ». Ce terme, tel qu'il est défini dans le dictionnaire Robert, peut prendre des sens différents, voire contradictoires, comme « rétablir en son état ancien » ou « remettre à neuf ». C'est bien ainsi que l'on pourrait résumer le choix qui s'offre au traducteur : l'option historicisante, philologique, ou celle qui rechercherait avant tout l'actualisation – ces deux attitudes étant des variantes, tout aussi légitimes l'une que l'autre, de notre rapport au temps et à l'histoire de la langue.

Lorsque j'ai entrepris la traduction du *Don Quichotte*, ce choix ne s'est pas posé. Non seulement parce que les éditions du Seuil souhaitaient une traduction « moderne » du roman de Cervantès, mais surtout en raison de ma propre expérience du métier. Ayant eu à travailler sur des textes exclusivement contemporains, d'auteurs vivant le plus souvent à Paris et possédant une excellente connaissance du français, j'ai eu tout loisir, des années durant, de dialoguer avec eux, de leur soumettre les difficultés de traduction que je rencontrais, de les régler d'un commun accord. Au cours de nos rencontres, ils m'ont contrainte à reformuler la définition de la fidélité et du respect appliqués à la traduction littéraire. Car je les ai découverts non pas avares, mais généreux : capables

17

de sacrifier la forme première pour préserver, dans la traduction, l'effet premier, le rapport premier. Ils m'ont toujours encouragée à respecter leur texte au maximum, c'est-à-dire à le transformer, à le refigurer afin de donner au lecteur français l'équivalent le plus proche, parfois très éloigné du texte original. Tout était *dans* le texte traduit, sans qu'il y ait jamais nécessité d'avoir recours à des notes. Au pire, une petite phrase : « Les modifications apportées au texte original ont été faites en accord avec l'auteur[1] ». Bref, à leur contact j'ai appris le respect et la fidélité non pas au texte tel qu'il est écrit, mais au texte tel qu'il est donné à lire ou à entendre. Texte aléatoire, et non pas écriture sacro-sainte, intouchable ; texte comme rapport et non pas exclusivement comme signe.

Ces auteurs contemporains n'étaient pas Cervantès et le *Don Quichotte* n'est pas n'importe quel roman, mais un texte fondateur, objet d'un culte qui se perpétue, pour des raisons sans doute différentes, depuis presque quatre siècles. Fallait-il donc adopter une attitude différente, déférente, de crainte de faillir ? Le poids du temps sclérose-t-il les textes au point de les rendre définitifs ? Qu'on me permette de citer Borges en réponse à ces questions : « Un document partial et précieux des vicissitudes d'un texte nous est donné par ses traductions. Que sont les nombreuses versions de *L'Iliade*, de Chapman jusqu'à Magnien, sinon les différentes perspectives d'un fait mobile... Prétendre que toute nouvelle combinaison d'éléments est obligatoirement inférieure à l'original c'est prétendre que le brouillon 9 est obligatoirement inférieur au brouillon H – puisqu'il ne peut exister que des brouillons. Le concept de *texte définitif* émane de la religion ou de la fatigue. La croyance en l'infériorité des traductions, appuyée par l'adage italien bien connu, *(tradutore traditore)*, n'est que l'effet d'une expérience négligente. Il n'existe pas un seul grand texte qui ne nous paraisse invariable et définitif si nous le pratiquons un nombre de fois suffisant[2] ».

---

1. Juan Goytisolo, *Makbara*, p. 10, Editions du Seuil, Paris, 1982.
2. Jorge Luis Borges, « Las versiones homéricas », p. 239, in *Obras completas*, vol. 1, Emecé editores, Barcelona, 1997.

Au moment de me lancer dans une retraduction du texte de Cervantès, de ce *fait mobile* qu'est le chef-d'œuvre du roman occidental, il m'a paru que la leçon donnée par les auteurs vivants avec lesquels j'avais travaillé, particulièrement Juan Goytisolo et Severo Sarduy, restait en vigueur. Pour nous autres, traducteurs, il s'agit en effet de *mesurer* le respect que nous devons à une œuvre littéraire. Et ce respect que nous devons à l'œuvre que nous traduisons doit toujours être contrebalancé par le respect que nous devons au lecteur pour qui nous traduisons. Peut-il y avoir conflit ? Et dans ce cas, qui l'emporte ? L'objet littéraire, objet-de-culte ? Ou, au contraire, le lecteur d'un ailleurs et d'un autrement, qui a le droit de recevoir, pour le perpétuer, autre chose qu'un objet fossilisé, figé dans son état premier ?

Il est évident que, lorsqu'il s'agit de textes anciens et célèbres, la mesure de cet équilibre se complique. Car, ainsi que le dit Borges, l'invariabilité d'un texte est fonction de son succès. Cependant, dans le cas du *Don Quichotte*, il m'a paru justifié d'entreprendre une restauration qui « remettrait à neuf » le roman, en restaurant le plaisir du texte ; d'en proposer une traduction qui, loin de pratiquer l'archaïsme, rendrait compte du niveau de langue que percevait le lecteur de l'époque, qui était celui d'une langue éminemment accessible, comparativement aux autres écrits de son temps. Rappelons que le *Don Quichotte* fut un énorme succès populaire, objet de cinq éditions dès la première année de sa publication, que quelque dix années plus tard il était déjà traduit dans toutes les grandes langues européennes ; qu'à l'époque, il était lu à voix haute sur le parvis de la cathédrale de Séville, et même dans les champs et les fermes à l'heure du repos. Que c'est un roman composé, pour près de 90 %, de dialogues, et que le caractère oral de sa prose est attesté non seulement dans la structure formelle du récit, mais par les plus éminents spécialistes de l'œuvre de Cervantès. Et lorsque le texte s'écarte de cette langue usuelle, il se cantonne dans la parodie outrée d'un code conventionnel de la fiction : les romans de chevalerie. Code populaire et non pas savant, langue réaliste, parodique donc et non pas poétique. Quant à la narration, à la parole du « transcrip-teur », elle emboîte le pas à celle des personnages. Le sujet d'énonciation se donne en effet comme simple truchement d'un auteur absent – dont il n'est fait mention qu'à la troi-sième personne, un mystérieux arabe de la Manche, Sidi Ahmed Benengeli – et d'un traducteur en langue castillane, dont il se permet parfois de mettre en doute la fidélité. En tant que truchement, son devoir est d'éclairer son lecteur-auditeur, comme le recommande, à l'intérieur même du texte, le montreur de marionnettes au garçon chargé d'ex-pliquer au public l'histoire que jouent ses poupées de chif-fon : « Muchacho, no te encumbres, que toda afectación es mala... Muchacho no te metas en dibujos..., sigue tu canto llano y no te metas en contrapuntos, que se suelen quebrar de sotiles. » Autrement dit, nous n'avons que faire d'un style affecté : de la simplicité avant toute chose. Et surtout, pas de complications inutiles, à vouloir faire de la dentelle, on finit par casser le fil. Choisir la traduction historicisante, archaïsante, c'était donc sous-estimer cette oralité aujour-d'hui reconnue, cette immédiateté qui a rendu don Quichotte et Sancho célèbres jusqu'au symbole.

Mais que veut dire une traduction *moderne* d'un texte du *passé* ? Rétorsion, distorsion, crime de haute trahison ? Dans son fameux essai intitulé *Pierre Ménard, auteur du Quichotte*[1], Borges, toujours en maniant le paradoxe, nous rappelle que, même dans le cas d'une réversibilité absolue, on ne peut restituer le sens d'un texte, surtout à plusieurs siècles de distance. Et Borges de s'étonner qu'entre deux phrases « verbalement identiques », celle de Pierre Ménard soit « presque infiniment plus riche » que celle du texte ori-ginal. Car si, par exemple, « la vérité dont la mère est l'his-toire, émule du temps, dépôt des actions, témoin du passé, mise en garde de l'avenir... » n'est sous la plume de Cervan-tès qu'un simple « éloge rhétorique de l'histoire », ces mêmes mots écrits par Pierre Ménard quelque quatre cents ans plus tard composent un signifiant « autrement plus sur-

1.*Idem*, « Ficciones », p. 444-450.

prenant : Ménard... ne définit pas l'histoire comme une recherche du réel, mais comme son origine »[2]. Ce ne sont pas les mots qui ont changé de sens, mais les concepts ou les images dont nous les investissons. Entre le *Don Quichotte* de Cervantès et les traductions postérieures il y a, parmi l'apparition de tant de faits intellectuels hautement complexes, celui-là même que représente l'existence du *Don Quichotte*. On pourrait presque définir le traducteur modernisant comme un anti-Pierre Ménard : avec des phrases « verbalement » différentes, il lui faut restituer la singularité d'une œuvre, à la fois dans sa fraîcheur inaugurale et dans sa perspective.

Jusqu'à ces dernières années, le souci philologique de restitution du passé de la langue l'emportait sur le souci de respecter les effets de réception de l'œuvre. Encombrées d'archaïsmes, alourdies de tournures périmées et souvent opaques, les traductions françaises donnaient à s'étonner sur l'engouement qu'un pareil texte avait pu susciter en son temps. La dernière en date, celle de Jean Cassou, parue dans la Pléiade en 1946, reprenait la traduction de César Oudin, 1614, pour la première partie du *Don Quichotte,* et celle de François de Rosset, 1618, pour la deuxième partie. Or, si la fréquentation assidue d'un grand classique le fige au point que les seules variantes acceptées sont celles qui concernent la mise en page et la reliure, cela est tout aussi vrai de ses traductions, surtout quand elles se succèdent en visant toujours le même but : rendre palpable l'éloignement dans le temps et l'« exotisme » culturel qui en découle. Là preuve en est la question qui m'a été posée par un journaliste scrupuleux : « C'est vraiment ce que dit Cervantès, votre traduction ? » La possibilité d'entrer de plain-pied dans ce monument intimidant, voire rebutant de la littérature lui faisait craindre d'avoir été abusé. Cette question nous rappelle, si besoin en est, que malgré les contrats d'édition, dans lesquels les éditeurs se portent garants en substance de l'obéissance et de la conformité à l'œuvre originale, le traducteur

2. *Ibid.*, p. 449.

évolue dans un espace de liberté, car personne ne peut l'obliger à dire autre chose que *sa* vérité du texte. Sans doute le journaliste se sentait-il menacé dans la relation qu'il engageait à travers la traduction avec l'écrivain Cervantès, oubliant ou ignorant que rien ne contraint plus fortement le traducteur que le pacte qui le lie à son lecteur potentiel. C'est ce pacte de confiance implicite qui fait contrepoids à sa liberté, bien plus que tous les contrats qu'il peut signer par ailleurs.

Etant donc bien entendu qu'une traduction qui respecte ce pacte avec le lecteur n'est ni plus ou moins « traîtresse », ni plus ou moins proche de l'original, mais seulement plus ou moins proche du lecteur à qui elle s'adresse, il faut reconnaître que la traduction modernisante est tout aussi mensongère, ou fictive si l'on préfère, que l'option archaïsante, celle-ci privilégiant l'effet d'éloignement, la première l'effet de rapprochement. Car, afin de réduire la distance, la tentation est grande de succomber à la simplification et aux procédés rhétoriques qui mettraient un texte ancien « à la portée » d'un public contemporain, en gommant les marques culturo-temporelles qu'il contient. C'est là qu'intervient la *mesure* entre le respect du texte et le respect du lecteur. Il s'agit avant tout de baliser le territoire de l'homologie, de ne pas chercher à occulter systématiquement le temps ; car celui-ci est inscrit non seulement dans l'écriture, mais dans les thèmes, les situations, la relation des personnages entre eux, en un mot dans les structures narratives de l'œuvre.

Bien sûr, le choix du lexique joue un rôle primordial. A utiliser un langage trop contemporain, on court le risque de perturber le texte, de produire un effet de brouillage qui le rendrait inaudible. Au départ, j'espérais qu'il suffirait de prêter l'oreille pour éviter ces bavures. Mais très vite, l'usage du Dictionnaire historique Robert m'est devenu indispensable ; à force de le fréquenter, j'ai pu conclure, de manière empirique, qu'en mettant la barre aux alentours de 1650 et en m'interdisant d'utiliser un mot ou une expression entrés dans la langue après cette date, je pouvais traduire aussi « modernement » que m'y autorisait le texte. La première partie du *Don Quichotte* est publiée en 1605, la deuxième en 1615. Tracer une ligne de partage au milieu du XVIIe siècle plutôt qu'à la fin me situait au plus près de l'état de la langue de l'époque, sans m'éloigner de notre discours littéraire d'aujourd'hui ; car il est évident que la traduction rend compte d'une oralité qui n'est pas celle de la langue parlée comme on la parle dans la rue, mais plutôt comme on la parle au théâtre. Il m'était donc possible de rester à la fois dans le respect du texte d'alors et du lecteur d'aujourd'hui.

Cela voulait dire préférer, à tout prendre, Molière à Céline, mais aussi Molière à Rabelais ! Refuser bon nombre de termes, de calembours et d'expressions figées entrés tardivement dans la langue, pour chercher des équivalents qui, bien qu'anciens, aient toujours cours. Refuser de faire parler Sancho par énigmes en mettant dans sa bouche des proverbes qui n'ont pas en français la portée qu'ils avaient, et ont encore, en espagnol. Par exemple : « No con quien naces sino con quien paces » rendu non par « Non avec qui tu nais mais avec qui tu pais », mais par un proverbe attesté depuis le XVIIe siècle, « Qui se frotte à l'ail ne peut sentir la giroflée. » Abandonner le « Votre Seigneurie », dont Sancho honore don Quichotte dans la plupart des traductions antérieures, pour le « monsieur » des valets de théâtre ; abandonner aussi l'imparfait du subjonctif qu'on imposait à cet écuyer-paysan, mais laisser son maître s'en gargariser à bon droit. Traduire « ínsula », terme savant pour signifier île que, pas plus Sancho que ses semblables ne pouvaient comprendre (la gouvernante de don Quichotte lui demandera si « ça se mange » !), par archipel, pour préserver le mystère de ce lieu mirifique dont Sancho recevra le gouvernement en récompense des services rendus. Traduire « Cide Hamete », le supposé auteur-chroniqueur des aventures du chevalier de la Manche par « Sidi Ahmed », en redonnant au nom sonnant du maure sa phonétique traduite et non calquée, etc.

Mais la difficulté majeure n'était pas tant dans la traduction des termes : les tournures archaïsantes sont le fait d'une syntaxe et d'un rythme plus que d'un lexique particulier. L'oralité avérée du texte de Cervantès demandait à être traduite dans une grammaire vivante, c'est-à-dire *dans une organisation de la phrase dont le rythme s'accorde avec le mode de signifier d'aujourd'hui*. L'obstacle le plus dur à surmonter n'était pas la compréhension du texte, nos classiques bénéficiant d'éditions hautement éclairées par une multitude de notes – mis à part les passages décrétés définitivement opaques ou ambigus, sans doute à la suite de mésaventures d'édition, et dont la traduction doit perpétuer l'opacité ou l'ambiguïté –, mais la recherche d'une *mélodie* appropriée. Chaque phrase devait donc être remaniée de fond en comble dans sa structure, tout en mettant sans relâche le cap sur l'identité de signification. Il m'a fallu briser, découper, parfois peut-être dénaturer pour mieux faire coïncider le sens, c'est-à-dire pour instaurer une relation avec le texte de Cervantès qui dépasse la philologie par l'homologie. Voici l'exemple d'une phrase sans complexité particulière, située dans le premier paragraphe de la deuxième partie du *Don Quichotte* : « Y así determinaron de visitarle y hacer experiencia de su mejoría, aunque tenían por imposible que la tuviese. » 1) Louis Viardot (1840) : « Ils résolurent donc de lui rendre visite et de faire l'expérience de sa guérison, bien qu'ils tinssent pour impossible qu'elle fût complète ». 2) Jean Cassou (1946) : « C'est pourquoi ils résolurent de le visiter et de faire expérience de son amendement, quoiqu'ils le jugeassent presque impossible. » 3) Aline Schulman (1997) : « Et ils décidèrent de lui rendre visite pour constater de plus près cette amélioration, à laquelle ils n'osaient croire. » On peut constater, en particulier, que dans la traduction moderne, le choix d'une structure de phrase différente permet de supprimer les subjonctifs imparfaits au profit de l'indicatif.

Quant aux phrases longues, elles abondent aussi dans l'écriture contemporaine. Mais si celles de Joyce ou de Proust tentent, parfois sur des pages entières, de reconstituer jusque dans leurs recoins les plus obscurs une expérience ou un sentiment, quand la phrase de Cervantès serpente, se reprend, s'étire, c'est dans un but tout autre. L'auteur prend bien soin de répéter avec des mots différents, ou parfois identiques, les séquences successives d'une scène, de sorte que celui qui *écoute* l'histoire ne puisse se perdre ou se laisser distraire de l'essentiel, et qu'il lui soit impossible de ne pas comprendre de quoi il est question : qui trompe qui, qui se joue de qui. Loin d'être rhétorique, la redondance se donne pour ce qu'elle est : un moyen d'ancrer dans les mémoires les multiples points de vue qui s'entrecroisent et tissent chaque aventure, avec une soudaineté au ralenti, permettant au lecteur-auditeur de profiter de chaque recoin de drôlerie ou de grotesque, de s'y promener tout à son aise, d'en observer les différentes facettes, et de ne rater aucune occasion de rire ou de s'étonner. Cette longueur est l'ampleur nécessaire à l'information d'une foule qui écoute bien plus que d'une foule qui lit. Cervantès ne se gêne donc pas pour répéter des séquences entières, pour oser des doublets d'adjectifs, de substantifs, de verbes dans une synonymie qui aujourd'hui paraîtrait pure négligence, surtout dans une traduction.

Dépoussiérer, alléger le texte, comme on a pu le dire, en le modernisant, cela signifie, en somme, respecter, renforcer la part d'oralité, de rythme « comme organisation subjective d'un discours[1] », au lieu de donner du texte une image figée en calquant la phrase française sur la structure de la phrase espagnole du XVIIe siècle. Cela suppose, quand il y a lieu, d'opter pour un énoncé accessible plutôt que pour un archaïsme ronflant, de remplacer une coordination par un point, d'élaguer les redondances, comme dans cette phrase de Sancho qui sert d'introduction au chapitre XX de la première partie, et qui ne compte pas moins de huit « que » : « No es posible, señor mío, sino **que** estas hierbas dan testimonio de **que** por aquí cerca debe de estar alguna fuente o arroyo **que** estas yerbas humedece, y así será bien **que** vamos un poco más adelante, **que** ya toparemos donde podamos mitigar esa terrible sed **que** nos fatiga **que**, sin duda, causa mayor pena **que** la hambre. » Louis Viardot (1840) : « Il est impossible, mon seigneur, que ce gazon vert ne rende pas

1. Henri Meschonnic, *Poétique du traduire*, Editions Verdier, Lagrasse, 1999, p. 202.

témoignage qu'ici près coule quelque fontaine ou ruisseau qui le mouille et le rafraîchit. Nous ferons donc bien d'avancer un peu, car nous trouverons sans doute de quoi calmer cette terrible soif qui nous obsède et dont le tourment est pire encore que celui de la faim. » Jean Cassou (1946) : « Monsieur, ces herbes rendent témoignage qu'il n'est pas possible qu'il n'y ait près quelque fontaine ou ruisseau qui les humecte, et partant il serait bon que nous allions plus avant : car nous trouverons de quoi apaiser cette terrible soif qui nous travaille, laquelle sans doute cause une plus grande peine que la faim. » Aline Schulman : « Monsieur, il doit y avoir près d'ici une source, ou un ruisseau, qui donne sa fraîcheur à toute cette herbe. Si nous poussons un peu plus loin, nous allons sûrement trouver de quoi apaiser cette soif terrible qui nous fait souffrir, et qui est encore pire que la faim. » On voit bien là que ce n'est pas tant le lexique que l'organisation des segments de la phrase qui est en cause.

Cela suppose qu'une fois terminée, la phrase se lise avec une rapidité qui n'exclut pas certaines lenteurs d'écriture, mais qui s'accommode d'une temporalité orale ; car le *Don Quichotte* est bien un conte à épisodes – chacun recouvrant exactement la longueur d'un chapitre –, une histoire à n'en plus finir, comme celles que l'on peut entendre encore aujourd'hui sur la place Djemaa-El-Fna de Marrakech, comme Cervantès avait pu les entendre durant ses cinq ans de captivité à Alger, entre 1575 et 1580.

Mais quel vertige, quelles hésitations, avant d'entreprendre pareille « restauration » ! Car, pour moderniser, il faut modifier. Et toute modification d'un chef-d'œuvre est par principe sacrilège. Si la grande différence entre une œuvre originale et sa traduction est « non la différence des langues mais la différence du risque[1] », dans le cas d'une retraduction qui fait suite à plus de quatre-vingts versions antérieures de l'œuvre, le risque est d'autant plus grand que l'on prend à rebours les idées reçues sur le texte transmises par les traductions toujours en vigueur. Au début du journal de bord

1. *Idem*, p. 200.

qui aura accompagné mon travail durant les six années qu'il a duré, j'avais écrit ceci : « Plus j'en lis des bribes au hasard, plus je suis persuadée que ce texte est intraduisible : l'actualisation de la syntaxe et des tournures de l'époque risque simplement de l'affadir ! Comment préserver les oppositions entre des niveaux de langue qui n'existent plus aujourd'hui ? Faire donner don Quichotte dans le style *Trois Mousquetaires* ? Et si l'humour du texte venait pour nous, lecteurs du XXe siècle, en plus de la cocasserie d'une situation, justement d'une lenteur syntaxique qui n'a plus cours ? Circonvolutions de la phrase, qui s'accordent avec la lourdeur des costumes de l'époque, démarches empesées, empêchées, jupes empêtrées ou épées claquant sur le revers de la chausse ? Si je les rabote, qu'est-ce qu'il reste du comique ? »

Questions auxquelles la subjectivité et la pratique, au fil des mois et des années, peuvent seules donner une réponse. Ma paralysie, ou aphasie, devant pareil chef-d'œuvre était telle que, pour éviter de commencer par la première phrase, « En un lugar de la Mancha de cuyo nombre no quiero acordarme... », aussi célèbre et rabâchée dans le monde hispanique que le « to be or not to be » pour un Anglo-Saxon, j'ai traduit la deuxième partie du *Don Quichotte* avant la première ! C'est seulement après avoir achevé ses cinq cents pages, qu'il m'a paru possible de m'attaquer à l'œuvre par le début. J'ai eu alors la surprise de me trouver face à un texte d'un auteur que je ne reconnaissais pas : Cervantès, dix ans plus tôt. Il m'a fallu remonter le temps, oublier ce que j'avais appris au cours de ces trois années de travail. Car il y a autant de distance entre l'écriture de la première partie et celle de la deuxième qu'entre les sketchs du Charlot débutant et *Les Lumières de la ville* !

Toutes ces incertitudes, ces hésitations s'effacent momentanément à la lecture des traductions antérieures parce qu'elles en sont, chacune à leur manière, la résolution. Les choix de traduction, quand la cohérence interne s'impose, apparaissent justifiés non par une quelconque théorie globale, mais comme des ajustements au coup par coup que le traducteur fait subir au texte, guidé par la lente révélation d'un sens. Et c'est bien cela qui m'a rassurée tout au long. Si d'autres étaient parvenus, confrontés durant mille pages au doute, à l'échec et à la perte, à produire une œuvre, *brouillon X d'un brouillon H*, pourquoi pas moi ?

Aussi, n'aurais-je pu venir à bout de ce travail sans l'aide précieuse de ceux qui m'ont précédée dans cette entreprise, les traducteurs Louis Viardot et, plus près de nous, Francis de Miomandre. Que soient remerciés aussi pour leur amicale et implacable lecture Claude Bleton et Gabriel Iaculli ; John Kitching et ma fille Hélène pour leur appui aux heures de découragement, Mireille Demaria pour sa patience et sa vigilance, et mon éditrice, Annie Morvan, qui m'a soutenue sans relâche, et aurait fait courir même l'âne de Sancho.

ALINE SCHULMAN

1547 Miguel de Cervantes naît à Alcalá de Henares, le 29 septembre. Il est le troisième enfant du chirurgien Rodrigo de Cervantes et de Leonor de Cortinas.

1553 La famille Cervantes s'installe à Valladolid. Mort de Rabelais.

1556 Avènement de Philippe II.

1558 Mort de Charles Quint. Avènement d'Elisabeth Ire d'Angleterre.

1559 Mort d'Henri II.

1561 La famille Cervantes s'installe à Madrid.

1562 Naissance de Lope de Vega.

1564 La famille Cervantes s'installe à Séville. Naissance de Shakespeare. Mort de Michel-Ange.

1566 La famille Cervantes retourne à Madrid. Miguel fréquente l'étude de Juan López de Hoyos, maître ès humanités, érasmiste.

1569 Miguel de Cervantes réside à Rome.

1570 Toujours à Rome, Cervantes s'enrôle comme soldat dans l'expédition maritime contre les Turcs, commandée par le général des armées pontificales, Marc Antoine de Colonna.

1571 Les flottes coalisées de l'Espagne, de Venise et du Saint Siège, sous le commandement de don Juan d'Autriche, remportent le 7 octobre, à Lépante, la victoire sur les Turcs. Cervantes est blessé à la main gauche et hospitalisé à Messine.

1572 Cervantes participe à la campagne navale de don Juan d'Autriche à Corfou. Massacre de la Saint-Barthélemy.

1573 Nouvelle expédition de don Juan d'Autriche contre Tunis et La Goulette à laquelle prend part Cervantes.

1574 Cervantes s'installe en Sicile, puis à Naples.

1575 En regagnant l'Espagne, Cervantes est fait prisonnier au large des côtes catalanes par le pirate barbaresque Arnaut Mami, et conduit à Alger.

1576 Première évasion de Cervantes, qui est repris et reconduit à Alger.

1577 Deuxième tentative d'évasion et nouvel échec.

1578 Troisième tentative d'évasion et autre échec. Mort de don Juan d'Autriche.

1579 Quatrième tentative d'évasion. Cervantes obtient la grâce du pacha d'Alger.

1580 Cervantes est libéré ; il rejoint Madrid. Première édition des *Essais* de Montaigne. Naissance de Quevedo.

1582 Cervantes écrit *La Galatée*. Représentation de ses premières pièces de théâtre, dont *La Vie à Alger*.

1584 Cervantes épouse le 12 décembre, à Esquivias, Catalina de Salazar. Naissance, cette même année, de sa fille naturelle, Isabel de Saavedra.

1585 Mort de Rodrigo de Cervantes, père de Miguel. Publication de la première partie de *La Galatée*. Mort de Ronsard.

1587 Cervantes s'installe à Séville. Commissaire aux approvisionnements des galères du roi, chargé de pourvoir en vivres l'« Invincible Armada », il traite avec les meuniers, les muletiers et les charretiers d'Andalousie.

1589 Assassinat d'Henri III.

1592 Cervantes est emprisonné pour vente illégale de blé, puis rapidement libéré. Mort de Montaigne.

1593 Mort de Leonor de Cortinas, mère de Cervantes.

1594 Entrée d'Henri IV à Paris.

1596 Naissance de Descartes.

1597   Cervantes est incarcéré à Séville, accusé d'avoir détourné de l'argent de l'État.

1598   Libération de Cervantes. Mort de Philippe II. Avènement de Philippe III.

1600   Rodrigo de Cervantes, frère de Miguel, est tué à la bataille des Dunes. Cervantes quitte Séville pour s'installer en Castille. Shakespeare écrit *Hamlet*.

1603   Mort d'Elisabeth Ire d'Angleterre.

1605   Publication de la première partie de *Don Quichotte*. Le succès est tel que six éditions sont publiées en Espagne la même année.

1606   Cervantes et sa famille se déplacent à Madrid, avec la cour. En Angleterre, première représentation de *Macbeth*. Naissance de Corneille.

1608   Traduction française par N. Baudoin de la nouvelle *Le Curieux malavisé*, insérée dans la première partie de *Don Quichotte*.

1609   Cervantes entre dans la Congrégation du Très-Saint-Sacrement, fraternité et académie littéraire à laquelle appartiendront Lope de Vega et Francisco de Quevedo. Expulsion des morisques. Mort d'Andrea, sœur aînée de Cervantes.

1610   Assassinat d'Henri IV.

1611   Mort de Magdalena, sœur cadette de Cervantes. Séjour à Esquivias.

1613   Publication des *Nouvelles exemplaires*, dédicacé au comte de Lemos, bienfaiteur de Cervantes et vice-roi de Naples. Le recueil connaît un grand succès.

1614   Publication, par un éditeur de Tarragone, d'une seconde partie de *Don Quichotte*, apocryphe, connue aujourd'hui sous le nom du *Quichotte d'Avellaneda*. Publication du *Voyage au Parnasse*. Traduction française, par César Oudin, de la première partie de *Don Quichotte*.

1615   Publication de la seconde partie de *Don Quichotte*, dédicacée au comte de Lemos, dans laquelle Cervantes fait allusion à la suite apocryphe d'Avellaneda. Le succès est considérable. Publication de *Huit Comédies et huit intermèdes* *jamais représentés*. Traduction française, par François de Rosset, des *Nouvelles exemplaires*.

1616   Miguel de Cervantes meurt à Madrid le 23 avril. Mort de Shakespeare.

1617   Publication des *Travaux de Persilès et Sigismonde*, dédicacé au comte de Lemos. Réédition en Espagne de toutes les œuvres de Cervantes.

1618   Traduction française, par François de Rosset, de la seconde partie de *Don Quichotte*.

L'ingénieux hidalgo
DON QUICHOTTE DE LA MANCHE

AU DUC DE BEJAR,

MARQUIS DE GIBRALEÓN, COMTE DE BENALCAZAR ET
BAÑARES, VICOMTE DE LA PUEBLA D'ALCOCER,
SEIGNEUR DES VILLES DE CAPILLA, CURIEL ET BURGUILLOS

Sur la foi du bon accueil que Votre Excellence fait l'honneur d'accorder à toute sorte de livres, en prince toujours disposé à favoriser les beaux-arts, particulièrement ceux qui ne s'abaissent pas à servir et flatter le public, je me suis décidé à publier L'Ingénieux Hidalgo don Quichotte de la Manche et à le placer à l'abri du très illustre nom de Votre Excellence. Je supplie donc Votre Excellence, avec tout le respect que je dois à tant de grandeur, de le recevoir et de le prendre sous sa protection, afin qu'à son ombre, et quoique dépouillé des précieux ornements d'élégance et d'érudition dont se revêtent d'ordinaire les ouvrages des hommes de savoir, il ose paraître avec assurance devant le jugement de ceux qui, prisonniers de leur ignorance, condamnent les ouvrages d'autrui avec d'autant plus de rigueur qu'ils ont moins de justice. Mais si la sagesse de Votre Excellence veut bien poser les yeux sur le fruit de mes efforts, j'ai confiance qu'elle ne dédaignera point la médiocrité d'un si humble présent.

MIGUEL DE CERVANTES SAAVEDRA.

AU LECTEUR

Toi qui prendras le temps de me lire, tu peux être assuré, sans exiger de serment, que ce livre, fruit de mon esprit, je l'aurais souhaité le plus beau, le mieux fait, le plus intelligent qui se puisse concevoir. Mais nul ne va contre l'ordre de la nature, qui veut que chaque chose engendre sa pareille. Or, que pouvait produire ma pauvre cervelle stérile et mal cultivée sinon l'histoire d'un homme sec, rabougri, fantasque, plein d'étranges pensées que nul autre n'avait eues avant lui – comme peut l'être ce qui a été engendré dans une prison, séjour des plus incommodes, où tout triste bruit a sa demeure. Le loisir, le calme, l'aménité des champs, la sérénité des cieux, le murmure des fontaines, la tranquillité de l'âme font beaucoup pour que les Muses les plus stériles se montrent fécondes, et donnent des fruits capables d'étonner le monde et de le réjouir.

S'il arrive qu'un père ait un fils sans beauté ni talents d'aucune sorte, l'amour qu'il porte à cet enfant lui met un bandeau devant les yeux et l'empêche de voir ses défauts ; il est si bien aveuglé qu'il considère ses sottises comme des marques de jugement et de subtilité, et les rapporte à ses amis comme des traits d'esprit et de finesse. Mais moi, qui ne suis que le parâtre de don Quichotte, et non le père, comme on pourrait le croire, je n'ai aucune intention de suivre cet usage, ni de te demander à deux genoux, mon cher lecteur, et presque les larmes aux yeux, comme d'autres font, de pardonner ou d'ignorer les défauts que tu auras pu voir chez mon enfant. Tu n'es ni son parent ni son ami ; ton âme t'appartient, tu as ton libre arbitre autant que n'importe qui ; tu es dans ta maison, dont tu es le maître comme le roi de ses gabelles ; et tu connais le proverbe : je puis tuer le roi sous mon bonnet. Tu n'as donc à avoir pour moi ni égards ni obligeance ; et tu peux dire de cette histoire tout ce que bon te semble, sans penser qu'on te demandera réparation ou qu'on te récompensera, selon que tu en auras dit du mal ou du bien.

J'aurais souhaité te la donner toute nue, sans l'orner du prologue ni de l'interminable catalogue de sonnets, d'épigrammes et d'éloges qui figurent habituellement en tête d'un livre. Car je dois t'avouer que, si j'ai eu quelque peine à composer cette histoire, la préface que tu lis m'en a coûté encore davantage. Bien des fois j'ai pris la plume, et toujours je l'ai reposée, ne sachant par où commencer. J'étais là, un jour, hésitant, le papier devant moi, la plume à l'oreille, le coude sur la table et la joue dans la main, à me creuser la tête, lorsque entra à l'improviste un de mes amis, un homme enjoué et plein d'esprit, qui, me voyant préoccupé, m'en demanda la cause. Je ne lui cachai pas que je réfléchissais au prologue qu'il me fallait écrire pour l'histoire de don Quichotte ; et que j'étais si découragé que j'avais résolu de ne pas le faire, et même de ne pas publier les exploits d'un si noble chevalier.

– Comment voulez-vous, continuai-je, que je ne sois pas inquiet de ce que dira ce législateur qu'a toujours été celui qu'on nomme le public, quand il verra qu'après tout le temps que j'ai passé à dormir dans le silence de l'oubli je reviens, chargé d'ans, pour lui offrir un livre sec comme de la paille, pauvre d'invention, dénué de style, médiocre en jeux d'esprit, dépourvu d'érudition et d'enseignements, sans annotations en marge ni commentaires à la fin ? Aujourd'hui, on voit des ouvrages, même des fables inventées et profanes, si remplis de maximes d'Aristote, de Platon et toute la bande des philosophes, que les lecteurs, admiratifs, ne doutent pas que leurs auteurs ne soient des hommes de grand savoir. Et quand ces auteurs se mêlent de citer les Saintes Écritures, n'en parlons pas : on dirait que ce sont des saints Thomas et autres docteurs de l'Église ! Et comme ils s'arrangent pour respecter la bienséance ! Après avoir dépeint un amant licencieux, une ligne plus loin ils vous offrent un beau petit sermon, si chrétien que c'est un vrai bonheur de l'entendre ou de le lire.

« Eh bien, dans mon livre, il n'y aura rien de tout cela. Car je n'ai pas d'annotations à mettre en marge, pas de commentaires à placer à la fin, et je serais bien incapable de dire quels auteurs j'ai suivis, et donc de les citer, comme le font tous les autres, au début de leurs livres et par ordre alphabétique : en commençant par Aristote et en finissant par Xénophon, ou même par Zoïle ou Zeuxis, bien que l'un fût un médisant et l'autre un peintre.

On n'y trouvera pas non plus de sonnets d'introduction écrits par des ducs, des marquis, des comtes, des évêques, de grandes dames ou des poètes illustres. Et cependant, si j'en demandais à deux ou trois artisans de mes amis, je sais qu'ils m'en donneraient de si bons qu'ils dépasseraient en qualité ceux qu'on peut trouver sous les meilleures plumes d'Espagne.

« En un mot, cher ami, continuai-je, je déclare que mon don Quichotte restera enseveli dans ses archives de la Manche, jusqu'à ce que le ciel envoie quelqu'un qui l'enrichisse de toutes ces choses dont il est dépourvu. Pour ma part, je m'en sens incapable, par manque d'érudition, et parce que je suis d'un naturel bien trop paresseux pour aller chercher des auteurs qui diront ce que je peux parfaitement dire sans leur aide. Voilà, mon cher, les raisons qui justifient l'indécision et l'embarras où vous m'avez trouvé.

Mon ami, qui m'avait écouté attentivement, se frappa alors le front avec la main et, partant d'un grand éclat de rire, me dit :

– Dieu soit loué, vous me tirez d'une erreur dans laquelle j'ai été depuis le temps que je vous connais : moi qui vous prenais pour un homme avisé et raisonnable dans toutes vos actions, je m'aperçois à présent que vous êtes aussi loin de l'être que la terre l'est des cieux ! Est-il possible qu'un esprit aussi mûr que le vôtre, accoutumé à surmonter et à vaincre des difficultés autrement plus grandes, se laisse arrêter par des choses de si peu d'importance, auxquelles il est si facile de remédier ? Croyez-moi, cela ne vient pas d'une absence d'ingéniosité, mais d'un excès de paresse et d'un manque de réflexion. Voulez-vous que je vous le démontre ? Alors, écoutez-moi bien, et vous verrez comme, en un clin d'œil, je résous toutes ces difficultés et lève tous ces obstacles qui, m'avez-vous dit, vous embarrassent et vous empêchent de donner au monde l'histoire de votre fameux don Quichotte, lumière et miroir de toute la chevalerie errante.

– Et de quelle manière, lui demandai-je alors, pensez-vous combler ce vide qui m'effraie et remettre de l'ordre dans la confusion où je suis ?

– Commençons, me répondit-il, par votre inquiétude de ne pas avoir de sonnets, d'épigrammes et d'éloges à mettre en tête, dont les auteurs soient des personnes hautement respectables et titrées. Prenez donc la peine de les écrire vous-même ; il vous restera ensuite à les baptiser du nom qu'il vous plaira, et à les attribuer à qui bon vous semblera, au prêtre Jean des Indes ou à l'empereur de Trébisonde, dont j'ai entendu dire qu'ils furent d'excellents poètes. Et même s'ils ne l'étaient point, et qu'il se trouve quelques pédants et quelques bacheliers qui, dans votre dos et pour vous calomnier, mettent en doute votre parole, ne vous en souciez nullement ; car, à supposer que l'on vous reconnaisse coupable de mensonge, on n'ira pas jusqu'à vous couper la main qui l'aurait écrit.

« Quant à citer en marge les livres et les auteurs dont vous aurez tiré les sentences et maximes que vous placerez dans votre histoire, c'est tout simple : tâchez de vous remémorer quelques vers latins que vous savez par cœur, ou que vous n'aurez pas grand mal à retrouver, et qui viendront à propos. Par exemple, si vous parlez de liberté et d'esclavage, vous pourrez mettre :

Non bene pro toto libertas venditur auro

et citer en marge Horace, ou celui qui l'a dit. Si vous traitez du pouvoir de la mort, pensez aussitôt à :

Pallida mors aequo pulsat pede pauperum tabernas,
Regumque turres.

S'il est question de la compassion et de l'amour que le Ciel nous commande d'avoir pour nos ennemis, jetez-vous dans l'Écriture sainte ; et là, si vous savez y faire, vous pouvez même vous permettre de citer des paroles de Dieu : *Ego autem dico vobis : diligite inimicos vestros.* Si vous parlez des mauvaises pensées, invoquez l'Évangile : *De corde exeunt cogitationes malae.* Si vous abordez l'inconstance dans l'amitié, voici Caton et son distique bien connu :

Donec eris felix, multos numerabis amicos,
Tempora si fuerint nubila, solus eris.

Avec ces bouts de latin et quelques autres, on vous prendra au moins pour un grammairien, ce qui, à l'heure qu'il est, n'est pas un petit honneur ni un mince avantage.

« Pour ce qui est des commentaires à la fin du livre, vous arrangerez cela aisément : si, dans le cours de votre histoire, vous avez à nommer un géant, faites en sorte que ce soit le géant Goliath, et vous aurez, sans qu'il vous en coûte presque rien, une longue annotation toute trouvée : "Le géant Goliath, ou Goliat, était un philistin que le berger David tua d'un grand coup de fronde, dans la vallée de Térébinthe, comme il est dit dans le livre des Rois", au chapitre où vous le trouverez conté. Après quoi, pour montrer que vous êtes un homme érudit, versé dans les humanités et la cosmographie, arrangez-vous pour que le Tage soit mentionné dans un passage de votre livre ; et vous aurez aussitôt un autre commentaire célèbre, prêt à l'emploi : "Le Tage fut ainsi appelé du nom d'un roi d'Espagne ; il prend sa source à tel endroit et se jette dans l'Océan, après avoir baigné les murs de l'illustre ville de Lisbonne ; on dit que les sables qu'il charrie sont d'or, etc." Si vous parlez de voleurs, je vous servirai l'histoire de Cacus, que je connais par cœur ; si vous faites allusion à des femmes de mauvaise vie, l'évêque de Mondoñedo vous fournira des Laïs, des Thaïs et des Flores, et la matière d'une note qui consolidera votre réputation ; s'il s'agit de femmes cruelles, Ovide vous donnera Médée ; si vous parlez d'enchanteresses ou de sorcières, Homère a Calypso, et Virgile Circé ; si vous mentionnez des chefs valeureux, Jules César s'offrira en personne dans ses *Commentaires*, et Plutarque vous proposera des Alexandres par milliers. Si vous traitez de l'amour, pour peu que vous connaissiez quatre mots d'italien, vous tomberez sur Léon Hébreu, où vous trouverez de quoi vous satisfaire pleinement. Et s'il vous déplaît de vous servir en pays étranger, vous avez chez vous Fonseca et son *Amour de Dieu*, qui contient tout ce que vous-même, ou l'esprit le plus ingénieux, puissiez désirer en la matière. En un mot, contentez-vous de citer ces quelques noms que je viens de dire, ou de mentionner ces ouvrages dans le vôtre, et je me charge du reste : pardieu ! je vous promets de remplir vos marges d'annotations et de mettre quatre feuillets de commentaires à la fin de votre livre.

« Venons-en maintenant à la liste d'auteurs cités, que l'on trouve dans les autres et qui dans le vôtre manque. Le remède est des plus simples : vous n'avez qu'à chercher un livre qui les cite tous, de A jusqu'à Z, comme vous le dites fort bien ; et cet abécédaire, vous le mettez, tel quel, au vôtre. On découvrira bien vite le mensonge, puisque vous aurez à peine utilisé ces auteurs que vous nommez, mais qu'importe ; et il se trouvera peut-être un lecteur assez sot pour croire que vous les avez tous mis à contribution dans l'histoire simple et sans enflure que vous avez composée. Quoi qu'il en soit, ce long catalogue servira au moins à donner, dès le départ, une haute idée de votre ouvrage ; et personne ne s'inquiétera de vérifier si vous avez ou non suivi ces auteurs, ne voyant à cela aucun intérêt.

« Par ailleurs, et si je ne me trompe, votre livre n'a nullement besoin de toutes ces choses qui, selon vous, lui font défaut. Car enfin, qu'est-il d'autre qu'une invective contre les romans de chevalerie, dont Aristote n'a jamais entendu parler, dont saint Basile n'a jamais rien dit, dont Cicéron n'a jamais rien su ? Les aventures imaginaires et extravagantes qu'il contient n'ont rien à voir avec les exigences de la vérité ou les observations de l'astronomie ; elles n'ont que faire de la géométrie et de ses mesures, ni des règles et arguments de la rhétorique. Son but n'est point de prêcher personne en mêlant le profane et le sacré, mélange dont devrait se garder tout esprit chrétien. Son affaire, c'est de bien imiter : plus l'imitation sera parfaite, plus le livre sera bon.

« Et puisque votre ouvrage n'a d'autre intention que de ruiner le crédit et l'autorité qu'ont dans le monde et parmi le vulgaire les romans de chevalerie, vous n'avez nul besoin d'aller mendier des maximes chez les philosophes, des conseils dans l'Écriture sainte, des fables chez les poètes, des discours chez les rhéteurs et des miracles chez les saints. Soyez plutôt attentif à choisir des termes simples, clairs et précis, à faire des phrases qui coulent avec vivacité et harmonie ; à dépeindre, aussi justement que possible, tout ce que conçoit votre imagination ; à exprimer votre pensée sans l'obscurcir ni l'embrouiller. Tâchez aussi qu'en lisant votre histoire le lecteur mélancolique ne puisse s'empêcher de rire, ni le rieur de s'esclaffer, que l'homme simple ne s'ennuie pas, que l'homme d'esprit en admire l'ingéniosité, que les personnes graves ne la méprisent point, que les sages ne lui refusent pas leurs éloges. En un mot, ne perdez pas de vue votre dessein, qui est de démolir ces inventions chimériques que sont les romans de chevalerie, qu'un grand nombre de gens déteste, mais qu'un nombre encore plus grand admire. Et si vous y réussissez, vous n'aurez pas peu fait.

J'avais écouté mon ami dans un profond silence. Ses propos me firent si grande impression que j'y souscrivis entièrement et sans discussion ; je décidai même d'en faire la matière de ce prologue, dans lequel tu pourras constater, aimable lecteur, la sagesse de mon ami, et la chance que j'ai eu de rencontrer au moment opportun pareil conseiller. Tu seras sans doute fort soulagé de savoir que j'ai écrit sans esbroufe ni complications l'histoire du fameux don Quichotte de la Manche, dont tous les habitants de la plaine de Montiel disent qu'il fut l'amant le plus chaste et le chevalier le plus vaillant qu'on ait vu dans le pays depuis bien des années.

Je ne veux pas trop te vanter le service que je te rends en te faisant connaître un si noble et si respectable chevalier; mais je tiens à ce que tu me remercies de t'introduire auprès du célèbre Sancho Panza, son écuyer, car, en sa personne, je crois avoir réuni toutes les vertus écuyères, qu'on trouve éparses dans ces livres aussi innombrables qu'inutiles que sont les romans de chevalerie. Que Dieu te conserve en bonne santé, et qu'il ne m'oublie pas. *Vale*.

DE DON QUICHOTTE DE LA MANCHE

URGANDE LA MÉCONNAISSABLE

Si tu t'adresses aux gens d'esprit
ô livre, il ne se trouvera
nul novice pour, de ce pas,
prétendre que tu l'as marri.
Mais si tu ne refusais point
de t'adresser à des obtus,
tu verrais bien vite leurs poings
se lever et manquer leur but,
encore qu'ils meurent d'envie
de voir reconnu leur génie.

Car l'expérience nous apprend
que quiconque élit le bon arbre
sera couvert d'une bonne ombre,
et, à Bejar, ce qui t'attend,
c'est un arbre royal qui donne
les plus grands princes comme fruits.
Là, un de nos ducs a fleuri,
le grand Alexandre en personne :
rejoins-le, la Fortune est bonne
aux audacieux en son pays.

D'un noble hidalgo de la Manche
tu conteras les aventures
inspirées d'oiseuses lectures

fatales à sa matière blanche :
dames, armes et chevaliers
l'ont à ce point tourneboulé
que, Roland Furieux incarné,
il s'est rué sur le métier,
l'épée levée, sans bouclier,
pour conquérir sa Dulcinée.
Sur son écu, surtout n'énonce
point de ces devises obscures,
car quand on n'a que des figures,
avec peu de points on annonce.
Plus modeste la dédicace,
moins tu permettras aux railleurs
de dire : « Quel est ce seigneur
Hannibal de Carthage, Arsace
le Parthe, ce fleuron de race
à qui le sort tire des pleurs ? »

Puisque le ciel n'a pas voulu
que tu sois aussi érudit
que Juan Latino en ses écrits,
évite le latin fourchu.
Ne va pas jouer au plus fin,
de philosopher ne te mêle,
car en grimaçant de ton zèle,
le lettré sachant le latin
te dira à l'oreille : « Tiens !
C'est trop de fleurs dans mon jardin. »

Des grands desseins qui guident l'art,
des vies que tu ne connais pas,
de ce qui ne vient ni ne va
reste sagement à l'écart.
On remet toujours à sa place
quiconque cherche à se vanter,
mieux vaut fatiguer le métier
pour saisir la gloire qui passe ;
sottise écrite, quoi qu'on fasse,
toujours poursuit l'écrivassier.

Prends garde, il serait insensé,
sachant que le toit est de verre,
de faire provision de pierres
et sur le voisin les lancer.
Laisse l'homme à l'esprit rassis
avancer en ce qu'il compose
d'un pas pesant comme sa pose ;
et laisse celui qui publie
histoire de tromper l'ennui
écrire aux insensés, s'il ose.

AMADIS DE GAULE
A DON QUICHOTTE DE LA MANCHE

SONNET

Toi qui sus imiter la solitaire vie
d'absence et de dédain que sur la brande immense
de la Peña Pobre je menais, las ! conduit
d'une joie infinie à dure pénitence,

toi dont les yeux versèrent d'abondantes liqueurs,
capiteuses sans doute, mais de saveur amère,
à qui la terre ôta métaux et monnayeurs
pour te nourrir enfin de son sein, mais en bière,

sois sûr qu'à tout jamais, au moins aussi longtemps
que le char d'Apollon poursuivra sa carrière,
précédé et suivi de la sphère d'argent,

ta vaillance sera proclamée à la ronde,
ta patrie honorée du titre de première ;
ton savant créateur, seul et unique au monde !

DON BÉLIANIS DE GRÈCE
A DON QUICHOTTE DE LA MANCHE

SONNET

J'ai cassé, cabossé, coupé et dit et fait
encore plus que nul autre des chevaliers errants ;
je fus adroit et fier, courageux, arrogant ;
mille offenses ai vengé, cent mille hommes gourmé.

De moi la Renommée eut d'éternels exploits ;
amant, je fus zélé et comblé par les Grâces ;
tout géant fut pour moi un nain sans nulle audace,
et sur le pré en tout j'ai imposé mes choix.

A mes pieds est venue se coucher la Fortune
et du Hasard fugace comprenant la leçon,
j'ai pris ce que je sais sans faire de façons.

Mais encore que sur les cornes de la lune
on ait pu voir de loin mon étoile pointer,
tes exploits, don Quichotte, je les ai jalousés.

DAME ORIANE
A DULCINÉE DU TOBOSO

SONNET

Il faudrait, Dulcinée, pour voir ton beau visage,
un peu plus à loisir et goûtant le repos,
transporter Miraflor au cœur du Toboso,
et renoncer à Londres pour avoir ton village !

Ah, que ne peut-on être de tes inclinations,
du corset de ton âme et de ton corps parée,
ou tel le chevalier que tu as fait errer,
concevoir un combat d'étrange proportion !

Ah, que n'échappe-t-on au seigneur Amadis
chastement, comme toi au très déterminé
chevalier don Quichotte, exemplaire hidalgo !

On serait convoitée sans plus de convoitise,
heureuse dans l'instant où le sort a boudé,
et comblée de plaisir sans payer son écot !

GANDALIN, ÉCUYER D'AMADIS DE GAULE, A SANCHO PANZA, ÉCUYER DE DON QUICHOTTE

SONNET

Salut, homme glorieux, pour lequel la Fortune,
quand elle décida de te faire écuyer,
s'y prit si sagement, d'un pas si mesuré
que tu n'eus à pâtir de disgrâce aucune.

Je sais que la Faucheuse à jamais importune
aime hanter les voies de l'errance, et je sais
avoir mon franc-parler pour flétrir le dadais,
l'arrogant qui essaie de décrocher la lune.

Je t'envie ton baudet, j'envie jusqu'à ton nom,
ta besace dodue, bien pourvue de boissons,
présents de la prudente et sage Providence.

Je te salue, Sancho, ô si bon et brave homme
qu'à toi seul notre Ovide, en décernant la pomme,
expert en mauvais tours, tire sa révérence.

DE DONOSO, POÈTE INTRUS, A SANCHO PANZA

Moi, Sancho Panza, l'écuyer
de don Quichotte de la Manche,
pour goûter un peu les dimanches,
toujours je me suis esquivé ;
car, comme dit la *Célestine,*
qui pourrait être plus discrète,
mais me semble pourtant divine,
il n'est qu'une seule recette :
prendre la poudre d'escampette,
et tant pis pour la bonne mine !

A ROSSINANTE

Moi, Rossinante, à Babiéca
je sers de digne descendant;
la concavité de mes flancs
à don Quichotte me voua.
Tirant mon épingle du jeu,
je fis orge de mon sabot;
au Lazarille malheureux,
je glissai donc sous le manteau
un petit bout de chalumeau
pour piper l'aveugle odieux.

ROLAND FURIEUX
A DON QUICHOTTE DE LA MANCHE

SONNET

Oui, tu es sans égal, tu n'en as jamais eu :
tu ne saurais trouver entre mille ton pair;
car lorsque tu surviens, ils se donnent de l'air,
toi, l'invincible, qui jamais ne fut vaincu.

Oui, ô noble Quichotte, je suis bien l'Orlando
amoureux d'Angélique, qui vit les mers lointaines,
honora tes autels, ô gloire souveraine,
d'un courage que nul n'oubliera de sitôt.

Ton égal je ne suis, et tu dois ce respect
à tes grandes prouesses , à ta témérité
qui a su égarer, comme moi, ton esprit.

Mais le mien tu peux être, toi qui domptes les bêtes
et les Maures féroces, puisque les temps nous prêtent
à l'un autant qu'à l'autre le nom d'amants marris.

LE CHEVALIER DE PHÉBUS
A DON QUICHOTTE DE LA MANCHE

SONNET

Moi, Phébus espagnol, industrieux menin,
je n'ai pu égaler votre fougue à l'épée
ni l'emporter sur vous en gloire, de ma main
qui fut rayon d'où naît et meurt le jour sacré.

Les empires et le trône accordé par l'Orient,
je les ai dédaignés et quittés pour enfin
voir de ma Claridiane, matin incandescent,
le visage céleste et le cœur souverain.

Je connus un bonheur immense, inouï.
Mais dès que l'infortune, hélas ! me l'eut ravi,
l'enfer craignit mon bras, qui dompta ma colère.

Mais de vous, don Quichotte, et de votre haridelle,
la belle Dulcinée a fait œuvre éternelle,
et vous l'avez rendue si célèbre et altière.

DE SOLISDAN
A DON QUICHOTTE DE LA MANCHE

SONNET

Bien que, grand don Quichotte, vos folies vous aient mis
la cervelle à l'envers, aucun n'aurait songé
un jour vous accuser de vous être livré
à des inconvenances ou bien à l'infamie.

Vous serez donc jugé à vos justes actions,
puisque sur les chemins vous avez essuyé,
de la part de captifs, bien mal intentionnés,
mille coups de bâton, torgnoles et affronts.

S'il se faisait jamais que votre Dulcinée
contre toute raison un jour vous fasse offense,
accueille vos exploits d'un œil désabusé,

trouvez un réconfort dans l'outrage en songeant
que Sancho ne fut pas le courtier que l'on pense,
mais un sot, elle un marbre, et vous un piètre amant.

DIALOGUE
ENTRE BABIÉCA ET ROSSINANTE

SONNET

B. – Comment va, Rossinante ? Tu es bien maigrelet !
R. – Je reste sans manger, mon maître sur le dos.
B. – Le gîte et le couvert il te doit assurer.
R. – Mon maître ne me laisse que la peau et les os !

B. – Je te trouve, l'ami, des plus mal élevés ;
    à parler comme un âne tu offenses ton maître.
R. – Ane, il le fut toujours, et il l'est bien resté.
    Il lui suffit d'aimer pour qu'on le voie renaître.

B. – Ne faut-il point aimer ? R. – Ce n'est guère prudent.
B. – Tu es bien philosophe ! R. – Hé ! j'ai le ventre creux !
B. – Plains-t'en à l'écuyer. R. – Il serait mécontent.

        Comment puis-je me plaindre d'une vie accablante
        quand je vois l'écuyer et le chevalier preux
        être rosses tous deux autant que Rossinante !

PREMIÈRE PARTIE

*Où l'on dit qui était le fameux don Quichotte
de la Manche et quelles étaient ses occupations*

Dans un village de la Manche, dont je ne veux pas me rappeler le nom, vivait il n'y a pas longtemps un de ces gentilshommes avec lance au râtelier, bouclier de cuir à l'ancienne, levrette pour la chasse et rosse efflanquée. Du bouilli où il entrait plus de vache que de mouton, du hachis presque tous les soirs, des œufs au lard le samedi, le vendredi des lentilles et, le dimanche, un pigeonneau pour améliorer l'ordinaire, voilà qui mangeait les trois quarts de son revenu. Un justaucorps de drap fin, avec chausses et pantoufles de velours pour les jours de fête, et l'habit de bonne serge dont il se contentait les jours de semaine absorbaient le reste.

Il avait chez lui une gouvernante de plus de quarante ans, une nièce qui en avait moins de vingt, et un valet bon à tout, qui sellait la rosse aussi bien qu'il maniait la serpe.

Notre gentilhomme frisait la cinquantaine ; il était de constitution robuste, sec de corps, maigre de visage, toujours matinal et grand chasseur. On ne sait pas très bien s'il avait nom Quichada ou Quesada (les auteurs qui en ont parlé sont en désaccord sur ce point) ; néanmoins, d'après les conjectures, il est probable qu'il s'appelait Quechana. Mais c'est sans importance pour notre histoire ; il suffit qu'en la racontant on ne s'écarte en rien de la vérité.

Or, il faut savoir que ce gentilhomme passait ses heures d'oisiveté, c'est-à-dire le plus clair de son temps, plongé avec ravissement dans la lecture des romans de chevalerie, au point qu'il en oublia presque l'exercice de la chasse et l'administration de son bien. Pour satisfaire cette avidité extravagante, il finit même par vendre plusieurs arpents de bonne terre et s'acheta autant de romans qu'il en put trouver.

De tous les livres entassés dans sa bibliothèque, ses préférés étaient les ouvrages du célèbre Félicien de Silva, dont le style limpide et les discours entortillés faisaient ses délices. Il admirait surtout les déclarations d'amour et les lettres de défi, où abondaient des tournures du genre : « La raison de la déraison que vous donnez à mes raisons affaiblit si bien ma raison que j'ai toutes les raisons de me plaindre de votre beauté. » Ou encore : « Les hauts cieux qui, avec les étoiles, vous fortifient divinement dans votre divinité et la rendent méritante du mérite de votre grandeur méritoire. » De telles phrases faisaient perdre la tête au pauvre gentilhomme ; il peinait des nuits entières pour en débrouiller le sens, qui aurait échappé à Aristote s'il était revenu parmi nous tout exprès.

Il trouvait par contre excessifs les coups que don Bélianis distribuait et recevait, se figurant que, malgré les soins des plus grands maîtres, il devait en porter sur tout le corps les marques et les cicatrices. Mais il admirait l'auteur d'avoir achevé son roman en promettant de compléter cette interminable aventure, et il lui vint plusieurs fois la tentation d'y mettre un point final. Sans doute l'aurait-il fait, et avec succès, s'il n'avait eu l'esprit occupé de pensées autrement plus importantes.

Il discutait souvent avec le curé de son village – un homme docte qui avait fréquenté l'université de Sigüenza – sur la question de savoir lequel était meilleur chevalier : Palmerin d'Angleterre ou Amadis de Gaule. Maître Nicolas, le barbier du village, affirmait pour sa part qu'aucun ne valait le chevalier de Phébus, à qui seul Galaor, frère d'Amadis, pouvait être comparé, parce qu'il avait un caractère très accommodant et qu'il n'était ni minaudier ni pleurard comme son frère, tout en étant au moins aussi vaillant que lui.

Bref, notre gentilhomme se donnait avec un tel acharnement à ses lectures qu'il y passait ses nuits et ses jours, du soir jusqu'au matin et du matin jusqu'au soir. Il dormait si peu et lisait tellement que son cerveau se dessécha et qu'il finit par perdre la raison. Il avait la tête pleine de tout ce qu'il trouvait dans ses livres : enchantements, querelles, batailles, défis, blessures, galanteries, amours, tourments, aventures impossibles. Et il crut si fort à ce tissu d'inventions et d'extravagances que, pour lui, il n'y avait pas d'histoire plus véridique au monde. Il disait à qui voulait l'entendre que le cid Ruy Diaz avait sans doute mérité sa renommée, mais qu'il ne pouvait se comparer au chevalier à l'Épée Ardente, lequel, d'un seul revers, avait fendu par le milieu deux féroces et redoutables géants. Il lui préférait cependant Bernard del Carpio, qui avait ôté la vie à Roland l'enchanté, en l'étouffant entre ses bras, recourant à la même ruse qu'Hercule pour tuer Antée, le fils de la Terre. Il disait aussi grand bien de Morgant, qui était lui-même affable et courtois, quoique issu d'une race de géants connus pour leur arrogance et leur indélicatesse. Mais celui qu'il aimait entre tous, c'était Renaud de Montauban, surtout quand il le voyait sortir de son château pour détrousser tous ceux qu'il rencontrait, ou aller jusqu'en Barbarie pour dérober l'idole de Mahomet, qui était tout en or si l'on en croit l'histoire. Et il aurait donné sa gouvernante, et sa nièce par-dessus le marché, pour administrer quelques coups de pied bien sentis à ce traître de Ganelon.

Ayant, comme on le voit, complètement perdu l'esprit, il lui vint la plus étrange pensée que jamais fou ait pu concevoir. Il crut bon et nécessaire, tant pour l'éclat de sa propre renommée que pour le service de sa patrie, de se faire chevalier errant, et d'aller par le monde avec ses armes et son cheval chercher les aventures, comme l'avaient fait avant lui ses modèles, réparant, comme eux, toutes sortes d'injustices, et s'exposant aux hasards et aux dangers, dont il sortirait vainqueur et où il gagnerait une gloire éternelle. Le pauvre se voyait déjà récompensé de sa vaillance et couronné, pour le moins, empereur de Trébizonde. Emporté par le plaisir singulier que lui procuraient des pensées aussi agréables, il ne songea plus qu'à mettre son projet à exécution.

Pour commencer, il nettoya une armure qui avait appartenu à ses aïeux, toute moisie et couverte de rouille, et qui gisait depuis des siècles, oubliée dans un coin. Il en fourbit les pièces et les remit en état du mieux qu'il put. Mais, s'apercevant qu'il en manquait une d'importance – car en guise de heaume, il n'y avait qu'un simple casque –, il y suppléa par son ingéniosité en fabriquant avec du carton une sorte de visière qui, s'emboîtant dans le casque, donnait l'apparence d'un heaume. Il voulut alors s'assurer de sa solidité et de sa résistance au tranchant d'une lame, tira son épée et, au premier coup qu'il lui assena, défit le travail d'une semaine. Jugeant la visière un peu trop facile à mettre en pièces, et pour s'assurer contre un tel risque, il en fit une nouvelle, renforcée au-dedans avec des tiges de fer ; content de son travail et ne voulant pas renouveler l'expérience, il décréta qu'il possédait le plus parfait des heaumes.

Il alla ensuite voir sa monture. La pauvre bête avait plus de tares que d'années et plus de défauts que le cheval de Gonèle, qui *tantum pellis et ossa fuit*, mais il lui sembla que ni le Bucéphale d'Alexandre le Grand ni le Babiéca du Cid ne pouvaient lui être comparés. Il passa les quatre jours qui suivirent à se demander quel nom il lui donnerait ; car il était juste, selon lui, que le cheval d'un si fameux chevalier, et si bon par lui-même, portât un nom connu de tous, qui ferait comprendre ce qu'il avait été avant d'appartenir à un chevalier errant et ce qu'il était désormais : quand le maître changeait de condition, il convenait que son cheval changeât de nom et en prît un, célèbre et pompeux, qui s'accordât avec son nouvel état et avec le métier qu'il allait exercer. C'est ainsi qu'après avoir composé, effacé, retranché, ajouté, tourné et retourné mille noms dans sa tête, il lui donna celui de Rossinante, qui lui parut noble et sonore, et signifiait clairement que sa monture avait été antérieurement une simple rosse, avant de devenir la première de toutes les rosses du monde.

Ayant trouvé un si beau nom pour son cheval, notre gentilhomme voulut s'en donner un à lui-même et, après y avoir réfléchi pendant huit jours, décida de s'appeler don Quichotte (les auteurs de cette véridique histoire en ont conclu qu'il devait se nommer Quichada, et non Quesada, comme certains l'ont prétendu). Il se rappela alors que le valeureux Amadis avait ajouté à son nom celui de son pays afin de le rendre illustre, et s'était fait appeler Amadis de Gaule ; il décida donc d'ajouter au sien celui de sa patrie, et de s'appeler don Quichotte de la Manche, s'imaginant qu'il désignait ainsi clairement ses origines, tout en les honorant.

Ayant fourbi ses armes, changé son casque en heaume, donné un nom à son cheval et confirmé le sien, il ne lui manquait plus rien, sinon trouver une dame dont il pourrait s'éprendre ; car un chevalier errant sans amour est un arbre sans feuilles et sans fruits, un corps sans âme.

– Supposons, se disait-il, que, pour mon malheur, ou pour mon bonheur, je rencontre un géant, comme cela arrive fréquemment aux chevaliers de mon ordre, et que du premier coup je le renverse ou le fende par le milieu du corps, et que je le réduise à merci ; il conviendrait d'avoir une dame à qui en faire présent, qu'il irait trouver et devant qui il s'agenouillerait en lui disant d'une voix humble et soumise : « Madame, je suis le géant Facecul, seigneur de l'archipel de Malindran, vaincu en combat singulier par l'insigne et illustre don Quichotte de la Manche, qui m'a ordonné de me présenter devant vous, afin que vous daigniez user de moi selon votre bon plaisir. »

Ah ! qu'il était content notre bon chevalier quand il eut tenu un si beau discours, et plus encore quand il eut choisi celle qui deviendrait sa dame ! Il y avait, semble-t-il, dans un village des environs, une jeune paysanne fort avenante dont il avait été quelque temps amoureux, mais qui, selon toute apparence, n'en avait jamais rien su et ne s'en était jamais soucié. Cette demoiselle, nommée Aldonza Lorenzo, devint la dame de ses pensées. Voulant pour elle un nom qui ne fût pas indigne du sien et annonçât la princesse ou la grande dame, il l'appela Dulcinée du Toboso, car elle était native de ce village. Et ce nom lui parut tout aussi harmonieux, singulier et significatif que ceux qu'il avait trouvés pour lui-même et pour son cheval.

Qui traite de la première sortie
de l'ingénieux don Quichotte

SES PRÉPARATIFS ACHEVÉS, don Quichotte ne voulut pas attendre davantage pour mettre à exécution son projet, persuadé que s'il prenait le moindre retard il priverait grandement le monde, où il avait, croyait-il, beaucoup d'offenses à venger, de torts à redresser, d'injustices à réparer, d'abus à corriger, de dettes à honorer. Ainsi, sans faire part à quiconque de ses intentions et sans être vu de personne, un matin, avant l'aube – c'était au mois de juillet et la journée promettait d'être chaude –, il s'arma de pied en cap, monta sur Rossinante, ficela son heaume à visière, fixa le bouclier à son bras, prit sa lance et, par la porte de la basse-cour, sortit dans la campagne, ravi de voir que tout commençait aussi bien. Mais à peine fut-il en chemin qu'une pensée l'assaillit, si terrible qu'il faillit renoncer à son entreprise : il venait de se rappeler qu'il n'avait pas été armé chevalier. Or, les règles de son ordre lui interdisaient dans ce cas de combattre l'un d'eux ; d'autre part, s'il l'avait été, il aurait dû porter en tant que novice une armure blanche et un bouclier où nulle devise ne pouvait être gravée tant qu'il ne l'aurait pas gagnée par son mérite. Ces scrupules le firent longuement hésiter, mais sa folie étant plus forte que toute objection, il décida qu'il se ferait armer chevalier par le premier venu, comme tant d'autres avant lui dans ces romans qui lui avaient fait perdre l'esprit. Quant à ses armes, il comptait si bien les fourbir à la première occasion qu'elles deviendraient plus blanches que l'hermine. Ainsi rassuré, il poursuivit sa route, laissant son cheval marcher au gré de sa fantaisie, ce qui lui semblait le plus sûr moyen d'aller au-devant des aventures.

Tout en cheminant, notre apprenti chevalier se tenait à lui-même ce discours :

– Lorsque, dans les siècles à venir, on publiera la véri-dique histoire de mes prouesses, le sage qui les aura écrites racontera ma première et matinale sortie, à n'en pas douter, de la manière qui suit : « A peine l'éclatant Apollon avait-il déployé sur la vaste étendue de la terre les fils dorés de son abondante chevelure ; à peine les oiseaux de toutes couleurs avaient-ils salué d'une tendre et délicate mélodie la venue de l'aurore aux doigts de rose qui, délaissant les tendres bras d'un mari jaloux, apparaissait enfin aux mortels par les portes et fenêtres de l'horizon de la Manche, que le fameux chevalier don Quichotte de la Manche, abandonnant sa couche de plumes, enfourcha Rossinante, son illustre cour-sier, et s'élança à travers la très ancienne et célèbre plaine de Montiel. »

C'était là, en effet, qu'il se trouvait.

– Heureux âge et siècle béni, ajouta-t-il, qui verra impri-mées mes glorieuses aventures, dignes d'être gravées dans le bronze, sculptées dans le marbre et peintes sur le bois, perpétuant ainsi ma mémoire dans les temps futurs ! Ô toi, sage enchanteur à qui il incombera de faire la chronique de cette merveilleuse histoire, n'oublie pas, je t'en prie, mon bon Rossinante, compagnon fidèle de toutes mes errances.

Puis il s'écria, comme s'il eût été véritablement amou-reux :

– Ô princesse Dulcinée, souveraine de mon cœur ! C'est grande offense que vous me fîtes en me bannissant de votre présence et en m'ordonnant avec tant de rigueur de ne plus paraître devant votre beauté. Puissiez-vous, madame, ne pas oublier ce cœur par vous asservi, et pour l'amour de vous souffrant mille peines.

A ces sottises il en ajouta bien d'autres, fort ressemblantes à celles qu'il avait lues dans ses romans, dont il imitait de son mieux le langage. Et il marchait si lentement et le soleil montait si vite et tapait si dur que, s'il avait eu un tant soit peu de cervelle, elle aurait fondu à la chaleur.

Il chemina presque toute la journée sans qu'il lui arrivât rien qui mérite d'être rapporté, ce qui le mit au désespoir, car il aurait voulu rencontrer sans attendre une personne sur qui faire la preuve de sa vaillance et de sa force. Certains auteurs disent que sa première aventure fut celle de Port-Lapice ; d'autres celle des moulins à vent. Pour ma part, j'ai lu dans les *Annales de la Manche* qu'il voyagea un jour entier et que, le soir venu, son cheval et lui étaient épuisés et morts de faim. Alors, regardant alentour s'il n'y avait pas un château ou bien une cabane de berger où passer la nuit et satisfaire son grand appétit, il aperçut, non loin de la route, une auberge ; ce fut comme s'il avait vu l'étoile qui lui montrait, non pas le chemin de Bethléem, mais la voie de son salut. Il pressa l'allure et arriva comme le soir tombait.

Il y avait par hasard sur le pas de la porte deux filles, de celles que l'on nomme publiques ; elles accompagnaient des muletiers qui se rendaient à Séville et s'étaient arrêtés à l'auberge pour la nuit. Mais comme tout ce que notre chevalier voyait, pensait ou imaginait lui semblait reproduire ce qu'il avait lu dans les romans, dès qu'il vit cette auberge, il crut qu'il avait devant les yeux un château avec ses quatre tours et ses chapiteaux d'argent, sans oublier le pont-levis, les douves, et autres accessoires qui accompagnent toujours la description de ces châteaux. Arrivé à quelque distance de l'auberge qu'il continuait de prendre pour un château, il retint la bride à Rossinante et attendit qu'un nain apparût entre les créneaux et sonnât du cor pour avertir de l'arrivée d'un chevalier. Mais, comme le nain tardait à apparaître et que Rossinante avait hâte d'être à l'écurie, il s'avança jusqu'à la porte de l'auberge où se tenaient les filles qu'il prit pour deux gracieuses demoiselles ou deux nobles dames se délassant à la porte de leur demeure.

Sur ces entrefaites, un porcher qui rentrait ses cochons – qu'on me permette de les appeler par leur nom – souffla dans un cornet, et les bêtes à ce signal se rassemblèrent ; mais don Quichotte s'imagina aussitôt que le nain annonçait sa venue, et, tout joyeux, s'approcha des dames qui, voyant arriver un homme en armure, lance à la main et bouclier au bras, prirent peur et voulurent se réfugier dans l'auberge. Comprenant à leur fuite qu'il les avait effrayées, il releva sa visière de carton et, découvrant son visage maigre et poussiéreux, leur dit fort courtoisement :

– Ne fuyez point, gentes demoiselles, vous n'avez rien à craindre ; je suis chevalier errant, et l'ordre dans lequel je professe m'interdit d'offenser personne, et moins encore des dames d'aussi haut rang.

Les filles le regardaient, s'efforçant en vain de distinguer son visage sous l'espèce de visière qui le cachait ; mais quand elles s'entendirent traiter de gentes demoiselles, ce qui était tout à fait inhabituel dans leur métier, elles ne purent s'empêcher de rire, et don Quichotte de se fâcher :

– La retenue sied aux belles, dit-il, et c'est grande sottise que de rire à propos de rien. Je ne vous dis point cela pour vous chagriner ou vous mettre de méchante humeur, car je n'ai d'autre intention que de vous servir.

Un tel langage, auquel elles ne comprenaient rien, ainsi que l'étrange allure de notre chevalier augmentèrent leur envie de rire, et la colère de don Quichotte, qui n'en serait sans doute pas resté là si l'hôtelier, un gros homme à la mine pacifique, n'était apparu à cet instant. Quand il aperçut ce personnage grotesque, affublé d'un équipement aussi hétéroclite que l'étaient la bride, la lance, le bouclier de cuir et le corselet, il eut le plus grand mal à garder son sérieux. Mais effrayé lui aussi par tout cet attirail de guerre, il préféra s'adresser poliment à l'inconnu :

– Si monsieur le chevalier cherche où loger, lui dit-il, ici, nous n'avons pas de lit ; mais, pour le reste, il trouvera de tout en abondance.

Voyant l'humilité du seigneur de ce château, car c'est ainsi que lui apparaissaient l'aubergiste et son auberge, don Quichotte répondit :

– Pour moi, monsieur le châtelain, je me contente de peu ; comme dit la chanson :

Pour parure, j'ai mes armes ;
Et pour repos, le combat.

L'aubergiste crut qu'on l'appelait châtelain parce qu'on le prenait pour un brave et honnête Castillan, alors qu'il était andalou, natif, comme bien des coquins, de la Plage de San-lucar, plus voleur que Cacus et plus malin qu'un page.

– A ce compte-là, monsieur, répondit-il,

Votre couche n'est que dur rocher,
Votre sommeil, toujours veiller.

« Vous pouvez donc mettre pied à terre et être certain que vous trouverez dans cette humble demeure toutes les occasions de passer non pas une nuit, mais l'année entière sans dormir.

Et il s'avança pour tenir l'étrier à don Quichotte, qui descendit de cheval avec beaucoup de peine et d'efforts, comme quelqu'un qui n'avait rien pris depuis le matin.

Le chevalier lui recommanda d'avoir grand soin de son cheval, car entre toutes les bêtes qui mangeaient du foin, il n'y en avait pas de meilleure. L'aubergiste regarda Rossinante, qui ne lui parut, ni de près ni de loin, aussi bon que le prétendait son maître. Il l'installa cependant à l'écurie, puis revint voir ce que désirait son hôte, que les deux filles, avec lesquelles il s'était réconcilié, étaient en train de désarmer. Elles lui avaient ôté le dos et le plastron de sa cuirasse, mais, malgré leurs efforts, ne parvenaient ni à déboîter le hausse-col ni à retirer la visière cabossée, attachée avec des rubans verts qu'elles ne pouvaient dénouer, et qu'il aurait fallu couper, ce que notre chevalier refusa tout net. Il passa la nuit avec son heaume sur la tête, ce qui lui donnait un aspect des plus comiques et des plus singuliers. Comme il s'imaginait que ces filles publiques étaient les nobles dames du château, il déclama avec beaucoup d'à-propos, tandis qu'elles le désarmaient :

Jamais ne fut chevalier
De dames si bien soigné
Que ne le fut don Quichotte
Quand de son village il vint.
Les suivantes le servaient,
Les princesses son roussin,

« ... ou Rossinante, car tel est le nom de mon cheval, mes nobles dames, comme don Quichotte de la Manche est le mien. Et bien que je n'aie pas voulu me découvrir avant que les exploits accomplis pour votre service ne me découvrent d'eux-mêmes, la nécessité d'appliquer au cas présent cette vieille chanson de Lancelot a été cause que vous ayez su mon nom avant l'heure. Mais j'espère que le moment viendra où Vos Seigneuries me commanderont, et où mon obéissance et la valeur de mon bras leur prouveront le désir que j'ai de les servir.

Les demoiselles, qui n'avaient pas l'oreille faite à de tels discours, ne répondirent pas et se contentèrent de lui demander s'il voulait manger quelque chose.

– Je goûterai à tout ce que vous daignerez m'offrir de vos blanches mains, répondit don Quichotte ; si je ne me trompe, cela viendra fort à point.

Mais comme on était un vendredi, il n'y avait dans toute l'auberge qu'un peu de ce poisson séché que, selon les régions, on appelle morue, merluche, églefin ou truitelle. On demanda donc à monsieur le chevalier s'il accepterait de manger de la truitelle, vu qu'il n'y avait point d'autre poisson.

– Plusieurs truitelles feront aussi bien l'affaire qu'une truite, répondit-il ; que l'on vous donne huit réaux en monnaie ou une pièce de huit réaux, cela revient au même. Il se pourrait d'ailleurs qu'il en soit de ces truitelles comme du veau, dont la chair est plus délicate que celle du bœuf, comme le chevreau est meilleur que la chèvre. Servez-moi sans tarder ce que vous avez, car on peut difficilement supporter le poids ou l'exercice des armes sans satisfaire la tripe.

On dressa une table à la porte de l'auberge où il faisait plus frais ; l'aubergiste apporta à don Quichotte une tranche de morue mal séchée et encore plus mal salée, avec un morceau de pain aussi noir et rassis que son armure. C'était à mourir de rire que de le voir manger car, avec le heaume sur la tête et la visière levée, il ne pouvait rien porter à la bouche avec ses mains, et il fallut qu'une des filles se chargeât de le nourrir. Mais on ne parvenait pas à lui donner à boire, et il serait resté sur sa soif si l'aubergiste n'avait eu l'idée d'évider un roseau dont il lui mit une extrémité dans la bouche, tandis que par l'autre il lui versait du vin. Notre chevalier acceptait tout cela avec patience, plutôt que de laisser couper les rubans de son casque.

Là-dessus, et tout à fait par hasard, arriva un châtreur de porcs. Il donna trois ou quatre coups de son sifflet, ce qui acheva de convaincre don Quichotte qu'il se trouvait dans un grand château où on le servait en musique, que la morue était de la truite, le vieux quignon du pain blanc, les filles de nobles dames, et l'aubergiste un châtelain ; et il se félicitait d'avoir décidé cette sortie. Mais ce qui le chagrinait, c'était de n'être pas encore armé chevalier, car il lui semblait impossible de s'engager légitimement dans une aventure sans avoir été admis dans l'ordre de la chevalerie.

Où l'on raconte de quelle plaisante manière
don Quichotte fut armé chevalier

FORT CONTRARIÉ par cette pensée, il abrégea le maigre repas qu'on lui avait servi ; puis il se leva, entraîna l'aubergiste dans l'écurie et, après avoir fermé la porte, tomba à ses genoux en disant :

– Je ne me relèverai pas, valeureux chevalier, tant que votre courtoisie ne m'aura pas accordé la faveur que je vais vous demander, laquelle ne pourra que servir votre gloire et tourner à l'avantage du genre humain.

L'aubergiste, stupéfait de voir son hôte à ses pieds et d'entendre pareil discours, ne savait que faire ni que dire ; et il ne put obtenir de lui qu'il se relevât tant qu'il n'eut pas promis de lui accorder la faveur demandée.

– Je n'en attendais pas moins, monsieur, de votre magnificence, dit don Quichotte. La faveur que je vous demande, et que si généreusement vous m'octroyez, c'est que dès demain matin je sois par vous armé chevalier. Je passerai cette nuit à veiller mes armes dans la chapelle de votre château. Ainsi s'accomplira mon désir, et je pourrai sans attendre commencer à chercher les aventures dans les quatre parties du monde pour venir en aide aux malheureux, car tel est le devoir de la chevalerie. Et les chevaliers errants, parmi lesquels je me compte, n'ont d'autre désir que d'accomplir ces nobles prouesses.

L'aubergiste qui, je l'ai dit, était un fin matois et soupçonnait déjà que son hôte avait l'esprit dérangé, acheva de s'en convaincre en l'entendant parler de la sorte. Et pour avoir de quoi rire cette nuit-là, il décida d'accéder à ses vœux.

Il lui répondit donc que sa requête était parfaitement justifiée et que rien n'était plus naturel chez un chevalier, dont l'élégance et la courtoisie dénotaient la plus haute noblesse ; que lui-même, dans sa jeunesse, avait exercé cet honorable métier dans plusieurs parties du monde, sans pour autant manquer les aventures qui se présentaient dans les Percheles et autres ruelles mal famées de Málaga, dans les bas quartiers de Séville, au marché de Ségovie, sur la place de l'Oliveraie à Valence, sur les remparts de Grenade, à la Plage de Sanlucar, à la Grande Fontaine de Cordoue, dans les bouges de Tolède et dans bien des endroits encore, où il avait su mettre à profit la légèreté de ses pieds et l'agilité de ses mains, commettant mille injustices, courtisant quantité de veuves, déflorant quelques jeunes filles et dupant plus d'un orphelin, bref, se faisant connaître de presque tous les tribunaux d'Espagne ; et qu'enfin il s'était retiré dans ce château, où il vivait de son bien et de celui d'autrui, et où il accueillait tous les chevaliers errants sans distinction de qualité ni de condition, en raison de la grande admiration qu'il leur portait, et avec l'espoir qu'en échange ils partageraient avec lui le contenu de leur bourse.

Il lui dit aussi que, dans son château, il n'y avait pas de chapelle, parce qu'il venait de la faire abattre pour en construire une nouvelle ; mais qu'il savait qu'en cas de nécessité la veillée d'armes se faisait n'importe où. Elle pourrait donc avoir lieu cette nuit même dans une des cours du château. Et au matin, s'il plaisait à Dieu, on ferait la cérémonie d'usage au cours de laquelle il serait armé chevalier en bonne et due forme, si bien qu'il n'y aurait pas plus chevalier que lui sur toute la terre.

L'aubergiste lui demanda ensuite s'il avait de l'argent. Don Quichotte répondit qu'il n'avait pas un sou, car dans aucun de ses romans il n'était écrit qu'un chevalier errant en eût jamais sur lui. L'autre lui rétorqua qu'il se trompait, que si cela n'était pas écrit noir sur blanc, c'était parce que les auteurs pensaient qu'il était inutile de mentionner une chose aussi évidente que d'emporter avec soi de l'argent et des chemises de rechange. Qu'il pouvait donc être sûr et certain que tous les chevaliers errants dont parlent les livres avaient toujours la bourse bien garnie et, en cas de besoin, des chemises, et un coffret rempli d'onguents pour leurs blessures, car, dans ces lieux déserts où ils livraient leurs sanglantes batailles, il n'y avait personne pour les panser ; à moins qu'un enchanteur de leur connaissance, venant aussitôt à leur secours, ne leur envoyât sur un nuage une noble demoiselle ou un nain pour leur apporter une fiole, dont le contenu possédait une telle vertu qu'il suffisait d'en avaler quelques gouttes pour qu'aussitôt plaies et blessures disparaissent sans laisser de trace. A défaut, poursuivit-il, les chevaliers d'autrefois jugeaient bon de donner de l'argent à leurs écuyers et de les pourvoir de choses nécessaires, comme des onguents et de la charpie. Et quand ils n'avaient pas d'écuyers, ce qui était très rare, ils portaient le tout eux-mêmes, sur la croupe de leur cheval, dans un bissac si discret qu'on pouvait le prendre pour un bagage de la plus haute importance ; car, sauf dans ce cas précis, un chevalier errant portant bissac n'était pas très bien vu. En un mot, l'aubergiste donnait à son hôte et futur filleul d'armes le conseil, et l'ordre au besoin, de ne plus jamais partir sur les chemins sans se munir d'argent et de toutes ces choses nécessaires, dont il verrait, le moment venu, combien elles lui seraient utiles.

Don Quichotte promit de suivre en tout point ce qu'on lui conseillait. Ordre fut aussitôt donné pour qu'il se préparât à sa veillée d'armes dans la grande cour de l'auberge ; il ramassa toutes celles qu'il possédait, les déposa sur un abreuvoir à côté d'un puits et, embrassant son bouclier et saisissant sa lance, il se mit à aller et venir devant l'abreuvoir d'un air digne. La nuit tombait.

L'aubergiste ne s'était pas privé de raconter à tous les gens qui étaient dans l'auberge la folie de son hôte, la veillée d'armes et la cérémonie à laquelle don Quichotte se préparait. Curieux de voir ce qu'il en était, ils voulurent l'observer de loin, et virent que tantôt il se promenait paisiblement, tantôt, appuyé sur sa lance, il fixait ses armes pendant un long moment. Il faisait nuit, mais la lune était si claire que l'on pouvait distinguer tout ce que faisait l'apprenti chevalier.

Il se trouve qu'un des muletiers qui logeaient à l'auberge voulut donner à boire à ses bêtes ; il lui fallait pour cela ôter les armes posées sur l'abreuvoir. Le voyant s'approcher, don Quichotte s'écria :

— Qui que tu sois, prends garde, chevalier téméraire qui oses t'approcher des armes du plus vaillant chevalier errant ayant jamais porté l'épée ! Ne t'avise pas de les toucher, si tu ne veux pas perdre la vie pour prix de ton audace !

Le muletier ne fit point cas de cet avertissement, et mal lui en prit, comme on va s'en apercevoir ; au contraire, saisissant les armes par les courroies, il les jeta aussi loin qu'il put. Ce que voyant, don Quichotte leva les yeux vers le ciel et s'adressa – selon toute apparence – à Dulcinée :

— Secourez-moi, madame, en ce premier affront que l'on fait à ce cœur qui vous appartient ; et daignez, en ce premier péril, m'accorder votre faveur et votre protection.

Et tandis qu'il tenait ces propos et d'autres du même genre, il lâcha son bouclier, empoigna sa lance à deux mains et assena un premier coup sur la tête du muletier, qu'il envoya rouler à terre en si piteux état qu'au deuxième il aurait expédié le pauvre homme dans l'autre monde. Puis il ramassa ses armes et se remit à marcher de long en large, comme si de rien n'était.

Mais voilà qu'un autre muletier, ignorant ce qui venait de se passer – car son compagnon n'était pas encore revenu à lui –, arriva à son tour dans l'intention de donner à boire à ses mules. Comme il s'approchait pour ôter les armes de l'abreuvoir, don Quichotte, sans dire mot ni demander protection à personne, lâcha de nouveau son bouclier, leva une nouvelle fois sa lance et, sans le moindre dommage pour son arme, fendit en quatre la tête du second muletier. A ce bruit, l'aubergiste et tous ceux qui étaient là accoururent. Quand il les vit arriver, don Quichotte embrassa son bouclier et brandit son épée.

— Ô dame de beauté, s'écria-t-il, vous qui donnez force et

vigueur à mon cœur défaillant ! Voici le moment de tourner votre noble regard sur ce chevalier, votre esclave, qui s'apprête à affronter la plus périlleuse des aventures !

Après quoi, il se sentit tant de courage que tous les muletiers du monde auraient pu l'attaquer sans le faire reculer d'un pas. Les autres muletiers, voyant leurs compagnons en si triste état, firent pleuvoir des pierres sur don Quichotte, qui se protégeait du mieux qu'il pouvait avec son bouclier et n'osait s'écarter de l'abreuvoir pour ne pas abandonner ses armes. L'aubergiste leur criait d'arrêter, car don Quichotte était un fou et que, parce qu'il était fou, il s'en tirerait à bon compte, même s'il les tuait tous. Don Quichotte criait encore plus fort, traitait ses agresseurs de lâches et de traîtres, accusait de félonie le seigneur du château, qui permettait que l'on malmenât de la sorte les chevaliers errants, et jurait que, s'il avait déjà été armé chevalier, il lui aurait fait payer sa traîtrise.

– De vous autres, basse et vile canaille, continua-t-il en s'adressant aux muletiers, je ne fais aucun cas. Jetez-moi des pierres et insultez-moi autant que vous voudrez : vous allez voir quel sort je réserve à votre insolence !

Il disait ces mots avec tant de fougue et d'aplomb qu'il répandit la terreur parmi les assaillants, lesquels finirent par se rendre aux raisons de l'aubergiste et firent cesser la grêle de pierres. Quant à don Quichotte, il laissa emporter les blessés et retourna à sa veillée d'armes, aussi calme et serein qu'avant la bataille.

L'aubergiste, trouvant que les plaisanteries de son hôte avaient assez duré et sans attendre qu'il arrivât un autre malheur, décida de lui donner sans attendre ce maudit ordre de chevalerie. Il alla donc vers lui, s'excusa de l'insolence dont ces gens de peu avaient usé à son égard, sans qu'il en eût été lui-même averti, et l'assura qu'ils étaient d'ores et déjà châtiés de leur audace. Il lui rappela que le château n'avait pas de chapelle ; mais que, pour ce qui restait à faire, elle n'était pas indispensable. L'important, quand on voulait être armé chevalier, c'était de recevoir un coup avec le plat de la main sur la nuque et un autre avec le plat de l'épée sur l'épaule, d'après ce qu'il connaissait de ce cérémonial, et toutes ces choses pouvaient être faites en rase campagne. Au reste, la veillée d'armes avait bien eu lieu, puisque deux heures y suffisaient et qu'il en avait passé plus de quatre. Croyant tout ce que disait l'aubergiste, don Quichotte répondit qu'il était prêt à obéir et pria son hôte d'en finir aussi vite que possible; et si, après avoir été armé chevalier, on l'attaquait encore, il ne pensait pas laisser une seule personne en vie dans le château, hormis les gens qu'il plairait au châtelain de lui désigner.

Fort peu rassuré par ce discours, l'aubergiste alla chercher aussitôt un livre dans lequel il inscrivait la quantité de paille et d'orge qu'il donnait aux muletiers. Puis, accompagné d'un jeune garçon qui tenait un bout de chandelle, et des demoiselles mentionnées plus haut, il revint auprès de don Quichotte, à qui il ordonna de se mettre à genoux. Alors, lisant dans son registre comme dans un livre de prières, il leva la main et lui donna une bonne tape sur la nuque, puis, du plat de l'épée, un coup bien frappé sur l'épaule, sans cesser de marmonner entre ses dents. Il demanda à l'une de ces dames de ceindre l'épée au chevalier, ce qu'elle fit avec beaucoup de grâce et de dignité; et il en fallait une bonne dose pour ne pas éclater de rire à tout moment. Mais les prouesses que venait d'accomplir notre apprenti chevalier empêchaient l'assistance de manifester la moindre hilarité. Pendant qu'elle lui ceignait l'épée, la brave fille lui dit :

– Dieu fasse de vous un grand chevalier et vous donne la victoire dans les combats.

Don Quichotte lui demanda comment elle s'appelait, car il désirait savoir à qui il restait obligé d'une telle faveur, pour partager avec elle la gloire qu'il gagnerait par la valeur de son bras. Elle répondit modestement qu'elle s'appelait la Tolosa, qu'elle était la fille d'un savetier natif de Tolède, qui vivait près de l'hôpital de la Miséricorde, et qu'elle serait toujours disposée à l'honorer et à le servir. Don Quichotte la pria alors d'accepter, pour l'amour de lui, de porter désormais le nom de doña Tolosa. Elle le lui promit. Puis l'autre fille lui chaussa l'éperon, cérémonie qui fut accompagnée du même dialogue : il lui demanda son nom, elle répondit qu'elle s'appelait la Molinera, qu'elle était la fille d'un honorable meunier d'Antequera ; don Quichotte la pria d'accepter désormais le nom de doña Molinera et lui renouvela ses offres de service.

Ces surprenantes cérémonies s'étaient déroulées à la hâte, presque au galop. Dès qu'elles furent terminées, don Quichotte, qui brûlait de partir sur son cheval en quête d'aventures, sella Rossinante, l'enfourcha et prit congé de son hôte, en lui tenant, pour le remercier de la faveur qu'il lui avait faite de l'avoir armé chevalier, des propos si étranges qu'il est impossible de les rapporter fidèlement. L'aubergiste, trop content de se débarrasser de lui, répondit à ses politesses par des politesses du même style et, sans s'attarder ni demander son dû, le laissa partir avec sa bénédiction.

De ce qui arriva à notre chevalier
quand il quitta l'auberge

DON QUICHOTTE SORTIT de l'auberge aux premières heures du jour, si content et si fier d'avoir enfin été promu chevalier que sa joie éclatait par tous les pores de son armure. Mais se souvenant que son hôte lui avait conseillé de ne jamais se déplacer sans argent ni chemises, il résolut de retourner chez lui pour se munir de toutes ces choses nécessaires, et aussi d'un écuyer, car il comptait prendre à son service un de ses voisins, un paysan pauvre qui avait des enfants, auquel la fonction d'écuyer dans la chevalerie errante irait comme un gant. Il reprit donc le chemin de son village, et Rossinante, qui devait sentir l'écurie, allait d'un si bon train qu'on aurait dit qu'il ne touchait plus terre.

Mais à peine s'était-il mis en route qu'il crut entendre de faibles cris venant d'un bois qu'il y avait sur sa droite, comme si quelqu'un se plaignait.

– Je rends grâces au ciel, dit-il aussitôt, qui me donne sans attendre l'occasion d'accomplir mon devoir de chevalier errant et de recueillir le fruit de mon généreux dessein ! Ces plaintes viennent à n'en pas douter d'une personne qui attend de moi aide et protection.

Et, tournant bride, il dirigea Rossinante vers l'endroit d'où les cris lui semblaient venir. Il n'avait pas fait quelques pas dans le bosquet qu'il vit une jument attachée à un chêne, et à un autre chêne, également attaché, un jeune garçon d'environ quinze ans, nu jusqu'à la ceinture. C'était lui qui poussait ces cris, et non sans raison, car un vigou-

reux paysan lui administrait une correction avec une ceinture de cuir, en accompagnant chaque coup d'une remon-
trance et d'un conseil :

– Ça t'apprendra ! Tu n'avais qu'à ouvrir l'œil !

A quoi le garçon répondait :

– Je ne le ferai plus, monsieur, je vous le jure. Et je vous
promets qu'à partir d'aujourd'hui je surveillerai bien votre
troupeau !

Don Quichotte, voyant ce qui se passait, s'écria, fort en
colère :

– Chevalier sans vergogne, de quel droit vous attaquez-
vous à un malheureux sans défense ? Montez sur votre cheval, prenez votre lance (car il y en avait une appuyée contre
l'arbre où était attachée la jument), et je vous ferai voir que
vous n'êtes qu'un lâche.

Le paysan, à la vue de cet épouvantail en armes qui brandissait une lance sous son nez et s'apprêtait à fondre sur lui,
se crut mort et répondit humblement :

– Monsieur le chevalier, ce garçon que je punis est un de
mes valets de ferme, que j'emploie à garder un troupeau de
moutons non loin d'ici. Mais il est si distrait que chaque
jour il m'en perd un. Et quand je veux le châtier de sa négligence, et peut-être de sa friponnerie, il prétend que je le fais
par avarice, pour ne pas avoir à lui payer ses gages. Sur
Dieu et mon âme, il ment !

– Comment osez-vous, faquin, lui rétorqua don Quichotte,
me prendre à témoin d'un démenti ? Par le soleil qui nous
éclaire, je ne sais ce qui me retient de vous passer ma lance
au travers du corps ! Payez ce garçon sans attendre et sans
répliquer, ou je jure, par le Dieu qui règne sur nos vies, que
je vous anéantis sur l'heure. Allons, détachez-le !

Le paysan baissa la tête et, sans dire mot, détacha son
valet, à qui don Quichotte demanda depuis quand il n'avait
pas été payé. Le garçon dit qu'on lui devait neuf mois, à
sept réaux chacun. Notre chevalier, ayant fait le compte,
trouva que la somme se montait à soixante-trois réaux, et
ordonna au paysan de les débourser immédiatement, s'il ne
voulait pas mourir. L'autre affirma tout tremblant que, foi

de moribond et par le serment qu'il avait fait (il n'avait encore rien juré), il n'en devait pas tant ; qu'il fallait déduire trois paires de souliers qu'il avait données au garçon, plus un réal pour deux saignées qu'on lui avait faites quand il était malade.

– Je veux bien le croire, répondit don Quichotte, mais les souliers et les saignées compteront pour les coups qu'il a reçus sans motif. Car s'il a abîmé le cuir de vos souliers, vous avez abîmé la peau de son corps ; et si le barbier lui a tiré du sang quand il était malade, vous, vous lui en avez tiré quand il était en pleine santé. Aussi ne vous doit-il plus rien.

– L'ennui, monsieur le chevalier, c'est que je n'ai pas d'argent sur moi ; qu'André revienne à la maison, et je lui payerai son dû, jusqu'au dernier sou.

– Moi, repartir avec lui ! dit le garçon. Non, monsieur, jamais ! Parce que, dès que vous aurez tourné le dos, il m'écorchera vif comme un saint Barthélemy !

– Il n'en fera rien, assura don Quichotte. Il suffira que je le lui défende pour qu'il s'en abstienne ; et pourvu qu'il me le jure par l'ordre de chevalerie qu'il a reçu, je le laisse libre et réponds du paiement.

– Je ne sais pas ce que vous voulez dire, monsieur. Mon maître n'est pas chevalier et n'a jamais reçu aucun ordre de chevalerie ; c'est le riche Juan Haldudo, qui habite à Quintanar.

– Qu'importe ! Il peut y avoir des Haldudo chevaliers ; d'ailleurs, chacun de nous est fils de ses œuvres.

– C'est vrai ; mais j'aimerais bien savoir de quelles œuvres mon maître est le fils, lui qui refuse de me payer ce que j'ai gagné à force de sueur et de travail !

– Je ne refuse pas, mon bon André, répondit le fermier ; si tu me fais le plaisir de revenir avec moi, je jure par tous les ordres de chevalerie de te payer, comme je l'ai dit, jusqu'au dernier sou, et de bon cœur.

– Je vous fais grâce du bon cœur, intervint don Quichotte ; payez-le en bons deniers, c'est tout ce qu'on vous demande. Et prenez garde d'accomplir ce que vous avez juré ; sinon, par ce même serment, je jure que je reviendrai vous chercher pour vous châtier, et que je saurai vous découvrir, fussiez-vous mieux caché qu'un lézard. Et afin que vous sachiez qui vous donne cet ordre, apprenez que je suis le valeureux don Quichotte de la Manche, l'illustre réparateur de toutes les injustices. Et maintenant, adieu ; mais n'oubliez pas ce que vous avez promis et juré, sous peine de subir le châtiment que j'ai dit.

Sur ces mots, il éperonna Rossinante et s'éloigna rapidement. Le fermier le suivit des yeux et, quand il le vit disparaître dans l'épaisseur du bois, il se tourna vers son valet :

– Approche, petit, lui dit-il ; je veux te payer ce que je te dois, comme ce vengeur d'injustices m'en a donné l'ordre.

– Je ne demande pas mieux, moi ; d'ailleurs, c'est dans votre intérêt d'obéir à ce bon chevalier, à qui Dieu prête mille ans de vie. Il est tellement juste, lui, et courageux que, par saint Roc, si vous ne me payez pas, il reviendra et fera ce qu'il a dit !

– Moi non plus, je ne demande pas mieux ; et, pour te prouver l'affection que j'ai à ton égard, je vais augmenter ma dette pour augmenter le paiement.

Et, le saisissant par le bras, il revint l'attacher au même chêne et lui administra une telle volée qu'il le laissa pour mort.

– Eh bien, vas-y, disait-il en le frappant, appelle-le donc, ton vengeur d'injustices, je te parie qu'il ne la vengera pas, celle-là ! Je ne sais ce qui me retient de t'écorcher vif.

Enfin, il le détacha, en lui conseillant d'aller trouver son justicier, pour que celui-ci mît à exécution la sentence prononcée. André s'en alla furieux, en se promettant bien de retrouver le valeureux don Quichotte de la Manche pour lui conter point par point ce qui s'était passé, et en jurant que son maître le lui payerait cher. Il n'empêche que c'était le valet qui pleurait, et le maître qui riait.

Quant au valeureux don Quichotte, devenu redresseur de torts, il retourna dans son village très satisfait de lui-même et ravi de ce qui venait d'arriver. Il lui semblait que cette aventure marquait de la façon la plus noble et la plus heureuse ses débuts dans la chevalerie errante ; et il murmurait à part lui :

— Tu peux te dire heureuse entre toutes les femmes qui vivent aujourd'hui sur la terre, ô Dulcinée du Toboso, la plus belle entre les belles, toi qui as pour esclave de ta volonté et de ton bon plaisir un chevalier aussi vaillant et illustre que don Quichotte de la Manche. Il n'est chevalier que depuis hier, comme tout le monde sait, et aujourd'hui il a déjà réparé la pire offense et redressé le tort le plus grave qu'ait jamais commis la cruauté ou l'injustice : il a arraché le fouet des mains d'un impitoyable ennemi qui battait sans motif un enfant.

En parlant, il était arrivé à un endroit où le chemin se divisait en quatre. Il lui revint alors en mémoire que les chevaliers errants s'arrêtaient aux carrefours, en se demandant quelle route ils allaient prendre ; et, afin de les imiter, il resta là un moment. Puis, après avoir bien réfléchi, il lâcha les rênes et laissa à son cheval le soin de décider à sa place ; Rossinante, suivant sa première idée, prit le chemin de l'écurie.

Ils avaient parcouru ainsi près d'une lieue, lorsque don Quichotte vit venir sur la route une troupe nombreuse. C'étaient des marchands tolédans, comme on l'apprit plus tard, qui allaient acheter de la soie à Murcie ; ils étaient six, abrités sous leurs parasols, accompagnés de quatre domestiques à cheval et de trois valets d'écurie à pied.

Don Quichotte se crut engagé aussitôt dans une nouvelle aventure et, comme il voulait imiter dans toute la mesure du possible les exploits qu'il avait lus dans ses romans, il eut une idée qui lui parut convenir parfaitement à la situation. Il s'affirma sur ses étriers, saisit sa lance d'un bras ferme, embrassa son bouclier et, se campant avec noblesse et courage au milieu du chemin, attendit ces gens qu'il prenait pour des chevaliers errants. Dès qu'ils furent assez proches pour le voir et l'entendre, il leur cria d'un ton arrogant :

— Aucun de vous ne passera, si chacun ne confesse qu'il n'y a dame plus belle en ce monde que l'impératrice de la Manche, l'incomparable Dulcinée du Toboso.

Les marchands s'arrêtèrent pour considérer l'étrange allure de celui qui leur tenait ce discours ; comprenant à son aspect, comme à ses paroles, qu'ils avaient affaire à un fou, ils voulurent en savoir plus long sur la confession qu'on leur demandait.

– Monsieur le chevalier, dit l'un d'eux qui aimait plaisanter et ne manquait pas d'esprit, nous ne connaissons pas cette noble dame dont vous parlez. Montrez-la-nous d'abord, et si elle est aussi belle que vous le prétendez, nous reconnaîtrons, de bon gré et sans contrainte aucune, ce que vous nous demandez.

– Si je vous la montrais, quel mérite auriez-vous à reconnaître une vérité aussi manifeste ? L'important est de le croire sans la voir ; et de le confesser, de l'affirmer, de le jurer, de le soutenir les armes à la main. En garde, racaille présomptueuse ! Venez donc, l'un après l'autre, comme l'exigent les règles de la chevalerie, ou tous ensemble, comme c'est la vile coutume parmi ceux de votre espèce. Je vous attends ici, fort de mon bon droit.

– Monsieur le chevalier, reprit le marchand, je vous supplie, au nom de tous ces princes que nous sommes, et afin que nous ne chargions pas notre conscience en affirmant une chose que nous n'avons jamais vue ni entendue, et qui porte un grand préjudice à toutes les impératrices et reines de l'Alcarria et de l'Estrémadure, de bien vouloir nous montrer un portrait de cette dame, même s'il n'est pas plus grand qu'un grain de blé ; nous saurons alors à quoi nous en tenir et, tout à fait rassurés, nous pourrons vous donner satisfaction. Nous sommes déjà si près de vous croire que, même si son portrait nous la représente louchant d'un œil et de l'autre distillant du vermillon et du soufre, nous dirons d'elle, pour vous complaire, tout le bien que vous voudrez.

– Non, canaille infâme ! répliqua don Quichotte, enflammé de colère. Son œil ne distille point ce que vous dites, mais de l'ambre et du musc ! Elle n'est pas louche, et encore moins bossue, car elle se tient plus droite qu'un sapin de Guadarrama. Et vous me payerez sur l'heure l'énorme blasphème que vous avez proféré contre cette beauté sans pareille !

Ce disant, il fondit lance baissée sur celui qui avait pris la parole, avec une telle fureur que si Rossinante n'avait par chance trébuché en pleine course, l'audacieux marchand aurait eu son compte. Rossinante tomba, son maître alla rouler dix pas plus loin et, malgré ses efforts, ne put se remettre debout tant il était embarrassé par sa lance, son bouclier, ses éperons, son casque à visière, sans compter le poids de sa vieille armure.

— Ne fuyez pas, lâches ! lançait-il aux marchands tout en essayant de se relever. Attendez, misérables ! Ce n'est pas de ma faute, mais celle de mon cheval, si je suis à terre.

Un des valets d'écurie, qui ne devait pas avoir l'humeur commode, ne put souffrir plus longtemps les insolences du pauvre chevalier et voulut lui répondre à sa façon. Il s'approcha, lui prit sa lance, la brisa en plusieurs morceaux et, avec l'un d'eux, lui administra une telle volée qu'en dépit de son armure il le laissa moulu comme du blé sous la meule. Ses maîtres lui criaient d'arrêter, mais le garçon s'étant pris au jeu ne voulut lâcher la partie qu'après avoir déchargé toute sa colère en brisant, l'une après l'autre, les pièces de la lance sur le dos du malheureux don Quichotte qui, malgré cette grêle de coups, n'en continuait pas moins de menacer le ciel et la terre et les malandrins qui le traitaient de la sorte. Enfin le valet se lassa, et les marchands poursuivirent leur chemin, et ne cessèrent pendant tout le voyage de s'entretenir du pauvre fou.

Après leur départ, don Quichotte essaya une nouvelle fois de se mettre debout. Mais s'il n'avait pu le faire quand il était entier, comment l'aurait-il pu à présent qu'il était rompu et presque en morceaux ? Cela ne l'empêchait pas d'être tout heureux de sa mésaventure, car il la trouvait digne d'un chevalier errant, et en attribuait, par ailleurs, toute la faute à son cheval. Quant à se relever, c'était impossible, tant il était brisé.

Où se poursuit le récit des mésaventures
de notre chevalier

VOYANT DONC QUE, malgré tous ses efforts, il ne pouvait bouger, don Quichotte eut recours à son remède habituel, qui était d'évoquer un passage de ses livres de chevalerie. Sa folie lui remit en mémoire un épisode des aventures d'Ogier le Danois, connues des petits et des grands, et auxquelles même les vieilles personnes prêtent foi, bien qu'il n'y ait là pas plus de vérité que dans les miracles de Mahomet. Cette histoire, qui raconte comment le fils de Charlemagne abandonna Baudoin blessé dans un bois, lui parut convenir parfaitement à la situation dans laquelle il se trouvait. Il commença donc à se rouler par terre pour manifester son affliction, en récitant d'une voix plaintive ces vers que, dit-on, le chevalier blessé avait prononcés :

> Où es-tu, dame de mon cœur,
> Si peu sensible à mon malheur ?
> Tu ignores ce coup fatal,
> Ou tu es fausse et déloyale.

Et il poursuivit :

> Ô toi, noble Ogier le Danois,
> Mon oncle et seigneur par le sang !

Vint à passer un paysan de son village, qui était allé porter du blé au moulin ; voyant un homme étendu à terre, il s'approcha et lui demanda qui il était et de quoi il souffrait pour se plaindre si tristement. Don Quichotte, persuadé que ce ne pouvait être que son oncle, Ogier le Danois, au lieu de lui répondre continua de chanter ses malheurs et les amours de sa femme avec le fils de Charlemagne.

Le paysan, tout surpris d'entendre pareil galimatias, lui ôta la visière que les coups de bâton avaient cabossée, lui nettoya le visage qui était couvert de poussière, et le reconnut aussitôt :

– Eh bien, monsieur Quichana, s'écria-t-il (ce qui prouve que tel était son nom, du temps où il avait tout son bon sens, quand il était un gentilhomme paisible et ne s'était pas encore transformé en chevalier errant), qui vous a mis dans cet état ?

Mais don Quichotte poursuivait sa chanson. Le brave paysan lui ôta, non sans mal, le plastron et la dossière de sa cuirasse pour voir s'il était blessé, et ne trouva pas la moindre trace de sang. Le soulevant alors avec beaucoup de peine, il le hissa sur son âne, qui lui parut une monture plus docile. Il ramassa les armes et ce qui restait de la lance, lia le tout sur le dos de Rossinante, et, tenant le cheval par la bride et l'âne par le licol, il reprit le chemin du village, attristé par les folies que débitait don Quichotte. Celui-ci n'était pas moins triste et pouvait à peine se tenir sur la bourrique tant il était fourbu et moulu ; de temps en temps, il poussait des soupirs à fendre l'âme, ce qui obligea le paysan à lui demander une fois de plus où il avait mal. Mais don Quichotte, à qui le diable en personne semblait remettre en mémoire des aventures en rapport avec sa situation, oublia Baudoin et se souvint du Maure Abencérage, que le gouverneur d'Antequera, Rodrigue de Narvaez, avait fait emprisonner dans sa forteresse. Aussi, quand le paysan lui redemanda comment il se sentait, il lui répondit, mot pour mot, ce que l'Abencérage avait dit à Rodrigue de Narvaez, dans la *Diane* de Montemayor, d'où cette histoire est tirée ; et il amenait toutes ces sottises avec tant d'à-propos que le paysan, qui n'y entendait rien, commençait à prendre la mouche. Il comprit cependant que son voisin était fou, et se hâta d'arriver au village pour abréger l'ennui que lui causaient ses interminables discours.

– Sachez, monsieur le gouverneur don Rodrigue de Narvaez, poursuivit don Quichotte, que l'incomparable Dulcinée du Toboso a pris désormais la place de la belle Jarifa ; c'est en son nom que j'ai accompli et que j'accomplirai les hauts faits de chevalerie les plus fameux qu'on ait jamais vus et qu'on verra jamais en ce monde.

– Mais, pauvre de moi, répondit le paysan, je ne suis pas don Rodrigue de Narvaez, ni Ogier le Danois, mais tout simplement Pedro Alonso, votre voisin. Et vous, vous n'êtes ni Baudoin ni l'Abencérage, mais un honorable gentilhomme nommé Quichana.

– Je sais qui je suis, et je sais que je peux être non seulement ceux que j'ai nommés, mais encore les douze pairs de France et les neuf Hommes illustres ; car de tous les exploits qu'ils ont accomplis, ensemble ou séparément, aucun ne pourra jamais se comparer aux miens !

Ces propos et d'autres du même genre les menèrent jusqu'au village, où ils arrivèrent à la tombée du jour. Le paysan attendit toutefois pour y entrer qu'il fît nuit noire, car il ne voulait pas que l'on vît notre gentilhomme revenir en si piteux état. Quand le moment lui parut propice, il le conduisit jusque chez lui, où tout le monde était en émoi ; il y avait là don Pero Perez, le curé, et maître Nicolas, le barbier du village, deux fidèles amis de don Quichotte, à qui la gouvernante disait en se lamentant :

– Hélas, monsieur le curé, quel malheur ! Voilà bien trois jours qu'on n'a pas revu notre maître, ni son cheval, ni sa lance, ni son bouclier, ni son armure ! Ah, malheur ! Je suis sûre, aussi vrai que je suis née pour mourir, que ces maudits romans de chevalerie qu'il lit à longueur de temps lui ont fait perdre la raison. Je me rappelle maintenant l'avoir entendu dire à plusieurs reprises, en se parlant à lui-même, qu'il voulait devenir chevalier errant et partir sur les chemins à la recherche d'aventures. Que Satan et Barabbas emportent tous ces livres qui ont gâté la cervelle la mieux faite de toute la Manche !

– Et moi, maître Nicolas, renchérit la nièce, je peux vous affirmer que j'ai vu très souvent mon oncle lire ces horribles romans de mésaventures pendant deux jours et deux nuits d'affilée ; après quoi, il jetait le livre, empoignait son épée et pourfendait les murs. Une fois qu'il était bien fatigué, il disait qu'il avait tué quatre géants hauts comme des tours, et que la sueur qui lui coulait de s'être ainsi démené était le sang des blessures qu'il avait reçues pendant la bataille. Ensuite, il buvait une cruche entière d'eau fraîche, et il était aussitôt apaisé et guéri car, disait-il, cette eau était un précieux breuvage que lui avait apporté le sage Esquife, ou Alquife, un enchanteur de ses amis. Mais tout est de ma faute : si je vous avais informé des extravagances de mon oncle, vous auriez fait le nécessaire pour l'empêcher d'en arriver là, et vous auriez brûlé tous ces livres maudits, parce qu'il en a beaucoup et qu'ils méritent le bûcher, comme ceux qu'écrivent les hérétiques.

– C'est aussi mon avis, intervint le curé, et je vous promets que la journée de demain ne se passera pas sans qu'on en fasse le procès public et qu'on les condamne au bûcher, pour qu'ils ne donnent plus à ceux qui les lisent envie de faire comme notre ami.

Ces propos furent entendus de don Quichotte, et surtout du paysan qui, n'ayant plus aucun doute sur la maladie de son voisin, se mit à crier à tue-tête :

– Ouvrez à Ogier le Danois et au chevalier Baudoin, qui est gravement blessé, et au grand Abencérage que ramène prisonnier le vaillant Rodrigue de Narvaez, gouverneur d'Antequera !

Ils sortirent tous à ces cris ; ayant reconnu, l'un son ami, l'autre son oncle, l'autre son maître, qui n'était pas encore descendu de l'âne parce qu'il ne le pouvait pas, ils coururent l'embrasser.

– Arrêtez, dit don Quichotte, je suis gravement blessé par la faute de mon cheval. Qu'on me porte dans mon lit et qu'on fasse venir, si c'est possible, la sage Urgande pour qu'elle panse mes blessures.

– Hélas, quel malheur, s'écria alors la gouvernante, le

cœur me disait bien de quel pied clochait notre maître !
Entrez, monsieur, soyez le bienvenu. Et n'ayez crainte, nous
saurons bien vous guérir sans qu'on appelle cette urgente-
là. Maudits soient tous les romans de chevalerie qui vous
ont mis dans ce bel état !

On le porta aussitôt dans son lit, mais quand on voulut
soigner ses blessures, on n'en trouva aucune ; il expliqua
qu'il était tout simplement moulu, car Rossinante, son cheval, s'était abattu sous lui alors qu'il combattait contre dix
géants, parmi les plus redoutables qu'il y avait sur presque
toute la terre.

– Tiens, tiens, dit le curé, voilà que les géants s'en mêlent
à présent ! Par la sainte croix, je jure que je les aurai tous
brûlés demain, avant qu'il fasse nuit.

Ils posèrent ensuite à don Quichotte mille questions, auxquelles il ne donna qu'une seule et même réponse : qu'on
lui apportât à manger et qu'on le laissât dormir, car il en
avait grand besoin. Ce que l'on fit. Puis le curé interrogea
longuement le paysan, qui lui raconta où et comment il avait
trouvé don Quichotte, et quelles sottises celui-ci lui avait
débitées tout au long du chemin. Cela l'incita d'autant plus
à se rendre, dès le lendemain, chez don Quichotte, en compagnie de son ami maître Nicolas, le barbier.

Du plaisant inventaire que firent le curé
et le barbier dans la bibliothèque
de notre ingénieux gentilhomme

DON QUICHOTTE DORMAIT encore. Le curé demanda à la nièce les clefs de la pièce où se trouvaient les livres coupables de tout le mal, et elle s'empressa de les lui remettre. Tout le monde entra, y compris la gouvernante ; il y avait là plus d'une centaine de gros volumes aux belles reliures, et d'autres de taille moyenne. Dès qu'elle les vit, la gouvernante sortit en toute hâte de la bibliothèque et revint avec une écuelle d'eau bénite et un goupillon.

– Prenez ça, monsieur le curé, dit-elle, et aspergez-en toute la pièce, au cas où il y aurait ici un des enchanteurs dont on parle tant dans ces livres, et qu'il veuille nous enchanter pour nous punir de vouloir le chasser de notre monde.

Le curé ne put s'empêcher de rire de tant de naïveté, et demanda au barbier de lui présenter les livres un par un, pour voir de quoi ils traitaient, car il pouvait s'en trouver qui ne méritaient pas le supplice du feu.

– Non ! intervint la nièce. Aucun ne doit être épargné, car ils ont tous fait du mal à mon oncle. Le mieux, ce serait de les jeter par la fenêtre, d'en faire un tas et d'y mettre le feu ; ou plutôt, d'allumer un bûcher dans la cour, pour que la fumée ne nous incommode pas.

La gouvernante approuva, car toutes deux n'avaient qu'une envie, c'était de voir périr ces pauvres innocents. Mais le curé n'y consentit pas : il voulait au moins en lire les titres. Le premier que maître Nicolas lui présenta était *Amadis de Gaule*.

– Ce livre est un cas un peu étrange, dit le curé. D'après ce que j'ai entendu dire, c'est le premier roman de chevalerie qu'on ait imprimé en Espagne, et tous ceux qui ont été écrits par la suite l'ont pris pour modèle. Il me paraît donc qu'en tant que fondateur d'une secte dangereuse, nous devons le condamner sans rémission au bûcher.

– Je ne suis pas de votre avis, objecta le barbier, parce que j'ai aussi entendu dire que, de tous les livres de chevalerie, c'est le meilleur. Et puisqu'il est unique en son genre, il mérite d'être épargné.

– C'est juste, reconnut le curé. Qu'on lui laisse pour l'instant la vie sauve. Passons au suivant.

– Ce sont les *Prouesses d'Esplandian, fils légitime d'Amadis de Gaule*, lut le barbier.

– Il n'y a aucune raison, dit le curé, pour que l'on tienne compte au fils des mérites du père. Prenez-le, madame la gouvernante, ouvrez cette fenêtre et jetez-le dehors ; il sera le premier à alimenter le bûcher que nous allons allumer.

La gouvernante obéit avec empressement, et le pauvre Esplandian vola dans la cour, où il attendit patiemment l'heure du supplice.

– Continuons, dit le curé.

– Le suivant, reprit le barbier, est *Amadis de Grèce* ; et tous ceux qui sont rangés de ce côté-là appartiennent, d'après moi, à la même famille.

– Au bûcher ! décréta le curé. Car plutôt que d'épargner la reine Pintiquinestre, les églogues du berger Darinel et l'insupportable galimatias de l'auteur, je brûlerais avec eux mon propre père, s'il lui prenait l'envie de se faire chevalier errant !

– C'est aussi mon avis, dit le barbier.

– Et le mien, ajouta la nièce.

– Alors, donnez-les-moi ; ils iront rejoindre les autres ! dit la gouvernante.

On lui remit le lot, qui pesait lourd ; et, s'évitant la peine de descendre l'escalier, elle les jeta par la fenêtre.

– Et quel est ce gros volume ? demanda le curé.

– C'est *Don Olivante de Laura*, lut maître Nicolas.

– Il est du même auteur que *Le Jardin des fleurs*, expliqua le curé. Je ne saurais dire lequel des deux est le plus véridique, ou plutôt le moins mensonger ; tout ce que je sais, c'est qu'il ira au feu, pour ses prétentions et son extravagance.

– Le suivant s'intitule *Fleurimort d'Hyrcanie*, continua le barbier.

– Le sieur Fleurimort est donc de la partie ! s'exclama le curé. Eh bien, qu'il aille sur-le-champ rejoindre les autres, malgré sa mystérieuse naissance et ses nombreuses prouesses : c'est tout ce que méritent la dureté et la sécheresse de son style. Jetez-moi ça par la fenêtre, madame, et l'autre avec !

– Avec grand plaisir, répondit la gouvernante.

Et elle s'empressa d'exécuter les ordres reçus.

– Voici *Le Chevalier Platir*, poursuivit le barbier.

– C'est un vieux livre, et je n'y trouve rien qui mérite grâce. Qu'il subisse le même sort que les précédents, et sans discussion !

Sitôt dit, sitôt fait. Le barbier ouvrit ensuite un livre qui avait pour titre *Le Chevalier à la Croix*.

– Avec un nom pareil, cet ouvrage mériterait peut-être notre clémence ; mais on dit bien que derrière la croix se cache le diable. Au feu !

Le barbier en prit un autre.

– Voici *Le Miroir de la chevalerie*.

– Celui-là, je le connais. On y retrouve Renaud de Montauban et ses compagnons d'armes, tous plus voleurs que Cacus, et aussi les douze pairs de France, et l'archevêque Turpin, cet historien soi-disant digne de foi. Cependant, je suis d'avis de ne les condamner qu'à un bannissement perpétuel, en raison de l'influence que ce roman a exercée sur le fameux livre de Matteo Boiardo, dont l'Arioste, poète chrétien, s'est inspiré pour tisser sa toile. Je préviens celui-ci tout de suite que si je le rencontre dans une autre langue que la sienne, je ne lui témoignerai aucun respect ; mais s'il parle italien, je m'inclinerai devant lui.

– Moi, dit le barbier, je l'ai en italien ; mais je n'y comprends pas un mot.

– Cela vaut mieux pour vous ; et il aurait mieux valu pour nous tous qu'un certain capitaine que je ne nommerai point ne l'eût pas apporté en Espagne et traduit en castillan, car il lui a ôté une grande partie de sa valeur, comme c'est le cas pour tous les livres en vers que l'on fait passer d'une langue dans une autre : malgré tout le soin que le traducteur y porte et toute l'habileté qu'il y déploie, jamais il ne pourra restituer la perfection de l'œuvre originale. Je décrète donc que ce livre et tous les autres qui traitent des chevaliers français soient déposés ou jetés dans un puits à sec, jusqu'à ce que nous ayons décidé de leur sort. A l'exception de deux livres, l'un intitulé *Bernard de Carpio*, qui doit être par là, et l'autre *Roncevaux* : s'ils me tombent entre les mains, ils passeront dans celles de madame la gouvernante, et de là, dans les flammes, sans rémission.

Maître Nicolas approuva la sentence, qui lui parut tout à fait juste ; d'ailleurs, il ne doutait pas qu'un homme aussi bon chrétien que le curé pût dire en toutes circonstances autre chose que la vérité. Ouvrant successivement deux autres livres, il vit que l'un était *Palmerin d'Olive* et l'autre *Palmerin d'Angleterre*, et il les présenta au curé, qui dit :

– Cette olive-là, qu'on en fasse du marc, qu'on la brûle et qu'on fasse disparaître ses cendres. Quant à la palme d'Angleterre, qu'on la garde précieusement comme une chose unique ; et qu'on fasse pour elle un coffret pareil à celui qu'Alexandre le Grand trouva parmi les dépouilles du roi Darius, et qu'il destina à la conservation des œuvres d'Homère. Cet ouvrage, maître Nicolas, mérite le respect pour deux raisons : d'abord, parce que c'est un excellent livre, et puis parce qu'il a été composé, à ce qu'on dit, par un roi du Portugal qui était un grand lettré. Toutes les aventures du château de Miregarde sont fort bien menées et pleines d'invention ; les dialogues, clairs et de style relevé, respectent la bienséance et ménagent toutes les convenances de caractère et de ton des personnages. Je déclare donc, sauf avis contraire de maître Nicolas, que *Palmerin d'Angleterre* et *Amadis de Gaule* seront exemptés du bûcher, et que tous les autres périront par le feu sans autre forme de procès.

– Non, monsieur le curé, pas celui que j'ai entre les mains, intervint le barbier, c'est le fameux *Don Bélianis*.

– Celui-là, dit le curé, avec ses deuxième, troisième et quatrième parties, a besoin de quelques grains d'hellébore pour se purger de ses excès ; il faut en retrancher l'épisode du château de la Renommée, et d'autres passages encore plus malséants. On lui accordera donc un délai ; s'il se corrige, on usera de clémence à son égard ; dans le cas contraire, justice sera faite. En attendant, maître Nicolas, emportez-le chez vous ; mais veillez à ce que personne ne le lise.

– Bien volontiers.

Et sans plus se fatiguer à examiner le reste des livres, le barbier dit à la gouvernante de prendre les plus gros et de les jeter dans la cour. Elle ne se fit pas prier, car elle préférait de loin les brûler que de tisser la plus longue et la plus fine des pièces de toile. Elle en prit huit d'un coup et les envoya par la fenêtre. Mais elle était si chargée qu'il en tomba un aux pieds du barbier, qui l'ouvrit par curiosité et lut : *Histoire du fameux chevalier Tirant le Blanc*.

– Dieu tout-puissant ! s'écria le curé. Est-ce possible ? Donnez-moi ce livre, maître Nicolas ; je le considère comme un trésor de bonne humeur et une mine de divertissements. On y trouve le valeureux chevalier don Kyriéléison de Montauban, et son frère Thomas, ainsi que le chevalier Fonseca ; on y raconte la bataille que le courageux Tirant livre contre un dogue, les traits d'esprit de la demoiselle Plaisir-de-ma-vie, ainsi que les amours et les intrigues de la veuve Paisible, et la passion de l'impératrice pour Hippolyte, écuyer de Tirant. Croyez-moi, maître Nicolas, c'est le meilleur de tous les romans de chevalerie : on y voit des chevaliers qui mangent comme vous et moi, qui meurent dans leur lit et qui, avant de mourir, font leur testament ; bref, toutes ces choses dont on ne parle jamais dans ces livres-là. Néanmoins, l'auteur aurait mérité d'être condamné à vie aux galères pour y avoir écrit bien des sottises qu'il aurait pu éviter. Emportez-le chez vous et lisez-le : vous verrez que tout ce que je vous ai dit est vrai.

— Je n'en doute pas, répondit le barbier. Mais, dites-moi, que ferons-nous de tous ces petits livres qui restent ?

— Ceux-là ne sont sans doute pas des livres de chevalerie, mais de poésie.

Il en ouvrit un au hasard : c'était la *Diane* de Jorge de Montemayor. Supposant que les autres étaient de la même veine, il déclara :

— Ces livres ne méritent pas le bûcher ; ils ne font ni ne feront jamais autant de mal que les romans de chevalerie, car ils sont pleins de bon sens, et sans danger pour personne.

— Ah, monsieur le curé, s'exclama la nièce, vous feriez bien mieux de les condamner au feu comme les autres ! Imaginez que mon oncle, une fois guéri de sa maladie chevaleresque, se mette à les lire, et qu'il lui prenne l'envie de devenir berger, et de passer son temps dans les prés et les bois à chanter et à jouer du luth ; ou pis encore, qu'il décide de devenir poète, ce qui, paraît-il, est un mal incurable et contagieux.

— Cette demoiselle n'a pas tort, reconnut le curé ; autant éviter à notre ami une nouvelle tentation. Et, puisque nous avons commencé par la *Diane* de Montemayor, je suis d'avis qu'on ne la jette pas au feu, mais qu'on en supprime tout ce qui concerne la sage Félicie et l'onde enchantée, et la plupart des vers longs ; il lui restera sa belle prose, et l'honneur d'être le premier livre du genre.

— Le suivant, lut maître Nicolas, est intitulé la *Diane*, deuxième de ce nom, écrit par un médecin de Salamanque ; et voici une troisième *Diane*, mais dont l'auteur est Gil Polo.

— Que la deuxième aille augmenter le nombre des condamnés, mais que l'on traite celle de Gil Polo avec autant d'égards que si Apollon lui-même en était l'auteur. Continuez, maître Nicolas, et dépêchons-nous, car il se fait tard.

— Celui-ci, dit le barbier en ouvrant un autre livre, a pour titre *Les Dix Livres de la fortune d'amour*, d'Antonio de Lofraso, poète sarde.

– Par tous les saints, s'écria le curé, depuis qu'Apollon est Apollon et que les muses inspirent les poètes, on n'a jamais composé de livre plus comique ni plus extravagant que celui-ci ! Dans son genre, il est le meilleur du monde, et quiconque ne l'a pas lu n'a jamais rien lu de divertissant. Donnez-le-moi, maître Nicolas ; je suis encore plus content de l'avoir trouvé que si on m'avait fait cadeau d'une soutane neuve.

Il le mit de côté avec la plus grande satisfaction, tandis que le barbier poursuivait :

– Les suivants sont *Le Berger ibérique*, *Les Nymphes de Hénarès* et *Le Remède à la jalousie*.

– Remettez-les sans attendre au bras séculier de la gouvernante ; et ne me demandez pas pourquoi, ce serait trop long à expliquer.

– Et voici *Le Berger de Philis*.

– Ce berger a plus d'esprit qu'un homme de cour. A conserver précieusement.

– Ce gros volume est intitulé *Trésor de poésies variées*.

– S'il en contenait moins, on l'estimerait davantage ; ce livre a besoin d'un bon nettoyage pour le débarrasser des petitesses qui nuisent à sa grandeur. Nous le garderons, parce que son auteur est un de mes amis, et par considération pour d'autres ouvrages plus héroïques et plus relevés qu'il a écrits.

– Celui-ci, continua le barbier, est le *Chansonnier* de Lopez Maldonado.

– Cet auteur aussi est un de mes bons amis. Dits par lui, ses vers provoquent l'admiration de tous ; car il les chante d'une voix si douce qu'il vous enchante. Il est un peu long dans ses églogues, mais on ne se lasse jamais de ce qui est bon : gardons-le parmi les élus. Et quel est donc ce livre qui vient après ?

– C'est la *Galatée*, de Miguel de Cervantes.

– Ce Cervantes est un ami de longue date ; et je sais qu'il est plus versé dans le malheur que dans la versification. Son livre ne manque pas d'une certaine invention, mais il ne va pas jusqu'au bout de son propos : il nous faut attendre la deuxième partie, qu'il nous a annoncée. Nous verrons alors s'il s'est suffisamment corrigé pour mériter la miséricorde que nous lui refusons aujourd'hui. Entre-temps, gardez-le chez vous, maître Nicolas, et sous clé.

– Ce sera fait, répondit le barbier. En voici trois autres, qui viennent ensemble : l'*Araucana*, d'Alonso de Ercilla, l'*Austriada* de Juan Rufo, magistrat de Cordoue, et le *Montserrat*, de Cristobal de Viruès, poète valencien.

– Ce sont les meilleurs livres de poésie héroïque qu'on ait jamais écrits dans notre langue, dit le curé, et ils peuvent rivaliser avec les plus fameux imprimés en Italie. Gardonsles comme les plus précieux trésors de la poésie espagnole.

Après quoi, lassé de voir tant de livres, il décréta en bloc que tout le reste méritait le bûcher ; mais le barbier en avait déjà ouvert un qui s'intitulait *Les Larmes d'Angélique*.

– C'est moi qui aurais pleuré, reconnut le curé, si je l'avais condamné au feu. Son auteur est l'un des plus célèbres poètes, non seulement d'Espagne mais du monde, et il a de plus traduit avec grand bonheur quelques fables d'Ovide.

De la seconde sortie de notre bon chevalier
don Quichotte de la Manche

A CE MOMENT-LÀ, on entendit don Quichotte qui criait :

– A vous, valeureux chevaliers ! A vous ! Les gentils-hommes de la cour ont pris l'avantage dans le tournoi, c'est le moment de prouver la valeur de vos bras !

Le curé et les autres accoururent au vacarme, laissant là l'inventaire de la bibliothèque ; et il est probable que parmi tous les livres qui restaient et qui subirent la peine du feu, sans avoir été ni présentés ni entendus, se trouvaient la *Caroléa*, *Léon en Espagne* et *La Geste de l'empereur*, de Luis de Avila, auxquels le curé, s'il avait pu les voir, aurait peut-être évité une condamnation aussi rigoureuse.

Quand ils entrèrent dans la chambre, don Quichotte était debout et, aussi éveillé que s'il n'avait jamais dormi, il continuait à crier des absurdités en donnant à la ronde de grands coups d'estoc et de taille. Ils le saisirent à bras-le-corps et le recouchèrent de force. Quand il se fut un peu calmé, il se tourna vers le curé :

– Certes, monsieur l'archevêque Turpin, lui dit-il, c'est un grand déshonneur pour nous autres, chevaliers errants connus sous le nom des douze Pairs, que d'abandonner sans résistance la victoire du tournoi à des chevaliers de cour, alors que nous avions remporté le trophée les trois jours précédents.

– Du calme, mon ami ; si Dieu le veut, la chance tournera, et ce que vous perdez aujourd'hui, vous le regagnerez demain. Occupez-vous plutôt de votre santé, car vous devez être, j'en suis certain, extrêmement fatigué et peut-être même gravement blessé.

– Blessé, non ; mais moulu et brisé, il n'y a aucun doute. Ce bâtard de Roland m'a roué de coups avec le tronc d'un chêne, et tout cela par jalousie, car il voit bien que je suis le seul à rivaliser avec ses exploits. Mais je ne m'appellerais pas Renaud de Montauban si, malgré tous ses enchantements, je ne lui rendais pas la monnaie de sa pièce dès que je pourrai sortir de ce lit. En attendant, qu'on me donne à manger, j'en ai le plus grand besoin ; quant à ma vengeance, je m'en charge.

Ils s'empressèrent de lui obéir et de lui apporter à déjeuner ; après quoi, il resta profondément endormi, les laissant stupéfaits de son étrange folie.

Cette nuit-là, la gouvernante brûla et réduisit en cendres tous les livres qu'elle avait jetés dans la cour, et tous ceux qu'elle put trouver dans la maison. Certains auraient sans doute mérité d'être soigneusement conservés dans des archives, mais leur malchance et la paresse de l'examinateur en décidèrent autrement : on a bien raison de dire que les innocents paient parfois pour les coupables.

Pour lutter contre la maladie de leur ami, le curé et le barbier eurent l'idée de fermer et de faire murer la pièce où don Quichotte gardait ses livres, pour qu'il ne les trouvât pas quand il se lèverait, espérant qu'en supprimant la cause ils supprimeraient l'effet, et de dire qu'un enchanteur avait tout emporté : et le cabinet et les livres. Ce qui fut exécuté, en toute diligence.

Deux jours plus tard, quand don Quichotte put quitter la chambre, la première chose qu'il fit fut d'aller voir ses livres ; et comme il ne trouvait plus le cabinet là où il l'avait laissé, il le cherchait partout avec obstination. Il revenait à l'endroit où aurait dû être la porte, tâtait avec ses mains, regardait attentivement de tous les côtés, sans dire mot. Enfin, au bout d'un long moment, il demanda à la gouvernante où était le cabinet dans lequel il rangeait ses livres ; et elle, qui savait fort bien ce qu'elle devait répondre, s'étonna :

– Quel cabinet ? De quoi parlez-vous, monsieur ? Il y a longtemps qu'il n'y a plus ni cabinet ni livres dans cette maison. Le diable a tout emporté.

– Ce n'était pas le diable, rectifia la nièce, mais un enchanteur qui est arrivé à dos de serpent, sur un nuage, la nuit qui a suivi votre départ. Il a mis pied à terre, il est entré dans le cabinet, et je ne sais pas ce qu'il y a fait, mais au bout d'un moment, nous l'avons vu s'envoler par le toit, et la maison était toute pleine de fumée. Quand nous avons voulu voir ce qu'il avait fait, nous n'avons plus trouvé ni cabinet ni livres. Mais je me souviens très bien, et la gouvernante aussi, qu'au moment de partir ce méchant vieillard a crié que, s'il faisait dans cette maison les dommages qu'on allait voir, c'était à cause d'une haine secrète qu'il portait au maître de ces livres et de ce cabinet. Il a dit aussi qu'il s'appelait l'enchanteur Mignaton.

– N'était-ce pas plutôt Freston ? demanda don Quichotte.

– Je ne sais pas, répliqua la gouvernante, s'il s'appelait Freston ou Friton ; tout ce que je sais, c'est que ça se terminait en *ton*.

– Cet enchanteur est en effet un de mes pires ennemis. Il m'en veut parce qu'il sait, grâce à son art et à son grimoire, qu'un jour viendra où j'aurai à me battre en combat singulier contre un chevalier qu'il protège, et que je le vaincrai sans qu'il puisse l'empêcher ; voilà pourquoi il cherche à me nuire par tous les moyens. Et moi je l'informe qu'il aura beau faire, il ne pourra contrecarrer ni éviter ce que le ciel ordonne.

– Qui dit le contraire ? reprit la nièce. Mais vous, mon oncle, pourquoi vous mêler de toutes ces querelles ? Vous feriez mieux de rester tranquillement dans votre maison au lieu de partir sur les routes en ne rêvant que plaies et bosses ! N'oubliez pas que tant va la cruche à l'eau qu'à la fin elle se casse.

– Ah, ma chère nièce, comme tu es loin du compte ! Avant qu'on réussisse à me casser, j'aurai brisé et réduit en pièces tous ceux qui s'imaginent pouvoir toucher la pointe d'un de mes cheveux !

Voyant qu'il se mettait en colère, les deux femmes se gardèrent d'insister.

Le fait est que, durant quinze jours, don Quichotte resta tranquillement chez lui, sans manifester le moindre désir de recommencer ses escapades. Il eut des discussions fort plaisantes avec le curé et le barbier, durant lesquelles il soutenait que ce dont notre monde avait le plus besoin, c'était de chevaliers errants, et qu'il fallait donc rétablir l'ordre de la chevalerie errante. Le curé le contredisait parfois, et parfois faisait semblant de céder pour que la discussion pût se poursuivre.

Entre-temps, don Quichotte avait sollicité les services d'un paysan de son village, un homme de bien – si tant est qu'on puisse donner ce titre à un pauvre –, mais qui n'avait pas grand-chose dans la cervelle. A force de belles paroles et de promesses, il finit par persuader ce brave homme de partir avec lui et de lui servir d'écuyer. Don Quichotte lui disait, entre autres choses, qu'à la première aventure où il gagnerait un archipel, ce qui ne pouvait tarder, il lui en confierait le gouvernement et qu'il avait donc tout avantage à l'accompagner. Alléché par ces propositions et d'autres du même genre, Sancho Panza – c'était le nom du paysan – laissa sa femme et ses enfants pour devenir écuyer en titre de son voisin.

Don Quichotte se préoccupa ensuite de trouver de l'argent ; et, vendant une chose, engageant une autre, et perdant sur tout, il finit par réunir une somme raisonnable. Il se procura aussi un bouclier de fer, qu'il emprunta à un de ses amis ; puis, ayant raccommodé et renforcé du mieux qu'il pouvait son casque à visière, il avertit son écuyer du jour et de l'heure du départ, pour qu'il pût de son côté faire ses préparatifs. Il lui recommanda surtout de se munir d'un bissac ; l'autre le lui promit et ajouta qu'il pensait emmener aussi son âne, qui était une bonne bête, car il n'était pas dans ses habitudes d'aller beaucoup à pied. Cela embarrassa quelque peu don Quichotte, qui chercha à se rappeler si jamais chevalier errant avait été accompagné d'un écuyer à dos d'âne. Comme aucun exemple ne lui revenait en mémoire, il y consentit néanmoins, bien résolu à trouver pour son écuyer une monture plus honorable dès que l'occasion se présenterait, en prenant son cheval au premier chevalier discourtois qu'il croiserait sur son chemin. Lui-même se pourvut de chemises et de tout ce que l'aubergiste lui avait conseillé d'emporter.

C'est ainsi qu'une nuit Sancho Panza et don Quichotte quittèrent le village sans être vus de personne et sans avoir dit adieu, le premier à sa femme, le second à sa nièce et à sa gouvernante. Ils cheminèrent si longtemps qu'au lever du jour ils étaient convaincus qu'on ne pourrait pas les rattraper, même si on se mettait à leur recherche.

Sancho Panza allait sur son âne comme un patriarche, avec son bissac et son outre, impatient d'être nommé gouverneur de l'archipel que son maître lui avait promis. Don Quichotte retrouva le chemin qu'il avait pris lors de sa première sortie et qui traversait la campagne de Montiel ; mais, cette fois, le trajet lui parut moins fatigant, car c'était le matin et le soleil n'était pas encore haut.

– Monsieur le chevalier errant, lui dit alors Sancho Panza, n'oubliez pas votre promesse de me donner un archipel ; parce que vous pouvez être sûr que je saurai le gouverner, même s'il est très grand.

– Apprends, Sancho Panza, qu'autrefois tous les chevaliers errants nommaient leurs écuyers gouverneurs des archipels ou des royaumes qu'ils avaient gagnés dans leurs aventures ; et j'entends bien respecter une si louable coutume. Je pense même faire mieux que mes prédécesseurs : le plus souvent, en effet, ils attendaient que leurs écuyers fussent vieux, las de servir et de passer des jours pénibles et des nuits encore plus mauvaises, pour leur donner enfin un titre de comte ou de marquis. Mais si toi et moi sommes en vie, il se pourrait qu'avant six jours j'aie conquis un empire composé de plusieurs royaumes ; ce qui tomberait à pic, car je t'en donnerais un, dont tu serais couronné roi. Cela ne doit pas te surprendre ; il arrive aux chevaliers errants tellement de choses inimaginables et imprévisibles que tu pourrais bien en recevoir dix fois plus.

— A ce train-là, répondit Sancho, si je devenais roi par un de ces miracles dont vous parlez, Juana Gutierrez, ma moitié, deviendrait reine, mon fils un prince et ma fille une princesse !

— Qui pourrait en douter ?

— Moi ; parce que je suis sûr que si Dieu lui-même faisait pleuvoir sur la terre un déluge de royaumes, aucune couronne ne tiendrait sur la tête de Marie Gutierrez ; sachez, monsieur, que comme reine, elle ne vaut pas deux sous ; comtesse à la rigueur, et encore, avec l'aide de Dieu !

— Laissons donc à Dieu le soin d'en décider et de lui donner ce qui lui correspond. Quant à toi, Sancho, tu dois garder le front haut et refuser toute charge qui soit inférieure à celle de gouverneur de province.

— Certainement, monsieur ; surtout à présent que j'ai un aussi bon maître que vous, qui va me donner ce qu'il me faut et ce qui me convient le mieux.

De la grande victoire que le vaillant
don Quichotte remporta dans l'épouvantable
et incroyable aventure des moulins à vent,
avec d'autres événements dignes de mémoire

C'EST ALORS QU'ILS découvrirent dans la plaine trente ou quarante moulins à vent ; dès que don Quichotte les aperçut, il dit à son écuyer :

– La chance conduit nos affaires mieux que nous ne pourrions le souhaiter. Vois-tu là-bas, Sancho, cette bonne trentaine de géants démesurés ? Eh bien, je m'en vais les défier l'un après l'autre et leur ôter à tous la vie. Nous commencerons à nous enrichir avec leurs dépouilles, ce qui est de bonne guerre ; d'ailleurs, c'est servir Dieu que de débarrasser la face de la terre de cette ivraie.

– Des géants ? Où ça ?

– Là, devant toi, avec ces grands bras, dont certains mesurent presque deux lieues.

– Allons donc, monsieur, ce qu'on voit là-bas, ce ne sont pas des géants, mais des moulins ; et ce que vous prenez pour des bras, ce sont leurs ailes, qui font tourner la meule quand le vent les pousse.

– On voit bien que tu n'y connais rien en matière d'aventures. Ce sont des géants ; et si tu as peur, ôte-toi de là et dis une prière, le temps que j'engage avec eux un combat inégal et sans pitié.

Et aussitôt, il donna des éperons à Rossinante, sans se soucier des avertissements de Sancho, qui lui criait que ceux qu'il allait attaquer étaient bien des moulins et non des géants. Mais don Quichotte était tellement sûr de son fait qu'il n'entendait pas Sancho et que, même arrivé devant les moulins, il ne voyait pas qu'il se trompait.

– Ne fuyez pas, lâches et viles créatures, criait-il, c'est un seul chevalier qui vous attaque !

Sur ces entrefaites, un vent léger se leva, et les grandes ailes commencèrent à tourner. Ce que voyant, don Quichotte reprit :

– Vous aurez beau agiter plus de bras que n'en avait le géant Briarée, je saurai vous le faire payer !

Là-dessus, il se recommanda de tout son cœur à sa dame Dulcinée, la priant de le secourir en ce péril extrême. Puis, bien couvert de son écu, la lance en arrêt, il se précipita au grand galop de Rossinante et, chargeant le premier moulin qui se trouvait sur sa route, lui donna un coup de lance dans l'aile, laquelle, actionnée par un vent violent, brisa la lance, emportant après elle le cheval et le chevalier, qu'elle envoya rouler sans ménagement dans la poussière.

Sancho se précipita au grand trot de son âne pour secourir son maître et le trouva qui ne pouvait plus remuer, tant la chute où l'avait entraîné Rossinante avait été rude.

– Miséricorde ! s'écria-t-il. Est-ce que je ne vous avais pas dit, moi, de faire attention, et que c'étaient des moulins à vent ? Il n'y avait pas moyen de s'y tromper, à moins d'avoir d'autres moulins qui vous tournent dans la tête !

– Tais-toi, Sancho ; à la guerre, plus qu'ailleurs, on ne peut jamais savoir comment les choses vont tourner. Pour moi, je pense, et c'est la vérité, que cet enchanteur Freston, qui a emporté mon cabinet et mes livres, a transformé ces géants en moulins pour me ravir l'honneur de les avoir vaincus, si grande est la haine qu'il me porte. Mais au bout du compte, mon épée sera plus forte que tous ses maléfices.

– Dieu en décidera ! conclut Sancho.

Et il aida son maître à se relever et à remonter sur Rossinante, qui avait le dos tout démanché. Puis, en s'entretenant de cette aventure, ils prirent le chemin de Port-Lapice car, selon don Quichotte, dans un lieu de grand passage, il ne pouvait manquer de rencontrer des aventures multiples et variées. Il était particulièrement affligé d'avoir perdu sa lance et s'en ouvrit à son écuyer.

– Je me rappelle, lui dit-il, avoir lu qu'un chevalier espagnol, Diego Perez de Vargas, ayant brisé son épée au cours d'une bataille, arracha d'un chêne une grosse branche et s'en servit le jour même pour accomplir tant d'exploits et assommer tant de Maures que le surnom de l'Assommeur lui resta ; et, depuis, ses descendants se sont toujours appelés Vargas-Assommeur. Je te raconte cela, car je compte arracher au premier chêne que je verrai une branche aussi grosse et dure que devait l'être celle-là ; et je vais avec elle accomplir de telles prouesses que tu seras trop heureux d'avoir eu le privilège d'y assister et de pouvoir témoigner de merveilles qu'on aura peine à croire.

– Dieu le veuille ; pour ce qui est de moi, je crois tout ce que vous me racontez. Mais redressez-vous un peu, monsieur, vous êtes tout de travers ; c'est sans doute à cause de votre chute.

– Tu dis vrai, Sancho ; et si je ne me plains pas, c'est parce qu'il est interdit aux chevaliers errants de se plaindre, quand bien même une blessure leur mettrait les tripes à l'air.

– Puisque c'est la règle, je n'ai rien à dire. Mais je préférerais de loin que vous n'ayez pas honte de vous plaindre quand vous avez mal quelque part. En tout cas, je peux vous dire que moi, je n'hésiterai pas à me plaindre à la moindre douleur ; à moins que cette défense ne s'étende aussi aux écuyers des chevaliers errants.

Don Quichotte ne put s'empêcher de rire de la naïveté de Sancho et il l'assura qu'il pouvait se plaindre toutes les fois qu'il lui plairait, avec ou sans motif, car dans ses romans de chevalerie il n'avait encore rien lu qui s'y opposât.

Sancho lui fit alors observer qu'il était l'heure de manger. Son maître répondit que, pour le moment, il n'avait pas faim, mais qu'il le laissait libre de prendre son repas quand il le souhaiterait. Sancho ne se le fit pas dire deux fois : il se cala du mieux qu'il put sur son âne et, tirant de son bissac des provisions qu'il y avait mises, il continua à avancer derrière son maître, mangeant sans se presser et levant de temps à autre son outre avec un plaisir à faire pâlir d'envie le meilleur tavernier de Málaga. Et, pendant qu'il se rinçait le gosier à son aise, il ne pensait plus du tout aux promesses de son maître et trouvait bien peu fatigant et plutôt agréable d'aller chercher des aventures, même dangereuses.

Quand vint la nuit, ils s'arrêtèrent sous des arbres ; don Quichotte arracha à l'un d'eux une branche sèche, qui pouvait au besoin lui servir de lance, et il y mit le fer qu'il avait ôté à celle qui s'était brisée. Il ne dormit pas un seul instant, songeant à sa dame Dulcinée pour faire comme les chevaliers de ses livres, qui passaient des nuits entières dans les bois ou les champs à se remémorer les beautés de leur dame. Ce ne fut point le cas de Sancho ; comme il avait l'estomac bien rempli avec autre chose que de l'eau de chicorée, il dormit d'un trait jusqu'au matin ; si son maître ne l'avait appelé, ni les rayons du soleil qui le frappaient en plein visage, ni le chant des oiseaux qui étaient nombreux à saluer allègrement la venue du jour n'auraient pu le tirer de son sommeil. Dès qu'il fut réveillé, il téta son outre et la trouva plus plate que la veille, ce qui lui brisa le cœur, car il ne voyait pas le moyen d'y remédier de sitôt. Don Quichotte refusa de déjeuner, préférant, comme on l'a dit, s'alimenter de délicieux souvenirs. Ils se remirent en route et, vers trois heures de l'après-midi, arrivèrent en vue de Port-Lapice.

– C'est ici, Sancho, dit alors don Quichotte, que nous allons plonger les mains jusqu'au coude dans ce qui s'appelle des aventures. Mais n'oublie pas : même si tu me vois dans le plus grand péril, tu ne dois pas tirer l'épée pour me défendre, à moins que je ne sois attaqué par de la canaille ou des gens de rien, auquel cas tu t'empresseras de me venir en aide. Contre mes pairs, cela ne t'est pas permis, jusqu'à ce que tu sois toi-même armé chevalier.

– Comptez sur moi, monsieur, pour vous obéir sur ce point au doigt et à l'œil. D'ailleurs, je suis d'un naturel pacifique, et je n'ai jamais aimé ni les querelles ni les coups. Mais quand il s'agit de défendre ma personne, je ne m'embarrasse d'aucune règle, puisque les lois du ciel, tout comme celles des hommes, permettent à chacun de se défendre quand on lui veut du mal.

– Je ne dis pas le contraire ; toutefois, pour ce qui est de me secourir contre des chevaliers, je te demande simplement de réfréner tes impulsions naturelles.

– Je vous répète que je n'y manquerai pas, et même que j'observerai ce précepte aussi religieusement que celui du dimanche.

Ils en étaient là de leur entretien lorsqu'ils virent venir sur la route deux moines de l'ordre de Saint-Benoît, abrités sous leurs masques de voyage et leurs parasols, et montés sur des mules si grandes qu'on aurait dit des dromadaires. Derrière eux s'avançait une voiture, escortée par quatre ou cinq cavaliers et deux valets à pied. Il y avait dans la voiture, comme on l'apprit par la suite, une dame de Biscaye, qui allait rejoindre son mari à Séville, d'où il devait passer aux Indes pour occuper une charge de la plus haute importance. Les moines et la voiture ne voyageaient pas de compagnie, mais suivaient le même chemin. Don Quichotte ne les eut pas plus tôt aperçus qu'il dit à son écuyer :

– Ou je me trompe fort ou voici venir à nous l'aventure la plus extraordinaire qu'on ait jamais vue : ces formes noires qui approchent doivent être, et sont à n'en pas douter, des enchanteurs qui ont enlevé une princesse et l'emmènent en carrosse. A moi de redresser ce tort, en y mettant toute ma force et ma vaillance.

– Et ça finira encore plus mal qu'avec les moulins à vent. Voyons, monsieur, ce sont deux bénédictins, et cette voiture appartient sans doute à des gens qui voyagent. Écoutez-moi et prenez garde à ce que vous allez faire, d'ici que ce soit le diable qui cherche à vous tromper.

– Je te répète, Sancho, que tu ne connais rien aux aventures. Ce que je dis est la vérité, et tu vas t'en apercevoir sur l'heure.

A ces mots, il s'avança et alla se camper au beau milieu du chemin par où devaient passer les moines ; lorsqu'il pensa qu'ils étaient assez près pour l'entendre, il leur cria :

– Gens sans aveu, canaille diabolique, libérez sur-le-champ ces nobles princesses que vous emmenez de force dans votre voiture, ou préparez-vous à recevoir une prompte mort en juste châtiment de vos nombreux méfaits.

Les moines arrêtèrent leurs montures, aussi étonnés de l'aspect de don Quichotte que de ses propos.

– Monsieur le chevalier, répondirent-ils, nous n'avons rien de diabolique ; nous sommes de simples religieux de Saint-Benoît qui suivons notre chemin, et nous ignorons si dans cette voiture il y a des princesses qu'on emmène de force.

– Je vous connais trop bien, vils parjures, et n'ai que faire de vos belles paroles ! répliqua don Quichotte.

Sans attendre la réponse, il éperonna Rossinante et, lance baissée, attaqua le premier bénédictin avec tant d'ardeur et de courage que, si le saint homme ne s'était pas jeté à bas de sa mule, don Quichotte l'aurait envoyé rouler à terre, gravement blessé sinon mort. L'autre moine, témoin du traitement que l'on infligeait à son compagnon, donna de la jambe à sa bonne et grosse mule et s'enfuit épouvanté dans la campagne, plus rapide que le vent.

Sancho Panza, voyant le bénédictin par terre, sauta rapidement de sa monture et se précipita pour lui ôter son habit. Les deux valets à pied accoururent et lui demandèrent pour quelle raison il déshabillait leur maître. Sancho répondit que cet habit lui revenait légitimement en tant que dépouilles de la bataille que le chevalier don Quichotte, dont il était l'écuyer, venait de remporter. Les valets, qui n'étaient pas d'humeur à plaisanter et qui n'entendaient rien à ces histoires de dépouilles et de bataille, profitant de ce que don Quichotte s'était éloigné pour parler aux gens de la voiture, se jetèrent sur Sancho, le renversèrent et, sans lui laisser un seul poil de barbe, le rouèrent de coups de pied, avant de l'abandonner sans connaissance. Le bénédictin, encore tout tremblant et pâle d'effroi, enfourcha aussitôt sa mule et s'empressa de rejoindre son compagnon, qui s'était arrêté à distance respectueuse pour observer la suite de cet assaut imprévu ; puis, sans attendre la fin de l'aventure, ils poursuivirent tous deux leur chemin, en faisant plus de signes de croix que s'ils avaient eu le diable à leurs trousses.

Pendant ce temps, don Quichotte conversait avec la dame du carrosse :

— Belle dame, vous pouvez désormais disposer de votre personne selon votre bon plaisir, car vos infâmes ravisseurs gisent à terre, abattus par ce bras redoutable. Et pour que vous ne preniez point la peine de chercher le nom de votre libérateur, sachez que je me nomme don Quichotte de la Manche, chevalier errant et aventureux, esclave de la belle et incomparable Dulcinée du Toboso. Pour prix du service que je vous ai rendu, je ne vous demanderai rien que de faire un détour par le Toboso et de vous présenter de ma part devant cette dame, afin de lui dire ce que j'ai fait pour votre délivrance.

Un des écuyers biscayens, qui escortaient la voiture, avait tout entendu ; voyant que don Quichotte refusait de les laisser passer et prétendait même les obliger à faire un détour par le Toboso, il s'avança vers lui et, saisissant sa lance, lui dit dans son jargon où se mêlaient le basque et le castillan :

— Va donc, le chevalier, ou mal ira pour toi ; par le Dieu qui a donné vie à moi, si voiture tu ne laisses pas, tu es mort aussi sûr que tu as Biscayen devant toi.

Don Quichotte le comprit néanmoins fort bien et répondit sans s'émouvoir :

— Si tu étais chevalier, ce que tu n'es point, j'aurais déjà châtié ton arrogance et ta sottise, vile créature !

— Pas chevalier, moi ? répliqua l'autre. Je jure à Dieu, tant tu mens comme moi je suis chrétien. Si tu jettes lance et tu prends épée, tu verras qui des deux est plus fort. Biscayen, toujours gentilhomme, par terre, par mer, par diable, et gare à toi tu mens si tu dis autre chose.

— C'est ce que nous allons voir ! répondit don Quichotte.

Et jetant sa lance à terre, il tira son épée, embrassa son écu et fondit sur le Biscayen avec la ferme intention de lui ôter la vie. L'autre n'eut même pas le temps de sauter à bas de sa mule, une mauvaise bête de louage à laquelle il ne pouvait se fier, et il fut bien forcé de mettre la main à l'épée. Heureusement pour lui, il se trouvait près de la voiture, où il prit un coussin dont il se fit un bouclier. Et ils se jetèrent l'un sur l'autre, comme s'ils avaient été des ennemis mortels. Les assistants auraient bien voulu les réconcilier, mais c'était impossible, car le Biscayen jurait dans son jargon que, si on ne le laissait pas achever sa bataille, il tuerait sa maîtresse ou quiconque voudrait s'interposer. Stupéfaite et tremblante, la dame de la voiture demanda au cocher de s'éloigner un peu et observa à distance ce combat furieux, au cours duquel le Biscayen assena un coup si violent sur l'épaule de son adversaire qu'il l'aurait fendu en deux jusqu'à la ceinture si l'écu ne l'avait protégé.

Don Quichotte, ébranlé par ce choc effroyable, s'écria :

– Ô Dulcinée ! Dame de mon cœur, fleur de beauté, venez en aide à votre chevalier qui, pour rendre hommage à la perfection de vos vertus, s'est mis en ce péril extrême.

Invoquer sa dame, empoigner son épée, bien se couvrir de son bouclier et fondre sur le Biscayen fut l'affaire d'un instant pour don Quichotte, bien résolu à vaincre dès le premier coup.

L'autre, le voyant passer à l'attaque, mesura son courage à sa détermination et voulut en faire autant. Il attendit donc l'assaut de pied ferme, bien protégé derrière son coussin, sans pouvoir ni tourner ni bouger sa mule qui, épuisée et peu habituée à de tels jeux, ne pouvait plus faire un pas.

Notre chevalier courait donc sur le Biscayen, l'épée levée, avec l'intention de le fendre par le milieu, et le Biscayen l'attendait, l'épée haute, à l'abri de son coussin. Les spectateurs épouvantés redoutaient l'issue des coups terribles dont nos combattants se menaçaient. La dame de la voiture ainsi que ses suivantes invoquaient et priaient tous les saints du paradis et toutes les chapelles d'Espagne afin que Dieu les délivrât, elles et leur écuyer, de cet effroyable danger.

Hélas, ici s'interrompt le récit de la bataille. L'auteur s'en excuse, expliquant qu'il n'a pu trouver la suite des écrits relatant les exploits de don Quichotte. Il est vrai que le second auteur de cet ouvrage a refusé d'admettre qu'une histoire si divertissante pût être abandonnée aux lois de l'oubli et que, parmi les beaux esprits de la Manche, personne n'eût pris le soin de conserver dans ses archives ou ses registres quelque trace de ce fameux chevalier. C'est pourquoi il n'a jamais désespéré de retrouver la fin de cette plaisante histoire, et, Dieu aidant, il y a réussi comme on le verra dans la deuxième partie.

DEUXIÈME PARTIE

Où s'achève l'incroyable bataille
qui opposa le courageux Biscayen
et le vaillant chevalier de la Manche

NOUS AVIONS LAISSÉ dans la première partie de cette histoire le valeureux Biscayen et l'illustre don Quichotte, les épées hautes et nues, chacun s'apprêtant à assener à l'autre un terrible coup de taille qui, s'il atteignait son but, allait pour le moins fendre l'adversaire de haut en bas et l'ouvrir comme une grenade. Le récit s'était alors interrompu, tronquant cet épisode si plaisant à un moment décisif ; et l'auteur ne disait pas où l'on pourrait en trouver la suite.

Cela me chagrina beaucoup, et le contentement que j'avais eu à lire ces quelques pages se changea en mécontentement quand je songeai aux faibles chances que j'avais de retrouver les nombreux feuillets qui, selon moi, devaient compléter cette agréable histoire. Il me paraissait en effet impossible et contraire aux usages qu'aucun savant ne se fût chargé d'écrire les prouesses inouïes de don Quichotte ; ce qui n'avait été le cas pour aucun des chevaliers errants qui, comme le dit la chanson, « cherchant les aventures vont ». Il se présentait toujours, à point nommé, au moins un ou deux de ces savants pour raconter par le menu, non seulement leurs exploits, mais aussi leurs moindres caprices et leurs pensées les plus secrètes. Pourquoi un si parfait chevalier aurait-il été privé de ce que Platir, ou d'autres ni plus ni moins braves que lui, avaient eu de reste ? Non, je ne pouvais croire qu'une si belle histoire pût rester ainsi estropiée, et j'en attribuais la faute aux méfaits du temps, qui dévore et consume toute chose, et qui tenait ces aventures bien cachées, s'il ne les avait pas détruites.

Il me semblait d'autre part que si, parmi les livres de don Quichotte, on en trouvait d'aussi récents que *Remède à la jalousie* et *Nymphes et Bergers de Hénarès*, son histoire ne pouvait être bien ancienne ; et que même si elle n'était pas écrite, les gens de son village et des environs devaient l'avoir gardée en mémoire. Je n'en étais que plus impatient et désireux de connaître d'un bout à l'autre la vie et les prodiges de notre illustre Espagnol don Quichotte de la Manche, lumière et miroir des chevaliers errants de son pays, le premier qui, en cette dure époque où nous vivons, avait choisi de consacrer sa vie à venger les offenses, à secourir les veuves, à protéger les jeunes filles. – Je veux parler de celles d'antan, qui s'en allaient par monts et par vaux sur leur palefroi, avec un fouet et une virginité à toute épreuve. Certaines de ces demoiselles, à moins d'avoir été forcées par un félon, ou par un manant armé d'une hache, ou par un monstrueux géant, arrivaient à quatre-vingts ans sans avoir jamais dormi sous un toit, et entraient dans la tombe aussi entières qu'au jour de leur naissance. – Je pense donc que, pour ces raisons et bien d'autres encore, notre illustre Quichotte est à jamais digne des plus grandes louanges ; et que, d'ailleurs, moi aussi j'y ai droit, pour la peine que j'ai prise et le zèle que j'ai mis à retrouver la fin de cette grande histoire. Je reconnais cependant que si le ciel, le hasard et ma bonne fortune ne m'avaient pas aidé, le monde aurait été privé d'un agréable passe-temps et du plaisir que pourra goûter pendant près de deux heures quiconque la lira avec attention. Voici donc de quelle manière je finis par la découvrir.

J'étais un jour dans la rue des Merciers, à Tolède, quand arriva un jeune garçon qui venait vendre de vieux cahiers à un marchand de soie. Comme j'aime beaucoup lire, même les bouts de papier que je trouve dans la rue, je me laissai aller à mon penchant et pris un des cahiers que le garçon s'apprêtait à vendre. Voyant qu'il était écrit en caractères arabes – que j'étais capable de reconnaître, mais non de déchiffrer –, je me mis aussitôt en quête d'un morisque parlant notre langue, qui pût les lire pour moi. Je trouvai sans peine mon interprète – si j'en avais cherché un pour une autre langue, plus ancienne et plus sainte, je l'aurais trouvé tout aussi facilement. J'expliquai donc ce que je voulais au premier que le hasard plaça sur mon chemin et lui remis le livre ; il l'ouvrit vers le milieu et, à peine avait-il lu quelques lignes, qu'il éclata de rire.

Je lui demandai de quoi il riait ; il me répondit que c'était d'une note écrite en marge.

– Voici ce qui est écrit, dit-il sans cesser de rire : « Il paraît que cette Dulcinée du Toboso, dont il est si souvent question dans notre histoire, n'avait pas sa pareille dans toute la Manche pour saler le cochon. »

Au nom de Dulcinée du Toboso, je restai frappé de stupeur, et je soupçonnai aussitôt que ces cahiers contenaient l'histoire de don Quichotte. Je le pressai donc de lire à partir du début, et le morisque, traduisant aussitôt de l'arabe en castillan, me donna le titre : *Histoire de don Quichotte de la Manche, écrite par Sidi Ahmed Benengeli, historien arabe.* Je parvins à grand-peine à dissimuler ma jubilation. Devançant le marchand de soie, je donnai au garçon un demi-réal en échange de tous ses cahiers ; mais s'il avait été assez malin pour deviner à quel point j'en avais envie, il aurait pu m'en demander plus de six réaux et les obtenir. J'entraînai aussitôt le morisque dans le cloître de la cathédrale et le priai de me traduire tous les cahiers qui parlaient de don Quichotte, sans rien ajouter ni retrancher, en lui offrant d'avance le prix qu'il voudrait. Il se contenta de cinquante livres de raisins secs et de dix grands boisseaux de blé, et me promit qu'en échange il les traduirait fidèlement et aussi vite que possible. Pour plus de sûreté, car je ne voulais pas laisser échapper pareille trouvaille, je l'emmenai chez moi, où, en l'espace de quelque six semaines, il me traduisit toute l'histoire, telle que je la rapporte ici.

Dans le premier cahier, on pouvait voir, peinte au naturel, la bataille de don Quichotte avec le Biscayen, tous deux dans la posture où nous les avons laissés : l'épée haute, l'un

couvert de son écu et l'autre de son coussin. La mule du
Biscayen avait été si bien prise sur le vif que l'on reconnaissait la bête de louage à une portée d'arbalète. Aux pieds du
Biscayen était écrit : *Don Sancho de Azpeitia* (ce devait être
son nom) ; et aux pieds de Rossinante : *Don Quichotte*. Rossinante était merveilleusement représenté : long, raide,
maigre, desséché, l'épine dorsale saillante, et si désespéré-
ment étique qu'il était manifeste que son nom lui allait
comme un gant. Près de lui se trouvait Sancho Panza tenant
son âne par le licol, avec une inscription en dessous qui
disait : *Sancho Échalas* ; ces surnoms de Panza et d'Échalas,
qu'on lui donne parfois au cours de cette histoire, lui
venaient sans doute, comme le montrait la peinture, de son
gros ventre, de sa taille courte et de ses jambes grêles. Il y
aurait bien d'autres détails à relever, mais ils sont de peu
d'importance et n'ajouteraient rien à cette histoire en tout
point véridique ; et, comme chacun sait, si une histoire est
vraie, elle ne peut être mauvaise.

Certains se permettront d'objecter que, son auteur étant
arabe, celle que je vais rapporter ne peut être exacte, car tous
les gens de cette race sont naturellement menteurs ; mais
comme ce sont aussi nos grands ennemis, on peut supposer
que Sidi Ahmed est resté en dessous de la vérité, et non le
contraire. Il me semble, en effet, qu'au lieu de s'étendre sur
les mérites d'un si noble chevalier, il les a volontairement
passés sous silence, ce qui est inacceptable de la part d'un
historien qui se doit d'être ponctuel, fidèle et totalement
impartial. Ni l'intérêt ni la crainte, ni la rancune ni la passion ne peuvent l'écarter du chemin de la vérité, dont la mère
est l'histoire : émule du temps, dépositaire de nos actions,
témoin du passé, modèle et leçon pour le présent, avertissement pour l'avenir. Je suis sûr que, dans ces cahiers, on trouvera tout ce qui fait les meilleures histoires ; et s'il y manquait quelques ingrédients, ce ne peut être que la faute de ce
chien d'auteur et non celle du sujet. Bref, voici comment,
d'après la traduction, débutait la deuxième partie :

A voir ainsi, à nu et haut levées, les épées tranchantes de
ces vaillants et furieux guerriers, à voir leur hardiesse et leur

résolution, on aurait dit qu'ils menaçaient tout à la fois le ciel, la terre et l'enfer. Le premier coup fut porté par le Biscayen rageur, et il l'assena avec tant de force et de fougue que si l'épée, en atteignant son but, ne lui avait pas tourné dans la main, ce seul coup aurait mis fin au combat, ainsi qu'à toutes les aventures de don Quichotte. Mais la bonne étoile de notre chevalier, qui le réservait pour de plus grands exploits, détourna l'épée ; et, bien que le frappant durement à l'épaule gauche, elle ne fit que lui désarmer tout ce côté-là, emportant en chemin une bonne partie de la visière et une moitié de l'oreille. Le tout tomba sur le sol avec un bruit épouvantable, laissant don Quichotte fort mal en point.

Dieu me pardonne ! Qui pourra jamais décrire la fureur qui s'empara de notre chevalier quand il se vit arrangé de la sorte ? Disons, par souci de simplicité, qu'il se redressa sur ses étriers et, serrant son épée à deux mains, frappa un tel coup sur le coussin et la tête de son adversaire que le Biscayen, malgré l'excellence de sa protection, et comme si une montagne lui était tombée dessus, se mit à saigner par le nez, par la bouche, par les oreilles, et aurait dégringolé de sa mule s'il ne s'était fermement accroché à son cou. Mais ses pieds quittèrent bientôt les étriers, ses bras desserrèrent leur étreinte ; et la bête, effrayée par ce choc terrible, s'élança à travers champs et, après quelques cabrioles, se débarrassa de son cavalier.

Don Quichotte observait tout cela avec le plus grand calme. Lorsqu'il vit son ennemi par terre, il sauta de son cheval, se précipita et, lui mettant la pointe de son épée entre les deux yeux, déclara qu'il lui couperait la tête s'il refusait de se rendre. Le Biscayen était trop étourdi pour répondre un seul mot, et don Quichotte lui aurait fait son affaire, tant la colère l'aveuglait, si les dames de la voiture, qui avaient assisté toutes craintives au combat, n'étaient venues le supplier d'accorder la vie sauve à leur écuyer.

– Assurément, gentes dames, leur répondit le chevalier d'un ton solennel, je consens à votre demande. J'y mets cependant une condition : c'est que ce chevalier me promette d'aller au Toboso pour se présenter de ma part devant l'incomparable Dulcinée, afin qu'elle dispose de lui selon son bon plaisir.

Les dames, éplorées et tremblantes, sans chercher à savoir de quoi parlait don Quichotte ni qui était Dulcinée, promirent que leur écuyer ferait tout ce qu'on lui ordonnerait.

– Sur la foi de cette parole, reprit don Quichotte, je ne lui ferai aucun mal, quoiqu'il l'ait bien mérité.

*Des agréables entretiens qu'eurent don Quichotte
et Sancho Panza, son écuyer*

ENTRE-TEMPS, SANCHO PANZA, que les valets des
moines avaient quelque peu maltraité, s'était remis debout
et suivait attentivement le combat de don Quichotte, priant
Dieu dans son cœur d'accorder la victoire à son maître et de
lui faire gagner un archipel, dont il lui donnerait aussitôt le
gouvernement, comme il l'avait promis. Voyant la bataille
terminée et don Quichotte prêt à remonter sur son cheval, il
courut lui tenir l'étrier ; mais, auparavant, il s'agenouilla
devant lui et lui baisa la main.

– J'espère, monsieur mon maître, dit-il, que vous allez me
donner le gouvernement de l'archipel que vous venez de
gagner dans cette bataille ; même s'il est très grand, je me
sens de taille à le gouverner aussi bien, sinon mieux, que
n'importe quel autre gouverneur d'archipel.

– Apprends, Sancho, que dans ces aventures de grands
chemins, on ne reçoit point d'archipels et on y gagne de se
faire casser la tête ou d'avoir une oreille en moins. Mais
prends patience ; il s'en présentera d'autres, où je t'élèverai
à une dignité encore plus haute que celle de gouverneur.

Sancho l'en remercia humblement et, lui ayant encore une
fois baisé la main et le pan de sa cotte de mailles, il l'aida à
se mettre en selle. Puis lui-même remonta sur son âne et
suivit son maître qui, sans prendre congé des dames du carrosse, s'éloigna à toute allure et entra dans un bois qui se
trouvait près de là. Sancho allait au grand trot de son âne ;
mais voyant que Rossinante cheminait d'un bon pas et le

laissait loin derrière, il dut crier à son maître de l'attendre. Don Quichotte l'entendit et retint la bride à son cheval jusqu'à ce que son écuyer traînard l'eût rejoint.

– Il me semble, monsieur, dit aussitôt celui-ci, que nous ferions mieux de trouver une église où nous abriter ; vous avez tellement bien arrangé votre adversaire que je ne serais pas étonné si la Sainte-Hermandad nous tombe dessus dès qu'elle l'apprendra ; et une fois qu'on nous aura mis en prison, il nous faudra suer sang et eau pour en sortir.

– Tu n'y connais rien. Où as-tu jamais lu ni entendu qu'un chevalier errant ait été traduit devant la justice, quand bien même il aurait commis nombre d'homicides ?

– Je n'ai jamais reniflé de près un homme acide ; mais ce que je sais, c'est que tous ceux qui se battent en duel dans les campagnes ont affaire à la Sainte-Hermandad ; pour le reste, je vous fais confiance.

– Sois sans crainte ; je te tirerais des mains des Philistins s'il le fallait, et à plus forte raison de celles de l'Hermandad. Mais, dis-moi : connais-tu chevalier plus vaillant que ton maître sur toute la surface de la terre ? En as-tu jamais vu dans les livres qui ait plus d'audace à attaquer son ennemi, plus d'intrépidité à le combattre, plus d'adresse à le frapper, plus d'obstination à le renverser ?

– La vérité, monsieur, c'est que je n'ai jamais lu aucun livre, parce que je ne sais ni lire ni écrire. Mais ce que je pourrais jurer, c'est que je n'ai jamais servi un maître plus courageux que vous de toute ma vie ; et plaise à Dieu que ce courage ne nous mène pas où je crains. En attendant, laissez-moi vous soigner l'oreille, vous perdez beaucoup de sang ; j'ai justement de la charpie et du baume blanc dans le bissac.

– Si seulement j'avais pensé à remplir une fiole avec de l'élixir de Fier-à-Bras, il aurait suffi d'une goutte pour nous épargner du temps et des remèdes.

– Quelle fiole et quel élixir ?

– Un élixir dont j'ai gardé la recette en mémoire ; quiconque l'a en sa possession n'a plus à redouter la mort, ni à craindre de succomber à aucune blessure. Quand j'en aurai fait, je t'en donnerai ; si tu vois, au cours d'une bataille, qu'on m'a coupé le corps en deux – ce qui arrive fréquemment –, il te suffira de ramasser sans qu'on s'en aperçoive la partie tombée à terre et, délicatement, avant que le sang ne se fige, de la replacer sur l'autre moitié restée en selle, en faisant en sorte qu'elles soient parfaitement ajustées l'une à l'autre. Ensuite, tu me donneras à boire deux gorgées seulement de cette potion, et tu me reverras aussitôt frais comme un gardon.

– Si ce que vous dites est vrai, je renonce dès maintenant à l'archipel que vous m'avez promis et, en récompense de mes bons et nombreux services, je ne demande pas autre chose que la recette de cette précieuse liqueur ; je parie que je pourrai la vendre au moins deux réaux l'once où que ce soit, ce qui me permettra de vivre tranquillement et sans m'en faire. Reste à savoir si elle est très chère à fabriquer.

– Pour trois réaux à peine, on peut en faire six bonnes pintes.

– Miséricorde ! Mais qu'est-ce que vous attendez, monsieur, pour la préparer et m'en donner la recette ?

– Calme-toi, Sancho ; je t'apprendrai bien d'autres secrets et je te réserve de bien plus grandes faveurs. Pour l'instant, occupons-nous de mon oreille, qui me fait plus mal que je ne le voudrais.

Sancho prit dans son bissac de l'onguent et de la charpie. Mais quand don Quichotte s'aperçut que son casque n'avait plus de visière, il faillit perdre l'esprit. La main à l'épée et les yeux au ciel, il s'écria :

– Je fais serment au Créateur de toutes choses, et sur les quatre saints Évangiles que je n'ai pas sous la main, de mener la même vie qu'Ogier le Danois : après qu'il eut juré de venger la mort de son neveu Baudoin, il cessa toute ripaille, toute fredaine avec sa femme, et bien d'autres choses encore, dont je ne me souviens plus, mais auxquelles moi aussi je m'engage, jusqu'à ce que j'aie tiré une juste vengeance de celui qui m'a si grandement offensé.

– Mais, monsieur, si ce chevalier fait ce que vous lui avez ordonné, et qu'il se présente devant Mme Dulcinée du Toboso, vous êtes quitte ; et il ne mérite pas d'autre punition, tant qu'il n'a pas commis un nouveau délit.

– Ce que tu viens de dire est juste et parfaitement recevable. Aussi, j'annule mon serment en ce qui touche à la vengeance ; mais je maintiens mon vœu de mener la vie que j'ai dite, jusqu'à ce que j'aie ôté par la force à un autre chevalier un heaume à visière aussi bon qu'était le mien. Ne crois pas que je fasse ce serment à la légère, car, là encore, j'ai un modèle : la même chose est arrivée, au pied de la lettre, avec le heaume de Mambrin, qui a coûté si cher à Sacripant.

– Au diable tous vos serments, monsieur ; ils sont très mauvais pour la santé et encore pires pour la conscience. Pensez donc ! Si nous ne rencontrons pas dans les jours qui viennent un homme coiffé d'un heaume à visière, qu'est-ce que nous allons faire ? Est-ce qu'il faudra vraiment tenir ce serment, malgré les incommodités et les inconvénients qu'il suppose, comme de dormir tout habillé, ne jamais coucher sous un toit, et quantité d'autres pénitences que contenait le vœu de ce vieux fou d'Ogier le Danois que vous voulez imiter ? N'oubliez pas que, sur ces routes, on ne trouve pas beaucoup de gens armés, mais plutôt des muletiers et des charretiers, qui non seulement ne portent pas de heaume, mais n'en ont peut-être même jamais entendu parler de leur vie !

– Sur ce point-là, tu te trompes ; à peine aurons-nous passé une ou deux heures sur les chemins que nous verrons arriver plus d'hommes en armes qu'il n'en vint pour assiéger le château d'Albarca et libérer la belle Angélique.

– C'est bon, je n'insiste pas ; fasse le ciel que tout se passe pour le mieux et que ce soit bientôt le moment de gagner cet archipel qui me coûte déjà si cher ; et après moi le déluge.

– Je t'ai déjà dit, Sancho, que tu n'as aucune inquiétude à avoir ; à défaut d'archipel, il y aura toujours le royaume du Danemark ou celui de la Sobradise, qui t'iront comme une bague au doigt et te satisferont d'autant plus qu'ils sont en terre ferme. Mais nous aurons loisir d'en reparler le moment venu ; pour l'instant, regarde si tu as quelque chose à manger dans ton bissac ; nous irons ensuite à la recherche d'un château où loger cette nuit et préparer cet élixir dont je t'ai parlé, car je te jure par Dieu que mon oreille me fait très mal.

– J'ai là un oignon, un morceau de fromage et quelques vieux quignons ; mais ce n'est peut-être pas une nourriture digne d'un chevalier aussi brave que vous.

– Décidément, tu n'y entends rien ! Apprends, Sancho, qu'un chevalier errant s'honore de ne rien manger de tout un mois ; mais, quand il mange, il prend ce qui lui tombe sous la main. Tu n'en douterais pas si tu connaissais autant de livres que j'en ai lu ; nulle part je n'ai trouvé mention des repas que faisaient les chevaliers errants, ou alors tout à fait par hasard, lorsqu'ils étaient conviés à de somptueux banquets. Le reste du temps, ils se satisfaisaient de bien peu de chose. Mais comme ils ne pouvaient vivre sans manger ni se soumettre à tous les autres besoins naturels, car c'étaient des hommes comme nous, il est à supposer que, passant leur temps dans des forêts et des lieux déserts, sans aucun cuisinier, ils faisaient leur ordinaire de mets rustiques tels que ceux que tu viens de me présenter. Aussi, Sancho, ne t'afflige point de ce qui me fait plaisir. Et ne prétends pas changer le monde, ni transformer les lois de la chevalerie errante.

– Pardonnez-moi, monsieur ; mais comme je vous l'ai dit plusieurs fois, je ne sais ni lire ni écrire ; je ne connais donc rien aux règlements de cette profession de chevalier. Désormais, j'aurai toujours dans mon bissac toutes sortes de fruits secs pour vous, qui êtes un chevalier ; et, pour moi, qui ne le suis pas, j'y mettrai de la volaille et autres mets plus substantiels.

– Je n'ai pas dit, Sancho, que les chevaliers errants ne doivent manger que ces fruits dont tu parles, mais que c'était leur nourriture habituelle, sans compter certaines herbes qu'ils trouvaient dans les champs et que, moi aussi, je sais reconnaître.

– C'est une bonne chose que vous connaissiez ces plantes,

monsieur ; j'ai comme l'impression qu'un jour ou l'autre, ça nous sera utile.

Et il sortit de son bissac tout ce qu'il avait annoncé, et qu'ils mangèrent de bon appétit. Cependant, le désir de trouver où loger pour la nuit leur fit abréger ce repas bien maigre et bien sec ; ils remontèrent aussitôt à cheval et se hâtèrent de gagner un village avant la tombée du jour. Ils arrivaient près d'une cabane de chevriers quand le soleil disparut et, avec lui, tout espoir d'atteindre leur but ; ils décidèrent de s'y arrêter, au grand mécontentement de Sancho qui aurait préféré dormir sous un toit, tandis que son maître se réjouissait de passer la nuit à la belle étoile, car c'était pour lui une manière de faire acte d'appartenance à la chevalerie errante.

De ce qui arriva à don Quichotte
avec des chevriers

ON QUICHOTTE REÇUT bon accueil des chevriers, et Sancho, après avoir installé son âne et Rossinante du mieux qu'il put, se laissa guider par le fumet qu'exhalaient quelques quartiers de chèvre cuisant dans une marmite. Il s'apprêtait à vérifier s'ils étaient en état de passer dans son estomac, mais les chevriers lui évitèrent cette peine : ils ôtèrent la marmite du feu, étalèrent sur le sol des peaux de mouton, dressèrent rapidement leur table rustique et invitèrent de bon cœur leurs hôtes à partager leurs provisions. Ils s'assirent en rond tous les six autour des peaux, non sans avoir fait à don Quichotte l'insigne honneur de lui proposer pour siège une auge renversée. Notre chevalier s'y installa, tandis que Sancho restait debout pour lui passer la coupe, creusée dans une corne.

— Afin que tu reconnaisses, Sancho, lui dit alors son maître, l'excellence de la chevalerie errante, et saches que ceux qui appartiennent à cet ordre, à quelque grade que ce soit, ne peuvent manquer de mériter rapidement la considération et le respect, je veux que tu t'assoies à mes côtés, en compagnie de ces braves gens, et que tu ne fasses qu'un avec moi, qui suis ton seigneur et maître ; que tu manges dans mon plat et que tu boives de ce que je boirai. Car on peut dire de la chevalerie errante comme de l'amour, qu'elle nous rend tous égaux.

— Grand merci ! répondit Sancho. Mais je dois vous avouer, monsieur, que moi, du moment que j'ai de quoi manger, j'aime autant manger debout, en prenant mes aises, qu'assis à côté d'un empereur. Et pour tout vous dire, je préfère un bout de pain et un oignon, que je mangerai dans mon coin, sans faire de manières, à toutes les dindes et autres volatiles qu'on pourra me servir à une table où je serai obligé de mâcher lentement, de boire à petits coups, de m'essuyer à chaque instant, sans pouvoir éternuer ou tousser s'il m'en vient l'envie, ni faire d'autres choses qu'on peut se permettre dans la solitude et la liberté. Alors, s'il vous plaît, monsieur, toutes ces faveurs que vous voulez m'accorder, parce qu'en étant votre écuyer je deviens un membre de la chevalerie errante, changez-les-moi pour autre chose qui me soit plus utile et profitable. Je suis très flatté de l'honneur que vous me faites, mais j'y renonce dès à présent et jusqu'à la fin du monde.

– Cela ne doit pas t'empêcher de t'asseoir à côté de moi : celui qui s'humilie, Dieu l'élève.

Et, le saisissant par le bras, il le força à lui obéir.

Les chevriers ne comprenaient rien à ce jargon d'écuyer et de chevalier errant, et se contentaient de manger sans dire mot en regardant leurs hôtes qui, avec bonne humeur et appétit, engloutissaient des morceaux gros comme le poing. Quand toute la viande fut terminée, ils étalèrent sur les peaux un gros tas de glands et une moitié de fromage plus dur que du mortier. Pendant ce temps, la corne ne restait pas oisive : elle passait et repassait à la ronde – tantôt vide, tantôt pleine, comme un godet de noria –, si souvent qu'elle vint sans peine à bout d'une des deux outres qu'il y avait là en évidence.

Quand don Quichotte eut pleinement satisfait son estomac, il prit une poignée de glands et, les considérant avec attention, s'écria :

– Heureuse époque, siècles bénis que les Anciens ont nommés l'âge d'or ! Et non point parce que ce métal, tant estimé en ce siècle de fer qu'est le nôtre, se trouvait facilement, mais parce que ceux qui vivaient alors ignoraient le sens de ces deux mots : *tien* et *mien*. En ces temps bénis, tout était commun à tous. Pour trouver sa nourriture, il suffisait à l'homme de lever la main pour cueillir le fruit doux et savoureux que le chêne robuste lui tendait gracieusement. Les sources claires, les rivières rapides lui offraient, dans une généreuse abondance, une eau transparente et pure. Aux fentes des rochers, aux creux des troncs, s'établissaient les abeilles laborieuses, abandonnant au premier venu, sans rien exiger en retour, leur fertile et délicieuse récolte. Le chêne-liège se dépouillait, sans autre incitation que la courtoisie, de son écorce légère ; c'est elle qui servit à couvrir les premières cabanes, érigées sur des pieux grossièrement taillés, pour que l'homme pût se défendre des inclémences du ciel. Tout n'était que paix, harmonie et concorde. Le soc pesant et courbe de la charrue n'osait encore ouvrir et fouiller les entrailles bienfaisantes de notre mère originelle, qui, sans y être forcée, offrait toutes les ressources de son sein vaste et fécond pour satisfaire, pour nourrir, pour réjouir ses enfants. Alors les chastes et jolies bergères s'en allaient de vallée en vallée et de colline en colline, cheveux au vent, juste assez vêtues pour couvrir ce que la pudeur exige, et a toujours exigé, que l'on tienne couvert. Elles ne cherchaient pas comme aujourd'hui à rehausser leurs toilettes de pourpre de Tyr, de soie ou de brocart, mais de vertes feuilles de bardane entrelacées à du lierre ; et elles étaient sans doute tout aussi richement et élégamment parées que le sont nos dames de cour avec ces étranges artifices que leur suggèrent l'oisiveté et la coquetterie.

« Alors, les sentiments amoureux s'exprimaient aussi simplement que l'âme les avait conçus : nul tour recherché, nul embellissement superflu. La vérité et la sincérité n'avaient à craindre ni la fraude, ni la fourberie, ni la malice. La justice remplissait sa fonction, sans être menacée par l'intérêt et la faveur qui la persécutent et la déshonorent si fréquemment de nos jours. Les juges ne se laissaient point guider par la loi du bon plaisir, car il n'y avait alors rien ni personne à juger. Les jeunes filles et l'innocence marchaient de compagnie, la tête haute, comme je l'ai dit plus haut, sans avoir à redouter les assauts de l'effronté ni l'audace du lascif ; et elles ne pouvaient imputer leur perte qu'à leur propre vouloir et à leur seul désir.

« En ces temps détestables où nous vivons, aucune n'est plus en sûreté, fût-elle enfermée dans un nouveau labyrinthe de Crète. Par le plus petit interstice, l'air qu'elles respirent leur apporte la pestilence de l'amour, avec ses infâmes galanteries et sollicitations qui leur font abandonner toute pudeur. C'est pour les protéger contre la méchanceté sans cesse croissante de l'homme qu'on a institué l'ordre des chevaliers errants, défenseurs des jeunes filles, protecteurs des veuves, secours des orphelins, soutiens des humiliés. C'est à cet ordre que j'appartiens, mes chers amis ; et je vous remercie du bon accueil que vous nous faites, à moi et à mon écuyer. Il est juste que tous ceux qui vivent sur la terre aient l'obligation d'assister les chevaliers errants ; mais vous, ignorant à qui vous aviez affaire, m'avez cependant si bien reçu que je me dois à mon tour de vous témoigner ma gratitude.

Cette longue harangue – dont il aurait bien pu se dispenser –, notre chevalier la prononça parce que les glands lui avaient rappelé l'âge d'or ; et il débita ce beau discours à l'intention des chevriers, qui l'écoutèrent sans dire un mot, bouche bée. Sancho non plus ne disait rien ; il se contentait de manger des glands et de faire de fréquentes visites à la seconde outre, que l'on avait pendue à un chêne-liège pour garder le vin bien frais.

Don Quichotte avait été plus long à parler que le repas à s'achever. Quand il eut terminé, un des chevriers lui dit :

– Monsieur le chevalier errant, pour vous donner raison et vous démontrer une fois de plus notre désir de vous plaire et de vous servir, nous allons demander à un de nos compagnons, qui ne va pas tarder à venir, de chanter. C'est un jeune berger très beau parleur et très amoureux ; il sait lire et écrire, et il joue de la viole à faire pleurer les pierres.

A peine le chevrier avait-il achevé sa phrase qu'on entendit le son d'une viole, et presque aussitôt parut celui qui en jouait : un jeune homme d'environ vingt-deux ans, fort aimable d'aspect. Ses compagnons s'assurèrent qu'il avait dîné, puis le chevrier reprit :

– Fais-nous le plaisir, Antonio, de chanter quelque chose, pour montrer à notre hôte que, même dans la forêt et la montagne, on trouve des gens qui savent un peu de musique. Nous lui avons vanté tes talents et ne voulons pas passer pour des menteurs ; assieds-toi et chante-nous, s'il te plaît, ce poème que ton oncle, celui qui est prêtre, a composé sur tes amours, et qui a beaucoup plu aux gens du village.

– Très volontiers, répondit le jeune homme.

Et, sans se faire prier davantage, il s'assit sur la souche d'un chêne, accorda sa viole et, d'une voix fort agréable, chanta ce qui suit :

> Je sais, Eulalie, que tu m'aimes
> bien que tu ne me l'aies pas dit ;
> l'amour honnête aux yeux mêmes
> de se déclarer interdit.
>
> Sachant que tu connais ma flamme,
> et qu'à la tienne je me brûle,
> de ton amour je me réclame,
> et devant rien je ne recule.
>
> Bien que te voyant si sévère
> quand je te montre mon émoi,
> en toi mon cœur toujours espère,
> et conserve entière sa foi.
>
> Aussi, par-delà tes froideurs,
> tes cruautés de fille honnête,
> quand je vois poindre tes ardeurs,
> aussitôt ma passion s'apprête.
>
> Et malgré ton indifférence,
> car ton regard est un appeau,
> je sens refleurir l'espérance
> de connaître des jours plus beaux.
>
> Quand l'amant va servir sa dame,
> et lui montrer sa courtoisie,
> un seul sourire est une flamme
> pour sa passion inassouvie.
>
> Malgré tes dédains et refus,

tu ne peux toujours ignorer
les hommages que j'ai rendus
à ta glorieuse beauté.

    Si tu m'as jamais regardé
tu auras vu plus d'une fois
que pour toi je suis habillé
en dimanche les jours du mois.

    Comme l'amour et l'élégance
vont toujours de pair à tes yeux,
pour exalter mon espérance
je veux me montrer gracieux.

    J'abandonne les sérénades
qui t'ont empêché de dormir,
les vers, les chansons, les ballades
que j'ai faits pour te divertir.

    N'oublie pas tous les compliments
dont j'ai encensé ta beauté,
qui m'ont valu bien des tourments
des autres que j'ai méprisées.

    Un jour, parlant à ta louange
à Thérèse du Berrocal,
« Qui croit, dit-elle, aimer un ange,
aime une guenon, qui fait mal.

    Ce n'est que beauté contrefaite,
faux cheveux que l'on porte bien ;
ces hypocrites amulettes
trompent Amour, ne valent rien. »

    Mon incroyance la fâcha ;
son cousin vint me défier ;
tu sais ce qui en résulta,
et ce que je fis pour gagner.

    Ma mie, je pense à toi sans cesse,
et toujours dans un bon dessein ;
je ne te veux point pour maîtresse,
car je vais demander ta main.

    Les liens de l'Église sont doux ;
son joug très tendre et très léger ;

si tu viens te mettre dessous,
moi-même courrai m'y ranger.
　　Si tu refuses de m'aimer,
et d'accéder à mon dessein,
je jure alors de m'exiler,
d'aller me faire capucin.

Le chevrier cessa de chanter. Don Quichotte le pressa de continuer, mais Sancho s'y opposa, car il avait davantage envie de dormir que d'écouter des chansons.

– Il me semble, monsieur, que le moment est venu de choisir un endroit où passer la nuit ; et puis, dites-vous qu'avec le métier qu'ils font, ces braves gens ne peuvent pas se permettre de passer leurs nuits à chanter.

– Si j'ai bien compris, Sancho, tes visites répétées à l'outre t'ont rendu le sommeil plus nécessaire que la musique.

– Et je ne suis pas le seul, grâce à Dieu.

– Je le reconnais. Arrange-toi donc comme tu voudras. Pour moi, je suis mieux à veiller qu'à dormir. Auparavant, Sancho, je voudrais que tu me panses à nouveau cette oreille, qui continue à me faire souffrir plus que de raison.

Sancho fit ce qu'on lui commandait ; mais un des chevriers, voyant la blessure, dit à son hôte de ne pas s'inquiéter, car il connaissait un moyen de la guérir rapidement. Il alla cueillir quelques branches de romarin, qui poussait à foison dans ces parages ; il les mastiqua, les mélangea avec un peu de sel, et lui appliqua cette pâte sur l'oreille, l'assurant qu'il n'aurait pas besoin d'autre remède ; et il ne se trompait point.

De ce que raconta un des chevriers
à ceux qui étaient avec don Quichotte

SUR CES ENTREFAITES arriva un garçon qui venait du village, chargé des provisions de bouche.

– Les amis, dit-il aux chevriers, savez-vous ce qui se passe au pays ?

– Comment pourrions-nous le savoir ? répondit l'un d'eux.

– Eh bien, apprenez que le fameux Chrysostome, l'étudiant qui s'habillait en berger, est mort ; on dit même qu'il est mort d'amour pour cette horrible Marcelle, la fille du riche Guillaume, celle qu'on voit souvent roder par ici, en costume de bergère.

– Pour Marcelle, tu es sûr ? demanda un autre.

– Oui, pour elle ! Et le plus beau, c'est que, dans son testament, il demande qu'on l'enterre dans un champ, comme un Maure, au pied du rocher où jaillit la fontaine du Chêne-Liège ; parce que c'est là, paraît-il, qu'il l'a vue pour la première fois. Il a demandé bien d'autres choses encore, mais aucun prêtre des environs ne veut en entendre parler : cela ressemble bien trop à ce que font les païens. Ambroise, l'étudiant, le grand ami de Chrysostome, celui qui s'habillait en berger comme lui, dit qu'il veillera à ce que les dernières volontés du défunt soient exécutées au pied de la lettre. Le village est en émoi ; on croit savoir que, pour finir, tout se passera comme le veulent Ambroise et ses amis bergers, et que l'enterrement aura lieu demain, en grande pompe, à l'endroit que j'ai dit. A mon avis, c'est un spectacle à ne pas manquer, et j'ai bien l'intention de m'y rendre, si je n'ai pas à retourner au village.

– Nous irons tous, s'écrièrent les chevriers ; et nous tirerons au sort à qui restera pour garder les chèvres.

– C'est une bonne idée, Pedro, répondit l'un d'eux. Mais ne vous donnez pas cette peine : c'est moi qui resterai. Ne croyez pas que ce soit par vertu ou par manque de curiosité, mais je me suis enfoncé une grosse épine dans le pied, l'autre jour, et j'ai du mal à marcher.

– Nous t'en remercions tout de même, répondit Pedro.

Don Quichotte pria celui-ci de lui dire qui étaient ce mort et cette bergère dont il parlait. L'autre répondit qu'il savait seulement que le mort était un riche gentilhomme, originaire de ces montagnes, qui avait longtemps étudié à l'université de Salamanque, et qui était revenu au village avec la réputation d'avoir beaucoup lu et beaucoup appris.

– On dit qu'il connaissait surtout la science des étoiles, et tout ce qui se passe dans le ciel ; qu'il était capable d'annoncer sans se tromper les glisses du soleil et de la lune.

– On appelle *éclipse*, mon ami, et non *glisse*, l'obscurcissement des deux plus grands luminaires.

Mais Pedro, qui ne regardait pas à ces détails, poursuivit :

– Il devinait aussi quand l'année serait abondante ou estrile.

– Tu veux sans doute dire *stérile*, le reprit à nouveau don Quichotte.

– L'un ou l'autre, peu importe. Le fait est que son père et ses amis sont devenus très riches, parce qu'ils lui faisaient confiance et qu'ils écoutaient ses conseils : « Cette année, semez de l'orge au lieu du blé » ; ou bien : « Semez des pois chiches au lieu d'orge » ; ou encore : « L'année qui vient, la récolte d'huile sera très bonne ; mais les trois qui suivront, on n'en recueillera pas une goutte. »

– Cette science se nomme l'astrologie, précisa don Quichotte.

– Je ne sais pas comment elle s'appelle, mais je peux vous dire qu'il s'y connaissait mieux que personne. Et puis, quelques mois à peine après son retour de Salamanque, on l'a vu apparaître un beau jour en tenue de berger, ayant changé sa longue robe de clerc contre une peau de mouton et une houlette. Ambroise, son grand ami et son compagnon d'études, a fait de même. J'oubliais de dire que le défunt Chrysostome aimait beaucoup écrire des chansons ; et qu'il s'y prenait si bien que c'était à lui qu'on demandait de composer les Noëls qu'on chante pour la naissance du Seigneur, et aussi les comédies de la Fête-Dieu, que représentaient les garçons du village ; et tout le monde trouvait ça très joli.

« Quand les gens ont vu nos deux clercs habillés en bergers, ils ont été d'autant plus surpris qu'ils ne pouvaient deviner la cause de cette transformation inattendue. Le père de Chrysostome venait de mourir, lui laissant en héritage quantité de biens, meubles et immeubles, beaucoup de bétail, du gros et du petit, et une grosse somme d'argent. Il devenait ainsi maître absolu d'une fortune qu'il méritait, je dois dire ; c'était un bon compagnon, charitable, ami des honnêtes gens, et, en plus, beau comme un ange. On a vite compris que, s'il avait changé de costume, c'était pour suivre jusqu'ici cette Marcelle, la bergère dont parlait il y a un instant notre compagnon, et dont le pauvre Chrysostome était tombé amoureux.

« Et maintenant, laissez-moi vous raconter ce que je sais de cette jeune fille ; vous n'entendrez sûrement jamais rien de pareil de toute votre vie, même si vous vivez plus vieux que mille amens.

– On dit *plus vieux que Mathusalem*, le reprit à nouveau don Quichotte, qui ne supportait pas les incorrections du chevrier.

– Monsieur, si vous continuez à me reprendre à chaque mot que je prononce, je n'aurai pas fini d'ici un an.

– Pardonne-moi ; je l'ai fait à cause de la grande différence qu'il y a entre mille amens et Mathusalem ; et sache que Mathusalem n'a vécu que neuf cent soixante-neuf ans. Allons, continue, je ne t'interromprai plus.

– Je disais donc, poursuivit le chevrier, qu'il y avait dans ...age un fermier encore plus riche que le père de

Chrysostome, qui répondait au nom de Guillaume, et auquel Dieu, en plus de ses richesses, avait accordé une fille, dont la mère mourut en couches. C'était la plus honnête femme du pays. Je la revois encore, le visage aussi beau que le soleil et la lune réunis ; et puis bonne ménagère, charitable avec les pauvres ; je serais bien étonné si, à l'heure qu'il est, elle n'était pas à la droite du Seigneur. Guillaume eut tant de chagrin qu'il mourut quelque temps plus tard, laissant sa fille, jeune et riche, entre les mains d'un oncle prêtre, curé de notre paroisse. En grandissant, l'enfant ressemblait de plus en plus à sa mère ; et tout le monde était d'avis qu'elle la surpasserait en beauté. Quand elle eut quatorze ou quinze ans, on ne pouvait la regarder sans bénir Dieu de l'avoir faite si belle, et presque tous ceux qui la voyaient en tombaient éperdument amoureux. Son oncle la maintenait dans la plus grande réclusion ; mais il ne put empêcher sa renommée de s'étendre à plusieurs lieues à la ronde. Et bientôt, les meilleurs jeunes gens du village et des environs, attirés par sa beauté autant que par sa fortune, la demandèrent en mariage au brave homme, qu'ils ne cessaient d'importuner de leurs prières. Il aurait bien voulu la marier, puisqu'elle était en âge ; mais, en bon chrétien, il se refusait à forcer son consentement. Et n'allez pas croire qu'en différant le mariage, il pensait aux gains et aux fermages dont il bénéficiait tant qu'il avait entre les mains la fortune de sa nièce. C'est d'ailleurs ce que les gens du village ont dit plus d'une fois, à la louange du bon prêtre. Il faut que vous sachiez, monsieur le chevalier errant, que, dans ces petits pays, les mauvaises langues vont bon train ; et vous pouvez être sûr, comme je le suis, qu'un curé doit être plus qu'honnête pour que ses paroissiens se sentent obligés de dire du bien de lui.

– Tu as raison, dit don Quichotte. Mais continue, je te prie : l'histoire est très plaisante, et tu la racontes avec bonne grâce.

– Que Dieu m'accorde la sienne, c'est le plus important. Sachez donc que, malgré toutes les propositions que l'oncle faisait à sa nièce, en lui vantant tour à tour les qualités de ses nombreux prétendants, et en la pressant de choisir un mari à son goût, elle répondait invariablement qu'elle ne pensait pas encore au mariage, qu'elle était trop jeune pour en supporter le fardeau. Comme ses excuses semblaient justifiées, son oncle n'osait plus insister, et il attendait qu'elle fût en âge de se choisir un compagnon selon ses désirs. Il disait, et je trouve qu'il a raison, que les parents ne doivent pas établir les enfants contre leur gré.

« Mais ne voilà-t-il pas qu'un beau matin, à la surprise générale, cette demoiselle si délicate se fait bergère et, malgré l'opposition de son oncle et de tous les gens du pays, s'en va aux champs avec les autres filles du village pour garder elle-même son troupeau. Depuis qu'elle est sortie de sa retraite, et que sa beauté est parue au grand jour, je vous laisse imaginer combien de riches jeunes gens, des gentilshommes aussi bien que des fermiers, ont imité Chrysostome et sont venus jusqu'ici, en costume de berger, pour lui déclarer leur amour.

« Le défunt, comme vous le savez, était du nombre, et on dit que ce n'était pas de l'amour, mais de l'adoration qu'il avait pour elle. Mais ne pensez pas qu'en choisissant de vivre avec tant de liberté, au vu et au su de tous, Marcelle ait jamais fait la moindre chose qui puisse mettre en doute sa bonne conduite. Au contraire, elle prend soin de son honneur avec tant de vigilance que, parmi tous ceux qui la courtisent, aucun n'a jamais pu se vanter d'avoir reçu de sa part la plus petite espérance. Non pas qu'elle fuie ou qu'elle évite la compagnie et la conversation des bergers ; au contraire, elle les traite avec obligeance et amitié ; mais il suffit que l'un d'eux ose lui découvrir ses intentions, même s'il lui propose le mariage, pour qu'elle l'envoie promener rondement. Avec ces façons-là, elle cause plus de dommages dans le pays que n'en pourrait faire une épidémie de peste ; car sa gentillesse et sa beauté font que tous ceux qui l'approchent ne peuvent que l'aimer et la servir. Ses refus et ses dédains les mènent au désespoir : ne sachant plus quoi lui dire, ils la traitent d'ingrate, de cruelle et autres noms de ce genre, qui la dépeignent bien telle qu'elle est. Si vous

restiez quelque temps parmi nous, monsieur, vous entendriez résonner ces montagnes et ces vallons des plaintes de
ses soupirants éconduits. Il y a près d'ici un bosquet qui doit
bien compter deux douzaines de grands hêtres ; vous n'en
trouverez pas un seul dont l'écorce ne soit gravée du nom
de Marcelle avec, parfois, une couronne au-dessus, comme
pour dire qu'elle est la reine de toutes les beautés de la terre.
Un berger soupire, un autre se lamente : partout, ce ne sont
que chants d'amour et de désespoir. On en voit qui passent
la nuit entière assis au pied d'un chêne ou d'un rocher ; et le
soleil les trouve, quand vient le matin, transportés, en
extase, sans qu'ils aient fermé un instant leurs yeux pleins
de larmes. D'autres, sans donner trêve à leurs soupirs, étendus sur la poussière brûlante au plus chaud de l'été, lancent
vers le ciel miséricordieux leurs lamentations continuelles.
Des uns et des autres, la belle et libre Marcelle triomphe
aisément. Nous tous qui la connaissons attendons de voir
jusqu'où ira son orgueil et quel sera l'heureux homme
capable de dompter la farouche et de jouir de sa merveilleuse beauté.

« Comme ce que je viens de vous raconter est la pure
vérité, je suppose que ce que notre berger nous a dit sur
la mort de Chrysostome est tout aussi vrai. C'est pourquoi,
monsieur, je vous conseille d'aller demain à son enterrement, vous ne le regretterez sûrement pas ; il y aura beaucoup de monde et c'est à peine à une demi-lieue d'ici.

– Je n'y manquerai pas, et te sais gré du plaisir que ton
récit m'a donné.

– Oh, moi, vous savez, je ne connais pas la moitié de ce
qui a pu arriver aux soupirants de Marcelle ; mais il se trouvera peut-être demain sur la route un berger qui nous racontera le reste. En attendant, vous feriez mieux d'aller dormir
à l'abri d'un toit, parce que l'humidité est mauvaise pour les
blessures ; encore qu'avec l'emplâtre qu'on a mis sur la
vôtre vous ne risquez plus grand-chose.

Sancho, qui vouait au diable ce chevrier trop bavard,
pressa son maître d'entrer dans la cabane de Pedro.
Don Quichotte finit par céder, mais ce fut pour passer le

restant de la nuit à penser à sa Dulcinée, à l'instar des soupirants de Marcelle. Quant à Sancho, il s'installa commodément entre Rossinante et son baudet, et il dormit, non
comme un amant éconduit, mais comme un homme moulu
et brisé.

Où prend fin l'histoire de la bergère Marcelle,
avec d'autres événements

APEINE LE JOUR avait-il paru aux balcons de l'orient que cinq des six chevriers se levèrent et vinrent éveiller don Quichotte, en lui proposant, s'il avait toujours l'intention d'assister à l'enterrement de Chrysostome, de faire la route avec eux. Notre chevalier, qui ne demandait pas mieux, ordonna aussitôt à Sancho de seller Rossinante et de mettre le bât à son âne. L'écuyer s'empressa d'obéir, et l'instant d'après toute la compagnie était en chemin.

Ils avaient à peine parcouru un quart de lieue qu'au détour d'un sentier ils virent s'avancer six bergers, vêtus de noires pelisses, la tête couronnée de guirlandes de cyprès et de laurier, en signe de deuil; chacun tenait dans la main un gros bâton de houx. Avec eux venaient deux gentilshommes à cheval, en bel équipage de route, accompagnés de trois valets à pied. Ils se saluèrent courtoisement et se demandèrent les uns aux autres où ils allaient; comme tout le monde se dirigeait vers le lieu de l'enterrement, ils décidèrent de cheminer ensemble.

– Il me paraît, don Vivaldo, dit l'un des gentilshommes à son compagnon, que nous n'aurons pas à regretter le détour, si j'en crois les choses étranges que ces bergers nous ont contées de leur défunt compagnon et de l'intraitable bergère.

– C'est aussi mon avis, répondit Vivaldo, et je serais prêt à retarder notre voyage non pas d'un jour, mais de quatre, s'il le fallait, pour ne pas manquer ces funérailles.

Don Quichotte leur demanda ce qu'ils savaient de Marcelle et de Chrysostome. Le premier voyageur lui expliqua qu'au petit matin ils avaient rencontré ces bergers, et que, les voyant en si triste costume, ils avaient voulu en savoir la cause ; que l'un d'eux leur avait alors parlé d'une bergère nommée Marcelle, de sa beauté, de son étrange humeur, des nombreux soupirants qui sollicitaient ses faveurs, et enfin de la mort de ce Chrysostome qu'ils allaient enterrer.

Puis, celui qui se prénommait Vivaldo demanda à son tour à don Quichotte pour quelle raison il voyageait, armé de pied en cap, dans des parages aussi paisibles.

– La profession que j'exerce, dit don Quichotte, m'impose et me fait un devoir d'être vêtu de la sorte. Les divertissements, la bonne chère et le repos ont été créés pour les gentilshommes qui se prélassent à la cour ; les dangers, les veilles et les armes, pour ceux que le monde appelle les chevaliers errants, au nombre desquels, monsieur, bien qu'indigne et le moindre de tous, j'ai l'honneur de compter.

En entendant cette réponse, les deux cavaliers pensèrent aussitôt qu'il avait perdu la raison. Voulant s'en assurer et savoir à quel genre de fou il avait affaire, Vivaldo lui demanda ce qu'était un chevalier errant.

– N'avez-vous donc jamais lu, répondit don Quichotte, les annales et chroniques d'Angleterre, où sont rapportés les illustres exploits du roi Arthur, qu'en Espagne nous appelons Artús ? Une tradition ancienne et fort répandue dans le royaume de Grande-Bretagne rapporte qu'il ne mourut pas, mais qu'il fut transformé par enchantement en corbeau, et qu'un jour ou l'autre il régnera à nouveau sur son pays ; voilà pourquoi, depuis cette époque jusqu'à nos jours, on n'a jamais entendu dire qu'un Anglais ait tué un seul corbeau. C'est au temps de ce bon roi que fut institué l'ordre fameux des chevaliers de la Table Ronde, et que se déroulèrent, telles que l'histoire les rapporte, les amours de Lancelot du Lac avec la reine Guenièvre ; celles-ci eurent pour confidente et médiatrice la respectable duègne Quintagnone, et inspirèrent ce poème que tout le monde connaît et récite dans notre Espagne :

Onc chevalier ne fut sur terre
Des Dames si bien accueilli,
Que Lancelot n'en fut servi
A son retour de l'Angleterre.

et qui continue avec la longue suite de ses délectables exploits amoureux et guerriers.

« Depuis cette époque, l'ordre de la chevalerie s'est étendu et développé dans de nombreuses parties du monde. Parmi les plus célèbres chevaliers errants, on peut citer le grand Amadis de Gaule et toute sa descendance jusqu'à la cinquième génération ; le vaillant Félix-Mars d'Hyrcanie ; Tirant le Blanc, dont on ne chantera jamais assez les louanges ; enfin, si proche de nous dans le temps que nous aurions presque pu le voir et le connaître, l'invincible don Bélianis de Grèce. Voilà, messieurs, ce qu'est l'ordre de la chevalerie errante, dont moi-même, malgré mes péchés, je fais profession, comme je vous l'ai dit. Tout ce qui était du devoir des chevaliers du temps passé, j'en fais mon devoir ; c'est pourquoi je parcours ces lieux inhabités à la recherche d'aventures, résolu à risquer mon bras et ma vie dans la plus périlleuse que le sort voudra bien m'envoyer, afin de venir en aide aux faibles et aux affligés.

Ce discours suffit à convaincre les voyageurs que don Quichotte avait perdu la raison et à les éclairer sur la nature de sa folie, qui leur causa le même étonnement qu'à tous ceux qui le rencontraient pour la première fois. Vivaldo, qui avait l'esprit vif et l'humeur joyeuse, décida de se divertir aux dépens de notre chevalier, afin d'égayer le court chemin qui, selon les bergers, les séparait du lieu où devaient se dérouler les funérailles.

– Il me paraît, monsieur le chevalier errant, lui dit-il, que vous avez choisi là un ordre parmi les plus austères qu'il y ait en ce monde, plus encore que celui des chartreux.

– Plus austère, c'est bien possible, mais croyez-moi, tout aussi nécessaire. Car le soldat qui exécute les ordres de son capitaine ne fait pas moins que le capitaine qui les lui a donnés. Si les religieux, dans la paix et le recueillement, demandent au ciel le bien de la terre, nous autres, soldats et chevaliers, mettons en pratique ce qu'ils demandent dans leurs prières, et défendons la terre à la force de notre bras et à la pointe de notre épée ; non pas sous un toit, mais à ciel ouvert ; en butte, l'été, aux rayons brûlants du soleil et, l'hiver, aux morsures du gel. Aussi sommes-nous les ministres de Dieu sur la terre, les bras séculiers de sa justice. Et comme les choses de la guerre et toutes celles qui s'y rattachent exigent de la peine, de la sueur et de la douleur, j'en conclus que ceux qui s'engagent dans cette voie ont un sort beaucoup plus pénible que ceux qui, dans la paix et le repos, prient Dieu de venir en aide aux affligés. Je ne prétends pas, et l'idée ne m'a même pas traversé l'esprit, que l'état de chevalier errant soit aussi saint que celui du religieux cloîtré ; mais je peux inférer, des maux que j'endure, que cet état est sans aucun doute plus dur et difficile, qu'on y est plus affamé, plus assoiffé, plus misérable, plus déguenillé, plus pouilleux. Les chevaliers errants des siècles passés ont subi de multiples revers au cours de leur vie. Si quelques-uns, par la valeur de leur bras, ont conquis le titre d'empereur, il leur en a coûté beaucoup de sueur et de sang ; et, sans l'aide de sages et d'enchanteurs, ces hommes auraient sans doute été déçus dans leurs espérances et trompés dans leurs vœux.

– Je suis bien de votre avis, dit Vivaldo. Cependant, il est une chose, parmi d'autres, qui me déplaît grandement chez ces chevaliers : c'est que, lorsqu'ils sont sur le point de se lancer dans une de ces périlleuses aventures, où ils risquent leur vie, jamais ils ne pensent à se recommander à Dieu, comme tout bon chrétien en pareille occasion ; ils préfèrent se recommander à leurs dames, avec autant d'ardeur et de dévotion que si elles étaient leur Dieu. Ne trouvez-vous pas que, quelque part, cela sent le paganisme ?

– Monsieur, répondit don Quichotte, il ne peut ni ne doit en être autrement ; et tout chevalier errant qui ne respecterait pas cet usage se ferait offense à lui-même. La coutume exige qu'avant d'accomplir un grand fait d'armes, le chevalier errant tourne amoureusement les yeux vers sa dame, quand elle est présente, comme pour la prier de lui être favorable et de le secourir dans cette aventure à l'issue incertaine. Et même si elle n'est pas là pour l'entendre, il est tenu de murmurer quelques mots entre ses dents, pour se recommander à elle de tout son cœur. On en trouve d'innombrables exemples dans les romans de chevalerie. Et cela ne veut pas dire que les chevaliers s'abstiennent de recommander leur âme à Dieu ; ils en ont tout le temps et l'occasion pendant qu'ils sont à l'œuvre.

– Il me reste cependant un doute : j'ai lu dans ces livres qu'il arrive fréquemment à deux chevaliers, quand ils ont échangé des propos désobligeants, de se laisser gagner par la colère ; et les voilà qui tournent bride, prennent du champ et, sans autre préambule, viennent au grand galop se jeter l'un contre l'autre en se recommandant à leur dame au beau milieu de leur course. Immanquablement, l'un d'eux vide les étriers, transpercé par la lance de son adversaire, qui lui-même a bien du mal à rester en selle et doit s'accrocher à la crinière de son cheval. Le combat s'est déroulé avec une telle rapidité que je ne vois pas comment le mort a trouvé le temps de se recommander à Dieu. Ces paroles qu'il a adressées à sa dame, il aurait mieux fait, en bon chrétien, de les utiliser pour se mettre en règle avec le Seigneur. D'autant plus que les chevaliers errants n'ont pas tous, j'imagine, des dames à qui se recommander ; car ils ne sont pas tous amoureux.

– C'est impossible ; je veux dire qu'il est impossible qu'il existe des chevaliers errants sans dame, car il leur est aussi naturel et nécessaire d'être amoureux qu'au ciel d'avoir des étoiles. Je parierais qu'on n'a jamais vu dans aucune histoire un chevalier errant sans amours, pour la bonne raison qu'il ne serait pas considéré comme un chevalier authentique, mais comme un bâtard, entré dans la forteresse de notre chevalerie non par la grande porte, mais en sautant la clôture, tel un vulgaire larron.

– Il me semble, néanmoins, si j'ai bonne mémoire, avoir lu que Galaor, frère du valeureux Amadis de Gaule, n'eut jamais de dame attitrée à qui il aurait pu se recommander ; il n'en était pas moins estimé de ses pairs pour sa hardiesse et sa bravoure.

— Une hirondelle, monsieur, ne fait pas le printemps. De plus, je sais de bonne source que ce chevalier était très épris dans le secret de son cœur ; mais c'était dans sa nature de faire la cour à toutes celles qu'il trouvait à son goût, et il ne pouvait pas s'en empêcher. Il est sûr et prouvé, néanmoins, qu'une seule dame régna sur ses pensées, à laquelle il se recommandait très souvent et dans le plus grand secret, car il était d'une discrétion extrême.

— S'il est de l'essence des chevaliers errants d'être amoureux, tout porte à croire, monsieur, que vous l'êtes aussi, puisque vous appartenez à cet ordre ; c'est pourquoi, à moins que vous ne vous piquiez d'être aussi discret que Galaor, je vous supplie ardemment, au nom de toute cette compagnie et au mien propre, de nous dire le nom, la patrie, le rang, ainsi que la beauté de votre dame. C'est tout à son honneur que le monde entier la sache aimée et servie par un aussi noble chevalier que vous semblez l'être.

— Je ne puis affirmer, répliqua don Quichotte, en poussant un grand soupir, que ma douce ennemie trouvera cela bon, ou mauvais. Mais afin de répondre à votre courtoisie, je vous dirai seulement que son nom est Dulcinée ; sa patrie le Toboso, un bourg de la Manche ; son rang, pour le moins princesse, puisqu'elle est souveraine de mes pensées ; et sa beauté surhumaine, puisqu'en sa personne se réalisent les impossibles et chimériques attributs dont les poètes parent leurs maîtresses. Ses cheveux sont de l'or, son front des champs élyséens, ses sourcils deux arcs célestes et ses yeux deux soleils ; ses joues sont des roses, ses lèvres des branches de corail, ses dents autant de perles ; elle a le cou d'albâtre, la gorge de marbre, les mains d'ivoire et la blancheur de la neige. Quant à ces parties que la pudeur impose de voiler aux regards humains, elles sont telles, selon ce que je puis juger et imaginer, qu'elles n'admettent pas la comparaison, mais seulement les éloges.

— Nous voudrions aussi connaître son lignage, son ascendance, sa généalogie, insista Vivaldo.

– Elle ne descend, messieurs, ni des Curtius, ni des Caïus, ni des Scipion de l'ancienne Rome, ni des Colonna ou des Ursino de la nouvelle, ni des Moncada ou des Requesen de Catalogne, ni des Rebella ou des Villanova de Valence, ni des Palafox, des Nuza, des Rocaberti, des Corella, des Luna, des Alagón, des Urrea, des Foz ou des Gurrea d'Aragon, ni des Cerda, des Manrique, des Mendoza ou des Guzmán de Castille, ni des Alencastro, des Palla ou des Meneses de Portugal. Elle est d'une maison du Toboso de la Manche, et d'une lignée qui, quoique récente, pourrait être le berceau des plus illustres générations des siècles à venir. Et qu'on ne me réplique pas là-dessus, autrement qu'aux conditions que Zerbin inscrivit au pied du trophée des armes de Roland :

> Nul ne les meuve
> S'il n'a contre Roland fait ses preuves.

– Bien que je sois moi-même issu des Cachopin de Larédo, répondit le voyageur, jamais je n'oserais me comparer aux Toboso de la Manche ; et cependant, pour tout vous dire, c'est la première fois que j'entends prononcer ce nom.

– Vraiment ? Cela paraît impossible !

Comme le reste de la troupe avait suivi attentivement la conversation, tous, jusqu'aux bergers et aux chevriers, furent convaincus que notre chevalier avait complètement perdu l'esprit. Seul Sancho Panza croyait ce que disait son maître, car il savait qui il était et qu'il le connaissait depuis toujours. Cela ne l'empêchait pas d'avoir quelques doutes sur l'existence de la belle Dulcinée : bien qu'habitant tout près du Toboso, il n'avait jamais entendu parler de princesse, ni de dame portant ce nom-là.

Ils cheminaient tout en s'entretenant de la sorte, lorsqu'ils virent descendre, par un défilé entre deux montagnes, une vingtaine de bergers habillés de noires pelisses et couronnés de guirlandes – tissées de feuilles d'if ou de cyprès, comme on s'en aperçut ensuite. Six d'entre eux portaient une civière, recouverte de fleurs et de branchages.

– Voici venir, dit un chevrier, le corps de Chrysostome ; c'est au pied de cette montagne qu'il a demandé à être enterré.

Ils hâtèrent le pas et arrivèrent alors que les six bergers avaient déjà déposé la civière sur le sol ; quatre d'entre eux creusaient avec des pioches une fosse près d'un imposant rocher.

Ils se saluèrent fort courtoisement les uns les autres ; sur la civière, recouverte de fleurs, était la dépouille d'un homme d'une trentaine d'années en habit de berger ; tout mort qu'il était, on voyait qu'il avait eu belle figure et belle tournure. Autour de lui, sur la civière, on avait disposé quelques livres et de nombreux cahiers, ouverts ou fermés. Ceux qui regardaient, comme ceux qui creusaient la tombe, gardaient le plus parfait silence ; enfin, un de ceux qui avaient porté le mort dit à un compagnon :

– Vérifie, Ambroise, si c'est là l'endroit choisi par Chrysostome, puisque tu veux qu'on exécute à la lettre tout ce qu'il a ordonné dans son testament.

– C'est bien là, répondit Ambroise, le lieu où mon triste ami m'a souvent conté l'histoire de ses malheurs. C'est là qu'il vit pour la première fois cette mortelle ennemie du genre humain et qu'il lui déclara pour la première fois sa flamme, aussi honnête qu'ardente ; là que Marcelle acheva de le désespérer par ses rigueurs, l'obligeant à mettre un terme tragique à sa misérable existence. C'est là, enfin, qu'en mémoire de tant d'infortunes il veut que son corps repose dans le sein de l'éternel oubli.

Puis, se tournant vers don Quichotte et les voyageurs, il continua :

– Messieurs, ce corps que vous contemplez avec des yeux émus renfermait une âme que le ciel avait dotée d'une infinité de richesses. C'est celui de Chrysostome, qui fut unique par son esprit et sa courtoisie, extrême dans sa noblesse, exemplaire en amitié, généreux sans mesure, grave sans ostentation, joyeux sans méchanceté ; en un mot, personne ne fut plus grand par ses qualités, et personne ne le dépassa dans le malheur. Il aima et il fut haï ; il adora et il fut repoussé ; il voulut fléchir une bête fauve, attendrir un marbre, courir après le vent, faire parler le désert, être esclave de l'ingratitude. Et le prix qu'il en reçut fut d'être la proie de la mort, au milieu du cours de sa vie, à laquelle mit fin une bergère qu'il espérait immortaliser dans la mémoire des hommes. Ces cahiers que vous voyez là pourraient en témoigner, s'il ne m'avait ordonné de les livrer aux flammes dès que j'aurai rendu son corps à la terre.

– Vous serez donc, à leur égard, plus dur et cruel que leur propre auteur, intervint Vivaldo. Il n'est ni juste ni sensé d'observer des ordres donnés contre toute raison. Imaginez que l'empereur Auguste ait consenti à mettre à exécution ce que le divin Virgile avait spécifié dans son testament ! C'est assez de donner le corps de votre ami à la terre, ne donnez pas ses œuvres à l'oubli. Ce qu'il ordonna sous le coup de l'offense, n'y obéissez pas inconsidérément. En laissant vivre ces poèmes, faites que la cruauté de Marcelle demeure et qu'elle serve d'exemple aux hommes dans les siècles à venir, pour qu'ils se gardent de tomber dans semblables outrances.

« Nous connaissons tous ici les amours désespérées de votre ami ; nous savons votre attachement pour lui, la cause de son trépas, et ce qu'il a ordonné avant de mourir. Cette douloureuse histoire nous a démontré la cruauté de Marcelle, la passion de Chrysostome, la fidélité de votre amitié, et la triste fin qui guette tous ceux qui se lancent à bride abattue dans la voie que leur ouvrent les égarements de l'amour. Nous avons appris hier soir que Chrysostome était mort et qu'on allait l'enterrer au pied de ce rocher. La compassion et la curiosité nous ont détournés de notre chemin, afin de voir de nos propres yeux ce dont le récit nous avait tant émus. Pour prix du désir que nous aurions de soulager ces maux, si nous l'avions pu, je te demande, mon bon Ambroise, et même je te supplie, de ne point brûler ces papiers et de me permettre d'en emporter quelques-uns.

Sans attendre la réponse du berger, il tendit la main et saisit les plus proches.

– Je consens, par courtoisie, répondit Ambroise, à ce que vous conserviez ceux-là. Mais, pour les autres, rien ne me fera renoncer à les brûler.

Vivaldo, curieux de voir ce que contenait le cahier qu'il avait pris, l'ouvrit aussitôt et vit qu'il avait pour titre : *Chanson désespérée.*

– C'est la dernière poésie écrite par mon triste ami, expliqua Ambroise. Et pour que vous voyiez, monsieur, dans quel état l'avaient mis ses malheurs, lisez-la, je vous prie, assez haut pour qu'on vous entende ; vous en aurez bien le temps pendant qu'on finit de creuser sa tombe.

– Très volontiers, répondit Vivaldo.

Les autres, qui partageaient son impatience, firent cercle autour de lui. Et voici ce qu'il lut à voix haute.

Où sont rapportés les vers désespérés
du défunt berger, ainsi que d'autres
événements inattendus

CHANSON DE CHRYSOSTOME

Puisque tu veux, cruelle, que ma langue publie,
par les bouches de tous, de pays en pays,
la souffrance que cause ton injuste rigueur,
je vais prier le ciel qu'à ma rauque fureur
une voix communique des tréfonds de l'enfer
de durs accents emplis du fiel le plus amer.
Pour combler ton désir, la douleur qui me presse
exprimera bientôt ma profonde détresse,
et le monde entier connaîtra tes exploits
lancés aux quatre vents par ma dolente voix.
Écoute-moi, méchante, et prête attention
au murmure bruyant de mon émotion,
au venin tant caché, qui du fond de mon cœur
monte jusqu'à mes lèvres, et clame mon malheur.
Les tigres rugissants, le loup dans les forêts,
que jamais un chasseur ne retient dans ses rets,
le sifflement glacé des reptiles horribles,
les effroyables cris des monstres insensibles,
l'affreux croassement du corbeau sanguinaire,
le vacarme du vent sur les flots solitaires,
le taureau qui mugit, voyant venir la mort,
le pigeon délaissé, qui pleure sur son sort,
l'attristante complainte du hibou taciturne,
les sanglots déchirants, les grognements nocturnes,
qu'ils viennent à mon aide se mêler en un son
lamentable et amer, comme un mortel poison

que distille mon cœur, pour proclamer enfin
les effets désastreux de l'amoureux venin.
Jamais le triste écho sur les rives du Tage
n'entendra de mes plaintes résonner le langage ;
ni l'olivier robuste sur les bords du Bétis ;
car les sons éclatants de mes funestes cris
ont besoin de rochers et de ravins profonds,
de contrées dénudées, de rivages sans nom,
de plages que jamais être humain n'a foulées,
où jamais le soleil ses rayons n'a dardé,
où les bêtes à venin de l'antique Libye
rampent parmi les sables d'une plaine infinie ;
ainsi pour glorifier l'excès de tes rigueurs,
de mes gémissements l'inutile langueur,
mes vers iront sans fin, peignant l'ingratitude
d'une belle insensible à mon inquiétude.
Un seul refus étonne, et le moindre soupçon
éprouve la patience, accable la raison ;
la jalousie nous perce de sa pointe cruelle,
et nous pousse au trépas, aux affres éternelles.
Une trop longue absence peut troubler notre vie,
rien ne sert d'espérer quand l'autre vous oublie.
Dans tous ces maux, la mort paraît inévitable,
aux souffrances d'amour une issue préférable.
Cependant, quel prodige ! Voyez, je suis vivant,
regardez, je subsiste tout en les éprouvant !
Jaloux et dédaigné, absent et oublié.
Pas la moindre espérance dans ce sombre brasier ;
moi-même aucun secours ne cherche en ce malheur,
et pour aller au bout de mon mal et mes pleurs,
plutôt que de prier cette ingrate bergère
je jure de la fuir au plus loin de la terre.
Pourrions-nous par hasard et dans un même temps
espérer et chanter, quand les pires tourments
de l'amour nous menacent, sans espoir ni répit ?
Tout entière rongée par l'âpre jalousie,
c'est notre âme qui est de part en part percée,
et rien ne la guérit, sitôt qu'on l'a blessée.

Comment ne pas ouvrir toute grande la porte
à la désillusion, quand on voit de la sorte
bafoués nos désirs et certains nos soupçons ?
Ô cruelle victoire, ô amère prison !
Qui vécut dans les fers n'attend que de périr !
De nos tourments d'amour, nous ne pouvons guérir.
Mémoire nous poursuit de son dard si cruel,
et vante sans arrêt les vertus de la belle.
Mourons, enfin, mourons ; refusons tout remède.
Et pour n'espérer point ni attendre aucune aide,
je veux m'abandonner à mon triste destin,
m'en remettre aux douleurs d'un si cruel festin,
où mon cœur dévoré par ma douce ennemie
n'a point d'autre repos qu'aimer qui le renie.
Je veux au monde entier chanter haut tes louanges,
ô toi que mon amour en un phénix change,
affirmer que ton âme, belle comme ton corps,
justement me repousse, car je suis dans mon tort ;
que malgré les dédains dont on me gratifie
je suis de tous les hommes le plus digne d'envie.
Ce faisant, j'accélère l'avènement fatal
où m'ont conduit tes fers, où s'achève mon mal.
Ô toi qui sans raison m'imposes ma souffrance
comme si tu voulais aiguiser ta vengeance,
vois combien mon bonheur dépend de ma blessure,
combien je suis heureux du moment qu'elle dure.
Aussi ne sois pas triste, ne laisse pas tes yeux
s'embuer quand ma mort on te dira sous peu ;
et d'un éclat de rire, en ce moment funeste,
offre au monde ta joie de mon absurde geste.
Mais pourquoi t'avertir, pourquoi craindre ta peine,
quand je connais trop bien la force de ta haine,
quand ton plus cher souhait, c'est de me voir périr,
victime des tourments, des affres du désir.
Qu'il arrive, il est temps, sortant des noirs abîmes
Tantale l'assoiffé ; que Sisyphe et ses crimes,
sa charge sur le dos, s'élance à mon secours ;
que Prométhée lui-même, par l'avide vautour

dévoré sans relâche, laisse couler des pleurs ;
qu'Ixion accélère la roue de sa douleur,
que les cinquante Sœurs ne cessent de filer,
tissant mille tourments pour moi seul inventés,
afin que tous ensemble ils apportent leur voix
aux obsèques d'un homme dont la mort fut le choix.
Le portier infernal, hideux monstre à trois têtes,
voulant s'associer à cette sombre fête,
saura joindre à leur chant un contrepoint funèbre,
et me fera honneur dans ses tristes ténèbres.
Chanson désespérée, épargne-moi ta plainte
quand à m'abandonner tu te verras contrainte ;
sache que ma bergère, me voyant au tombeau,
pensera que sur terre se lève un jour nouveau.

Ces vers plurent beaucoup à l'assistance ; Vivaldo trouva toutefois qu'ils étaient en contradiction avec ce qu'on lui avait raconté de l'honnêteté et des vertus de Marcelle. Chrysostome s'y plaignait de jalousies, de soupçons, d'absences, ce qui nuisait à la réputation de la jeune fille. Mais Ambroise, qui avait partagé les plus secrètes pensées de son ami, répondit aussitôt :

— Laissez-moi vous dire, monsieur, pour dissiper vos doutes, que lorsque le malheureux composa ces vers, il était loin de Marcelle, qu'il avait fuie pour voir si l'absence exercerait sur lui son pouvoir. Et comme l'amant qui s'éloigne de l'objet aimé est la proie de mille craintes et soupçons, Chrysostome subit les tourments bien réels d'une jalousie imaginaire. Vous n'avez donc aucune raison de douter de l'honnêteté de Marcelle, à qui les langues les plus envieuses n'ont rien à reprocher, hormis qu'elle est cruelle, un peu fière et très dédaigneuse.

— C'est juste, reconnut Vivaldo.

Il s'apprêtait à lire un autre papier qu'il avait sauvé des flammes, mais il en fut empêché par une vision, ou une apparition, qui s'offrit tout à coup aux regards de l'assistance : sur le sommet du rocher au pied duquel on creusait la sépulture se tenait la bergère Marcelle, encore plus belle que la renommée ne le disait. Ceux qui ne l'avaient encore jamais vue la regardaient en silence, éblouis ; et ceux qui étaient accoutumés à la voir n'en étaient pas moins saisis. Mais à peine Ambroise l'eut-il aperçue qu'il s'écria avec indignation :

— Viendrais-tu par hasard, furie de ces montagnes, constater si les plaies de ce malheureux à qui ta cruauté a ôté la vie se rouvriront en ta présence ? Viens-tu t'enorgueillir de tes cruelles prouesses, contempler ta victoire du haut de ce rocher, comme l'impitoyable Néron les ruines de sa Rome incendiée ? Ou fouler ce triste cadavre d'un pied insolent, comme l'ingrate fille de Tarquin foula celui de son père ? Dis-nous vite ce qui t'amène et ce que tu veux de nous. J'ai trop bien connu la soumission de Chrysostome à tes volontés, durant sa vie, pour ne pas faire en sorte que, lui mort, tous ceux qui se disent ses amis t'obéissent également.

— Je ne viens, Ambroise, pour rien de ce que tu as dit ; je veux seulement me défendre moi-même et prouver à ceux qui m'accusent de leurs tourments et de la mort de Chrysostome combien ils se trompent. Je vous prie donc, vous tous, de me prêter attention ; il n'est besoin ni de beaucoup de temps ni de longs discours pour démontrer une vérité à des personnes de bon sens.

« Le ciel m'a faite si belle, dites-vous, que, sans pouvoir vous en défendre, vous êtes contraints de m'aimer ; et, en retour, vous prétendez et même exigez que moi aussi je vous aime. Je sais, par l'intelligence naturelle que Dieu m'a donnée en partage, que tout ce qui est beau est aimable ; mais je ne pense pas que, parce qu'on aime ce qui est beau, ce qui est beau soit obligé de répondre à cet amour. D'ailleurs, celui qui aime une beauté peut être laid et, la laideur ne méritant que d'être haïe, qui oserait dire : "Je t'aime parce que tu es belle ; tu dois m'aimer, bien que je sois laid" ?

« Mais, à supposer que la beauté soit égale de part et d'autre, il ne s'ensuit pas pour autant que, de part et d'autre, on doive éprouver les mêmes sentiments. Toutes les beautés ne donnent pas de l'amour ; il y en a qui réjouissent la vue, sans enflammer le cœur. Si toutes forçaient les cœurs à se rendre, nos désirs passeraient sans cesse d'un objet à un autre, sans savoir auquel s'attacher ; et le nombre des beaux objets étant infini, les désirs le seraient également. Or, j'ai entendu dire que le véritable amour n'admet ni la division ni la contrainte. S'il en est ainsi, pourquoi exigez-vous que je me rende à vos désirs pour la simple raison que vous prétendez m'aimer ? Si, au lieu de me donner la beauté, Dieu m'avait voulue laide, serais-je en droit de me plaindre de vous parce que vous ne m'aimez point ? Je n'ai pas choisi, moi, d'être belle : Dieu m'a ainsi faite sans me demander mon avis. De même que la vipère ne saurait être accusée de porter du venin, même mortel, puisque c'est la nature qui le lui a donné, personne ne peut me blâmer d'être belle.

« Chez la femme honnête, la beauté est comme le feu, ou comme l'épée tranchante, qui ne font aucun mal à ceux qui ne s'en approchent pas. L'honneur et la vertu sont des ornements de l'âme, sans lesquels le corps le plus parfait ne saurait être beau. Si donc l'honnêteté, plus que toute autre vertu, pare et embellit le corps et l'âme, pourquoi celle qui est aimée pour sa beauté devrait-elle y renoncer, afin de répondre aux sentiments de celui qui, n'écoutant que son inclination, s'ingénie, par la force et par la ruse, à la corrompre ? Je suis née libre, et c'est pour garder ma liberté que j'ai choisi la solitude des champs. Les arbres de ces bois sont ma compagnie, l'eau claire des ruisseaux mon miroir. C'est à ces arbres et à ces ruisseaux que je communique mes pensées et que j'offre ma beauté. Je suis ce feu éloigné, cette épée tenue à l'écart. Les hommes que ma vue a séduits, je les ai détrompés par mes paroles. Et si les désirs s'alimentent d'espoir, comme je n'en ai point donné à Chrysostome – ni d'ailleurs à nul autre –, on peut bien dire que c'est son obstination qui l'a perdu et non ma cruauté. Et si l'on m'objecte que, ses désirs étant honnêtes, je me devais d'y répondre, je dirai qu'à cet endroit même où l'on creuse sa sépulture, et où il m'a fait part de ses honnêtes désirs, je lui ai déclaré mon dessein de vivre dans une perpétuelle solitude, affirmant que la terre seule recueillerait le fruit de ma vertu et les dépouilles, intactes, de ma beauté. Et si, malgré cet avertissement et contre tout espoir, il s'est obstiné à naviguer contre le vent, quoi d'étonnant à ce qu'il ait sombré dans l'océan de ses illusions ? Si je l'avais abusé, j'aurais été fausse ; si je l'avais satisfait, j'aurais agi contre ma bonne et juste résolution. Bien qu'éconduit, il s'est obstiné ; sans être haï, il s'est désespéré.

« Voyez maintenant s'il est raisonnable que l'on m'accuse de tous ses tourments ! Que celui que j'ai trompé se plaigne ; que celui que j'ai abusé par de fausses promesses se désespère ; celui que j'appelle, qu'il prenne confiance ; celui que j'encourage, qu'il s'enorgueillisse. Mais que ceux que je n'appelle, ni n'encourage, ni ne trompe, ni ne berce de fausses promesses, ne me traitent pas de cruelle ou de criminelle. Jusqu'à présent, le ciel a décidé qu'il n'était pas de mon destin d'aimer ; il est inutile d'espérer que j'aime parce qu'on m'a choisie.

« Que cet avertissement serve en général à quiconque me sollicite pour son plaisir particulier. Et que l'on sache bien que si quelqu'un meurt pour moi, ce ne sera ni de jalousie ni de désespoir. Car qui n'aime personne ne peut rendre jaloux ; et ce n'est pas dédaigner quelqu'un que de le détromper. Celui qui me traite de furie ou de bête sauvage, qu'il me fuie comme une chose haïssable et nuisible ; qui me nomme ingrate cesse de me servir ; qui m'accuse d'indifférence ne me courtise pas ; qui me trouve cruelle n'essaie point de me suivre. Cette furie, cette bête sauvage, cette ingrate, cette cruelle, cette indifférente ne veut ni les chercher, ni les servir, ni les connaître, ni les suivre.

« Si l'impatience et l'ardent désir de Chrysostome l'ont mené au tombeau, pourquoi en accuser ma réserve et l'honnêteté de ma conduite ? Si je préserve ma vertu dans la compagnie des arbres, pourquoi celui qui voudrait me la voir garder dans la compagnie des hommes voudrait-il me la faire perdre ? Je possède, comme vous le savez, une fortune personnelle, et je ne convoite pas le bien d'autrui. J'ai le goût de la liberté et ne veux pas être asservie. Je n'aime ni ne hais personne. Je ne veux tromper celui-ci ni encourager celui-là, ni me moquer de l'un ni m'amuser de l'autre. L'honnête conversation des bergères de ces villages et le soin de mes chèvres suffisent à m'occuper. Mes désirs ont ces montagnes pour limites; et, s'ils vont au-delà, c'est pour contempler la beauté du ciel, montrant ainsi à mon âme le chemin de sa demeure première.

En achevant ces mots, et sans vouloir écouter de réponse, elle tourna le dos et disparut dans l'épaisseur d'un bois qu'il y avait tout près, laissant les assistants aussi admiratifs de sa sagesse que de sa beauté. Quelques-uns, blessés par les flèches que dardaient les rayons de ses beaux yeux, manifestèrent le désir de la suivre, sans égard pour l'avertissement formel qu'ils venaient d'entendre. Don Quichotte, pensant qu'en qualité de chevalier errant il se devait de secourir les jeunes filles dans le besoin, mit la main sur la garde de son épée et dit, d'une voix haute et intelligible :

– Que personne ici, quels que soient son rang et sa condition, ne s'avise de suivre la belle Marcelle, sous peine d'encourir mon indignation et d'éveiller ma colère. Elle a prouvé, par des raisons claires et suffisantes, qu'elle est presque, sinon complètement, innocente de la mort de Chrysostome, et qu'elle se refuse à répondre aux sollicitations de ses soupirants. Il est donc juste qu'au lieu d'être suivie et poursuivie, elle soit honorée et estimée de tous les gens de bien, puisqu'il n'y a pas plus vertueuse jeune fille au monde.

Soit par l'effet de ces menaces, soit parce que Ambroise pria les bergers de rendre jusqu'au bout les derniers devoirs à son ami, personne ne bougea; on termina de brûler les écrits de Chrysostome et de creuser la fosse, où son corps fut déposé, ce qui ne s'acheva pas sans tirer des larmes à toute l'assistance. On couvrit la fosse d'un gros rocher, en attendant la dalle funèbre sur laquelle Ambroise annonça qu'il ferait graver l'épitaphe suivante :

Ci-gît le corps glacé
d'un amant dédaigné,
d'un berger amoureux
consumé par ses feux.

Il est mort des rigueurs
d'une belle sans cœur.
Ô dure tyrannie
de l'amour asservi !

La sépulture fut ensuite parsemée de fleurs et de branchages. Les bergers prirent congé d'Ambroise, après lui
avoir présenté leurs condoléances. Vivaldo et son compagnon firent de même. Puis don Quichotte dit adieu à ses
hôtes et aux voyageurs ; ceux-ci le pressèrent de les accompagner jusqu'à Séville, car c'était l'endroit rêvé pour aller
chercher des aventures : il s'en présentait à chaque coin de
rue. Don Quichotte les remercia du conseil et de l'intérêt
qu'ils prenaient à ses affaires, et leur expliqua qu'il ne pouvait ni ne devait aller à Séville tant qu'il n'aurait pas purgé
toutes ces montagnes des bandits, dont la rumeur disait
qu'elles étaient infestées.

Le voyant dans de si louables dispositions, les voyageurs
n'insistèrent pas davantage et, après lui avoir fait une dernière fois leurs adieux, ils se remirent en chemin, ne man-
quant point de sujets de conversation, tant avec l'histoire de
Marcelle et de Chrysostome qu'avec les folies de don
Quichotte. Celui-ci décida d'aller trouver la belle bergère et
de lui offrir ses services. Mais les choses se passèrent tout
autrement qu'il ne l'avait pensé, comme on le verra dans la
suite de cette authentique histoire.

TROISIÈME PARTIE

Où l'on raconte la fâcheuse aventure qui arriva
à don Quichotte lors de sa rencontre
avec une bande de muletiers

L E SAGE SIDI AHMED Benengeli raconte que don Quichotte prit congé de ses hôtes et de tous ceux qui avaient
assisté à l'enterrement de Chrysostome, puis qu'il s'enfonça
en compagnie de Sancho dans le bois où ils avaient vu disparaître Marcelle. Après avoir cherché la jeune fille en vain
pendant plus de deux heures, ils débouchèrent sur une prairie couverte d'herbe tendre et traversée par un ruisseau si
frais et si paisible que, l'heure brûlante de la sieste approchant, ils se sentirent conviés, presque contraints de mettre
pied à terre. Laissant l'âne et Rossinante paître à leur guise
l'herbe abondante, ils vidèrent le bissac et, sans plus de cérémonie, maître et valet mangèrent ensemble ce qu'il contenait.

Sancho ne s'était pas donné la peine d'entraver Rossinante, car il le savait placide et si peu ardent que toutes les
juments de la plaine de Cordoue n'auraient pas suffi à le
débaucher. Mais le sort – ou le diable, qui ne dort que d'un
œil – voulut que des muletiers choisissent le même endroit
que don Quichotte pour y faire un somme et donner herbe et
eau à leur troupeau.

Tout à coup, il vint à Rossinante le désir de folâtrer avec
ces dames mules. Aussitôt qu'il les eut reniflées, délaissant
son allure ordinaire et sans demander la permission à son
maître, il partit d'un petit trot fringant leur communiquer
son besoin. Mais elles avaient, semble-t-il, plus envie de
paître que d'autre chose, et elles le reçurent à coups de fers
et de dents, si bien que très vite les sangles de Rossinante

cassèrent et qu'il se retrouva sans selle, tout nu. Pis encore : voyant qu'on voulait abuser de leurs bêtes, les muletiers accoururent armés d'épieux et lui donnèrent une telle correction qu'ils l'étendirent par terre.

Mais déjà don Quichotte et Sancho, qui avaient vu la raclée administrée à Rossinante, arrivaient hors d'haleine.

— Sancho, dit don Quichotte, à ce que je vois, ces gens-là ne sont pas des chevaliers, mais de vulgaires coquins ; aussi vas-tu m'aider, cette fois, à venger l'affront que sous nos yeux ils ont infligé à mon cheval.

— Nous venger de ces gens-là quand ils sont plus de vingt et nous ne sommes que deux, et encore, je devrais plutôt dire un et demi. Pas question !

— J'en vaux cent à moi seul, répliqua don Quichotte.

Et, sans plus de discours, il dégaina son épée et fonça sur les muletiers, suivi de Sancho, emporté par l'exemple de son maître. Dans son élan, don Quichotte atteignit l'un des muletiers et, d'un coup de lame, fendit la peau de bête dont il était vêtu, et aussi une bonne partie du dos.

Les autres, enhardis par leur nombre, attrapèrent leurs bâtons, les encerclèrent et firent pleuvoir sur eux une volée de coups. A dire vrai, au deuxième, Sancho était déjà par terre, où don Quichotte, malgré son adresse et son allant, le rejoignit bientôt. Le sort voulut qu'il tombât aux pieds de Rossinante, qui ne s'était toujours pas relevé ; cela prouve la violence d'un coup d'épieu donné par des rustres en colère.

S'étant ainsi dédommagés, les muletiers chargèrent leurs bêtes aussi vite qu'ils purent et reprirent la route, laissant nos deux aventuriers en bien mauvais état et d'encore plus mauvaise humeur.

Sancho Panza revint à lui le premier et, couché près de son maître, il l'appela d'une voix mourante :

— Monsieur don Quichotte ! Ah, monsieur don Quichotte !

— Que veux-tu, Sancho ? répondit don Quichotte sur le même ton dolent et plaintif.

— Que vous me donniez à boire une petite gorgée de la potion de Fier-à-Bras, si vous en avez sur vous. Peut-être qu'elle est aussi bonne pour les os brisés que pour les blessures.

– Si seulement je l'avais, pauvre de moi, nous n'en serions pas là ! Mais je te donne ma parole de chevalier errant qu'avant deux jours, et si le sort n'en a pas décidé autrement, elle sera en ma possession, ou je ne suis plus bon à rien.

– Et dans combien de jours pensez-vous que nous pourrons remuer les pieds ?

– Pour ma part, je ne saurais t'en donner le compte exact. Mais c'est de ma faute : je n'aurais pas dû me battre contre des hommes qui n'ont pas été armés chevaliers ; et sans doute le dieu de la guerre m'a-t-il puni pour avoir enfreint les lois de la chevalerie. Aussi, Sancho Panza, écoute bien ce que je vais te dire, car notre santé à tous deux en dépend : chaque fois que pareille canaille nous fera un affront, n'attends pas que je lève contre eux mon épée. Brandis la tienne et châtie-les à plaisir. Mais si des chevaliers venaient à leur porter secours, je saurais te défendre et les pourfendre, avec ce bras que tu as vu tant de fois donner la preuve de son courage.

C'était sa victoire sur le Biscayen qui rendait le pauvre homme si fier. Mais Sancho ne l'entendait pas de cette oreille.

– Moi, monsieur, je suis un homme doux, pacifique, conciliant, et j'ai appris à ne pas répondre aux insultes, parce que j'ai une femme et des enfants à nourrir. Aussi, permettez-moi à mon tour de vous faire observer, puisque je ne peux ordonner, qu'en aucun cas je ne porterai la main à mon épée, ni contre un paysan ni contre un chevalier. Dès aujourd'hui, et jusqu'à ma mort, je pardonne toute offense que m'a faite, me fait ou me fera grand ou petit, riche ou pauvre, noble ou manant, sans exception.

– Si cette douleur que j'ai au côté me laissait quelque répit, je te ferais comprendre, Sancho, l'erreur où tu te trouves. Écoute donc, malheureux : si le vent de la fortune, qui jusqu'à présent nous a été contraire, tourne en notre faveur, et gonflant la voile de notre espérance nous fait aborder à l'un des archipels que je t'ai promis, qu'adviendra-t-il de toi si, aussitôt conquis, je t'en donne le gouvernement ? Devras-tu y renoncer parce que tu n'es pas chevalier et ne veux pas l'être, et que tu n'as ni le courage ni le désir de te venger des offenses ou de défendre ton bien ? Sache que, dans tout royaume ou province nouvellement conquis, les esprits ne sont jamais totalement apaisés, ni les indigènes suffisamment acquis à leur nouveau seigneur que celui-ci n'ait à craindre qu'ils tentent de changer le cours des choses. Il faut que ce seigneur ait de la sagesse pour gouverner et du courage pour se défendre.

— A l'heure qu'il est, j'aimerais bien avoir cette sagesse et ce courage dont vous parlez ; mais je vous jure, foi de pauvre paysan, que j'ai plus besoin d'emplâtres que de beaux discours. Tâchez de vous lever, monsieur. Ensuite, nous aiderons Rossinante, qui ne le mérite pas, car c'est lui le principal responsable de cette frottée. Je n'aurais jamais cru qu'il nous jouerait un tour pareil ; je le prenais pour une personne aussi chaste et paisible que moi. Enfin, on a raison de dire qu'il faut du temps pour bien connaître les gens, et qu'il n'y a rien d'acquis sur cette terre. Qui aurait pensé qu'après ces grands coups d'épée que vous avez assenés l'autre jour à ce malheureux chevalier errant, une tempête de coups de bâton allait pleuvoir si vite sur nos épaules ?

— Les tiennes, Sancho, sont faites à de pareilles averses ; tandis que les miennes, habituées aux plus fines toiles de Hollande, s'en ressentent encore davantage. Si je ne pensais pas, que dis-je, si je ne savais avec certitude que tous ces désagréments n'ont aucun rapport avec l'exercice des armes, je me laisserais mourir de rage ici même.

— Monsieur, si tout ce qu'on récolte dans la chevalerie, c'est ce genre d'ennuis, dites-moi s'ils sont très fréquents, ou s'ils ne sont que passagers. Parce que j'ai l'impression qu'après en avoir récolté un ou deux, nous ne serons plus très brillants pour le troisième, à moins que Dieu, dans sa miséricorde infinie, ne nous vienne en aide.

— Apprends, Sancho, que les chevaliers errants s'exposent à toutes sortes de périls et d'infortunes, mais qu'ils peuvent aussi bien devenir rois et empereurs, comme l'expérience l'a prouvé. Car je connais leurs histoires et je pourrais même te citer, si la douleur ne m'en empêchait, tous ceux qui, par la seule force de leur bras, ont grimpé au faîte des honneurs, et qui pourtant ont subi, avant comme après, d'innombrables revers.

« Le valeureux Amadis de Gaule, par exemple, tomba au pouvoir de l'enchanteur Archalaüs, son mortel ennemi, et l'on assure que celui-ci, après avoir attaché le prisonnier à une colonne de son château, fit un fouet des rênes de son cheval et lui en donna plus de deux cents coups. Un auteur anonyme, mais digne de foi, raconte encore que le chevalier de Phébus tomba dans une trappe qui s'était ouverte sous ses pas, dans un château inconnu, et qu'il se retrouva attaché par les pieds et les mains dans un profond cachot, où on lui administra un lavement de neige fondue et de sable, qui le mit à deux doigts de la mort ; et si un enchanteur de ses amis n'était pas venu à son secours, le pauvre n'y aurait pas survécu. Aussi puis-je bien accompagner ces vaillants chevaliers dans leurs épreuves, quoiqu'ils aient subi des affronts beaucoup plus graves que celui qui nous est infligé aujourd'hui. Sache, d'autre part, que les blessures faites par un instrument que l'on a dans la main par hasard ne causent aucun déshonneur ; il est écrit expressément dans les règles du duel que si un savetier frappe quelqu'un avec la forme qu'il tient à la main, bien qu'elle soit en bois, on ne pourra pas dire que l'autre a reçu la bastonnade. Ne crois donc pas que, par le simple fait d'avoir été moulus, nous avons été offensés : les armes avec lesquelles ces hommes nous ont roués de coups n'étaient que leurs épieux et, autant que je me souvienne, aucun d'eux ne portait ni dague, ni épée, ni poignard.

– Ils ne m'ont pas laissé le temps d'y regarder de si près ; j'avais à peine tiré ma flamberge qu'ils me sont tombés dessus tous ensemble avec leurs bâtons ; et ils y ont été si fort que mes yeux n'y voyaient plus, que mes jambes ne me portaient plus et que je me suis retrouvé par terre, là où vous me trouvez. Ce qui me tracasse, ce n'est pas tant de savoir si les coups d'épieu étaient ou non un affront : c'est la douleur qui m'en reste, gravée dans ma mémoire autant que sur mon dos.

– Je comprends, Sancho ; mais dis-toi bien qu'il n'y a

point de souvenir que le temps n'efface, ni de douleur dont la mort ne vienne à bout.

— Et qu'est-ce qu'il y a de pire qu'un malheur dont seul le temps peut venir à bout et que seule la mort peut effacer ? Si les nôtres étaient de ceux qui s'en vont avec quelques emplâtres, passe encore, mais je crains que tous les cataplasmes d'un hôpital ne suffisent pas cette fois à nous remettre d'aplomb !

— Allons, Sancho, fais un effort, comme je le fais moi-même. Et voyons plutôt comment se porte Rossinante ; cette pauvre bête me paraît avoir eu sa part dans cette mésaventure.

— C'est bien normal : lui aussi est membre de la chevalerie errante. Mais, ce qui m'étonne, c'est que mon baudet s'en soit si bien tiré, alors qu'il ne nous reste plus une côte intacte.

— La Fortune ne ferme pas toutes les portes à la fois ; ainsi, cette brave bête pourra remplacer Rossinante et me conduire dans quelque château où je pourrai me faire panser. Et je ne verrai aucun déshonneur à utiliser pareille monture ; car j'ai souvenir d'avoir lu que ce bon vieux Silène, le père nourricier du dieu de la joie, fit son entrée dans Thèbes, la ville aux cent portes, fièrement monté sur un bel âne.

— C'est possible qu'il y ait été à son aise, puisque vous le dites ; mais il y a une grande différence entre aller à califourchon sur un âne et être jeté en travers, comme un sac d'ordures.

— Toute blessure reçue au combat procure de l'honneur au lieu d'en ôter. Et toi, au lieu de me répliquer, essaie donc de te lever, et mets-moi sur ton âne de la manière que tu voudras. Il faut partir d'ici avant que la nuit ne nous surprenne dans ce lieu désert.

— Je croyais vous avoir entendu dire, monsieur, que les chevaliers errants dormaient presque toute l'année dans des endroits aussi peu accueillants que celui-ci, et qu'ils trouvaient ça très agréable !

— Oui, quand ils ne peuvent faire autrement, ou lorsqu'ils sont amoureux. Et cela est si vrai qu'on a vu des chevaliers passer deux années entières sur un rocher, exposés à la chaleur, au froid, aux intempéries, sans même que la dame de leurs pensées en eût connaissance. Amadis fut l'un d'eux, du temps où il se faisait appeler Beau-Ténébreux : il s'installa dans l'îlot de la Roche-Pauvre et y passa huit ans ou huit mois, je ne suis pas très sûr du compte. Toujours est-il qu'il y purgea les dédains que sa dame Oriane lui avait manifestés pour je ne sais quelle raison. Mais laissons cela et fais ce que je t'ai dit, avant qu'il n'arrive à ton âne les mêmes ennuis qu'à Rossinante.

– Ce serait bien le diable ! s'écria Sancho.

Et après avoir poussé au moins trente gémissements et soixante soupirs, et lancé près de cent vingt jurons et blasphèmes à l'adresse de celui qui l'avait entraîné là, il essaya de se lever, mais dut s'arrêter à mi-chemin, courbé en deux comme un arc, sans parvenir à se redresser. Dans cette posture fort incommode, il alla chercher son âne qui, profitant de l'occasion, s'était donné un peu de liberté, et lui mit le bât. Ensuite, il vint relever Rossinante qui, s'il avait eu une langue pour se plaindre, n'aurait rien eu à envier à Sancho et à son maître.

Enfin, Sancho installa don Quichotte sur l'âne, attacha Rossinante à la queue de son baudet, qu'il prit par le licol, et se dirigea du côté où, selon lui, devait passer la grand-route. Et comme la chance se montrait particulièrement favorable à son égard, il n'avait pas fait une lieue qu'il se trouva sur le bon chemin. Il découvrit bientôt une auberge, que don Quichotte décréta être un château. Sancho soutenait que c'était une auberge ; son maître répétait qu'il se trompait, que c'était un château. La discussion durait encore lorsqu'ils arrivèrent devant le portail sous lequel Sancho s'engouffra, avec toute sa troupe, sans se poser plus de questions.

De ce qui arriva à notre ingénieux hidalgo dans l'auberge qu'il prenait pour un château

L'AUBERGISTE, VOYANT don Quichotte mis en travers sur un âne, demanda à Sancho de quel mal il souffrait. Celui-ci répondit que ce n'était rien, que son maître avait roulé du haut d'un rocher et qu'il s'était un peu abîmé les côtes. L'épouse de l'aubergiste qui, contrairement aux femmes du métier, était charitable et pleine de compassion pour les maux de son prochain, s'offrit aussitôt à panser notre chevalier, avec l'aide de sa fille, une jeune demoiselle fort avenante.

Il y avait aussi dans l'auberge une servante asturienne, grosse de traits, courte de cou, le nez écrasé, borgne d'un œil et guère mieux lotie de l'autre. Il est vrai que l'élégance naturelle de son corps compensait ces quelques défauts ; des pieds à la tête, elle mesurait à peine sept empans, et son dos légèrement voûté l'obligeait à regarder un peu plus le sol qu'elle n'aurait voulu. Cette gracieuse servante vint donc assister la fille de l'aubergiste, et, toutes deux dressèrent pour leur hôte un mauvais lit dans un galetas qui, de toute évidence, avait servi pendant longtemps de grenier à foin.

A côté de don Quichotte, on avait logé un muletier. Son lit, bien que fait avec les bâts et les housses de ses bêtes, valait beaucoup mieux que celui de notre chevalier, formé de quatre planches raboteuses sur deux bancs inégaux, d'un matelas à peine plus épais qu'une simple couverture et tout plein d'aspérités, qu'on aurait prises au toucher pour des cailloux si l'on n'avait pas aperçu la laine par les déchirures, de deux draps plus rêches que du cuir de bouclier et, enfin, d'un couvre-lit dont on aurait pu compter les fils, sans en manquer un seul.

C'est sur ce grabat que l'on coucha don Quichotte ; la femme et la fille de l'aubergiste s'empressèrent de le couvrir d'emplâtres de haut en bas, éclairées par une lampe que tenait Maritorne, l'Asturienne. Pendant qu'elle le frottait, l'hôtelière, le voyant si meurtri par endroits, dit que cela ressemblait plus à une volée de coups qu'à une chute.

— Ce ne sont pas des coups, répliqua Sancho ; c'est que le rocher avait des pointes et des becs, et que chacun a laissé sa marque. Et si vous pouviez vous arranger, madame, ajouta-t-il, pour mettre de côté quelques morceaux d'étoupe, ils ne seront pas de reste, vu l'état dans lequel j'ai moi-même la peau du dos.

— Vous êtes donc tombé aussi ? demanda l'hôtelière.

— Non ; mais j'ai eu tellement peur en voyant tomber mon maître que j'en ai le corps rompu, comme si j'avais reçu moi-même mille coups de bâton.

— Ce sont des choses qui arrivent, dit la jeune fille. Moi, par exemple, je rêve souvent que je tombe du haut d'une tour et que je n'en finis pas de toucher le sol ; et, quand je me réveille, je me sens aussi moulue et brisée que si j'étais tombée pour de bon.

— Tandis que moi, madame, continua Sancho, non seulement je ne rêvais pas, mais j'étais tout aussi éveillé qu'au moment où je vous parle ; et pourtant, je crois que j'ai presque autant de bleus que mon maître don Quichotte.

— Comment vous dites qu'il s'appelle ? demanda l'Asturienne.

— Don Quichotte de la Manche ; il est chevalier d'aventures, et parmi les meilleurs et les plus braves qu'on ait vus depuis longtemps.

— Qu'est-ce que c'est, un chevalier d'aventures ? demanda encore Maritorne.

— Vous devez être bien neuve en ce monde pour poser une question pareille. Sachez, belle enfant, qu'un chevalier d'aventures, c'est quelque chose qui, en un rien de temps,

peut être roué de coups et puis devenir empereur. Aujour-
d'hui, il est l'homme le plus infortuné de la terre et le plus
malheureux ; mais, demain, il aura aussi bien deux ou trois
royaumes à offrir à son écuyer.

— Et comment il se fait, intervint l'hôtelière, qu'étant
écuyer d'un si noble maître, vous n'ayez pas encore, à ce
qu'il semble, obtenu au moins un comté ?

— Laissez-nous le temps ; il y a à peine un mois que nous
avons commencé à chercher les aventures, et, jusqu'à présent, ça n'a rien donné. Et puis, ce n'est pas parce qu'on
cherche qu'on trouve. Mais c'est sûr que si mon maître don
Quichotte guérit de cette raclée, je veux dire de cette chute,
et que moi je n'en reste pas estropié, je ne donnerai pas ma
place pour le plus haut titre d'Espagne.

Don Quichotte, qui avait attentivement écouté la conversation, se mit comme il put sur son séant et prit la main de
l'hôtelière.

— Noble dame, lui dit-il, c'est un honneur pour vous que
d'accueillir en votre château mon insigne personne, dont
je ne vous ferai point l'éloge, car il est bien connu qu'on
s'avilit en se louant soi-même. Je laisse donc le soin à mon
écuyer de vous apprendre qui je suis ; quant à moi, je dirai
seulement que je conserverai à jamais gravée dans ma
mémoire la faveur que vous daignez me faire, dont je vous
serai reconnaissant jusqu'au dernier jour de ma vie. Plût
au ciel que l'amour ne m'eût point asservi à ses lois, ni fait
l'esclave des yeux de cette belle ingrate, dont je n'ose prononcer le nom à voix haute ; car ceux de cette gente
demoiselle auraient tôt fait de se rendre maîtres de ma
liberté.

L'hôtelière, sa fille et la brave Maritorne écoutaient, ébahies, le discours du chevalier errant, qu'elles ne comprenaient pas plus que si c'était de l'hébreu. Elles se doutaient
bien qu'il s'agissait de galanteries et d'offres de service,
mais, peu habituées à pareil jargon, elles le regardaient avec
de grands yeux, comme un homme d'une espèce inconnue.
Après l'avoir remercié de ses politesses dans leur langage à
elles, la femme de l'aubergiste et sa fille le quittèrent, tandis

que Maritorne s'occupait de panser Sancho, qui en avait au moins autant besoin que son maître.

Or, le muletier dont j'ai parlé était convenu avec l'Asturienne qu'ils prendraient cette nuit-là du bon temps ensemble ; elle lui avait donné sa parole qu'aussitôt que les hôtes se retireraient et que ses maîtres seraient endormis, elle viendrait le retrouver et ferait de son mieux pour satisfaire à tout ce qu'il lui commanderait. Et on dit que cette brave fille ne faisait jamais semblable promesse sans la tenir, l'eût-elle donnée au fond d'un bois et sans témoin, car elle était particulièrement chatouilleuse en matière d'honneur et ne voyait aucune indignité à servir dans une auberge, puisque c'étaient, disait-elle, les malheurs et la malchance qui l'y avaient réduite.

Le lit dur, étroit, chétif et traître sur lequel reposait don Quichotte était le premier que l'on rencontrait en entrant dans ce grenier délabré. Sancho avait fait le sien tout à côté, avec une simple natte de jonc et une couverture qui semblait plutôt de crin que de laine. Venait ensuite le lit du muletier, fabriqué, comme on l'a dit, avec les bâts et le harnachement de ses deux meilleurs mulets sur les douze qu'il possédait, des bêtes grasses, brillantes, magnifiques ; car c'était un des plus riches muletiers d'Arévalo, si l'on en croit l'auteur de cette histoire, qui tient à le souligner car il le connaissait très bien – certains affirment même qu'ils étaient un peu cousins. Quoi qu'il en soit, il faut reconnaître que Sidi Ahmed Benengeli est un historien particulièrement scrupuleux et précis, comme le prouvent les pages qu'on vient de lire, où il n'a omis aucun détail, si minime ou trivial soit-il ; c'est un exemple que les historiens les plus autorisés feraient bien de suivre, au lieu de raconter les actions de leurs personnages de manière si brève et succincte qu'on a à peine le temps d'y goûter, tandis que le plus substantiel reste au fond de l'encrier, par mégarde, malice ou ignorance. Loués mille fois l'auteur de *Taulat de Rogimont* et celui qui a relaté les exploits du comte Tomillas ! Avec quelle exactitude tout est décrit par eux !

Je disais donc que le muletier, après avoir donné une deuxième ration à ses bêtes, vint s'allonger sur ses bâts et attendit la ponctuelle Maritorne. Sancho, enrobé d'emplâtres, était déjà couché, mais il avait bien trop mal aux côtes pour trouver le sommeil ; quant à don Quichotte, qui ne souffrait pas moins, il avait les yeux ouverts comme un lièvre. L'auberge était plongée dans le plus grand silence, et il n'y avait d'autre lumière que celle d'une lampe qui brûlait, accrochée au milieu du porche.

Ce calme merveilleux, et les pensées qu'éveillaient à tout moment chez notre chevalier les innombrables aventures qu'on trouvait dans les livres responsables de ses malheurs, firent naître dans son imagination l'idée la plus extravagante qui soit. Il crut qu'il se trouvait dans un fameux château – puisque les auberges où il logeait étaient, comme on l'a vu, autant de châteaux à ses yeux – et que la fille de l'aubergiste, c'est-à-dire du châtelain, touchée de sa courtoisie, s'était éprise de lui et avait promis de venir partager sa couche pour la nuit, à l'insu de ses parents. Et lui, qui croyait dur comme fer à toutes les chimères qu'il se fabriquait, s'inquiétait déjà en pensant au péril que courait son honneur, et résolut dans son cœur de n'être point parjure à sa dame Dulcinée du Toboso, même si la reine Guenièvre en personne, accompagnée de sa duègne Quintagnone, venait le solliciter.

Il était toujours plongé dans ces extravagantes pensées, quand l'heure, pour lui fatale, où devait venir l'Asturienne arriva. Celle-ci, en chemise, pieds nus, les cheveux ramassés dans une résille de futaine, entra à pas de loup dans le grenier où étaient logés les trois hommes, pour retrouver son muletier. Mais à peine eut-elle passé la porte que don Quichotte l'entendit ; s'asseyant aussitôt sur son grabat, malgré ses emplâtres et ses côtes endolories, il tendit les bras pour recevoir sa belle. L'Asturienne avançait, prudente et silencieuse, cherchant des mains son bien-aimé, et rencontra celles de don Quichotte, qui la saisit fortement par le poignet, l'attira vers lui, sans qu'elle osât dire un mot, et la fit asseoir à ses côtés. Il lui tâta aussitôt la chemise qui, bien que faite dans de la serpillière, parut à notre chevalier de soie fine et délicate. Les boules de verre qu'elle portait aux poignets lui semblèrent jeter plus de feux que les perles d'Orient. Ses cheveux, rêches et raides comme des crins, évoquèrent pour lui ces tresses d'or fin d'Arabie, dont l'éclat obscurcit la splendeur du soleil. Quant à son haleine qui, sans aucun doute, sentait les abats marinés de la veille, elle lui parut répandre la plus délicate des senteurs.

En un mot, il se la représentait comme cette princesse vaincue par l'amour qui, dans un de ses livres, rendait visite à un chevalier blessé, parée comme on vient de le dire. Et tel était l'aveuglement de notre pauvre gentilhomme que ni le contact, ni l'haleine, ni d'autres particularités de la bonne fille, qui auraient fait vomir tout autre qu'un muletier, ne pouvaient lui ôter ses illusions : il croyait tenir dans ses bras la déesse de la beauté. Aussi, la pressant bien fort, il lui dit amoureusement, à voix basse :

– Belle et noble dame, j'aimerais pouvoir payer de retour l'insigne faveur que vous me faites en dévoilant à mes yeux votre beauté sans égale. Mais la Fortune, qui jamais ne se lasse de persécuter les gens de bien, m'a jeté dans ce lit, moulu et brisé, de sorte qu'il me sera impossible, malgré tout le désir que j'en ai, de satisfaire le vôtre. A cette impossibilité s'en ajoute une autre plus grande encore : c'est la fidélité que j'ai promise et jurée à l'incomparable Dulcinée du Toboso, unique dame de mes plus secrètes pensées. Sans cet obstacle majeur, je ne serais pas assez sot pour laisser passer cette heureuse occasion, que dans votre immense bonté vous avez daigné m'offrir.

Maritorne suait d'angoisse de se voir si fermement tenue par don Quichotte et, sans écouter ses discours, auxquels elle ne comprenait rien, elle s'efforçait en silence de se dégager. Le muletier, que ses coupables désirs tenaient éveillé, avait lui aussi entendu entrer sa bonne amie. Il écoutait attentivement tout ce que lui disait notre chevalier et, furieux à l'idée que l'Asturienne tenait sa promesse avec un autre, il s'approcha du lit de don Quichotte et resta là, immobile, attendant de voir où celui-ci voulait en venir avec ses discours incompréhensibles. Mais constatant que la pauvre fille se débattait pour lui échapper, tandis que don Quichotte s'efforçait de la retenir, il trouva la plaisanterie fort peu de son goût et, levant bien haut le bras, décocha un tel coup de poing dans la maigre mâchoire du galant chevalier qu'il lui mit toute la bouche en sang ; puis, non content de l'avoir ainsi malmené, il lui monta dessus et au petit trot lui passa toutes les côtes en revue.

Le lit, qui était de nature fragile, et dont les bases n'étaient guère solides, ne put supporter cette surcharge et s'écroula. Le vacarme réveilla l'aubergiste, qui pensa aussitôt que Maritorne faisait des siennes, car il l'avait appelée en criant sans obtenir de réponse. Il se leva, alluma la lampe et accourut, guidé par le bruit. La servante, entendant venir son maître dont elle connaissait l'humeur irascible, alla se réfugier toute tremblante dans le lit de Sancho qui dormait paisiblement, et s'y tapit de son mieux.

L'aubergiste entra.

– Où es-tu, putain ? cria-t-il. Qu'est-ce que tu as encore été faire ?

Là-dessus, Sancho ouvrit un œil et, sentant ce poids qui menaçait de l'écraser, crut qu'il faisait un cauchemar. Il se mit à distribuer des coups de poing en tout sens, dont certains atteignirent Maritorne, laquelle, furieuse et endolorie, oubliant toute retenue, lui rendit la pareille avec tant de violence qu'elle acheva de le réveiller. Sancho, se voyant ainsi traité sans savoir par qui, se redressa du mieux qu'il put, saisit Maritorne à bras-le-corps, et ils s'engagèrent tous deux dans la plus furieuse et la plus divertissante escarmouche du monde.

Le muletier, voyant à la lumière de la lampe ce qu'on faisait à sa dame, délaissa don Quichotte pour se porter à son secours. L'aubergiste se précipita lui aussi, mais dans l'intention de punir la servante, qu'il tenait pour l'unique cause de tout ce tintouin. Et, comme dit la chanson, du chat au rat, du rat à la corde, de la corde au bâton : le muletier tapait sur Sancho, Sancho sur la servante, la servante sur Sancho, l'aubergiste sur la servante, et ils y allaient si fort et si vite qu'ils pouvaient à peine respirer. Pour couronner le tout, la lampe de l'aubergiste s'éteignit ; comme on n'y voyait rien, les coups pleuvaient au hasard et si violemment que, là où ils tombaient, ils ne faisaient pas de quartier.

Or, cette nuit-là, logeait à l'auberge un archer de la Sainte-Hermandad de Tolède. Éveillé lui aussi par le bruit de cette étrange mêlée, il prit son bâton et la boîte où étaient ses titres, et entra en tâtonnant dans le grenier.

– Halte-là, au nom de la justice ! cria-t-il. Halte-là, au nom de la Sainte-Hermandad !

Le premier qui lui tomba sous la main fut don Quichotte, qui gisait sur le dos, sans connaissance, dans les débris de son lit ; il l'empoigna à tâtons par la barbe sans cesser de crier :

– Main-forte à la justice !

Mais voyant que celui qu'il tenait ne se débattait pas, ne bougeait plus du tout, il crut qu'il était mort et que les autres étaient ses meurtriers ; et il hurla encore plus fort :

– Fermez la porte de l'auberge ! Que personne ne sorte ! Il y a mort d'homme !

Ce cri alarma tout le monde, et le combat cessa à l'instant où retentit la voix de l'archer. L'aubergiste retourna dans sa chambre, le muletier sur ses bâts, et la servante dans son réduit ; quant à don Quichotte et à Sancho, ils étaient bien trop mal en point, les pauvres, pour pouvoir même remuer. L'archer lâcha la barbe de notre chevalier pour aller chercher de la lumière et appréhender les coupables ; mais comme l'aubergiste, avant de se retirer, avait tout exprès éteint la lampe du porche, l'autre fut contraint d'aller jusqu'à la cheminée où, après beaucoup de temps et d'efforts, il finit par allumer une autre mèche.

Où l'on verra la suite des innombrables ennuis que
le courageux don Quichotte, avec son brave écuyer
Sancho Panza, eut à supporter dans l'auberge que,
pour son malheur, il avait prise pour un château

ENTRE-TEMPS, DON QUICHOTTE avait repris connaissance et, s'adressant à son écuyer sur le même ton qu'il
avait eu la veille pour l'appeler lorsqu'il gisait à terre après
la bastonnade infligée par les muletiers, il lui demanda :

– Sancho, est-ce que tu dors ? Dis, est-ce que tu dors,
Sancho ?

– Pauvre de moi, comment voulez-vous que je dorme ?
répondit Sancho, furieux et dépité. On dirait que tous les
diables de l'enfer s'en sont pris à mes côtes, cette nuit !

– Tu as de bonnes raisons de le croire. Ou je n'y entends
rien, ou ce château est enchanté. Car tu dois savoir que…
Mais jure-moi d'abord que tu garderas le secret jusqu'après
ma mort.

– Je le jure.

– Je te le demande, insista don Quichotte, car il n'est pas
dans mes habitudes de nuire à l'honneur d'autrui.

– Je vous répète que je le jure, que je ne dirai rien jusqu'au jour de votre mort ; mais fasse le ciel que ce soit pour
bientôt !

– Je te traite donc si mal, Sancho, que tu veuilles me voir
mourir aussi vite ?

– Ce n'est pas pour ça, mais parce que je n'ai pas l'habitude de garder longtemps un secret ; j'ai peur que ça finisse
par pourrir là-dedans.

– Peu importe ; je m'en remets à tes bons sentiments et à
ta parole. Sache donc que, cette nuit, il m'est arrivé la plus

étrange aventure que je pourrai jamais te raconter. En deux mots, apprends que la fille du châtelain est venue me trouver, et qu'elle est parmi les plus belles et plus avenantes demoiselles qu'il y ait sur toute la terre. Comment te dépeindre les charmes de sa personne, les grâces de son esprit, sans parler d'autres perfections cachées que je passerai sous silence pour ne point manquer à la fidélité que je dois à ma dame Dulcinée du Toboso ! Le ciel étant jaloux de ce trésor que la chance m'avait mis dans les mains, ou peut-être, et c'est le plus probable, ce château étant enchanté, comme je l'ai déjà dit, au moment où j'avais avec elle le plus tendre et le plus amoureux des entretiens, une main venue de je ne sais où, et appartenant sans doute au bras d'un redoutable géant, m'a asséné un tel coup dans les mâchoires que j'ai encore toute la bouche en sang. Ensuite, il m'a battu de telle sorte que je suis encore plus mal en point que je n'étais hier, quand les muletiers se sont vengés sur nous des excès de Rossinante. J'en conclus que cette jeune fille, ce trésor de beauté, a dû être confiée à la garde d'un Maure enchanté, et qu'elle n'est pas pour moi.

— Ni pour moi ; parce que ce n'est pas un, mais au moins quatre cents Maures qui m'ont tapé dessus. Les épieux des muletiers, c'était du pain bénit en comparaison ! Et vous appelez bonne, et même extraordinaire, une aventure qui nous met dans cet état ? Pour vous, passe encore, puisque vous avez eu le plaisir de tenir dans vos bras cette beauté incomparable ; mais moi, qu'est-ce que j'en ai tiré d'autre que les plus beaux gnons que je pense recevoir de ma vie ? Ah, miséricorde ! je ne suis pas chevalier errant, je n'ai pas la moindre intention de le devenir, et pourtant c'est à moi que revient toujours la plus mauvaise part de nos mésaventures !

— Tu as donc été battu, toi aussi ?

— Mais, crénom, qu'est-ce que je viens de vous dire !

— Ne te mets pas en peine, Sancho ; dès que possible, je préparerai ce précieux élixir, qui nous guérira en un clin d'œil.

Là-dessus, l'archer, qui avait fini par allumer la lampe,

revint pour chercher celui qu'il croyait mort. Quand Sancho le vit entrer, en chemise et bonnet de nuit, sa lampe à la main et la mine inquiétante, il demanda à son maître :

– Monsieur, et si c'était le Maure enchanté qui revient nous donner des coups sous prétexte qu'il en a quelques-uns en réserve ?

– Ce ne peut être lui, car les enchantés ne se laissent voir de personne.

– Ils ne se laissent peut-être pas voir, mais ils se font sentir ; mon dos en sait quelque chose !

– Et le mien donc ! Mais ce n'est pas un indice suffisant pour en conclure que celui que nous avons devant les yeux est le Maure enchanté.

L'archer s'était approché et fut bien étonné de les entendre bavarder aussi paisiblement ; il est vrai que don Quichotte était toujours étendu sur le dos, moulu et emplâtré, sans pouvoir remuer. L'archer vint jusqu'à lui et demanda :

– Alors, mon brave, comment ça va ?

– A votre place, répondit don Quichotte, je n'emploierais pas ce ton. Est-ce ainsi que, dans ce pays, l'on s'adresse aux chevaliers errants, imbécile ?

L'autre, furieux de se voir si mal traité par un homme de si mauvaise apparence, leva la lampe pleine d'huile qu'il tenait à la main et la lui jeta à la tête, le laissant à demi mort. Puis, profitant de l'obscurité, il se sauva.

– Cette fois, monsieur, dit Sancho, il n'y a pas de doute : c'est bien le Maure enchanté. Il garde pour les autres son trésor, et pour nous les coups de poing et les coups de lampe.

– Tu as raison. Mais il ne faut faire aucun cas de tous ces enchantements, et surtout ne pas nous mettre en colère ou nous sentir offensés. Comme ils appartiennent à un monde fantastique et invisible, nous aurons beau chercher, nous ne trouverons personne sur qui exercer notre vengeance. Lève-toi, Sancho, si tu le peux ; va trouver le gouverneur de cette forteresse et prie-le de me procurer un peu d'huile, de vin, de sel et de romarin pour que je prépare l'élixir bienfaisant. Il me semble que j'en ai grandement besoin, car je perds beaucoup de sang par la blessure que ce fantôme m'a faite.

Sancho, bien qu'endolori jusqu'aux os, se leva et s'en fut à tâtons chercher l'aubergiste ; il se heurta à l'archer qui était resté aux écoutes, voulant savoir ce qu'il en était de son ennemi.

– Monsieur, lui dit Sancho, qui que vous soyez, faites-nous la grâce et la charité de nous donner un peu de romarin, d'huile, de sel et de vin pour soigner un des meilleurs chevaliers errants du monde ; il est couché dans ce lit, gravement blessé par le Maure enchanté qui habite cette auberge.

L'archer crut qu'il avait affaire à un fou ; mais, comme le jour se levait, il ouvrit la porte de l'auberge, appela l'hôtelier et lui dit ce que voulait ce brave homme. L'aubergiste donna à Sancho tout ce qu'il demandait, et celui-ci revint auprès de son maître, qu'il trouva la tête dans les mains, se plaignant du coup qu'on lui avait assené avec la lampe, dont il ne gardait pourtant que deux bosses moyennement grosses ; et ce qu'il prenait pour du sang n'était que la sueur, provoquée par l'émotion, au cours de la tempête qu'il venait de traverser.

Bref, don Quichotte prit les ingrédients, les mélangea un bon moment, jusqu'à ce que la composition lui parût à point. Il demanda ensuite une fiole pour y verser la liqueur ; mais comme il n'y en avait point dans l'auberge, il dut se contenter de remplir une burette en fer-blanc que l'aubergiste lui donna à titre gracieux. Ensuite, il récita sur la burette plus de quatre-vingts *Pater* et autant d'*Ave Maria*, de *Salve* et de *Credo*, accompagnant chaque parole d'un signe de croix en guise de bénédiction. Sancho, l'aubergiste et l'archer assistaient à la cérémonie, tandis que le muletier prenait tranquillement soin de ses bêtes.

Cela fait, notre chevalier voulut aussitôt expérimenter par lui-même la vertu de ce précieux breuvage et il avala une bonne partie de ce qui restait encore dans le pot, c'est-à-dire au moins une demi-pinte. Mais à peine eut-il fini de boire qu'il se mit à vomir jusqu'à ce qu'il ne lui restât plus rien dans l'estomac. Secoué de nausées et de spasmes, transpirant abondamment, il demanda qu'on le couvrît et qu'on le laissât seul. Ce qui fut fait. Il dormit plus de trois heures, au bout desquelles il se réveilla frais et dispos et sans aucune douleur, si bien qu'il ne douta point d'avoir réussi à fabriquer l'élixir de Fier-à-Bras, un remède qui permettait de braver sans crainte les chutes, les duels, les batailles et les pires dangers.

Sancho Panza, convaincu lui aussi que la guérison de son maître tenait du miracle, le supplia de lui laisser finir le reste ; et il y en avait une bonne dose. Don Quichotte y consentit ; Sancho, sans hésiter, prenant le pot à deux mains, en avala le contenu d'une seule traite, c'est-à-dire à peu près autant que son maître. Mais il devait avoir l'estomac moins résistant que celui-ci, car avant de vomir, il fut pris de nausées, de haut-le-cœur, de malaises, de sueurs froides, tant et si bien qu'il crut sa dernière heure venue ; et dans son affliction, il ne cessait de maudire la potion et le gredin qui la lui avait donnée à boire. Don Quichotte, le voyant dans cet état, lui dit :

– Je crois, Sancho, que tout ton mal vient de ce que tu n'es pas armé chevalier ; sans doute cette liqueur ne peut-elle profiter qu'à eux seuls.

– Ah, malheur à moi et à mes ancêtres ! Puisque vous le saviez, monsieur, vous n'auriez pas dû me laisser y goûter !

A ce moment, le breuvage fit son effet, et le pauvre écuyer commença à se vider par les deux bouts, si vite que la natte de jonc où il s'était recouché et la toile de sac qui lui servait de couverture furent mises à jamais hors de service. Il suait copieusement, par tous les pores, secoué de spasmes et de convulsions tels que tous ceux qui l'entouraient pensèrent, eux aussi, qu'il y laisserait la vie. Au bout de deux heures de tempête et de turbulences, Sancho, au lieu de se sentir soulagé comme son maître, était tellement affaibli et brisé qu'il pouvait à peine tenir debout.

Mais don Quichotte, qui se sentait tout gaillard et dispos, voulut partir sur-le-champ en quête de nouvelles aventures. Il croyait qu'en s'attardant sans raison, il privait le monde de son aide, particulièrement ceux qui attendaient de lui secours et protection, surtout depuis que la possession de l'élixir le rendait invincible. Impatient, il sella lui-même

Rossinante, mit le bât à l'âne de son écuyer, qu'il aida à monter sur sa bête après l'avoir aidé à s'habiller. Puis il enfourcha son cheval, s'avança dans la cour et prit une pique qu'il y avait dans un coin pour remplacer sa lance.

Toutes les personnes, une bonne vingtaine, qui se trouvaient dans l'auberge étaient venues le regarder. Parmi elles, la fille de l'aubergiste, que don Quichotte ne quittait pas des yeux ; de temps en temps, il poussait un grand soupir qu'il semblait tirer du fond de ses entrailles, et que tout le monde attribuait à ses douleurs ; du moins ceux qui, la veille, avaient assisté à son emplâtrage.

Quand ils furent tous deux à cheval et prêts à franchir le portail, don Quichotte appela l'aubergiste et lui dit d'une voix grave et solennelle :

— Monsieur le gouverneur, je ne saurais assez vous rendre grâce pour toutes les bontés dont j'ai été gratifié dans votre château, et dont je vous serai redevable jusqu'à la fin de mes jours. Si je puis les reconnaître en vous vengeant de quelque présomptueux qui vous aura outragé, sachez que j'ai pour profession et pour devoir de secourir les faibles, de redresser les torts et de punir les félonies. Cherchez donc dans votre mémoire, et s'il vous revient une affaire de ce genre, n'hésitez pas à me le dire ; je vous promets, par l'ordre de chevalerie que j'ai reçu, que vous serez pleinement quitte et satisfait.

L'aubergiste lui répondit sur le même ton :

— Monsieur le chevalier, je n'ai pas besoin que vous m'aidiez à me laver d'aucun affront ; car j'ai ma façon à moi de me venger quand on m'offense. Tout ce que je vous demande, c'est de me payer la dépense que vous avez faite cette nuit dans mon auberge : la paille et l'orge pour vos bêtes et, pour vous deux, le gîte et le souper.

— Comment ? Ceci est une auberge ?

— Oui, monsieur, et des plus respectables.

— En ce cas, j'ai vécu jusqu'ici dans l'erreur ; car je l'avais prise pour un château, et un grand. Mais puisque auberge il y a, il vous faudra pour l'heure renoncer au paiement. Je ne puis contrevenir aux lois de mon ordre. Or, je sais en toute certitude – n'ayant point lu jusqu'à ce jour le contraire – que jamais chevalier errant n'a payé ni logement ni nourriture dans une auberge, car le droit et la loi veulent qu'on les héberge gracieusement, en récompense des multiples peines qu'ils endurent lorsqu'ils vont à la recherche d'aventures, de jour comme de nuit, hiver comme été, à pied et à cheval, exposés à la faim et à la soif, au froid et à la chaleur, aux inclémences du ciel et aux rigueurs de la terre.

– Tout ça ne me regarde pas ; payez-moi ce que vous me devez et gardez pour vous ces contes de chevaliers, car moi, en matière de comptes, je ne connais que mon argent.

– Vous n'êtes qu'un sot et un mauvais gargotier, lui rétorqua don Quichotte.

Puis, la pique sur l'épaule, il éperonna Rossinante, sortit de l'auberge sans que personne ne s'interposât et, sans se préoccuper de savoir si son écuyer le suivait, il s'éloigna rapidement.

L'aubergiste, le voyant partir sans payer, vint réclamer son dû auprès de Sancho ; mais celui-ci déclara que, puisque don Quichotte n'avait pas voulu payer, il ne paierait pas non plus, et qu'étant écuyer de chevalier errant, il bénéficierait des mêmes avantages que son maître et ne débourserait jamais un sou dans les auberges et les hôtelleries. Furieux, l'aubergiste le menaça, s'il ne payait pas, de l'en faire repentir. Sancho répondit que, par l'ordre de chevalerie que son maître avait reçu, il ne donnerait pas un liard, quand bien même cela lui coûterait la vie ; qu'il n'avait nullement l'intention de rompre avec cette ancienne et excellente coutume des chevaliers errants, et qu'il ne souhaitait pas qu'à l'avenir les écuyers pussent se plaindre qu'une si juste disposition ait été perdue par sa faute.

Malheureusement pour le pauvre Sancho, il y avait parmi les hôtes de l'auberge quatre drapiers de Ségovie, trois merciers du quartier de la Grande Fontaine de Cordoue et deux Sévillans du quartier de la Foire, tous joyeux lurons, bons diables, plaisantins et grands farceurs. Comme pris d'une même inspiration, ils s'approchèrent de lui et le firent descendre de son âne, pendant que l'un d'eux allait chercher la couverture du lit de l'aubergiste. Ils jetèrent Sancho dedans ; mais voyant que le plafond était trop bas pour leur besogne, ils sortirent dans la cour, qui n'avait que le ciel pour limite. Et là, ils se mirent à faire sauter Sancho en l'air et à s'amuser de lui, comme on fait avec les chiens pendant le Carnaval.

Le malheureux poussait de tels cris qu'ils parvinrent aux oreilles de son maître, lequel, s'arrêtant pour écouter, pensa d'abord qu'une nouvelle aventure s'offrait à lui ; mais reconnaissant bientôt que ces hurlements venaient de son écuyer, il tourna bride et revint au pesant galop de Rossinante jusqu'à l'auberge, qu'il trouva fermée. Il en fit le tour pour chercher un passage ; quand il arriva devant le mur de la cour, qui n'était pas très haut, il put voir comment on se jouait de son écuyer. Celui-ci montait et descendait dans les airs avec tant de grâce et d'agilité que, si don Quichotte n'avait pas été aussi furieux, il n'aurait pu, je pense, s'empêcher de rire. Il voulut se mettre debout sur son cheval pour grimper sur le mur, mais il était si rompu et brisé qu'il ne réussit même pas à se lever de la selle. Alors, du haut de Rossinante, il lança à ceux qui bernaient Sancho un tel chapelet d'insultes et de malédictions qu'il est impossible de les rapporter ici. Les farceurs n'en continuaient pas moins à agiter la couverture en riant aux éclats, et Sancho à voltiger en poussant des gémissements, ponctués de menaces et de prières ; rien n'y faisait et rien n'y fit, car ils ne le laissèrent que lorsqu'ils furent eux-mêmes épuisés. On lui ramena son âne, on le remit dessus, on l'enveloppa dans sa veste. Maritorne, toujours compatissante, le voyant si contrit, eut la bonne idée de lui présenter une cruche d'eau fraîche qu'elle était allée tirer exprès du puits. Sancho s'apprêtait à la porter à sa bouche lorsqu'il fut interrompu par les cris de son maître :

– Sancho, ne bois surtout pas d'eau ! Tu en mourrais ! Regarde. J'ai ici l'élixir divin (et il lui montrait la burette) ; il te suffira d'en boire deux gouttes pour être guéri.

Sancho jeta un regard mauvais vers l'endroit d'où venaient ces cris et lança, encore plus fort :

— Est-ce que vous auriez déjà oublié, monsieur, que moi je ne suis pas un chevalier ? Vous voulez peut-être que je vomisse le peu d'entrailles qui me restent de la nuit dernière ? Au diable votre liqueur, gardez-la pour vous et laissez-moi tranquille !

En même temps, il commença à boire ; mais sentant, à la première gorgée, que c'était de l'eau, il rendit la cruche à Maritorne et la pria de lui apporter du vin, ce qu'elle fit de bon cœur, le payant de sa poche. On dit, en effet, que malgré le métier qu'elle exerçait, elle gardait un arrière-fond de vertu chrétienne.

A peine Sancho eut-il terminé de boire qu'il donna du talon à son âne et, s'étant fait ouvrir la porte toute grande, il sortit de l'auberge, ravi d'avoir eu gain de cause et de ne pas avoir déboursé un sou, même aux dépens de ses épaules, qui étaient sa caution ordinaire. Il est vrai qu'on lui avait pris son bissac en gage ; mais il était si impatient de quitter les lieux qu'il ne s'en aperçut pas. L'aubergiste, le voyant dehors, voulut barricader la porte, mais les farceurs l'en empêchèrent : c'étaient des gens qui n'auraient pas donné deux sous de don Quichotte, eût-il été un authentique chevalier de la Table Ronde.

Où l'on raconte l'entretien que Sancho Panza
eut avec son maître don Quichotte, avec d'autres
aventures dignes d'être rapportées

SANCHO REJOIGNIT son maître qui, le voyant si abattu, si éreinté qu'il n'avait même plus la force de talonner son âne, lui dit :

– Cette fois, Sancho, je ne doute plus que ce château, ou cette auberge, soit enchanté ; car seuls des fantômes et des gens de l'autre monde pouvaient se jouer si cruellement de toi. Je le crois d'autant plus volontiers que, tandis que j'assistais à cette triste tragédie par-dessus le mur de la cour, il n'a pas été en mon pouvoir d'y monter, ni même de descendre de cheval ; c'est donc bien que l'on m'a enchanté. Sur mon honneur, je te jure que, si j'avais pu monter ou descendre, je t'aurais vengé de telle sorte que ces vils malandrins en auraient gardé à jamais le souvenir, même s'il m'avait fallu contrevenir aux lois de la chevalerie, qui, comme je te l'ai dit souvent, ne permettent pas à un chevalier de tirer l'épée contre ceux qui ne le sont point, sauf en cas d'extrême urgence, lorsque sa propre vie est en péril.

– Je me serais vengé tout seul si j'avais pu, chevalier ou non ; mais je n'ai pas pu. Il me semble, cependant, que ces gens-là n'étaient ni des fantômes ni des enchantés, mais des hommes en chair et en os comme nous ; je les ai même entendus s'appeler l'un l'autre pendant qu'ils me faisaient voltiger ; il y en avait un qui avait nom Pedro Martínez, un autre Tenorio Hernández. Quant à l'aubergiste, il s'appelle Juan Palomèque le Gaucher. Alors, si vous n'avez pas réussi à sauter par-dessus la murette de la cour ni à mettre pied à terre, ça doit tenir à autre chose qu'à un enchantement. Moi, ce que j'en conclus, c'est que ces aventures que nous cherchons finiront par nous attirer tellement d'ennuis que nous ne saurons bientôt plus reconnaître notre pied droit. Si je peux me permettre de donner mon avis, monsieur, je crois que nous devrions rentrer chez nous : c'est le moment de faire la moisson et de s'occuper de nos affaires, au lieu de courir les chemins et de tomber, comme on dit, de fièvre en mal chaud.

– On voit que tu n'y connais rien, Sancho, en matière de chevalerie ! Tais-toi et prends patience ; le jour viendra où tu verras de tes propres yeux combien l'exercice de cette profession est honorable ! Car, enfin, dis-moi, quelle satisfaction y a-t-il en ce monde, quel plaisir, qui puissent égaler celui de triompher au combat et de vaincre son ennemi ? Aucun, je t'assure.

– C'est possible, mais je n'en sais rien ; tout ce que je sais, moi, c'est que depuis que nous sommes chevaliers errants, ou plutôt depuis que vous l'êtes, monsieur, parce que je n'ai pas l'honneur de compter au nombre de ces personnes, la seule fois que vous avez gagné, c'était contre le Biscayen ; et encore, vous y avez laissé la moitié d'une oreille et de votre visière. Depuis, quand ce n'est pas à coups de bâton qu'on nous tombe dessus, c'est à coups de poing, avec, pour moi, l'avantage supplémentaire d'être berné par des gens enchantés, de qui je ne peux pas me venger, ce qui m'empêche de savoir jusqu'où peut aller le plaisir de vaincre l'ennemi, dont vous parlez.

– C'est bien là ce qui me chagrine, Sancho, et ce qui doit te faire enrager. Mais, dorénavant, je m'arrangerai pour avoir une épée si magistralement forgée qu'elle nous mettra à l'abri de tous les enchantements. Il se peut même que la chance m'accorde celle que portait Amadis, quand il s'appelait le chevalier à l'Épée Ardente, la meilleure que jamais chevalier eût possédée car, outre qu'elle avait cette vertu que je viens de dire, elle coupait comme un rasoir, si bien qu'aucune armure, même la plus solide, même la plus enchantée, ne résistait à son tranchant.

– J'ai tellement de chance, moi, que, même si vous arrivez à vous procurer une épée comme vous dites, je parie que ce sera comme pour la potion : elle ne profitera qu'à ceux qui ont été armés chevaliers ; et les écuyers, qu'ils aillent se faire voir !

– N'aie crainte, Sancho, le ciel saura t'être favorable.

Ils s'entretenaient de la sorte lorsque don Quichotte vit au loin un épais nuage de poussière qui s'avançait vers eux.

– Voici enfin le jour, Sancho, dit-il en se tournant vers son écuyer, où va se manifester tout le bien que ma destinée me réserve. Voici le jour, dis-je, où va paraître, plus qu'aucun autre, la force de mon bras, où je vais accomplir des exploits dignes de figurer dans le livre de la Renommée pour les siècles à venir. Tu vois, Sancho, ce tourbillon de poussière ? Il s'élève sous les pieds d'une armée innombrable qui vient vers nous, composée de gens de toutes les nations.

– A ce compte-là, ce n'est pas une, mais deux armées qui arrivent, puisqu'il en vient autant de l'autre côté.

Don Quichotte se retourna et vit que c'était vrai. Il en ressentit une joie extrême, persuadé que deux armées s'apprêtaient à livrer bataille au milieu de cette vaste plaine ; car il avait à toute heure et à chaque instant l'imagination remplie des combats, des défis, des enchantements, des aventures, des amours, bref, de ces absurdités que l'on trouve dans les romans de chevalerie, et tout ce qu'il disait, pensait ou faisait n'avait d'autre but que de s'y conformer. Or, cette poussière était soulevée par deux grands troupeaux de moutons qui venaient sur la route de deux points différents, et que l'on ne pouvait distinguer sous ce nuage, à moins d'en être tout près. Don Quichotte affirmait, néanmoins, avec tant d'obstination que c'étaient des armées, que Sancho finit par le croire.

– Et nous, monsieur, demanda-t-il à son maître, qu'est-ce que nous allons faire ?

– Ce que nous allons faire ? répondit don Quichotte. Apporter aide et secours aux faibles et aux opprimés. Apprends, Sancho, que cette armée qui marche droit sur nous est commandée par l'illustre Alifanfaron, empereur de la grande île de Taprobane ; et cette autre qui arrive de l'autre côté est celle de son ennemi, le roi des Garamantes, Pentapolin à la Manche Retroussée, qu'on appelle ainsi parce qu'il combat le bras nu.

— J'aimerais bien savoir pourquoi ces deux seigneurs se veulent tant de mal.

— Parce que cet Alifanfaron, un païen forcené, s'est épris de la fille de Pentapolin, une belle et gracieuse jeune fille, chrétienne de surcroît ; son père ne veut pas la donner à ce roi païen s'il ne renonce pas à la loi de son faux prophète Mahomet pour embrasser notre sainte religion.

— Par ma barbe, ce Pentapolin a tout à fait raison, et je m'en vais l'aider de mon mieux !

— Tu ne feras que ton devoir, Sancho ; d'ailleurs, pour combattre dans des batailles de ce genre, point n'est besoin d'être armé chevalier.

— Ça, je le comprends ; mais mon âne, où est-ce que je vais le mettre, pour être sûr de le retrouver après la mêlée ? Parce que aller au combat sur une monture pareille, je suis sûr que ça ne s'est jamais fait.

— Tu as raison. Eh bien, tu n'as qu'à le laisser libre d'aller où il veut ; peu importe s'il se perd car, après la victoire, nous aurons tant de chevaux à disposition que Rossinante lui-même risque d'être supplanté par un autre. Mais suis attentivement ce que je vais te dire et regarde bien : je veux te faire connaître les principaux chevaliers qui conduisent ces armées. Et afin que tu puisses les observer à ton aise, retirons-nous sur cette éminence, d'où l'on peut les apercevoir toutes deux.

Ils gravirent une hauteur d'où ils auraient pu, en effet, distinguer les deux troupeaux que don Quichotte prenait pour des armées, s'ils n'avaient été aveuglés par tant de poussière. Mais notre chevalier, voyant dans son imagination ce qui n'existait pas, commença d'une voix forte :

— Ce chevalier aux armes dorées que tu vois là-bas, dont l'écu représente un lion couronné couché aux pieds d'une jeune fille, est le vaillant Laurcalco, seigneur du Pont-d'Argent ; cet autre, dont l'armure est frappée de fleurs d'or, et l'écu de trois couronnes d'argent sur champ bleu, est le redoutable Micocolembo, grand-duc de Quirocie. Ce géant à sa droite est l'intrépide chevalier Brandabarbaran de Boliche, seigneur des trois Arabies ; il a pour cuirasse une peau de serpent et pour bouclier une porte qui provient, dit-on, du temple que Samson renversa quand, par sa propre mort, il se vengea de ses ennemis. Tourne maintenant les yeux de l'autre côté, et tu verras à la tête de cette autre armée Timonel de Carcassonne, prince de la Nouvelle-Biscaye, toujours victorieux, toujours invaincu ; il porte une armure écartelée d'azur, de sinople, d'argent et d'or et, sur son écu, un chat d'or en champ de gueules, avec la devise « Miaou », qui est le commencement du nom de sa dame, l'incomparable Miaouline, fille du duc Alfeñiquen de l'Algarve. Cet autre, qui fait plier les reins à sa fière et puissante jument, et dont l'armure est blanche comme neige et l'écu sans devise, est un jeune chevalier venu de France, nommé Pierre Papin, seigneur des baronnies d'Utrique. L'autre enfin, qui presse de ses talons ferrés les flancs mouchetés de ce zèbre agile et véloce avec de vair d'azur à son blason, est le puissant duc de Nerbie, Espartafilard du Bocage, qui porte sur son écu un champ d'asperges, avec cette devise en espagnol : « *Rastrea mi suerte.* »

Il lui nomma ainsi grand nombre de chevaliers des deux camps, attribuant sans hésiter à chacun les armes, les couleurs, les emblèmes et les devises que lui suggérait son étrange folie ; et il poursuivit sans reprendre souffle :

— Cet escadron qui nous fait face est composé de gens de diverses nations. Il y a ceux qui boivent les douces eaux du célèbre Xanthe ; ceux qui habitent les territoires montagneux de Massylie ; ceux qui tamisent la fine poudre d'or de l'heureuse Arabie ; ceux qui peuplent les frais et célèbres rivages du limpide Thermodon ; ceux qui détournent et saignent de maintes façons le Pactole doré ; les Numides, aux promesses trompeuses ; les Perses, archers fameux ; les Parthes et les Mèdes, qui combattent en fuyant ; les Arabes, aux tentes mobiles ; les Scythes, aussi cruels qu'ils sont blancs ; les Éthiopiens aux lèvres percées par des anneaux ;

et quantité d'autres nations dont je vois et reconnais ici les représentants, mais dont j'ai oublié les noms. Dans l'autre armée, se trouvent ceux qui boivent les ondes cristallines du Bétis bordé d'oliviers ; ceux qui lavent et polissent leur visage dans l'onde précieuse et dorée du Tage ; ceux qui jouissent des eaux bienfaisantes du divin Génil ; ceux qui foulent sous leurs pas les riches pâturages des champs tartésiens ; ceux qui s'ébattent dans les prairies élyséennes autour de Jerez ; ceux qui vivent dans la Manche, riches et couronnés de blonds épis ; ceux qui, caparaçonnés de fer, descendent en ligne droite des Goths ; ceux qui se baignent dans le Pisuerga, fameux pour ses eaux tranquilles ; ceux qui mènent paître leurs troupeaux dans les vastes prairies que traverse le célèbre et tortueux Guadiana, dont les eaux se cachent sous terre ; ceux qui tremblent de froid dans les forêts pyrénéennes et dans les sommets enneigés de l'Apennin ; en un mot, tous ceux que compte et contient l'Europe.

Notre chevalier était intarissable ! Que de provinces il cita, que de nations il nomma, donnant à chacune, avec une célérité inouïe, les attributs qui lui convenaient, tant il était imprégné de ce qu'il avait lu dans ses livres mensongers !

Sancho, qui ne disait mot, était suspendu aux paroles de son maître. De temps en temps, il tournait la tête pour voir s'il n'apercevait pas les chevaliers et les géants que don Quichotte lui désignait ; mais comme il ne voyait toujours rien, il finit par lui dire :

– Que le diable m'emporte, monsieur, il n'y a ici ni géant, ni chevalier, ni tous ces gens que vous dites ; moi, du moins, je ne les vois pas ; ça doit être encore une histoire d'enchantement, comme les fantômes de la nuit dernière.

– Comment ? Est-il possible, Sancho, que tu n'entendes pas le hennissement des chevaux, la sonnerie des clairons, le roulement des tambours ?

– Moi, monsieur, je n'entends que des moutons qui bêlent.

Ce qui était vrai, car les troupeaux étaient maintenant tout près.

– C'est la peur, Sancho, qui t'empêche de voir et d'entendre comme il faut ; car elle a, parmi d'autres effets, celui de troubler les sens et de faire que les choses paraissent autrement qu'elles ne sont. Mais si ta frayeur est trop grande, mets-toi à l'écart ; je saurai, à moi seul, donner la victoire au camp que je soutiendrai.

Et, sans attendre, il éperonna Rossinante et, la lance en arrêt, dévala la colline à la vitesse de l'éclair. Sancho lui criait :

– Revenez, monsieur, au nom du ciel, revenez ! Ce sont des moutons et des brebis que vous allez attaquer ! Ah, quel malheur ! Vous êtes fou ! Il n'y a pas plus de géants que de chevaliers, pas plus de chats que d'armoiries, ni d'écus coupés ou entiers, ni de champs de gueules, ni rien du tout ! Ah, misère, mais qu'est-ce que vous faites ?

Il en fallait plus pour interrompre la course de don Quichotte, qui criait encore plus fort :

– Sus à l'ennemi ! Suivez-moi, chevaliers qui combattez sous le drapeau du vaillant empereur Pentapolin à la Manche Retroussée ! Vous allez voir comme je saurai facilement le venger du terrible Alifanfaron de la Taprobane !

Sur ces mots, il se rua au milieu de l'escadron de moutons et se mit à distribuer des coups de lance avec autant de fureur et de courage que s'il transperçait ses plus cruels ennemis. Les gardiens et bergers qui menaient le troupeau lui criaient d'arrêter ; mais, voyant qu'il ne les écoutait pas, ils délièrent leurs frondes et commencèrent à lui chatouiller les oreilles avec des pierres grosses comme le poing. Il en fallait plus pour inquiéter don Quichotte, qui courait de tous côtés :

– Où es-tu, orgueilleux Alifanfaron ? Viens ici ! Je suis seul, et c'est en combat singulier que je veux mettre tes forces à l'épreuve et t'ôter la vie pour venger l'affront que tu fais subir à Pentapolin, roi des Garamantes.

A ce moment-là, un caillou l'atteignit, qui lui enfonça deux côtes ; se croyant mort, ou du moins grièvement blessé, il se rappela qu'il avait en sa possession l'élixir miraculeux. Il sortit le flacon, le porta à sa bouche et commença à se rem-

plir l'estomac de la précieuse liqueur ; mais, avant qu'il eût
avalé la dose qu'il jugeait nécessaire, une deuxième pierre
vint briser le flacon qu'il tenait à la main et, chemin faisant,
lui emporta trois ou quatre dents et lui écrasa deux doigts.

Ce deuxième coup, aussi violent que le premier, eut raison
de notre pauvre chevalier, qui tomba de cheval. Les bergers
accoururent ; croyant l'avoir tué, ils réunirent en toute hâte
leurs troupeaux, chargèrent les bêtes mortes sur leurs
épaules – il y en avait au moins sept – et filèrent sans
demander leur reste.

Sancho était resté tout ce temps sur la colline à contempler les folies de son maître, s'arrachant la barbe à pleines
mains et maudissant l'heure et l'occasion où le sort l'avait
mis sur sa route. Mais, voyant don Quichotte tombé à terre
et les bergers déjà loin, il descendit pour lui porter secours.
Son maître n'était pas évanoui, mais en fort piteux état.

– Ah, monsieur ! s'écria l'écuyer. Je vous avais bien dit
qu'il fallait faire demi-tour, que ce que vous alliez attaquer,
ce n'était pas une armée, mais un troupeau de moutons !

– Cela te montre le pouvoir qu'a ce diable d'enchanteur,
mon ennemi, de transformer ou de faire disparaître les
choses à son gré. Apprends qu'il est très facile à ces gens-là
de nous faire voir ce qui leur plaît ; ce misérable qui me
poursuit, envieux de la gloire que j'allais gagner dans cette
bataille, a changé les deux escadrons de soldats en troupeaux de moutons. Et si tu ne me crois pas, Sancho, sur ma
vie, promets-moi de faire ce que je vais te demander ; tu
seras aussitôt détrompé, et convaincu que je dis vrai. Monte
sur ton âne, suis ces bêtes, sans faire semblant de rien : dès
qu'elles se seront un peu éloignées, tu verras qu'elles
retrouveront leur forme première et qu'au lieu de moutons,
ce sont bel et bien des hommes, tels que je te les ai dépeints
tout à l'heure… Mais attends, j'ai besoin de ton aide ;
approche et regarde combien il me manque de dents, car j'ai
l'impression qu'il ne m'en est pas resté une seule dans la
bouche.

Sancho s'approcha tant qu'il avait presque les yeux dans la
bouche de son maître. Juste à ce moment, la potion acheva

d'opérer, et don Quichotte rejeta, aussi sec qu'une arquebuse, tout ce qu'il avait dans le corps sur la barbe de son fidèle et charitable écuyer.

– Sainte Vierge ! s'écria celui-ci. Qu'est-ce qui m'arrive encore ? Ce pauvre homme doit être blessé à mort : il rend le sang par la bouche.

Cependant, il reconnut bien vite à la couleur, à la saveur et à l'odeur que ce n'était pas du sang, mais l'élixir qu'il lui avait vu boire. Il fut pris alors d'un tel dégoût que le cœur lui tourna et qu'il vomit ses tripes au nez de don Quichotte ; et les voilà tous les deux bien arrangés ! Sancho revint vers son âne pour chercher dans son bissac de quoi s'essuyer et panser son maître ; quand il s'aperçut qu'il ne l'avait plus, il faillit perdre l'esprit. Maudissant encore une fois le sort, il se promit de laisser là son maître et de s'en retourner chez lui, quitte à perdre son salaire et tout espoir d'être un jour gouverneur d'archipel.

Entre-temps, don Quichotte s'était levé et, mettant sa main gauche devant sa bouche pour empêcher les quelques dents qui lui restaient de tomber, il saisit de la droite la bride de Rossinante – qui, en bon et fidèle serviteur, ne s'était pas écarté un seul instant de son maître – et alla rejoindre son écuyer qu'il trouva appuyé contre son âne, la joue dans la main, l'air sombre et pensif.

– Apprends, Sancho, dit-il en le voyant si désespéré, qu'un homme n'est supérieur à un autre qu'autant qu'il en fait plus que lui. Tous ces orages qui s'abattent sur nous sont autant de signes que le temps va bientôt se mettre au beau, et nos affaires suivre un cours meilleur. Ni le mal ni le bien ne sont durables ; par conséquent, le mal ayant beaucoup duré, le bien doit être proche. D'ailleurs, tu ne dois pas t'affliger des malheurs qui m'arrivent, puisque tu n'en as aucune part.

– Comment, aucune ? Ce n'était peut-être pas le fils de mon père qu'on a fait sauter sur une couverture pas plus tard qu'hier ? Et le bissac qu'on m'a pris, avec toutes mes affaires dedans, il n'était pas à moi peut-être ?

– Tu as perdu ton bissac ?

– Oui, je l'ai perdu.

– Ce qui veut dire que nous n'avons rien à manger aujourd'hui.

– Ce serait le cas s'il n'y avait pas dans les champs toutes ces herbes que vous m'avez dit que vous connaissiez, monsieur, et dont se nourrissent les chevaliers errants malchanceux comme vous, qui n'ont rien à se mettre sous la dent.

– J'aimerais mieux, à l'heure qu'il est, un quartier de pain bis ou une bonne miche, avec deux têtes de hareng saur, que toutes les herbes que décrit Dioscoride, fût-il commenté par le docteur Laguna. Mais, que faire ? Allons, remonte sur ton âne, mon brave Sancho, et suis-moi. Dieu, qui pourvoit à tout, ne saurait nous abandonner – surtout quand nous n'avons d'autre but que de le servir – ; il n'abandonne ni le moucheron dans l'air, ni le vermisseau sur la terre, ni le têtard sous l'eau ; il fait briller sa lumière sur le bon et le méchant, et fait pleuvoir sur l'injuste comme sur le juste.

– Vous, monsieur, vous étiez fait pour être prédicateur plutôt que chevalier errant.

– Les chevaliers errants savaient et doivent savoir un peu de tout ; dans les siècles passés, on pouvait en voir qui faisaient des discours ou harangues en plein campement, comme s'ils avaient été diplômés de l'université de Paris ; ce qui prouve que jamais la lance n'a émoussé la plume, ni la plume la lance.

– Je veux bien croire tout ce que vous dites ; mais partons d'ici et tâchons de trouver où loger cette nuit. Fasse le ciel que ce soit dans un endroit où il n'y ait ni couverture ni berneurs, ni Maures enchantés, ni fantômes ; parce que, s'il y en a, j'enverrai tout au diable !

– Eh bien, demande-le à Dieu, Sancho, et prends le chemin que tu voudras ; je te laisse pour cette fois le soin de nous choisir un logement. Mais d'abord, donne-moi ta main et tâte avec le doigt combien il me manque de dents en haut, à droite.

Sancho lui mit la main dans la bouche.

– Et vous en aviez combien de ce côté-là ? demanda-t-il pendant qu'il tâtait.

– Quatre, sans compter la dent de sagesse, toutes parfaitement saines et en bon état.

– Vous êtes bien sûr de ce que vous dites, monsieur ?

– J'ai dit quatre, mais c'était peut-être cinq. Parce qu'on ne m'en a jamais arraché aucune ; il ne m'en est point tombé, et je n'en ai point eu de gâtée par la carie ni par une fluxion.

– Eh bien, en bas, vous n'en avez plus que deux et demie, et, en haut, pas même la moitié d'une : c'est aussi ras que la paume de ma main.

– Ah, je suis bien malheureux ! dit don Quichotte en entendant ces tristes nouvelles. J'aurais préféré qu'on m'arrachât un bras, à condition que ce ne fût pas celui qui tient l'épée. Apprends, Sancho, qu'une bouche sans dents est comme un moulin sans meule, et que l'on doit estimer une dent mille fois plus qu'un diamant. Mais voilà à quoi sont exposés ceux qui, comme moi, ont choisi de suivre les dures lois de la chevalerie. Allons, monte sur ton âne et marche devant ; je te suivrai au pas que tu voudras.

Sancho fit ce qu'on lui ordonnait et se dirigea du côté où il pensait trouver à se loger, sans pour autant s'écarter de la grand-route, qui lui paraissait le plus sûr chemin.

Et comme ils avançaient lentement, car don Quichotte souffrait bien trop pour presser le pas, Sancho entreprit de le distraire en lui parlant de choses et d'autres, comme on le verra dans le prochain chapitre.

*Du gracieux entretien que Sancho
eut avec son maître, et de l'aventure
qui leur arriva avec un cadavre,
ainsi que d'autres événements fameux*

J'AI IDÉE, MONSIEUR, que tous les malheurs qui nous arrivent ces jours-ci sont la punition du péché que vous avez commis contre l'ordre de la chevalerie, en ne tenant pas le serment que vous aviez fait de ne plus ripailler ni avec la reine folâtrer, et tout ce qui s'ensuit, tant que vous n'auriez pas repris son heaume à ce Maure qui s'appelle Malandrin, ou je ne sais plus quoi.

— Tu as entièrement raison, Sancho, répondit don Quichotte. Je t'avoue que cela m'était sorti de la tête. Et tu peux être certain que, de ton côté, c'est pour ne me l'avoir pas rappelé à temps que tu as été si durement berné. Mais je saurai réparer ma faute, car, dans l'ordre de la chevalerie, il y a toujours moyen de se racheter.

— Mais je n'avais rien juré du tout, moi !

— Peu importe : il me paraît qu'en ta qualité de complice tu n'es pas à l'abri. Et, dans le doute, mieux vaut se pré-munir.

— Si c'est comme ça, n'allez pas oublier ce que vous venez de dire, comme vous avez oublié votre serment ; les fantômes pourraient bien avoir envie de s'amuser à nouveau à mes dépens, et peut-être même aux vôtres, monsieur, quand ils verront que vous récidivez.

L'obscurité les surprit en chemin, alors qu'ils n'avaient pas trouvé d'abri pour la nuit ; ce qui était d'autant plus ennuyeux qu'ils mouraient de faim car, en perdant le bissac, ils avaient perdu garde-manger et provisions. Pour comble de malheur, il leur arriva une aventure qui, cette fois, méritait bien son nom.

La nuit était tombée ; ils continuaient néanmoins d'avancer, car Sancho pensait qu'on ne pouvait faire plus d'une ou deux lieues sur la grand-route sans rencontrer une auberge. Tandis qu'ils marchaient ainsi dans le noir, l'écuyer ayant grand faim et le maître grande envie de manger, ils virent venir vers eux, sur le chemin qu'ils suivaient, de nombreuses lumières, qui étaient comme autant d'étoiles en mouvement. A cette vue, Sancho crut s'évanouir de peur ; quant à don Quichotte, il n'était guère rassuré. Le premier tira sur le licol de son âne, l'autre sur la bride de son cheval ; et ils restèrent sans bouger, considérant ce que cela pouvait bien être. Mais plus ces lumières qui venaient droit sur eux se rapprochaient, plus elles devenaient grandes. Sancho se mit à trembler comme une feuille ; don Quichotte sentit ses cheveux se dresser sur sa tête, mais, rassemblant tout son courage, il dit à son écuyer :

– Sancho, voici sans doute venir à nous la plus grande et la plus périlleuse des aventures, où il me faudra prouver ma force et mon courage.

– Ah, pauvre de moi ! Si c'est encore une aventure de fantômes, comme ça m'en a tout l'air, cette fois-ci il ne me restera plus une seule côte en bon état !

– Tout fantômes qu'ils soient, je ne permettrai pas qu'ils touchent à un poil de ta veste. S'ils ont pu se jouer de toi l'autre jour, c'est parce que moi-même je n'avais pas réussi à escalader le mur de la cour ; mais, à présent, nous sommes en rase campagne, et je pourrai tirer contre eux l'épée tout à mon aise.

– Et s'ils vous enchantent et vous ramollissent comme la dernière fois, qu'est-ce que ça changera que vous soyez ou non en rase campagne ?

– Quoi qu'il en soit, je te demande, Sancho, d'avoir du courage ; l'expérience te montrera quel est le mien.

– J'en aurai, s'il plaît à Dieu.

Et, s'écartant un peu de la route, ils se remirent à considérer ce que pouvaient être ces lumières qui marchaient. Mais très vite, ils distinguèrent un grand nombre d'hommes en surplis ; cette effroyable vision vint à bout du courage de Sancho, qui se mit à claquer des dents comme s'il avait la fièvre. Et elles claquèrent encore plus fort quand ils virent distinctement ce que c'était. Il y avait là une vingtaine au moins de ces hommes en chemise blanche, tous à cheval, et tenant chacun une torche à la main ; derrière eux venait une litière tendue de deuil, suivie par six autres cavaliers dont les habits noirs couvraient jusqu'aux pieds de leurs montures, qui devaient être des mules et non des chevaux, à en juger par leur lenteur. Et ils ne cessaient de marmonner, d'une voix basse et plaintive. Cette étrange apparition, à une heure si tardive et dans un lieu si désert, avait de quoi emplir d'effroi le cœur de Sancho, et aussi celui de son maître. Mais si l'écuyer abdiqua tout courage, il n'en fut pas de même pour le maître, qui s'imagina aussitôt que c'était là une aventure comme on en trouvait dans ses livres.

Il se figura que la litière était un brancard sur lequel on transportait un chevalier mort ou gravement blessé, dont la vengeance était réservée à lui seul. Sans réfléchir plus avant, il mit sa pique en arrêt, s'affermit sur ses étriers et, plein de résolution et de vaillance, il vint se planter au beau milieu de la route, où ce cortège de chemises blanches ne tarderait pas à passer. Dès qu'ils furent à portée de voix, il leur cria :

– Arrêtez, messieurs, qui que vous soyez ! Et dites-moi qui vous êtes, d'où vous venez, où vous allez, et ce que vous portez sur ce brancard. Selon toute apparence, ou vous avez offensé quelqu'un, ou l'on vous a fait quelque outrage ; il convient que je le sache pour vous punir du mal que vous avez infligé, ou vous venger du tort que vous avez subi.

– Nous sommes pressés, répondit l'un des hommes en blanc ; l'auberge est encore loin, et nous ne pouvons prendre le temps de répondre à toutes vos questions.

Il éperonna sa mule et s'apprêtait à passer outre, mais don Quichotte, profondément irrité de ce langage, le retint par la bride.

– Arrêtez-vous, répéta-t-il, et montrez-vous plus poli. Si

vous ne voulez pas répondre à mes questions, préparez-vous à combattre !

La mule était ombrageuse ; se sentant prise par le mors, elle se cabra et se renversa par terre sur son cavalier. Un des valets qui marchait à pied, voyant tomber son maître, se mit à injurier don Quichotte qui, déjà fort en colère, baissa sa pique et, sans attendre davantage, fondit sur l'un des hommes en deuil et l'envoya rouler dans la poussière, durement touché. Puis, il se retourna contre les autres. Il fallait voir avec quelle promptitude il les attaquait et en venait à bout ; on aurait dit qu'il avait poussé des ailes à Rossinante, tant son allure était vive et fière.

Les hommes en blanc étaient des gens craintifs, et ils n'avaient pas d'armes. Ils abandonnèrent rapidement la partie et s'enfuirent à travers champs avec leurs torches allumées ; on les aurait pris pour des masques qui virevoltent pendant les nuits de carnaval. Quant aux hommes en noir, empêtrés dans leurs jupes et leurs soutanes, ils ne pouvaient pas remuer. Don Quichotte frappait tout à son aise et resta à peu de frais maître du champ de bataille ; car ils s'imaginaient que ce n'était pas un homme, mais un diable de l'enfer venu leur disputer le cadavre qu'ils transportaient dans la litière.

Sancho regardait tout cela, plein d'admiration devant tant d'intrépidité.

– Il n'y a pas de doute, se disait-il, mon maître est vraiment aussi fort et courageux qu'il le prétend.

Cependant, à la lueur d'une torche qui, par terre, brûlait encore, don Quichotte, apercevant l'homme que la mule avait renversé, alla lui mettre la pointe de sa pique sur la gorge, et lui dit de se rendre, ou qu'au moindre mouvement il le tuerait.

– Comment voulez-vous que je bouge ? répondit l'homme à terre. J'ai la jambe cassée. Je vous supplie, si vous êtes bon chrétien et gentilhomme, de ne pas me tuer ; d'ailleurs, vous commettriez un sacrilège, car je suis licencié et j'ai déjà reçu les ordres mineurs.

– Mais qui diable vous amène ici, demanda don Quichotte, si vous êtes homme d'Église ?

– Qui, monsieur ? Mon malheur.

– Et un malheur plus grand encore vous menace si vous ne répondez pas à toutes les questions que j'ai posées.

– J'y satisferai sans attendre ; sachez, monsieur, que je suis seulement bachelier, et non licencié comme je vous l'ai dit il y a un instant. Je m'appelle Alonso López, natif d'Alcobenda ; je viens de la ville de Baeza, avec onze autres prêtres, ceux qui ont filé avec les torches. Nous allons à Ségovie pour y accompagner le corps du gentilhomme que nous portons dans cette litière ; il est mort à Baeza, où il a été inhumé temporairement ; mais comme il est né à Ségovie, c'est là qu'il aura sa sépulture.

– Et qui l'a tué ? demanda don Quichotte.

– Dieu, d'une fièvre maligne qu'il lui a envoyée.

– En ce cas, le Seigneur m'a épargné la peine de venger sa mort. Car si le meurtrier n'est autre que Dieu, on ne peut que se taire et s'incliner, ce que je ferais moi-même si j'étais frappé. Sachez à présent, mon révérend, que je suis un chevalier de la Manche, nommé don Quichotte, et que j'ai pour profession d'aller par le monde redresser les torts et réparer les préjudices.

– Redresser les torts ? Eh bien, moi qui étais droit, vous m'avez tordu, puisque cette jambe ne se redressera plus pour le restant de mes jours. Quant à réparer les préjudices, vous venez de m'en causer un irréparable. Si je comprends bien, il n'y a pas pire mésaventure que de tomber sur un chercheur d'aventures !

– Les choses ne sont pas toujours comme on pense. Tout le mal est venu, monsieur le bachelier Alonso López, de ce que je vous ai vus arriver en pleine nuit, avec ces surplis, ces torches allumées, ces longs voiles de deuil, marmonnant je ne sais quoi ; on aurait dit des démons venus de l'autre monde. En vous attaquant, je n'ai donc fait que mon devoir ; et je vous aurais attaqués, eussiez-vous été des diables échappés de l'enfer, comme je le pensais.

– Puisque la malchance l'a voulu ainsi, je vous supplie, monsieur le chevalier errant – que j'aurais préféré voir errer ailleurs –, de m'aider au moins à me dégager, car j'ai la jambe prise entre l'étrier et la selle.

– J'aurais continué à parler jusqu'à demain ! Qu'attendiez-vous donc pour me le dire ?

Il appela aussitôt son écuyer. Mais Sancho ne se souciait guère de venir, occupé qu'il était à dévaliser une mule de trait, bien garnie de provisions de bouche, que ces bons prêtres avaient abandonnée sur le champ de bataille. Se servant de sa veste comme d'un sac, il la remplit autant qu'elle pouvait contenir et la chargea sur son âne, avant d'aller rejoindre son maître, qu'il aida à dégager le bachelier. On remit celui-ci sur sa mule, on lui rendit sa torche. Don Quichotte lui recommanda de rejoindre ses compagnons, et le chargea de l'excuser de cet affront qu'il n'avait pas été en son pouvoir de leur éviter.

– Et si ces messieurs, ajouta Sancho, vous demandent qui est le vaillant chevalier qui les a mis dans cet état, vous leur direz que c'est le fameux don Quichotte de la Manche, qu'on appelle aussi le chevalier à la Triste Figure.

Le bachelier s'éloigna ; don Quichotte demanda à Sancho pourquoi il l'avait appelé le chevalier à la Triste Figure à cette occasion plutôt qu'à une autre.

– Je vais vous le dire ; c'est que je vous regardais à la lumière de la torche que porte ce pauvre homme ; et vraiment, monsieur, il y a longtemps que je n'ai pas vu une aussi vilaine figure. C'est sans doute la fatigue de la bataille, ou bien toutes ces dents que vous avez perdues.

– Ce n'est pas cela ; mais le savant homme à qui il appartient d'écrire l'histoire de mes exploits aura jugé convenable que je prenne un surnom, comme en avaient tous les chevaliers du temps passé ; l'un prenait celui de chevalier à l'Épée Ardente, l'autre de chevalier à la Licorne ; celui-ci de chevalier aux Demoiselles, celui-là de chevalier au Phénix ; un autre encore de chevalier au Griffon ; il y eut même le chevalier de la Mort. Et ils étaient connus sous ces noms et emblèmes sur toute la surface de la terre. L'historien que je viens de mentionner t'aura donc inspiré, soufflé ce nom de chevalier à la Triste Figure, que j'ai l'intention de porter désormais. Et afin qu'il s'applique encore mieux à ma personne, je m'engage à faire peindre sur mon écu, dès que l'occasion s'en présentera, la plus triste des figures.

– Ce serait perdre votre temps et votre argent, monsieur. Vous n'avez qu'à montrer la vôtre à qui voudra bien la regarder ; croyez-moi, vous n'aurez besoin ni de peinture ni d'écu pour mériter ce nom-là. Je vous assure, monsieur, soit dit en plaisantant, que la faim et les dents en moins vous donnent si mauvaise figure, je le répète, que vous pouvez vous passer de faire peindre votre écu.

Don Quichotte ne put s'empêcher de rire de la malice de son écuyer, mais n'en résolut pas moins de prendre ce nom, et de faire peindre son bouclier comme il l'entendait.

– J'oubliais de vous dire, monsieur le chevalier, dit alors le bachelier avant de s'éloigner, que vous méritez d'être excommunié pour avoir porté la main sur un ecclésiastique : *Juxta illud : Si quis, suadente diabolo,* etc.

– Je ne comprends pas votre latin, répliqua don Quichotte ; la vérité est que je n'ai point porté la main sur vous, mais cette lance ; en outre, je ne croyais pas m'en prendre à des prêtres ni à rien qui appartînt à l'Église, que j'honore et respecte comme catholique et chrétien fervent que je suis, mais à des fantômes et à des monstres de l'autre monde. Quoi qu'il en soit, rappelez-vous que le Cid lui-même fut excommunié par Sa Sainteté le pape pour avoir, en sa présence, brisé le fauteuil de l'ambassadeur de France ; et, cependant, notre grand Rodrigue s'était comporté ce jour-là en loyal et vaillant chevalier.

Le bachelier fila sans répondre. Don Quichotte aurait bien aimé voir si ce qu'il y avait sur la litière était le corps du gentilhomme ou seulement ses os. Mais Sancho s'y opposa.

– Monsieur, lui dit-il, vous vous êtes tiré de cette dangereuse aventure à moins de frais que de toutes les autres. Mais si ces gens que vous avez vaincus et taillés en pièces se rendent compte que c'est une seule personne qui les a mis en fuite, ils seront tellement honteux et mortifiés qu'ils risquent de revenir prendre leur revanche et de nous donner du fil à retordre. Mon âne est pourvu, la montagne toute proche, la faim nous presse. Alors, partons d'ici en vitesse, et les morts avec les morts et les vifs à la toustée, comme on dit.

Et poussant son âne devant lui, il supplia son maître de le suivre ; ce que fit don Quichotte, sans répliquer, voyant bien que son écuyer avait raison. Après avoir marché un moment entre deux coteaux, ils arrivèrent dans un large vallon, bien abrité, où ils mirent pied à terre. Sancho soulagea aussitôt le baudet ; puis maître et valet, étendus sur l'herbe, et sans autre sauce que leur appétit, déjeunèrent, dînèrent, goûtèrent et soupèrent tout à la fois, remplissant leur estomac des victuailles dont messieurs les prêtres du cortège funèbre, qui se laissent rarement dépérir, avaient eu soin de charger leur mule.

Mais il leur arriva un autre malheur qui, pour Sancho, était plus grave que tous les autres : ils n'avaient pas de vin, pas même une goutte d'eau à boire et ils mouraient de soif. Sancho, voyant que l'herbe sur laquelle ils reposaient était verte et drue, dit à son maître ce qu'on lira dans le prochain chapitre.

De l'aventure la plus extraordinaire
qu'ait jamais accomplie aucun chevalier fameux,
et dont le vaillant don Quichotte de la Manche
se tira à très bon compte

MONSIEUR, IL DOIT y avoir près d'ici une source, ou un ruisseau, qui donne sa fraîcheur à toute cette herbe. Si nous poussons un peu plus loin, nous allons sûrement trouver de quoi apaiser cette soif terrible qui nous fait souffrir, et qui est encore pire que la faim.

Don Quichotte jugea le conseil excellent. Il prit Rossinante par la bride, et Sancho son âne par le licol après lui avoir mis sur le dos les restes du souper ; et ils avancèrent dans la prairie à tâtons, car la nuit était si noire qu'on n'y voyait rien. Ils n'avaient pas fait deux cents pas qu'ils reconnurent un grand bruit d'eau, comme celui d'un torrent tombant du haut d'énormes rochers, ce dont ils se réjouirent beaucoup. Mais, comme ils s'arrêtaient pour écouter de quel côté il leur parvenait, ils entendirent tout à coup un autre bruit, encore plus fort, qui vint leur gâter le plaisir, surtout pour Sancho qui était d'un naturel craintif, et s'effrayait d'un rien : c'étaient des coups, frappés en cadence, avec un grincement de chaînes et de fers qui, ajoutés au grondement furieux de l'eau, auraient jeté l'effroi dans tout autre cœur que celui de don Quichotte.

La nuit était, comme on l'a dit, obscure, et ils avaient pénétré sous de grands arbres, dont les feuilles agitées par une brise légère bruissaient de manière inquiétante. La solitude, le site, l'obscurité, le vacarme de l'eau, le murmure des feuillages, tout cela les remplit de stupeur et de crainte ; d'autant plus que les coups ne voulaient pas cesser, ni la brise s'apaiser, ni le jour se lever. Ajoutez à cela qu'ils ne savaient toujours pas où ils se trouvaient. Mais don Quichotte, mû par un cœur intrépide, sauta sur Rossinante, fixa son bouclier à son bras, coucha sa lance et dit à son écuyer :

— Apprends, Sancho, que le ciel m'a fait naître dans cet âge de fer pour redonner vie à celui que l'on nomme l'âge d'or. C'est à moi que sont réservés les pires dangers, les plus grands exploits, les plus hauts faits d'armes. C'est à moi, entends-tu, de ressusciter les chevaliers de la Table Ronde, les douze Pairs de France, les neuf chevaliers de la Renommée ; à moi de faire oublier les Bélianis, les Phébus, les Platirs, les Tablants, les Tirants, les Olivants, et toute la troupe des illustres chevaliers errants du temps passé, en accomplissant dans le nôtre des actions si nobles et glorieuses qu'elles obscurciront leurs plus célèbres prouesses. Remarque bien, fidèle et loyal écuyer, les ténèbres de cette nuit, son silence effrayant, le sourd et sombre murmure de ces arbres, le terrible vacarme de cette eau que nous sommes venus chercher, qui semble se précipiter du haut des montagnes de la Lune, et ces coups incessants qui frappent et blessent nos oreilles. Toutes ces choses ensemble, et chacune séparément, auraient de quoi inspirer la crainte, la peur et même l'épouvante au dieu Mars en personne, et à plus forte raison à celui qui n'est pas accoutumé à de semblables aventures. Eh bien, pour moi, elles sont autant d'aiguillons qui réveillent mon courage ; je sens mon cœur bondir dans ma poitrine du désir d'entreprendre cette aventure, pour périlleuse qu'elle paraisse. Serre donc un peu les sangles de Rossinante, et que Dieu te garde. Attends-moi là, et si, au bout de trois jours, tu ne m'as pas vu revenir, tu retourneras au village ; de là, tu me feras la grâce et la faveur d'aller au Toboso dire à mon incomparable Dulcinée que son chevalier servant est mort en voulant entreprendre des aventures qui le rendraient digne de lui appartenir.

Quand Sancho entendit son maître parler de la sorte, il se mit à pleurer d'attendrissement.

— Je ne comprends pas pourquoi, monsieur, lui dit-il, vous

voulez vous lancer dans une aventure aussi épouvantable. Il fait nuit, personne ne nous voit : nous pouvons très bien changer de route et nous écarter de ce danger ; et tant pis si nous ne buvons pas pendant trois jours. Comme il n'y a personne pour nous voir, personne ne pourra nous accuser d'être des lâches. J'ai souvent entendu dire en chaire à notre curé, que vous connaissez bien, que celui qui cherche le danger y périra. Ce n'est pas bien de tenter Dieu en vous lançant dans une aventure pareille. Si vous en réchappez, ça tiendra du miracle ; contentez-vous de ceux que le ciel a déjà accomplis en votre faveur en vous évitant d'être berné, comme je l'ai été, et en vous permettant de vaincre au combat tous ces ennemis qui accompagnaient le défunt, sans qu'il vous en coûte une égratignure. Et si tout ça ne suffit pas, monsieur, à émouvoir votre cœur de pierre, peut-être qu'il se laissera attendrir à l'idée que, dès que je vous aurai perdu de vue, j'aurai tellement peur que je donnerai mon âme à qui la voudra. Moi, j'ai quitté mon village et j'ai laissé femme et enfants pour entrer à votre service parce que j'espérais y gagner, non y perdre. Mais, comme dit le proverbe, trop de cupidité fait crever la bourse ; pour moi, ce sont mes espérances qu'elle a réduites en miettes. Ne voilà-t-il pas qu'au moment où je m'attendais enfin à recevoir ce maudit archipel du diable que vous m'avez si souvent promis, à la place et en échange vous voulez m'abandonner dans cet endroit où il n'y a pas âme qui vive ! Au nom de Dieu notre Seigneur, ne m'infligez pas pareil outrage, monsieur le chevalier errant ! Et s'il vous est vraiment impossible de renoncer à cette aventure, attendez au moins qu'il fasse jour ; si j'en crois ce que j'ai appris quand j'étais berger, il ne doit pas y avoir plus de trois heures d'ici à l'aube, parce que la gueule de la Petite Ourse est au-dessus de nos têtes, et qu'à minuit elle trace dans la ligne du bras gauche.

– Comment peux-tu, Sancho, voir où trace cette ligne, ni où se trouve la gueule ou l'encolure dont tu parles, alors que la nuit est si obscure qu'on ne voit pas une étoile dans le ciel ?

– C'est vrai, mais la peur a de bons yeux, comme on dit ; et puisqu'elle peut voir ce qui se passe sous la terre, elle voit à plus forte raison ce qu'il y a en haut, dans le ciel. De toute manière, le jour ne va pas tarder à se lever.

– Qu'il tarde ou pas, il ne sera pas dit que les prières et les larmes m'aient jamais empêché, en cette heure ni à aucun moment, de me conduire en chevalier. Je te prie donc de te taire, Sancho. Dieu, qui m'a inspiré d'entreprendre dès à présent cette aventure inouïe et périlleuse entre toutes, se chargera de veiller sur mon salut et de consoler ta tristesse. Quant à toi, serre les sangles de mon cheval et attends-moi ici ; je serai bientôt de retour, mort ou vif.

Sancho, voyant que la décision de son maître était irrévocable et que ni larmes, ni conseils, ni prières n'avaient sur lui d'effet, décida d'employer la ruse et de l'obliger à attendre au moins jusqu'au lever du jour. Pour cela, pendant qu'il serrait les sangles de Rossinante, en douceur et en ne faisant semblant de rien, il lui lia les pieds avec le licol de son âne, de sorte que, le moment venu, il fut impossible à don Quichotte de partir : son cheval ne bougeait plus que par sauts. Sancho, voyant que sa ruse avait réussi, dit à son maître :

– Et voilà ! monsieur. Le ciel, touché par mes prières et par mes larmes, a fait que Rossinante ne puisse plus bouger. Si vous vous entêtez et que vous continuez à le piquer, ce sera aller contre le sort et, comme on dit, ruer dans les brancards.

Don Quichotte se désespérait : plus il éperonnait son cheval, moins il pouvait le faire avancer. Il résolut donc de se calmer et d'attendre que le jour parût ou que Rossinante consentît à remuer. Attribuant ce contretemps à tout autre chose qu'à la malice de son écuyer, il lui dit :

– Puisque Rossinante ne peut pas avancer, je me résignerai à attendre que l'aube nous sourie, même si je dois pleurer tout le temps qu'elle mettra à venir.

– Il ne faut pas pleurer, monsieur. Je vais vous raconter des histoires jusqu'à ce que le jour se lève ; à moins que vous ne vouliez mettre pied à terre et dormir un moment dans l'herbe, à la manière des chevaliers errants, pour être plus reposé quand viendra l'heure d'entreprendre l'incroyable aventure qui vous attend.

– Comment oses-tu me parler de mettre pied à terre, et encore moins de dormir ? Suis-je par hasard de ces chevaliers qui prennent du repos à l'heure du danger ? Dors, toi qui n'es bon qu'à dormir, ou fais ce que tu voudras ; pour moi, je ferai ce qui convient le mieux à ma profession.

– Ne vous fâchez pas, monsieur, je disais ça pour rire.

Et, s'approchant de lui, Sancho mit une main sur l'arçon de devant et une autre sur celui de derrière ; et il resta ainsi, embrassant la cuisse gauche de son maître, sans oser s'en écarter d'un doigt, tant il était épouvanté par les coups qui continuaient à frapper alternativement. Don Quichotte lui demanda de raconter une histoire pour le divertir, comme il le lui avait promis. Sancho répondit qu'il le ferait volontiers, si la peur ne l'empêchait de parler.

– Et cependant, ajouta-t-il, je vais essayer de vous en dire une, qui est la meilleure de toutes celles que vous pourrez jamais entendre. Mais il faut me laisser aller jusqu'au bout sans m'interrompre. Attention, je commence :

« Il était une fois, et que le Bien qui arrive soit pour tout le monde, et le Mal pour qui l'a cherché… Vous remarquerez, monsieur, que les gens de l'ancien temps ne commençaient pas leurs histoires n'importe comment, mais par une sentence de Caton, l'encenseur romain : "Et le Mal pour qui l'a cherché" ; ce qui vient ici à point pour vous rappeler que vous devez rester tranquille et ne pas aller chercher le mal où que ce soit, et que nous ferions mieux de revenir par un autre chemin, puisque personne ne nous force à suivre celui-là, où il y a tant de choses qui nous font peur.

– Poursuis ton histoire, Sancho, et laisse-moi le soin de décider de notre route.

– Je disais donc que, dans un village d'Estrémadure, il y avait un berger chevrier, c'est-à-dire un berger qui gardait des chèvres, qui s'appelait Lope Ruiz ; ce Lope Ruiz était amoureux d'une bergère qui s'appelait Torralba ; et cette bergère nommée Torralba était la fille d'un fermier qui avait beaucoup de troupeaux, et ce fermier était…

— Si tu ne sais pas raconter ton histoire autrement qu'en te répétant, Sancho, tu n'auras pas fini dans deux jours ! Dis-la tout à la suite, comme un homme de raison, ou bien tais-toi.

— Dans mon pays, c'est comme ça qu'on les raconte ; et moi, je ne sais pas les raconter autrement, et il n'est pas juste que vous me demandiez de changer mes habitudes.

— Fais comme tu voudras ; et, puisque j'ai la malchance d'être obligé de t'écouter, continue.

— Comme je vous le disais, monsieur, ce berger était amoureux de Torralba, la bergère, qui était une fille robuste, revêche, un peu hommasse avec ses quelques poils de moustache. Il me semble que je la vois d'ici…

— Tu l'as donc connue ?

— Non, pas personnellement ; mais celui qui m'a raconté l'histoire m'a affirmé qu'elle était tellement vraie que, quand je la dirais à d'autres, je pourrais jurer que j'avais tout vu.

« Et c'est ainsi qu'au fil des jours, le diable, qui ne dort jamais et qui fait toutes sortes d'embrouilles, s'arrangea pour changer en répulsion l'amour que le berger avait pour la bergère. La cause en fut, d'après les mauvaises langues, qu'elle lui avait donné si souvent de petites jalousies que ça en passait la mesure. La haine du berger devint si grande qu'il décida de quitter le pays et de partir très loin pour être sûr de ne plus jamais la revoir. Torralba, se sachant dédaignée de Lope, se mit aussitôt à l'aimer, alors qu'elle n'avait jamais eu pour lui le moindre sentiment…

— Les femmes sont ainsi faites, l'interrompit don Quichotte, qu'elles dédaignent qui les aime et aiment qui les méprise. Continue, Sancho.

— Le berger fit donc comme il l'avait décidé ; et poussant son troupeau devant lui, il partit pour le royaume du Portugal en traversant les terres d'Estrémadure. Aussitôt que la Torralba l'apprit, elle se mit à ses trousses ; elle le suivait de loin, à pied, ses souliers dans une main, un bourdon dans l'autre et une besace à son cou, dans laquelle elle avait mis, à ce qu'il paraît, un morceau de miroir, un bout de peigne et un pot de fards ; mais, pour tout vous dire, je n'ai pas été vérifier. Ce que je sais, c'est que le berger arriva sur les bords du Guadiana à un moment où il était en crue, et où il avait presque débordé ; sur la rive où il se trouvait, il n'y avait ni bac, ni barque, ni personne pour les faire passer, lui et son troupeau, de l'autre côté ; ce qui le fâcha beaucoup, car il sentait la Torralba sur ses talons, et il n'avait aucune envie de subir ses prières et ses larmes. Enfin, à force de regarder autour de lui, il aperçut un pêcheur, avec une barque si petite qu'il n'y pouvait tenir qu'un homme et une chèvre. Il s'arrangea cependant avec le pêcheur, qui promit de les passer, lui et ses trois cents chèvres. Il en passa une, puis deux ; puis une troisième… Attention, monsieur, faites bien le compte, parce que si vous vous trompez seulement d'une chèvre, mon histoire sera finie, et je serai obligé d'arrêter. Je disais donc que le pêcheur passait les chèvres ; mais, comme sur l'autre rive le débarcadère était plein de vase et glissant, il mettait beaucoup de temps à aller et revenir. Il continuait tout de même, et il en passait une, puis une autre et encore une autre…

— Disons qu'il les a toutes passées, interrompit don Quichotte ; parce qu'à ce train-là, dans un an nous y serons encore.

— Combien y en a-t-il de passées jusqu'à maintenant ?

— Et comment diable le saurais-je ?

— Je vous avais pourtant dit qu'il fallait faire le compte. Et voilà, j'ai terminé ; impossible d'aller plus loin.

— Comment cela ? Est-ce donc si important de savoir le nombre exact de chèvres que, si l'on se trompe, tu cesses de raconter ton histoire ?

— Non, pas du tout. Mais c'est qu'au moment où je vous ai demandé de me dire combien il y avait de chèvres de l'autre côté, et que vous m'avez répondu que vous ne le saviez pas, à ce moment-là j'ai oublié toute la suite, et c'était pourtant le meilleur et le plus amusant.

— Ainsi donc, ton histoire est achevée ?

— Aussi achevée que la vie de ma pauvre mère.

– Voilà bien l'histoire ou la fable la plus étrange qui soit, et tu as une manière de la dire et de la planter là comme on n'en a jamais vu et on n'en verra jamais. En vérité, je n'attendais pas mieux de ton grand esprit ; mais je n'en suis pas étonné outre mesure, car ces bruits incessants ont dû te troubler la cervelle.

– Tout est possible ; mais moi, je sais que mon histoire s'arrête au moment où on se trompe en faisant le compte des chèvres qui sont passées.

– Qu'elle s'arrête où bon lui semble ! Voyons plutôt si Rossinante peut avancer.

Il lui redonna de l'éperon, et le cheval refit un saut, sans bouger d'un pas, tant il était bien ficelé.

Sur ces entrefaites, soit à cause de la fraîcheur du matin qui commençait à se faire sentir, soit qu'il eût mangé quelque chose de laxatif, soit – et c'est le plus probable – par un effet de la nature, Sancho eut envie de faire ce qu'un autre n'aurait pu faire pour lui ; mais si grande était sa peur qu'il n'osait s'écarter d'un pouce de son maître. Quant à essayer de se retenir, c'était impossible. Alors, pensant tout arranger, il lâcha l'arçon arrière qu'il tenait de la main droite, et discrètement, sans faire de bruit, détacha l'aiguillette qui soutenait à elle seule ses culottes, de sorte qu'elles lui tombèrent aussitôt sur les talons et lui restèrent aux pieds comme des entraves. Après quoi, il releva sa chemise du mieux qu'il put et mit à l'air ses deux fesses, qui n'étaient pas petites. Cela fait – et lorsqu'il croyait avoir achevé le plus difficile pour sortir de cet embarras cruel et pressant –, il en survint un autre, plus terrible encore : il lui parut qu'il ne pourrait se soulager sans laisser échapper quelques sons plus ou moins violents. Il serra les dents, remonta les épaules en retenant son souffle de toutes ses forces. Malgré toutes ces précautions, la malchance fit qu'il ne put s'empêcher de faire un peu de bruit, bien différent de celui qui provoquait sa frayeur. Don Quichotte demanda aussitôt :

– As-tu entendu, Sancho ? Qu'est-ce que cela ?

– Je ne sais pas, monsieur ; ce doit être encore quelque

chose de nouveau, parce qu'une aventure, comme un malheur, ne vient jamais seule.

Puis il fit une nouvelle tentative, et cette fois avec tant de
succès que, sans rien ajouter aux premiers bruits qui lui
avaient échappé, il fut libéré du fardeau qui lui avait causé
tant de soucis. Mais don Quichotte n'avait pas le nez moins
fin que l'oreille, et comme Sancho était resté cousu à lui et
que certaines vapeurs montaient presque en ligne droite,
elles lui parvinrent inévitablement. Dès qu'il les eut senties,
il n'eut d'autre recours que de se boucher le nez avec deux
doigts.

– Il me paraît, Sancho, dit-il d'une voix un peu nasillarde,
que tu as très peur.

– C'est bien vrai, monsieur. Mais qu'est-ce qui vous le
fait penser en ce moment plutôt qu'à un autre ?

– Parce qu'en ce moment tu sens particulièrement fort ; et
ce n'est pas l'ambre.

– Peut-être bien ; mais c'est de votre faute, monsieur.
Vous n'avez qu'à ne pas m'amener à une heure pareille
dans des endroits inconnus.

– Retire-toi de trois ou quatre pas, mon ami, reprit don
Quichotte, tout en gardant le nez bien serré dans ses deux
doigts. Et, désormais, surveille un peu plus ta personne et
observe les égards que tu dois à la mienne. La trop grande
liberté que je te laisse prendre avec moi est la cause que tu
te laisses aller à pareille irrévérence.

– Je parie, monsieur, répliqua Sancho, que vous vous
imaginez que j'ai fait quelque chose qu'on ne doit pas faire.

– Sancho, ce sont là matières qu'il vaut mieux ne pas
remuer.

Maître et valet passèrent le reste de la nuit à ces conversations. Quand Sancho vit que le jour ne tarderait pas à se
lever, il renoua ses culottes et délia tout doucement les pieds
de Rossinante. Dès que celui-ci se sentit libre, et bien qu'il
ne fût guère fougueux, il voulut sans doute marquer son
mécontentement, car il se mit à piétiner du devant ; pour ce
qui est de faire des courbettes, il en aurait été bien incapable. Don Quichotte, voyant que son cheval remuait, en

tira bon augure et y vit le signal d'entreprendre cette terrible aventure.

Entre-temps, le jour s'était levé et l'on y voyait enfin clair. Don Quichotte s'aperçut qu'il se trouvait sous de grands arbres; c'étaient des châtaigniers, qui rendaient l'ombre encore plus épaisse. Mais il ne put découvrir la cause de ces coups que l'on entendait toujours. Ainsi donc, sans plus attendre, il donna des éperons à Rossinante, dit une nouvelle fois adieu à son écuyer en lui ordonnant de l'attendre pendant trois jours au plus, et d'être sûr, s'il ne revenait pas au bout de ce temps-là, que Dieu avait disposé de sa vie dans cette périlleuse aventure. Il lui rappela le message qu'il devait porter de sa part à sa dame Dulcinée et ajouta qu'il n'avait pas à se soucier en ce qui concernait le paiement de ses gages car, avant de quitter leur village, il avait fait son testament, dans lequel Sancho se trouverait gratifié au prorata du temps qu'il l'aurait servi; mais que, si Dieu lui permettait de se tirer de ce danger sain et sauf, et libre de ses mouvements, il pouvait être sûr et certain d'obtenir l'archipel tant de fois promis.

Quand Sancho entendit cet émouvant discours, il se remit à pleurer, et résolut de ne pas abandonner son maître avant le terme et le dénouement de cette grande entreprise.

De ces larmes et de cette résolution si honorable, l'auteur de notre histoire tire la conclusion que Sancho devait être bien né, ou du moins vieux chrétien. Son chagrin attendrit quelque peu don Quichotte, sans qu'il manifestât cependant la moindre faiblesse; au contraire, dissimulant du mieux qu'il put son émotion, il avança du côté d'où lui semblaient venir le bruit de l'eau et des coups.

Sancho le suivait à pied, menant par le licol son âne, fidèle compagnon de ses heurs et malheurs. Après avoir marché un moment entre ces sombres châtaigniers, ils débouchèrent dans une prairie, surplombée de rochers d'où se déversait une énorme chute d'eau. Au pied des rochers, on pouvait voir quelques cabanes grossièrement bâties, qui avaient plus l'air de ruines que de maisons; c'était de là que provenaient ces coups épouvantables, qui n'avaient pas cessé.

Tant de vacarme effraya Rossinante ; mais don Quichotte, tout en le calmant, s'approcha des cabanes, se recommandant à sa dame en la suppliant de le soutenir dans cette difficile et redoutable entreprise, et, chemin faisant, invoquant aussi l'aide de Dieu. Sancho, qui ne lâchait pas son maître, allongeait le cou tant qu'il pouvait pour regarder entre les jambes de Rossinante, espérant découvrir enfin ce qui leur causait tant d'alarmes.

Ils n'avaient pas fait cent pas lorsque, au détour d'un rocher, apparut dans toute son évidence la cause, seule possible, de ce bruit épouvantable et pour eux terrifiant, qui les avait tenus en émoi toute la nuit. C'étaient – j'ose espérer, ami lecteur, que tu ne m'en tiendras pas rigueur – six maillets d'un moulin à foulon qui, en frappant alternativement, faisaient ce vacarme effrayant.

A cette vue, don Quichotte resta paralysé et sans voix. Sancho le regarda et vit qu'il avait baissé la tête, en proie à la plus grande confusion. Don Quichotte regarda aussi Sancho et vit qu'il avait les deux joues gonflées par une forte envie de rire ; et, malgré sa contrariété, il ne put s'empêcher de sourire en voyant la grimace de son écuyer. Celui-ci, ravi que son maître eût commencé, explosa si bien qu'il dut se tenir les côtes avec ses poings pour ne pas en crever. Quatre fois il se calma, et quatre fois il repartit de plus belle. Don Quichotte se vouait à tous les diables, surtout quand il entendit Sancho dire, dans l'intention évidente de le railler :

– « Apprends, Sancho, que le ciel m'a fait naître dans ce siècle de fer pour que j'y fasse revivre l'âge d'or. Je suis celui à qui sont réservés les pires dangers, les plus grands exploits, les plus hauts faits d'armes… »

Et il continuait sur le même ton, reprenant presque mot pour mot ce que son maître avait dit la première fois qu'ils avaient entendu ces coups terribles.

Don Quichotte, offensé et furieux qu'on se moquât de lui, leva sa lance et lui en assena deux grands coups avec une telle force que, si l'écuyer les avait reçus sur la tête, le maître eût été quitte de payer des gages, sinon aux héritiers. Sancho, voyant qu'on appréciait peu ses plaisanteries et

craignant que don Quichotte ne continuât les siennes, lui dit
d'un ton humble :

– Calmez-vous, monsieur, au nom du ciel ! Vous voyez
bien que je plaisante.

– Eh bien, moi pas ! Venez un peu ici, monsieur le far-
ceur : supposons que nous nous soyons trouvés devant la
plus périlleuse des aventures et non devant de simples marteaux à foulon, croyez-vous que je n'aurais pas eu le courage nécessaire pour l'entreprendre et la mener à bien ?
Pourquoi devrais-je, moi qui suis chevalier, savoir reconnaître tous les sons que j'entends, et distinguer s'ils viennent d'un moulin à foulon ou d'ailleurs ? Surtout si je
n'en ai jamais vu, de ces moulins, comme c'est le cas, justement ; au contraire de toi, misérable paysan, né et élevé dans
leur voisinage. Mais fais que ces six marteaux deviennent
autant de géants, et amène-les-moi, l'un après l'autre, ou
tous ensemble ; et si je ne les envoie pas tous rouler les
quatre fers en l'air, alors tu pourras te moquer de moi autant
qu'il te plaira.

– Oui, monsieur, vous avez raison ; j'avoue que j'y ai été
un peu fort. Mais à présent que nous avons fait la paix
– Dieu vous sorte de toutes vos aventures en aussi bon état
que de celle-ci –, avouez qu'il y aurait de quoi faire rire
bien des gens si on leur racontait cette grande frayeur que
nous avons eue. Je veux dire celle que moi j'ai eue, parce
que je sais que vous, monsieur, vous ne connaissez pas la
peur, que vous ne savez pas ce que c'est que de craindre ni
de trembler.

– Je ne nie pas qu'il y ait matière à rire dans ce qui vient
de nous arriver, mais je ne pense pas qu'il y ait matière à
raconter : les gens ne savent pas toujours remettre les choses
à leur juste place.

– Tandis que vous, monsieur, vous savez très bien mettre
la lance à la bonne place : vous avez visé à la tête, et vous
m'avez touché dans le dos, grâce à Dieu et à l'écart que j'ai
eu la bonne idée de faire. Mais passons ; tout ça nous sera
compté au jour du Jugement dernier, et puis, comme on dit,
qui aime bien châtie bien. Il paraît qu'un gentilhomme qui a

des mots avec son valet ne manque jamais de lui donner au moins une paire de culottes. Je ne sais pas ce qu'on donne après une bastonnade, mais j'imagine que, quand on est chevalier errant, on offre au moins un archipel ou un royaume en terre ferme.

— La chance pourrait tourner de telle sorte que tout ce que tu dis là fût vérifié. Je te demande pardon, Sancho, pour ce qui vient de se passer ; tu es sage et tu sais que l'homme n'est pas maître de ses premiers mouvements. Mais apprends, à l'avenir, à être plus réservé dans tes paroles ; dans aucun des livres de chevalerie que j'ai pu lire, et ils sont innombrables, je n'ai trouvé qu'un écuyer causât avec son maître comme tu le fais avec moi. Je reconnais que c'est autant ma faute que la tienne ; car si tu ne te montres pas assez respectueux, c'est que je ne me fais pas respecter comme il convient. Prends exemple sur Gandelin, l'écuyer d'Amadis de Gaule : il fut nommé comte de l'archipel de Terre Ferme, et, cependant, il ne parlait jamais à son maître que le bonnet à la main, la tête baissée et le corps courbé *more turquesco*. Quant à Gasabal, l'écuyer de Galaor, il était si discret qu'afin de nous donner la mesure de son parfait silence, l'auteur ne cite son nom qu'une seule fois dans cette longue et véridique histoire. De tout ce que je viens de te dire, tu dois inférer, Sancho, qu'il faut maintenir une distance entre le maître et le serviteur, entre le seigneur et le laquais, entre le chevalier et son écuyer. Aussi, dorénavant, traitons-nous avec plus de considération et cessons de nous chercher querelle ; car si je me fâche, quelle qu'en soit la raison, c'est toi qui prendras. Les récompenses et faveurs que je t'ai promises viendront en leur temps ; et si elles ne viennent pas, je te répète que tu auras au moins ton salaire.

— Je consens à tout ce que vous dites, monsieur. Mais j'aimerais quand même savoir, pour le cas où le temps des récompenses n'arriverait jamais et que je sois obligé de me contenter de mon salaire, ce que gagnait un écuyer de chevalier errant à l'époque, et s'il était embauché au mois, ou bien à la journée, comme un aide-maçon.

— Je ne pense pas que ces écuyers-là aient jamais reçu de

gages, mais seulement des faveurs. Et si je t'ai assigné un salaire dans le testament clos que je garde chez moi, c'est parce qu'on ne sait jamais ce qui peut arriver : j'ignore si, dans ce siècle funeste où nous vivons, la chevalerie errante parviendra à s'imposer, et je ne voudrais pas que, pour si peu de chose, mon âme fût en peine dans l'autre monde. Car dans celui-ci, apprends, Sancho, qu'il n'y a pas état plus dangereux que celui des chevaliers en quête d'aventures.

— Ça, c'est sûr ! La preuve, c'est que le simple bruit d'un moulin à foulon a pu inquiéter et troubler le cœur d'un chevalier errant aussi courageux que vous. Mais vous pouvez être sûr, monsieur, que dorénavant je n'ouvrirai plus la bouche pour me moquer de vos affaires, mais seulement pour vous honorer, comme mon maître et seigneur.

— Et tu feras bien, conclut don Quichotte ; car il est dit qu'il faut avoir pour ses maîtres autant de respect que s'ils étaient vos propres parents.

Qui traite de la grande aventure et riche conquête du heaume de Mambrin, ainsi que d'autres choses arrivées à notre invincible chevalier

UNE PLUIE FINE se mit alors à tomber, et Sancho aurait aimé se mettre à l'abri dans le moulin. Mais don Quichotte, après sa grossière méprise, l'avait pris en horreur et ne voulut à aucun prix y entrer. Tournant sur leur droite, ils se trouvèrent bientôt sur un chemin semblable à celui qu'ils avaient suivi la veille.

Ils marchaient depuis un moment déjà, lorsque notre chevalier aperçut au loin un homme portant sur la tête quelque chose qui brillait comme si c'était de l'or. Il se tourna aussitôt vers Sancho et déclara :

– Les proverbes disent vrai, car ce sont des maximes tirées de l'expérience, mère de toutes les sciences ; et celui-ci me paraît venir fort à propos : où une porte se ferme, une autre s'ouvre. En effet, si cette nuit le sort a fermé la porte à nos espérances en nous mystifiant avec ces foulons, elle nous ouvre à présent à deux battants celle d'une aventure bien meilleure et plus certaine ; et si je ne parviens pas à entrer par cette porte-là, ce sera uniquement ma faute, sans que je puisse en accuser ma méconnaissance des moulins ou l'obscurité nocturne. Si je ne me trompe, voici en effet venir vers nous un cavalier portant sur la tête ce heaume de Mambrin pour lequel j'ai fait le serment que tu sais.

– Monsieur, répondit Sancho, prenez garde à ce que vous dites et encore plus à ce que vous faites ; je ne voudrais pas qu'on se retrouve avec d'autres foulons, qui risquent, cette fois, de nous fouler et de nous assommer pour de bon.

– Le diable t'emporte ! Qu'est-ce qu'un heaume a de commun avec des foulons ?

– Je n'en sais rien ; mais je vous parie que, si vous me laissiez parler comme avant, je vous dirais des choses qui vous prouvent que vous vous trompez.

– Et comment pourrais-je me tromper, traître sans foi ? Ne vois-tu donc pas ce chevalier qui vient vers nous, sur un cheval gris pommelé, avec un heaume en or sur la tête ?

– Ce que je vois, moi, ou plutôt ce que j'entrevois, c'est un homme monté sur un âne gris comme le mien, avec sur la tête quelque chose qui brille.

– Ce quelque chose, c'est le heaume de Mambrin. Allons, écarte-toi et laisse-moi me mesurer avec lui. Tu vas voir que, sans perdre de temps à discourir, je mènerai à terme cette aventure et m'emparerai de ce heaume que j'ai si longtemps appelé de mes vœux.

– Comptez sur moi pour rester à l'écart. Et fasse le ciel, béni soit-il, que vous ne preniez pas du lard, ou plutôt des foulons, pour du cochon !

– Je te répète, Sancho, que je ne veux plus t'entendre mentionner devant moi ces foulons, ou je jure par tous les… (je n'en dirai pas plus), que je te foulerai, moi, jusqu'à l'âme !

Sancho se tut, de peur que son maître n'accomplît ce serment au pied de la lettre.

Il nous faut maintenant dire quelques mots sur le heaume, le chevalier et le cheval que voyait don Quichotte. Il y avait dans les environs deux villages voisins, dont l'un était si petit qu'il ne comptait ni apothicaire ni barbier ; c'était donc le barbier du grand village qui servait aussi dans le petit où, justement, un habitant avait eu besoin d'une saignée et un autre de se faire la barbe. Le barbier était parti en emportant son plat à barbe et, surpris en chemin par la pluie, il l'avait mis sur sa tête pour ne pas tacher son chapeau, qui devait être neuf. Et comme le plat était en cuivre bien astiqué, on le voyait reluire à une demi-lieue. Ce barbier montait un âne gris, comme l'avait dit Sancho ; et c'est cela que don Quichotte prit pour un cheval gris pommelé, un chevalier et un heaume en or, car il avait une forte propension à toujours rapporter ce qu'il voyait aux extravagances de ses livres et aux délires de son imagination.

Quand il vit ledit chevalier approcher, sans même entrer en pourparlers il fondit sur lui aussi vite que le lui permit Rossinante, la lance basse, bien résolu à le percer de part en part. Au moment de l'atteindre, et sans freiner son élan impétueux, il s'écria :

– Défends-toi, misérable créature, ou cède-moi de bon gré ce qui me revient de plein droit.

Le barbier, voyant ce fantôme arriver sur lui à l'improviste, n'eut que le temps de se laisser tomber de son âne pour éviter d'être embroché ; il n'avait pas plutôt touché le sol qu'il se releva, aussi leste qu'une biche, avant de filer à travers champs, plus rapide que l'éclair. Voyant qu'il avait laissé le plat à barbe par terre, don Quichotte se jugea satisfait et déclara que le païen avait agi avec autant de sagesse que le castor qui, se voyant traqué par les chasseurs, coupe et arrache de ses propres dents ces parties qu'il sait, par instinct, être l'objet de leur poursuite. Puis il ordonna à son écuyer de ramasser le heaume.

– Ma foi, déclara Sancho en le soulevant à deux mains, voilà un beau bassin, et qui vaut huit réaux bien sonnants.

Il le donna à don Quichotte, qui s'en coiffa aussitôt, en le tournant dans tous les sens pour en trouver l'emboîtement, mais sans y parvenir.

– Le païen pour qui ce heaume célèbre fut forgé sur mesure devait avoir la tête bien grosse, dit don Quichotte. Et le pire, c'est qu'il en manque la moitié.

Quand Sancho l'entendit appeler heaume le plat à barbe, il ne put retenir un éclat de rire, qu'il interrompit au souvenir de la récente colère de son maître.

– Pourquoi ris-tu, Sancho ? demanda don Quichotte.

– Je ris en imaginant la grosse tête que devait avoir le païen pour qui on a fait ce heaume, qui ressemble bel et bien à un plat à barbe.

– Sais-tu ce que j'en pense, Sancho ? Que cette pièce fameuse, ce heaume enchanté a dû tomber, par le fait du

hasard, entre les mains de quelqu'un qui n'a su ni le reconnaître ni l'estimer à sa juste valeur, mais qui, voyant que
c'était de l'or fin, en aura fondu la moitié pour en tirer profit, et avec l'autre aura façonné cette chose, qui ressemble
en effet à un plat à barbe. Pour moi qui l'ai reconnu, cette
métamorphose importe peu ; je le remettrai en état au premier village où il y aura un forgeron, de manière à ce qu'il
n'ait rien à céder ni à envier au casque que le dieu des
forges offrit au dieu de la guerre. En attendant, je m'arrangerai de ce qu'il est : il vaut toujours mieux que rien, et
suffira pour me protéger des pierres.

– Oui, tant qu'on ne vous les lance pas avec une fronde,
comme celles que vous avez reçues pendant la bataille entre
les deux armées, et qui vous ont raboté les mâchoires, et
cassé la burette où il y avait ce maudit breuvage qui m'a fait
rendre tripes et boyaux.

– Ce n'est pas une trop grande perte, car j'en ai la recette
en mémoire.

– Moi aussi, je la connais par cœur, répondit Sancho ;
mais que je meure ici même si je le fabrique ou j'y goûte
une fois encore dans ma vie. D'ailleurs, je ne pense pas me
mettre dans le cas d'en avoir besoin ; au contraire, je suis
décidé à employer mes cinq sens de manière à ne jamais
être blessé ni à blesser personne. Pour ce qui est d'être
berné une nouvelle fois, c'est une autre affaire, parce que
c'est le genre de malheur impossible à prévoir ; quand il
vous arrive, on ne peut que faire le gros dos, retenir son
souffle, fermer les yeux et se laisser aller au gré du sort et
de la couverture.

– Tu es un mauvais chrétien, Sancho, car tu ne sais pas
pardonner une offense. Apprends que le propre d'un cœur
noble et généreux est de ne pas attacher d'importance à des
enfantillages. T'aurait-on cassé une jambe, ouvert la tête ou
brisé une côte pour que tu ne puisses oublier ce qui n'était,
au bout du compte, qu'une plaisanterie innocente ? Sois certain que, si je ne l'entendais pas ainsi, je serais déjà retourné
là-bas, et j'aurais fait, pour venger cet affront, plus de
ravages que n'en firent les Grecs pour venger l'enlèvement

d'Hélène, laquelle, si elle avait vécu à notre époque, ou si ma Dulcinée avait vécu dans la sienne, n'aurait pas une telle réputation de beauté.

Et il poussa un soupir à fendre les pierres.

– Admettons que ce soit une plaisanterie, répondit Sancho, puisqu'il n'y a pas moyen d'en tirer sérieusement vengeance. Mais, moi, je sais ce qui est sérieux et ce qui ne l'est pas, et je peux vous dire que ni moi ni mon dos n'oublierons jamais cette plaisanterie-là. Enfin, laissons ça de côté pour l'instant et dites-moi plutôt, monsieur, ce que nous allons faire de ce cheval gris pommelé qui ressemble à s'y méprendre à un âne gris, et que le dénommé Martin, que vous avez jeté à terre, a abandonné. A la façon dont il a pris l'escampette et ses jambes à son cou, je serais bien étonné s'il revient jamais le chercher ; et, par ma barbe, le grison n'est pas vilain.

– Je n'ai pas pour coutume de dépouiller qui que ce soit ; de plus, ce n'est pas l'usage de la chevalerie d'enlever leurs chevaux aux vaincus et de les laisser à pied, à moins que le vainqueur n'ait lui-même perdu le sien dans la bataille. Auquel cas, il peut légitimement prendre celui de son adversaire, qu'il aura conquis de bonne guerre. Aussi, Sancho, laisse là ce cheval, ou cet âne, ou comme tu voudras l'appeler ; sitôt que son maître nous verra partir, il reviendra le chercher.

– Dieu sait pourtant si j'ai envie de l'emmener, ou au moins de l'échanger contre le mien, qui ne m'a pas l'air aussi bon. Ces lois de la chevalerie, qui ne vous permettent même pas d'échanger un âne contre un autre, sont vraiment sévères. Est-ce que je ne pourrais pas au moins échanger les bâts ?

– Je n'en suis pas sûr ; mais je te laisse le bénéfice du doute et, jusqu'à plus ample information, je t'y autorise, pourvu que tu en aies un besoin extrême.

– Aussi extrême que si ces harnais étaient pour ma personne.

Là-dessus, fort de la permission de son maître, il entreprit la *mutatio caparum* ; et c'est ainsi que l'âne de Sancho, profitant de cet héritage inattendu, fut équipé d'une si belle parure.

Puis ils mangèrent le reste des provisions prises sur la mule des prêtres et burent l'eau du torrent aux foulons, sans regarder une seule fois vers le moulin : ils en avaient eu si peur qu'ils ne voulaient plus le voir.

Ayant, par cette collation, satisfait leur appétit et dissipé toute tristesse, ils remontèrent à cheval ; et, sans prendre un chemin précis – car un chevalier errant se devait de n'en choisir aucun –, ils se laissèrent conduire par la fantaisie de Rossinante, à laquelle se pliait volontiers son maître, ainsi que l'âne, qui suivait son compagnon sans broncher, partout et toujours. Ils se retrouvèrent bientôt sur la grand-route, qu'ils suivirent sans but précis.

Pendant qu'ils cheminaient, Sancho dit à son maître :

– Monsieur, permettez-moi de causer un peu avec vous. Depuis que vous m'avez imposé ce commandement du silence, qui est si dur à respecter, j'ai au moins quatre choses à vous dire qui me sont restées sur l'estomac. Tenez, en ce moment, j'en ai une sur le bout de la langue, et je ne voudrais pas qu'elle se perde.

– Dis-la, Sancho ; mais sois bref, car les longs discours sont très vite ennuyeux.

– Eh bien, voilà, monsieur ; depuis quelques jours, je me suis mis à considérer le peu qu'on gagne à chercher, comme vous le faites, les aventures dans des endroits déserts ou à la croisée des grands chemins ; parce que, même quand vous sortez victorieux des batailles les plus dangereuses, il n'y a personne pour le voir ni le savoir, et par conséquent vos exploits restent à jamais ignorés, ce qui n'est ni ce que vous souhaitez, ni ce que vous méritez. C'est pourquoi, monsieur, il me semble qu'il vaudrait mieux, sauf avis contraire de votre part, que nous allions nous mettre au service d'un empereur ou d'un grand prince, qui soit en guerre de préférence, ce qui vous donnera l'occasion de montrer la valeur de votre bras, votre grande force et votre sagesse plus grande encore. Ce que voyant, le maître que nous servirons sera bien obligé de nous récompenser, chacun selon ses mérites, et il ne manquera pas de gens pour mettre par écrit vos prouesses, qui resteront à jamais dans les mémoires. Je ne parle pas des miennes, qui ne sortiront pas des limites écuyères ; mais je peux vous assurer que si c'est la coutume dans la chevalerie d'écrire les actions des écuyers, elles ne resteront pas dans l'encrier.

– Tu n'as pas tort, Sancho ; mais avant d'en venir là, il faut, en probation, parcourir le monde à la recherche d'aventures, afin d'accomplir quelques hauts faits dignes de gloire et de renom. Ainsi, le chevalier qui arrive à la cour d'un grand monarque est déjà connu pour ses prouesses. A peine les enfants le voient-ils franchir les portes de la ville qu'ils lui font un joyeux cortège, en criant : "Voici le chevalier aux Soleils" ou "au Serpent", ou tout autre emblème sous le signe duquel il a accompli ses illustres exploits. Et les gens disent : "Gloire à celui qui a vaincu en combat singulier le redoutable géant Brocabrun le Charpenté ; à celui qui a délivré le Grand Mameluc de Perse de l'enchantement où il était depuis presque neuf cents ans."

« De proche en proche, on proclamera ses hauts faits ; bientôt, intrigué par les acclamations des enfants et du peuple tout entier, le roi se mettra au balcon de son palais et, reconnaissant le chevalier à son armure ou à la devise de son écu, il ne manquera pas d'ordonner : "Or, sus ! Que tous les preux de ma cour aillent au-devant de la fleur de la chevalerie qui s'avance !" A ce commandement, ils sortiront tous ; le roi lui-même descendra la moitié des marches de son palais pour l'accueillir, le serrera étroitement dans ses bras et lui donnera le baiser de paix.

« Puis il le mènera par la main jusqu'aux appartements de la reine, où se trouvera aussi l'infante, qui ne peut manquer d'être une jeune fille parmi les plus belles et les plus accomplies qu'il y ait sur toute la surface de la terre. Au premier regard qu'ils échangeront, elle se prendra d'amour pour lui, et lui pour elle, et chacun paraîtra à l'autre créature plus divine qu'humaine. Ainsi, sans savoir pourquoi ni comment, ils se retrouveront prisonniers des inextricables filets de l'amour, le cœur percé d'affliction à l'idée de ne pouvoir se découvrir leurs craintes et leurs désirs. Puis, on mènera le chevalier dans une salle du palais somptueusement décorée ; là, après l'avoir désarmé, on lui apportera un riche manteau d'écarlate ; et s'il avait déjà bon air avec ses armes, il sera plus beau encore dans son pourpoint.

« Le soir venu, il soupera en compagnie du roi, de la reine et de l'infante, qu'il ne quittera pas des yeux, la regardant à la dérobée ; et elle fera de même, avec autant de prudence, car, je te l'ai dit, c'est une jeune fille pleine de raison. Le repas fini, on verra entrer à l'improviste un vilain petit nain, suivi d'une belle dame accompagnée par deux géants, qui viendra proposer une énigme imaginée par un sage d'autrefois, et si difficile que celui qui saura la résoudre sera tenu pour le plus fameux chevalier du monde. Aussitôt, le roi ordonnera à tous ses preux de tenter leur chance ; mais aucun n'y réussira, sauf le nouveau venu, pour sa plus grande gloire. L'infante en sera ravie et s'estimera d'autant mieux payée qu'elle aura placé si haut ses désirs. Mais le meilleur de l'affaire, c'est que ce roi ou ce prince, comme tu voudras, est en guerre acharnée contre un ennemi tout aussi puissant ; de sorte que le chevalier, après avoir séjourné quelque temps à la cour, lui demandera la permission de servir dans cette guerre. Le roi accédera à son désir, et le chevalier lui baisera courtoisement les mains pour le remercier de cette insigne faveur.

« Cette nuit-là, il fera ses adieux à l'infante derrière les grilles d'un jardin, sous la fenêtre de la chambre où elle dort, là où il lui a déjà parlé maintes fois par l'entremise d'une suivante, médiatrice avisée en la matière, qui a toute la confiance de l'infante. Il soupirera, elle s'évanouira, la suivante apportera de l'eau fraîche et s'inquiétera de voir que le jour se lève, car elle craint pour l'honneur de sa maîtresse au cas où on les découvrirait. Finalement, l'infante reprendra connaissance et tendra à travers la grille ses blanches mains au chevalier, qui les baisera mille et mille fois, et les baignera de ses larmes. Ils décideront des moyens à mettre en œuvre pour recevoir des nouvelles l'un de l'autre, et la princesse le suppliera de revenir le plus tôt possible ; ce qu'il lui promettra avec force serments.

« Après lui avoir baisé une dernière fois les mains, il s'en va ; et c'est pour lui un tel arrachement qu'il est bien près d'en mourir. Il regagne son appartement, se jette sur son lit, mais ne peut dormir tant la pensée de la quitter le chagrine. Il est debout dès le point du jour et va d'abord prendre congé du roi, puis de la reine ; mais quand il veut faire ses adieux à l'infante, on lui dit qu'elle est indisposée et qu'elle ne pourra le recevoir. Le chevalier pense que c'est à cause de la tristesse qu'elle a de son départ ; il en a le cœur transpercé, et il s'en faut de peu qu'il ne laisse éclater ouvertement sa douleur.

« La suivante, qui était là et a tout observé, va tout raconter à sa maîtresse, qui l'écoute en pleurant et lui avoue que ce qui la chagrine le plus, c'est qu'elle ne sait rien de ce chevalier, qu'elle ignore s'il est, ou non, de sang royal. La suivante l'assure que tant de noblesse, de courtoisie et de vaillance ne peuvent se rencontrer que chez une personne royale et de qualité. La pauvre jeune fille tâche de se consoler avec cette idée ; elle fait de gros efforts pour ne pas éveiller les soupçons du roi et de la reine ; et, au bout de deux jours, elle reparaît en public.

« Le chevalier s'en est allé combattre à la guerre : il défait les ennemis du roi, conquiert de nombreuses villes, triomphe dans maintes batailles, revient à la cour, revoit sa bien-aimée à l'endroit habituel, convient avec elle de la demander en mariage à son père, pour récompense de ses services. Le roi refuse de lui donner sa fille, ne sachant qui il est. Mais, soit qu'il l'enlève, soit qu'il s'arrange d'une autre manière, le chevalier finit par épouser l'infante, et le roi par considérer comme un honneur de l'avoir pour gendre, car on a découvert entre-temps qu'il est le fils du souverain de je ne sais trop quel royaume, qui ne doit pas se trouver sur la carte. Le roi meurt, l'infante hérite du trône, et voilà, en un tournemain, le chevalier devenu roi. Vient alors le moment de distribuer des récompenses à son écuyer et à tous ceux qui l'ont aidé à s'élever à une si haute condition. Il marie son écuyer à une suivante de son épouse, sans doute celle qui fut la confidente de leurs amours, et qui est la fille d'un duc très connu.

– Je n'en demande pas plus, moi ! s'écria Sancho. Et je suis prêt ! Parce que tout ça va vous arriver au pied de la lettre, monsieur, dès que vous aurez pris le nom de chevalier à la Triste Figure !

– N'en doute point, Sancho ; c'est en passant par ces mêmes étapes que les chevaliers errants se sont élevés et s'élèvent encore au rang de roi ou d'empereur. Il ne me manque plus que de trouver un monarque, chrétien ou païen, qui ait une guerre à gagner et une fille à marier. Mais nous avons tout le temps d'y penser ; car il faut d'abord, comme je te l'ai déjà dit, acquérir une certaine renommée avant de pouvoir se présenter à la cour.

« Mais il me manque encore autre chose ; supposons que je trouve le roi, la guerre et l'infante, et que je gagne une renommée qui s'étende à tout l'univers, comment pourrais-je me prétendre de sang royal, ou pour le moins cousin au second degré d'un empereur ? Même si mes exploits m'en rendent digne, le roi ne voudra jamais m'accorder la main de sa fille s'il n'a pas la preuve de ma haute naissance. Je risque donc, pour cette simple raison, de perdre ce que j'aurai mérité par la valeur de mon bras. Il est vrai que nul ne conteste mes armoiries de gentilhomme, ni mes possessions et propriétés, ni mon droit à exiger cinq cents sous d'or en cas d'offense ; bref, je suis un noble authentique, et il se pourrait que le sage qui écrira mon histoire débrouille si bien ma généalogie qu'en remontant jusqu'à cinq ou six générations il trouve un roi parmi mes ascendants. Car apprends, Sancho, que dans le monde il y a deux sortes de nobles. Les uns tirent leur origine de princes et de monarques dont le pouvoir s'est amenuisé avec le temps et a fini en pointe, comme une pyramide renversée ; les autres sont des gens de basse extraction qui ont su s'élever peu à peu, jusqu'à devenir de grands seigneurs. Et la différence, c'est que les uns ne sont plus ce qu'ils étaient et que les autres sont ce qu'ils n'étaient point. Il se peut que je sois des premiers, et qu'après des recherches, on me découvre une ascendance illustre, ce qui devrait satisfaire mon futur beau-père, le roi. Si malgré tout il refuse, l'infante m'aimera tant qu'en dépit de l'opposition paternelle, et quand bien même elle apprendrait que je suis fils d'un porteur d'eau, elle m'acceptera pour époux. Et sinon, je l'enlève et l'emporte où bon me semble ; le temps ou la mort finiront bien par apaiser la colère de ses parents.

– Ce serait le moment de dire, comme certaines personnes sans foi ni loi : à quoi bon demander ce qu'on peut prendre de force, ou de rappeler un dicton qui vient encore plus à propos : aide-toi, le ciel t'aidera. Parce que si monsieur votre beau-père, le roi, tient bon et refuse de vous donner ma maîtresse l'infante, le seul moyen c'est de l'enlever, comme vous l'avez dit, et de l'emmener où vous voudrez. L'ennui, c'est qu'en attendant que vous fassiez la paix avec lui, et que vous puissiez tranquillement profiter de votre royaume, le pauvre écuyer restera sur sa faim, pour ce qui est des récompenses. A moins que la suivante entremetteuse, qui doit devenir sa femme, n'accompagne l'infante, et qu'il se console dans ses bras en attendant mieux et jusqu'à ce que le ciel en décide autrement. Parce qu'il me semble à moi que son maître ne pourra pas faire moins que de lui donner cette dame pour épouse légitime.

– Cela va sans dire.

– Eh bien, il n'y a plus qu'à se recommander à Dieu et à laisser le sort suivre le cours qu'il voudra.

– Dieu fasse selon mes vœux et selon tes besoins, Sancho ! Qui ne risque rien n'a rien.

– Ainsi soit-il. Moi, je suis vieux chrétien, et ça me suffit pour être comte.

– C'est plus qu'il n'en faut. Et quand bien même tu ne le serais pas, cela ne changerait rien à l'affaire ; car sitôt que je deviendrai roi, je t'anoblirai, sans que tu aies à acheter de titre, ni à me servir d'aucune façon. Si je te fais comte, te voilà aussitôt chevalier, tant pis pour ce qu'on en dira ; et il faudra bien qu'on te donne du « Votre Seigneurie », quoi qu'on en pense.

– Ma foi, je leur ferai vite voir, à tous, que je suis à la hauteur de ma dinité !

– Il faut dire *dignité,* Sancho, et non *dinité.*

– Comme vous voudrez. Je disais donc que je m'en tirerai très bien, parce que tel que vous me voyez, j'ai été un temps bedeau d'une confrérie ; et tout le monde disait que je portais si bien la robe que j'aurais aussi bien pu en être le frère supérieur. Alors, qu'est-ce que ce sera quand j'aurai sur le dos un manteau doublé d'hermine, ou que je serai tout habillé d'or et de perles, à la mode des comtes étrangers ! J'ai idée qu'on viendra m'admirer de cent lieues !

– Tu auras sûrement bon air. Mais il faudra que tu te rases la barbe un peu plus souvent. Car tu l'as épaisse, hérissée et touffue ; et si tu n'y mets pas le rasoir au moins tous les deux jours, on reconnaîtra d'où tu viens à une portée d'arbalète.

– Eh bien ! je n'aurai qu'à prendre un barbier à gages chez moi. Et si c'est nécessaire, il me suivra partout où j'irai, comme les laquais d'écurie vont derrière les grands seigneurs.

– Mais comment sais-tu, toi, que les grands seigneurs se font suivre par un laquais d'écurie ?

– Je vais vous le dire. Il y a quelques années, j'ai passé environ un mois à Madrid. Là-bas, j'ai vu un jour se promener un tout petit monsieur, qui paraît-il était un très grand seigneur ; un homme le suivait à cheval, d'aussi près et aussi exactement que la queue suit la bête. J'ai demandé pourquoi il ne le rejoignait pas, au lieu de rester toujours derrière lui. On m'a répondu qu'il était son laquais d'écurie, et que c'était l'usage chez les grands seigneurs de se faire suivre ainsi. Voilà pourquoi je le sais, et je ne suis pas près de l'oublier.

– Tu as raison, Sancho, rien ne s'oppose à ce que tu emmènes avec toi ton barbier. Les usages ne sont pas venus tous à la fois, ils s'inventent l'un après l'autre, et tu peux fort bien être le premier comte à se faire suivre par son barbier. Il me paraît d'ailleurs que celui qui vous fait la barbe doit être un homme de confiance, plus encore que celui qui selle votre cheval.

– Laissez-moi me charger de ce qui a rapport au barbier ;

et vous, monsieur, occupez-vous de devenir roi et de me faire comte.

– Je le ferai, n'aie crainte, affirma don Quichotte.

Levant alors les yeux, il aperçut ce que l'on saura au chapitre suivant.

De la liberté que don Quichotte donna
à des malheureux que l'on emmenait
contre leur gré où ils ne voulaient pas aller

SIDI AHMED BENENGELI, auteur arabe, natif de la Manche, raconte dans cette grandiose, minutieuse, ingénieuse et plaisante histoire que l'illustre don Quichotte, après sa conversation avec son écuyer Sancho Panza, que l'on a pu lire dans le chapitre précédent, leva les yeux et vit venir sur la route une dizaine d'hommes qui marchaient, menottes aux poignets et enfilés comme les grains d'un rosaire dans une longue chaîne de fer qui les tenait par le cou. Ils étaient accompagnés de deux hommes à cheval et de deux autres à pied, les premiers portant des arquebuses, et les autres des piques et des épées. Aussitôt qu'il les vit, Sancho dit à son maître :

– C'est une chaîne de forçats du roi, qu'on emmène aux galères.

– Comment ? s'écria don Quichotte. Est-il possible que le roi emploie la force contre certains de ses sujets ?

– Ce que je veux dire, monsieur, c'est que ce sont des gens condamnés pour leurs crimes à servir le roi aux galères. Des forçats.

– Quoi que tu en dises, et de quelque manière qu'on le prenne, ces gens sont emmenés de force et non de leur plein gré.

– Ça, c'est sûr.

– Voici donc une affaire qui me concerne, car mon métier est d'empêcher que l'on fasse violence aux misérables et que l'on opprime les nécessiteux.

– Remarquez, monsieur, que la justice, qui agit au nom du roi, ne fait pas violence à ces gens-là et qu'elle ne les opprime pas non plus : elle les punit pour leurs crimes.

La chaîne s'était rapprochée, et don Quichotte demanda avec la plus grande politesse à ceux qui escortaient les galériens de bien vouloir lui dire pour quelles raisons ils emmenaient ainsi ces pauvres gens.

Un des hommes à cheval lui répondit que c'étaient des forçats de Sa Majesté qui allaient aux galères ; que c'était tout ce qu'il y avait à dire et que, pour le reste, ça ne le regardait pas.

– Cependant, reprit don Quichotte, j'aurais aimé savoir la faute que chacun d'eux en particulier a commise pour mériter pareil châtiment.

Il insista et mit tant de courtoisie et de civilité pour parvenir à ses fins que l'autre gardien à cheval dit :

– Nous avons bien ici le registre où sont consignées les condamnations de chacun de ces misérables ; mais ce n'est pas le moment de nous arrêter pour le chercher et pour les lire. Approchez-vous et interrogez-les vous-même ; ils vous répondront sûrement, car ces gens-là prennent autant de plaisir à commettre des infamies qu'à les raconter.

Fort de cette permission, qu'il aurait prise si on ne la lui avait pas donnée, don Quichotte s'approcha de la chaîne et demanda au premier quels péchés il avait commis pour être dans une situation aussi fâcheuse. L'autre répondit qu'on l'avait condamné pour avoir été amoureux.

– Est-ce tout ? s'étonna don Quichotte. Eh bien, si l'on vous condamne aux galères parce que vous êtes amoureux, il y a longtemps que je devrais y tirer la rame.

– Ce n'est pas le genre d'amours auxquelles vous pensez, répliqua le galérien. Moi, j'ai été pris de tendresse pour un panier de lessive plein de beau linge, et je le tenais tellement serré dans mes bras que, si la justice ne me l'avait pas enlevé de force, il y serait encore. Comme c'était du flagrant délit, on ne m'a pas fait passer aux aveux sous la torture, et l'affaire a été vite réglée. J'en ai eu pour cent coups sur les épaules, et en supplément trois ans pleins à faucher le grand pré. Voilà toute mon histoire.

– Qu'entendez-vous par « faucher le grand pré » ?

– Ramer aux galères, répondit le forçat, qui était un jeune homme d'environ vingt-quatre ans, natif de Piedrahita, à ce qu'il dit.

Don Quichotte posa la même question au deuxième, qui ne voulut pas répondre tant il était abattu. Ce fut le premier qui parla à sa place :

– Lui, il va aux galères parce que c'est un canari et qu'il a trop bien chanté.

– Comment cela ? On envoie donc les chanteurs aux galères ?

– Oui, monsieur ; il n'y a rien de pire que de chanter quand on vous fait boire.

– Et moi qui avais toujours cru le proverbe qui dit : chanter en chœur éloigne le malheur.

– Chez nous, c'est le contraire, reprit l'autre. Qui chante un jour pleurera toujours.

– Je ne comprends pas, dit don Quichotte.

Un des gardiens à cheval intervint :

– Chanter quand on vous fait boire veut dire, dans le langage des malfaiteurs, avouer sous la torture. On a donné la question à cet homme et il a reconnu son forfait, qui est d'être voleur de bestiaux ; il a donc été condamné à six ans de galères, plus deux cents coups de fouet, dont il porte déjà la marque sur le dos. S'il est aussi triste et sombre, c'est parce que tous les autres voleurs, y compris ses compagnons de chaîne, l'insultent, le maltraitent et le méprisent parce qu'il n'a pas eu le courage de nier jusqu'au bout. Ils disent qu'il n'y a pas plus de lettres dans un *non* que dans un *oui*, et qu'un délinquant a bien de la chance quand il n'y a pas de preuves ni de témoins contre lui, et qu'il a sa vie ou sa mort au bout de la langue ; ma foi, je trouve qu'ils n'ont pas tort.

– Je le trouve aussi, dit don Quichotte.

Il passa au troisième forçat, qui ne se fit pas prier pour répondre à ses questions.

– Moi, dit-il avec désinvolture, je m'en vais faire une visite de cinq ans au grand pré, faute de dix ducats.

– J'en donnerais vingt de bon cœur pour vous éviter cette peine, dit don Quichotte.

– Ça me fait penser à quelqu'un qui est en pleine mer, mais qui, malgré tout l'argent qu'il a, meurt de faim, faute de pouvoir rien acheter. Parce que si je les avais eus au bon moment, ces vingt ducats que vous m'offrez, j'aurais pu graisser la patte au greffier et réveiller l'esprit de l'avocat ; et, à l'heure qu'il est, je serais au beau milieu du Zocodover de Tolède, et pas sur cette route, tenu en laisse comme un chien. Mais Dieu est grand : patience et chacun pour soi.

Notre chevalier passa ensuite au quatrième forçat, un vieillard avec une barbe vénérable qui lui tombait plus bas que la poitrine. Il se mit à pleurer en s'entendant demander ce qui l'avait amené là, et ne dit mot ; mais le cinquième répondit pour lui :

– Cet homme a été condamné à quatre ans de galères, après avoir été promené dans les rues sur un âne, en habit de fête et en grande pompe.

– Ce qui veut dire, si je ne me trompe, intervint Sancho, qu'on l'a mis au pilori.

– Juste, répondit l'autre. Et s'il a mérité ce traitement, c'est parce qu'il était courtier avec l'argent des autres, et même avec leur corps. Je veux dire que monsieur est maquereau, avec en plus une pointe de sorcellerie.

– Cette pointe mise à part, dit don Quichotte, votre compagnon ne méritait pas de ramer aux galères pour avoir été courtier de galanteries, mais plutôt d'y commander comme amiral. Car il n'est pas donné à tout le monde de s'entremettre dans les affaires de cœur. C'est un métier qui exige beaucoup d'habileté ; il est des plus utiles dans un État bien ordonné, et ne devrait être exercé que par des gens de bonne naissance. On devrait même créer des inspecteurs et des examinateurs pour cet emploi, comme il en existe dans les autres métiers, et fixer le nombre de membres en exercice, comme cela se fait avec les courtiers de commerce. On éviterait ainsi bien des ennuis, qui n'arrivent que parce qu'on

abandonne cette occupation à des gens stupides et ignorants : des femmes de rien, des pages sans expérience et de
jeunes drôles, qui, lorsqu'une affaire presse et oblige à
prendre une décision d'importance, laissent geler leur soupe
entre l'assiette et la bouche et ne savent plus reconnaître
leur main droite de la gauche.

« Je pourrais continuer à vous démontrer pourquoi il
conviendrait de choisir avec soin les personnes qui exercent
ce métier si nécessaire, mais ce n'est ni le lieu ni le
moment ; un jour, j'en parlerai à quelqu'un qui peut s'occuper efficacement de la chose. Pour l'instant, je finirai en
disant que le chagrin que j'avais de voir ces cheveux blancs
et ce visage vénérable si durement punis pour maquerellage
a cessé quand vous avez parlé de sorcellerie. Cependant, je
sais qu'aucune sorcellerie au monde ne peut infléchir ni forcer notre volonté, comme le pensent quelques naïfs : nous
avons tous notre libre arbitre, et il n'y a ni plantes ni sorti-
lèges qui le contraignent. Ce que font de pauvres femmes
ignorantes et des charlatans sans scrupules, ce sont tout au
plus des mixtures ou des poisons qui rendent les hommes
fous, en leur laissant croire que, grâce à ces breuvages, ils
seront aimés, alors que, je le répète, rien ne peut contraindre
la volonté.

– C'est bien vrai, dit alors le vieil homme. Sachez, monsieur, que pour ce qui est d'être sorcier, je suis innocent.
Mais je ne peux pas nier que j'étais maquereau. Seulement,
je ne pensais pas à mal ; ce que je voulais, moi, c'est que
tout le monde soit content et vive en paix, sans chagrins ni
querelles. Mais ces bonnes intentions ne m'ont servi qu'à
être envoyé aux galères, d'où je n'ai pas espoir de revenir,
vu mon âge et un mal d'urine qui ne me laisse pas un
moment de repos.

Et il se remit à pleurer de plus belle. Sancho, pris de
compassion, tira de sa poche une pièce de quatre réaux et
lui en fit l'aumône.

Don Quichotte demanda au cinquième quel était son
crime, et l'homme répondit avec beaucoup plus d'effronterie que le précédent :

– Je suis là où vous me voyez pour avoir pris trop de bon temps avec deux filles qui étaient mes cousines germaines, et avec deux autres filles qui étaient sœurs, mais pas les miennes. Finalement, je me suis si bien amusé avec elles que ma famille s'est agrandie et compliquée, au point qu'il n'y a plus moyen de s'y retrouver. J'ai été reconnu coupable. Comme je n'avais ni protections ni argent, j'ai été à deux doigts de me balancer au bout d'une corde. Pour finir, on m'a condamné à six ans de galères. Je n'ai pas fait appel : c'était un châtiment mérité. Je suis jeune et, tant qu'il y a de la vie, il y a remède à tout. Si monsieur le chevalier a un petit quelque chose à offrir à ces pauvres malheureux que nous sommes, Dieu le lui rendra au ciel, et nous autres sur la terre, en priant pour qu'il lui donne la santé, et une vie aussi longue et aussi belle que le mérite sa belle apparence.

Le forçat était habillé en étudiant, et l'un des gardiens dit à don Quichotte que celui-là était un beau parleur et qu'il savait même le latin.

Le dernier de la chaîne était un homme d'une trentaine d'années, qui avait très bon air, malgré son regard un peu croisé. Il était attaché différemment des autres, car, de son pied, partait une chaîne qui lui entourait tout le corps ; à son cou, deux anneaux de fer, l'un rivé à la chaîne, l'autre à ce qu'on appelle un « protège-ami » ou « pied d'ami », sorte de carcan d'où partaient deux barres de fer qui descendaient jusqu'à la ceinture, terminées par deux menottes qui lui serraient les poignets, elles-mêmes fermées par un gros cadenas ; de sorte qu'il ne pouvait ni porter ses mains à sa bouche, ni baisser la tête jusqu'à ses mains. Don Quichotte demanda pourquoi cet homme était tellement plus chargé de fers que les autres. Le gardien lui répondit qu'il avait commis à lui seul plus de crimes que tous ses compagnons réunis ; que c'était un rusé et fieffé coquin, et que, même enchaîné de la sorte, on ne pouvait être sûr qu'il ne réussirait pas à leur fausser compagnie.

– Quels crimes a-t-il bien pu commettre, demanda don Quichotte, s'il n'a mérité que les galères ?

– Il en a pris pour dix ans, ce qui équivaut à une mort civile. Qu'il vous suffise de savoir que ce brave homme n'est autre que le fameux Ginès de Passemont, appelé aussi Ginésille de Parapille.

– Hé là, doucement, monsieur le commissaire, interrompit le galérien, quand il s'agit de noms et de surnoms, il faut savoir où on met les pieds. Je m'appelle Ginès, et non Ginésille ; et mon nom de famille, c'est Passemont, et non Parapille, comme vous le dites. Que chacun regarde la poutre qu'il a dans son œil au lieu de s'occuper de la paille qu'il y a dans celui du voisin.

– Baisse un peu le ton, gibier de potence, si tu ne veux pas que je te fasse taire à ma façon.

– L'homme propose et Dieu dispose, répondit le galérien ; mais un jour, on n'osera plus m'appeler Ginésille de Parapille.

– C'est pourtant bien ainsi qu'on te nomme, espèce de menteur ! reprit le gardien.

– Oui, mais je m'arrangerai pour que plus personne ne se le permette, ou je m'arracherai avec les dents tous les poils que j'ai où je pense. Si vous souhaitez nous donner quelque chose, monsieur le chevalier, faites-le et allez-vous-en ; on commence à en avoir assez que vous vouliez tout connaître de nos vies. Si vous voulez connaître la mienne, reportez-vous à l'histoire que, moi, Ginès de Passemont, j'ai écrite avec les cinq doigts de cette main.

– Cela peut paraître incroyable, mais c'est la vérité, dit le commissaire ; il a laissé son manuscrit en gage à la prison, pour deux cents réaux.

– Et j'espère bien le dégager, même s'il devait m'en coûter deux cents ducats.

– C'est donc une si bonne histoire ? demanda don Quichotte.

– Si bonne, dit le galérien, qu'elle peut damer le pion au *Lazarille de Tormès* et à tous les livres du même genre, écrits ou à écrire. Ce que je peux vous affirmer, c'est qu'elle ne contient que des choses vraies ; et ces vérités sont plus savoureuses et divertissantes que tous les mensonges des histoires inventées.

– Et quel en est le titre ?

– *La Vie de Ginès de Passemont,* répondit l'autre.

– Ce livre est-il achevé ?

– Comment le serait-il si ma vie ne l'est pas ? Il n'y a d'écrit que ce qui m'arrive depuis ma naissance jusqu'à la dernière fois qu'on m'a envoyé aux galères.

– Celle-ci n'est donc pas la première ?

– Pour servir Dieu et le roi, j'y suis déjà resté quatre ans, et je sais ce que c'est que le biscuit et le nerf de bœuf. Mais je ne suis pas mécontent d'y retourner : ça va me permettre de finir mon livre, où il y a encore beaucoup de choses à ajouter. Dans les galères d'Espagne, on est bien tranquille ; un peu trop, même. Aussi, j'aurai du temps de reste pour ce que j'ai à écrire et que je sais par cœur.

– Tu m'as l'air ingénieux, dit don Quichotte.

– Et malchanceux, répondit Ginès ; la malchance s'acharne toujours sur les gens d'esprit.

– Elle poursuit les coquins de ton espèce, dit le commissaire.

– Je vous ai déjà recommandé, monsieur le commissaire, d'y aller tout doux. On ne vous a pas chargé de maltraiter les pauvres gens que nous sommes, mais de nous mener où Sa Majesté l'a ordonné. Et puis, nom de… ça suffit ! Si on se met à laver notre linge sale, il y a sur le vôtre des taches que vous avez faites à l'auberge, et qui ne s'en iront pas à la lessive. Alors, que chacun tienne sa langue et marche droit, et tout ira bien. Et maintenant, assez plaisanté. En route !

Le commissaire leva sa baguette en réponse aux menaces de Passemont, mais don Quichotte s'interposa et le pria de ne pas maltraiter le galérien, disant qu'il ne lui paraissait pas mal qu'un homme dont les mains étaient si bien attachées eût la langue un peu libre. Puis, se tournant vers les autres enchaînés :

– De tout ce que vous m'avez confié, mes chers frères, leur dit-il, j'ai pu conclure que, bien que votre châtiment soit la juste punition de vos fautes, il ne paraît pas être de votre goût, et que vous partez ramer aux galères contraints et forcés. Il se pourrait que le peu de courage de l'un sous la torture, le manque d'argent de l'autre, l'absence de protections du troisième et, finalement, la sentence erronée du juge aient causé votre perte, vous privant de votre bon droit. Toutes ces choses que j'ai présentes à l'esprit me disent, me persuadent, me commandent même d'accomplir à votre égard les devoirs pour lesquels Dieu m'a envoyé en ce monde, ceux de l'ordre de la chevalerie que je professe, et le vœu que j'ai fait de défendre les faibles et de les protéger contre l'oppression des plus forts. Mais comme je n'ignore pas que c'est une marque de sagesse que de ne pas recourir à la violence quand on peut agir par la douceur, je prierai donc monsieur le commissaire et ces messieurs les gardiens de bien vouloir vous détacher et de vous laisser aller en paix ; il se trouvera toujours des gens pour servir le roi en cas de nécessité guerrière. Il n'est pas juste de réduire au rang d'esclaves ceux que Dieu et la nature ont faits libres. Car, enfin, messieurs les gardes, ces pauvres gens ne vous ont rien fait. A chacun son péché : laissons à Dieu dans le ciel le soin de châtier les méchants et de récompenser les bons. Il n'est pas bien que les hommes honnêtes deviennent les bourreaux des autres hommes, quand ils n'y ont aucun motif. Je vous le demande, messieurs, avec calme et courtoisie. Si vous me l'accordez, je vous en serai reconnaissant ; mais si vous refusez, cette lance, cette épée et la valeur de mon bras sauront vous y obliger.

— En voilà une plaisanterie ! s'écria le commissaire. C'est tout ce que vous trouvez à dire au bout du compte ? Vouloir que nous relâchions des forçats, comme si nous avions le droit de les laisser libres, et vous le droit de nous le commander ! Passez votre chemin, mon bon monsieur, et redressez-moi un peu ce bassin que vous avez sur la tête au lieu de chercher cinq pattes à un mouton !

— C'est vous qui êtes le mouton et le larron ! s'écria don Quichotte.

Et sans autre préambule, il l'attaqua si brusquement que, sans lui laisser le temps de se défendre, il l'envoya rouler à terre d'un coup de lance, gravement blessé. Heureusement pour don Quichotte, c'était l'homme qui portait le fusil. Les autres gardiens, d'abord surpris et déconcertés par cette attaque inattendue, se ressaisirent ; empoignant qui son épée, qui sa pique, ils se précipitèrent sur don Quichotte qui les attendait de pied ferme. Et notre chevalier aurait passé un mauvais quart d'heure si les galériens, voyant l'occasion qui s'offrait de recouvrer leur liberté, n'en avaient profité, en s'efforçant de briser la chaîne qui les attachait l'un à l'autre. La confusion était si grande que les gardes, tantôt poursuivant les galériens qui se détachaient, tantôt attaquant don Quichotte, qui lui-même les attaquait, ne purent rien faire de bon.

Sancho, pour sa part, vint en aide à Ginès de Passemont qui, le premier délivré et débarrassé, se précipita sur le commissaire étendu sur le sol et, lui ayant ôté son épée, s'empara de son fusil et coucha en joue tantôt l'un, tantôt l'autre des gardiens, mais sans jamais tirer. De sorte qu'il n'y eut bientôt plus aucun gardien en vue ; ils avaient fui le champ de bataille sous la menace du fusil et des pierres que faisaient pleuvoir sur eux les autres galériens enfin délivrés.

Sancho n'était pas du tout content du tour que prenait l'affaire ; il se doutait que les fuyards ne tarderaient pas à informer la Sainte-Hermandad, qui, au son du tocsin, se lancerait à la poursuite des coupables. Il fit part à son maître de son inquiétude et lui dit qu'il serait prudent de quitter les lieux sur-le-champ et d'aller se cacher dans la montagne, qui n'était pas loin.

— Tu as peut-être raison, répondit don Quichotte. Mais c'est à moi de décider de ce qu'il convient.

Il rappela les galériens, dont la troupe en désordre venait de dépouiller le commissaire jusqu'à la chemise ; ils firent cercle autour de lui pour savoir ce qu'il leur voulait.

— Les hommes bien nés, leur dit-il, savent se montrer reconnaissants des faveurs qu'ils reçoivent, et l'ingratitude est un des péchés qui offensent le plus le Seigneur. Vous ne pouvez manquer de reconnaître, messieurs, car elle est manifeste, la faveur dont vous m'êtes redevable. Tout ce que je vous demande en paiement, et telle est ma volonté, c'est que vous remettiez au cou cette chaîne dont je vous ai délivrés et que vous alliez sans plus attendre dans la ville du Toboso vous présenter devant ma dame Dulcinée ; vous lui direz que vous venez de la part du chevalier à la Triste Figure, son chevalier servant, et vous lui raconterez, point par point, comment s'est déroulée cette fameuse aventure, jusqu'à votre mise en liberté. Après quoi, vous pourrez aller où bon vous semble, et à la grâce de Dieu.

Ce fut Ginès de Passemont qui répondit pour toute la troupe :

– Monsieur notre libérateur, ce que vous nous commandez est impossible, tout à fait impossible, car nous ne pouvons partir ensemble sur les chemins ; au contraire, nous devons nous séparer et aller chacun de notre côté, en nous cachant tout au fond de la terre pour échapper à la Sainte-Hermandad, qui sera bientôt à nos trousses. Mais ce qu'il me paraît que vous pourriez et devriez faire, c'est de remplacer cet hommage et tribut que nous devons rendre à votre dame Dulcinée du Toboso par quelques douzaines d'*Ave Maria* et de *Credo* que nous dirons à votre intention ; cela, nous pourrons l'accomplir de jour comme de nuit, en fuite ou en repos, dans la paix comme dans la guerre. Mais si vous croyez que nous allons reprendre notre collier de misère, je veux dire la chaîne, et nous mettre en route pour le Toboso, c'est comme si vous disiez qu'en ce moment il fait nuit, quand il n'est que dix heures du matin, ou que les poules auront bientôt des dents.

– Sacrebleu ! s'écria alors don Quichotte, pris de colère. Puisqu'il en est ainsi, monsieur le fils de putain, sieur Ginésille de Pacotille, ou de je ne sais trop quoi, vous irez là-bas tout seul, la queue entre les jambes, et avec toute la chaîne sur le dos !

Passemont, qui n'était guère patient de nature, et qui se rendait bien compte que don Quichotte n'avait pas toute sa raison, puisqu'il avait commis la folie de les remettre en liberté, ne supporta pas de se voir traité de la sorte ; il cligna de l'œil à ses compagnons qui, prenant du champ, firent pleuvoir une volée de pierres sur notre chevalier qui ne savait plus où donner du bouclier. Quant au pauvre Rossinante, il n'obéissait pas plus à l'éperon que s'il avait été coulé dans le bronze. Sancho se mit derrière son âne et s'en fit un rempart contre le nuage de grêle qui s'abattait sur eux ; mais son maître ne put éviter de recevoir bon nombre de ces projectiles, lancés avec tant de force qu'il en fut renversé par terre. Aussitôt, l'étudiant lui sauta dessus et lui ôta le plat à barbe, dont il lui donna trois ou quatre coups sur le dos, puis qu'il frappa au moins autant de fois contre le sol, ce qui le mit en miettes. Les forçats prirent ensuite au pauvre chevalier la casaque qu'il portait par-dessus son armure, et ils lui auraient ôté jusqu'à ses bas, si les jambières ne les en avaient empêchés. Ils débarrassèrent Sancho de sa veste, et le laissèrent en chemise ; puis, ils partagèrent entre eux les dépouilles du combat, et chacun s'en alla de son côté, plus soucieux d'échapper à la Sainte-Hermandad que de reprendre la chaîne et d'aller se présenter à Mme Dulcinée du Toboso.

Il ne resta plus sur la route que l'âne, Rossinante, Sancho et don Quichotte. L'âne, triste et pensif, secouant de temps à autre la tête, comme s'il entendait encore les pierres lui siffler aux oreilles ; Rossinante, couché près de son maître, et lui aussi terrassé par l'assaillant ; Sancho en chemise et tremblant de peur en pensant à la Sainte-Hermandad ; don Quichotte, tout contrit de se voir maltraité par ceux-là mêmes à qui il avait fait tant de bien.

De ce qui arriva à l'illustre don Quichotte
dans la Sierra Morena, et qui est une
des plus étranges aventures racontées
dans cette véridique histoire

DON QUICHOTTE, se voyant en si piteux état, dit à son écuyer :

– On a raison de dire que faire le bien à des rustres, c'est jeter de l'eau à la mer. Si je t'avais écouté, Sancho, j'aurais évité cette déconvenue. Mais ce qui est fait est fait ; patience, cela me servira de leçon !

– Ça vous servira de leçon comme je suis turc, répondit Sancho. Mais puisque vous reconnaissez que, si vous m'aviez écouté, vous auriez évité ce petit ennui, croyez ce que je vous dis et vous en éviterez un plus grand : parce que vous devez savoir, monsieur, qu'avec la Sainte-Hermandad il n'y a pas de chevalerie qui tienne, et qu'elle se soucie des chevaliers errants comme d'une guigne. Tenez, il me semble que j'entends déjà ses flèches me siffler aux oreilles.

– C'est que tu es naturellement poltron, Sancho. Mais pour que tu ne m'accuses pas d'être obstiné et de ne jamais suivre tes conseils, je veux t'écouter cette fois et me mettre à l'abri d'une colère que tu redoutes si fort. A une condition : c'est que jamais, mort ou vif, tu ne dises à personne que je me suis garé et éloigné du danger par frayeur, mais bien pour accéder à tes prières. Si tu dis autre chose, tu auras menti ; et dès à présent comme alors, et alors comme dès à présent, je te démens, et je dis que tu as menti et que tu mentiras toutes les fois que tu l'auras dit ou même pensé. Ne réplique pas ; car à la seule idée que je m'éloigne d'un danger, surtout de celui-ci, qui aurait peut-être de quoi inspirer une certaine crainte, il me prend l'envie de demeurer ici et d'y attendre tout seul, non seulement cette Sainte-Hermandad qui te fait si peur, mais les douze tribus d'Israël au complet, les sept Macchabées, Castor et Pollux, et tous les frères et confréries du monde entier.

– Se retirer n'est pas fuir, monsieur ; et il n'est pas raisonnable d'attendre quand le danger est si grand qu'il n'y a aucun espoir ; quand on est sage, on se garde aujourd'hui pour demain au lieu de tout risquer en une fois. Et puis, dites-vous que j'ai beau être rustre et grossier, j'ai quand même ma petite idée sur ce qu'on appelle savoir se tenir. Vous pouvez être tranquille, vous ne vous repentirez pas d'avoir suivi mon conseil ; montez sur Rossinante, si vous y arrivez, sinon je vous aiderai, et suivez-moi ; quelque chose me dit que nous avons en ce moment davantage besoin de nos pieds que de nos mains.

Don Quichotte remonta à cheval sans répliquer, Sancho prit les devants avec son âne et ils s'enfoncèrent dans la Sierra Morena. L'intention de Sancho était de la traverser de bout en bout et d'arriver jusqu'au Viso ou jusqu'à Almodovar del Campo, après avoir passé quelques jours parmi les rochers et les broussailles, pour échapper à la Sainte-Hermandad qui devait être à leurs trousses. Ce qui l'y encouragea, c'était que le sac à provisions que portait son âne avait réchappé sain et sauf de la bataille contre les galériens, ce qui, pensait-il, tenait du miracle, vu que ces messieurs avaient raflé tout ce qu'ils avaient pu trouver.

Dès que don Quichotte se vit au milieu des montagnes, il se sentit tout ragaillardi, tant ces lieux lui semblaient propices aux aventures qu'il cherchait. Il repassait dans sa mémoire les événements merveilleux qui étaient arrivés à des chevaliers errants, dans des parages identiques, et ces pensées l'absorbaient et le transportaient au point qu'il en oubliait le reste du monde. Sancho, quant à lui, n'avait d'autre souci – à présent qu'il se croyait hors de danger – que de satisfaire son appétit avec les reliefs des dépouilles cléricales. Il suivait donc son maître, assis à l'écuyère sur son âne, vidant le bissac et se remplissant la panse ; et il s'en trouvait si bien qu'il ne se préoccupait pas le moins du monde de chercher les aventures.

En levant les yeux, il vit que son maître s'était arrêté et essayait de soulever avec la pointe de sa lance une sorte de paquet qu'il y avait sur le sol ; il se hâta de le rejoindre, pour l'aider en cas de besoin. Quand il arriva, don Quichotte tenait déjà au bout de sa lance un coussin de selle, auquel était attachée une valise ; l'ensemble était en fort mauvais état et plus qu'à moitié pourri, mais si lourd que Sancho dut descendre de son âne pour le soulever. Don Quichotte lui commanda aussitôt de vérifier le contenu de la valise.

Sancho ne se fit pas prier. Elle était fermée avec une chaîne et un cadenas, mais par les trous et les déchirures, il put voir qu'elle contenait quatre chemises de toile de Hollande, du linge de corps aussi propre que raffiné et, dans un mouchoir, un bon petit tas d'écus d'or.

– Béni soit tout le ciel, s'écria-t-il à cette vue, qui nous envoie enfin une aventure où il y a quelque chose à gagner !

Il fouilla encore et trouva un carnet de voyage, richement relié. Don Quichotte le prit pour lui et dit à son écuyer de garder l'argent. Sancho lui baisa les mains pour le remercier de cette faveur et, dévalisant la valise, il mit le linge dans le sac à provisions.

– Il me semble, Sancho, dit don Quichotte, qu'un voyageur a dû s'égarer dans ces montagnes ; des brigands l'auront assassiné et enterré dans cet endroit désert. Il ne peut guère en être autrement.

– Impossible, monsieur ; si c'étaient des voleurs, ils auraient emporté l'argent.

– Tu as raison ; je n'y comprends rien. Mais, voyons si ce carnet de poche ne contient pas quelques lignes qui nous donneraient au moins une indication sur ce que nous voulons savoir.

Il l'ouvrit, et la première chose qu'il trouva, ce fut un sonnet, raturé comme un brouillon, mais tout à fait lisible, qu'il lut à voix haute pour que Sancho l'entendît.

Comme Amour est sans yeux, il est sans connaissance ;
ou c'est un Dieu cruel, et rempli de fureur,
qui m'impose une peine dont la dure rigueur
m'a condamné à tort à d'horribles souffrances.

Mais si Amour est Dieu, il connaît sans détours
les recoins de mon âme ; ainsi, sa cruauté
sans raison il applique, et sans nulle équité.
Ô douleur que j'adore, daigne durer toujours !

Oserai-je, Philis, t'accuser de ce mal
qui me vient de l'audace que j'ai eu de t'aimer.
Car ce n'est pas du ciel que mon malheur procède.

De cet amour ma mort sera l'issue fatale.
Quel amant pourrait vivre, lorsqu'il est dédaigné ?
A moins que, ô Philis, tu n'y portes remède.

– Nous ne sommes pas plus avancés, déclara Sancho ;
mais peut-être qu'en tirant sur ce fil-là nous arriverons à
dévider l'écheveau.

– De quel fil parles-tu ?

– Il me semble, monsieur, que vous avez prononcé ce
mot-là plus d'une fois.

– Je n'ai pas dit fil, mais Philis, qui est sans doute le nom
de la dame dont se plaint l'auteur du sonnet. Et, par ma foi,
ce n'est pas un mauvais poète, ou je n'entends rien à ce
métier.

– Comment, monsieur, vous savez aussi faire des rimes ?

– Et mieux que tu ne penses, Sancho, comme tu pourras
t'en convaincre bientôt, lorsque tu iras porter à ma dame
Dulcinée du Toboso une lettre écrite en vers d'un bout à
l'autre. Sache que les chevaliers errants des temps passés
étaient pour la plupart de grands poètes et de grands musi-
ciens ; et que ces talents, ou pour mieux dire ces dons, sont
propres à tous les chevaliers amoureux. Il est vrai que la
poésie des anciens chevaliers brillait davantage par la
vigueur de l'inspiration que par la grâce du vers.

– Continuez à lire, monsieur ; vous finirez peut-être par
trouver quelque chose de plus intéressant.

Don Quichotte tourna la page.

– Voici de la prose, dit-il ; et on dirait une lettre.

– Quel genre de lettre, monsieur ?

– Plutôt une lettre d'amour, à en juger par le début.

– Alors, lisez-la tout haut, monsieur ; j'aime beaucoup tout ce qui parle d'amour.

– Volontiers.

Comme Sancho le lui avait demandé, il lut à voix haute ce qui suit :

La fausseté de tes promesses et la certitude de mon malheur me mènent en un lieu d'où tu entendras plutôt les nouvelles de ma mort que mes plaintes devant tes rigueurs. Tu m'as repoussé, ingrate, pour un autre qui a plus de biens que moi, mais qui vaut moins que moi ! Et si la vertu était estimée à son prix, je n'aurais pas à envier le bonheur d'autrui, ni à déplorer mon infortune. Ce que ta beauté avait édifié, tes actes l'ont détruit. Elle me faisait croire que tu étais un ange ; ils m'ont démontré que tu n'es qu'une femme. Sois en paix, toi qui me déclares la guerre, et fasse le ciel que la perfidie de ton époux reste à jamais cachée, afin que tu n'aies pas à te repentir de ce que tu as fait, ni moi à prendre une revanche que je ne souhaite pas.

– Cette lettre, remarqua don Quichotte quand il eut terminé sa lecture, ne nous apprend rien que nous ne sachions par le sonnet : que son auteur est un amant trahi.

Et, feuilletant tout le carnet, il trouva d'autres lettres et d'autres poèmes, dont certains à peine lisibles. Leur contenu n'était que plaintes, lamentations, soupçons, plaisirs et peines, faveurs et mépris, les uns loués, les autres déplorés.

Pendant que don Quichotte examinait le carnet, Sancho, lui, examinait la valise et aussi le coussin, sans laisser le moindre recoin ou repli inexplorés, sans oublier de défaire la plus mince couture ni de démêler le plus petit flocon de laine, de peur de laisser échapper quelque chose par manque de soin et d'attention, tant sa récente découverte, qui se montait à plus de cent écus d'or, l'avait mis en appétit. Il ne trouva rien de plus, mais s'estima dédommagé des sauts sur la couverture, des vomissements dus à l'élixir de Fier-à-

Bras, des caresses des gourdins, des coups de poing du muletier, de la disparition du bissac, du vol de sa veste, et de toute la faim, la soif et la fatigue qu'il en coûtait de servir son bon maître, et se considéra plus que payé par cette généreuse récompense.

Quant au chevalier à la Triste Figure, il avait grande envie de savoir qui était le propriétaire de la valise, jugeant d'après le sonnet et la lettre, les écus d'or et les chemises fines, que ce devait être un gentilhomme réduit au désespoir par les dédains et les mauvais traitements de sa dame. Mais comme dans cet endroit inhospitalier et sauvage il ne passait personne qui aurait pu le renseigner, il décida d'aller de l'avant, laissant Rossinante suivre le chemin qu'il voulait ou plutôt qu'il pouvait, s'imaginant toujours que de ces broussailles ne manquerait pas de surgir quelque extraordinaire aventure.

Il aperçut bientôt, au sommet d'un monticule qui se dressait devant lui, un homme qui sautait de rocher en rocher et de buisson en buisson, avec une étonnante rapidité. Autant qu'il put voir, cet homme était à demi nu, avec une épaisse barbe noire, des cheveux longs et en désordre, la tête découverte, ainsi que les jambes, et sans souliers ; ses chausses semblaient être de velours fauve, mais si déchirées qu'elles laissaient voir la peau en maints endroits. Il allait à vive allure, mais aucun de ces détails n'échappa au chevalier à la Triste Figure, qui se lança après lui ; il dut pourtant renoncer à le suivre, car il n'était pas donné aux faibles jarrets de Rossinante de s'aventurer en terrain escarpé, sans compter qu'il avait par nature le pas court et l'allure flegmatique. Don Quichotte imagina aussitôt que cet homme était le propriétaire de la valise et du coussin, et résolut d'aller à sa recherche, dût-il errer plus d'un an dans ces montagnes avant de le retrouver. Il ordonna donc à Sancho de descendre de son âne et de prendre par un côté, tandis que lui-même contournerait la montagne de l'autre, espérant, à la faveur de cette manœuvre, mettre la main sur l'homme qui venait de disparaître si rapidement.

– Je ne peux pas obéir, répondit Sancho, parce que, dès

que je m'éloigne de vous, la peur revient et je suis assailli par toutes sortes de visions épouvantables. Une fois pour toutes, monsieur, sachez que je n'ai pas l'intention de vous lâcher d'une semelle.

— Comme tu voudras ; je suis bien aise que tu veuilles t'aider de mon courage, qui ne te manquera jamais, quand bien même toutes les forces de ton corps viendraient à t'abandonner. A présent, suis-moi comme tu pourras et ouvre l'œil ; nous allons faire le tour de ces rochers, et j'espère que nous rencontrerons cet homme, qui est certainement le propriétaire de la valise et du coussin que nous avons trouvés.

— Moi, je crois, dit Sancho, qu'il vaudrait mieux ne pas le chercher ; parce que si nous le trouvons et que l'argent est à lui, je serai obligé de le lui rendre. Alors, au lieu de nous fatiguer à courir après ce monsieur, il vaut mieux que je garde cet argent en toute bonne foi, jusqu'à ce que le véritable propriétaire se fasse connaître, d'une manière qui nous coûte moins d'efforts. Peut-être que, d'ici là, j'aurai tout dépensé, et qu'il sera trop tard pour rembourser.

— Sur ce point, tu te trompes, Sancho. Puisque nous soupçonnons déjà qui est le propriétaire, que nous l'avons pour ainsi dire vu de nos yeux, nous nous devons de le retrouver et de lui rendre son bien. Et si nous n'en faisons rien, ce simple soupçon nous rend aussi coupables que si nous avions la certitude que c'est lui. Aussi, mon ami, mets-toi à sa recherche sans souci, car c'est le mien qui se dissipera dès que nous l'aurons trouvé.

Ce disant, il éperonna Rossinante, et Sancho le suivit sur son âne, comme à l'accoutumée. Après avoir contourné une partie de la montagne, ils découvrirent au bord d'un ruisseau une mule morte, plus qu'à moitié dévorée par les chiens et les corbeaux, et qui portait encore sa selle et sa bride ; ce qui les confirma dans l'idée que l'homme qui fuyait était bien le propriétaire de la mule et de la valise.

Ils s'étaient arrêtés pour la regarder, lorsqu'ils entendirent siffler, comme le fait un berger qui réunit son troupeau, et virent apparaître sur leur gauche, à l'improviste, un grand troupeau de chèvres, puis, tout en haut, le vieil homme qui les gardait. Don Quichotte l'appela en criant et le pria de descendre vers eux. Le chevrier leur demanda, en criant à son tour, ce qui les amenait dans ces parages, plus souvent fréquentés par les chèvres ou par les loups et autres bêtes sauvages que par les hommes. Sancho lui répondit que, s'il descendait, on lui expliquerait tout ce qu'il voulait savoir. Le chevrier obéit et, arrivé auprès de don Quichotte, il lui dit :

– Je parie que vous regardiez la mule de louage qui est morte dans ce ravin. Ma foi, ça fait plus de six mois qu'elle est là. Mais dites-moi, est-ce que vous avez rencontré son maître ?

– Nous n'avons rencontré personne, répondit don Quichotte, seulement un coussin de selle et une petite valise, à quelques pas d'ici.

– Je les avais trouvés aussi. Mais je n'ai pas voulu y toucher ni m'en approcher, de peur qu'il m'arrive des histoires et qu'on m'accuse de les avoir volés ; parce que le diable a plus d'un tour dans son sac, et il trouve toujours le bon moyen de vous faire trébucher ; et puis le jour où on tombe, on ne comprend pas pourquoi.

– C'est bien mon avis, intervint Sancho ; moi aussi, j'ai trouvé la valise et je n'ai pas voulu en approcher à un jet de pierre ; je l'ai laissée où elle était et où je suppose qu'elle est toujours. Je n'aime pas qu'on me cherche noise pour noisettes.

– Dites-moi, brave homme, demanda don Quichotte, savez-vous par hasard à qui appartiennent ces effets ?

– Tout ce que je peux vous dire, c'est qu'il y a environ six mois est venu jusqu'à nos cabanes de bergers, qui sont à peu près à trois lieues d'ici, un jeune homme beau et bien mis, monté s ur cette mule que vous voyez là, avec le coussin et la valise que vous avez trouvés et auxquels vous n'avez pas touché. Il nous a demandé quel était l'endroit le plus sauvage et inaccessible de ces montagnes ; nous lui avons dit que c'était celui où nous sommes en ce moment, ce qui est vrai ; parce que, si vous vous enfoncez d'une demi-lieue dans cette direction, vous aurez beaucoup de peine à en sortir ; je me demande même comment vous avez réussi à monter jusqu'ici, vu qu'il n'y a ni chemin ni sentier qui y conduisent. Dès que nous lui avons fait cette réponse, le jeune homme a tourné bride et s'est dirigé sans attendre vers l'endroit que nous lui avions indiqué, nous laissant aussi ravis de sa belle apparence que surpris de sa question et de la hâte qu'il avait de retourner dans la montagne.

« Nous ne l'avons plus revu jusqu'au jour où, à quelque temps de là, il a coupé le chemin à l'un de nos bergers et, sans dire mot, l'a attaqué à coups de poing et de pied ; puis il est allé droit au baudet chargé des provisions et il a pris tout le pain et le fromage qu'il y avait. Cela fait, il est reparti sans attendre s'embusquer derrière les rochers. Dès que nous avons appris la chose, nous avons décidé d'aller à plusieurs à sa recherche, et pendant deux jours nous avons battu la montagne dans ses recoins les plus escarpés, avant de le trouver caché dans le tronc d'un énorme chêne-liège. Il est venu à nous de bonne grâce, défiguré et brûlé par le soleil ; nous ne l'avons reconnu qu'à ses habits, qui étaient en lambeaux, dont nous avions gardé le souvenir. Il nous a salués très poliment, nous a dit de ne pas nous étonner de le voir dans cet état, et nous a expliqué en peu de mots que c'était une pénitence qu'on lui avait imposée pour ses nombreux péchés. Nous l'avons prié de nous révéler qui il était ; mais nous n'avons rien pu en tirer. Nous lui avons demandé de nous dire au moins où nous pourrions lui porter la nourriture dont il ne pouvait se passer ; et, si cela non plus n'était pas de son goût, de la réclamer aux bergers au lieu de la leur prendre de force. Il nous a remerciés, s'est excusé de ses violences passées, en promettant que, dorénavant, il demanderait qu'on lui fasse la charité de quelque nourriture, et qu'il n'offenserait plus personne. Quant à son logement, il a avoué qu'il s'arrangeait de ce qu'il trouvait quand venait la nuit. Puis, il s'est mis à pleurer si tristement qu'il nous aurait fallu être de pierre pour ne pas nous en émouvoir, surtout en considérant l'état dans lequel nous l'avions vu la première fois et ce qu'il était devenu. Car, je le répète, c'était un beau jeune homme, qui montrait, par l'élégance et la courtoisie de ses paroles et de ses manières, qu'il venait d'une noble famille ; il avait si grand air, que même nous autres, grossiers paysans qui l'écoutions, ne pouvions manquer de nous en apercevoir.

« Mais au beau milieu de son discours, le voilà qui soudain s'interrompt, et qui regarde fixement le sol, pendant que nous attendons sans dire un mot que son transport prenne fin, étonnés mais pleins de compassion pour lui. Car, à le voir les yeux grands ouverts, fixant sans ciller la terre pendant un long moment, puis fermant les yeux en serrant les lèvres et en fronçant les sourcils, nous avons bien compris qu'il était victime d'un accès de folie. La suite nous a démontré que nous étions dans le vrai : après s'être couché sur le sol, il s'est relevé brutalement et s'est jeté sur le premier de nous qui lui tombait sous la main, avec tant de violence et de rage que, si les autres ne s'étaient pas interposés, il l'aurait frappé à mort et déchiré à coups de dents. Et tout cela, sans cesser de crier : "Ah, traître, ton compte est bon ! C'est le moment de payer, Ferdinand, pour le tour infâme que tu m'as joué ! Je t'arracherai de mes propres mains ce cœur qui abrite et nourrit toutes les méchancetés du monde, et surtout la perfidie et le mensonge." Et il a continué sur le même ton, accusant ce Ferdinand et lui reprochant son parjure et sa trahison.

« Nous avons réussi, non sans peine, à délivrer notre compagnon, et lui, sans ajouter un mot, a disparu si vite dans les ronces et les broussailles qu'il nous a été impossible de le suivre. Nous en avons conclu que la folie le prenait par accès, et qu'un certain Ferdinand devait lui avoir fait une très grave offense qui l'avait mené à cette extrémité. Cela nous a été confirmé les nombreuses fois qu'il est venu depuis à notre rencontre, soit pour demander aux bergers une part de leurs provisions, soit pour la leur prendre de force. Lorsque la folie le gagne, il refuse la nourriture qu'on lui propose de bonne grâce et nous l'arrache à coups de poing ; au contraire, quand il est dans son bon sens, il la demande pour l'amour de Dieu, avec la plus grande politesse, et il nous en remercie vivement, les larmes aux yeux.

« Pour terminer, je vous dirai, messieurs, que j'ai décidé hier, avec quatre bergers, dont deux sont mes pâtres et deux mes amis, de le chercher jusqu'à ce que nous l'ayons trouvé ; puis de l'emmener de gré ou de force jusqu'à la ville d'Almodovar, qui se trouve à huit lieues d'ici, pour le faire soigner, si son mal est guérissable, et savoir, dès qu'il aura repris ses esprits, qui il est et s'il a des parents que nous puissions informer de son malheur. Voilà, messieurs, tout ce que je peux vous dire. Soyez sûrs que celui que vous avez vu passer, aussi rapide que légèrement vêtu, est bien le propriétaire de la valise (don Quichotte lui avait en effet raconté qu'il avait vu un homme courir dans la montagne).

Notre chevalier était stupéfait de ce qu'il venait d'entendre et plus que jamais désireux de savoir qui était ce pauvre fou ; il résolut de poursuivre sa première idée, qui était de le chercher dans toute la montagne, en fouillant le moindre recoin, la moindre caverne, jusqu'à ce qu'il l'eût trouvé. Mais la chance le servit mieux et plus vite qu'il ne l'espérait, car à cet instant même apparut, surgissant d'une gorge qu'il y avait près de l'endroit où ils se tenaient, le jeune homme en question. Il marmonnait quelque chose qu'ils n'auraient pu comprendre ni de près ni, à plus forte raison, de loin. Il était tel qu'on le leur avait décrit ; lorsqu'il arriva près d'eux, don Quichotte put noter que sa veste, bien qu'en lambeaux, était parfumée d'ambre ; ce qui acheva de le convaincre que ce personnage ne pouvait être que de très haute condition.

Le jeune homme s'avança et les salua d'une voix discordante et rauque, mais fort aimablement. Don Quichotte lui rendit son salut non moins poliment et, mettant pied à terre, d'un geste plein de courtoisie, vint lui donner l'accolade et le retint un bon moment dans ses bras, comme s'il le connaissait depuis de longues années. L'autre, à qui nous donnerons le surnom de Déguenillé à la Mauvaise Figure – comme don Quichotte avait celui de chevalier à la Triste Figure –, après s'être laissé embrasser, recula d'un pas, posa ses mains sur les épaules de notre chevalier et le regarda longuement, comme s'il cherchait à le reconnaître, aussi étonné de voir l'allure et l'équipement de don Quichotte que celui-ci de voir les siens. Après l'accolade, le premier qui parla fut le Déguenillé et il dit ce que vous pourrez lire dans le chapitre suivant.

*Où l'on trouvera la suite de l'aventure
de la Sierra Morena*

L'HISTOIRE RACONTE que don Quichotte observait avec une extrême attention l'infortuné chevalier de la Montagne, qui s'adressa à lui en ces termes :

– Qui que vous soyez, monsieur, car je ne vous connais pas, je vous remercie de la courtoisie que vous daignez me manifester, et j'aurais souhaité à mon tour vous témoigner, autrement que par des mots, combien je vous suis reconnaissant de l'accueil que vous me faites. Mais le sort ne m'a donné d'autres moyens de répondre à vos bons offices qu'en vous assurant de ma bonne volonté.

– La mienne, répondit don Quichotte, n'est autre que de vous servir. J'avais déjà résolu de ne pas sortir de ces montagnes avant de vous avoir retrouvé, et d'avoir appris de votre bouche s'il est un remède aux chagrins qui vous ont mené à cette misérable existence, afin, si besoin était, de me mettre au plus vite à sa recherche. Et si votre malheur est de ceux qui ferment la porte à toute consolation, je pensais vous aider de mon mieux en partageant vos larmes et vos soupirs, car c'est toujours un soulagement dans la douleur que de trouver une âme compatissante. Si donc, monsieur, mes bonnes intentions méritent un peu de reconnaissance, je vous conjure, au nom de cette courtoisie dont vous avez fait preuve, et par la chose au monde qui vous est ou qui vous fut la plus chère, de me dire qui vous êtes, et le motif qui vous a conduit à vivre et à mourir dans ces parages déserts, à l'égal des bêtes qui vous entourent, alors que vous êtes un homme de condition, ainsi que le montrent votre costume et votre personne. Je jure, par l'ordre de la chevalerie auquel, bien qu'indigne et grand pécheur, j'appartiens, et par ma profession de chevalier errant, que, si vous avez cette complaisance, je vous servirai aussi fidèlement que m'y obligent les vœux que j'ai prononcés, soit en apportant, s'il en est, remède à vos malheurs, soit en vous aidant à les pleurer, comme je l'ai promis.

Le chevalier des Bois, entendant le chevalier à la Triste Figure tenir cet étrange langage, le considéra un bon moment des pieds à la tête et de la tête aux pieds. Après l'avoir ainsi examiné, il dit :

– Si l'un de vous a quelque chose à me donner à manger, qu'il me l'apporte, pour l'amour de Dieu. Quand j'aurai mangé, je ferai tout ce qu'on me demandera, en remerciement des bontés qu'on aura bien voulu me témoigner.

Aussitôt, Sancho tira de son bissac et le chevrier de sa gibecière de quoi satisfaire l'appétit du Déguenillé, qui se jeta avidement sur la nourriture ; il ne prenait pas le temps d'avaler une bouchée qu'il avait déjà englouti la suivante. Tout le temps qu'il mangea, ni lui ni aucun de ceux qui le regardaient ne dirent mot. Quand il eut terminé, il leur fit signe à tous de le suivre et les mena dans un pré verdoyant qu'il y avait non loin de là, au détour d'un rocher. Sitôt arrivé, il s'étendit sur l'herbe, et les autres firent de même, toujours en silence, jusqu'à ce que le Déguenillé, après s'être commodément installé, reprît la parole :

– Si vous voulez, messieurs, que je vous conte en peu de mots toute l'étendue de mon malheur, vous devez me promettre de n'interrompre par aucune question, ni par quoi que ce soit, le fil de ma triste histoire ; car, si vous le faisiez, je m'arrêterais aussitôt de vous la dire.

Ces paroles rappelèrent à don Quichotte l'histoire que son écuyer lui avait racontée, et qui était restée en suspens, faute d'avoir trouvé le nombre de chèvres ayant passé la rivière. Mais le Déguenillé poursuivit :

– Si je me permets cet avertissement, c'est parce que je ne souhaite pas m'appesantir sur le récit de mes infortunes. Me

les rappeler ne fait que les accroître ; et moins vous me pose-
rez de questions, plus vite j'en aurai fini, sans toutefois rien
omettre d'important, afin de satisfaire pleinement votre
curiosité.

Don Quichotte le lui promit au nom de toute l'assistance,
et le jeune homme, ainsi rassuré, commença :

– Mon nom est Cardenio ; ma patrie, une des plus belles
villes d'Andalousie ; ma famille est noble et mes parents sont
riches ; quant à mon malheur, il est si grand qu'il a arraché
des larmes à mes parents et peiné ma famille ; cependant,
malgré toutes leurs richesses, ils n'ont pu y porter remède ;
car les biens de la fortune ne peuvent rien contre les maux
que le ciel nous envoie. Dans la même ville que moi demeurait un ange en qui l'amour avait placé toutes les perfections
dont je pouvais rêver : la belle Lucinde, jeune fille noble et
riche autant que moi, mais plus heureuse et moins constante
que ne pouvaient l'espérer mes honnêtes désirs. J'aimais
Lucinde, je l'adorais depuis ma plus tendre enfance, et elle
aussi m'aimait, avec la candeur et la naïveté de son âge. Nos
parents connaissaient nos sentiments et n'en étaient nullement contrariés, car ils pensaient bien que notre inclination
mutuelle se conclurait par un mariage, auquel l'égalité des
biens et de la naissance semblait mener presque naturellement. Cependant, notre amour grandissait avec l'âge ; et vint
le jour où le père de Lucinde, par respect des convenances,
crut devoir me fermer sa porte, imitant en cela les parents de
la douce Thisbée, tant chantée par les poètes. Cette défense
ne fit qu'aviver notre flamme et attiser nos désirs. Mais si
elle imposa le silence à nos lèvres, elle ne put arrêter notre
plume ; celle-ci, plus libre que la parole, découvre à ceux
qu'on aime les plus intimes secrets de l'âme, alors que la présence de l'objet aimé trouble et paralyse souvent l'esprit le
plus décidé, la langue la plus hardie. Ô ciel, combien de
billets ne lui ai-je écrits ! Combien de tendres et vertueuses
réponses n'ai-je reçues, combien de chansons, de poèmes
d'amour n'ai-je composés, où mon cœur se déclarait ouvertement et, dépeignant l'ardeur de mes désirs, ravivait ses
souvenirs et entretenait sa flamme.

« Enfin, comme je dépérissais et me consumais du désir de la voir, je résolus d'obtenir cette récompense que j'appelais de tous mes vœux, et je demandai sa main à son père. Il me répondit qu'il me remerciait de l'honneur que je lui faisais de rechercher son alliance, mais que, mon père vivant encore, c'était à lui de faire cette demande ; et que cette union ne pouvait avoir lieu sans qu'il l'approuvât pleinement, car sa fille n'était pas femme que l'on pouvait donner ni prendre à la dérobée. Je lui sus gré de ses bonnes paroles et, pensant qu'il avait raison, je lui assurai que mon père donnerait son consentement dès que je le lui demanderais. J'allai donc le trouver aussitôt pour lui communiquer mes intentions. Lorsque j'entrai dans sa chambre, il tenait à la main une lettre ouverte qu'il me tendit avant même que j'eusse dit un mot : "Tiens, Cardenio, lis, me dit-il. Et tu verras comme le duc Richard est bien disposé en ta faveur." Ce duc Richard, vous le savez sans doute, messieurs, est un grand d'Espagne, dont les terres sont situées dans la plus belle partie de notre Andalousie.

« Je lus la lettre ; son contenu était si flatteur que moi-même j'aurais trouvé indigne que mon père ne répondît pas à l'offre qu'on lui faisait. Le duc le priait en effet de m'envoyer sur l'heure dans son château, car il voulait me placer auprès de son fils aîné, non comme serviteur mais comme compagnon, me donnant ainsi une position qui correspondait à la bonne opinion qu'il avait de moi. A la lecture de cette lettre, je restai sans voix, et plus encore quand mon père me dit : "Cardenio, tu partiras dans deux jours pour obéir à la volonté du duc. Rends grâce à Dieu de ce qu'il te donne le moyen d'obtenir ce que je sais que tu mérites." Et à ces paroles il ajouta les conseils habituels d'un père.

« La date de mon départ approchait ; je parlai un soir à Lucinde et lui dis ce qui se passait. Je m'en ouvris aussi à son père ; je le suppliai d'attendre quelques jours et de ne pas disposer de sa fille tant que je n'aurais pas appris ce que me voulait le duc. Il me le promit, et Lucinde me le confirma avec mille serments et pâmoisons.

« Je me rendis donc auprès du duc Richard ; il m'accueillit

et me traita si bien qu'il fit aussitôt des jaloux parmi les gens de sa maison, dont certains, plus anciens que moi, crurent que les bontés qu'il me témoignait pouvaient leur porter préjudice. Mais celui qui me reçut avec les plus grandes marques de contentement, ce fut le second fils du duc, nommé Ferdinand, un beau jeune homme, courtois, généreux et galant ; nous devînmes si vite inséparables que cela donna lieu à des médisances. Son aîné m'aimait bien, lui aussi, mais sans avoir pour moi toute l'affection et les égards que me témoignait don Ferdinand. Et, comme entre amis il n'y a pas de secret, je devins aussi son confident : je partageai bientôt ses pensées les plus intimes, et j'appris ainsi une intrigue amoureuse qui lui donnait du souci. Il s'était épris d'une jeune paysanne, fille d'un riche fermier, vassal de son père ; elle était si belle, si sage et si honnête qu'on n'aurait su dire laquelle de ces qualités primait les autres. Toutes ces perfections avaient enflammé le cœur de don Ferdinand, qui se vit contraint, pour parvenir à ses fins et conquérir la vertu de sa belle, de lui promettre le mariage ; sans quoi, elle ne lui aurait jamais cédé.

« Au nom de l'amitié qui nous unissait, j'invoquai les meilleures raisons et trouvai les exemples les plus convaincants pour le détourner de son projet. Voyant qu'il n'en tenait pas compte, je décidai d'en avertir son père. Mais don Ferdinand était assez avisé pour se douter que je ne tarderais pas à le faire, car, en serviteur loyal, il m'était impossible de tenir cachée une chose aussi déshonorante pour mon maître le duc. Aussi, afin de m'en détourner et de m'égarer, il me dit qu'il ne voyait pas de meilleur remède pour chasser de son souvenir la beauté dont il était l'esclave que de s'absenter quelques mois ; il ajouta qu'il voulait les passer avec moi dans la maison de mon père et que, pour prétexte de son absence, il dirait au duc qu'il désirait acheter des chevaux dans ma ville natale, où il y a les meilleurs élevages du monde.

« Je n'eus pas plutôt entendu cela que, même si sa résolution ne m'avait pas paru aussi sage, je l'aurais approuvée comme étant des plus raisonnables, car c'était pour moi une

chance inespérée de revoir ma Lucinde. Tout à mon désir, je
l'encourageai dans son projet en lui disant que l'absence le
guérirait, car elle vient à bout des plus fermes propos, et
je le pressai de mettre le sien à exécution. Mais, comme je
l'appris par la suite, quand il m'annonça son intention, il
avait déjà abusé de la jeune paysanne, à titre d'époux, et il
préférait se mettre à l'abri avant que la chose ne fût découverte, craignant la réaction de son père quand il apprendrait
sa folle conduite. Cependant, comme l'amour chez les
jeunes gens n'est le plus souvent qu'un appétit, qui a pour
seul but le plaisir et meurt dès qu'il est satisfait, parce qu'il
ne peut dépasser les bornes que lui a prescrites la nature
– ce qui n'est pas le cas du véritable amour –, sitôt que don
Ferdinand eut possédé la paysanne, ses élans s'apaisèrent et
ses feux se refroidirent. S'il avait feint, tout d'abord, de
vouloir à tout prix s'éloigner pour résister à ses coupables
désirs, à présent il le souhaitait vraiment, pour ne pas avoir
à exécuter sa promesse. Le duc lui donna la permission de
partir et m'ordonna de l'accompagner.

« Nous arrivâmes dans ma ville, où mon père reçut mon
noble ami avec les égards dus à son rang. Je courus chez
Lucinde, et mes feux, qui n'étaient d'ailleurs ni éteints ni
refroidis, prirent une nouvelle force. Pour mon malheur, je
m'en ouvris à don Ferdinand, pensant que la grande amitié
qu'il me témoignait m'interdisait de rien lui cacher. Je lui
vantai si bien la beauté, les grâces et la sagesse de Lucinde,
que mes louanges éveillèrent en lui l'envie de voir cette
jeune fille dotée de tant de qualités. Cette envie, hélas !,
j'acceptai de la satisfaire. Un soir, à la lumière d'une chandelle, je la lui montrai par une fenêtre où nous avions coutume de nous parler tous les deux. Il la vit en déshabillé, et
cela suffit pour qu'il en oubliât toutes les beautés qu'il avait
contemplées jusqu'alors. Il resta muet, ébloui, en extase ;
bref, il en était tombé éperdument amoureux, comme vous
le verrez dans la suite de cette triste histoire.

« Pour enflammer davantage son désir – qu'il me cachait et
n'avouait qu'au ciel et dans la solitude –, la malchance voulut qu'il découvrît un billet où elle me priait de la demander

en mariage à son père. Cette lettre lui parut si sage, si réservée, si remplie d'amour, qu'après l'avoir lue il me dit que Lucinde possédait à elle seule toutes les grâces de l'esprit et de la beauté, que les autres femmes du monde sont réduites à se partager. Je dois vous avouer que les louanges de don Ferdinand, bien que justes et méritées, ne me plurent pas dans sa bouche, et que je commençai à me méfier de mon ami ; car il ne se passait pas de moment où il ne voulût parler de Lucinde, ramenant l'entretien sur son compte à tout instant et même hors de propos, ce qui éveillait en moi une sourde jalousie. Je ne doutais pas des sentiments et de l'honnêteté de Lucinde ; mais plus elle m'assurait de son amour, plus je craignais que le sort ne me le fît perdre. Don Ferdinand voulait toujours lire les billets que j'envoyais à Lucinde et les réponses qu'elle me faisait, sous prétexte qu'il prenait grand plaisir à cette correspondance pleine d'esprit.

« Or, il arriva qu'un jour Lucinde, qui aimait beaucoup les romans de chevalerie, m'ayant demandé *Amadis de Gaule*…

A peine don Quichotte eut-il entendu nommer un roman de chevalerie qu'il s'exclama :

– Si vous m'aviez dit, dès le début, que la jeune Lucinde aimait ces livres, il n'était plus besoin d'autre louange pour me vanter l'élévation de son intelligence ; assurément, elle n'aurait pas eu tous les mérites dont vous l'ornez s'il lui avait manqué cette inclination pour une aussi excellente lecture. Il est inutile que vous vous étendiez plus avant sur sa beauté, ses grâces et ses vertus ; il me suffit de lui connaître ce goût pour affirmer qu'elle est la plus belle et la plus sage du monde. Et j'aurais souhaité, monsieur, qu'en plus d'*Amadis de Gaule*, vous lui eussiez envoyé ce bel ouvrage qu'est *Don Roger de Grèce* ; je suis certain que cette jeune dame aurait beaucoup aimé Daraïde et Géraye, ainsi que le sage berger Darinel et les vers admirables de ses bucoliques, qu'il récitait et chantait avec tant de grâce, de talent et de bonne humeur. Mais il n'est pas trop tard pour réparer cette faute, et cela ne vous prendra pas plus de temps qu'il ne nous en faut pour aller d'ici à mon village, si vous voulez bien m'y accompagner. Je pourrai alors vous donner plus de trois cents romans que j'ai chez moi et qui font les délices de mon âme et le plaisir de mes jours ; encore que je crois me rappeler qu'il ne m'en reste plus aucun, à cause de ces enchanteurs malfaisants qui me poursuivent de leur jalousie. Pardonnez-moi, monsieur, d'avoir contrevenu à la promesse de ne point vous interrompre ; mais quand j'entends parler de chevalerie et de chevaliers errants, il m'est aussi impossible de me taire qu'aux rayons du soleil de ne pas chauffer ou à ceux de la lune de ne pas rafraîchir. Encore pardon ; et, à présent, poursuivez, car c'est bien le plus important.

Pendant ce discours, Cardenio avait laissé tomber la tête sur sa poitrine, tel un homme plongé dans ses pensées. Don Quichotte lui demanda une deuxième fois de continuer son histoire, mais l'autre ne bougeait pas et ne répondait mot. Enfin, au bout d'un long moment, il releva la tête et dit :

– Je ne peux m'empêcher de croire, et personne ne me fera changer d'idée, parce qu'il n'y a qu'un sot pour soutenir le contraire, que cette grande canaille de maître Élisabad vivait en concubinage avec la reine Madassime.

– Pour ça non, sacré… ! répondit don Quichotte, furieux (et comme à son habitude, il lâcha un juron). Ceci est une calomnie, doublée d'une scélératesse : la reine Madassime appartenait à une illustre famille, et l'on ne peut soupçonner une princesse de si haut rang de partager le lit d'un médicastre. Quiconque prétendrait le contraire ment comme un fieffé gredin, ce que j'entends lui prouver, à pied ou à cheval, avec ou sans armes, de nuit ou de jour, comme il lui plaira.

Cardenio regardait fixement don Quichotte, car il venait d'être pris d'un nouvel accès de folie et n'était pas plus en état de poursuivre son histoire que don Quichotte de l'écouter, tant l'avait fâché l'injure faite à la reine Madassime. Aussi étrange que cela puisse paraître, il la défendait avec autant d'ardeur que si elle avait été sa véritable souveraine : voilà où l'avaient mené ses maudits romans de chevalerie !

Cardenio, s'entendant traiter de menteur, de gredin et autres gentillesses, trouva la plaisanterie fort peu à son goût ; il ramassa une pierre et la lança si rudement à la poitrine de don Quichotte que celui-ci tomba à la renverse. Sancho, voyant son maître ainsi traité, s'élança le poing levé sur le fou qui, d'un bon coup, l'envoya par terre ; puis, lui montant dessus, il lui piétina les côtes à plaisir. Le chevrier, qui s'était précipité à leur secours, subit le même sort. Puis, quand le Déguenillé les eut bien arrangés tous les trois, il les abandonna et repartit tranquillement se cacher dans la montagne.

Sancho se releva et, dans sa rage de s'être vu rossé sans motif, s'en prit au chevrier, l'accusant de ne pas les avoir prévenus que cet homme avait des accès de folie, et disant que, s'ils l'avaient su, ils se seraient tenus sur leurs gardes. Le chevrier répondit qu'il les avait avertis et que, si on ne l'avait pas entendu, ce n'était pas de sa faute. Sancho renchérit, le chevrier répliqua, et ainsi de suite, jusqu'au moment où les deux hommes se prirent par la barbe et s'administrèrent de tels coups que, si don Quichotte ne les avait pas séparés, ils se seraient étripés.

Sancho, cramponné au chevrier, criait à son maître :

– Laissez-moi faire, monsieur le chevalier à la Triste Figure. Cet homme-là est un paysan comme moi : il n'est pas armé chevalier ; j'ai bien le droit de venger cette offense en me battant contre lui à mains nues, comme un homme d'honneur.

– C'est vrai, reconnut don Quichotte ; mais sache qu'il n'est pour rien dans ce qui vient d'arriver.

Il parvint enfin à les calmer ; puis il demanda à nouveau au chevrier s'il ne serait pas possible de rattraper Cardenio, car il avait grande envie de connaître la fin de son histoire. Le chevrier répondit, comme il l'avait déjà fait, qu'il ne savait pas exactement où l'autre avait sa tanière ; mais que, si don Quichotte prenait le temps de le chercher, il finirait par le retrouver, sensé ou en pleine folie.

Où l'on parle des choses étranges qui arrivèrent
dans la Sierra Morena au valeureux chevalier
de la Manche, et de la pénitence qu'il y fit
à l'imitation du Beau-Ténébreux

DON QUICHOTTE prit congé du chevrier, remonta sur Rossinante, et ordonna à Sancho de le suivre, ce que l'écuyer fit de très mauvaise grâce en tirant son âne derrière lui.

Ils avançaient lentement, se frayant un chemin dans la partie la plus sauvage de la montagne. Sancho mourait d'envie de bavarder avec son maître ; mais, ne voulant pas contrevenir à ses ordres, il attendait que celui-ci parlât le premier. Enfin, n'y tenant plus, il rompit le silence :

– Monsieur, dit-il, veuillez me donner votre bénédiction et mon congé ; je retourne chez moi, auprès de ma femme et de mes enfants, avec lesquels au moins je pourrai parler et causer autant qu'il me plaira. Parce que, si je dois vous suivre nuit et jour dans cette montagne déserte sans avoir le droit de vous parler quand il m'en prend l'envie, mieux vaut être enterré vivant. Si les animaux avaient le don de la parole, comme au temps de Guisoppe, ça irait encore : je causerais avec mon âne de tout ce qui me passe par la tête, et je prendrais mon mal en patience. C'est vraiment dur, vous savez, et difficile à supporter, de passer sa vie à chercher des aventures, quand tout ce qu'on y gagne, c'est de sauter sur une couverture, et de recevoir des coups de pied, des coups de poing ou des volées de cailloux ; et, en plus de ça, il faudrait rester bouche cousue, sans oser dire ce qu'on a sur le cœur, comme si on était muet.

– Je vois où tu veux en venir, Sancho. Tu n'as qu'une

envie, c'est que je lève l'interdit que j'ai jeté sur ta langue. Voilà qui est fait ! Dis ce que tu voudras, mais sache que cette levée ne vaudra que pour le temps que nous resterons dans ces montagnes.

– Ça me convient. Moi, ce que je veux, c'est parler tout de suite, parce qu'on ne sait jamais de quoi demain sera fait. Et je profite de votre permission sans plus attendre pour vous demander, monsieur, ce qui vous a pris de vous mêler de défendre cette reine Maigrissime, ou comme vous voudrez l'appeler. Qu'est-ce que ça peut bien vous faire que cet abbé ait été ou non son bon ami ? Si vous aviez passé là-dessus – et vous n'êtes pas juge en la matière –, je suis sûr que le fou aurait continué son histoire, et on se serait évité, vous la pierre dans l'estomac, moi les coups de pied et plus d'une demi-douzaine de torgnoles.

– Je suis sûr, Sancho, que si tu savais, comme moi, combien la reine Madassime était noble et vertueuse, tu trouverais que j'ai montré beaucoup de patience en n'écrasant pas les lèvres d'où sortait pareil blasphème. Car c'en est un de dire, ou même de penser, qu'une reine puisse partager le lit d'un chirurgien. La vérité est que cet Élisabad, dont a parlé le fou, était un homme très sage et avisé, qui occupait auprès de la reine les fonctions de conseiller et de médecin. Mais penser qu'elle ait été sa maîtresse est une impertinence qui mérite d'être durement châtiée. D'ailleurs, tu dois convenir que Cardenio ne savait pas ce qu'il disait, puisqu'à ce moment-là ; rappelle-toi, il n'avait plus tout son bon sens.

– C'est bien mon avis : il n'y avait pas à tenir compte des propos d'un fou. Si votre bonne étoile ne vous avait pas protégé, et si le caillou avait pris le chemin de la tête au lieu de vous arriver en pleine poitrine, nous serions dans de jolis draps maintenant ; tout ça pour avoir pris la défense de cette belle dame, que Dieu confonde ! Cardenio, lui, en tant que fou, s'en serait tiré, il n'y a pas de doute.

– Contre les fous comme contre les sages, tout chevalier errant est obligé de défendre l'honneur des femmes, quelles qu'elles soient ; à plus forte raison, lorsqu'il s'agit d'une dame d'aussi haut et noble rang que la reine Madassime, pour laquelle j'ai une tendresse toute particulière en raison de ses immenses qualités. Car en plus d'avoir été notoirement belle, elle fit preuve de sagesse et de résignation dans ses nombreux malheurs, que les conseils et la compagnie du docteur Élisabad l'aidèrent à supporter dignement. Ce qui a fait dire et croire au vulgaire ignorant et mal intentionné qu'elle était sa maîtresse. A quiconque osera le prétendre, je répète qu'il ment, et je le répéterai deux cents fois, s'il le faut, à tous ceux qui le penseront et le diront.

– Moi, je ne pense rien et je ne dis rien ; après tout, ça les regarde, et grand bien leur fasse ! S'ils ont ou non partagé le même lit, c'est à Dieu qu'ils en auront rendu compte. Ce n'est pas mon genre de fourrer mon nez dans les affaires des autres, parce que l'histoire de la paille et de la poutre, je ne la connais que trop bien ; d'ailleurs, nu je suis né, nu je reste, je ne perds ni ne gagne ; et puis l'habit ne fait pas le moine ; et chacun prend son plaisir où il le trouve ; et comme on fait son lit on se couche ; et il ne faut jamais dire fontaine…

– Dieu me protège ! Comment fais-tu pour enfiler autant de sottises bout à bout, Sancho ? Et qu'est-ce que tous ces proverbes ont à voir avec ce que nous disons ? Tais-toi donc et occupe-toi de faire avancer ton âne au lieu de te mêler de ce qui ne te regarde pas. De plus, mets-toi une fois pour toutes dans la tête que tous mes actes passés, présents et à venir se justifient par leur exacte conformité aux règles de la chevalerie, que je connais mieux que tous les chevaliers qui ont professé dans cet ordre.

– Monsieur, est-ce que ça fait partie des règles de la chevalerie de se perdre dans la montagne, hors de tout chemin, à la recherche d'un fou qui, une fois retrouvé, aura peut-être envie de finir ce qu'il a commencé, je ne parle pas de son histoire, mais de votre tête, monsieur, et de mes côtes, qu'il achèvera de mettre en bouillie ?

– Encore une fois, tais-toi. Et sache que ce qui me retient dans ces parages, ce n'est pas seulement le désir de retrouver le fou, mais celui d'accomplir un exploit qui me vaudra une renommée éternelle sur toute la surface de la terre, et fera de moi l'exemple le plus parfait et illustre du chevalier errant.

– Et c'est très dangereux, ce genre d'exploits ?

– Non, répondit le chevalier à la Triste Figure, c'est un coup de dés, et la chance n'est pas toujours favorable. Tout dépendra, Sancho, de ton empressement à me servir.

– De mon empressement ?

– Oui ; car si tu reviens rapidement d'où je pense t'envoyer, ce sera tout aussi rapidement la fin de mes peines et le commencement de ma gloire. Mais je ne vais pas te tenir davantage en haleine. Apprends, Sancho, que l'illustre Amadis de Gaule fut un des plus parfaits chevaliers errants ; que dis-je un des plus parfaits ? le seul, le premier, l'unique, le plus grand de tous ceux qu'il y eut en son temps. J'en suis bien fâché pour don Bélianis, et pour tous ceux qui prétendraient qu'il fut l'égal d'Amadis, aussi peu que ce soit : ils se trompent, je peux te l'assurer ! Apprends aussi que le peintre qui veut devenir célèbre s'efforce d'imiter les tableaux des grands maîtres, et que la même règle vaut pour la plupart des métiers et des professions qui servent à l'ornement d'un État. Ainsi, tout homme qui voudrait acquérir une réputation de sagesse et de prudence doit se conduire à l'imitation d'Ulysse, qu'Homère nous représente dans sa personne et ses aventures comme le portrait vivant de ces deux vertus, à l'imitation d'Énée que Virgile nous donne en exemple de la piété d'un fils envers son père, et de la sagacité d'un vaillant capitaine. Or, ni Ulysse ni Énée ne furent dépeints et représentés tels qu'ils étaient, mais tels qu'ils devaient être, pour servir de modèles de vertu aux hommes à venir. De la même manière, Amadis fut le guide, l'étoile, le soleil des vaillants et galants chevaliers ; et nous tous, qui combattons sous la bannière de l'amour et de la chevalerie, avons le devoir de l'imiter. Je crois donc, Sancho, que le chevalier errant qui l'imitera le mieux sera celui qui approchera au plus près de la perfection de la chevalerie.

« L'une des circonstances où Amadis montra le plus de sagesse, de courage, de bravoure, d'endurance, de loyauté et d'amour, ce fut lorsque, dédaigné par sa dame Oriane, il se retira sur la Roche-Pauvre pour y faire pénitence, après avoir changé son nom en celui de Beau-Ténébreux, nom bien significatif et approprié à la nouvelle vie qu'il entendait mener. Je reconnais qu'il m'est plus facile de l'imiter dans sa pénitence que de pourfendre des géants, décapiter des hydres, tuer des monstres, vaincre des armées, anéantir des flottes ou rompre des enchantements. Mais puisque ces lieux sauvages se prêtent à merveille à mon dessein, il me faut saisir l'occasion qui s'offre à moi.

— Est-ce que vous pouvez me dire, monsieur, ce que vous avez l'intention de faire dans un endroit si désert ?

— Je viens de t'expliquer que je veux imiter Amadis, en faisant le désespéré, l'insensé, le forcené. J'en profiterai pour imiter en même temps le valeureux Roland, lorsqu'il trouva, non loin d'une fontaine, les preuves que la belle Angélique s'était abandonnée dans les bras de Médor ; il en eut tant de chagrin qu'il devint fou, arrachant les arbres, troublant l'eau des sources, tuant des bergers, décimant des troupeaux, incendiant des chaumières, abattant des maisons, volant des juments, et mille autres extravagances dignes d'un éternel renom. Rassure-toi, je ne songe nullement à imiter en tout point les folies que fit ou imagina Roland, ou Orlando ou Rotoland – car il avait ces trois noms à la fois. Je choisirai parmi celles qui me paraissent essentielles et j'en ferai de mon mieux l'esquisse. Ou peut-être me contenterai-je d'imiter Amadis qui, sans porter préjudice à quiconque, avec seulement ses larmes et son chagrin, acquit autant de gloire que le plus célèbre des chevaliers.

— Moi, il me semble que ces gens-là avaient de bonnes raisons de faire ces pénitences et ces sottises. Mais vous, monsieur, vous n'avez aucune raison de devenir fou ! Quelle dame vous a montré du dédain ? Quelles preuves avez-vous que Mme Dulcinée du Toboso ait pris du bon temps avec un autre, Maure ou chrétien ?

— Tout est là ; et c'est justement ce qui donne son prix à cette affaire. Qu'un chevalier errant devienne fou pour une raison, bonne ou mauvaise, on n'a pas à lui en savoir gré.

Mon mérite est de perdre le jugement sans motif, donnant ainsi à penser à ma dame que, si je fais cela à froid, que ne ferais-je à chaud ! Au reste, cette longue absence qui me tient séparé de Dulcinée du Toboso, à jamais dame de mon cœur, est un motif suffisant ; et, comme tu l'as entendu dire il n'y a pas si longtemps au berger Ambroise, l'absence est source de bien des maux et de bien des craintes. Ainsi donc, Sancho, ne perds pas de temps avec tes conseils : je ne renoncerai pas à une imitation si rare, si heureuse, si nouvelle. Fou je suis, et fou je serai jusqu'à ce que tu reviennes, avec la réponse à une lettre que tu vas aller porter de ma part à ma dame Dulcinée. Si cette réponse est telle que ma constance le mérite, ma folie et ma pénitence prendront fin sur-le-champ. Dans le cas contraire, je deviendrai fou pour de bon ; et, dans cet état-là, je ne souffrirai plus. Ainsi, quelle que soit sa réponse, je sortirai de la confusion et du tourment où tu m'auras laissé : sain d'esprit, je jouirai du bien que tu m'annonces ; fou, je ne sentirai plus rien du mal que tu me rapporteras. Mais dis-moi, Sancho, j'espère que tu as conservé précieusement le heaume de Mambrin ; je t'ai vu le ramasser après que cet ingrat eut voulu le mettre en pièces ; mais il n'a pu en venir à bout, ce qui prouve la finesse de sa trempe.

– Grand Dieu ! Monsieur le chevalier à la Triste Figure, vous dites parfois des choses qui passent les bornes. Elles me feraient penser que tout ce que vous me racontez des chevaliers errants, des royaumes et des empires qu'ils gagnent, des archipels et autres récompenses qu'ils donnent, n'est que vent, hâblerie, mensonges ou menteries, ou ce que vous voudrez. Comment entendre quelqu'un vous dire qu'un plat à barbe est le heaume de Mambrin, et le voir s'obstiner dans cette erreur plus de quatre jours, sans penser que, pour affirmer une chose pareille, il faut qu'il ait la cervelle dérangée ? Le plat à barbe, je l'ai dans mon sac, il est tout cabossé, et je l'emporte parce que j'ai l'intention de le réparer chez moi et de m'en servir pour me raser, si Dieu m'accorde la grâce de revoir un jour ma femme et mes enfants.

– Laisse-moi te dire, Sancho, par ce même Dieu que tu invoquais il y a un instant, que tu as l'esprit le plus borné que jamais écuyer eut au monde. Est-il possible que, depuis le temps que tu es avec moi, tu n'aies pas encore compris que toutes ces choses qui concernent les chevaliers errants semblent n'être que des chimères, des sottises, des absurdités, et aller à rebours de toutes choses ? Non qu'il en soit ainsi, mais parce qu'il y a sans cesse autour de nous une troupe d'enchanteurs qui changent et transforment les choses à leur guise, selon qu'ils souhaitent nous aider ou nous nuire. Voilà pourquoi ce que tu crois être un plat à barbe me semble à moi être le heaume de Mambrin ; et un troisième y verrait encore autre chose. L'enchanteur qui me protège s'est montré d'une grande prévoyance en faisant en sorte que l'on prenne pour un plat à barbe ce qui est bien réellement le heaume de Mambrin : comme c'est un objet d'une valeur inestimable, tout le monde me poursuivrait pour me l'enlever. Mais les gens n'y voyant qu'un vulgaire bassin, personne ne s'en soucie. La preuve en est cet homme qui a essayé de le briser, et n'a même pas pris la peine de l'emporter : s'il avait su ce que c'était, il ne l'aurait jamais laissé par terre. Garde-le, Sancho, je n'en ai pas besoin pour le moment ; au contraire, il est temps pour moi d'ôter mes armes et de me mettre nu, comme lorsque je suis sorti du ventre de ma mère, si mon intention est d'imiter la pénitence de Roland plutôt que celle d'Amadis.

Ils étaient arrivés au pied d'une hauteur qui se dressait comme un pic isolé au-dessus de la rocaille. Un ruisseau limpide coulait sur son flanc, au milieu d'un pré fleuri et verdoyant qui charmait le regard. Quantité d'arbres, de plantes et de fleurs des montagnes rendaient ce lieu des plus accueillants. Et le voyant, le chevalier à la Triste Figure décida d'y faire sa pénitence et s'écria, comme s'il avait perdu la raison :

– Ô ciel ! Voici les lieux que je désigne et choisis pour y pleurer le malheur dans lequel tu m'as toi-même précipité ! Voici le ruisseau dont mes larmes grossiront le cours, les arbres sauvages dont mes perpétuels et profonds soupirs agiteront les feuilles pour preuve du tourment qu'endure mon cœur affligé. Ô vous, dieux agrestes qui faites votre séjour de ces lieux inhabitables, qui que vous soyez, écoutez les plaintes d'un amant malheureux, qu'une longue absence et une jalousie imaginaire ont conduit dans ces parages écartés pour y gémir et se lamenter des rigueurs d'une ingrate, modèle achevé de toute la beauté humaine. Ô vous, Napées et Dryades, qui aimez à séjourner dans les profondeurs des forêts, puissent les satyres véloces et lascifs, vainement épris de vos charmes, ne jamais troubler votre douce quiétude ; aidez-moi à pleurer mon infortune, ou du moins ne vous lassez pas d'écouter mes plaintes ! Ô ma Dulcinée ! Ô jour de ma nuit, gloire de mon tourment, étoile de mon chemin, maîtresse de ma destinée, puisse le ciel te combler de toutes les faveurs que tu lui demanderas ; mais considère l'état où m'a réduit ton absence, et daigne récompenser ma fidélité comme elle le mérite. Ô vous, arbres solitaires qui serez désormais ma seule compagnie, faites-moi savoir par le doux balancement de vos ramures que ma présence ne vous est pas importune. Ô toi, mon écuyer, agréable compagnon de mes jours dans le bonheur et dans l'adversité, garde bien en mémoire tout ce que tu me verras faire ici, afin de le transmettre et de le rapporter à celle qui en est l'unique cause.

Après avoir ainsi parlé, il mit pied à terre, ôta en un instant la selle et la bride à Rossinante et, lui donnant une claque sur la croupe, lui dit :

– Reçois la liberté de celui qui vient d'y renoncer, ô coursier aussi célébré pour tes exploits que maltraité par le sort. Et va où bon te semble, toi qui portes écrit sur le front que jamais l'Hippogriffe d'Astolphe, ni l'illustre Frontin, qui coûta si cher à Bradamante, ne t'égalèrent en rapidité.

– Eh bien, dit Sancho en voyant ce que faisait son maître, béni soit celui qui nous a évité la peine de débâter mon âne * ! Parce que la pauvre bête aurait eu droit, elle aussi, à sa ration

---

* Cette traduction ne reprend pas l'épisode du vol de l'âne de Sancho, car il ne figure pas dans l'édition Princeps. Dans la seconde édition, de 1605, on le trouve au chapitre XXIII, dans d'autres, plus récentes, au chapitre XXV.
Le lecteur trouvera cet épisode dans l'appendice, en fin de volume. [N.d.E]

de petites caresses et de compliments ! Mais il faut dire que si mon grison était encore avec nous, je n'aurais jamais accepté qu'on lui enlève son bât : il n'a que faire de ces histoires d'amoureux ou de désespérés, puisque son maître, c'est-à-dire moi quand Dieu le voulait bien, n'a jamais été ni l'un ni l'autre. Et j'ajouterai, monsieur le chevalier à la Triste Figure, que si vous tenez vraiment à mon voyage et à votre folie, il faudrait remettre la selle à Rossinante, pour qu'il remplace mon baudet ; ça me ferait gagner du temps à l'aller et au retour. Tandis que, si j'y vais à pied, je ne sais pas quand j'arriverai, ni quand je serai revenu ; parce que je dois vous avouer que je ne suis pas très bon marcheur.

— Fais comme tu voudras, Sancho ; ton idée ne me paraît pas mauvaise. Tu partiras dans trois jours ; d'ici là, écoute tout ce que je dis et regarde tout ce que je fais pour ma dame, afin que tu puisses le lui raconter.

— Je trouve que j'en ai assez vu comme ça !

— Tu es loin du compte ! Il me reste à présent à déchirer mes vêtements, à disperser mes armes à la ronde, à me cogner la tête contre ces rochers, et d'autres choses encore qui vont te remplir d'étonnement.

— Pour l'amour du ciel, monsieur, prenez soin de vous ; parce que votre tête pourrait cogner si fort contre un rocher que, dès le premier coup, vous en auriez fini avec toute cette histoire de pénitence. Si vous tenez absolument à vous frapper la tête, et que votre affaire ne peut pas réussir autrement, moi je serais d'avis, parce qu'en fin de compte tout ça c'est pour rire, c'est du faux, c'est de la plaisanterie, que vous vous donniez des coups dans l'eau ou contre quelque chose de mou, comme par exemple du coton. Ce qui ne m'empêchera pas de dire à Mme Dulcinée que votre tête a frappé contre une pointe de rocher, plus dure que le diamant.

— Je te remercie de ta sollicitude à mon égard, Sancho, mais contrairement à ce que tu penses, ceci est très sérieux, et non pas une plaisanterie. S'il en était autrement, ce serait circonvenir aux règles de la chevalerie qui nous défendent de mentir, sous peine d'être exclus comme relaps. Or, faire une chose à la place d'une autre, cela revient à mentir. Si je me cogne la tête, ce doit être pour de vrai, en bonne et due forme, sans mauvaise foi ni exagération. Il faudra que tu me laisses de la charpie pour panser mes blessures, puisque la malchance a voulu que nous perdions notre élixir.

– C'est encore pire d'avoir perdu mon âne, parce qu'il portait la charpie et tout le reste. Je vous en prie, monsieur, oubliez donc ce maudit breuvage ; de vous l'entendre nommer, j'en ai le cœur qui se soulève, sans parler de l'estomac. Et je vous supplie aussi de faire comme si le délai de trois jours que vous m'avez fixé pour assister à toutes vos folies était passé : je déclare, irrévocablement et sans appel, que vous les avez faites et que je les ai vues ; j'en dirai des merveilles à Mme Dulcinée. Écrivez seulement votre lettre et envoyez-moi vite là où je dois aller ; je n'ai qu'une envie, c'est de revenir vous tirer de ce purgatoire où je vous laisse.

– Purgatoire, as-tu dis, Sancho ? Parle plutôt d'enfer, ou pis encore, si cela existe.

– Pour qui est en enfer, il n'y a pas de rétention, *nulla est retentio*, d'après ce que j'ai entendu dire, monsieur.

– Je ne comprends pas ton « rétention ».

– Rétention, ça veut dire qu'une fois qu'on y est, on ne peut plus jamais en sortir. Mais pour vous, ce sera tout le contraire, monsieur, ou alors je ne sais plus me servir de mes pieds, surtout si je mets des éperons pour piquer Rossinante. Et une fois que je serai dans la place, je veux dire au Toboso, je me présente devant Mme Dulcinée, et je lui décris par le menu les stupidités et les folies – c'est tout un – que vous êtes en train de faire pour elle, et aussi facile que de tourner un gant, je vous la rends tout aimable, même si quand j'arrive elle est dure comme du bois. Avec sa réponse plus douce que du miel, je reviens ici en volant dans les airs, comme un sorcier, et je vous tire de ce purgatoire, qui ressemble à l'enfer, mais ne l'est pas, puisqu'il y a espoir d'en sortir ; tandis que l'enfer, quand on y est, on n'en sort plus, et vous n'allez pas me dire le contraire.

– Tu as tout à fait raison ; mais comment ferons-nous pour écrire cette lettre ?

– Et celle comme quoi vous me devez des ânons * ?

– Tout sera consigné ; mais puisque nous n'avons pas de papier, il faudrait que j'écrive, comme le faisaient les Anciens, sur des feuilles d'arbre, ou des tablettes de cire, ce qui, en ce moment, me paraît tout aussi difficile à trouver que du papier. Mais j'y pense : nous avons en notre possession le carnet de Cardenio, qui fera très bien l'affaire. Tu auras soin de faire recopier ma lettre sur du papier, en belle écriture, dans le premier village où il y aura un maître d'école ; ou, à défaut, un sacristain. Mais, surtout, ne t'avise pas de confier ce travail à un greffier de tribunal ; car ces gens-là écrivent tous les mots bout à bout, et même le diable ne s'y retrouverait pas.

– Et pour la signature, qu'est-ce qu'on fait ?

– Jamais Amadis ne signa ses lettres.

– Comme vous voudrez. Mais la donation doit obligatoirement être signée ; et si je la donne à copier, on dira que la signature est fausse ; et adieu mes ânons.

– La donation sera écrite et signée sur le carnet ; et quand ma nièce la verra, elle ne fera aucune difficulté pour s'exécuter. Quant à la lettre d'amour, tu mettras en guise de signature : « A vous jusqu'à la mort, le Chevalier à la Triste Figure. » Peu importe qu'elle soit écrite d'une autre main que la mienne, car autant qu'il m'en souvienne, Dulcinée ne sait ni lire ni écrire. De plus, elle ne connaît pas mon écriture, car elle n'a jamais reçu de moi la moindre missive : nos amours sont restées jusqu'à présent platoniques, se limitant à de rares et discrètes œillades. Car, j'ose le jurer, depuis douze années que je l'aime comme la prunelle de mes yeux que la terre recouvrira un jour, je ne l'ai pas vue quatre fois ; et peut-être ne s'est-elle jamais aperçue que je la regardais, tant Lorenzo Corchuelo, son père, et sa mère, Aldonza Nogales, la surveillent de près.

– Comment ? Mme Dulcinée du Toboso, c'est Aldonza Lorenzo ?

– Elle-même ; et elle mérite d'être souveraine de tout l'univers.

* Promesse de don Quichotte à Sancho dans l'épisode du vol de l'âne. [N.d.E.]

– Mais je la connais bien ! Et je peux vous assurer qu'elle lance une barre de fer aussi loin que le gaillard le plus robuste du pays. Tudieu, ça, c'est une fille comme on en fait peu, bien plantée, forte comme un taureau, capable de donner un coup de main à n'importe quel chevalier, errant ou pas, qui l'aurait pour dame. C'est qu'elle est solide, la garce ! Et puis, quelle voix ! Un jour, elle est montée tout en haut du clocher de son village pour appeler des valets de ferme de son père qui travaillaient dans un champ, à plus d'une demi-lieue de là ; et ils l'ont entendue aussi bien que s'ils avaient été au pied de la tour. Mais ce qu'elle a de mieux, c'est qu'elle ne fait pas de façons, et qu'elle n'a pas froid aux yeux : elle plaisante avec n'importe qui, et elle est toujours prête à s'amuser de tout. A mon avis, monsieur le chevalier à la Triste Figure, non seulement vous pouvez et devez faire ces folies que vous dites, mais vous êtes même en droit de vous pendre pour elle. Quand ça se saura, il n'y en aura pas un pour penser que vous n'aviez de bonnes raisons pour agir ainsi, même si vous finissez en enfer. J'aimerais déjà être en chemin, tellement j'ai hâte de la rencontrer ; ça fait bien des jours qu'on ne s'est pas vus, et elle a dû changer depuis ; rien ne gâte plus vite le teint des femmes que la vie des champs, le soleil et le grand air. Il faut que je vous avoue la vérité, monsieur : jusqu'ici j'étais dans l'ignorance. Moi, je croyais ce que vous disiez, que Mme Dulcinée était une princesse dont vous étiez amoureux, ou au moins une dame assez importante pour mériter tous ces riches présents que vous lui avez envoyés, comme le Biscayen, les galériens et beaucoup d'autres sans doute, vu les victoires que vous avez dû remporter à l'époque où je n'étais pas encore à votre service. Mais, tout bien considéré, qu'est-ce qu'elle en a à faire, Mme Aldonza Lorenzo, je veux dire Mme Dulcinée du Toboso, de ces gens que vous avez vaincus ou que vous allez vaincre et qui viennent se jeter à ses pieds ? Imaginez qu'au moment où l'un d'eux se présente, elle soit en train de peigner le chanvre ou de battre le blé, et que votre envoyé le prenne mal, et qu'elle le prenne encore plus mal, et qu'elle se moque de votre cadeau.

– Sancho, je t'ai déjà dit plus d'une fois que tu parles trop et que, malgré ton esprit grossier, tu te crois plus malin qu'un autre. Mais pour te montrer combien tu es sot, et combien moi je suis sage, je vais te conter une petite histoire :

« Il était une fois une jolie veuve, jeune, libre et riche, et surtout fort joyeuse, qui se prit d'amour pour un frère convers, un garçon corpulent et courtaud. Son supérieur en fut averti, et dit un jour à la bonne veuve, à titre de réprimande fraternelle : "Permettez-moi, madame, de m'étonner, non sans raison, qu'une femme aussi noble, belle et riche que vous s'éprenne d'un homme aussi fruste, aussi commun, aussi stupide que ce pauvre garçon, quand il y a dans ce couvent tant de maîtres, d'étudiants et de docteurs en théologie, parmi lesquels vous n'auriez que l'embarras du choix. Il vous suffirait de dire : 'Je veux celui-ci, ou je veux celui-là.'" La dame lui répondit, avec esprit et un brin d'effronterie : "Vous vous trompez, mon Père, et vous pensez à l'ancienne mode si vous croyez que j'ai fait un mauvais choix en la personne de ce frère convers, même s'il vous paraît idiot. Car, pour ce que j'attends de lui, il en sait autant et même plus qu'Aristote."

« Ainsi, Sancho, pour ce que j'attends de Dulcinée, elle vaut pour moi la plus grande princesse de la terre. Dis-toi bien que ce n'est pas parce qu'un poète célèbre les mérites d'une dame sous un nom qu'il lui choisit, que cette dame est nécessairement sa maîtresse. Tu crois peut-être que les Amaryllis, les Philis, les Sylvies, les Dianes, les Galatées, et tant d'autres dont les noms remplissent les livres, les chansons, les scènes de théâtre, les boutiques de barbiers, étaient des femmes en chair et en os, aimées par ceux qui ont chanté leurs louanges ? Non, certes ; la plupart du temps, ils les ont inventées pour servir de sujet à leurs poésies, et pour qu'on les croie fous d'amour ou capables de l'être. Il me suffit donc de décider et de croire que la bonne Aldonza Lorenzo est belle et honnête. Peu importe qu'elle soit ou non de haute naissance : elle n'a pas demandé à être membre d'un ordre pour que l'on aille enquêter sur ses origines. Quant à moi, je la tiens pour la plus noble princesse du monde.

« Apprends, Sancho, si tu l'ignores, que deux choses, plus que toutes les autres, nous incitent à aimer : la beauté et l'honnêteté. Et ces deux choses se trouvent au suprême degré chez ma dame, car aucune femme ne l'égale en beauté ; et bien peu, quant à l'honnêteté, pourraient rivaliser avec elle. En un mot, j'imagine que ce que je dis est comme je le dis, ni plus ni moins ; et je la vois en esprit telle que la veut mon désir : si belle, si noble, que ni les Hélènes, ni les Lucrèces, ni aucune héroïne du temps passé, grecque, latine ou barbare, ne peuvent lui être comparées. Et qu'on en dise ce que l'on voudra ; si l'ignorant trouve à me reprendre, l'homme de bon sens ne pourra me blâmer.

— Monsieur, je reconnais que vous avez raison en tout et que je ne suis qu'un âne. Mais voilà un mot qui ne devrait pas sortir de ma bouche : on ne doit pas parler de corde dans la maison d'un pendu. Donnez-moi la lettre et adieu ; je file.

Don Quichotte prit le carnet, se retira à l'écart et, sans se presser, écrivit sa lettre. Quand il l'eut terminée, il appela Sancho et déclara qu'il voulait la lui lire, pour qu'il l'apprît par cœur au cas où il la perdrait en route, car on pouvait tout craindre de sa malchance.

— Écrivez-la plutôt deux ou trois fois dans votre carnet, monsieur, répondit Sancho, et confiez-le-moi ; j'en prendrai grand soin. Parce que c'est de la folie de croire que je peux la retenir par cœur, moi qui ai si mauvaise mémoire qu'il m'arrive d'oublier comment je m'appelle. Mais tout de même, lisez-la-moi, je serai très content de l'entendre ; elle doit être sacrément bien tournée.

— Écoute donc.

LETTRE DE DON QUICHOTTE À DULCINÉE DU TOBOSO

Haute et souveraine dame,

Celui que ton absence blesse au plus profond, celui dont le cœur est déchiré jusqu'au tréfonds, te souhaite, ô douce Dulcinée du Toboso, la bonne santé qu'il n'a plus. Si ta beauté à mes yeux se refuse, si ta noblesse ses faveurs m'interdit, si tes rigueurs à mes plaintes répondent, bien que je sois patient outre mesure, je ne saurais supporter cette douleur extrême, que depuis trop longtemps j'endure. Mon fidèle écuyer Sancho te fera un récit complet, ô belle ingrate, ô ennemie adorée, de l'état où par ta faute je me trouve. S'il te plaît de me secourir, je suis à toi ; sinon, fais-en

selon ton caprice car, en mettant un terme à mes jours, j'aurai au
moins satisfait à ta cruauté et à mon désir.

A toi jusqu'à la mort,

Le Chevalier à la Triste Figure.

– Par la vie de mon père ! s'écria Sancho, je n'ai jamais
rien entendu de plus beau ! Crénom de nom, comme vous
avez bien tourné tout ce que vous vouliez lui dire ! Et
comme c'est joliment signé « Le chevalier à la Triste
Figure » ! Vous êtes le diable en personne, monsieur : il n'y
a rien que vous ne sachiez faire !

– Dans mon métier, il faut savoir un peu de tout.

– Alors, pendant que vous y êtes, écrivez de l'autre côté la
lettre comme quoi vous me donnez les trois ânons ; et signez
clairement, pour qu'on vous reconnaisse au premier coup d'œil.

– Volontiers, dit don Quichotte.

Et l'ayant écrite, il lut :

Au vu de la présente, veuillez, ma chère nièce, payer à Sancho
Panza, mon écuyer, trois ânons des cinq que j'ai chez moi et dont je
vous ai confié la garde. Lesquels lui seront livrés et payés en échange
d'un nombre égal d'ânons que j'ai reçus de lui au comptant, et qui,
au vu de cette lettre et de sa quittance, seront dûment acquittés.

Fait dans les profondeurs de la Sierra Morena, le vingt-deux
août de l'année en cours.

– Parfait, dit Sancho. Il ne reste plus qu'à la signer.

– C'est inutile ; mon paraphe suffit. Et il suffirait non seulement pour trois ânons, mais pour trois cents.

– Je vous crois sur parole, monsieur. Et maintenant, permettez que j'aille seller Rossinante, et préparez-vous à me
donner votre bénédiction, parce que j'ai l'intention de partir
tout de suite, sans voir ces folies que vous voulez me montrer. Je dirai que je vous en ai vu faire tant et plus, et votre
dame Dulcinée n'en demandera pas davantage.

– Je veux au moins, Sancho – et j'ai de bonnes raisons
pour cela –, je veux, dis-je, que tu me laisses le temps de me
dévêtir et de me livrer à dix ou vingt folies, qui ne me prendront pas plus d'une demi-heure. Quand tu les auras vues de

tes yeux, tu pourras te porter garant, sans te charger la conscience, de celles que tu voudras ajouter ; et je puis t'affirmer que tu seras de toute manière en dessous de la vérité.

– Pour l'amour du ciel, monsieur, ne me demandez pas de vous voir tout nu ; j'en aurai tellement de peine que je ne pourrai plus m'arrêter de pleurer ; j'ai déjà mal à la tête d'avoir sangloté à cause de mon âne la nuit dernière, et je ne suis pas près de recommencer. Si vous tenez vraiment à ce que je voie quelques-unes de vos extravagances, faites-les tout habillé, très courtes, et comme elles vous viendront. Mais sachez que, pour moi, je peux m'en passer, et comme je vous l'ai dit, ça retardera le moment où je vous rapporterai ces bonnes nouvelles que vous espérez, monsieur, et que vous méritez. Et sinon, que Mme Dulcinée se prépare : parce que, au cas où elle ne répondrait pas comme elle le devrait, je fais le vœu solennel à qui de droit de la lui tirer du ventre, la bonne réponse, à coups de pied et à coups de poing. A-t-on jamais vu un chevalier errant aussi fameux que vous l'êtes devenir fou, sans rime ni raison, pour les beaux yeux d'une… ? Par Dieu, si je lui dis tout ce que j'ai sur le cœur à cette dame-là, tout va y passer, et tant pis pour la casse ! Pour ce qui est de dire des gentillesses, je m'y entends ! Ah, elle me connaît mal ! Parce que, si elle me connaissait, elle y regarderait à deux fois !

– Et moi je jurerais, Sancho, à la lumière de ce que tu dis, que tu n'as guère plus de bon sens que moi.

– Je suis moins fou, mais j'ai plus mauvais caractère. Enfin, laissons ça pour l'instant, et dites-moi plutôt, monsieur, ce que vous allez manger jusqu'à mon retour. Est-ce que vous avez l'intention de faire comme Cardenio et de voler les bergers ?

– Ne t'inquiète pas pour moi ; même si j'avais des vivres, je ne mangerais rien d'autre que les herbes de cette prairie et les fruits de ces arbres. Le fin de mon affaire est de refuser toute nourriture et de m'infliger d'autres mortifications du même ordre.

– Eh bien, adieu, monsieur. Mais vous savez ce que je crains ? De ne pas retrouver le chemin qui me ramènera vers cet endroit perdu où je vous laisse.

– Tâche d'avoir quelques repères. Pour ma part, je tâcherai de ne pas m'éloigner, et j'aurai même soin de monter sur les rochers les plus hauts, afin de guetter ton retour. Le plus sûr, cependant, pour que tu n'ailles pas te tromper et t'égarer, c'est de couper des branches de ces genêts qui abondent autour de nous et de les semer de loin en loin, jusqu'à ce que tu arrives dans la plaine ; ils te guideront pour revenir vers moi, comme Thésée se servit du fil d'Ariane pour sortir du labyrinthe.

– Bien, monsieur, répondit Sancho.

Et après avoir coupé quelques genêts, il demanda la bénédiction à son maître, et ils se séparèrent, non sans avoir versé l'un et l'autre beaucoup de larmes. Il monta sur Rossinante, que don Quichotte lui recommanda de soigner autant que sa propre personne, et il commença à cheminer vers la plaine, semant les branches de genêt, comme son maître le lui avait recommandé. Et le voilà parti, bien que don Quichotte insistât encore pour lui montrer au moins deux folies.

Mais il n'avait pas fait cent pas qu'il revint en disant :

– C'est vous qui avez raison, monsieur ; pour que je puisse jurer sans charger ma conscience que je vous ai vu faire des folies, il faut que j'en voie au moins une, quoique c'en soit déjà une assez grosse que de vous voir rester ici.

– Je te l'avais bien dit ! s'écria don Quichotte. Attends, Sancho ; en moins d'un *Credo*, je les aurai faites.

Il enleva aussitôt ses chausses, et resta en chemise ; puis, sans crier gare, il fit deux sauts en l'air, puis deux culbutes, la tête en bas, les pieds vers le ciel, ce qui découvrit des choses telles que, pour ne plus les voir, Sancho tourna bride, jugeant qu'il pouvait désormais en toute impunité jurer que son maître était fou. Nous le laisserons poursuivre son voyage, jusqu'à son retour, peu de temps après.

Suite des coquetteries que fit don Quichotte
dans la Sierra Morena, pour l'amour de sa dame

POUR EN REVENIR à notre chevalier à la Triste Figure, l'histoire raconte qu'ayant achevé ses sauts et ses culbutes, nu de la ceinture jusqu'aux pieds et vêtu de la tête jusqu'à la ceinture, et voyant que Sancho était parti sans vouloir assister à d'autres extravagances, il grimpa tout en haut d'un grand rocher. Et là, il se prit à réfléchir à un sujet qui avait bien souvent occupé ses pensées sans qu'il soit jamais parvenu à se décider : c'était de savoir s'il lui convenait mieux d'imiter Roland dans ses folies furieuses, ou Amadis dans ses folies mélancoliques. Se parlant à lui-même, il disait :

– Si Roland fut aussi noble et valeureux chevalier qu'on le prétend, quoi d'étonnant à cela, puisqu'il était enchanté et savait qu'on ne pouvait le tuer qu'en lui enfonçant une grosse épingle sous la plante du pied. Or, il portait toujours des souliers à sept semelles de fer ! Mais toute sa magie ne lui servit de rien face à Bernard de Carpio, qui découvrit la feinte, et l'étouffa entre ses bras à Roncevaux. Mais laissons la question de son courage, et venons-en à celle de sa folie. Car il est certain qu'il devint fou quand, en plus des indices qu'il avait trouvés à la fontaine, un berger lui confirma qu'Angélique avait fait plus de deux fois la sieste avec Médor, un jeune Maure aux cheveux crépus, page d'Agramant. Si Roland crut véritablement que sa dame lui avait infligé pareil affront, il n'eut pas grand mérite à devenir fou. Mais moi, comment puis-je l'imiter dans ses folies, si je n'ai pas les mêmes raisons ? Car j'oserais jurer que ma

Dulcinée du Toboso n'a jamais vu de sa vie un Maure, en costume de son pays, et qu'elle est aujourd'hui aussi entière que le jour de sa naissance. Ce serait donc l'offenser gravement si, imaginant d'elle autre chose, je devenais fou furieux à la manière de Roland.

« Je constate, par contre, qu'Amadis de Gaule, sans perdre la raison ni faire d'extravagances, acquit autant de réputation en amour que le plus comblé d'entre tous. En effet, d'après la légende, quand il se vit dédaigné par sa belle Oriane qui lui avait ordonné de ne plus paraître à ses yeux jusqu'à nouvel ordre, il se retira simplement sur la Roche-Pauvre en compagnie d'un ermite ; là, il pleura et pria tout son soûl, jusqu'à ce que le ciel vînt à son secours au plus fort de son tourment et de ses misères. Si telle est la vérité, ce dont je ne doute point, pourquoi prendrais-je la peine d'aller tout nu, de déranger ces arbres qui ne m'ont fait aucun mal, de troubler l'eau claire de ces ruisseaux où je pourrai, quand je le désire, apaiser ma soif ? Vive la mémoire d'Amadis ! Qu'il soit imité de don Quichotte en ce que pourra celui-ci, dont on dira alors ce qu'on a dit d'un autre : s'il n'a pu accomplir de grandes choses, il est mort de les avoir entreprises. Si donc je ne suis ni rejeté ni dédaigné par Dulcinée du Toboso, il me suffit, comme je l'ai dit, d'être absent de sa vue. Eh bien, mettons-nous à l'ouvrage ! Revenez à ma mémoire, exploits d'Amadis, et dites-moi lequel je dois imiter en premier. Mais je me souviens qu'il passait le plus clair de son temps à prier et à se recommander à Dieu. Et moi qui n'ai pas de rosaire ! »

Alors, il eut l'idée de s'en fabriquer un : il déchira un pan de sa chemise qu'il avait laissée flotter sur ses chausses, et avec la bande de tissu fit onze nœuds, dont un plus gros que les autres. Et tout le temps qu'il resta dans ces montagnes, il récita là-dessus des milliers d'*Ave Maria*. Il ne lui manquait plus qu'un ermite, qui pût le confesser et lui apporter consolation. Il passait les heures à se promener dans la prairie, à composer des vers qu'il gravait sur l'écorce des arbres ou qu'il écrivait sur le sable ; tous accordés à sa tristesse, et certains à la louange de Dulcinée. Mais les seuls qu'on ait pu, par la suite, retrouver entiers et déchiffrer sont les suivants :

Arbres, plantes et belles fleurs,
qui de votre douce présence
peuplez ce parage enchanteur,
je viens ici pleurer l'absence
de celle que j'ai dans mon cœur.

Elle a de bien blanches quenottes,
celle qui hante mes pensées ;
et n'est ni maigre ni boulotte.
Ici a chanté don Quichotte
les louanges de Dulcinée
du Toboso.

En ce lieu triste et solitaire
se cache le fidèle amant
que le sort adverse et contraire
plonge dans les pires tourments,
et que rien ne peut satisfaire.
De lui se joue et le ballotte,
une dame au cœur de rocher,
qui lui refuse sa menotte.
Ici a chanté don Quichotte
les louanges de Dulcinée
du Toboso.

Tout en cherchant les aventures,
il maudit ces dures entrailles,
qui mènent à la sépulture ;
il erre parmi les broussailles,
l'amant à la Triste Figure.
Il n'a qu'une seule marotte :
qu'elle veuille bien l'écouter,
petite tête de linotte !
Ici a chanté don Quichotte
les louanges de Dulcinée
du Toboso.

Cette façon d'ajouter toujours *du Toboso* au nom de Dulcinée fit bien rire ceux qui découvrirent ces vers ; il leur semblait que don Quichotte avait craint de ne pas être compris si, chaque fois qu'il nommait Dulcinée, il n'ajoutait pas ces mots ; et ils ne s'étaient pas trompés, comme notre chevalier l'avoua par la suite. Il avait composé bien d'autres poésies ; mais, comme nous l'avons dit, on ne put déchiffrer dans leur entier que ces trois strophes. Il occupait le reste de son temps à soupirer, à invoquer les faunes et les dryades des bois, les nymphes des ruisseaux, la triste et plaintive Écho, les suppliant de lui répondre, de le consoler, de l'écouter. Il cherchait des herbes pour se nourrir en attendant le retour de Sancho qui, s'il avait tardé trois semaines au lieu de trois jours, aurait retrouvé le chevalier à la Triste Figure si défiguré que sa propre mère ne l'eût pas reconnu. Mais laissons-le à ses lamentations et à ses couplets, pour raconter comment Sancho se tira de la mission qu'on lui avait confiée.

Dès qu'il atteignit la grand-route, il se mit en quête du Toboso, et arriva le lendemain en vue de l'auberge où on l'avait berné. A peine l'eut-il aperçue qu'il se sentit à nouveau voltiger dans l'air ; aussi n'osait-il approcher. Pourtant, le moment était bien choisi, car c'était l'heure du dîner, et il avait très envie de manger chaud, ce qui ne lui était pas arrivé depuis longtemps. Ce besoin devenant trop pressant, il s'aventura jusque devant l'auberge et, comme il hésitait encore à y pénétrer, il en vit sortir deux hommes qui durent le reconnaître, car l'un demanda à l'autre :

– Dites-moi, monsieur le curé, cet homme à cheval, ce ne serait pas par hasard Sancho Panza, celui dont la gouvernante de notre chevalier errant dit qu'il a suivi son maître en qualité d'écuyer ?

– En effet, répondit l'autre ; et ce cheval-là est bien celui de notre don Quichotte.

Ils l'avaient facilement reconnu, car ces deux hommes n'étaient autres que le curé et le barbier de son village, ceux qui avaient fait le procès et l'autodafé des livres de chevalerie. Ils se dirigèrent vers Sancho et Rossinante, espérant avoir des nouvelles de don Quichotte.

– Sancho Panza, demanda le curé, où est ton maître ?

Sancho, les ayant lui aussi reconnus, décida de ne rien révéler de l'endroit ni de l'état où il avait laissé son maître. Il répondit que don Quichotte était quelque part, occupé à quelque chose de très important, et qu'il ne pouvait rien dire de plus, dût-il lui en coûter les deux yeux.

– Attention, Sancho Panza, intervint le barbier ; si tu ne nous dis pas où il se trouve, nous croirons, comme nous le soupçonnons déjà, que tu l'as tué et volé, car c'est bien son cheval que tu montes là. Tu vas nous apprendre tout de suite où est le maître de cette pauvre bête, ou gare à toi !

– Laissez vos menaces pour d'autres ; je ne suis pas homme à tuer ni à voler personne ; que chacun meure quand vient son heure, ou quand le voudra Dieu, qui nous a créés. Mon maître est en train de faire pénitence tout à son aise dans ces montagnes.

Et aussitôt, d'un seul trait, il leur raconta dans quel état il avait laissé don Quichotte, les aventures qui leur étaient arrivées, et leur expliqua qu'il allait de sa part porter une lettre à Mme Dulcinée du Toboso, la fille de Lorenzo Corchuelo, dont son maître était amoureux jusqu'à l'os.

Les deux compères n'en revenaient pas ; ils avaient beau connaître l'étrange folie dont souffrait don Quichotte, ils étaient toujours aussi surpris chaque fois qu'on leur en donnait des nouvelles. Ils demandèrent à voir la lettre. Sancho leur expliqua qu'elle était écrite dans un carnet de poche, et qu'il avait ordre de don Quichotte de la faire copier sur papier dans le premier village qu'il trouverait. A quoi le curé répondit qu'il la copierait lui-même, et de sa plus belle écriture, si on voulait bien la lui montrer. Sancho plongea aussitôt la main sous sa chemise, mais il ne trouva pas le carnet, et n'aurait jamais pu le trouver, l'eût-il cherché jusqu'à aujourd'hui, pour la bonne raison qu'il était resté entre les mains de don Quichotte, et qu'il n'avait pas pensé à le lui réclamer.

Quand Sancho vit qu'il ne le trouvait pas, son visage

devint d'une pâleur mortelle ; affolé, il se tâta à nouveau tout le corps, mais sans résultat ; alors, sans plus de façons, il s'empoigna la barbe à deux mains et s'en arracha une moitié ; puis, séance tenante, il se donna une demi-douzaine de coups de poing sur la figure et sur le nez, et se mit tout en sang. Ce que voyant, le curé et le barbier lui demandèrent ce qu'il avait et pourquoi il se traitait aussi durement.

– Ce que j'ai ? répondit Sancho. Tout simplement que je viens de perdre, en l'espace d'un instant, pas même le temps de faire ouf, trois ânons, dont chacun valait bien un château !

– Comment cela ? demanda le barbier.

– J'ai perdu le carnet de poche où mon maître avait écrit la lettre pour Dulcinée, et aussi un engagement signé, dans lequel il dit que sa nièce doit me donner trois ânons, sur les quatre ou cinq qu'il a chez lui.

Et il raconta aussi la perte de son baudet. Le curé le consola, en l'assurant que, dès qu'il retrouverait son maître, il lui ferait donner confirmation de cet ordre et réinscrire la donation sur papier, comme c'était la coutume, car celles qu'on faisait sur les carnets de poche n'étaient ni acceptées ni honorées.

Consolé, Sancho déclara qu'en ce cas il n'avait plus de souci à se faire, parce que la lettre à Dulcinée, il l'avait presque entière dans sa mémoire, d'où il pourrait la ressortir où et quand on voudrait.

– Dis-la-nous, Sancho, demanda le barbier ; nous la copierons ensuite.

Sancho commença par se gratter la tête pour raviver ses souvenirs ; il se balançait d'un pied sur l'autre, regardant tantôt le ciel, tantôt la terre ; et quand il se fut rongé la moitié d'un bout de doigt devant son auditoire en suspens, il dit enfin :

– Par Dieu, monsieur le curé, que le diable m'emporte si je me souviens de cette lettre ! Tout ce que je sais, c'est qu'elle commençait par « Haute et souterraine dame ».

– Il ne pouvait pas y avoir *souterraine*, le reprit le barbier, mais plutôt *surhumaine* ou *souveraine*.

– Oui, c'est ça. Ensuite, si je ne me trompe, ça continuait par… Oui, il y avait : « Du plus profond tréfonds, le déchiré vous baise les mains, ingrate et très méconnaissable beauté » ; il y avait encore quelque chose à propos de santé et de maladie qu'il lui envoyait, et ça continuait comme ça jusqu'au bout, pour finir sur un « Vôtre jusqu'à la mort : Le chevalier à la Triste Figure ».

Nos deux compères, qui s'amusaient beaucoup, félicitèrent Sancho de son excellente mémoire et le prièrent de répéter la lettre encore deux fois, car ils désiraient l'apprendre eux-mêmes par cœur, pour la copier en temps voulu. Il recommença donc, non pas deux mais trois fois, et à chacune, il dit au moins trois mille sottises. Après quoi, il raconta toutes les aventures de son maître ; mais il ne souffla mot de la manière dont lui-même avait sauté sur une couverture, dans l'auberge où il s'était juré de ne plus remettre les pieds. Il ajouta encore que, s'il ramenait à son maître une réponse favorable de Mme Dulcinée du Toboso, celui-ci se mettrait aussitôt en quête d'aventures pour devenir empereur, ou au moins monarque, comme ils en étaient convenus entre eux ; ce qui serait chose facile pour don Quichotte, vu sa vaillance et la force de son bras ; et qu'une fois l'affaire réglée, son maître le marierait (parce qu'à ce moment-là il serait veuf, ça ne faisait pas de doute), et lui donnerait pour femme une suivante de l'impératrice, héritière d'un grand et riche État en terre ferme, parce qu'il ne voulait plus entendre parler d'archipels ni d'archi rien du tout.

Sancho disait cela avec une telle assurance en s'essuyant le nez de temps à autre que les deux hommes en étaient tout surpris ; ils pensèrent que la folie de don Quichotte devait être contagieuse pour avoir détraqué le cerveau de ce pauvre homme. Ils ne prirent pas la peine de le détromper, pensant que, du moment que sa conscience n'était pas en danger, il valait mieux le laisser tranquille, sans compter qu'ils avaient grand plaisir à écouter ses sottises. Ils lui dirent de prier Dieu pour la santé de son maître ; que c'était en effet possible, et même faisable, qu'il devînt, avec le temps, empereur ou tout au moins archevêque ou quelque chose de ce genre.

– J'aimerais bien savoir, messieurs, dit Sancho, si les choses tournaient de telle manière qu'au lieu de devenir empereur, il prenait à mon maître l'envie de se faire archevêque, ce que les archevêques errants donnent à leurs écuyers.

– Ils leur donnent un bénéfice mineur, avec ou sans cure, ou bien une charge de sacristain, ce qui leur rapporte une grosse rente fixe, sans compter la casuelle, au moins aussi importante.

– Mais je suppose que l'écuyer ne peut pas être marié, et qu'il doit au moins savoir servir la messe. Et moi qui ai femme et enfants, et qui ne connais pas la première lettre de l'alphabet ! Qu'est-ce que je vais devenir, si mon maître se met en tête de se faire archevêque au lieu d'empereur, comme c'est l'habitude chez les chevaliers errants ?

– Ne t'en fais pas, Sancho, dit le barbier, nous lui parlerons ; et nous lui conseillerons, nous en ferons même un cas de conscience, de se faire empereur plutôt qu'archevêque. D'ailleurs, ce sera pour lui plus facile, car il est plus vaillant que savant.

– C'est bien ce que je pense ; pourtant, je dois reconnaître qu'il a des dispositions pour tout. Quant à moi, je vais prier le bon Dieu qu'il envoie mon maître là où il sera le mieux à son affaire, et où il pourra me distribuer le plus de récompenses.

– C'est parler en homme sage et agir en bon chrétien, dit le curé. Mais pour l'instant, ce qui importe, c'est de trouver le moyen de délivrer ton maître de cette pénitence qu'il s'inflige inutilement. Et pour y réfléchir tout à notre aise, et aussi pour dîner, car c'est l'heure, nous ferions bien d'entrer dans l'auberge.

Sancho dit qu'il préférait les attendre dehors, et qu'il leur expliquerait pourquoi plus tard, mais qu'il les priait de lui apporter quelque chose de chaud à manger et de ne pas oublier l'orge pour Rossinante. Ils entrèrent donc, en le laissant là ; peu après, le barbier lui apporta son dîner.

Pendant le repas, les deux amis se concertèrent sur la manière de parvenir à leurs fins, et il vint au curé une idée qui correspondait à la fois au goût de don Quichotte et à leur intention de le ramener chez lui. Et voici ce qu'il proposa au barbier. Lui-même s'habillerait en demoiselle errante, tandis que maître Nicolas ferait son possible pour se changer en écuyer ; ainsi accoutrés, ils iraient se présenter devant leur ami, le curé feignant d'être une jeune fille affligée et sans protection. Celle-ci demanderait à don Quichotte une faveur, qu'en chevalier errant imbu de ses devoirs il ne pourrait manquer de lui accorder. Elle le prierait de la suivre afin de venger une offense que lui aurait infligée un chevalier félon, et le supplierait, par ailleurs, de lui permettre de ne pas lever son masque, et de ne lui poser aucune question tant qu'il ne lui aurait pas fait justice de cette félonie.

Le curé était certain que, en s'y prenant de la sorte, ils obtiendraient de don Quichotte tout ce qu'ils voudraient ; ils le sortiraient de ces montagnes et le ramèneraient dans son village, où ils trouveraient bien un moyen de le guérir de son étrange folie.

Comment le curé et le barbier parvinrent à leurs fins,
avec d'autres choses dignes d'être racontées
dans cette grande histoire

L E BARBIER TROUVA l'invention du curé excellente, et
tous les deux se mirent aussitôt à l'ouvrage. Ils demandèrent à la femme de l'aubergiste de leur prêter une robe et
une coiffe, pour lesquelles le curé laissa en gage une soutane neuve. Le barbier se fit une longue barbe d'une queue
de vache entre roux et gris, dont l'aubergiste se servait pour
accrocher son peigne. Comme la femme voulait savoir à
quoi leur serviraient toutes ces choses, le curé lui apprit en
quelques mots la folie de don Quichotte, et ajouta qu'ils
avaient besoin de ce déguisement pour le faire sortir de la
montagne, où il s'était retiré. Les hôteliers devinèrent aussitôt que ce fou n'était autre que l'homme à l'élixir, le maître
de l'écuyer qu'on avait berné ; et ils racontèrent au curé tout
ce qui s'était passé chez eux, sans omettre ce que Sancho
désirait tant cacher.

Bref, l'hôtesse habilla si bien le curé que rien n'y manquait. Elle lui passa une jupe de drap à taillades, avec des
volants de velours noir larges d'un empan, et un corsage de
satin vert garni d'une bordure blanche qui devait dater, ainsi
que la jupe, du temps où Berthe filait. Le curé refusa qu'on
ornât ses cheveux et se coiffa d'un petit bonnet de toile
piquée qu'il portait pour dormir ; il se banda le front d'une
large jarretière en taffetas noir, et fit de l'autre jarretière une
sorte de masque, dont il prit soin de se couvrir la barbe et le
visage. Par-dessus son bonnet, il enfonça son chapeau, si
grand qu'il aurait pu servir de parasol ; puis il jeta sa pèle-

rine sur ses épaules et monta sur sa mule à l'écuyère, tandis que le barbier enfourchait la sienne, avec la queue de vache couleur filasse en guise de barbe, qui lui tombait plus bas que la ceinture.

Ils prirent congé de tous, et aussi de la brave Maritorne qui, bien que grande pécheresse, promit de dire un chapelet pour le succès d'une entreprise si difficile et si chrétienne.

Mais à peine étaient-ils sortis de l'auberge qu'il vint au curé un scrupule : un prêtre ne pouvait décemment s'habiller de la sorte, même si son intention était des plus louables. Il en fit part au barbier et lui proposa d'échanger leurs costumes, car il lui paraissait moins compromettant pour sa dignité de jouer le rôle de l'écuyer que celui de la jeune fille offensée. Il ajouta que, si l'autre refusait, il était quant à lui bien décidé à en rester là, don Quichotte dût-il aller au diable !

Sancho arriva sur ces entrefaites et ne put s'empêcher de rire en les voyant dans cette tenue. Le barbier ayant accepté l'échange, le curé lui expliqua ce qu'il fallait faire et dire pour engager don Quichotte à le suivre, et l'obliger à quitter ce lieu qu'il avait choisi pour y faire inutilement pénitence. A quoi le barbier répondit qu'il n'avait pas besoin de recevoir de leçon pour mener à bien son affaire, et qu'il ne s'habillerait pas en femme tant qu'ils ne seraient pas arrivés près de l'endroit où se trouvait don Quichotte. Il plia donc son costume, le curé mit sa barbe, et ils partirent sous la conduite de Sancho qui leur raconta, chemin faisant, ce qui était arrivé avec le fou qu'ils avaient rencontré dans la montagne, sans rien dire toutefois de la valise ni de son contenu, car, quoique sot, ce brave garçon était un petit peu cupide.

Le lendemain, ils arrivèrent à l'endroit où Sancho avait semé les branches de genêt qui devaient le ramener tout droit à don Quichotte. Ayant reconnu la route, il leur dit que le moment était venu pour eux de se déguiser, si vraiment cela pouvait servir à délivrer son maître. Car les deux compères lui avaient expliqué que ces costumes et les rôles qu'ils entendaient jouer étaient de la plus haute importance pour tirer don Quichotte de cette vie misérable qu'il s'était imposée, et lui avaient recommandé de ne pas révéler qui ils étaient, et de faire comme s'il ne les connaissait pas ; et surtout, quand don Quichotte lui demanderait, ce qui était inévitable, s'il avait remis la lettre à Dulcinée, de lui dire qu'il la lui avait remise mais que la dame, ne sachant pas lire, avait répondu de vive voix, et qu'elle lui ordonnait, sous peine d'encourir sa disgrâce, de venir sur-le-champ se présenter devant elle, si grande était l'urgence qu'elle avait de le voir. Ils ajoutèrent qu'avec cette réponse et ce qu'ils comptaient lui dire de leur côté, ils étaient sûrs de le ramener à une vie meilleure, et de le décider à se mettre aussitôt en campagne pour conquérir un titre d'empereur ou de monarque ; quant à se faire archevêque, aucun risque.

Sancho écoutait attentivement, en s'efforçant de retenir ce qu'on lui disait ; il remercia le curé et le barbier de bien vouloir conseiller à son maître de se faire empereur plutôt qu'archevêque, car il était sûr que les empereurs récompensaient beaucoup mieux leurs écuyers que les archevêques errants. Il ajouta qu'il préférait prendre les devants et aller trouver don Quichotte avec la réponse de sa dame, qui, à son avis, serait tout à fait suffisante pour le sortir de là. L'idée leur parut bonne, et ils décidèrent de l'attendre, jusqu'à ce qu'il rapportât des nouvelles de leur ami.

Sancho s'enfonça dans une gorge de la montagne, laissant les deux autres au bord d'un ruisseau paisible, où quelques arbres et des rochers donnaient une ombre douce et fraîche. On était au mois d'août, vers les trois heures de l'après-midi, au moment où, dans ces régions, la chaleur est très forte ; le site n'en était que plus agréable et conviait nos deux compères à y attendre le retour de Sancho – ce qu'ils firent.

Mais tandis qu'ils se reposaient à l'ombre, ils entendirent une voix qui, sans s'aider d'aucun instrument, chantait une tendre et douce mélodie. Ils furent tout étonnés d'entendre quelqu'un chanter aussi bien dans un pareil endroit. On prétend que, dans les champs et les forêts, on rencontre des bergers avec des voix admirables, mais cela se passe dans l'imagination des poètes et c'est loin d'être vrai. Leur surprise fut à son comble lorsqu'ils s'aperçurent que cette chanson n'était pas un couplet paysan, mais une composition des plus raffinées. En voici les paroles :

Qui donc porte atteinte à mes biens ?
Le dédain.
Qui torture ma fantaisie ?
La jalousie.
Met à l'épreuve ma patience ?
Ton absence.

Ainsi donc, où est l'espérance ?
Il n'est de remède à mes maux,
car me mènent droit au tombeau
dédain, jalousie et absence.

Qui veut attenter à mes jours ?
Mes amours.
Qui me rend la gloire importune ?
La Fortune.
Me tend le calice de fiel ?
Notre ciel.

Ainsi donc, pour moi point de miel,
mais des douleurs l'amère écorce,
puisque contre ma vie s'efforcent
l'amour, la Fortune et le ciel.

Qui peut améliorer mon sort ?
C'est la mort.
En amour, qui donne la chance ?
L'inconstance.
Et les malheurs, qui les pallie ?
La folie.

Ainsi donc, rien ne me guérit
de cet amour qui me possède,
car de lui sont les seuls remèdes
inconstance, mort et folie.

L'heure, la saison, la solitude, la voix et le talent de celui qui chantait, tout cela surprit et émut grandement nos deux amis ; ils restèrent immobiles, dans l'espoir d'entendre encore quelque chose. Mais, voyant que le silence se prolongeait, ils décidèrent d'aller à la recherche de cet homme qui chantait si bien. Au même moment, la voix reprit :

Sainte amitié qui vole à plaisir dans les cieux,
conduite aux mouvements de ton aile ébranlée,
aux bienheureux esprits te rendant égalée,
pendant que ton image est restée en ces lieux ;

De là tu fais surgir et briller à nos yeux
la digne et juste paix d'un voile emmantelée,
sous qui reluit parfois l'apparence zélée
d'un dévouement sans bornes qui nous devient odieux.

Quitte le ciel, déesse, ou ne veuille permettre
que la fraude ici-bas tes couleurs ose mettre,
pour réduire à néant toute sincérité.

Si tu ne lui ravis tes belles apparences,
dans la confusion de ses vieilles souffrances,
le monde est en péril de se voir retomber.

Le chant s'acheva par un profond soupir. Les deux compères écoutaient avec attention, espérant une suite ; mais voyant que la musique s'était changée en plaintes et en sanglots, ils voulurent savoir qui était le malheureux, dont la voix était aussi harmonieuse que poignants les soupirs. Ils n'eurent pas longtemps à chercher ; au détour d'un rocher, ils virent un homme qui avait la taille et l'allure de ce Cardenio que Sancho leur avait dépeint. En les apercevant, le jeune homme n'eut pas l'air surpris ; il demeura immobile, la tête inclinée sur la poitrine, comme un homme plongé dans ses pensées, et sans s'occuper d'eux.

Le curé, averti des malheurs de Cardenio, qu'il avait reconnu, s'approcha de lui et en quelques mots bien sentis, car il avait une certaine éloquence, il lui recommanda instamment de renoncer à cette vie misérable sous peine de la perdre, ce qui est le plus grand de tous les malheurs. Cardenio était alors parfaitement calme, et non dans un de ses fréquents accès de démence ; regardant avec curiosité les deux hommes dont le costume était si peu approprié à ces lieux désolés et qui, d'après le langage que lui tenait le curé, semblaient connaître toute son histoire, il répondit :

– Je vois, messieurs, que le ciel, toujours prêt à secourir les bons comme les méchants, m'envoie malgré mes péchés, dans ce lieu écarté de tout commerce humain, des personnes qui me démontrent par de justes arguments la folie que j'ai commise en choisissant de mener cette vie, et qui veulent m'en éloigner pour me remettre sur une voie meilleure. Et comme vous ne savez pas que, si j'en sors, ce sera pour tomber dans un malheur encore plus grand, vous pensez que je suis un pauvre d'esprit, ou même un fou. Il n'y aurait pas là de quoi me surprendre, car je me rends bien compte qu'au seul souvenir de mon infortune mon trouble est si grand qu'il m'arrive de rester là, immobile comme une pierre, privé de tout sentiment. Et lorsqu'on me dit ce que j'ai fait sous l'empire de ces terribles accès et qu'on m'en donne des preuves, je ne puis que me répandre en plaintes inutiles, maudire vainement mon triste sort et, pour excuser mes folies, en raconter la cause à qui veut bien l'entendre. Dès que les gens en sont informés, s'ils ont quelque bon sens, ils ne sont plus surpris de ses effets. Et s'ils ne trouvent pas de remède à m'offrir, du moins ne me jugent-ils pas coupable, car l'irritation où les ont mis mes extravagances se change en compassion pour ma douleur. Si donc, messieurs, vous venez dans cette intention, comme beaucoup d'autres avant vous, permettez-moi de vous faire le récit de mon infortune, avant de vous laisser poursuivre ; peut-être alors vous épargnerez-vous la peine de me consoler d'un chagrin dont je suis inconsolable.

Les deux amis, qui ne désiraient rien tant que d'apprendre de la bouche de Cardenio la cause de ses malheurs, acceptèrent avec empressement et promirent de ne faire que ce qu'il voudrait, pour le guérir ou pour lui venir en aide. Le pauvre jeune homme répéta presque mot pour mot le récit de la triste histoire qu'il avait racontée à don Quichotte et au chevrier, quelques jours plus tôt, et que notre chevalier, à propos de maître Élisabad et pour défendre l'honneur de la chevalerie, avait interrompue, laissant l'auditoire sur sa faim. Mais la chance voulut que, cette fois, Cardenio ne tombât pas dans un de ses accès de folie, et continuât jusqu'au bout son récit. Étant donc arrivé au passage du billet que don Ferdinand avait trouvé entre les pages d'*Amadis de Gaule*, il dit qu'il le savait par cœur et qu'il contenait ceci :

LUCINDE À CARDENIO

Chaque jour je découvre en votre personne des qualités qui m'obligent à vous estimer davantage. Si vous souhaitez me décharger de cette obligation sans nuire à mon honneur, cela vous sera facile. J'ai un père qui vous connaît, et qui m'aime assez pour ne pas s'opposer à mes desseins et pour satisfaire les vôtres, s'il est vrai que vous m'estimez autant que vous le dites et que je le crois.

« C'est ce billet qui me décida à demander la main de Lucinde, comme je vous l'ai conté, et qui donna à don Ferdinand l'idée qu'elle était parmi les femmes les plus sages et les plus avisées de son temps ; c'est ce même billet qui le décida à contrarier mon projet pour satisfaire son désir. Je confiai à don Ferdinand ce qu'exigeait le père de Lucinde, à savoir que le mien fît la demande, ce dont je n'osais le prier dans la crainte d'un refus. Je savais que mon père considérait que, par sa noblesse, sa vertu et sa beauté, Lucinde était digne des plus grandes maisons d'Espagne ; mais j'avais cru comprendre qu'il ne voulait pas me marier avant de savoir ce que le duc Richard voulait faire de moi. Bref, je lui dis que je n'osais en parler à mon père, pour cette raison et pour bien d'autres que je ne pouvais expliquer, mais qui me décourageaient par avance : il me paraissait tout simplement impossible que mon désir pût s'accomplir. Don Ferdinand me répondit aussitôt qu'il se chargerait de lui parler et de le convaincre de voir le père de Lucinde.

« Ô ambitieux Marius ! Ô cruel Catilina ! Ô criminel Sylla ! Ô traître Ganelon ! Ô fourbe Vellido ! Ô vindicatif Julian ! Ô perfide Judas ! Traître, cruel, vindicatif, perfide, quelle faute avais-je commise à ton égard en te découvrant ingénu-

ment les secrets et les joies de mon cœur ? Quelle offense
t'avais-je faite ? Quelles paroles t'avais-je dites, quels
conseils t'avais-je donnés qui n'eussent pour unique objet
l'accroissement de ton honneur et de ta gloire ? Mais, hélas,
à quoi bon me plaindre ? Il est avéré que, lorsque nos malheurs viennent du mouvement des astres, ils fondent sur
nous avec violence et fureur, et il n'est force sur la terre qui
puisse les arrêter, ni ruse humaine qui puisse les prévenir !
Qui aurait imaginé que don Ferdinand, grand seigneur,
homme d'esprit, qui était mon obligé et de surcroît assez
puissant pour obtenir satisfaction de ses désirs amoureux
quel qu'en fût l'objet, s'obstinerait ainsi à me ravir ma seule
brebis, que je ne possédais pas encore ?

« Mais laissons de côté ces considérations inutiles et
reprenons le fil de ma triste histoire. Don Ferdinand, voyant
dans ma présence un obstacle à l'exécution de son infâme
dessein, résolut de m'envoyer auprès de son frère aîné ; il
prétexta qu'il voulait lui demander de l'argent pour payer
les six chevaux que, dans le seul but de m'écarter et de
mener à bien son projet, il avait achetés le jour même où il
s'était proposé de plaider ma cause auprès de mon père.
Pouvais-je prévenir cette trahison ? Pouvais-je seulement la
prévoir ? Non, bien sûr ; je m'offris à partir sur l'heure, tout
heureux de la bonne affaire qu'il venait de conclure.

« Ce soir-là, je parlai à Lucinde, lui dis ce que don Ferdinand et moi avions concerté, et qu'elle eût bon espoir, car
nos justes et légitimes désirs étaient près de se réaliser.
Lucinde, qui pas plus que moi ne pouvait imaginer la trahison de don Ferdinand, me pria de revenir sans tarder, sûre
que nos vœux seraient exaucés aussitôt que mon père aurait
parlé au sien. Je ne sais pourquoi, mais à peine eut-elle
prononcé ces mots que ses yeux se remplirent de larmes et
sa gorge se noua si fort qu'elle ne put me parler davantage,
malgré l'envie qu'elle me paraissait en avoir. J'en fus d'autant plus étonné que je ne l'avais jamais vue dans cet état :
chaque fois que mes ruses et ma chance nous avaient permis
un entretien, c'était toujours dans la satisfaction et l'allégresse, sans mélange de larmes, de plaintes, de jalousie ni

de soupçons. J'exaltais mon bonheur et remerciais le ciel de me l'avoir donnée pour dame ; je louais sa beauté, j'admirais sa vertu et sa sagesse. Elle me retournait mes éloges, admirant en moi ce que l'amour lui faisait trouver digne de louanges. En outre, nous nous racontions mille enfantillages et causions de ce qui était arrivé à nos voisins et connaissances. Ma plus grande audace était de prendre, presque de force, une de ses blanches et belles mains, et de l'approcher de mes lèvres autant que le permettaient les étroits barreaux d'une grille basse qui nous séparait. Cependant, le soir qui précéda le triste jour de mon départ, elle pleura, elle gémit, elle soupira avant de s'éloigner, me laissant dans le trouble et la confusion, et fort inquiet d'avoir vu chez Lucinde ces marques inhabituelles de chagrin et de douleur. Mais, voulant à tout prix nourrir mes espérances, je les attribuai à la force de l'amour qu'elle me portait et à la peine que cause l'absence de l'être aimé.

« Je partis donc, soucieux, pensif, l'âme emplie de craintes et de soupçons, sans même savoir ce que je soupçonnais, ni ce que j'avais à craindre. J'aurais dû y voir le signe annonciateur du sort funeste qui m'était réservé.

« Arrivé là où l'on m'envoyait, je remis les lettres dont j'étais porteur au frère de don Ferdinand. Je fus fort bien reçu, mais mal servi : il déclara, à mon grand déplaisir, qu'il me faudrait attendre huit jours, dans un lieu où le duc Richard ne pût me voir, car don Ferdinand lui écrivait de me donner de l'argent à l'insu de leur père. Tout cela n'était qu'une ruse de ce traître, car son frère ne manquait pas d'argent et aurait pu me laisser repartir sur-le-champ.

« Je faillis désobéir à cet ordre, tant il me paraissait impossible de vivre aussi longtemps éloigné de Lucinde, surtout dans le triste état où je l'avais laissée. Je me résignai pourtant, en bon et loyal serviteur, tout en sachant que j'y perdrais le repos.

« Quatre jours après mon arrivée, un homme vint me trouver et me remit une lettre. Je reconnus sur l'enveloppe l'écriture de Lucinde. Je l'ouvris en tremblant, pensant bien qu'il avait dû se passer quelque chose de grave pour qu'elle m'écrivît pendant mon absence, elle qui m'envoyait si rarement des billets quand nous étions dans la même ville. Avant de la lire, je demandai au porteur quelle personne la lui avait remise, et combien de temps il lui avait fallu pour arriver jusqu'à moi. Il m'expliqua que, comme il passait par hasard dans une rue vers l'heure de midi, une dame très belle et en larmes l'avait appelé d'une fenêtre, et lui avait dit avec beaucoup de précipitation : "Mon ami, si vous êtes chrétien comme vous en avez l'air, je vous supplie pour l'amour de Dieu de porter au plus vite cette lettre à l'adresse et à la personne indiquées sur l'enveloppe ; vous n'aurez aucun mal à trouver l'une et l'autre, et vous ferez une bonne œuvre devant le Seigneur. Afin que vous ayez toute commodité pour parvenir où je vous envoie, prenez ceci. Et elle me lança par la fenêtre un mouchoir dans lequel je trouvai cent réaux, avec cette bague en or et la lettre. Puis, elle s'écarta de la fenêtre sans attendre ma réponse ; mais auparavant elle m'avait vu ramasser le tout et lui faire signe que j'acceptais. Alors, me jugeant largement payé d'avance, et voyant à l'adresse de la lettre qu'on m'envoyait vers vous, monsieur, que je connais très bien, et aussi touché par les pleurs de cette belle dame, ne me fiant qu'à moi-même, je décidai de vous l'apporter en personne. Cela fait seize heures qu'elle m'a donné cette lettre, le temps qu'il m'a fallu pour parcourir les dix-huit lieues qu'il y a, comme vous le savez, de la ville jusqu'ici."

« J'étais pendu aux lèvres de ce messager improvisé, et mes jambes tremblaient si fort pendant que je l'écoutais que je pouvais à peine me soutenir. Enfin, j'ouvris la lettre et lus ceci :

Don Ferdinand a bien tenu sa promesse, en pressant votre père de parler au mien ; mais il l'a fait pour son profit et non afin de vous satisfaire. Sachez donc qu'il m'a demandée en mariage, et que mon père, pensant que don Ferdinand vous est sous certains aspects supérieur, a donné son accord avec tant d'empressement que, d'ici à deux jours, notre mariage sera célébré dans le secret de notre maison, avec pour seuls témoins le ciel et quelques-uns de nos serviteurs. Vous pouvez imaginer l'état où je me trouve. S'il vous faut accourir, à vous d'en juger. Si je vous aime ou non, la fin de cette histoire vous le démontrera sans tarder. Dieu veuille que cette lettre tombe entre vos mains avant que je ne sois contrainte de donner la mienne à un homme qui tient si mal ses promesses.

« Tel était, en substance, le contenu de la lettre qui m'engagea à partir aussitôt, sans plus attendre ni réponse ni argent. Je comprenais à présent que, si don Ferdinand m'avait envoyé auprès de son frère, ce n'était pas pour acheter des chevaux, mais pour s'acheter son plaisir. La colère que j'éprouvais à son égard et la crainte de perdre un cœur que j'avais mis tant d'années et de soins à gagner me donnèrent des ailes. Et c'est presque en volant que j'arrivai le lendemain à la ville, juste à l'heure qui convenait pour parler à Lucinde. J'entrai secrètement, après avoir laissé ma monture chez le brave homme qui m'avait apporté la lettre. Par un heureux hasard, elle était à sa fenêtre, cette fenêtre si souvent témoin de nos amours. Nous nous reconnûmes aussitôt et, cependant, nous n'étions plus les mêmes. Qui peut se vanter d'avoir jamais pénétré et compris les pensées confuses et le caractère changeant d'une femme ? Personne, assurément !

« "Cardenio, dit Lucinde dès qu'elle me vit, je suis en toilette de mariée ; don Ferdinand et mon père, l'un traître et l'autre cupide, m'attendent dans le salon avec quelques témoins, qui le seront de ma mort et non de mon mariage. Ne te trouble pas, mon ami, et fais en sorte d'être présent à ce sacrifice : si mes paroles n'ont pas le pouvoir de l'empêcher, un poignard que j'ai là, caché, y réussira en mettant fin à ma vie et en te donnant la preuve éternelle de ma fidélité." Tout ému, je répondis à la hâte, craignant de n'avoir plus le temps de me faire entendre : "Puisse ta conduite justifier tes paroles. Si tu portes une dague pour sauver ton honneur, moi je porte une épée pour te défendre, ou pour me tuer, si le sort nous est contraire."

« Je ne sais si Lucinde m'entendit jusqu'au bout, car on vint la chercher ; son fiancé l'attendait. Le soleil de ma joie venait de se coucher et la nuit de la tristesse se fit en moi ; mes yeux avaient perdu la lumière, mon cerveau la raison.

Je ne pouvais trouver la porte de ma bien-aimée, ni faire un pas. Cependant, considérant combien ma présence était nécessaire en pareille circonstance, quoi qu'il pût arriver, je retrouvai courage et j'entrai dans cette maison dont je connaissais bien toutes les issues ; la confusion qui y régnait était telle que personne ne me vit. Je me dissimulai dans l'embrasure d'une fenêtre du salon, derrière deux tentures entre lesquelles je pouvais voir, sans être vu, tout ce qui se passait dans la pièce. Comment vous décrire les inquiétudes qui m'agitaient, les pensées et les réflexions qui me traversaient l'esprit ? D'ailleurs, à quoi bon ? Qu'il vous suffise de savoir que don Ferdinand arriva, habillé comme il l'était d'ordinaire, avec, pour témoin, un cousin germain de Lucinde ; toutes les autres personnes présentes étaient des serviteurs de la maison.

« Un moment après, Lucinde sortit d'une antichambre, accompagnée de sa mère et de deux suivantes, vêtue et parée avec toute l'élégance et la grâce qu'exigeaient sa haute naissance et son extrême beauté. L'égarement où j'étais ne me permit pas de remarquer les détails de son costume ; je me souviens seulement des couleurs, qui étaient le rouge et le blanc ; quant à l'éclat de sa blonde chevelure, il faisait pâlir celui des pierreries dont sa coiffure et sa robe étaient couvertes, et des quatre torches qui éclairaient la salle.

« Ô souvenir, ennemi mortel de mon repos ! Pourquoi me présenter maintenant la perfection de cette ennemie adorée ? Ne vaudrait-il pas mieux, cruel, me retracer ce que je lui vis faire pour que, ranimé par cet outrage manifeste, je puisse me venger ou du moins mettre un terme à ma vie ? J'espère, messieurs, que vous me pardonnerez ces digressions, mais ma peine n'est pas de celles que l'on peut raconter succinctement ou à la hâte, et chaque incident me semble digne qu'on s'y arrête.

Le curé lui répondit que non seulement ils ne se lassaient point de l'entendre, mais qu'ils prenaient au contraire grand intérêt à tous ces détails, qui méritaient la même attention que le reste du récit.

– Lorsque tout le monde fut réuni dans le salon, poursuivit Cardenio, on fit entrer le curé de la paroisse, qui prit les deux fiancés par la main pour procéder à la cérémonie. Lorsqu'il demanda : "Lucinde, acceptez-vous de prendre don Ferdinand, ici présent, pour légitime époux, selon le commandement de notre Sainte Mère l'Église ?", je passai toute la tête et le cou entre les tentures et, bien que troublé dans l'âme, je me préparai à écouter avec une attention extrême ce qu'allait dire Lucinde, sachant qu'elle pouvait d'un mot signer mon arrêt de mort ou me laisser la vie. Hélas, j'aurais dû alors me montrer et lui crier devant tous : "Lucinde, Lucinde, prends garde à ce que tu fais et considère ce que tu me dois ; pense que tu es à moi et que tu ne peux être à un autre ! Sache que, si tu dis oui, tu m'arraches la vie ! Ah, traître don Ferdinand, ravisseur de mon bien, bourreau de mes jours, que veux-tu, que prétends-tu ? Sache que tu ne peux chrétiennement satisfaire tes désirs, car Lucinde est ma femme et je suis son époux."

« Ah, pauvre fou ! A présent que je suis loin d'elle et du danger, je dis que j'aurais dû faire ce qu'alors je n'ai pas fait ! A présent que je me suis laissé ravir mon plus cher trésor, je maudis le voleur dont j'aurais pu me venger, si j'en avais eu le courage comme j'ai aujourd'hui l'audace de me plaindre. Enfin, puisque je ne fus alors qu'un sot et un lâche, il est juste que je meure aujourd'hui dans la honte, le repentir et la folie !

« Le curé attendait la réponse de Lucinde, qui tardait à la donner ; et au moment où je pensai qu'elle allait tirer son poignard pour sauver son honneur, ou proclamer une vérité qui était en ma faveur, je l'entendis prononcer d'une voix faible et tremblante : "Oui, je le veux." Don Ferdinand ayant répondu de même, il lui mit l'anneau au doigt, et ils furent ainsi unis par un lien indissoluble. Le marié s'approcha pour embrasser son épouse ; mais elle, mettant la main sur son cœur, tomba évanouie entre les bras de sa mère.

« Reste maintenant à dire dans quel état me laissa ce *oui* fatal qui, ruinant mes espérances et me démontrant la fausseté des promesses de Lucinde, m'arrachait en un instant ce trésor que j'allais regretter tous les instants de ma vie. Je ne savais que faire ; je me sentais abandonné par le ciel, rejeté par la terre qui me portait, par l'air qui me refusait le souffle, par l'eau qui privait mes yeux de larmes ; seul le feu s'était accru, car je me consumais de fureur et de jalousie.

« L'évanouissement de Lucinde avait mis toute l'assistance en émoi ; sa mère ayant délacé son corsage pour lui donner de l'air, on y trouva un papier plié, que don Ferdinand prit aussitôt. Après l'avoir lu à la lueur d'une des torches, il se laissa tomber sur une chaise, la joue dans la main, comme un homme absorbé dans ses réflexions, sans s'inquiéter des soins dont on entourait sa femme pour tenter de la ranimer.

« Voyant ce trouble et cette confusion, je me hasardai à sortir, sans me soucier d'être vu, bien déterminé, si j'étais reconnu, à faire un éclat sanglant, pour que tout le monde apprît la juste indignation de mon cœur en me voyant châtier le traître don Ferdinand, ainsi que l'inconstante, encore évanouie. Mais le sort, qui me réservait de plus grands malheurs, s'il en est, voulut me conserver encore un peu de cette raison que j'ai perdue depuis. Ainsi, au lieu de tirer vengeance de mes pires ennemis – ce qui aurait été facile, car je les prenais au dépourvu –, je résolus de m'infliger à moi-même le châtiment qui leur était dû, avec plus de rigueur encore que je n'en aurais usé envers eux en les poignardant. Car la mort subite met un point final à notre peine, tandis que celle que l'on retarde par des tourments nous tue à petit feu, sans nous ôter la vie. Bref, je sortis de la maison et j'allai trouver l'homme chez qui j'avais laissé ma mule ; je lui demandai de la seller et, sans lui dire adieu, je quittai la ville, n'osant, pareil à Lot, me retourner pour la regarder. Quand je me vis seul dans la campagne, le silence et l'obscurité de la nuit m'incitèrent à donner libre cours à ma douleur et, sans crainte d'être entendu ni reconnu, je me mis à crier, à me répandre en malédictions contre Lucinde et don Ferdinand, comme si je pouvais ainsi réparer l'outrage qu'ils m'avaient infligé. Je traitai Lucinde de cruelle, d'oublieuse, de perfide, d'ingrate ; de cupide surtout, puisque la richesse de mon ennemi lui avait aveuglé le cœur au point de m'abandonner pour s'unir à celui que la fortune avait traité plus généreusement que moi.

« Cependant, au plus fort de mes emportements et de mes malédictions, je cherchais encore à l'excuser : je me disais qu'il n'était pas étonnant qu'une jeune fille, vivant en recluse dans la maison de ses parents et accoutumée à leur obéir en tout, eût accepté pour leur plaire l'époux qu'ils lui donnaient : un gentilhomme si noble, si riche, si bien fait de sa personne, qu'un refus aurait été une preuve de sottise, ou l'indication qu'elle avait porté ailleurs ses vœux, ce qui aurait gravement nui à sa réputation. Puis je revenais à mon premier sentiment ; je me disais que, si elle avait eu le courage d'avouer que j'étais son époux, ses parents auraient jugé qu'elle n'avait pas fait un si mauvais choix, et lui auraient vite pardonné ; car, avant que don Ferdinand ne vînt se présenter, eux-mêmes ne pouvaient raisonnablement désirer un parti meilleur que moi pour leur fille. Elle aurait pu, avant de se résoudre à donner sa main, contrainte et forcée, dire qu'elle avait déjà reçu la mienne ; et moi, j'aurais soutenu tout ce qu'elle aurait inventé alors pour sa défense. J'en conclus que son manque d'amour et de jugement, son excès d'ambition et son goût des grandeurs lui avaient fait oublier ces promesses qui avaient entretenu mon espoir et mes honnêtes désirs.

« Je marchai le reste de la nuit en proie à la plus grande agitation. Le matin, je me trouvai à l'entrée de ces montagnes, où j'errai encore trois jours, sans suivre aucun chemin ni sentier. Enfin, j'aperçus une prairie, dont je ne saurais vous dire de quel côté de ces montagnes elle est ; là, je demandai à des bergers de m'indiquer l'endroit le plus sauvage qu'ils connaissaient. Ils m'indiquèrent celui-ci. Je m'y dirigeai aussitôt, dans l'intention d'y finir mes jours.

« En arrivant au milieu de ces rochers, ma mule tomba morte d'épuisement et de faim, mais je croirais plus volontiers que c'était pour être enfin débarrassée de ce poids inutile que j'étais devenu. Je me vis donc seul, sans monture et, bien qu'épuisé et affamé, sans vouloir demander de l'aide à personne. Je ne sais combien de temps je restai étendu par terre. Quand je me relevai, je ne ressentais plus la faim. Il y avait autour de moi des chevriers, ceux-là mêmes sans doute qui m'avaient secouru. Ils me racontèrent en effet qu'ils m'avaient trouvé dans un état pitoyable et disant tant d'absurdités et d'extravagances qu'il était évident que j'avais perdu l'esprit.

« J'ai reconnu moi-même, depuis, que je n'ai pas toujours la tête très solide ; ma raison est si affaiblie et troublée qu'il m'arrive de commettre mille folies, déchirant mes vêtements, parlant à grands cris dans la solitude, maudissant mon triste sort, répétant en vain le nom adoré de mon ennemie, et n'ayant qu'une hâte : expirer en le prononçant. Quand je reviens à moi, je suis tellement épuisé et abattu que je ne peux plus bouger. Ma demeure habituelle est le creux d'un chêne-liège, assez vaste pour que j'y loge ce corps misérable. Les vachers et les chevriers de ces montagnes, pris de compassion, me laissent quelque nourriture sur les sentiers et au pied des rochers, dans les endroits où ils pensent que je pourrai la trouver en passant. Car, même durant mes accès de démence, la nature garde ses droits, et j'éprouve le besoin impérieux de satisfaire ma faim et de trouver à tout prix de quoi me nourrir. Lorsque ces braves gens me rencontrent et que j'ai tout mon bon sens, ils me disent que je les attaque en chemin quand ils reviennent du village avec des provisions, et que je leur arrache de force ce qu'ils m'auraient donné de bon cœur.

« Voilà de quelle manière je passe cette triste existence, en attendant que le ciel daigne y mettre fin, ou me priver de mémoire pour que je perde jusqu'au souvenir de la trahison de la belle Lucinde et de don Ferdinand. S'il me fait cette grâce sans m'ôter la vie, mes pensées retrouveront un cours meilleur ; dans le cas contraire, je n'ai plus qu'à prier pour le salut de mon âme. Car je ne me sens plus assez de force ni de courage pour sortir de ce triste état que j'ai moi-même choisi.

« Telle est, messieurs, l'amère histoire de mes malheurs ; dites-moi s'il m'était possible de la conter avec moins d'affliction et de regrets que je n'en ai montré. Et surtout,

ne prenez pas la peine de me fléchir par vos recommanda-
tions et vos conseils ; cela ne me sera pas plus profitable que
le remède ordonné par un bon médecin au malade qui refuse
de le prendre. Sans Lucinde, je ne veux point la santé. Elle a
choisi d'appartenir à un autre, alors qu'elle était, qu'elle
aurait dû être mienne ; je choisis, moi, de vivre dans l'infortune, n'ayant plus droit au bonheur. Elle a désiré, par son
inconstance, rendre ma perte définitive ; je mènerai donc ma
perte à son terme, pour contenter son désir. Et l'on dira
désormais qu'à moi seul aura manqué ce que les malheureux ont de reste, car pour eux l'impossibilité d'être consolé
est à elle seule une consolation ; c'est au contraire pour moi
la cause des plus vifs regrets et des plus cruelles souffrances, que même la mort ne saurait apaiser.

Cardenio termina ainsi sa longue histoire d'amour et d'infortunes ; le curé s'apprêtait à lui dire quelques paroles
d'apaisement, mais il fut retenu par une voix plaintive qui
parvint jusqu'à eux, et qui disait ce que l'on saura dans la
quatrième partie de cette histoire. Car Sidi Ahmed Benengeli, auteur sage et avisé, met ici fin à la troisième.

QUATRIÈME PARTIE

Qui traite de la nouvelle et plaisante aventure
qui arriva au curé et au barbier
dans la Sierra Morena

HEUREUX, TROIS FOIS heureux le siècle où l'intrépide chevalier don Quichotte de la Manche vint au monde, car, en formant le noble dessein de ressusciter l'ordre de la chevalerie errante que l'on croyait mort et enterré, il nous offre, en ces temps si pauvres en distractions, le plaisir d'écouter non seulement sa belle et véridique histoire, mais les récits et nouvelles qu'elle renferme, qui ne sont ni moins vrais, ni moins plaisants, ni moins bien menés qu'elle. Et pour reprendre de droit fil l'écheveau de son récit, l'auteur rappelle qu'au moment où le curé se disposait à consoler Cardenio, il en fut empêché par une voix aux tristes accents qui disait :

– Mon Dieu ! Aurais-je enfin trouvé le lieu qui servira de sépulture cachée à ce corps, fardeau dont je souhaite être débarrassé au plus tôt ? Oui, sans doute si la solitude de ces montagnes n'est pas une promesse trompeuse. Hélas, la compagnie de ces rochers et de ces ronces, au milieu desquels je peux à loisir me plaindre au ciel de mon malheur, m'est de loin préférable à celle des humains, car il n'en est aucun dont on puisse attendre un conseil dans l'incertitude, un soulagement dans la tristesse, un remède dans l'infortune !

Le curé et ses compagnons se doutèrent que la personne qu'ils entendaient ainsi se lamenter ne devait pas être bien loin. Ils se levèrent pour aller à sa recherche, et n'eurent pas fait vingt pas qu'ils aperçurent, au détour d'un rocher, assis contre un frêne, un jeune homme habillé en paysan, dont ils ne purent distinguer le visage, car il penchait la tête vers un ruisseau dans lequel il baignait ses pieds. Ils approchèrent tout doucement, et le jeune homme occupé à se laver ne les entendit point ; ses pieds étaient d'une blancheur si éclatante qu'on eût dit deux morceaux de cristal de roche parmi les pierres du ruisseau. Fort étonnés, ils jugèrent que l'inconnu n'était pas habitué à marcher sans souliers ni à suivre une charrue tirée par des bœufs, comme semblaient l'indiquer ses vêtements. Voyant qu'il ne se doutait pas de leur présence, le curé, qui allait devant, fit signe aux deux autres de se cacher derrière des rochers, d'où ils purent l'épier tout à leur aise. Il portait une casaque grise à deux pans, serrée autour des reins par une serviette blanche, des chausses et des guêtres de drap gris, et un bonnet de même couleur. Ses guêtres relevées découvraient des jambes qui semblaient faites d'albâtre. Quand il eut fini de se laver, il tira de dessous son bonnet un linge pour s'essuyer ; pour ce faire, il releva la tête, et laissa voir un visage d'une telle beauté que Cardenio dit à voix basse au curé :

– Puisque ce n'est pas Lucinde, ce ne peut être qu'une apparition céleste.

Le jeune homme ôta son bonnet, secoua la tête d'un côté et de l'autre, et l'on vit se déployer une chevelure que les rayons du soleil auraient eu toute raison de jalouser. Ils comprirent alors que celui qu'ils avaient pris pour un paysan était une femme, jeune et délicate, peut-être la plus belle qu'ils eussent jamais vue. Cardenio lui-même avoua que seule Lucinde pouvait lui être comparée. Pour peigner ses longs cheveux blonds épars qui l'enveloppaient et la couvraient tout entière, la jeune fille n'avait que ses doigts ; et si, dans le ruisseau, ses pieds avaient l'éclat du cristal, les doigts qu'elle promenait dans sa chevelure semblaient ciselés dans la neige. Tout cela ne fit qu'accroître l'étonnement de ceux qui la regardaient et leur désir de savoir qui elle était.

Ils résolurent donc de se montrer. Au bruit qu'ils firent en se levant, la belle tourna la tête, écartant à deux mains les cheveux qui lui couvraient le visage. A peine les eut-elle aperçus qu'elle se releva ; puis, sans prendre le temps de se chausser ni de se coiffer, elle ramassa prestement un paquet, contenant sans doute quelques hardes, qu'elle avait près d'elle et, toute troublée et craintive, voulut fuir. Mais elle n'avait pas fait quatre pas que, ses petits pieds ne pouvant supporter les aspérités des pierres, elle se laissa tomber. Les trois amis accoururent, et le curé aussitôt prit la parole :

– Arrêtez, madame, lui dit-il, qui que vous soyez, et sachez que nous ne voulons que vous servir. Vous n'avez donc aucune raison de prendre la fuite ; d'ailleurs vos pieds s'y refuseraient, et nous-mêmes vous en empêcherions.

Elle ne répondit rien, interdite et confuse. Ils vinrent jusqu'à elle, et le curé, lui prenant la main, continua :

– Ce que nous cache votre costume, madame, vos cheveux nous l'ont dévoilé. Il faut un motif bien grave pour vous obliger à déguiser votre beauté sous ce costume indigne d'elle, et vous amener dans ces parages solitaires, où le sort nous a mis sur votre chemin pour vous soulager de vos maux, ou du moins pour vous aider de quelques conseils. Il n'est point de chagrin, si grand soit-il, tant que nous sommes vivants, qui nous empêche d'écouter l'avis que l'on nous donne avec l'intention de nous aider. Aussi, madame, ou monsieur, remettez-vous du trouble que vous a causé notre vue, et racontez-nous votre histoire, triste ou heureuse ; nous sommes tous ici prêts à vous secourir et à déplorer vos malheurs.

Pendant que le curé parlait, la jeune fille déguisée les regardait tous trois, hébétée, sans remuer les lèvres ni dire un seul mot, comme un paysan à qui l'on montrerait à l'improviste des choses étranges, qu'il n'a jamais vues. Lorsque le curé réitéra ses offres de service avec l'espoir de la tranquilliser, elle poussa un profond soupir et rompit le silence :

– Puisque la solitude de ces montagnes, dit-elle, n'a pas suffi à me cacher aux regards, et que mes cheveux en se défaisant rendent tout mensonge inutile, en vain voudrais-je feindre à présent ce que vous feriez semblant de croire par simple courtoisie. Je vous remercie, messieurs, de vos offres bienveillantes qui me mettent dans l'obligation de répondre aux questions que vous me posez. Je crains toutefois que le récit de mes infortunes ne soit pour vous un motif de contrariété autant que de compassion, car vous ne pourrez trouver ni remède pour en détourner le cours, ni consolation pour les adoucir. Cependant, je ne veux pas vous laisser de doutes quant à mon honneur : vous savez que je suis une femme, et vous me rencontrez seule ici, à mon âge et dans ce costume. Chacune de ces choses, ensemble ou séparément, suffirait à ruiner la meilleure réputation ; il faut donc que je vous confie ce que j'aurais souhaité tenir caché, si j'avais pu.

La belle jeune fille avait dit tout cela d'un trait, avec tant d'aisance de langage et d'une voix si douce que les trois amis n'admirèrent pas moins son esprit que sa beauté. Ils lui offrirent à nouveau leurs services, en la suppliant de tenir sa promesse. Sans se faire prier davantage, elle se rechaussa très pudiquement, coiffa ses cheveux ; puis, assise sur une pierre autour de laquelle tous trois prirent place, et retenant à grand-peine les larmes qui lui venaient aux yeux, elle commença l'histoire de sa vie :

– Il y a en Andalousie une ville dont un duc porte le nom, ce qui lui confère le titre de grand d'Espagne. Ce duc a deux fils : l'aîné, héritier de son nom et, à ce qu'il paraît, de ses vertus ; pour le cadet, je ne saurais dire de quoi il est héritier, sinon des trahisons de Vellido, des perfidies de Ganelon.

« Mes parents, vassaux de ce duc, sont issus d'une humble famille mais ils possèdent tant de biens que, si le destin leur avait donné autant de naissance que de richesses, tous deux auraient été comblés, et moi-même je n'aurais pas eu à craindre les malheurs qui me sont arrivés ; car je ne doute point qu'ils viennent de ce que mes parents n'ont pas eu la chance de naître nobles. Leur condition n'est pas si basse qu'elle doive les faire rougir, mais elle n'est pas assez élevée pour que je n'y voie la cause de mon infortune. Bref, ce sont des paysans, des gens simples, mais sans mélange d'aucune race indigne, des chrétiens de bonne et vieille souche, que leur fortune et le faste dans lequel ils vivent ont élevés peu à peu au rang de gentilshommes, et même de seigneurs.

« Néanmoins, leur plus grand trésor et leur plus beau titre de noblesse étaient de m'avoir pour fille ; et comme ils me chérissaient et que j'étais leur unique héritière, nulle enfant ne fut plus choyée que moi. J'étais le miroir dans lequel ils se contemplaient, leur bâton de vieillesse, l'unique objet, avec Dieu, de leurs désirs, dont les miens, en retour de leurs bontés, ne s'écartaient sur aucun point.

« De même que j'étais maîtresse de leurs cœurs, je l'étais de leurs biens. C'était moi qui engageais ou congédiais les domestiques, qui tenais le compte de tout ce que l'on semait et récoltait, des moulins à huile, des pressoirs, du gros et du petit bétail, du rucher. Bref, de tout ce que peut posséder un riche fermier, j'étais à la fois majordome et maîtresse, avec tant de vigilance de ma part, et à la si grande satisfaction de mon père, que je ne trouve pas les mots pour l'exprimer. Ce qui me restait de loisir, après avoir donné les ordres nécessaires aux bergers, aux contremaîtres et aux journaliers, je l'employais à des exercices utiles et recommandés aux jeunes filles, tels que les travaux d'aiguille, la dentelle, et bien souvent le rouet ; si je m'interrompais, c'était pour prendre un livre de dévotion ou pour jouer de la harpe, car l'expérience m'a montré que la musique apaise les cœurs troublés et soulage les inquiétudes qui viennent de l'esprit.

« Telle était l'existence que je menais dans la demeure de mes parents. Et si je vous l'ai contée avec tant de détails, ce n'est point par vanité, ni pour faire état de mes richesses, mais pour montrer que ce n'est point ma faute si je suis tombée de cette douce existence dans le triste état où vous me voyez aujourd'hui.

« Je vivais donc, prise par ces nombreuses occupations et dans une retraite comparable à celle d'un couvent, n'étant vue de personne, du moins je le croyais, à part des gens de notre maison ; quand j'allais à la messe, je sortais de grand matin, toujours accompagnée de ma mère et des servantes, et si bien cachée que c'est à peine si je voyais plus loin que là où je posais le pied. Pourtant, les yeux de l'amour, ou plutôt du désœuvrement, plus perçants que ceux du lynx, me découvrirent, et me livrèrent aux poursuites de don Ferdinand, second fils du duc dont je vous ai parlé.

A peine ce nom de don Ferdinand fut-il prononcé par la jeune fille que Cardenio changea de couleur ; il se mit à transpirer abondamment, en donnant tant de signes d'altération que le curé et le barbier, qui le remarquèrent, crurent qu'il retombait dans un de ces accès de folie dont on leur avait dit qu'il était victime. Mais Cardenio, bien qu'en sueur, demeurait immobile et regardait fixement la paysanne, se demandant qui elle pouvait être.

Celle-ci, sans prendre garde à cette agitation, poursuivit son histoire :

– Don Ferdinand ne m'eut pas plutôt vue qu'il se sentit, comme il me le dit par la suite, esclave de ce désir dont il m'a depuis donné tant de preuves. Pour en finir au plus vite avec la longue histoire de mes malheurs, je passerai sous silence les ruses qu'il imagina pour me déclarer sa flamme. Il acheta tous les gens de ma maison, fit mille présents et faveurs aux membres de ma famille. Durant la journée, dans notre rue, c'était la fête ; et la nuit, les sérénades ne laissaient dormir personne. D'innombrables billets parvenaient, je ne sais comment, entre mes mains, tous remplis de déclarations d'amour, où chaque mot était serment et promesse.

« Tout cela, loin de m'attendrir, ne faisait que durcir mon cœur, comme si don Ferdinand était mon ennemi mortel, comme si tous ses efforts pour me conquérir, il les avait faits pour m'irriter. Je dois cependant reconnaître que sa personne ne me déplaisait pas, et que ses insistances ne me semblaient pas excessives. J'éprouvais, au contraire, je ne sais quelle satisfaction à me voir aimée et estimée d'un si grand seigneur, et je prenais plaisir aux louanges que je lisais dans ses lettres : une femme, même lorsqu'elle est laide, aime à s'entendre dire qu'elle est belle.

« Mais à cette attirance s'opposaient ma pudeur et les continuels conseils que me prodiguaient mes parents, car ils avaient deviné les intentions de don Ferdinand, qui d'ailleurs ne s'en cachait plus. Ils me disaient que leur honneur et ma réputation dépendaient de ma vertu et de ma droiture ; que je

n'avais qu'à considérer l'inégalité de condition entre don
Ferdinand et moi pour convenir que, malgré ses protestations, il n'avait en tête que son propre plaisir et non mon intérêt. Et ils suggéraient que le meilleur obstacle à opposer à
ses poursuites serait un mariage avec le jeune homme de mon
choix, car, étant donné leur fortune et ma bonne réputation, je
pouvais espérer le parti le plus envié du village, et même des
alentours. Leurs assurances et la certitude qu'ils étaient dans
le vrai me confirmaient dans ma résolution, et jamais je ne
répondis à don Ferdinand un seul mot qui pût lui donner l'espérance, même la plus éloignée, de parvenir à ses fins.

« La réserve que j'avais à son égard, et qu'il prenait sans
doute pour du mépris, ne fit qu'irriter son appétit lascif
– je ne peux nommer autrement les sentiments amoureux
qu'il me témoignait ; si ses désirs avaient été honnêtes, vous
n'entendriez pas ce récit, car il n'aurait pas lieu d'être.
Enfin, il apprit que mes parents voulaient me marier pour
lui ôter toute espérance de me posséder, ou du moins pour
me donner un défenseur de plus. Cette nouvelle, ou plutôt
ce simple soupçon, lui fit entreprendre ce que je vais vous
dire.

« Une nuit que j'étais seule dans ma chambre avec une de
mes servantes, la porte bien fermée dans la crainte que la
moindre négligence ne mît mon honneur en péril, tout à
coup, sans pouvoir imaginer comment, et malgré toutes ces
précautions, au milieu de ma solitude et du silence, je le vis
devant moi. Cette apparition me causa une telle frayeur que
j'en perdis l'usage de la vue et de la parole ; je ne pus même
pas appeler au secours, et sans doute m'en aurait-il empê-
chée, car aussitôt il s'approcha de moi, me prit dans ses bras
(si grand était mon trouble, je le répète, que je n'avais pas la
force de lui résister) et se mit à me tenir de tendres propos.
Je ne sais comment le mensonge peut revêtir pareils accents
de vérité. Les larmes de ce traître donnaient du crédit à
ses paroles, et ses soupirs semblaient justifier son honnête
désir. Moi, pauvrette, seule et sans aucune expérience de ces
choses, je me laissai prendre à ses mensonges, mais sans
aller au-delà d'une simple compassion pour ses soupirs et

ses larmes. Aussi, revenue de mon saisissement, je retrouvai quelque peu mes esprits et lui dis, avec une fermeté qui m'étonna : "Si, comme je suis entre vos bras, monsieur, j'étais entre les griffes d'un lion féroce et que, pour m'en délivrer, il me fallait faire ou dire quelque chose au détriment de mon honneur, cela me serait tout aussi impossible que d'interrompre le cours du temps. Pendant que vous étreignez mon corps, mon âme reste attachée à mes honnêtes pensées, qui sont totalement opposées à votre désir, comme vous le verriez si vous osiez me faire violence pour le satisfaire. Je suis votre vassale, mais non votre esclave : la noblesse de votre sang ne vous donne le droit ni de déshonorer ni de mépriser mon humble condition ; parce que je suis une simple paysanne je ne vaux pas moins que vous, qui êtes noble et grand d'Espagne. Ne croyez donc pas m'émouvoir par la force, ni m'éblouir par vos richesses, ni me séduire par vos paroles, ni m'attendrir par vos soupirs ou vos larmes. Si ces choses que je vois en vous, je les trouvais chez l'homme que mes parents m'auraient choisi pour époux, mes sentiments se plieraient aux siens et lui seraient voués à jamais. De sorte que, même à contrecœur, pourvu que mon honneur fût intact, je livrerais, monsieur, sans résister, ce que vous prétendez gagner par la force. C'est dire que personne n'obtiendra de moi la moindre faveur qu'il ne soit mon époux légitime. – S'il ne tient qu'à cela, belle Dorothée (c'est le nom de l'infortunée qui vous parle), répondit ce déloyal gentilhomme, je t'offre ma main et je jure d'être à toi ; j'en prends à témoin le ciel, pour qui l'on ne peut avoir de secrets, et cette image de la Sainte Vierge, que voici."

A ce nom de Dorothée, Cardenio manifesta à nouveau une grande agitation : il avait deviné juste. Cependant, il ne voulut pas interrompre le récit car il désirait en apprendre la fin, quoiqu'elle lui fût à peu près connue ; il lui dit seulement :

– Vous vous appelez Dorothée, madame ? J'ai entendu parler d'une personne qui porte ce nom, et dont les malheurs ressemblent fort aux vôtres. Mais continuez ; le moment venu, je vous apprendrai des choses qui vous causeront autant de surprise que de chagrin.

Dorothée fut frappée par les paroles de Cardenio autant que par sa tenue misérable. Elle le pria, s'il savait quelque chose de nouveau la concernant, de le dire sans tarder ; tout ce que le sort lui avait laissé, c'était le courage de supporter n'importe quelle calamité, car si grande était son infortune que rien ne pourrait l'accroître.

– Je n'aurais pas manqué, madame, répondit Cardenio, de vous dire toute ma pensée si j'étais certain que mes soupçons étaient vérifiés. Mais, pour l'instant, cela n'est d'aucune importance pour votre récit.

– Soit, dit Dorothée en reprenant son histoire. C'est alors que, don Ferdinand ayant saisi une image de la Vierge que j'avais dans ma chambre, il la prit à témoin de notre union, me promettant, en des termes les plus persuasifs et avec mille serments, d'être mon époux. Cependant, avant qu'il eût achevé de les prononcer, je lui dis de bien réfléchir, de penser à la colère de son père lorsqu'il le verrait marié à une simple paysanne, sa vassale ; de ne pas se laisser aveugler par ma beauté qui, même grande, ne suffisait pas à excuser sa faute. Je l'assurai que, si l'amour qu'il avait pour moi le portait à me faire quelque faveur, ce serait de laisser ma destinée suivre son cours sans vouloir m'élever au-dessus de ma condition, car lorsque les unions sont disproportionnées, le bonheur qu'elles connaissent à leurs débuts ne dure pas longtemps.

« A ces objections, j'en ajoutai bien d'autres que j'ai oubliées. Mais aucune ne put le détourner de son projet : quiconque achète avec l'intention de ne pas payer ne s'embarrasse pas du prix. Je réfléchis alors et me dis à moi-même : "Je ne serais pas la première que le mariage élève à un rang supérieur à celui de sa naissance ; et don Ferdinand ne serait pas le premier à qui la beauté, ou plutôt une aveugle passion, ferait prendre pour épouse une femme de condition inférieure. Je ne ferai donc rien de nouveau en ce monde en acceptant cet honneur que m'offre le destin, même si l'amour que me témoigne cet homme ne dure pas plus que le temps de satisfaire son désir ; car enfin, je serai son épouse devant Dieu. Si au contraire je lui oppose froideur et dédain, le plus probable est que, dans l'état où je le vois, oubliant les bons usages, il choisisse d'user de la force ; je serai déshonorée et ma faute apparaîtra sans excuse à tous ceux qui ne peuvent savoir combien je suis innocente. Quels arguments trouverai-je, en effet, pour persuader mes parents, ou d'autres, que cet homme est entré dans ma chambre sans mon consentement ?"

« Il me fallut à peine quelques instants pour me faire toutes ces objections et leurs réponses. Mais ce qui me décida enfin au parti qui devait, hélas, me conduire à ma perte, ce furent les serments de don Ferdinand, sa manière de prendre le ciel à témoin, les larmes qu'il versait, et surtout sa beauté et les charmes de sa personne qui, ajoutés à tant de protestations d'amour que je croyais sincères, ne pouvaient que séduire un cœur comme le mien, aussi libre qu'il était sage.

« J'appelai ma servante pour qu'elle se joignît sur la terre aux témoins que don Ferdinand avait pris dans le ciel. Don Ferdinand renouvela et confirma ses serments, invoqua de nouveaux saints, se promit mille malédictions s'il ne tenait pas sa parole. Il m'attendrit par de nouvelles larmes et de nouveaux soupirs, me tenant étroitement serrée entre ses bras, dont je n'avais pu me dégager un seul instant ; dès que ma servante eut abandonné la chambre, je m'abandonnai à lui, si bien que le lâche put consommer sa trahison et son forfait.

« Le jour qui succéda à la nuit de ma perte ne venait pas aussi vite que don Ferdinand me semblait le souhaiter ; car lorsqu'un homme a pu assouvir son appétit, il n'a plus qu'un seul désir : s'éloigner des lieux où il l'a satisfait. Don Ferdinand, en effet, se hâta de me quitter ; ma servante (c'est elle qui l'avait introduit) le reconduisit dans la rue avant l'aube.

« En prenant congé de moi, il me répéta, quoique avec moins d'empressement et d'ardeur, que je devais compter sur sa parole, que rien ne pourrait le délier de ses serments.

Pour gage de ses promesses, il ôta de son doigt un riche anneau qu'il glissa au mien. Quand il me quitta, je ne me rappelle plus si j'étais gaie ou triste ; mais je sais que je me sentais troublée, confuse, presque égarée. Je n'eus pas le courage, ni la pensée, de gronder ma servante pour m'avoir trahie en cachant don Ferdinand dans ma propre chambre, car je ne savais pas encore si ce qui venait de m'arriver était un mal ou un bien.

« J'avais dit à don Ferdinand, avant son départ, qu'il pouvait employer les mêmes moyens pour venir me visiter d'autres nuits, puisque j'étais à lui désormais, jusqu'au jour où il lui plairait de se déclarer publiquement. Mais il ne revint plus, si ce n'est la nuit suivante ; et je restai tout un mois sans le voir, ni dans la rue, ni à l'église. Je cherchais par tous les moyens à le rencontrer, mais en vain ; et cependant, je savais qu'il était dans la ville, et qu'il se livrait presque quotidiennement à l'exercice de la chasse, pour lequel il avait une passion. Je me souviens combien ces jours et ces heures me furent douloureux et amers.

« C'est alors que je commençai à douter de la bonne foi de don Ferdinand et même à ne plus y croire, et que je fis à ma suivante les reproches que je lui avais épargnés jusquelà. J'étais obligée de retenir mes larmes et de composer mon visage car, si mes parents m'avaient demandé la cause de mon chagrin, il m'aurait fallu leur mentir.

« Mais cela ne dura pas : vint le moment où, foulant aux pieds toute retenue et toute considération, je perdis patience et découvris mes plus secrets sentiments au grand jour. Quelques jours plus tard, en effet, on apprit que, dans une ville voisine, don Ferdinand s'était marié avec une jeune fille d'une extraordinaire beauté et de très haute naissance, mais pas assez riche, néanmoins, pour prétendre par sa seule dot à une si illustre union. On disait qu'elle s'appelait Lucinde, et qu'il s'était passé lors de ses noces des choses surprenantes.

Au nom de Lucinde, on put voir Cardenio se raidir, se mordre les lèvres, froncer les sourcils et, l'instant d'après, verser des larmes abondantes. Mais Dorothée n'en continua pas moins son histoire :

– Quand cette triste nouvelle me parvint, au lieu de sentir mon cœur se glacer, je fus prise d'une telle rage que je faillis sortir dans la rue en clamant au grand jour la trahison de don Ferdinand et l'offense qu'il m'avait faite. Mais ma colère se calma quand j'eus formé un projet, que je décidai d'exécuter dans la nuit qui suivit : ce fut de mettre ces habits, que j'empruntai à un jeune valet de ferme de mon père, auquel je confiai mes malheurs, en le priant de m'accompagner jusqu'à la ville où je savais que se trouvait mon ennemi. Ce garçon trouva mon projet bien imprudent et m'engagea à y renoncer ; mais, voyant combien j'y étais résolue, il s'offrit à me suivre, comme il le dit, jusqu'au bout du monde.

« Sans perdre un instant, j'emballai dans une poche de toile un habit de femme, quelques bijoux et de l'argent, qui pourraient me servir au besoin et, dans le silence de la nuit, sans rien dire à ma perfide suivante, je sortis de chez moi en compagnie de mon valet, et retournant dans ma tête mille pensées. Je pris à pied le chemin de la ville ; mais mon désir d'arriver me donnait des ailes, sinon pour empêcher ce que je croyais déjà fait, du moins pour apprendre de don Ferdinand comment il avait pu commettre pareille vilenie.

« J'arrivai deux jours plus tard. Le premier venu à qui je demandai de m'indiquer la maison des parents de Lucinde m'apprit plus de choses que je n'en voulais savoir. Il me montra la maison et me raconta ce qui s'était passé au cours du mariage, ajoutant que tout le monde était au courant, car cette histoire avait fait le tour de la ville. Il me dit que le soir où don Ferdinand s'était marié avec Lucinde, celle-ci était tombée évanouie aussitôt après avoir accepté devant Dieu d'être son épouse ; le mari, en voulant la délacer pour lui donner de l'air, avait trouvé sur elle un papier écrit de sa main, où elle déclarait qu'elle ne pouvait être l'épouse de don Ferdinand, car elle l'était déjà de Cardenio – un des gentilshommes les plus nobles de cette ville, précisa l'inconnu. Si elle avait donné son consentement à don Ferdinand, écrivait-elle, c'était pour ne pas désobéir à ses parents. Bref, on comprenait, au contenu de cette lettre,

qu'elle avait eu l'intention de se tuer à la fin de la cérémonie ; ce que confirmait, disait-on, un poignard que l'on avait
trouvé sur elle. Don Ferdinand, se voyant trompé et outragé,
s'était jeté sur la pauvre Lucinde toujours sans connaissance
pour la frapper de ce même poignard, et il l'aurait fait si les
parents et ceux qui étaient là ne l'en avaient empêché. On
disait aussi que don Ferdinand était parti et que Lucinde
n'était revenue à elle que le lendemain, pour déclarer que
son véritable époux était bien ce Cardenio dont j'ai parlé.
J'appris de plus que celui-ci s'était trouvé présent à la cérémonie et que, voyant Lucinde mariée, ce qu'il n'aurait
jamais cru possible, pris de désespoir, il avait quitté la ville,
après avoir laissé une lettre dans laquelle il reprochait à
Lucinde son infidélité et disait qu'il s'en allait là où personne ne le verrait plus. Tout cela était public, notoire, et
faisait le sujet de toutes les conversations, surtout depuis
que l'on savait que Lucinde avait disparu de la maison
paternelle et même de la ville, où on l'avait cherchée en
vain ; ses parents en perdaient la tête et ne savaient comment faire pour la retrouver.

« Ces nouvelles ranimèrent mes espérances, et je me crus
plus heureuse de n'avoir pas trouvé don Ferdinand que de le
trouver marié. J'eus le sentiment que mon malheur n'était
pas sans remède, que le ciel avait mis cet empêchement à
une seconde union pour lui donner à comprendre que son
premier engagement était sacré, pour lui rappeler qu'il était
chrétien et que le salut de son âme devait l'emporter sur
toutes les considérations humaines. J'agitais toutes ces pensées dans ma tête, je me leurrais de vaines consolations,
d'espoirs vagues et lointains pour pouvoir supporter la vie,
que j'ai prise en haine.

« Tandis que j'errais dans la ville, sans savoir à quoi me
résoudre, puisque je ne trouvais pas don Ferdinand, j'entendis un crieur public annoncer que l'on offrait une grande
récompense à celui qui me trouverait d'après le signalement
que l'on donnait de mon âge et de mes vêtements. J'appris
encore que l'on disait que le jeune valet qui m'accompagnait m'avait enlevée, et j'en fus profondément affligée :

j'étais perdue de réputation, non seulement parce que j'étais partie de chez mes parents, mais parce que je l'avais fait avec un homme qui était de condition inférieure et indigne de mes faveurs.

« Je quittai la ville sans attendre, avec ce garçon qui commençait à montrer quelques hésitations malgré la fidélité à toute épreuve qu'il m'avait promise. Le soir même, dans la crainte d'être découverts, nous pénétrâmes au plus profond de ces montagnes ; mais, comme chacun sait, un malheur ne vient jamais seul et lorsqu'une épreuve s'achève, c'est pour laisser la place à une autre, plus dure encore. C'est, en effet, ce qui m'arriva : dès que mon bon serviteur, jusqu'alors fidèle et tout dévoué, se vit seul avec moi, poussé par ses mauvais penchants beaucoup plus que par mes attraits, il voulut profiter de l'occasion que lui offrait notre solitude. Avec la plus grande effronterie, sans crainte de Dieu et oubliant le respect qu'il me devait, il me fit des propositions amoureuses ; puis, voyant avec quel juste dédain je traitais ses impudentes galanteries, il laissa les prières, auxquelles il avait d'abord eu recours, et prétendit employer la violence. Mais le ciel, toujours juste, et qui ne manque jamais de nous apporter son aide quand nos bonnes intentions le justifient, vint si bien à mon secours qu'avec mes faibles forces, je l'envoyai sans peine rouler au fond d'un précipice. Alors, sans me préoccuper de savoir s'il était mort ou vivant, je m'enfuis plus vite que mon effroi et ma fatigue ne semblaient me le permettre, et je m'enfonçai plus avant dans la montagne – il y a plusieurs mois de cela –, sans autre intention que de m'y cacher, pour échapper à mon père et à ceux qu'il avait envoyés à ma poursuite. J'y trouvai un berger, qui me prit à son service et m'emmena dans un endroit très retiré. Je lui ai servi de valet de ferme, en cherchant le plus possible à être aux champs, pour cacher ces cheveux qui, à mon insu, viennent de me trahir.

« Mais mon zèle et mes ruses n'ont pas suffi : mon maître, ayant découvert que je n'étais pas un garçon, conçut les mêmes désirs coupables que mon domestique ; et comme nous n'avons pas toujours la chance que le remède nous soit donné en même temps que le mal, je n'ai trouvé ni ravin ni précipice pour y jeter le maître après le valet. Aussi ai-je cru plus prudent de fuir et de me cacher à nouveau dans ces montagnes que d'essayer contre lui la force ou la ruse. Je me suis réfugiée ici, espérant fléchir le ciel par mes soupirs et mes larmes, afin qu'il m'aide à mettre un terme à mon malheur ou à finir ma vie dans cette solitude, pour qu'y disparaisse jusqu'au souvenir d'une malheureuse qui, bien qu'innocente, aura été la proie de la médisance, dans son village et autres lieux.

*Qui traite du moyen ingénieux et plaisant que l'on
trouva pour faire sortir notre amoureux chevalier
de la durissime pénitence qu'il s'était imposée*

TELLE EST, MESSIEURS, l'histoire véridique de mes
tragiques aventures. Jugez maintenant si les soupirs et les
plaintes que vous venez d'entendre, si les larmes que vous
m'avez vue verser avaient des motifs suffisants, et comprenez que mon malheur n'est pas de nature à me laisser espérer une consolation, puisqu'il est sans remède. La seule
chose que je vous demande, et vous ne sauriez me la refuser, c'est de m'indiquer où je peux passer le restant de ma
vie, sans craindre à chaque instant d'être découverte par
ceux qui me cherchent. Car j'ai beau savoir, connaissant
l'amour que me portent mes parents, qu'ils me recevront
avec bonheur, la honte me saisit à la seule pensée de me
retrouver en leur présence si différente de ce qu'ils espéraient ; et j'aime mieux ne plus jamais paraître devant eux
que de les voir vainement chercher sur mon visage l'innocence que j'aurais dû savoir préserver.

Elle se tut en achevant ces paroles, et la rougeur qui couvrit ses joues montrait bien les regrets et la confusion de son
âme. Ceux qui l'écoutaient se sentirent aussi touchés que
confondus par tant de malheurs. Le curé s'apprêtait à lui
offrir consolations et conseils, mais Cardenio le devança :

– Ainsi, madame, dit-il, vous êtes la belle Dorothée, la
fille unique du riche Clenardo !

Quelle ne fut pas la surprise de Dorothée en entendant le nom
de son père dans la bouche de cet inconnu d'allure si misérable, car on sait déjà de quelle manière Cardenio était vêtu.

— Et toi, qui es-tu donc, demanda-t-elle, pour connaître le nom de mon père ? Si j'ai bonne mémoire, je ne crois pas l'avoir nommé une seule fois dans le cours de mon triste récit.

— Je suis, répondit Cardenio, cet infortuné que Lucinde a proclamé son époux ; je suis Cardenio, que la trahison de celui qui vous a mis dans l'état où vous êtes a réduit à l'état où je suis : brisé, à moitié nu, privé de toute humaine consolation et, pire encore, n'ayant plus ma raison que dans les rares moments où il plaît au ciel de me la rendre. C'est moi qui fus témoin du parjure de don Ferdinand et qui entendis prononcer le *oui* fatal par lequel Lucinde devenait son épouse ; moi, l'homme qui n'eut ni le courage ni la patience de voir ce qui résulterait de son évanouissement et de la découverte du papier trouvé dans son sein : mon âme, en effet, ne pouvait supporter tant de malheurs à la fois. Je quittai la maison, laissant à mon hôte une lettre, avec prière de la remettre en main propre à Lucinde, et je vins dans ce lieu désert, avec l'intention d'en finir avec une vie que, depuis ce jour, je considère comme ma plus mortelle ennemie.

« Mais le sort, voulant sans doute me donner le bonheur de vous rencontrer aujourd'hui, a choisi de m'ôter la raison plutôt que de m'ôter la vie. Car, si tout ce que vous avez dit est vrai, comme je le crois, il est possible que le ciel réserve à nos maux un dénouement différent de celui que vous et moi supposions. En effet, si Lucinde ne peut s'unir à don Ferdinand, puisqu'elle est à moi, comme elle-même l'a déclaré, ni don Ferdinand à elle, puisqu'il est à vous, nous pouvons espérer que le ciel nous restitue ce qui nous appartient, rien n'étant encore aliéné ni consommé. Cette consolation n'étant fondée ni sur de lointaines espérances ni sur l'égarement de l'imagination, je vous supplie, madame, de changer de résolution, comme j'entends le faire moi-même, et de vous préparer à un sort meilleur. Je vous jure, foi de chrétien et de gentilhomme, de ne pas vous abandonner avant de vous avoir rendue à don Ferdinand ; et, si mes paroles ne suffisaient pas à le convaincre de ce qu'il vous doit, de recourir au droit que me donne ma qualité de gentil-homme pour le provoquer en duel et lui demander raison de ses torts à votre égard, oubliant mes propres griefs, dont j'abandonne au ciel la vengeance, pour ne m'occuper que des vôtres sur la terre.

Dorothée, de plus en plus surprise, et ne sachant comment remercier Cardenio de telles offres de service, voulut se jeter à ses pieds pour les baiser, mais il ne le permit pas. Le curé intervint et, après avoir pleinement approuvé les propos de Cardenio, à force de prières et de bons conseils persuada Lucinde et le jeune homme de le suivre dans son village, où ils pourraient se procurer tout ce qui leur manquait et réfléchir aux moyens de retrouver don Ferdinand ou de ramener Dorothée à son père ; en un mot, de faire ce qui leur semblerait le plus opportun. Ils le remercièrent et acceptèrent son obligeante proposition. Le barbier, qui jusque-là avait écouté sans rien dire, y alla lui aussi de son discours et s'offrit avec non moins de bonne volonté que son compère à les servir. Il leur expliqua brièvement les raisons qui les avaient amenés dans ces montagnes, ainsi que l'étrange folie de don Quichotte, et leur dit qu'ils attendaient le retour de son écuyer, qui était allé le chercher. Cardenio se souvint alors, comme dans un songe, de la dispute qu'il avait eue avec don Quichotte, et la raconta aux autres, sans toutefois se souvenir du motif qui l'avait provoquée.

A ce moment, des cris se firent entendre. Le curé et le barbier reconnurent la voix de Sancho Panza, qui, ne les ayant pas trouvés à l'endroit prévu, les appelait à tue-tête. Ils allèrent à sa rencontre et lui demandèrent des nouvelles de son maître. Il répondit qu'il l'avait trouvé vêtu seulement de sa chemise, maigre, jaune, mort de faim, et toujours aussi amoureux de sa dame Dulcinée ; mais il avait eu beau lui dire qu'elle lui ordonnait de quitter ces montagnes et d'aller au Toboso, où elle l'attendait avec impatience, don Quichotte n'avait rien voulu entendre, affirmant qu'il ne paraîtrait pas devant cette beauté sans pareille tant qu'il n'aurait pas accompli un exploit qui lui fît mériter cette insigne faveur. Il ajouta qu'au train où allaient les choses, son maître risquait non seulement de ne jamais devenir empereur, comme il s'y était engagé, mais même pas archevêque, ce qui était le moins qu'il pouvait faire ; et qu'il fallait donc à tout prix le tirer de là.

Le curé lui répondit de ne pas se mettre en peine, qu'ils le tireraient de là, de gré ou de force. Puis il exposa à Cardenio et à Dorothée le moyen qu'ils avaient imaginé pour ramener don Quichotte à la raison, ou au moins le ramener chez lui. A quoi Dorothée répliqua qu'elle ferait le rôle de la demoiselle offensée bien mieux que le barbier, d'autant qu'elle avait là le costume qu'il fallait pour le jouer au naturel ; qu'ils pouvaient se reposer sur elle pour mener à bien mener leur projet, car elle avait lu assez de romans de chevalerie pour savoir dans quel style les demoiselles offensées demandaient de l'aide aux chevaliers errants.

– Eh bien, dit le curé, mettons-nous à l'ouvrage. Il n'y a pas de doute, la chance est de notre côté, puisque, au moment où nous nous y attendions le moins, elle vous laisse, mes amis, entrevoir un remède à vos malheurs, et elle facilite l'exécution de notre entreprise.

Dorothée tira sur-le-champ de son paquet une très belle robe, une mantille verte tout aussi jolie, et, dans un écrin, elle prit un collier et quelques bijoux ; en un tour de main, elle fut habillée et parée comme une grande dame. Elle leur dit qu'elle avait pris ces choses, et d'autres encore, avant de s'enfuir de chez elle, mais que jusqu'à présent elle n'avait pas eu l'occasion d'en faire usage. Ils n'en furent que davantage séduits par son esprit, sa grâce et sa beauté, et conclurent que don Ferdinand était bien sot d'avoir dédaigné tant d'attraits.

Mais le plus admiratif, c'était Sancho ; il lui semblait – avec raison – qu'il n'avait jamais rien vu de plus beau de sa vie. Aussi pria-t-il instamment le curé de lui dire qui était cette si jolie dame et ce qu'elle venait faire dans un endroit pareil. A quoi, l'autre répondit :

– Cette jolie dame, mon fils, est tout bonnement l'héritière en droite ligne, et par les mâles, du grand royaume de Micomicon. Elle recherche votre maître pour le prier de la venger d'un tort, ou d'un affront, que lui a fait un infâme géant. Et si grande est la renommée que s'est acquise le chevalier don Quichotte, sur toute la surface de la terre, que cette princesse arrive de Guinée pour le voir.

– Excellente idée, s'écria Sancho, surtout maintenant qu'elle l'a trouvé ! Avec un peu de chance, mon maître va venger cet affront et redresser ce tort en tuant le fils de putain de géant dont vous parlez ; parce que s'il le rencontre il le tuera, c'est moi qui vous le dis, à moins que ce ne soit un fantôme, sur lequel mon maître n'a aucun pouvoir. Mais je vous en supplie, monsieur le curé, pour qu'il n'aille pas se faire archevêque, ce qui me contrarierait beaucoup, conseillez-lui de se marier tout de suite avec cette princesse. Et comme il ne pourra plus recevoir les ordres archiépiscopaux, il ne lui restera plus qu'à décrocher un empire, et moi j'aurai enfin ce que je veux. Tout bien réfléchi, ça ne me convient pas qu'il se fasse archevêque, attendu que je ne peux pas servir l'Église, puisque je suis marié ; et s'il fallait que je me mette à courir après les dispenses pour toucher une prébende – moi qui ai femme et enfants –, je n'en finirais jamais. Comme vous le voyez, monsieur le curé, l'important, c'est que mon maître se marie tout de suite avec cette dame, que je ne peux pas appeler par son nom, puisque je ne le connais pas.

– Elle se nomme la princesse Micomiconne, puisqu'elle règne sur le royaume de Micomicon.

– C'est évident, dit Sancho. Moi-même, je connais un tas de gens qui prennent comme nom de famille celui de l'endroit où ils sont nés, comme Pedro de Alcala, Juan de Ubeda, Diego de Valladolid ; ça doit être pareil là-bas, en Guinée, et les reines prennent forcément le nom de leur royaume.

– Cela me paraît tout naturel, continua le curé ; quant à marier votre maître, je m'y emploierai de tout mon pouvoir.

Sancho fut aussi ravi de cette promesse que le curé surpris de sa naïveté, en s'apercevant que l'écuyer avait la tête farcie des mêmes absurdités que celle de son maître, et qu'il croyait très sérieusement que celui-ci deviendrait un jour empereur.

Entre-temps, Dorothée était montée sur la mule du curé, et le barbier avait ajusté à son menton la queue de vache, en guise de barbe. Ils prièrent Sancho de les conduire auprès de don Quichotte, et lui recommandèrent surtout de ne pas dire qu'il les connaissait s'il voulait qu'un jour son maître devînt empereur. Cardenio préféra ne pas les accompagner, craignant que don Quichotte ne se rappelât leur querelle ; quant au curé, il pensa que sa présence n'était pas nécessaire. Ils laissèrent donc les autres prendre les devants et les suivirent en marchant, sans se presser.

Le curé avait cru bon de rappeler à Dorothée comment elle devait s'y prendre ; elle répondit qu'il n'avait pas à s'inquiéter, que tout se passerait exactement et en tout point comme on le racontait dans les romans de chevalerie.

Ils avaient fait environ trois quarts de lieue quand ils découvrirent don Quichotte au milieu d'un amas de rochers ; il s'était habillé, mais n'avait pas remis son armure. A sa vue, Dorothée, avertie par Sancho, donna aussitôt de la cravache à son palefroi, que suivait le barbier abondamment barbu. Quand ils furent près de lui, l'écuyer sauta de sa mule, prit Dorothée entre ses bras et l'aida à mettre pied à terre. La jeune fille alla se jeter avec grâce aux genoux de don Quichotte et, sans se relever, bien qu'il l'y invitât avec insistance, elle lui parla en ces termes :

– Je ne me relèverai point, ô vaillant et valeureux chevalier, tant que votre bienveillance et votre courtoisie ne m'auront octroyé une faveur, laquelle tournera à l'honneur et à la gloire de votre personne et au profit de la jeune fille la plus affligée et outragée qu'il y ait sous le soleil. Et s'il est vrai que la valeur de votre invincible bras n'a d'égale que la grandeur de votre immortelle renommée, vous avez l'obligation de secourir une malheureuse venue de contrées lointaines, attirée par le parfum de votre illustre nom, et qui attend de vous un remède à ses infortunes.

– Et moi, belle dame, dit don Quichotte, je ne vous répondrai pas une seule parole et n'écouterai rien de ce qui vous afflige que vous ne vous soyez relevée.

– Je ne me relèverai, monsieur, reprit la belle éplorée, que lorsque votre courtoisie m'aura accordé la faveur que je sollicite.

– Eh bien, soit, je vous l'octroie et concède, pourvu qu'elle ne s'accomplisse pas au détriment ou préjudice de mon roi, de ma patrie et de celle qui possède la clef de mon cœur et de ma liberté.

– Monsieur le chevalier, elle ne se fera ni au détriment ni au préjudice de ceux que vous venez de nommer.

Sancho, s'approchant alors de don Quichotte, lui dit à l'oreille :

– Vous pouvez y aller sans crainte, monsieur. Cette faveur qu'on vous demande, ce n'est rien du tout, tout juste de tuer un géant. Et celle qui vous le demande, c'est la digne princesse Micomiconne, reine du grand royaume de Micomicon.

– Qui qu'elle soit, je ferai ce que m'impose mon devoir et ce que me dicte ma conscience, conformément aux vœux que j'ai prononcés.

Et, se tournant vers la jeune fille :

– Daignez vous relever, madame ; je promets d'accorder à votre grande beauté la faveur qu'elle voudra bien me demander.

– Je demande que votre très magnanime personne me suive sur-le-champ là où je me propose de l'emmener, et qu'elle me promette de ne point s'engager dans aucune autre aventure ni aucune autre requête tant qu'elle ne m'aura pas vengée du traître qui, contre tout droit divin et humain, a usurpé mon royaume.

– Je répète que je vous l'accorde. Aussi, madame, vous pouvez dès à présent bannir la mélancolie qui vous tient et fortifier votre espérance défaillante ; car, avec l'aide de Dieu et celle de mon bras, vous serez bientôt rétablie dans votre royaume et assise sur le trône de votre illustre et puissant État, en dépit et au mépris des félons qui voudraient s'y opposer. Mettons-nous donc à l'ouvrage, car on dit bien que mal en prend à qui diffère le moment.

La demoiselle affligée voulut à tout prix lui baiser les mains, mais don Quichotte, en galant chevalier, n'y consentit point. Il la fit relever, avec les marques de la plus grande courtoisie ; puis il dit à Sancho de vérifier les sangles de Rossinante et de lui apporter ses armes. Sancho décrocha les armes d'un arbre où elles étaient pendues comme un trophée, resserra les sangles du cheval et, en un instant, équipa son maître qui, sitôt prêt, s'écria :

– Quittons ces lieux et allons secourir cette noble dame, avec l'aide de Dieu !

Le barbier, toujours à genoux, prenait bien soin de ne pas éclater de rire, et de tenir d'une main sa barbe pour ne pas la perdre, ce qui aurait sans doute fait échouer leur louable entreprise. Mais voyant que don Quichotte avait octroyé la faveur qu'on lui demandait et s'apprêtait sans plus attendre à respecter sa parole, il se releva, prit la princesse de l'autre main et, avec l'aide du chevalier, la mit sur la mule. Don Quichotte enfourcha Rossinante, et le barbier se cala sur sa monture ; quant à Sancho, il suivait à pied, ce qui raviva ses regrets d'avoir perdu son âne, qui lui manquait si fort dans des moments comme celui-ci ; mais il prenait son mal en patience à l'idée que, cette fois, son maître était bien parti pour gagner un empire, puisqu'il allait forcément se marier avec cette belle princesse et devenir au moins roi de Micomicon. Une seule chose le contrariait : c'était de penser que ce royaume se trouvait en Afrique, et que, par conséquent, les vassaux qu'on lui donnerait seraient tous noirs. Mais il imagina aussitôt une bonne façon d'y remédier :

– Qu'est-ce que ça peut faire, se disait-il, que ce soient des Noirs ? Je les emporterai avec moi en Espagne pour les vendre ; on me les paiera comptant et, avec cet argent, je m'achèterai un titre, ou une charge, qui me permettra de vivre tranquillement pour le restant de mes jours. Comme si j'étais du genre à m'endormir ; comme si je n'avais pas assez d'astuce pour arranger ça et vendre trente vassaux, ou dix mille, en un clin d'œil ! Par Dieu, je m'en vais les expédier, moi, treize à la douzaine, ou comme il faudra ; et tout noirs qu'ils soient, j'en ferai du bon métal blanc ou jaune. Il ne faudrait quand même pas me prendre pour un idiot !

Et Sancho, tout content et occupé à ses pensées, en oubliait le désagrément d'aller à pied.

Cardenio et le curé, cachés derrière les broussailles, n'avaient rien perdu de la scène et ne savaient comment s'y prendre pour rejoindre leurs amis. Mais le curé, qui n'était jamais à court d'inventions, eut vite fait de trouver un moyen. Il tira une paire de ciseaux d'un étui qu'il avait sur lui et coupa sommairement la barbe de Cardenio ; puis, il lui mit la casaque grise dont il était vêtu et une pèlerine noire, tandis que lui-même restait en pourpoint et haut-de-chausses. Ainsi vêtu, Cardenio était tellement changé que, s'il s'était regardé dans un miroir, il ne se serait pas reconnu. Cela fait, et malgré l'avance prise par les autres pendant cet échange de vêtements, ils arrivèrent les premiers à la grand-route, car les broussailles et l'étroitesse de certains passages empêchaient les cavaliers d'avancer aussi vite que ceux qui étaient à pied.

Dès que don Quichotte et ses compagnons les eurent rejoints au sortir de la montagne, le curé se mit à considérer celui-ci attentivement, comme s'il ne lui était pas inconnu. Puis, après l'avoir observé un bon moment, il alla vers lui, les bras ouverts.

– Quel bonheur ! s'écria-t-il. Mais c'est mon compatriote et ami le chevalier don Quichotte de la Manche, le miroir de la chevalerie, la fleur et la crème de la galanterie, le protecteur et le soutien des affligés ; en un mot, le modèle des chevaliers errants !

Et, tout en parlant, il étreignait le genou gauche de don Quichotte, qui, stupéfait des paroles et de la conduite de cet homme, le dévisageait et finit par le reconnaître. Fort étonné de le rencontrer là, il voulut se dégager pour mettre pied à terre, mais le curé n'y consentit pas.

– Lâchez-moi donc, monsieur le curé, disait don Quichotte ; il n'est pas juste que je reste à cheval quand une personne aussi respectable que vous est à pied.

– Jamais de la vie, répondit l'autre ; restez à cheval, monsieur le chevalier, puisque c'est à cheval que vous affrontez les plus terribles aventures et accomplissez les plus grandes prouesses de notre temps. Moi, qui ne suis qu'un prêtre indigne, je demanderai à un de ces messieurs qui vous accompagnent d'avoir l'obligeance de me prendre en croupe. Et j'y serai tout aussi bien que si je montais le célèbre Pégase, ou le coursier zébré du fameux Muzaraque, ce Maure qui, aujourd'hui encore, gît, par vertu d'un enchantement, sur la colline de Salomon, non loin de la célèbre Complutum.

– Vous aurez beau dire, monsieur le curé, insista don Quichotte, je sais que madame la princesse, eu égard à la considération qu'elle me doit, n'aura de cesse que son écuyer veuille bien vous céder la selle de sa mule, et qu'il grimpe en croupe, si la bête le supporte.

– Elle le supportera, j'en suis certaine, dit la princesse ; quant à mon écuyer, il est bien trop courtois et trop rompu aux usages de la cour pour qu'il soit besoin de lui rappeler son devoir : il ne souffrira pas qu'un prêtre aille à pied, s'il peut être à cheval.

– Assurément ! dit le barbier.

Mettant aussitôt pied à terre, il invita le curé à prendre sa place, et celui-ci accepta sans trop se faire prier. Malheureusement, on avait affaire à une mule de louage – c'est-à-dire une mauvaise bête –, et quand maître Nicolas voulut monter en croupe, elle releva légèrement son train arrière et lança deux ruades qui, si elles avaient atteint le barbier en pleine poitrine ou à la tête, lui auraient fait envoyer au diable le retour de don Quichotte. Il en fut tellement secoué qu'il s'étala par terre, oubliant de retenir sa barbe, qui se détacha. Quand il s'aperçut qu'il n'avait plus sa queue de vache au menton, il n'eut d'autre ressource que de se couvrir le visage de ses deux mains en criant que la bête lui avait cassé toutes les dents.

Don Quichotte, apercevant, loin du visage de l'écuyer, ce gros tas de poils sans un chicot ni une seule tache de sang, s'écria :

– Vive Dieu, c'est un véritable miracle ! Sa barbe est partie d'un seul tenant, comme si on l'avait rasée tout exprès !

Le curé, voyant que le stratagème risquait d'être découvert, se hâta de ramasser la barbe et de la rapporter à maître Nicolas, qui était toujours par terre et continuait à se lamenter. Il lui prit la tête contre sa poitrine et lui remit la barbe, en marmonnant des paroles qui étaient, dit-il, une formule magique pour recoller les poils au menton, comme on allait le voir. Quand elle fut fixée, il s'écarta : l'écuyer apparut, tout aussi frais et barbu qu'avant sa chute. Stupéfait, don Quichotte pria le curé de lui apprendre cette formule, car il se doutait bien qu'elle n'avait pas pour seule vertu de recoller des barbes, puisqu'il était clair que, là où le poil avait été arraché, la chair devait être à vif et meurtrie ; et puisque la guérison était complète, c'est que l'on pouvait lui reconnaître d'autres applications, tout aussi profitables.

Le curé en convint et promit à don Quichotte de lui apprendre la formule à la première occasion.

On décida pour finir que le curé monterait seul sur la mule et que Cardenio et le barbier se relaieraient pour prendre sa place, jusqu'à l'arrivée à l'auberge, qui devait être à deux lieues de là. Ils étaient donc trois à cheval – don Quichotte, la princesse et le curé – et trois à pied – Cardenio, le barbier et Sancho Panza. Don Quichotte dit à la jeune fille :

– Que Votre Grandeur, madame, nous conduise où il lui plaira.

Mais avant qu'elle eût le temps de répondre, le curé intervint :

– Vers quel royaume veut nous mener Votre Seigneurie ? Serait-ce, par hasard, celui de Micomicon ? Ce doit être celui-là, ou je ne m'y connais pas en royaumes.

Dorothée, qui était fine mouche, comprit ce qu'elle devait répondre.

– En effet, monsieur ; c'est bien là que je vous mène.

– Alors, reprit le curé, le chemin que vous allez suivre passe nécessairement par mon village ; de là, vous prendrez la route de Carthagène, où vous embarquerez, avec l'aide de Dieu ; puis, si le vent est propice, la mer calme et le ciel sans tempêtes, en un peu moins de neuf ans vous arriverez en vue du grand lac Miroton, je veux dire Méotides, qui est à quelque cent journées de votre royaume.

– Vous vous trompez, monsieur, dit Dorothée, car il n'y a pas deux ans que j'en suis partie. Je n'ai jamais eu beau temps, et, néanmoins, je suis parvenue à rencontrer l'objet de mes désirs, le chevalier don Quichotte de la Manche, dont la renommée a frappé mon oreille dès mon arrivée sur la terre d'Espagne. C'est le bruit de ses exploits qui m'a décidée à me mettre à sa recherche, pour me recommander à sa courtoisie et confier à la valeur de son bras invincible le soin de me faire justice.

– Il suffit, l'interrompit alors don Quichotte. Cessez vos louanges, madame. Je suis ennemi de toute espèce de flatterie et, n'eussiez-vous pas cette intention, de tels discours offenseraient néanmoins mes chastes oreilles. Sachez que mon bras, quels que soient sa force et son courage, sera employé à votre service jusqu'à la fin de ma vie. Mais laissons cela pour le moment ; je voudrais demander à monsieur le curé quel motif l'amène en ces lieux, seul, sans même un valet, et dans une tenue si légère que j'en suis tout surpris.

– Je vous répondrai en quelques mots, monsieur le chevalier. Sachez donc que j'allais avec maître Nicolas, notre barbier et ami, à Séville, toucher une certaine somme qu'un parent à moi, parti aux Indes il y a quelques années, m'avait envoyée – elle s'élevait à quelque soixante mille pièces de huit réaux en argent monnayé, ce qui n'est pas négligeable. Hier, en passant par ici, nous avons été attaqués par quatre voleurs de grands chemins, qui nous ont pris jusqu'à la barbe ; se voyant ainsi dégarni, le barbier a trouvé plus convenable d'en porter une postiche. Quant à ce jeune homme que vous voyez (montrant Cardenio), ils l'ont laissé nu comme un ver. Et le plus fort, c'est que le bruit court dans tous les environs que nos assaillants sont des forçats, libérés dans ces mêmes parages par un homme si valeureux qu'en dépit du commissaire et des gardiens il a réussi à les débarrasser de leurs chaînes. Cet homme n'avait sans doute plus toute sa raison, ou bien lui aussi est un gredin. Il faut n'avoir ni âme ni conscience pour lâcher le loup dans la bergerie, le renard dans le poulailler et la mouche dans le miel ;

pour spolier la justice, agir contre son roi et enfreindre ses justes ordonnances. En se conduisant de la sorte, cet homme a ôté aux galères les bras qui les font avancer, il a mis en émoi la Sainte-Hermandad qui, depuis des années, était en repos ; bref, il a accompli un exploit capable de causer la perte de son âme, sans apporter le moindre profit à son corps.

Sancho avait raconté au curé et à son compère l'aventure des galériens, dont son maître s'était si glorieusement tiré ; c'est pourquoi le curé y revenait avec tant d'insistance, curieux de voir ce que ferait ou dirait don Quichotte. Celui-ci changeait de couleur à chaque mot et n'osait avouer que c'était lui le libérateur de ces bonnes gens.

— Oui, conclut le curé, ce sont eux qui nous ont dépouillés. Dieu veuille, dans son infinie miséricorde, pardonner à celui qui les a soustraits au juste châtiment de leurs crimes !

Qui traite de la sagesse de la belle Dorothée,
et d'autres choses des plus divertissantes

LE CURÉ AVAIT à peine fini de parler que Sancho s'écria :

– Vous voulez savoir, monsieur le curé, qui a fait ce beau travail ? Eh bien, c'est mon maître ; et ce n'est pas faute de l'avoir mis en garde ni de l'avoir averti que c'était un péché de remettre en liberté ces gens-là, et qu'ils allaient aux galères parce que c'était de la canaille.

– Imbécile ! l'interrompit don Quichotte. Un chevalier errant n'a pas à se demander si les affligés, les enchaînés et les opprimés qu'il croise sur les routes subissent un châtiment juste ou injuste ; il vient en aide à tous les nécessiteux, préoccupé de leurs souffrances et non de leurs méfaits. J'ai rencontré sur mon chemin un véritable chapelet de gens misérables et mécontents de leur sort, et j'ai accompli pour eux ce que ma profession me commande. Quiconque y trouverait à redire, sauf le respect que je dois à la sainte et honorable personne de monsieur le curé, ne connaît rien à la chevalerie et ment comme un gredin et un rustre qu'il est ! Et je jure que cette épée le lui fera savoir.

Ce disant, il s'affermit sur ses étriers et enfonça son casque ; car le plat à barbe qu'il prenait pour le heaume de Mambrin, tout cabossé par les forçats, il l'avait accroché à l'arçon de la selle en attendant de le réparer.

Dorothée avait autant d'esprit que de sagesse. Sachant que le cerveau de don Quichotte était mal timbré, et remarquant que tout le monde, sauf Sancho, se moquait de lui, elle aussi voulut se mettre de la partie. Le voyant fâché, elle le reprit :

— Monsieur le chevalier, daignez rappeler à votre mémoire la promesse que vous me fîtes de ne vous engager dans aucune autre aventure, quelle que fût son urgence. Calmez donc votre colère ; si monsieur le curé avait su quel bras glorieux libéra les galériens, il se serait mordu trois fois la langue et trois fois cousu la bouche plutôt que de prononcer un mot qui risquât de vous déplaire.

— C'est vrai, je le jure, dit le curé, et je me serais en plus arraché une moustache.

— Je me tairai donc, madame, dit don Quichotte, et, réprimant la juste colère qui avait envahi mon cœur, je vous suivrai, sans chercher d'autres querelles, jusqu'à l'accomplissement de ma promesse. Mais en échange, et à condition que cela ne puisse vous nuire, daignez à votre tour me conter votre infortune, et me dire quels sont les noms et qualités des personnes dont je dois obtenir satisfaction et tirer une entière et légitime vengeance.

— Je vous obéirais bien volontiers si je ne craignais de vous importuner par le récit affligeant de mes malheurs.

— Vous ne m'importunez aucunement, madame.

— S'il en est ainsi, écoutez-moi tous.

Cardenio et le barbier vinrent se placer près d'elle, curieux d'entendre quelle histoire elle pourrait bien inventer. Sancho les imita, tout aussi abusé que son maître sur le compte de la charmante Dorothée. Celle-ci, après s'être calée sur sa selle et éclairci la voix, commença :

— Sachez tout d'abord, messieurs, que je m'appelle…

Elle s'arrêta court, car elle ne se rappelait plus le nom que lui avait donné le curé ; celui-ci, comprenant ce qui se passait, vint à son aide :

— Il n'est pas étonnant que Votre Grandeur se trouble et s'émeuve quand elle s'apprête à faire le récit de ses vicissitudes ; il est des peines qui font perdre jusqu'à la mémoire aux malheureux qu'elles accablent, au point qu'ils en oublient leur propre nom, comme Votre Seigneurie, qui ne se rappelle pas qu'elle se nomme la princesse Micomiconne, légitime héritière du grand royaume de Micomicon. Mais cette précision que je vous apporte va, j'en suis sûr, vous permettre de renouer le fil de votre récit.

– En effet, je pense qu'il ne sera plus nécessaire désormais de rien me rappeler et que je saurai aller sans encombre jusqu'au bout de cette véridique histoire. Sachez donc, messieurs, que le roi mon père, nommé Tinacre le Sage, était très versé dans ce que l'on appelle l'art de la magie. Grâce à cette science, il avait appris que ma mère, la reine Jaramille, devait mourir avant lui, qu'il la suivrait de près dans l'autre monde et que je resterais toute seule, privée de père et de mère. Mais, disait-il, ce qui l'affligeait plus que tout, c'était de savoir qu'un énorme géant, souverain d'une grande île proche de notre royaume, et nommé Pandaffilé le Louchon – bien qu'il ait les yeux tout ce qu'il y a de plus droits, il regarde toujours de travers comme s'il était bigle, simplement pour vous effrayer – envahirait mes États avec ses nombreuses troupes dès qu'il me saurait orpheline ; le géant s'emparerait de tous mes territoires, sans me laisser le plus petit village où trouver asile, mais je pourrais éviter d'être dépouillée de la sorte si j'acceptais de l'épouser. Mon père se doutait bien que je ne consentirais jamais à un mariage aussi disproportionné. Et il avait raison, car l'idée de m'unir à ce géant, ou à quelque autre, fût-il plus grand et plus fort, ne m'a jamais traversé l'esprit. Il me conseilla donc de n'opposer, après sa mort, aucune résistance à Pandaffilé le Louchon quand celui-ci se rendrait maître de mon royaume, car il était impossible de lutter contre sa force diabolique, et de le laisser s'emparer de tous mes biens, ceci afin de préserver la vie de mes bons et loyaux sujets ; puis, avec quelques fidèles courtisans, de me mettre aussitôt en route pour l'Espagne, où je trouverais le remède à mes maux en la personne d'un chevalier errant, célèbre aux quatre coins du royaume, et qui devait s'appeler, si j'ai bonne mémoire, don Chicot, ou don Gigot.

– Il a dû dire don Quichotte, madame, interrompit Sancho Panza, connu aussi sous le nom de chevalier à la Triste Figure.

– C'est cela, reprit Dorothée. Il me dit aussi que ce chevalier devait être grand de taille, maigre de visage et qu'à droite, sous l'épaule gauche, ou non loin de là, il devait avoir une tache brune plantée de quelques poils raides comme du crin.

Don Quichotte, entendant cela, appela son écuyer :

– Viens, Sancho, aide-moi à me déshabiller ; je veux savoir si je suis bien le chevalier dont parle ce sage roi dans sa prophétie.

– Vous dévêtir ? Mais pourquoi donc ? demanda Dorothée.

– Pour voir si j'ai ce grain de beauté dont a parlé votre père.

– Inutile, monsieur, dit Sancho ; parce que moi je sais que vous avez une tache de ce genre-là au beau milieu de l'échine, ce qui est un signe de vigueur chez un homme.

– Cela est suffisant, assura Dorothée ; entre amis, on ne doit pas s'arrêter à ces détails ; peu importe que le grain de beauté se trouve sur l'épaule ou dans le dos, du moment qu'il y en a un : où qu'il soit, c'est toujours la même chair. Mon bon père avait vu juste ; et je ne me suis pas trompée en me recommandant au chevalier don Quichotte, qui est bien celui qu'il m'avait annoncé, car les traits de son visage s'accordent avec la renommée que ce chevalier a acquise non seulement en Espagne, mais dans toute la Manche. A peine débarquée à Osuna, j'ai entendu parler de vos prouesses, et mon cœur m'a dit aussitôt que vous étiez bien celui que je venais chercher.

– Mais comment avez-vous pu débarquer à Osuna, madame, demanda don Quichotte, puisque Osuna n'est pas un port ?

Sans laisser à Dorothée le temps de répondre, le curé intervint :

– Madame la princesse veut dire sans doute qu'après avoir débarqué à Málaga, c'est à Osuna qu'elle entendit parler de vous pour la première fois.

– En effet, dit Dorothée.

– J'en étais sûr, ajouta le curé. Mais que Votre Majesté daigne poursuivre.

– Il n'y a plus grand-chose à raconter, sinon que le sort m'a été si favorable en me faisant rencontrer le chevalier don Quichotte que je me vois déjà reine et souveraine de mon royaume. Ce chevalier, courtois et magnanime entre tous, m'a en effet promis de me suivre où que j'aille ; et je vais de ce pas le mener devant Pandaffilé le Louchon, pour qu'il lui ôte la vie et me restitue les biens que le géant m'a usurpés contre toute justice. Ainsi s'accomplira à souhait la prophétie de mon cher père, Tinacre le Sage, qui a, d'autre part, laissé un document en caractères chaldéens ou grecs, que je ne sais pas lire, selon lequel si le chevalier en question, après avoir coupé la tête du géant, désirait se marier avec moi, je devais sans réplique l'accepter pour époux légitime, et lui octroyer ma couronne en même temps que ma personne.

– Alors, Sancho, qu'en penses-tu ? demanda don Quichotte. As-tu entendu ce qui m'arrive ? Je te l'avais bien dit ! Voilà qu'on nous offre un royaume à gouverner et une reine à épouser.

– C'est bien vrai, ma parole ! répondit l'écuyer. Et foutu soit l'emmanché qui ne se marierait pas aussitôt qu'il aurait coupé le cou à ce monsieur l'Effiloché ! C'est qu'elle n'est pas mal du tout, cette reine ! Je l'échangerais bien contre les puces de mon lit !

Ce disant, il fit deux pas de danse et quelques entrechats pour marquer son extrême contentement ; puis il courut saisir par la bride la mule de Dorothée, l'obligea à s'arrêter, se mit à genoux et supplia la jeune fille de lui donner ses mains à baiser, pour bien lui montrer qu'il la reconnaissait comme sa reine et maîtresse. Qui, parmi les présents, aurait pu s'empêcher de rire de la folie du maître et de la naïveté du valet ? Dorothée lui donna ses mains et promit de le nommer grand seigneur de son royaume dès que le ciel lui aurait fait la grâce d'en recouvrer la paisible et entière possession. Sancho la remercia en termes qui provoquèrent de nouveaux éclats de rire.

– Voilà, messieurs, continua Dorothée, toute mon histoire. J'ajouterai, pour finir que, de tous ceux qui ont quitté avec moi mon royaume, ne m'est resté que ce fidèle écuyer barbu, tous les autres ayant péri dans une tempête que nous avons essuyée en vue du port. Lui et moi avons rejoint le rivage sur deux planches, comme par miracle ; car tout n'est que miracle et mystère dans ma vie, ainsi que vous avez pu le remarquer. Si mon récit vous a paru prolixe, ou moins bien composé que je ne l'aurais souhaité, il faut en attribuer la cause à ce qu'a dit monsieur le curé au commencement : à force de subir chagrins et revers, on finit par perdre la mémoire.

— Pour moi, s'écria don Quichotte, aucune des peines que j'endurerai à votre service ne me la fera perdre, ô noble et valeureuse dame, aussi grandes et inouïes soient-elles. Ainsi, je vous confirme la faveur que je vous ai octroyée et je jure de vous suivre au bout du monde, jusqu'à ce que je rencontre votre cruel ennemi ; j'espère bien, avec l'aide de Dieu et de mon bras, passer sa tête orgueilleuse au fil de cette épée – que je n'ose plus qualifier de bonne, par la faute de Ginès de Passemont, qui m'a enlevé la mienne.

Il avait murmuré ces derniers mots entre ses dents et continua à voix haute :

— Après que je lui aurai tranché la tête et que je vous aurai remise en possession de vos États pacifiés, je vous laisserai, madame, disposer de votre personne en toute liberté ; car tant que j'aurai la mémoire occupée, le cœur asservi, l'esprit assujetti par celle qui... je n'en dis pas plus, il est impossible que je songe même à me marier, fût-ce avec le Phénix de toutes les beautés.

Sancho trouva les dernières paroles de son maître si peu à son goût qu'il s'écria, furieux :

— Crénom de nom, monsieur, vous avez des grillons dans la tête ! Est-ce possible que vous hésitiez à épouser une princesse aussi fameuse ? Vous pensez que vous aurez, à tout bout de champ, la chance de tomber sur une aventure comme celle qui se présente ? Et vous croyez peut-être que Mme Dulcinée est plus belle ? Certainement pas ; elle n'arrive pas à la cheville, ni même au talon, de la dame qui est devant nous. Si vous commencez à faire le difficile, moi je peux dire adieu à mon titre de comte. Mariez-vous, mariez-vous immédiatement, par tous les diables ! Acceptez ce royaume qu'on vous tend sur un plateau, et, dès que vous serez roi, faites-moi marquis ou gouverneur, et après moi le déluge !

Don Quichotte ne put souffrir d'entendre proférer de tels sacrilèges contre sa dame. Sans même répondre à Sancho, il leva sa pique et lui assena avec le manche deux coups si violents qu'il le renversa par terre ; et si Dorothée n'était pas intervenue, en lui criant d'arrêter, il l'aurait probablement achevé.

— Tu crois donc, misérable manant, dit-il au bout d'un moment à son écuyer, que tu peux à tout instant te permettre des insolences, et que je vais continuer à répondre amen à tous tes manquements ? Eh bien, tu te trompes, blasphémateur, qui oses médire de l'inégalable Dulcinée du Toboso ! Ne comprends-tu pas, rustre, faquin, maraud, que, sans la force dont elle anime mon bras, je serais incapable de tuer une mouche ? Dis-moi, railleur à langue de vipère, qui donc a conquis ce royaume, décapité ce géant et fait de toi un marquis — car je considère tout cela comme chose faite —, si ce n'est la valeureuse Dulcinée, qui a choisi mon bras pour l'instrument de ses exploits ? Car c'est elle, à travers moi, qui combat et triomphe ; et moi, c'est par elle que je respire, en elle que je puise mon être et ma vie. Tu n'es qu'un ignoble gredin, doublé d'un ingrat : au moment où tu te vois élevé de plus bas que terre au rang de seigneur titré, tu ne trouves rien de mieux, pour répondre à un si grand bienfait, que de médire de qui te l'accorde !

Sancho, quoique moulu, avait fort bien entendu les paroles de son maître ; il se releva aussi vite qu'il put, alla se mettre à l'abri derrière le palefroi de Dorothée et, de là, répondit :

— Dites-moi, monsieur, si vous avez décidé de ne pas vous marier avec cette noble princesse, il est évident que son royaume ne sera jamais à vous ; et, s'il ne l'est pas, comment voulez-vous me donner les récompenses dont vous parlez ? C'est de ça que je me plains, moi ; alors, mariez-vous une bonne fois avec cette reine qui nous tombe du ciel, et ensuite vous pourrez retourner auprès de Mme Dulcinée ; vous ne serez pas le premier roi dans ce monde à avoir une maîtresse. Pour ce qui est de la beauté, je retire ce que j'ai dit ; la vérité, c'est que, pour moi, toutes les deux se valent, bien que je n'aie jamais vu Mme Dulcinée.

— Comment ? Tu ne l'as jamais vue, traître, profanateur ? s'écria don Quichotte. Ne m'as-tu pas, tout à l'heure, apporté un message de sa part ?

— Je voulais dire que je ne l'ai pas regardée assez long-temps pour apprécier sa beauté et ses perfections dans le détail ; mais, en gros et à première vue, elle m'a paru très bien.

— Je t'absous donc, dit don Quichotte, et toi, pardonne l'offense que je t'ai faite. Les hommes ne sont pas maîtres de leurs premiers mouvements.

— C'est ce que je vois, répondit Sancho. Moi, mon pre-mier mouvement, c'est de parler ; je n'arrive pas à retenir ce qui me vient sur la langue.

— Eh bien, je te conseille vivement, Sancho, de prendre garde à tes paroles, car tant va la cruche à l'eau…

— Laissons à Dieu, qui là-haut voit nos tricheries, le soin de décider lequel de nous deux est le plus coupable : moi, en disant du mal, ou vous, monsieur, en le faisant.

— Cela suffit, intervint Dorothée ; vite, Sancho, allez baiser la main de votre maître et demandez-lui pardon. Et, dorénavant, soyez plus circonspect dans vos éloges et dans vos critiques ; ne médisez plus de cette dame Tobosa, que moi-même, sans la connaître, je ne demande qu'à ser-vir. Et gardez confiance en Dieu : un jour ou l'autre, vous recevrez une seigneurie où vous pourrez vivre comme un prince.

Sancho, tête basse, vint demander la main à son maître, qui la lui tendit d'un air grave. Quand l'écuyer l'eut baisée, don Quichotte lui donna sa bénédiction et lui ordonna de presser le pas, car il désirait s'entretenir avec lui d'une affaire importante. Dès qu'ils eurent pris les devants, don Quichotte lui dit :

— Depuis que tu es de retour, Sancho, je n'ai pas eu le temps de te questionner sur la manière dont tu t'es acquitté de ta mission, ni sur la réponse que tu m'as apportée. Maintenant que l'occasion s'y prête, et que nous pouvons parler tranquillement, ne me prive pas de la joie d'entendre des nouvelles aussi favorables.

— Demandez-moi ce que vous voulez, monsieur ; ces bonnes choses qui me sont entrées par l'oreille me ressortiront facilement par la bouche. Mais je vous en supplie, à l'avenir, ne soyez pas si rancunier.

— Que veux-tu dire, Sancho ?

— Je veux dire que ces coups de bâton, que j'ai reçus tout à l'heure, se rapportent beaucoup plus à la querelle que le diable a allumée entre nous deux, l'autre nuit, qu'à ce que j'ai pu dire sur Mme Dulcinée, que j'aime et vénère comme une relique, même s'il n'y a pas de quoi, simplement pour faire comme vous.

— Ne recommence pas, Sancho, pour l'amour du ciel ; tu sais combien cela me déplaît. Tout à l'heure, je t'ai pardonné ; mais tu connais le dicton : à péché nouveau, pénitence nouvelle.

Pendant qu'ils conversaient tous deux, le curé félicitait Dorothée, autant pour la brièveté de son récit que pour la ressemblance qu'elle avait su lui donner avec les livres de chevalerie. Elle avoua qu'elle en avait lu beaucoup, et toujours avec plaisir ; mais que, ne sachant pas où étaient les provinces ni quelles villes étaient des ports, elle avait dit à tout hasard qu'elle avait débarqué à Osuna.

— C'est bien ce que j'ai compris, reprit le curé ; et c'est pourquoi je me suis empressé d'intervenir, ce qui a tout arrangé. Mais n'est-ce pas étrange de voir avec quelle facilité on fait croire à ce pauvre gentilhomme tant d'inventions et de mensonges, dès qu'on les présente dans le style de ces livres absurdes ?

— Tellement étrange, en effet, intervint Cardenio, et tellement inouï, que si don Quichotte n'existait pas et qu'il fallait l'inventer, je ne sais s'il y aurait un esprit assez ingénieux pour écrire son histoire.

– Mais, continua le curé, il y a plus surprenant encore : mis à part les sottises qu'il débite sur tout ce qui concerne sa folie, dès qu'on parle avec lui d'autre chose, ses propos sont empreints de bon sens et il s'exprime avec clarté et discernement. Aussi, tant qu'on ne touche pas à sa chevalerie, personne ne peut croire qu'il a perdu la tête.

Tandis qu'ils avaient cette conversation, don Quichotte poursuivait la sienne avec son écuyer :

– Allons, Sancho, passons l'éponge sur toutes nos querelles ; oublie ta colère et ta rancune à mon égard et dis-moi où, quand et comment tu as trouvé Dulcinée. Que faisait-elle ? Que t'a- t-elle dit ? Que lui as-tu répondu ? Que voyais-tu sur son visage pendant qu'elle lisait ma lettre ? Qui te l'avait transcrite ? Bref, raconte-moi tout ce qui, selon toi, vaut d'être rapporté et écouté dans cette affaire, sans rien ajouter ni déguiser pour augmenter mon plaisir, mais sans rien omettre qui puisse le diminuer.

– Pour tout vous dire, monsieur, je n'ai eu besoin de personne pour me copier la lettre, pour la bonne raison que je n'avais pas de lettre.

– Tu dis vrai, Sancho ; deux jours après ton départ, j'ai trouvé sur moi le carnet de poche dans lequel je l'avais écrite. J'en ai été extrêmement peiné, ne sachant comment tu allais accomplir ta mission quand tu t'en apercevrais ; quant à moi, j'ai toujours cru que tu reviendrais la chercher.

– C'est ce que j'aurais fait, monsieur, si je ne l'avais pas apprise par cœur quand vous me l'avez lue ; ce qui m'a permis de la réciter à un sacristain, qui l'a copiée de ma mémoire, mot pour mot ; et lui, qui avait lu quantité de lettres d'excommunication, a même dit qu'il n'en avait jamais vu d'aussi belle que celle-là.

– Est-ce que tu la sais toujours par cœur, Sancho ?

– Non, monsieur ; une fois que je l'ai eu récitée, comme je n'avais plus besoin de la retenir, je me suis empressé de l'oublier. Et s'il m'en est resté quelque chose, c'est le *souterraine*, je veux dire *souveraine dame*, du début, et la fin : *A vous, jusqu'à la mort, le chevalier à la Triste Figure.* Entre les deux, j'ai mis au moins trois cents fois *mon âme, ma vie* et *lumière de mes yeux.*

De la plaisante conversation qu'eut don Quichotte avec Sancho Panza, son écuyer, ainsi que d'autres aventures

CELA N'EST PAS pour me déplaire, dit don Quichotte. Mais dis-moi, Sancho, que faisait cette reine de la beauté lorsque tu es arrivé ? Tu l'as sans doute trouvée occupée à enfiler des perles ou à broder au fil d'or la devise du chevalier qui se meurt d'amour pour elle.

— Pas du tout, elle vannait deux boisseaux de blé dans sa basse-cour, répondit Sancho.

— Sache qu'entre ses doigts ces grains de blé étaient autant de perles. Et as-tu remarqué si c'était du froment ?

— Avec une bonne proportion de seigle.

— Je peux t'affirmer que, vanné par ses mains, on en aura fait du pain blanc. Mais continue. Quand tu lui as remis ma lettre, l'a-t-elle portée à ses lèvres ou posée sur son cœur, ou honorée d'une autre cérémonie ? Dis, qu'a-t-elle fait ?

— Elle était en train de secouer tant et plus le crible pour trier le grain. Alors elle m'a dit : « Posez donc votre lettre sur ce sac ; je la lirai quand j'aurai fini de cribler tout ce qu'il y a là. »

— Ah, femme rouée ! s'écria don Quichotte. C'était sûrement pour la lire tout à loisir et mieux s'en délecter. Quelle conversation aviez-vous tandis qu'elle s'occupait ? Que voulait-elle savoir de moi ? Comment as-tu répondu ? Raconte, je ne veux pas en perdre une miette.

— C'est qu'elle ne m'a rien demandé ; mais moi, je lui ai expliqué comment vous faisiez pénitence pour mieux la servir : à moitié nu, retiré dans ces montagnes comme un sauvage, couchant sur la dure, sans manger pain sur table ni vous peigner la barbe, pleurant et maudissant votre destin.

— Là, tu as eu tort, Sancho ; car je bénis mon destin et le bénirai tous les jours de ma vie de m'avoir rendu digne d'aimer une aussi grande dame que Dulcinée du Toboso.

— Ah, ça, pour être grande, elle l'est ; elle a au moins une demi-tête de plus que moi !

— Comment ? Tu l'as mesurée, et toi avec ?

— Oui, en l'aidant à mettre un sac de blé sur son âne ; nous étions tout près l'un de l'autre, et j'ai pu voir qu'elle me dépassait largement.

— Tu oublies de dire combien cette haute taille est rehaussée par les mille qualités de son âme ! Mais il y a une chose, Sancho, que tu ne pourras pas nier : quand tu t'es approché d'elle, n'as-tu pas respiré un parfum d'Arabie, une fragrance, un arôme, un bouquet, un fumet, je ne sais pas, moi, un peu comme si tu étais entré chez un gantier à la mode ?

— Ça sentait plutôt la sueur. Vous pensez, elle avait dû bien transpirer à faire tout ce travail.

— Tu te trompes, Sancho ; ou tu étais enrhumé, ou tu as confondu avec ta propre odeur. Je connais trop le parfum de cette rose au milieu des épines, de ce lis des champs, de cet ambre en fusion.

— Ma foi, c'est bien possible, après tout ; il m'arrive souvent de sentir sur moi cette même odeur que j'ai cru sentir, venant de Mme Dulcinée. Mais rien d'étonnant : tous les diables se ressemblent.

— Et quand elle a eu fini de vanner son blé et qu'elle l'a envoyé au moulin, elle a lu ma lettre, n'est-ce pas ?

— La lettre, elle ne l'a pas lue parce qu'elle a dit qu'elle ne savait ni lire ni écrire. Au contraire, elle l'a déchirée en mille morceaux, en disant qu'elle ne voulait pas que quelqu'un du village la lise et découvre ses secrets ; qu'il lui suffisait d'avoir appris de ma bouche l'amour que vous lui portez et la terrible pénitence que vous faites pour elle. Et puis elle m'a chargé de vous dire qu'elle vous baisait la main, et qu'elle avait plus envie de vous voir que de vous écrire ; qu'elle vous suppliait et vous ordonnait de quitter ces broussailles dès mon retour, de cesser vos folies et de prendre tout de suite le chemin du Toboso, si vous n'aviez rien de plus urgent à faire, car elle ne désirait rien tant que vous voir. Elle a bien ri quand je lui ai dit que vous aviez pris pour surnom celui de chevalier à la Triste Figure. Je lui ai demandé si le Biscayen de l'autre jour était venu la trouver ; elle m'a dit que oui, que c'était un homme très poli. Je lui ai posé la même question à propos des forçats ; pour l'instant, elle n'en a pas vu un seul.

– Jusqu'ici, tout va pour le mieux. Mais, dis-moi, quel bijou t'a-t-elle donné avant ton départ pour te remercier de lui apporter de mes nouvelles ? C'est un usage ancien, fort répandu parmi les chevaliers errants et leurs dames, que d'offrir à l'écuyer, à la suivante ou au nain qui apportent des nouvelles d'une dame à son chevalier ou d'un chevalier à sa dame, un joyau de prix en reconnaissance du message.

– C'était il y a belle lurette, sans doute, parce que tout ce que j'ai reçu, moi, c'est un morceau de pain et de fromage, que m'a donné Mme Dulcinée par-dessus le mur de la basse-cour, quand je m'en allais ; du fromage de brebis.

– Voilà bien la preuve de son extrême libéralité ; et si elle ne t'a pas donné quelque bijou en or, c'est certainement qu'elle n'en avait pas sous la main. Mais patience, tout vient à point à qui sait attendre ; je la verrai et j'arrangerai cela.

« Sais-tu, Sancho, ce qui m'étonne le plus ? C'est qu'il me paraît que tu es allé et revenu par les airs, car tu n'as guère mis plus de trois jours pour faire ce voyage, alors qu'il n'y a pas moins de trente lieues d'ici au Toboso. Cela me donne à penser que ce sage enchanteur, qui est mon ami et qui prend soin de mes affaires – car il faut à toute force qu'il y en ait un, sans quoi je ne serais pas un chevalier errant accompli –, que cet enchanteur, dis-je, a dû t'aider à voyager, sans même que tu t'en aperçoives. Quand ces gens s'en mêlent, un chevalier errant qui s'était endormi tranquillement dans son lit peut se retrouver le lendemain, sans savoir comment, à plus de mille lieues de l'endroit où il s'était couché. S'il n'en était pas ainsi, jamais les chevaliers ne pourraient se porter au secours l'un de l'autre, comme ils le font à tout moment. Supposons, par exemple, que l'un d'eux soit en train de combattre, dans les montagnes d'Arménie, un dragon à figure humaine, ou un monstre redoutable, ou tout simplement un autre chevalier, et que, la bataille ayant tourné à son désavantage, il soit près de succomber. Au moment où il s'y attend le moins, voilà qu'apparaît, sur un nuage ou dans un char de feu, un chevalier de ses amis qui, l'instant d'avant, était en Angleterre ; celui-ci lui sauve la vie et, le soir même, se retrouve chez lui, soupant tout à son aise ; et pourtant, d'un pays à l'autre, il y a bien deux ou trois mille lieues de distance. Tout cela, on le doit à l'habileté et à la science de ces sages enchanteurs qui veillent sur les valeureux chevaliers. C'est pourquoi, Sancho, je n'ai aucune peine à croire qu'il t'ait fallu si peu de temps pour aller et revenir d'ici au Toboso ; comme je viens de le dire, un enchanteur qui me veut du bien t'aura porté dans les airs, sans que tu t'en sois aperçu.

— Ma foi, c'est bien possible, parce que Rossinante allait à fond de train ; on aurait dit un âne de bohémien avec du vif-argent dans les oreilles.

— Du vif-argent, pour le moins ! Ou peut-être une légion de diables, car ces gens-là aussi voyagent et vous font voyager sans fatigue, autant qu'ils en ont envie. Mais laissons cela, et dis-moi : que dois-je faire, selon toi, quand ma dame m'ordonne d'aller la voir ? Bien qu'il me faille me soumettre à ses ordres, je me vois cependant dans l'impossibilité de lui obéir, en raison de la faveur que j'ai accordée à cette princesse qui nous accompagne, les lois de la chevalerie m'imposant de satisfaire à ma promesse plutôt qu'à mon plaisir. D'un côté, le désir de voir ma dame me presse et me harcèle ; de l'autre, je ne peux oublier la parole que j'ai donnée, ni la gloire que je vais gagner dans cette aventure. Voici donc ce que je pense faire : je me hâte de parcourir le chemin qui me sépare de ce géant ; dès mon arrivée, je lui coupe la tête, je rétablis pacifiquement cette princesse sur son trône, et je reviens aussitôt m'agenouiller devant la lumière de mes yeux, à laquelle je ferai de telles excuses qu'elle-même approuvera mon retard, surtout lorsqu'elle aura vu qu'il tourne au profit de sa gloire : car toute la renommée que j'ai acquise, que j'acquiers et que j'acquerrai par les armes durant ma vie me vient uniquement de la faveur qu'elle m'accorde, en daignant m'accepter pour esclave.

— Hé, monsieur, mais vous avez le cerveau sérieusement fêlé ! Dites-moi un peu : vous pensez vraiment faire tout ce chemin pour rien, et laisser échapper un mariage si riche et si noble, où on vous apporte en dot un royaume qui n'a pas moins de vingt mille lieues de tour — et ça c'est sûr, parce qu'on me l'a dit —, où on trouve en abondance tout ce qu'on peut souhaiter pour se nourrir, et qui est plus grand que le Portugal et la Castille réunis ? Taisez-vous, monsieur, pour l'amour de Dieu, vous devriez avoir honte. Permettez-moi de vous donner un conseil : mariez-vous dans le premier endroit où vous trouverez un curé. Et sinon, il y a là celui de notre village, qui fera très bien l'affaire. Pensez, monsieur, que je suis en âge de donner mon avis, et que celui que je vous donne, c'est pour votre bien ; n'oubliez pas aussi qu'un tiens vaut mieux que trois tu l'auras, et que tel est pris qui croyait apprendre.

— Si tu me conseilles de me marier pour que je devienne roi sitôt que j'aurai tué le géant, et que j'aie les moyens de t'accorder ce que je t'ai promis, sache que, sans me marier, je puis très facilement satisfaire à ton désir ; avant d'engager le combat, je stipulerai que, si j'en sors victorieux et même si je ne me marie pas, une partie du royaume devra me revenir, et que je serai libre de l'offrir à qui me semblera ; quand je l'aurai reçue, à qui d'autre que toi veux-tu que je la donne ?

— Ça me paraît évident. Mais arrangez-vous, monsieur, pour que cette partie-là soit près de la mer : si je ne me plais pas dans ce pays, je pourrai toujours embarquer les Noirs qui seront mes sujets et en faire ce que j'ai dit. Donc, pour le moment, ne vous inquiétez pas de la visite à Mme Dulcinée ; allez tuer le géant, et qu'on n'en parle plus ; par Dieu, je sens que ça va nous rapporter beaucoup d'honneur et de profit.

— Tu es dans le vrai, Sancho, et je suivrai ton conseil d'accompagner la princesse avant de me présenter à Dulcinée. Mais garde-toi bien d'en rien dire à personne, pas même à nos compagnons. Puisque Dulcinée est si réservée qu'elle ne veut pas que l'on connaisse ses pensées, il ne convient pas que je les dévoile, ni d'autres par ma faute.

— Si vous tenez vraiment à garder le secret, comment se fait-il, monsieur, que vous envoyiez se présenter à Mme Dulcinée tous ceux que vous avez vaincus par la force de votre bras, ce qui revient à signer de votre nom que vous êtes son amoureux ? Et si en plus vous les obligez à s'incliner à deux genoux devant sa noble personne et à lui dire qu'ils viennent de votre part lui prêter foi et obéissance, comment voulez-vous que vos pensées à tous les deux restent cachées ?

— Tu n'es qu'un niais et un sot ! Ne vois-tu donc pas que tout cela tourne à sa louange et à sa gloire ? Apprends que dans nos usages chevaleresques, c'est un grand honneur pour une dame d'avoir plusieurs chevaliers errants qui n'ont d'autres pensées que de la servir, simplement parce que c'est elle, et qui n'attendent d'autre récompense de leurs sincères et honnêtes désirs que d'être agréés par leur dame.

— D'après ce qu'on nous dit dans les prêches, c'est exactement comme ça qu'il faut aimer Notre Seigneur : pour lui-même, sans y être poussé par le désir de gloire ni la peur du châtiment. Encore que moi, je préférerais l'aimer et le servir en rapport avec ce qu'il peut faire.

— Diable d'homme ! Pour un paysan, tu dis parfois de ces choses… On croirait que tu as étudié !

— Pourtant, je vous assure que je ne sais pas lire !

A ce moment, maître Nicolas leur cria de les attendre, car ils voulaient se rafraîchir à une petite fontaine qui se trouvait sur le chemin. Don Quichotte s'arrêta, à la plus grande satisfaction de Sancho, qui en avait assez de dire des mensonges et craignait à tout instant de se trahir. Il savait seulement que Dulcinée était une paysanne du Toboso ; mais il ne l'avait jamais vue de sa vie.

Entre-temps, Cardenio avait revêtu les habits que portait Dorothée quand ils l'avaient rencontrée ; même usés, ils valaient dix fois mieux que ceux qu'il venait d'ôter. Les voyageurs mirent pied à terre devant la fontaine et, avec les provisions que le curé avait apportées de l'auberge, ils parvinrent à peine à calmer leur appétit, tant ils étaient affamés.

Pendant qu'ils se restauraient, un jeune garçon vint à passer sur le chemin. Il s'arrêta, regarda attentivement ceux qui étaient assis à la fontaine, puis se précipita sur don Quichotte et, lui enlaçant les genoux, se mit à pleurer à chaudes larmes, en disant :

– Comment, monsieur, vous ne me reconnaissez pas ? Regardez-moi, je suis André, le valet que vous avez détaché du chêne où son maître l'avait lié.

Don Quichotte le reconnut et, le prenant par la main, il se tourna vers ses compagnons.

– Voilà qui vous démontrera, leur dit-il, combien il importe qu'il y ait des chevaliers errants pour réparer les torts et les affronts causés par tous les méchants de ce monde. L'autre jour, je traversais un bois lorsque j'entendis des cris et des gémissements ; on aurait dit une personne maltraitée qui appelait à l'aide. N'écoutant que mon devoir, je courus vers l'endroit d'où me semblaient venir ces plaintes, et trouvai, attaché à un chêne, ce jeune homme qui est devant vous, et qui pourra témoigner que je ne mens pas. Il était donc attaché, nu jusqu'à la ceinture, tandis qu'un paysan – j'ai su ensuite que c'était son maître – le fouettait à tour de bras avec les brides d'une jument. Je demandai aussitôt à celui-ci la cause d'une si cruelle correction ; le rustre me répondit qu'il le battait parce que c'était son valet, et qu'il le soupçonnait, d'après certaines de ses négligences, d'être un voleur plutôt qu'un bon à rien. Le garçon protesta : « Ne le croyez pas, monsieur ; il me fouette parce que je lui réclame mes gages. » Le maître répliqua par de longs discours et quelques excuses que je lui fis l'honneur d'écouter, mais que je n'admis point. Bref, j'ordonnai à cet homme de détacher son valet et lui fis jurer qu'il l'emmènerait avec lui et qu'il le paierait en bon argent, et de bon gré. Tout cela n'est-il pas vrai, petit ? Te rappelles-tu avec quelle autorité je lui en donnai l'ordre, et avec quelle humilité il me promit

de faire tout ce que je lui avais prescrit, notifié et signifié ?
Allons, réponds sans te troubler, et raconte à ces messieurs
ce qui s'est passé, afin qu'ils jugent si je n'ai pas raison
quand je dis que la présence des chevaliers errants sur les
chemins est grandement nécessaire.

– Tout ce que vous dites, monsieur, répondit le garçon,
n'est que la pure vérité ; sauf que ce qui s'est passé est tout
le contraire de ce que vous imaginez.

– Comment, tout le contraire ? s'écria don Quichotte. Tu
prétends que le rustre ne t'a pas payé ?

– Non seulement il ne m'a pas payé, mais dès que vous
avez disparu et que je suis resté seul avec lui, il m'a attaché
à nouveau au même chêne, et il m'a flanqué une telle volée
que j'étais plus écorché qu'un saint Barthélemy. Et à chaque
coup qu'il me donnait, il faisait une vilaine plaisanterie où il
vous tournait en ridicule ; j'en aurais ri moi-même, si je
n'avais pas eu si mal. Bref, il m'a mis dans un tel état que
je suis resté tout ce temps à l'hôpital pour me soigner des
mauvais traitements de ce méchant homme. Et tout ça, c'est
de votre faute. Si vous aviez passé votre chemin, au lieu de
venir vous mêler de nos affaires, quand personne ne vous le
demandait, mon maître se serait contenté de me donner dix
ou vingt coups ; ensuite, il m'aurait détaché et payé ce qu'il
me devait. Mais comme vous l'avez insulté sans raison, en
le traitant de tous les noms, il s'est mis en colère ; il n'a pas
pu se venger sur vous et, dès que nous avons été seuls, c'est
sur moi que c'est retombé, si fort que j'ai bien peur de ne
plus jamais être un homme.

– Non, dit don Quichotte. Ton mal vient de ce que je suis
parti avant de m'assurer qu'il allait te payer ton dû. Je
devrais savoir, par expérience, qu'un rustre ne tient pas sa
parole s'il n'a pas de bonnes raisons de le faire. Mais rappelle-toi, André : j'ai juré, s'il ne te payait pas, de partir à sa
recherche et de le trouver, dût-il se cacher dans le ventre
d'une baleine.

– C'est vrai, reconnut André, mais ça n'a servi à rien.

– C'est ce que nous allons voir !

Et, en disant ces mots, don Quichotte se leva et ordonna à

Sancho de seller Rossinante, qu'on avait laissée paître pendant qu'ils se restauraient. Dorothée lui demanda ce qu'il pensait faire. Il répondit qu'il voulait à tout prix retrouver ce rustre pour le punir d'avoir si mal agi et l'obliger à payer André jusqu'au dernier sou, en dépit et à la barbe de tous les rustres du monde. Elle lui objecta alors qu'il n'avait pas le droit, en vertu de sa promesse, de s'engager dans aucune entreprise avant qu'il eût mené la sienne à bonne fin ; qu'il le savait mieux que quiconque et que, par conséquent, il devait modérer sa colère jusqu'à son retour de Guinée.

— Vous avez raison, madame ; et André devra donc patienter jusque-là ; mais je lui réitère ma promesse de n'avoir de cesse qu'il ne soit vengé et payé.

— Moi, je ne crois pas à tous ces serments, rétorqua André ; et j'aimerais mieux, pour l'heure, avoir les moyens de me rendre à Séville que d'écouter vos promesses de vengeance. Donnez-moi quelque chose à manger, si vous avez de quoi, et que Dieu soit avec vous et avec tous les chevaliers errants, auxquels je souhaite autant de chance pour eux qu'ils en ont eu avec moi.

Sancho tira de son bissac un bout de pain et un morceau de fromage et les offrit à André :

— Tiens, mon garçon ; pour que tu saches que nous prenons tous part à ton malheur.

— Vous ? Et quelle part, s'il vous plaît ?

— Cette part de pain et de fromage que je te donne, et Dieu sait si j'en aurais eu besoin pour moi. Sache, mon petit, que nous, écuyers des chevaliers errants, avons à supporter la faim et l'adversité, sans compter d'autres choses qu'on sent bien mieux qu'on ne peut les dire.

André attrapa le pain et le fromage et, voyant qu'on ne lui donnait rien d'autre, baissa la tête et prit ses jambes à son cou, comme on dit. Mais avant de s'éloigner, il cria à don Quichotte :

— Pour l'amour de Dieu, monsieur le chevalier errant, si vous me rencontrez une autre fois, ne venez surtout pas à mon secours, même si vous voyez qu'on me met en pièces, et laissez-moi m'arranger tout seul. Ce sera toujours mieux que si vous me venez en aide. Dieu vous maudisse, vous et tous les chevaliers errants de la terre !

Don Quichotte se levait déjà pour châtier l'insolent, mais celui-ci partit comme une flèche, si bien que personne n'eut l'idée de le suivre. Le récit d'André avait beaucoup irrité don Quichotte ; et ses compagnons durent réprimer leur forte envie de rire pour ne pas l'irriter davantage.

Qui traite de ce qui arriva dans l'auberge
à toute la compagnie de don Quichotte

LE FESTIN ACHEVÉ, ils se remirent aussitôt en selle ; et sans que rien ne leur advînt qui mérite d'être rapporté, ils arrivèrent le lendemain à l'auberge qui était la terreur de Sancho. Il aurait bien voulu se dispenser d'y entrer, mais fut obligé de faire comme les autres. Les aubergistes, leur fille et Maritorne, voyant arriver don Quichotte et Sancho, allèrent à leur rencontre avec de grandes démonstrations d'allégresse, que notre chevalier reçut d'un air grave et solennel, en leur demandant de préparer un meilleur lit que l'autre fois. La femme répondit que, s'il payait mieux, il aurait une couche digne d'un prince. Don Quichotte s'y engagea, et on lui dressa un lit acceptable dans le grenier où il avait déjà logé. Il se coucha sur-le-champ, car il avait le corps aussi mal en point que l'esprit.

À peine eut-il refermé la porte que la femme se précipita sur maître Nicolas et lui attrapa la barbe à deux mains.

– Sacrebleu ! s'écria-t-elle. Je ne veux plus voir les poils de ma queue vous servir de barbe ! Rendez-la-moi tout de suite ; non, mais, regardez le machin de mon mari qui traîne par terre, c'est une honte… Enfin, je veux dire son peigne, que j'accrochais avant à cette belle queue.

Elle avait beau tirer, le barbier ne voulait pas la lâcher ; mais le curé lui dit de la lui rendre, qu'il n'était plus nécessaire d'employer la ruse, et qu'il pouvait à présent se montrer tel qu'il était ; il suffirait de dire à don Quichotte qu'après avoir été dépouillés par les forçats ils étaient venus se réfugier dans l'auberge ; et si le chevalier s'étonnait de ne pas voir l'écuyer de la princesse, on lui répondrait qu'elle lui avait fait prendre les devants pour annoncer aux gens de son royaume son arrivée et celle de leur libérateur. Alors, maître Nicolas rendit la queue de vache à la femme, à qui l'on restitua aussi les accessoires qu'elle avait prêtés pour aider à délivrer don Quichotte.

Tous ceux qui étaient dans l'auberge furent éblouis par la beauté de Dorothée et par la noble allure du berger Cardenio. Le curé demanda à l'aubergiste de préparer un dîner, et celui-ci, espérant que cette fois on le paierait mieux, servit un repas convenable. Comme don Quichotte continuait à dormir, on fut d'avis de ne pas le réveiller, car on pensait qu'il avait davantage besoin de sommeil que de nourriture.

Pendant que le repas s'achevait, on parla, en présence de l'aubergiste, de sa femme, de sa fille, de Maritorne et de tous les hôtes, de l'étrange folie de don Quichotte et de l'état où on l'avait trouvé. La femme raconta à son tour ce qui s'était passé entre lui et le muletier ; puis, après s'être assurée que Sancho n'était pas là pour l'entendre, elle dit aussi comment celui-ci avait été berné, ce qui amusa beaucoup l'assistance. Mais quand le curé décréta que c'étaient les livres de chevalerie qui avaient tourné la tête de don Quichotte, l'aubergiste intervint :

– J'ai du mal à le croire. D'après moi, il n'y a pas de meilleurs livres au monde. J'en ai là deux ou trois, parmi d'autres cahiers, et je peux vous dire qu'ils me font le plus grand bien. Et je ne suis pas le seul dans ce cas. Quand vient le temps de la moisson, une foule de moissonneurs se rassemble ici les jours de fête, et il y en a toujours au moins un qui sait lire ; il prend un de ces romans, on se met à plus de trente autour de lui, et on l'écoute avec tant de plaisir qu'on oublie tous nos soucis. J'avoue que, quand j'entends parler de ces terribles coups d'épée que se distribuent les chevaliers, ça me donne envie d'en faire autant, et que je resterais à écouter ces histoires la nuit et le jour.

– Ce qui m'arrangerait, dit la femme, parce que le seul moment où j'ai la paix chez moi, c'est quand on te fait la lecture ; tu es tellement embobiné que tu en oublies de crier.

— C'est bien vrai, renchérit Maritorne ; d'ailleurs, moi aussi j'aime bien écouter toutes ces jolies choses, surtout quand on raconte que la dame est sous les orangers dans les bras de son chevalier, pendant qu'une vieille duègne monte la garde, morte de peur et de jalousie. Quand j'entends ça, je ne tiens plus dans ma peau…

— Et qu'en pense cette demoiselle ? demanda le curé en se tournant vers la fille de l'aubergiste.

— Je n'en sais trop rien, monsieur, répondit celle-ci ; il m'arrive aussi de les écouter, et j'avoue que, bien que je n'y comprenne pas grand-chose, j'ai du plaisir à les entendre. Mais je ne suis pas comme mon père, qui n'aime que les coups ; je préfère les lamentations des chevaliers quand ils sont séparés de leur dame ; j'en pleure parfois, tellement ils me font de peine.

— Et vous vous empresseriez de les consoler, n'est-ce pas, mademoiselle, si c'était pour vous qu'ils pleuraient ? dit Dorothée.

— Je ne sais pas ce que je ferais ; je sais seulement qu'il y a des dames tellement cruelles que leurs chevaliers les traitent de tigresses, de lionnes et d'un tas d'autres vilains noms. Jésus Marie ! Il faut vraiment qu'elles soient sans cœur, ces femmes-là, et insensibles, pour vous laisser mourir un honnête homme, ou le rendre fou, simplement parce qu'elles ne veulent pas poser les yeux sur lui ! Je me demande pourquoi elles font tant de manières ; si elles ont peur pour leur réputation, elles n'ont qu'à se marier avec eux, ils ne demandent que ça !

— Tais-toi, petite, intervint la femme. Tu m'as l'air d'en connaître long sur le sujet ; et ce n'est pas bien à ton âge d'en savoir autant, ni de parler autant.

— On m'a demandé mon avis ; je le donne.

— Eh bien, monsieur l'aubergiste, reprit le curé, apportez-moi donc ces livres, je serais curieux de les voir.

— Volontiers.

L'aubergiste alla chercher dans sa chambre une vieille mallette fermée par une petite chaîne, qu'il ouvrit ; le curé y trouva trois gros livres et quelques feuillets remplis d'une très belle écriture. Le premier livre s'intitulait *Don Cirongilio de Thrace*; le deuxième *Félix-Mars d'Hyrcanie*; et le troisième *Histoire du grand capitaine Gonzalo Hernández de Cordoue, et Vie de Diego García de Paredès*. Après avoir lu le titre des deux premiers ouvrages, il se tourna vers le barbier :

– Nous aurions bien besoin que la gouvernante et la nièce de notre ami nous donnent un coup de main.

– Ne vous inquiétez pas, répondit le barbier. Je saurai tout aussi bien qu'elles les jeter dans la cour, ou dans la cheminée, où flambe justement un bon feu.

– Comment, s'écria l'aubergiste, vous voulez brûler mes livres ?

– Seulement ces deux-là, répondit le curé en désignant le *Don Cirongilio* et le *Félix-Mars*.

– Est-ce qu'ils seraient hérétiques ou flegmatiques, pour que vous vouliez les brûler ?

– Vous voulez sans doute dire *schismatiques*, corrigea le barbier.

– Oui, c'est ça. Mais si vous tenez à en brûler un, prenez celui du Grand Capitaine et de ce Diego García. Parce que je vous laisserais plutôt brûler un de mes enfants que toucher aux deux autres !

– Sachez, mon ami, dit le curé, que ces deux livres ne sont que mensonges, sottises et absurdités, tandis que l'histoire du Grand Capitaine est entièrement vraie : elle raconte la vie de Gonzalo Hernández de Cordoue, qui par ses nombreux exploits et hauts faits mérita d'être appelé Grand Capitaine dans le monde entier, surnom glorieux dont lui seul fut digne. Quant à Diego García de Paredes, c'était un chevalier de noble lignage, originaire de la ville de Trujillo, en Estrémadure, un vaillant guerrier doté d'une force si prodigieuse qu'il pouvait, d'un seul doigt, arrêter la roue d'un moulin en plein élan. Un jour qu'il se trouvait à l'entrée d'un pont, il barra le passage à une armée entière avec son épée à deux tranchants. Il accomplit tant de prouesses que s'il ne les avait pas racontées lui-même, avec la modestie d'un chevalier, et d'un homme qui est son propre historien, mais qu'elles l'eussent été par un autre, plus librement et sans aucune partialité, elles auraient voué à l'oubli les exploits d'Hector, d'Achille et de Roland !

– Et après ? rétorqua l'aubergiste. La belle affaire ! Arrêter la roue d'un moulin ! Vous devriez lire ce que faisait Félix-Mars d'Hyrcanie : lui, d'un seul revers, il vous coupait cinq géants par le milieu du corps, et il aurait aussi bien pu en faire de la chair à pâté. Un jour qu'il s'était lancé contre un bataillon gigantesque – plus d'un million six cent mille soldats armés jusqu'aux dents –, il leur a tenu tête à lui seul et les a taillés en pièces comme s'il avait eu affaire à un troupeau de brebis ! Et Cirongilio de Thrace, alors ! En voilà un qui était vaillant et téméraire, comme vous le verrez si vous lisez son livre. Un jour qu'il naviguait sur une rivière, il en vit sortir un serpent de feu ; aussitôt, il se jeta sur lui, enfourcha son dos tout écailleux et lui serra la gorge à deux mains avec tellement de force que le monstre, sentant qu'on l'étranglait, se laissa couler au fond de l'eau, entraînant avec lui le chevalier qui n'avait pas lâché prise. Et quand ils arrivèrent tout au fond, il se retrouva dans un si beau palais avec de si beaux jardins qu'il en fut ébloui ; alors, le serpent se changea en un vieillard courbé par les ans, qui lui révéla toutes sortes de choses inouïes. Croyez-moi, monsieur le curé, si vous écoutiez ces histoires, vous seriez aux anges ! Je lui fais deux fois la figue à ce Grand Capitaine, et pareil à ce Diego García que vous dites !

Dorothée, entendant cela, dit tout bas à Cardenio :

– Pour un peu, notre hôte ferait la paire avec don Quichotte.

– En effet, répondit Cardenio ; il semble croire, dur comme fer, que tout ce qu'il y a dans ces livres s'est passé tel qu'on le raconte, et on ne l'en fera pas démordre.

– Allons donc, reprit le curé en s'adressant à l'aubergiste, ni Félix-Mars d'Hyrcanie ni don Cirongilio de Thrace n'ont jamais existé, ni aucun des chevaliers dont parlent ces romans. Tout cela n'est que pure fiction, inventée par des esprits oisifs, dans le seul but, comme vous dites, de faire passer le temps, comme vos moissonneurs passent le temps quand ils les lisent. En vérité, je vous le jure, ces chevaliers n'ont jamais existé, pas plus que leurs exploits ni leurs extravagances.

– A d'autres ! s'écria l'aubergiste. Comme si je ne savais pas combien il y a de doigts à une main ! Par Dieu, monsieur le curé, n'essayez pas de me donner des vessies pour des lanternes : je ne suis pas né d'hier. Vous voulez vraiment me faire croire que tout ce qu'il y a dans ces livres n'est que mensonges et tromperies, alors qu'ils sont imprimés avec l'autorisation de ces messieurs du Conseil royal ? Comme si c'étaient des gens à laisser imprimer tant de mensonges à la fois, et tant de batailles et d'enchantements qu'on en perd la tête !

– Je vous répète, dit le curé, que ces livres ont été écrits pour nous distraire à nos moments perdus. Tout comme on permet, dans les États bien ordonnés, qu'il y ait des jeux d'échecs, de paume ou de billard pour l'amusement de ceux qui ne veulent, ne doivent ou ne peuvent travailler, on permet l'impression des romans de chevalerie, car on suppose, à juste titre, qu'il ne peut y avoir de lecteur assez ignorant pour les regarder comme des histoires véridiques. Si j'avais affaire à un auditoire plus approprié, je dirais bien des choses sur l'art de composer de bons romans de chevalerie, dont certaines personnes pourraient tirer un grand profit et même de l'agrément. Mais j'espère que le jour viendra où je communiquerai mes idées à des gens qui sauront en faire bon usage. En attendant, sachez, monsieur l'aubergiste, que ce que je vous ai dit est vrai ; reprenez vos livres et tâchez de distinguer les vérités des mensonges qu'ils contiennent. Dieu veuille que vous ne tombiez pas dans le même travers que votre hôte don Quichotte.

– Il n'y a pas de danger, dit l'aubergiste ; je ne serai jamais assez fou pour devenir chevalier errant. Je vois bien qu'aujourd'hui le monde n'est plus comme il était en ce temps-là, quand ces fameux chevaliers parcouraient la terre en quête d'aventures.

Sancho, qui avait assisté à la dernière partie de l'entretien,

fut très surpris et fort contrarié d'entendre dire que la chevalerie errante n'avait plus cours et que tous les romans de
chevalerie n'étaient qu'un tas de mensonges et de sottises. Il
décida qu'il attendrait de voir ce que ce voyage allait lui
rapporter ; et que, si les choses se passaient moins bien qu'il
l'espérait, il quitterait son maître et s'en retournerait auprès
de sa femme et de ses enfants pour reprendre ses occupations habituelles.

L'aubergiste s'apprêtait à remporter la mallette et les livres,
lorsque le curé l'arrêta :

– Attendez, dit-il ; je voudrais savoir ce que contiennent
ces papiers écrits d'une si belle plume.

L'aubergiste les lui tendit. Il y avait au moins huit feuillets
manuscrits, qui avaient pour titre : *Où il est prouvé que la
curiosité est un vilain défaut*. Le curé en parcourut quelques
lignes.

– Le titre de cette nouvelle me plaît ; j'aimerais la lire jusqu'au bout.

– Votre Révérence ne le regrettera pas, répondit l'aubergiste. Je peux vous dire que plusieurs de mes hôtes ont fait
comme vous, et qu'ils ont même insisté pour l'avoir ; mais
moi, j'ai toujours refusé parce que je veux la rendre à son
propriétaire, qui a oublié cette mallette avec les livres et le
cahier, et qui pourrait bien repasser par ici, un de ces jours.
C'est sûr que ces livres vont me manquer, mais je tiens à les
lui rendre. On peut être aubergiste et rester bon chrétien.

– Vous avez raison, dit le curé ; et si la nouvelle me plaît,
je vous demanderai la permission de la copier.

– Bien volontiers.

Cardenio, cependant, avait pris le cahier et commençait à
le parcourir. Il fut du même avis que le curé, et pria celui-ci
de lire la nouvelle à haute voix.

– Je serais tout disposé à le faire, dit le curé, s'il ne me
paraissait pas plus sage d'employer ce temps au sommeil
plutôt qu'à la lecture.

– Pour moi, intervint Dorothée, ce sera un repos de passer
un moment à écouter une histoire. J'ai l'esprit si agité que,
de toute manière, je ne pourrais pas dormir.

– Puisqu'il en est ainsi, je vais la lire, ne serait-ce que par curiosité ; espérons que celle-ci ne sera pas déçue.

Maître Nicolas et même Sancho se joignirent aux autres pour insister auprès du curé, qui, voyant que tous étaient du même avis, n'hésita plus.

– Écoutez bien, leur dit-il ; voici l'histoire.

Qui raconte la nouvelle intitulée : « Où il est prouvé que la curiosité est un vilain défaut »

I L Y AVAIT À FLORENCE, ville opulente et célèbre de la province de Toscane, en Italie, deux jeunes gens nobles et fortunés, nommés Anselme et Lothaire, et tellement liés d'amitié que tous ceux qui les connaissaient les avaient surnommés, par antonomase, *les deux amis*. Ils étaient célibataires, avaient le même âge et les mêmes goûts, ce qui avait permis de créer ces liens qui les unissaient. Anselme était plus enclin aux passe-temps de l'amour que Lothaire, qui préférait ceux de la chasse ; mais, quand l'occasion s'en présentait, Anselme renonçait à ses plaisirs pour suivre Lothaire, et Lothaire aux siens pour accompagner Anselme ; c'est dire qu'ils ne se quittaient guère et qu'ils s'accordaient mieux que les rouages d'une horloge bien réglée.

Anselme aimait éperdument une noble et belle demoiselle de la ville, si vertueuse et si bien née qu'après avoir consulté Lothaire, sans lequel il ne faisait rien, il résolut de la demander en mariage à ses parents. Ce fut Lothaire qui se chargea de l'affaire ; et il s'y prit si rondement qu'en peu de temps Anselme se trouva en possession de l'objet aimé ; quant à la jeune fille, qui se prénommait Camille, elle était pleinement satisfaite de cette union et ne cessait d'en rendre grâce à Dieu et à Lothaire, à qui elle devait tant de bonheur.

Les premiers jours qui suivirent le mariage, et tout le temps que durèrent les réjouissances, Lothaire alla rendre visite à son ami comme il en avait l'habitude, faisant de son mieux pour l'honorer, le fêter et le divertir. Mais lorsque les noces furent terminées et que tous les parents et les amis eurent fait leurs visites, Lothaire décida d'espacer les siennes, car il lui parut – ce qui prouvait sa sagesse – qu'on ne doit pas fréquenter la maison de ses amis mariés aussi librement que lorsqu'ils étaient célibataires. Une fidèle et véritable amitié est, certes, au-dessus de tout soupçon, mais l'honneur est matière si délicate que l'homme marié peut prendre ombrage de ses propres frères, et à plus forte raison de ses amis.

Anselme, croyant que leurs liens se relâchaient, fit à Lothaire d'amers reproches et lui dit qu'il n'aurait jamais envisagé le mariage s'il avait pensé qu'il dût les éloigner l'un de l'autre et qu'il ne fallait pas qu'un obstacle hors de propos leur fît perdre ce doux nom de *deux amis*, qui leur avait toujours été si cher. Il le suppliait donc, si pareil mot était de mise entre eux, de fréquenter sa maison comme auparavant, de s'y sentir comme chez lui, d'y entrer et d'en sortir à sa convenance ; il lui assura que son épouse Camille partageait tous ses goûts et ses désirs, et que, connaissant la profonde amitié qui les liait, elle était aussi peinée que lui de tant de froideur.

A toutes ces raisons données par Anselme pour persuader Lothaire que rien ne devait changer entre eux, ce dernier répondit avec tant de bon sens et de sagesse qu'Anselme ne douta plus des bonnes intentions de son ami. Il fut décidé que Lothaire irait dîner chez lui deux fois par semaine, et tous les jours de fête. Malgré cet accord, Lothaire restait bien décidé à ne rien faire qui pût le moins du monde compromettre l'honneur de son ami, auquel il tenait comme au sien propre. Il disait souvent à Anselme, et avec raison, que l'homme à qui le ciel accorde une jolie femme ne saurait trop prendre garde aux personnes qu'il reçoit ou aux femmes que son épouse fréquente ; car ce qui ne peut être concerté dans la rue, à la messe, pendant les fêtes publiques, ou lors des visites aux églises – sorties qu'un mari ne doit pas refuser à sa femme –, peut à loisir être ourdi chez le proche ou la parente en qui on a la plus grande confiance. Il lui disait aussi qu'un mari devrait toujours compter sur un ami pour l'informer des fautes qu'il commettrait dans sa conduite ; car souvent, par amour pour son épouse et afin de ne pas la contrarier, le mari n'ose lui dire de renoncer à telle ou telle chose compromettante pour son honneur. Averti par son ami, il pourrait aisément y remédier.

Mais où trouver l'ami fidèle et loyal, dont parle Lothaire ? Je n'en sais rien. Je ne vois que Lothaire lui-même, qui veillait avec la plus grande sollicitude sur l'honneur d'Anselme, s'efforçant d'espacer et d'écourter les quelques visites dont ils étaient convenus, pour ne point donner matière à soupçons aux gens oisifs ou aux regards malveillants et indiscrets, car un jeune homme, riche, de noble naissance et doté de toutes les qualités, n'avait pas impunément ses entrées dans la maison d'une femme aussi belle que Camille. Même si sa conduite irréprochable et sa bonne réputation décourageaient les mauvaises langues, il ne voulait pas exposer son honneur ni celui de son ami ; et le plus souvent, les jours où il était attendu, il s'arrangeait pour avoir d'autres occupations, auxquelles il disait ne pouvoir se soustraire. C'est ainsi que les deux amis passaient une bonne partie de leur temps, l'un en reproches, l'autre en excuses.

Un jour qu'ils se promenaient ensemble aux abords de la ville, Anselme dit à Lothaire :

– Tu dois penser, mon cher Lothaire, que je devrais être infiniment reconnaissant à Dieu de m'avoir fait naître de parents tels que les miens, de m'avoir doté si généreusement des biens de la nature et de la fortune et, par-dessus tout, de m'avoir donné un ami tel que toi et une épouse telle que Camille. Eh bien ! malgré ces faveurs, qui suffisent en général à apporter aux hommes le bonheur, je suis, moi, l'homme le plus malheureux et insatisfait de toute la terre. Depuis quelque temps, je suis harcelé, tourmenté par un désir si étrange, si extravagant, que je m'en étonne moi-même ; à toute heure je m'en fais reproche, j'essaie de lui imposer silence, de le bannir de mes pensées. Mais j'ai autant de peine à m'en débarrasser que j'en aurais à le découvrir à tout le monde. Et puisque je ne peux plus le garder, je m'en ouvre à toi, convaincu que tu sauras préserver mon secret, et qu'en véritable ami tu mettras tout ton effort à me soulager. Aussi, grâce à toi, ma joie retrouvée n'aura d'égale que la tristesse où ma folie m'avait plongé.

Lothaire écoutait les paroles d'Anselme avec le plus grand étonnement, sans comprendre à quoi tendait ce long préambule, ni quel pouvait être le désir qui tourmentait son ami. Mille suppositions lui traversèrent l'esprit, toutes aussi éloignées de la vérité. Pour mettre fin à son incertitude, il dit à Anselme que c'était faire une injure notoire à leur amitié que de chercher tant de détours pour lui découvrir ses plus secrètes pensées, sachant qu'il pouvait attendre de lui aide et conseils, qui le soutiendraient dans son dessein ou l'en détourneraient.

– Tu as raison, répondit Anselme, et ta confiance m'encourage, mon bien cher ami, à t'avouer que le désir me poursuit de savoir si Camille, mon épouse, est aussi fidèle et aussi parfaite que je me l'imagine. Or, le seul moyen que j'ai de m'en assurer est de mettre sa vertu à l'épreuve, comme la pureté de l'or est mise à l'épreuve du feu. Je pense, en effet, qu'une femme ne peut être qualifiée de vertueuse qu'autant qu'elle a su résister aux sollicitations : seule est forte celle qui ne cède pas aux promesses, aux présents, aux larmes et aux continuelles prières d'un amant empressé. Peut-on louer une femme d'avoir une bonne conduite, si personne ne l'invite à se mal conduire ? Peut-on lui savoir gré d'être modeste et réservée tant qu'on ne lui a pas donné l'occasion de se relâcher, surtout quand elle n'ignore pas qu'à la première imprudence son mari n'hésiterait pas à lui ôter la vie ? Celle qui n'est sage que par crainte, ou faute d'occasion, je ne peux la tenir en même estime que celle qui sortira triomphante des sollicitations les plus empressées.

« Pour toutes ces raisons, et bien d'autres que je pourrais ajouter, je souhaite que Camille, ma femme, subisse ces épreuves et se purifie au feu des sollicitations et des assiduités d'un homme digne de prétendre à ses faveurs. Si, comme je l'espère, elle en sort à son honneur, ma félicité sera sans égale ; j'estimerai que mes désirs sont comblés, car le sort m'aura accordé la femme forte dont le roi Salomon dit, dans ses *Proverbes*, qu'elle est si difficile à trouver. Si les choses se passent au rebours de ce que je pense, ma satisfaction sera si grande en voyant que je ne m'étais pas trompé, que je supporterai aisément le chagrin que devrait me causer une si coûteuse expérience.

« Comme aucun des arguments que tu pourrais m'objecter ne saurait me détourner de mon dessein, je veux que toi, ami si cher, tu sois l'instrument qui me permette de le mener à bien. Je te donnerai toutes les occasions d'agir et te fournirai sans y manquer tous les moyens d'émouvoir une femme honnête, sage et désintéressée. Je suis d'autant plus enclin à te confier cette tâche difficile que, si tu viens à triompher de Camille, je sais que, par respect pour moi, ta victoire ne sera pas poussée jusqu'à son accomplissement extrême, mais juste assez loin pour que je considère qu'elle aurait pu l'être ; ainsi ne serai-je offensé que par l'intention, et mon injure restera ensevelie sous ton vertueux silence qui, pour ce qui me concerne, sera aussi éternel que celui de la mort.

« Donc, cher ami, si tu veux que je goûte à une vie qui mérite ce nom, tu dois te hâter d'entrer dans cette bataille amoureuse, non pas avec tiédeur et paresse, mais avec le zèle et l'empressement qu'exige mon désir, et avec la loyauté que nos liens d'amitié me garantissent.

Voilà ce qu'Anselme déclara à Lothaire, qui l'écoutait attentivement, sans desserrer les lèvres. Lorsque Anselme eut terminé, son ami le considéra un long moment, frappé de stupeur et d'épouvante, comme s'il avait un inconnu devant lui. Enfin, il lui dit :

— Je ne puis penser, mon cher Anselme, que tout ce que tu as dit là ne soit pas une plaisanterie. Si j'avais imaginé le contraire, jamais je ne t'aurais laissé parler si longtemps, et, refusant de t'écouter, j'aurais interrompu ce long discours. C'est à croire que je ne te connais pas, ou que tu ne me connais pas. Pourtant, je sais que tu es Anselme, et tu sais que je suis Lothaire. Mais, hélas, j'ai bien peur que tu ne sois plus l'Anselme d'autrefois ; et toi, tu t'es imaginé que je ne suis plus celui que j'étais. Car ce que tu viens de me dire, jamais mon ami Anselme ne me l'aurait dit, et ce que tu me demandes de faire, jamais tu ne l'aurais demandé au Lothaire que tu connais. Les bons amis doivent mettre leur amitié à l'épreuve *usque ad aras,* comme l'a dit un poète ; c'est-à-dire qu'au nom de l'amitié ils ne doivent jamais exiger des choses qui soient contraires aux préceptes de Dieu.

« Si un païen a pu comprendre cela, à plus forte raison un chrétien, qui sait qu'aucune amitié humaine n'a le droit de mettre en péril l'amitié divine. Et si un homme est capable d'aller si loin pour secourir un ami qu'il en oublie ses devoirs envers le ciel, il faut au moins qu'il s'agisse de son honneur et de sa vie, et non de motifs légers ou frivoles. Or, dis-moi, Anselme, lequel de ces deux biens est en danger chez toi, pour que je m'expose à te complaire en entreprenant une chose aussi détestable que celle que tu me demandes ? Aucun, évidemment. Je vois, au contraire, que tu me pries de faire tout mon possible pour t'ôter l'honneur et la vie, et par là même me les ôter à moi aussi. Car enfin, si je t'ôte l'honneur, il est clair que je t'ôte la vie, puisqu'une vie sans honneur est pire que la mort ; et si je suis, comme tu le veux, l'instrument de ton malheur, n'aurai-je pas moi aussi perdu la vie, après m'être déshonoré ? Écoute-moi, Anselme, et tâche de ne pas m'interrompre avant que j'aie fini de te dire tout ce qui me vient à l'idée pour répondre à ce désir qui te tourmente ; tu auras tout le temps de répliquer ensuite, et moi de t'écouter.

– Parle ; dis ce que tu voudras.

– Eh bien, reprit Lothaire, l'état d'esprit où tu es me rappelle celui des Maures, auxquels on ne peut faire comprendre les erreurs de leur secte, ni par des citations de l'Écriture sainte, ni par les raisonnements spéculatifs ou fondés sur des articles de foi ; il faut leur apporter des exemples palpables, faciles, intelligibles, probants, indubitables, avec des démonstrations mathématiques qui ne puissent être niées, comme lorsqu'on dit : *"Si à deux quantités égales on ôte deux quantités égales, les restes aussi sont égaux."* S'ils ne le comprennent pas avec des mots, ce qui est généralement le cas, il faut le leur faire toucher du doigt, le leur mettre sous les yeux ; cependant, quoi qu'on fasse, personne n'a jamais réussi à les convaincre des vérités de notre sainte religion.

« Je crois qu'il me faudra employer avec toi ces mêmes moyens, car le désir qui t'est venu est si absurde, si éloigné de toute raison, que je perdrais mon temps à te prouver ta sottise – que pour l'instant je ne nommerai pas autrement. Je devrais peut-être t'abandonner à tes folles idées pour te punir de ce mauvais désir. Mais l'amitié que je te porte me défend d'user d'une telle rigueur ; elle m'oblige, au contraire, à te sauver du danger manifeste où tu te trouves.

« Tâchons d'y voir clair, Anselme ; ne m'as-tu pas dit toi-même qu'il me faudrait solliciter ta femme malgré sa réserve, la courtiser en dépit de sa vertu, la séduire à l'encontre de son honnêteté et, enfin, corrompre son désintéressement ? Oui, tu me l'as dit ! Si donc tu sais que ta femme est réservée, vertueuse, honnête et désintéressée, que veux-tu de plus ? Et si tu penses qu'elle sortira victorieuse de tous les assauts que je lui livrerai, comme je le crois aussi, quels plus beaux titres espères-tu lui donner que ceux qu'elle a déjà ? Qu'aura-t-elle gagné à ce jeu ? Ou bien tu ne crois pas qu'elle est comme tu le dis, ou bien tu ne sais pas ce que tu demandes. Si tu ne crois pas à ses vertus, au lieu de l'éprouver, tu ferais mieux de la punir comme tu l'entendras. Mais si elle est aussi parfaite que tu le dis, tu montreras une curiosité mal employée en voulant tenter une expérience qui ne changera rien à l'opinion que tu avais déjà. Bref, il faut être bien déraisonnable et téméraire pour entreprendre une chose qui peut nous faire plus de mal que de bien, surtout quand rien ne nous y engage ni nous y oblige, et qu'il apparaît à l'évidence que cette tentative est une folie.

« Les entreprises difficiles, on les tente pour l'amour de Dieu, ou pour le monde, ou pour les deux ensemble. Celles que l'on entreprend pour l'amour de Dieu sont les actions des saints qui, dans des enveloppes humaines, luttent pour mener la vie des anges. Celles que l'on entreprend pour le monde sont les aventures que tentent les gens qui traversent les océans, vivent sous les climats les plus divers, visitent des pays étrangers, espérant acquérir ce que l'on nomme la richesse. Enfin, celles que l'on entreprend à la fois pour Dieu et pour le monde sont les exploits des soldats valeureux qui, voyant dans les murailles de l'ennemi une brèche ouverte, à peine plus large qu'un boulet de canon, bravant le péril évident qui les menace, et emportés par l'élan qui les pousse à défendre leur foi, leur patrie et leur roi, s'exposent, intrépides, aux mille morts qui les attendent. Voilà les entreprises qui, bien que périlleuses et difficiles, apportent à l'homme honneur, gloire et profit.

« Mais celle que tu veux tenter ne t'apportera ni la gloire céleste, ni les richesses de ce monde, ni la renommée parmi les hommes. Car, si tu réussis, tu n'en seras ni plus satisfait, ni plus riche, ni plus estimé ; dans le cas contraire, tu te sentiras le plus misérable des hommes, et même si tu sais que ton infortune reste ignorée de tous, il suffira pour t'affliger et te déchirer que tu la connaisses toi-même. Pour preuve de ce que j'avance, laisse-moi te réciter une stance du célèbre poète Luigi Tansilo, à la fin de la première partie des *Larmes de saint Pierre* :

> Augmente la douleur et augmente la honte
> quand Pierre le pécheur voit se lever le jour,
> et bien qu'autour de lui pas une âme à la ronde
> ne vienne rappeler que son crime est d'amour.
>
> Pour un cœur magnanime, la honte est le tourment,
> car même solitaire et malgré tant de soins
> il se plaint, il gémit, il clame à tous les vents :
> Tant que mon cœur me suit, mon cœur a des témoins.

« Le secret n'atténuera point ta douleur ; tu ne cesseras de pleurer, et si tes yeux refusent de verser des larmes, ce sont des larmes de sang que versera ton cœur, comme celles que versa ce docteur trop crédule, dont l'Arioste nous raconte dans le *Roland furieux* qu'il fit l'épreuve de la vérité en buvant dans la coupe magique, chose que le prudent Renault avait refusé de tenter. Bien qu'il s'agisse là d'une fiction poétique, cet épisode enferme une leçon de morale digne d'être méditée, et des conseils dignes d'être suivis.

« Et peut-être avec ce qui me reste à dire, achèverai-je de te convaincre de ton erreur. Écoute-moi, cher Anselme : si le ciel, ou la chance, t'avait mis en possession d'un magnifique diamant dont la qualité et la valeur te seraient confirmées par tous les lapidaires ; si, d'une voix unanime, ils te disaient que tu as entre les mains la pierre la plus parfaite de toute la nature, et si toi-même tu partageais leur opinion sans aucune réserve, serait-il raisonnable de vouloir mettre ce diamant sur une enclume et de vérifier à grands coups de marteau s'il est aussi dur et pur qu'on le dit ? A supposer qu'il résiste à cette épreuve absurde, cela n'ajouterait rien à sa valeur ni à sa qualité ; et, s'il se brisait, ce qui peut très bien se produire, tout ne serait-il pas perdu ? Oui, certes ; et son propriétaire passerait pour un sot aux yeux du monde.

« Eh bien, mon cher Anselme, sache que Camille est le plus pur des diamants, ainsi estimé non seulement par toi mais par les autres ; qu'il n'est pas raisonnable de l'exposer à ce qu'elle se brise, car même si elle reste intacte, sa valeur n'en sera pas plus grande qu'auparavant ; et si elle n'est pas assez forte pour résister, pense qu'il te faudra vivre sans elle et que tu seras responsable d'avoir causé sa perte et la tienne. Considère qu'il n'y a pas au monde de joyau plus précieux qu'une femme chaste et honnête, et que l'honneur de la femme consiste uniquement dans la bonne opinion qu'on a d'elle. Puisque la réputation de ton épouse est aussi excellente que tu le dis toi-même, pourquoi cherches-tu à mettre en doute une telle vérité ? N'oublie pas, mon cher ami, que la femme étant un être imparfait, on ne doit pas lui tendre de pièges pour la faire trébucher et tomber, mais au contraire débarrasser son chemin de tout obstacle, afin qu'elle atteigne rapidement et sans encombre à la perfection désirée, c'est-à-dire à la vertu. Les naturalistes nous expliquent que les chasseurs d'hermine usent d'un stratagème infaillible pour attraper cette petite bête au poil éclatant de blancheur : connaissant les passages qu'elle a coutume d'emprunter, ils les obstruent avec de la boue, puis ils la rabattent jusque-là. Aussitôt que l'hermine arrive à l'endroit obstrué, elle s'arrête, car elle aime mieux se laisser capturer que de salir sa robe et perdre sa blancheur, à laquelle elle attache plus de prix qu'à la liberté et à la vie. La femme honnête et chaste est une hermine ; sa vertu est plus pure que la neige la plus blanche. Celui qui veut, non pas la lui faire perdre, mais la lui conserver intacte, doit employer un moyen tout différent : au lieu de lui mettre devant les yeux la fange des cadeaux et des sollicitations importunes qu'elle n'aurait d'elle-même, j'en suis sûr, pas la force de repousser, il doit aplanir tous les obstacles, et ne lui présenter que l'éclat de la vertu et la beauté de la bonne réputation.

« L'épouse vertueuse est comme un miroir de cristal, clair et brillant, que la moindre haleine ternit et obscurcit. On doit se comporter avec elle comme avec une relique : l'adorer et ne pas la toucher. On doit la préserver et l'admirer comme on préserve et admire un beau jardin rempli de roses et de fleurs de toute sorte, dont le maître interdit l'entrée, mais dont on peut jouir de loin, à travers une grille, des couleurs et des parfums. Laisse-moi te citer pour finir quelques strophes d'une comédie récente, qui semblent se rapporter tout à fait à notre propos. C'est un sage vieillard qui conseille à un père de bien garder sa fille et de veiller sur elle. Voici, entre autres, ce qu'il dit :

> Les femmes sont comme le verre.
> Il ne faut jamais éprouver
> S'il casserait ou non par terre,
> Ce qui pourrait bien arriver.

> Et comme il casserait, c'est sûr,
> Pourquoi donc vouloir hasarder
> Un événement bien trop dur
> Sur un corps qu'on ne peut souder ?

> Cette opinion que je fonde,
> Le monde entier y croit encor :
> S'il y a des Danaées au monde,
> On y voit aussi des pluies d'or.

« Jusqu'à présent, cher Anselme, je n'ai parlé que de toi ; il faut bien maintenant que je dise quelques mots de moi-même. Tu me pardonneras si je suis un peu long ; la faute en est à ce labyrinthe où tu t'enfonces, et d'où tu veux que je te sorte. Tu me considères comme ton ami, et cependant tu veux me ravir mon honneur, ce qui est contraire à toute amitié. Et non seulement tu prétends me le ravir, mais tu veux que je te l'ôte à toi-même. Tu souhaites me déshonorer, c'est clair : car, lorsque Camille verra que je lui manifeste des sentiments amoureux, comme tu me le demandes, à coup sûr elle me regardera comme un homme sans honneur et sans dignité, pour avoir conçu un projet aussi contraire à ma personne et à l'amitié qui nous lie, toi et moi. Il n'est pas moins certain que tu veux que je te déshonore, car en se voyant ainsi sollicitée, Camille pensera nécessairement que j'ai dû découvrir en elle quelque faiblesse, pour avoir l'audace de lui témoigner mes désirs coupables ; et son déshonneur retombera sur toi, puisqu'elle t'appartient. Voilà d'où vient le mépris que l'on a pour le mari de la femme adultère : même s'il ne sait rien et n'est pour rien dans la mauvaise conduite de sa femme, même s'il n'a manqué à aucune de ses obligations et n'a jamais fait preuve de négligence à son égard, il n'en est pas moins affublé des noms les plus injurieux ; au lieu de le plaindre, ceux qui connaissent l'inconduite de sa femme le regardent avec un certain mépris, tout en sachant bien que ce n'est pas lui le coupable. Je veux t'expliquer ici pourquoi le mari de la femme infidèle est justement déshonoré, quelle que soit son ignorance et bien qu'il n'ait commis aucune faute. Écoute-moi sans relâcher ton attention, car il y va de ton intérêt.

« Quand Dieu, dit la Sainte Écriture, eut créé notre premier père Adam et l'eut placé dans le paradis terrestre, il le plongea dans un profond sommeil et, de son flanc gauche, enleva une côte dont il fit notre mère Ève. Dès qu'Adam se réveilla et l'aperçut, il s'écria : "Tu es chair de ma chair et os de mes os." Et Dieu ajouta : "Pour cette femme, l'homme quittera son père et sa mère, et tous deux ne formeront qu'une seule et même chair." Ainsi fut institué le divin sacrement du mariage, dont les liens sont si forts que seule la mort peut les dénouer. Ce sacrement a tant de pouvoir et de vertu qu'il fait de la chair de deux êtres différents une seule chair, et, dans le cas des unions heureuses, de deux âmes un seul cœur. Et comme la chair de la femme ne fait qu'un avec celle de son mari, les taches ou les imperfections qui la déparent retombent sur lui, bien que, je le répète, il n'y soit pour rien. De même qu'une douleur au pied ou à un autre membre se répercute dans tout le corps, car ce n'est qu'une seule chair, et que la tête sent le mal de la cheville sans l'avoir causé, de même le mari subit le déshonneur de sa femme, parce qu'il ne fait qu'un avec elle. Or, comme tout ce qui est honneur et déshonneur dans ce monde, la vile conduite de la femme infidèle est affaire de chair et de sang ; il est donc forcé que le mari en ait sa part et soit tenu pour déshonoré, sans qu'il en soit responsable.

« Vois donc, Anselme, à quel péril tu t'exposes en cherchant à troubler la vie paisible de ta bonne épouse. Au nom d'une curiosité vaine et importune, tu t'apprêtes à éveiller les passions endormies dans son chaste cœur. Sache que tu n'as pas grand-chose à gagner à cette entreprise, et tellement à y perdre que je ne trouve pas de mots pour l'exprimer. Mais si tout ce que je viens de dire ne suffit pas à te détourner de ton coupable projet, sache qu'il te faudra chercher ailleurs l'instrument de ton déshonneur et de ton infortune. Je ne le serai point, dussé-je perdre ton amitié, ce qui serait pour moi la plus grande perte imaginable. »

Le vertueux et sage Lothaire se tut, laissant Anselme pensif et troublé. Celui-ci demeura longtemps silencieux ; enfin, il répondit :

– Tu as vu, cher Lothaire, avec quelle attention je t'ai écouté jusqu'au bout ; dans tes raisonnements, tes exemples et tes comparaisons, j'ai pu admirer ta grande intelligence et l'immense et sincère amitié que tu me portes. Je comprends et reconnais que si je m'écarte de tes conseils pour suivre mon désir, je fuirai le bien pour courir après le mal. Mais tu dois considérer que j'ai une maladie, un peu comme celle dont souffrent certaines femmes, qui ont envie d'avaler de la terre, du plâtre, du charbon ou, pis encore, des choses dégoûtantes à voir et encore plus à manger. Il faut donc ruser pour me guérir ; et le plus simple serait que tu commences, même si tu n'y mets pas grande ardeur, à feindre de courtiser Camille, qui n'est pas assez faible pour se rendre dès les premiers assauts. Je te promets de me satisfaire de cette tentative ; quant à toi, tu auras acquitté ce que tu dois à notre amitié, non seulement en me rendant la vie, mais en me convainquant que je ne suis pas sans honneur.

« Il y a une raison qui, à elle seule, doit te décider à faire ce que je te demande : c'est que, me voyant résolu à tenter l'épreuve, tu ne peux accepter que j'aille découvrir ma folie à un autre ; cela compromettrait mon honneur, que tu crains tant de me voir perdre. Quant à l'opinion que Camille pourrait avoir du tien en te voyant la courtiser, peu importe, car dès que nous aurons reconnu sa vertu, tu seras libre de lui découvrir l'artifice, et elle te rendra alors toute son estime. Ainsi donc, puisque tu risques si peu dans cette aventure qui me donnera une si grande satisfaction, fais ce que je te demande, quelque obstacle que tu y voies, car, je le répète, à peine auras-tu commencé que je considérerai l'épreuve comme terminée.

Lothaire, devant la ferme résolution d'Anselme, ne savait plus quels exemples invoquer ni quelles raisons objecter ; et jugeant son ami capable de confier à un autre le soin d'accomplir cette folie, il résolut de le contenter et de lui obéir pour éviter le pire, bien décidé toutefois à se conduire de façon à satisfaire son ami sans troubler le cœur de sa femme. Il lui recommanda donc de ne communiquer son projet à personne, disant qu'il se chargeait de cette entreprise et qu'il était prêt à commencer quand on voudrait. Anselme embrassa tendrement son ami et le remercia mille fois de son offre, comme s'il lui faisait une faveur insigne. Ils convinrent tous deux de se mettre à l'œuvre dès le lendemain. Anselme assura Lothaire qu'il lui procurerait maintes occasions de s'entretenir seul à seule avec Camille, et lui remettrait de l'argent et des bijoux à lui offrir. Il lui conseilla de donner des sérénades à sa femme, d'écrire des vers à sa louange, ajoutant que, si Lothaire ne voulait pas prendre le temps de les composer, il s'en chargerait lui-même. Lothaire accepta, mais dans une tout autre intention que ne l'imaginait Anselme. S'étant mis d'accord, ils retournèrent chez ce dernier, où ils trouvèrent Camille attendant avec inquiétude le retour de son époux qui avait, ce jour-là, tardé plus que de coutume.

Lothaire regagna sa maison, et Anselme resta dans la sienne, aussi content que son ami était pensif, car celui-ci ne savait comment se tirer d'une situation aussi embarrassante. Dans la nuit, cependant, il imagina un moyen de duper Anselme sans offenser Camille et, dès le lendemain, il alla dîner chez son ami, où il fut bien reçu de sa femme, qui l'accueillait toujours de bonne grâce, en considération de l'amitié que lui portait son époux.

Le repas achevé, Anselme pria Lothaire de tenir compagnie à Camille pendant qu'il sortait pour une affaire pressante, qui l'occuperait environ une heure et demie. Camille voulut retenir son mari, et Lothaire voulut le suivre. Mais Anselme n'écouta ni l'un ni l'autre ; il insista pour que son ami attendît son retour, car il avait à traiter avec lui d'une affaire de haute importance. Il recommanda aussi à Camille de ne point laisser Lothaire tout seul. Bref, il sut si bien trouver de bonnes – et si mauvaises – raisons à cette absence, que personne n'aurait pu imaginer qu'il mentait. Anselme parti, Camille et Lothaire restèrent à table, pendant que les domestiques dînaient à leur tour. Lothaire se trouvait dans la lice, suivant le désir de son ami, face à un adversaire dont la seule beauté aurait pu vaincre un escadron de chevaliers en armes. Qu'on juge s'il avait de quoi trembler !

Alors, il appuya le coude au bras de son fauteuil et, la joue dans la main, s'excusant auprès de Camille de sa désinvolture, il déclara qu'il allait dormir un peu en attendant le retour d'Anselme. Camille lui répondit qu'il serait beaucoup mieux sur un divan que sur son fauteuil ; mais il refusa et s'endormit sur place.

Quand Anselme revint, il trouva sa femme dans sa chambre

et Lothaire endormi dans la salle à manger; il pensa que, comme il avait beaucoup tardé, ils avaient eu non seulement le temps de parler, mais aussi de prendre un peu de repos. Il attendit avec impatience le réveil de son ami pour l'emmener, et apprendre ce qui s'était passé pendant son absence.

Tout se déroula comme il l'avait prévu : Lothaire s'éveilla, ils quittèrent la maison, et Anselme put interroger son ami à son aise. Celui-ci expliqua qu'il ne lui avait pas paru bon de se découvrir dès le premier jour, et qu'il s'était contenté de louer Camille pour sa beauté, lui disant que dans toute la ville on ne parlait que de son esprit et de ses attraits; que cela lui avait paru être un bon début pour trouver grâce à ses yeux et pour la disposer à prêter une oreille attentive à ses tendres propos. Le diable ne s'y prend pas autrement pour abuser un mortel qui se défie de ses embûches : l'ange des ténèbres se transforme en ange de lumière, et après l'avoir séduit sous ses belles apparences, il se démasque et triomphe, si la supercherie n'a pas été découverte à son début.

Tout cela réjouit Anselme, qui dit à Lothaire que chaque jour il lui donnerait ainsi une occasion de s'entretenir avec sa femme, même quand il ne sortirait pas de chez lui, et qu'il s'y prendrait si bien qu'elle ne se douterait jamais de leur stratagème.

Plusieurs jours s'écoulèrent. Lothaire ne s'ouvrait toujours pas à Camille; puis, il venait raconter à Anselme qu'il lui avait parlé, mais sans trouver trace en elle d'une intention qui ne fût vertueuse, et sans la moindre espérance de succès; qu'au contraire, elle le menaçait, s'il s'obstinait dans ses sentiments coupables, d'en parler à son époux.

– C'est parfait, dit Anselme. Jusqu'ici Camille a su résister aux paroles, il faut voir à présent comment elle résiste aux actes : demain, je te remettrai deux mille écus d'or, que tu lui offriras, et deux mille pour que tu lui achètes des bijoux, qui te serviront d'appât. Les femmes les plus vertueuses, surtout lorsqu'elles sont belles, aiment à être élégantes et parées. Si Camille repousse cette tentation, je me déclarerai satisfait et ne t'ennuierai plus.

Lothaire répondit que, puisqu'il avait commencé, il irait

jusqu'au bout, tout en sachant d'avance qu'il serait vaincu. Le lendemain, il reçut les quatre mille écus d'or, qui ajoutèrent encore à sa perplexité, car il ne savait plus quels mensonges inventer. Enfin, il décida de dire que Camille était aussi inaccessible aux cadeaux et aux promesses qu'aux paroles, et qu'il était inutile d'insister davantage, car c'était perdre son temps.

Mais le sort en avait décidé autrement. Anselme, ayant laissé comme d'habitude Lothaire seul avec Camille, s'enferma dans une chambre voisine, et il regarda et écouta par le trou de la serrure ce qu'ils disaient et faisaient. Il dut se rendre à l'évidence : pendant plus d'une demi-heure, Lothaire n'adressa pas la parole à Camille, et ce silence aurait pu durer un siècle. Alors, Anselme comprit que tout ce que Lothaire lui avait dit sur les réponses de Camille n'était qu'inventions et mensonges de sa part. Afin de s'en assurer, il sortit de la chambre, prit son ami à l'écart, et lui demanda ce qu'il y avait de nouveau et quelle était l'humeur de Camille. Lothaire répondit qu'il abandonnait la partie, car elle répondait avec tant de rigueur et de dédain à ses avances, qu'il n'avait plus le courage de poursuivre.

– Ah ! Lothaire, Lothaire ! s'écria Anselme. Comme tu tiens mal ta promesse ! Comme tu réponds mal à la grande confiance que j'avais placée en toi ! Je viens de te regarder par le trou de cette serrure, et j'ai pu voir que tu n'as pas adressé la parole à ma femme. J'en déduis que, même les premières fois, tu ne lui as jamais rien dit. S'il en est ainsi, comme je n'en saurais douter, pourquoi me tromper, pourquoi m'empêcher, par cette ruse, de satisfaire mon désir ?

Anselme n'en dit pas davantage ; mais cela suffit pour plonger Lothaire dans la honte et la confusion. Blessé dans son honneur d'avoir été surpris en flagrant délit de mensonge, il jura à Anselme que, dès cet instant, il s'engageait à le satisfaire et à ne plus lui mentir, comme son ami pourrait s'en assurer s'il avait la curiosité de l'épier à nouveau ; qu'il n'aurait d'ailleurs nul besoin de prendre cette peine, car le zèle qu'il déploierait pour le contenter dissiperait ses soupçons. Anselme le crut et, pour laisser à Lothaire le champ libre, il résolut de s'absenter pendant huit jours et d'aller voir un de ses amis, qui habitait dans un village non loin de là. Il s'arrangea même pour que cet ami lui envoyât une invitation pressante, afin d'avoir, vis-à-vis de Camille, un prétexte pour la laisser.

Pauvre Anselme, quelle imprudence ! Sais-tu ce que tu fais ? Sais-tu ce que tu cherches ? Sais-tu ce que tu trames ? En agissant de la sorte, c'est ton déshonneur, c'est ta perte que tu prépares. Ton épouse est vertueuse ; tu la possèdes dans la paix et la sérénité ; personne ne vient troubler ton bonheur. Les pensées de Camille ne sortent pas des murs de sa maison ; tu es son ciel sur la terre, le but de ses désirs, l'accomplissement de ses joies, la règle sur laquelle elle mesure sa volonté, qu'elle ajuste en toutes choses sur la tienne et celle du ciel. Si donc ce trésor d'honneur, de beauté et de sagesse te donne, sans te causer le moindre souci, toute la richesse qu'elle renferme et que tu peux souhaiter, pourquoi veux-tu creuser la terre à la recherche de filons nouveaux ou insoupçonnés, et risquer que tout s'écroule ? Noublie pas que ce que tu possèdes repose sur les fragiles étais de la nature humaine ! Sache qu'à celui qui demande l'impossible, il est juste de refuser ce qui serait possible, comme l'a si bien dit un poète :

> Dans la mort je cherche la vie,
> dans la clôture la sortie,
> dans la prison la liberté,
> la santé dans la maladie,
> chez le traître la loyauté.

> Mais mon infortune est si grande,
> ainsi le veut ma destinée,
> que par le ciel impatienté,
> si l'impossible je demande,
> le possible m'est refusé.

Le lendemain, Anselme partit pour la campagne, non sans avoir averti Camille que Lothaire viendrait s'occuper des affaires de la maison et prendre ses repas avec elle, et qu'elle devrait le traiter comme un autre lui-même. En femme honnête et sage, Camille s'affligea de l'ordre que son mari lui donnait. Elle lui fit remarquer qu'il n'était pas convenable qu'en son absence un homme occupât sa place à table ; que, s'il agissait ainsi dans la crainte qu'elle ne saurait pas prendre soin de la maison, il n'avait qu'à la mettre cette fois à l'épreuve, et qu'il verrait bien qu'elle était capable de choses beaucoup plus difficiles. Anselme répliqua que tel était son bon plaisir, qu'elle n'avait qu'à s'incliner et obéir, ce que Camille promit de faire, contre son gré.

Le lendemain, Lothaire vint chez son ami, où il reçut de Camille un accueil amical et honnête, mais elle s'arrangea pour ne jamais se trouver seule avec lui : elle était toujours accompagnée de ses domestiques, et particulièrement d'une suivante nommée Léonelle, qu'elle avait amenée de chez son père après son mariage, et qu'elle aimait beaucoup car elles avaient été élevées ensemble. Les trois premiers jours, Lothaire ne lui dit rien et ne chercha pas à profiter des moments où les domestiques allaient manger sans s'attarder, comme le leur avait ordonné Camille. Elle avait même demandé à Léonelle de prendre ses repas avant les autres, afin qu'elle se tînt toujours auprès d'elle. Mais la jeune fille, qui avait d'autres affaires plus agréables en tête, profitait de ces heures-là pour les employer à ses propres plaisirs, et ne restait pas souvent à son poste ; au contraire, elle les laissait seuls comme si on le lui avait commandé. Mais l'attitude digne de Camille, son air grave, l'honnêteté et la pudeur qu'on lisait sur toute sa personne mettaient un frein aux intentions de Lothaire.

Cependant, toutes ces qualités, qui lui avaient d'abord imposé le silence, allaient se retourner contre eux ; car si la langue se taisait, les pensées allaient leur train, et Lothaire avait tout loisir de contempler la vertu et la beauté de Camille, capables d'émouvoir une statue de marbre, et à plus forte raison un cœur d'homme.

Il la contemplait au lieu de lui parler, considérant combien elle était digne d'être aimée ; et ces pensées donnèrent peu à peu l'assaut aux égards qu'il devait à Anselme. Mille fois, il fut tenté de quitter la ville et de se retirer dans un endroit où son ami n'aurait pu le retrouver, où lui-même n'aurait pu revoir Camille ; mais il n'était déjà plus maître du plaisir qu'il éprouvait à la regarder. Il se faisait violence et luttait contre lui-même pour repousser la joie qu'il ressentait à la vue de la jeune femme. Lorsqu'il était seul, il s'accusait de sa folle inclination, se traitait de mauvais ami, voire de mauvais chrétien. Cependant, chaque fois qu'il comparait sa conduite à celle d'Anselme, il en concluait que la folie et l'imprudence de son ami surpassaient de loin sa propre déloyauté ; et que s'il était aussi peu coupable aux yeux de Dieu qu'à ceux des hommes des sentiments qui l'animaient, il n'aurait pas à craindre le châtiment de sa faute.

Finalement, la beauté et les vertus de Camille, jointes à l'occasion que lui avait fourni un mari imprudent, vinrent à bout de la loyauté de Lothaire. Et sans plus écouter que sa passion, trois jours à peine après le départ d'Anselme, pendant lesquels il n'avait cessé de livrer bataille à ses désirs, il fit une déclaration à Camille, avec tant d'ardeur et de passion que celle-ci en resta confondue ; elle se leva et se retira dans sa chambre, sans lui dire un mot. Mais cette froideur, loin d'ôter à Lothaire l'espérance qui naît en même temps que l'amour, ne fit qu'accroître ses désirs. Camille, devant cette conduite inattendue, ne savait que faire. Trouvant qu'il n'était ni bon ni sûr de donner à Lothaire une autre occasion de se déclarer, elle décida d'envoyer le soir même à Anselme un valet, porteur d'un billet qui disait ceci :

Suite de la nouvelle « Où il est prouvé que la curiosité est un vilain défaut »

DE MÊME qu'une armée, dit-on, ne doit pas être privée de son général, ni un château de son châtelain, moi je dis qu'une femme mariée, surtout si elle est jeune, ne doit pas être privée de son mari, lorsque la séparation n'est pas justifiée par d'excellents motifs. Je suis bien malheureuse loin de vous et incapable de supporter plus longtemps votre absence ; si vous ne revenez pas très vite, je serai forcée de me réfugier dans la maison de mes parents, même s'il n'y a personne pour garder la vôtre ; et si gardien il y a, celui que vous avez chargé de cette tâche me paraît plus occupé de son plaisir que de votre intérêt. Je suis sûre que vous me comprenez à demi-mot, et il n'est pas bien que je vous en dise davantage.

En recevant cette lettre, Anselme comprit que son ami s'était mis à l'œuvre, et que Camille avait dû répondre à ses avances comme il l'espérait. Ravi de ces bonnes nouvelles, il manda à son épouse de ne quitter sa maison sous aucun prétexte, car il ne tarderait pas à revenir. Celle-ci fut fort étonnée de la réponse de son mari, qui la laissait dans un embarras encore plus grand. Rester, c'était mettre son honneur en péril ; s'en aller, c'était désobéir à Anselme.

Elle choisit le plus mauvais de ces deux partis, qui était de demeurer dans sa maison et de ne pas fuir la présence de Lothaire pour ne pas éveiller les soupçons de ses domestiques. Elle se repentait déjà d'avoir écrit à Anselme, craignant qu'il n'imaginât que Lothaire avait vu en elle quelque coquetterie, pour manquer ainsi au respect qu'il lui devait.

Mais sûre d'elle-même, elle fit confiance à Dieu et à sa propre vertu, espérant y puiser la force de résister en silence à toutes les sollicitations de Lothaire, sans plus rien en dire à son époux, afin de ne pas lui causer de soucis ni provoquer des querelles. Elle songeait même à la manière de disculper Lothaire aux yeux d'Anselme, lorsque celui-ci lui demanderait le motif de sa lettre.

C'est dans cet état d'esprit, plus louable que sage, qu'elle écouta le lendemain les doux propos de Lothaire, lequel pressa si bien son attaque que la fermeté de Camille commença à chanceler ; malgré toute son honnêteté, elle eut beaucoup de peine à empêcher ses yeux de manifester la tendre compassion qu'éveillaient dans son cœur tant de larmes et d'amoureuses protestations. Lothaire s'en aperçut aussitôt, ce qui redoubla sa flamme. Il jugea qu'il fallait profiter de l'absence d'Anselme pour faire le siège de cette forteresse ; il donna donc le premier assaut en portant aux nues la beauté de Camille, car rien ne vient plus facilement à bout de cette place forte qu'est une femme vaniteuse et sûre de sa beauté que la vanité elle-même, qui s'exprime par le langage de l'adulation. Et il mit tant d'habileté et d'obstination à miner ce roc de vertu que Camille, eût-elle été de bronze, ne pouvait manquer de succomber. Il pleura, supplia, sollicita, promit, adula, montra tant d'ardeur et tant de sincérité qu'il eut raison de ses résistances, et qu'il conquit ce qu'il désirait le plus au moment où il s'y attendait le moins.

Camille céda ; oui, elle céda. Quoi d'étonnant, si même l'amitié qui unissait Lothaire à Anselme n'avait pas tenu bon ? Cela prouve bien qu'on ne peut vaincre l'amour qu'en le fuyant ; que nul ne devrait tenter de lutter contre un ennemi aussi puissant, car il faut l'appui des forces divines pour triompher de la force qu'il a sur les humains. Léonelle seule connut la faute de sa maîtresse : les deux mauvais amis et nouveaux amants ne pouvaient se cacher d'elle. Lothaire se garda bien de révéler à Camille le projet d'Anselme et de lui dire que c'était son époux qui lui avait fourni l'occasion de la voir, car elle risquait d'en estimer à moindre prix son amour, et de penser que ce n'était pas de son propre mouvement qu'il l'avait courtisée.

Au bout de quelques jours, Anselme revint. Il ne s'aperçut pas que Camille avait perdu ce qu'il prisait le plus et qu'il avait traité avec tant de légèreté. Il courut voir Lothaire, qu'il trouva chez lui ; après les premières embrassades, il lui demanda des nouvelles, qui lui donneraient vie ou le feraient mourir.

– Les nouvelles que j'ai pour toi, cher Anselme, lui répondit Lothaire, c'est que tu as une épouse qui mérite de servir de glorieux exemple à toutes les femmes honnêtes. Les paroles que j'ai pu lui dire, le vent les a emportées ; mes déclarations, elle ne les a pas écoutées ; mes présents, elle les a repoussés ; les larmes feintes que j'ai versées, elle s'en est moquée. En un mot, de même que Camille est un modèle de beauté, elle est aussi le sanctuaire de la chasteté, de la sagesse, de la pudeur, de toutes les qualités qui apportent honneur et bonheur à une femme vertueuse. Reprends ton argent, mon cher ami, je n'ai pas eu à m'en servir. L'intégrité de Camille ne se rend pas à des choses aussi viles que des cadeaux ou des promesses. Sois donc satisfait, Anselme, et n'exige plus d'autre preuve. Puisque tu as réussi à traverser à pied sec cette mer de doutes et de soupçons dont on a coutume d'entourer les femmes, ne t'embarque plus sur l'océan de nouvelles tempêtes ; et ne t'avise pas de faire une nouvelle fois, avec un autre pilote, l'expérience des vertus et de la solidité du navire que le ciel t'a donné en partage pour faire la traversée de ce monde. A présent que tu es arrivé à bon port, ancre-toi fermement à tes certitudes, et reste là, tranquille, jusqu'au jour où l'on viendra te réclamer la dette qu'aucun homme, si noble soit-il, ne peut éviter de payer.

Anselme fut ravi des paroles de Lothaire, auxquelles il crut aussi fermement qu'à celles d'un oracle. Cependant, il pria son ami de ne pas abandonner totalement l'entreprise, ne fût-ce que par curiosité et par divertissement, même s'il y mettait moins d'ardeur qu'auparavant. Il lui suffirait d'écrire quelques vers à la louange de Camille, sous le nom de Chloris ; lui-même ferait croire à son épouse que Lothaire était amoureux d'une dame, dont il célébrait les attraits sous ce nom d'emprunt, afin de ne pas compromettre sa réputation. Il ajouta que si Lothaire ne voulait pas se donner la peine d'écrire ces vers, il le ferait lui-même.

– C'est inutile, répondit ce dernier ; les muses ne me sont pas si hostiles qu'elles ne daignent chaque année me rendre quelques visites. Toi, tu diras à Camille ce que tu as imaginé sur mes amours supposées ; moi, je lui écrirai des vers. Ils ne seront peut-être pas aussi bons que le sujet le mérite, mais je ferai de mon mieux.

L'imprudent et l'ami perfide s'étant ainsi concertés, Anselme retourna chez lui et demanda à Camille pour quelle raison elle lui avait écrit. Elle, étonnée qu'Anselme ne lui eût pas encore posé la question, répondit qu'il lui avait semblé que Lothaire la regardait un peu moins respectueusement que lorsque son mari était à la maison ; mais qu'elle était déjà détrompée, et reconnaissait que c'était une illusion de sa part, car elle voyait bien que Lothaire fuyait sa présence et les occasions de se trouver seul avec elle. Anselme répliqua qu'elle n'avait aucune crainte à avoir à ce sujet ; qu'il savait, de bonne source, que son ami était amoureux d'une noble demoiselle de la ville, qu'il chantait sous le nom de Chloris, et que, même si son cœur avait été libre, la grande amitié qui les unissait était un gage suffisant de loyauté. Heureusement, Lothaire avait prévenu Camille de cet amour prétendu pour une certaine Chloris, qui lui permettait, sans éveiller les soupçons d'Anselme, de la célébrer, elle, tout à son aise ; elle reçut donc cette confidence sans alarme, au lieu de ressentir les affres de la jalousie.

Le lendemain, alors qu'ils s'entretenaient tous trois après le repas, Anselme pria Lothaire de leur réciter quelques vers parmi ceux qu'il avait composés pour sa bien-aimée Chloris, ajoutant que, puisque Camille ne la connaissait pas, il pouvait en dire ce qu'il lui plairait.

– Même si elle la connaissait, répondit Lothaire, je ne cacherais rien de mes sentiments ; un amant ne peut nuire à la réputation de sa maîtresse quand il célèbre sa beauté et déplore ses rigueurs. Quoi qu'il en soit, je vous dirai ce sonnet que j'ai fait hier sur l'ingratitude de Chloris.

Pendant qu'un doux sommeil dans l'ombre et le silence
délasse les mortels de leurs divers travaux,
des rigueurs de Chloris je sens la violence
et j'implore le ciel sans trouver le repos.

Quand l'aurore renaît, ma plainte recommence,
et je ressens aussi mille tourments nouveaux ;
je passe tout le jour dans la même souffrance,
espérant vainement la fin de tant de maux.

La nuit revient encore, et ma plainte de même ;
tout est dans le repos et mon mal est extrême,
comme si j'étais né seulement pour souffrir.

Qu'est-ce donc que j'attends de ma persévérance,
si le ciel et Chloris m'ôtent toute espérance ?
N'est-ce donc pas assez d'aimer et de mourir ?

Camille trouva le sonnet très à son goût ; Anselme le loua plus encore et déclara que la dame était bien cruelle de ne pas répondre à des aveux aussi sincères.

– Tout ce que disent les poètes amoureux est donc vrai ? demanda Camille.

– Ce n'est pas en tant que poètes qu'ils disent la vérité, répondit Lothaire ; et en tant qu'amoureux, ils sont tout aussi sincères qu'incapables d'exprimer leurs sentiments.

– Sans aucun doute, reprit Anselme, pour appuyer les idées de Lothaire devant Camille, aussi indifférente à cet artifice qu'éperdument éprise de Lothaire.

Elle prenait grand plaisir à tout ce qui venait de lui ; et, sachant bien que les vers de son amant lui étaient destinés, puisqu'elle était la véritable Chloris, elle lui demanda s'il se rappelait une autre poésie.

– Je sais un autre sonnet ; mais je le crois moins bon ou, disons, plus mauvais que le premier. Jugez-en par vous-mêmes.

Je sens bien que je meurs, et c'est inévitable :
la douleur qui me presse achève son effort ;
et moi-même, après tout, j'aime bien mieux mon sort
que de cesser d'aimer ce que je trouve aimable.

A quoi bon essayer un remède haïssable,
lequel, pour me guérir, ne peut être assez fort ?
Mais, bravant les rigueurs, le mépris et la mort,
faisons voir à Chloris un amant véritable.

Ah ! qu'on est imprudent de courir au hasard,
sans connaître de port, sans pilote et sans art,
une mer inconnue et sujette à l'orage !

Mais pourquoi tant gémir ? S'il faut mourir un jour,
il est beau de mourir par les mains de l'Amour ;
et mourir pour Chloris est un heureux naufrage.

Anselme ne loua pas moins ce deuxième sonnet, forgeant lui-même, anneau après anneau, la chaîne qui liait et emprisonnait son honneur. En effet, plus Lothaire le déshonorait, plus Anselme le remerciait de lui faire tant d'honneur. Et plus Camille tombait dans l'abîme de son infamie, plus elle s'élevait, dans l'opinion de son mari, au faîte de la vertu et de la bonne réputation.

Or, un jour qu'elle se trouvait seule avec sa suivante Léonelle, elle lui dit :

— J'ai honte à l'idée que je me suis estimée à bas prix en me donnant si vite à Lothaire, au lieu de lui faire acheter par une plus longue patience la possession de ma personne et de mon cœur. Je tremble qu'oubliant l'ardeur qu'il a mise à vaincre ma résistance, il n'accuse ma précipitation ou ma légèreté.

— Ne craignez rien, madame ; on ne se déprécie pas quand on cède vite, si ce qu'on a à donner est bon et digne d'estime. On dit même que celui qui donne tout de suite donne double.

— On dit aussi que ce qui coûte peu, on l'estime encore moins.

– Cela ne s'applique pas à vous, madame. L'amour, à ce qu'on dit, tantôt vole, tantôt marche ; avec les uns il court, avec d'autres il se traîne ; parfois il refroidit, parfois il enflamme ; il blesse les uns, il tue les autres ; à peine ses désirs s'élancent qu'ils ont déjà achevé leur course ; si le matin il fait le siège d'une citadelle, le soir même elle est obligée de se rendre, car aucune force ne lui résiste. Alors, de quoi vous étonnez-vous ? Que craignez-vous ? Lothaire doit avoir tout autant de scrupules, puisque l'amour a profité, pour se déclarer et vous vaincre, de l'absence de mon maître. Car ce que l'amour avait décidé devait s'accomplir sans attendre, sans laisser à Anselme le temps de revenir, celui-ci risquant de tout compromettre par sa présence. L'amour n'a pas meilleur complice que l'occasion ; il l'utilise dans toutes ses entreprises, surtout à ses débuts. Ce que je vous dis là, je le sais par expérience, et non par ouï-dire ; je vous raconterai cela, un jour ; je suis jeune, moi aussi, madame, et je suis faite de chair, comme vous. D'ailleurs, je ne trouve pas que vous ayez cédé si vite ; vous aviez eu tout le temps de voir l'âme de Lothaire dans ses yeux, dans ses soupirs, dans ses paroles, dans ses promesses, dans ses présents ; tout le temps de reconnaître combien toutes ses qualités le rendaient digne d'être aimé. Laissez donc ces scrupules et ces craintes. Vous pouvez être tranquille : Lothaire a pour vous autant d'estime que vous en avez pour lui. Et puisque vous êtes tombée dans le piège d'amour, estimez-vous heureuse que celui qui vous l'a tendu soit digne d'être honoré et estimé. Il n'a pas seulement les quatre S (Sage, Seul, Solliciteur, Secret) que doivent avoir, dit-on, les parfaits amants, mais un alphabet presque complet. Écoutez-moi, vous allez voir, je le sais par cœur. N'est-il pas, d'après ce que je vois Aimant, Bon, Courageux, Discret, Empressé, Fidèle, Généreux, Honnête, Illustre, Jeune, Loyal, Magnifique, Noble, Obligeant, Puissant, Qualifié, Riche, les quatre S en question, et puis Tranquille et Véridique ? L'X ne lui va pas, c'est une lettre trop dure ; l'Y, c'est comme un I ; il reste Z : Zélé pour vous servir.

Camille s'amusa beaucoup de l'alphabet de sa suivante,

et comprit que la jeune fille en savait plus sur l'amour qu'elle ne le disait. Léonelle ne s'en défendit pas, et révéla à sa maîtresse qu'elle voyait assidûment un jeune homme bien né de la ville. A cette confidence, Camille se troubla, craignant que ce ne fût la voie ouverte à son déshonneur. Elle demanda à Léonelle de lui dire si ces entrevues allaient plus loin que la conversation ; l'autre lui répondit effrontément qu'elles allaient beaucoup plus loin. Car il est bien connu que lorsque les maîtresses se permettent des imprudences, les servantes perdent toute vergogne ; sachant que leur maîtresse a fait un faux pas, elles ne se gênent plus pour boiter des deux pieds, au vu et au su de tous.

Camille se contenta de prier Léonelle de ne rien dire de cette histoire à celui qu'elle appelait son amant et de conduire ses propres affaires avec prudence, car ni Anselme ni Lothaire n'en devaient rien savoir. Léonelle le lui promit ; mais elle tint parole d'une manière qui fortifia chez Camille la crainte que sa suivante ne la perdît de réputation. L'effrontée et impudique jeune fille, voyant que sa maîtresse avait renoncé à sa vertu, osa en effet introduire son amant dans la maison, sûre que Camille ne dirait rien, même si elle s'en apercevait. Telle est, entre bien d'autres, la punition des dames qui se laissent aller à des faiblesses : elles deviennent esclaves de leurs servantes et se voient réduites à couvrir elles-mêmes leurs méfaits et vilenies, comme Camille y fut obligée. A plusieurs reprises, elle surprit Léonelle et son galant dans un de ses appartements, mais n'osait la gronder, l'aidant même à le cacher et à lui faciliter l'accès de sa maison, car elle craignait par-dessus tout qu'Anselme ne le vît.

Malgré toutes ses précautions, ce fut Lothaire qui, un matin, à l'aube, aperçut le jeune homme sortant de chez elle. Ne sachant pas qui il était, Lothaire le prit d'abord pour un fantôme ; mais le voyant marcher en s'enveloppant dans sa cape et en dissimulant avec soin son visage, il comprit bien vite que son idée était absurde, et il lui en vint une autre, qui aurait causé la perte de tout le monde si Camille n'avait pas tout arrangé. Il ne pensa pas un instant que cet homme était là pour Léonelle, dont il avait complètement oublié l'existence. Il crut simplement que Camille était aussi facile et légère avec un autre qu'elle l'avait été avec lui. Telle est, en effet, l'une des conséquences de l'infidélité de la mauvaise épouse : elle perd l'estime de celui-là même qui l'a conquise à force d'ardentes prières, car il pense qu'elle se donnera encore plus facilement à d'autres, et il s'accroche au moindre indice qui nourrit ses soupçons. Sans réfléchir, oubliant tous les sages discours qu'il avait pu tenir, il se précipita comme un fou chez Anselme qui n'était pas encore levé et, aveuglé par la rage et la jalousie qui lui dévoraient le cœur, impatient de se venger de Camille qui ne l'avait nullement offensé, il lui dit :

– Apprends, Anselme, que depuis plusieurs jours je me fais violence pour ne pas te dire une chose qu'il n'est plus possible ni raisonnable de te cacher. Sache donc que l'imprenable Camille s'est rendue, et qu'elle est disposée à se soumettre à tous mes désirs. Si j'ai tant tardé à te découvrir cette vérité, c'est parce que je voulais m'assurer que ce n'était pas un simple caprice de sa part, ou qu'elle ne feignait pas de se rendre pour m'éprouver et pour savoir si les paroles d'amour que je lui disais, avec ta permission, étaient sérieuses. J'avais même pensé que si Camille était aussi honnête que nous l'avons cru tous les deux, elle t'aurait déjà parlé de mes poursuites. Mais, voyant qu'elle tarde à le faire, il me paraît que je dois considérer sérieusement sa promesse de venir, à ta prochaine absence, me retrouver dans le cabinet où tu gardes tes objets précieux – c'était là, en effet, que Camille et Lothaire se retrouvaient. Cependant je ne veux pas que tu prennes une vengeance précipitée, car il n'y a eu péché que par la pensée ; et, d'ici là, Camille a tout le temps de changer d'avis et de se repentir. Puisque, jusqu'ici, tu as presque toujours écouté mes conseils, tâche de suivre celui que je vais te donner, afin que, sans erreur possible et en pleine connaissance de cause, tu prennes le parti qui te semblera le meilleur. Feins de t'absenter pour deux ou trois jours, comme cela t'est arrivé souvent, et arrange-toi pour te glisser dans le cabinet dont je t'ai parlé ; tapisseries et meubles seront des cachettes toutes trouvées.

Tu verras alors de tes propres yeux, et moi des miens, qui est la vraie Camille. Si son intention est coupable, comme on doit le craindre et non l'espérer, tu pourras venger cet affront, aussi discrètement qu'il convient.

Anselme était stupéfait de ce qu'il venait d'entendre. La confidence de son ami le surprenait au moment où il s'y attendait le moins, car la victoire de Camille sur les attaques simulées de Lothaire lui paraissait désormais assurée, et il commençait à goûter les joies du triomphe. Il resta un long moment silencieux, les yeux fixés à terre ; enfin, il répondit :

– Tu as agi, cher Lothaire, comme je l'attendais de ton amitié. Je suivrai en tout tes conseils ; fais ce qui te semblera bon, et surtout garde le secret sur cette situation imprévue.

Lothaire le lui promit et se retira. Mais, dès qu'il l'eut quitté, il se repentit amèrement de tout ce qu'il venait de dire, considérant qu'il avait agi bien sottement et qu'il aurait pu se venger lui-même de Camille, au lieu de choisir ce moyen si cruel et déshonorant pour elle. Il maudissait son manque de jugement, se reprochait sa précipitation et ne savait comment s'y prendre pour réparer le tort qu'il venait de lui causer, ou du moins trouver à sa sottise une honorable issue. Pour finir, il résolut de tout révéler à Camille et, comme les occasions ne manquaient pas de la rencontrer, il s'arrangea le jour même pour être seul avec elle. Mais ce fut Camille qui parla en premier :

– Cher Lothaire, lui dit-elle, laisse-moi te faire part d'un chagrin qui me serre le cœur si fort que je crains qu'il ne se brise dans ma poitrine. L'effronterie de ma suivante Léonelle n'a plus de bornes : chaque nuit, elle introduit ici son galant et le garde auprès d'elle jusqu'au petit matin. Juge quel danger pour ma réputation si l'on voit cet homme sortir de chez moi à cette heure indue ! Et ce qui me contrarie le plus, c'est que je n'ose ni la punir ni même la réprimander ; comme elle est la confidente de nos entrevues, je ne peux que fermer les yeux sur les siennes, et je crains que cela n'amène quelque malheur.

Lothaire crut d'abord à un subterfuge de Camille, afin de le persuader que l'homme qu'il avait vu sortir venait pour Léonelle et non pour sa maîtresse. Mais quand il la vit pleurer, se désoler et lui demander de l'aide, il comprit qu'elle disait la vérité et n'en fut que davantage confus et repentant. Il lui recommanda de ne pas s'affliger et lui promit de trouver un moyen de couper court à la conduite effrontée de sa suivante. Puis, il lui avoua ce que, dans un furieux accès de jalousie, il avait révélé à Anselme ; et aussi que celui-ci devait se cacher dans son cabinet pour avoir la preuve qu'elle lui était infidèle. Il lui demanda pardon de sa folie, la priant de l'aider à sortir de ce labyrinthe où son imprudence l'avait engagé.

Camille était stupéfaite de l'aveu de Lothaire ; elle lui fit les reproches les plus vifs et les plus justifiés sur la mauvaise opinion qu'il avait d'elle, et sur le parti stupide et dangereux qu'il avait pris. Mais comme la femme est naturellement plus prompte d'esprit que nous, dans le bien comme dans le mal, quoique moins apte à la réflexion, elle trouva sur-le-champ la solution à ce problème, en apparence insoluble. Elle dit à Lothaire de s'arranger pour qu'Anselme se cachât dès le lendemain dans l'endroit convenu ; qu'elle comptait profiter de ce qui se passerait alors pour qu'à l'avenir leur amour pût s'épanouir en toute tranquillité. Puis, sans lui découvrir son projet, elle lui recommanda, quand Anselme serait dans sa cachette, de se tenir prêt à venir dès que Léonelle irait le chercher, et de répondre alors à tout ce qu'elle pourrait lui dire, exactement comme si Anselme ne les écoutait pas. Lothaire voulut en savoir davantage, pour agir plus adroitement et sans commettre d'erreur.

– Tu n'as rien d'autre à faire, lui répéta-t-elle, que répondre aux questions que je te poserai.

Elle ne lui dit rien de plus, de crainte qu'il ne refusât d'exécuter son stratagème, qu'elle trouvait excellent, et qu'il n'en imaginât lui-même d'autres moins heureux.

Lothaire s'éloigna. Le lendemain, Anselme prit prétexte d'aller à la campagne voir son ami et sortit ; mais il revint aussitôt se cacher, ce qui lui fut aisé, car Camille et Léonelle lui avaient expressément facilité les choses.

Anselme, dans sa cachette, aussi anxieux que pouvait l'être un homme qui va voir de ses yeux disséquer les entrailles de son honneur, s'attendait à perdre le souverain bien qu'il plaçait en sa Camille adorée. Quand les deux femmes se furent assurées qu'il était à l'écoute, elles entrèrent dans le cabinet et, sans perdre un instant, Camille, poussant un profond soupir, s'écria :

– Hélas, ma bonne Léonelle, peut-être vaudrait-il mieux qu'avant de mettre en œuvre ce que je ne veux pas te confier, de peur que tu t'y opposes, tu prennes le poignard d'Anselme que je t'ai demandé d'apporter et que tu me le plonges dans ce cœur infâme ! Mais non, il ne serait pas juste que je sois châtiée à la place du coupable. Je veux auparavant savoir ce que le regard téméraire et licencieux de Lothaire a pu voir en moi qui lui ait donné la hardiesse de me découvrir sa coupable passion, au prix de mon honneur et au mépris de l'amitié qu'il porte à mon époux. Ouvre cette fenêtre, Léonelle, et appelle-le ; je suis sûre qu'il est dans la rue, où il attend de satisfaire son odieux dessein. Mais d'abord, j'aurai satisfait le mien, aussi cruel qu'honorable !

– Hélas, madame, répondit comme convenu l'habile suivante, que voulez-vous faire de ce poignard ? Vous frapper ? Ôter la vie à Lothaire ? Quelle que soit votre intention, votre honneur et votre réputation en seront ternis. Réprimez votre juste colère et ne laissez pas entrer ce méchant homme dans cette maison, où il nous trouverait seules. Nous ne sommes que de faibles femmes ; lui, c'est un homme déterminé qui vient, aveuglé par la passion, satisfaire son coupable désir. Peut-être n'aurez-vous pas accompli votre projet que lui, déjà, aura fait pire que vous ôter la vie. Maudit soit votre époux, qui ouvre grand sa porte à un débauché ! Mais, madame, si vous le tuez, puisque telle semble être votre intention, que deviendra son cadavre ?

– Ce qu'il deviendra ? Nous le laisserons là, afin qu'Anselme l'enterre ; car il est juste qu'il trouve du plaisir à la

peine qu'il aura pour ensevelir l'objet de son déshonneur.
Allons, appelle-le. Tout retard que je prends dans ma légitime vengeance me paraît un outrage à la fidélité que je dois
à mon époux.

Anselme écoutait toute cette conversation, et chaque
parole de Camille ajoutait à son trouble. Quand il comprit
qu'elle était décidée à tuer Lothaire, il voulut sortir de
sa cachette pour l'en empêcher ; mais il fut retenu par le
désir de voir où aboutirait une résolution aussi honorable
que courageuse, et décida de se montrer à temps pour éviter
le pire.

A ce moment, Camille fut prise d'une grande faiblesse et
se laissa tomber sur un lit qu'il y avait là ; Léonelle se mit à
pleurer amèrement :

– Hélas ! disait-elle. Aurai-je le malheur de voir mourir
entre mes bras cette fleur de la chasteté, cet exemple achevé
de vertu, ce modèle de sagesse…

Toutes ces lamentations auraient fait croire qu'elle-même
était la plus affligée et la plus fidèle des suivantes, et sa
maîtresse une nouvelle Pénélope, persécutée par ses amants.

Camille ne tarda pas à revenir de son évanouissement, et
s'écria aussitôt :

– Mais qu'attends-tu, Léonelle, pour appeler le plus loyal
ami qu'ait jamais éclairé la lumière du soleil ou recouvert
l'obscurité de la nuit ? Allons, hâte-toi, cours, vole ; à
trop tarder, je crains de voir s'éteindre le feu de ma colère,
et que ma juste vengeance s'arrête aux menaces et aux
malédictions.

– J'y vais, madame ; mais d'abord, je veux que vous me
remettiez ce poignard, de peur qu'en mon absence vous ne
commettiez un acte qui désolerait à jamais ceux qui vous
aiment.

– Rassure-toi, Léonelle ; bien que je puisse te paraître à la
fois naïve et téméraire en prenant ainsi la défense de mon
honneur, je ne le suis pas autant que cette Lucrèce qui,
dit-on, se donna la mort, sans être fautive et sans avoir au
préalable tué l'auteur de son infortune. Moi, si je meurs, ce
sera seulement après m'être vengée de celui qui m'oblige à

venir ici déplorer des hardiesses dont je suis si peu coupable.

Léonelle se fit encore prier avant d'aller chercher Lothaire, et sortit enfin ; en attendant son retour, Camille feignit de se parler à elle-même.

– Mon Dieu, disait-elle, peut-être aurais-je dû congédier Lothaire, comme tant d'autres fois, au lieu de lui donner aujourd'hui l'occasion d'apparaître à ses yeux comme une femme impudique et légère pendant le temps que je mettrai à le désabuser ! Oui, j'aurais dû. Mais je ne serais pas vengée, ni l'honneur de mon mari satisfait, si l'infâme ne subissait pas les conséquences de son coupable dessein. Que le traître paie de sa vie l'audace de m'avoir choisie pour objet de sa concupiscence ! Que le monde entier apprenne, s'il doit le savoir un jour, que non seulement Camille a su rester fidèle à son époux, mais qu'elle l'a vengé de celui qui avait osé l'outrager. Cependant, ne vaudrait-il pas mieux tout révéler à Anselme ? Dans la lettre que je lui ai écrite à la campagne, je lui ai donné à entendre ce qui se passait ; et s'il n'a rien fait pour remédier au tort qu'on lui portait, c'est sans doute par excès de confiance et de bonté : il n'a pu ni voulu admettre que le cœur d'un ami aussi fidèle abritât des sentiments tournés contre son honneur. Moi-même, je l'ai pensé longtemps, et le penserais encore, si cet insolent, avec ses riches présents, ses promesses importunes, ses larmes continuelles ne m'avait persuadée du contraire. Mais à quoi bon tant de discours ? Doit-on justifier une résolution courageuse ? Non, certes. A bas les traîtres ! A moi la vengeance ! Qu'il entre, le perfide, qu'il approche et qu'il meure, et advienne que pourra ! Pure je me suis abandonnée à celui que le ciel m'a donné pour époux ; pure je le quitterai, dussé-je baigner dans mon chaste sang et dans le sang vil du plus faux ami qu'il y ait jamais eu en ce monde !

Tout en parlant, Camille allait et venait dans la pièce, le poignard dans la main, à pas brusques et précipités, et avec des gestes si étranges qu'on aurait pu croire qu'elle avait perdu l'esprit, et qu'on avait devant les yeux non pas une femme délicate et raffinée, mais un rustre au désespoir.

Caché derrière une tapisserie, Anselme voyait et écoutait tout cela avec stupéfaction. Il lui semblait que c'était une réponse suffisante à ses plus graves soupçons, et redoutait cette preuve ultime qu'était la venue de Lothaire, craignant quelque accident fâcheux. Il s'apprêtait à sortir de sa cachette pour embrasser son épouse et la détromper, lorsqu'il vit Léonelle revenir, tenant Lothaire par la main. Dès que Camille aperçut celui-ci, elle fit avec son poignard une grande raie devant elle, sur le plancher, et lui dit :

– Écoute-moi bien, Lothaire ; si tu oses franchir cette ligne, ou seulement t'en approcher, je me perce le cœur de ce poignard que je tiens dans la main. Avant de parler, écoute ce que j'ai à te dire ; tu auras tout loisir ensuite d'y répondre. Mais d'abord, dis-moi, Lothaire : connais-tu Anselme, mon mari ? Et moi, me connais-tu ? Ce ne sont pas là des questions difficiles qui pourraient te troubler ou t'obliger à réfléchir longuement.

Lothaire n'était pas assez naïf pour ne pas comprendre, dès que Camille lui avait à mots couverts exposé son stratagème, ce qu'elle avait en tête. Aussi lui répondit-il, avec tant d'habileté et d'à-propos qu'on aurait cru que les mensonges qu'ils débitaient tous deux étaient la pure vérité.

– Je ne pensais pas, belle Camille, que tu m'appelais dans une intention si différente de celle qui m'amenait dans ce cabinet. Si tu me poses ces questions pour retarder l'accomplissement de tes promesses, tu n'avais pas besoin de me demander de venir jusqu'ici, car le bien désiré donne d'autant plus de fièvre que s'approche le moment de le posséder. Mais pour que tu ne me reproches pas de laisser tes questions sans réponse, je te dirai que je connais Anselme, ton époux, que nous nous connaissons tous deux depuis notre plus tendre enfance ; je n'insisterai pas sur l'amitié qui nous lie et qui t'est bien connue, pour ne pas m'appesantir sur l'outrage que je lui fais subir au nom de l'amour, lequel sert d'excuse à des fautes encore plus graves. Je te connais également, Camille, et je partage l'estime que ton mari a pour toi ; il fallait ces qualités que tu possèdes pour me faire oublier ce que je dois à moi-même et aux saintes lois de l'amitié sincère que l'amour, ce tyran tout-puissant, me contraint de violer.

– Après un tel aveu, dit Camille, mortel ennemi de tout ce qui mérite justement d'être aimé, comment oses-tu paraître devant celle qui est le miroir où se contemple cet homme que tu devrais prendre en exemple, au lieu de l'outrager si indignement ! Mais, hélas ! malheureuse que je suis ! Je crois comprendre pourquoi tu as perdu jusqu'au respect de toi-même : sans doute me serais-je permis devant toi quelque liberté, que je n'appellerai pas impudeur car je n'ai pas agi de propos délibéré, mais par simple négligence, comme il arrive aux femmes lorsqu'elles sont en confiance. Et sinon, dis-moi, traître, ai-je jamais répondu à tes avances par un seul mot, un seul geste qui aurait pu te donner l'espoir de réussir dans tes infâmes desseins ? Ai-je jamais écouté tes paroles d'amour sans les repousser ni les condamner avec rigueur et mépris ? Ai-je jamais cru à tes nombreuses promesses, accepté tes multiples présents ? Et cependant, je ne puis penser que l'on persévère aussi longtemps dans une entreprise amoureuse si l'on n'est pas soutenu par quelque espérance ; aussi, c'est à moi que je veux attribuer la faute de ton insolence, à moi que je reprocherai une négligence involontaire qui aura soutenu ton désir. Je veux donc m'en punir et faire retomber sur moi la peine que tu mérites. Mais afin que tu saches que je ne serai pas moins inhumaine avec moi-même que je ne le suis avec toi, j'ai voulu que tu sois témoin du sacrifice que je pense accomplir pour réparer l'honneur outragé de mon digne époux, que nous avons tous deux offensé, toi en me poursuivant de tes sollicitations, moi en ne fuyant pas les occasions qui pouvaient favoriser et fortifier tes mauvais désirs. Je te le répète, ce qui me tourmente le plus, c'est d'avoir pu donner prise, par quelque négligence, à d'aussi infâmes pensées ; et je suis décidée à me punir de mes propres mains, de peur qu'en cherchant un autre bras que le mien ma faute ne devienne publique. Mais je ne mourrai pas seule ; je veux emmener avec moi celui dont la mort satisfera ce désir de vengeance qui me tient. Et, où que je sois, je saurais que la justice, toujours impartiale, n'a pas laissé impuni celui qui m'oblige à ce geste désespéré.

En achevant ces mots, elle se jeta sur Lothaire, le poignard à la main, avec une telle violence et en feignant si bien de vouloir le frapper en plein cœur, qu'il se demanda si ses démonstrations n'étaient pas vraies ; et il lui fallut toute son adresse et toute sa force pour empêcher Camille de le blesser. Celle-ci, qui mettait tant d'ardeur à simuler cet étrange artifice, voulut pour lui donner une teinte encore plus authentique le colorer de son propre sang. Voyant qu'elle ne pouvait atteindre Lothaire, ou faisant semblant de ne point y parvenir, elle s'écria :

– Puisque le sort refuse de satisfaire ma vengeance, du moins ne m'empêchera-t-il pas de l'accomplir en partie.

Dégageant violemment sa main, que retenait Lothaire, elle tourna contre elle-même le poignard et enfonça la pointe entre l'aisselle et l'épaule gauches, où l'entaille ne pouvait être profonde ; puis elle s'affaissa, comme prise de défaillance.

Léonelle et Lothaire, la voyant par terre baignant dans son sang, furent frappés de stupeur. Ils ne savaient plus que croire. Lothaire se précipita, épouvanté, pour retirer le poignard de la plaie ; mais voyant que la blessure était légère, il fut rassuré et ne put s'empêcher d'admirer à nouveau l'adresse, la ruse et l'intelligence de la belle Camille. Voulant lui aussi être à la hauteur de son rôle, il se mit à gémir et à se lamenter devant le corps étendu de la jeune femme, comme si elle était morte, en s'accablant de malédictions et en maudissant aussi celui qui était la cause de tout le mal. Comme il savait que son ami Anselme l'entendait, il gémit et se désola si bien qu'on l'aurait cru plus à plaindre que Camille, à supposer qu'elle fût morte.

Léonelle la prit dans ses bras et la déposa sur le lit, suppliant Lothaire d'aller chercher quelqu'un qui pût venir, en secret, soigner sa maîtresse. Elle lui demanda également conseil sur ce qu'il faudrait dire à Anselme, s'il revenait avant que Camille fût guérie. Lothaire lui répondit de dire ce qu'elle voudrait, qu'il n'était guère en état de donner un conseil éclairé ; mais qu'il fallait d'abord et avant tout arrêter le sang ; quant à lui, il s'en allait là où personne ne pourrait le voir. Il se retira donc, avec de grandes démonstrations de douleur.

Quand il fut seul, et sûr de n'être vu de personne, il se mit à faire des signes de croix, tout en admirant l'habileté de Camille et la duplicité de sa suivante. Il pensait qu'Anselme n'avait plus aucun doute à présent sur la vertu de sa femme, qu'il devait considérer comme une seconde Porcia. Et il n'avait qu'une hâte, c'était de retrouver son ami pour célébrer avec lui la vérité la mieux feinte et le mensonge le mieux simulé du monde.

Léonelle étancha, comme on l'a dit, le sang de sa maîtresse, qui avait coulé juste assez pour qu'on pût croire à sa ruse ; elle lava la blessure avec un peu de vin et la pansa de son mieux, en tenant de tels propos que, même si Anselme n'avait rien vu ni entendu, il aurait pu croire que sa femme était un modèle de toutes les vertus.

A ces propos vinrent s'ajouter ceux de Camille, qui se reprochait sa lâcheté, puisqu'elle n'avait pas assez de courage pour s'ôter la vie, qu'elle avait en horreur. Elle demanda à Léonelle s'il convenait d'informer son cher époux de ce qui venait de se passer. La suivante lui conseilla de ne rien dire, pour ne pas mettre Anselme dans l'obligation de se venger de son ami, ce qui comportait de grands risques pour sa personne, et elle ajouta qu'une bonne épouse se devait d'éviter à son mari toute occasion de querelles, et non les provoquer.

Camille dit que cet avis lui semblait raisonnable, et qu'elle le suivrait ; mais qu'il fallait, cependant, trouver une explication à donner à Anselme au sujet de cette blessure qu'il ne manquerait pas de voir. Léonelle lui répondit qu'elle ne savait pas mentir, même pour plaisanter.

– Ni moi, ma chère enfant, soupira Camille ; je ne saurais forger ou soutenir un mensonge, même s'il y allait de ma vie. Et si nous ne pouvons nous en sortir autrement, mieux vaut lui avouer la vérité toute nue, que de nous laisser prendre en flagrant délit de mensonge.

– Ne vous mettez pas en peine, madame. D'ici à demain, j'aurai pensé à ce que nous lui dirons ; d'ailleurs, telle que la blessure est placée, peut-être parviendrez-vous à la lui cacher si Dieu daigne favoriser nos honnêtes desseins. Calmez-vous et tâchez de vous remettre, pour que votre époux ne vous trouve pas dans cette agitation. Pour le reste, reposez-vous sur moi et faites confiance à Dieu, qui prête toujours une oreille attentive aux intentions honnêtes.

Anselme, comprenant que se jouait sous ses yeux la tragédie de la mort de son honneur, avait écouté et regardé très attentivement ; d'autant plus que les acteurs y avaient mis tant de naturel et de conviction qu'ils donnaient l'impression d'être réellement ces personnages qu'ils jouaient. Il attendait la nuit avec impatience pour pouvoir sortir de chez lui, aller retrouver son ami Lothaire, et se féliciter avec lui d'avoir découvert, en mettant à l'épreuve la vertu de sa femme, une perle rare. Les deux femmes firent en sorte de lui faciliter la sortie. Anselme courut sans perdre un instant chez Lothaire, qu'il trouva chez lui ; on ne saurait dire combien de fois il l'embrassa, ni tout ce qu'il lui dit à la louange de Camille. Lothaire écoutait, sans parvenir à manifester la moindre allégresse en voyant aussi totalement abusé cet ami qu'il offensait injustement. Anselme remarqua que Lothaire ne participait pas à sa joie, mais il l'attribuait à la blessure de Camille, dont son ami se croyait la cause. Aussi, entre autres choses, il lui dit de ne pas s'inquiéter, que la blessure devait être légère puisque les deux femmes étaient convenues de la lui cacher ; qu'il n'avait donc plus aucune raison de craindre, et ne devait songer qu'à se réjouir avec lui ; que grâce à son habileté, lui, Anselme, avait atteint au plus grand bonheur que l'on pouvait espérer. Il ajouta qu'il ne désirait plus rien que de passer son temps à écrire des vers à la louange de Camille, pour immortaliser son nom dans les siècles futurs. Lothaire le félicita de ce projet et promit, pour sa part, de l'aider à élever un si glorieux monument.

Et c'est ainsi qu'Anselme continua d'être le mari le plus joliment trompé du monde : croyant introduire chez lui l'instrument de sa gloire, il ouvrait grand sa porte au responsable de son déshonneur, que Camille recevait, l'air renfrogné mais l'âme joyeuse. Cette supercherie réussit encore un temps ; mais, quelques mois plus tard, la roue de la Fortune tourna et cette action coupable, jusque-là si bien dissimulée, parut au grand jour. Anselme allait apprendre au prix de sa vie que la curiosité est un vilain défaut.

Qui traite de l'effroyable bataille que livra
don Quichotte à des outres de vin rouge,
et de la fin de la nouvelle « Où il est prouvé
que la curiosité est un vilain défaut »

IL NE RESTAIT PLUS grand-chose à lire de la nouvelle, lorsque Sancho sortit très agité du grenier où dormait don Quichotte.

– Dépêchez-vous, messieurs, disait-il, venez vite au secours de mon maître qui s'est fourré dans une bataille terrible, la pire que j'aie jamais vue ! Sacrebleu ! il vient de donner un tel coup d'épée à ce géant ennemi de la princesse Micomiconne qu'il lui a tranché la tête à ras, comme si c'était un navet !

– Qu'est-ce que tu racontes, Sancho ? demanda le curé, en interrompant sa lecture. Allons, mon fils, ne dis pas de bêtises ! Comment diable serait-ce possible, alors que ce géant dont tu parles est à deux mille lieues d'ici ?

Un grand bruit leur parvint alors dudit grenier, puis la voix de don Quichotte qui criait :

– En garde, larron, félon, malandrin ! Cette fois, ton compte est bon et ton cimeterre ne te servira de rien !

Et on aurait cru qu'il donnait de grands coups de taille sur les murs.

– Au lieu de rester là, à écouter, continua Sancho, vous feriez mieux d'aller séparer les combattants, ou de porter secours à mon maître. Quoiqu'il ne doive plus en avoir besoin, parce que je suis sûr que le géant est déjà mort et qu'en ce moment il rend compte à Dieu de ses vilaines actions : j'ai vu le sang qui coulait par terre, et sa tête coupée à côté de lui, aussi grosse qu'une outre de vin.

– Je veux bien être pendu, s'écria alors l'aubergiste, si ce don Quichotte ou ce don diable n'a pas donné un coup d'épée dans une de mes outres, qui sont rangées au-dessus de son lit ; et c'est le vin, qui a giclé, que cet homme-là aura pris pour du sang.

Il entra sans plus attendre dans la mansarde, et tout le monde derrière lui. Ils trouvèrent don Quichotte dans le plus étrange accoutrement du monde. Il n'avait que sa chemise, laquelle était trop courte par-devant pour lui couvrir les cuisses, et avait, par-derrière, six doigts de moins. Ses jambes très longues, maigres, étaient toutes velues et d'une propreté douteuse. Sur la tête, il portait un bonnet de nuit rouge, graisseux, qui appartenait à l'aubergiste. Il avait enroulé à son bras gauche la couverture de lit dont Sancho gardait, et pour cause, un si mauvais souvenir ; dans sa main droite, il brandissait son épée nue, et frappait de grands coups de tous côtés, en lâchant des jurons comme s'il avait réellement combattu un géant. Le plus drôle, c'est qu'il avait les yeux fermés, car il était endormi et il rêvait qu'il livrait bataille : il s'était si bien imaginé en train d'accomplir cette merveilleuse aventure que, dans son rêve, il se voyait au royaume de Micomicon, pourfendant son ennemi. Et il avait tant frappé dans les outres, en croyant abattre le géant, qu'il y avait du vin partout dans le grenier.

L'aubergiste, pris de fureur devant ce spectacle, se précipita sur don Quichotte et lui administra une telle volée que, si Cardenio et le curé n'étaient pas venus à la rescousse, il aurait mis un terme à l'aventure du géant. Et malgré tout, notre pauvre chevalier continuait à dormir. Le barbier fut obligé d'aller tirer du puits une grande marmite d'eau froide, qu'il lui versa tout entière sur le corps. Don Quichotte s'éveilla, mais pas assez pour se rendre compte de la tenue où il était. Dorothée, le voyant si court vêtu, préféra ne pas assister au combat qui mettait aux prises son défenseur et son ennemi. Quant à Sancho, il cherchait partout la tête coupée ; et comme il ne la trouvait pas, il se lamentait :

– Je vois bien que tout ce qui se passe dans cette maison se fait par enchantement ! L'autre fois, à cet endroit où je me trouve, j'ai reçu une bonne tournée, sans savoir qui me donnait les coups et sans que j'aie jamais vu personne. Et, à présent, voilà que je ne trouve plus cette tête qu'on a coupée devant mes yeux, même que le sang coulait du corps comme d'une fontaine.

– Qu'est-ce que tu racontes, ennemi de Dieu et de tous les saints ? cria l'aubergiste. Tu ne vois donc pas, pauvre idiot, que le sang et la fontaine, c'est tout simplement mes outres crevées et le vin qui se promène sur le plancher ? Ah, si je pouvais voir se promener en enfer l'âme de celui qui a fait tout ce gâchis !

– Je n'y comprends rien, répliqua Sancho ; tout ce que je sais, c'est que la malchance me poursuit et que, faute de trouver cette maudite tête, mon titre de comte va fondre comme le sel dans l'eau.

Car Sancho éveillé était pire que son maître endormi, tant les promesses de don Quichotte lui avaient tourné la tête. L'aubergiste était au désespoir en voyant la placidité de l'écuyer devant les dégâts causés par son maître, et il jurait que ces deux-là ne s'en tireraient pas comme la dernière fois, quand ils étaient partis sans débourser un sou ; les privilèges de la chevalerie ne les dispenseraient pas de payer les deux notes, sans compter ce qu'il en coûterait de faire rapiécer les outres.

Le curé avait pris les mains de don Quichotte ; celui-ci, persuadé que l'aventure était terminée et qu'il se trouvait en présence de la princesse Micomiconne, se mit à genoux devant le curé en disant :

– Votre Grandeur, noble et gente dame, peut désormais vivre tranquille, car j'ai mis cette canaille hors d'état de vous nuire ; quant à moi, je suis désormais quitte de la parole que je vous avais donnée, puisque, avec l'aide de Dieu et la faveur de celle pour qui je vis et je respire, je l'ai si heureusement tenue.

– Qu'est-ce que je vous avais dit ? s'écria Sancho en entendant don Quichotte. Et qu'on ne vienne pas me raconter que j'étais soûl ! Mon maître a bel et bien mis ce géant dans la saumure ! L'affaire est dans le sac ; je le tiens, mon titre de comte !

Qui aurait pu s'empêcher de rire des extravagances que disaient le maître et le valet ? Ils s'esclaffaient tous, sauf l'aubergiste, qui se vouait au diable. Au bout d'un moment, le barbier, Cardenio et le curé parvinrent, non sans peine, à remettre don Quichotte dans son lit, où il se rendormit aussitôt, comme un homme épuisé par l'effort. Ils le laissèrent reposer et revinrent sous le porche de l'auberge consoler Sancho de n'avoir pu retrouver la tête du géant ; ils eurent plus de mal à apaiser l'aubergiste, qui se désespérait de la mort subite de ses outres. Quant à sa femme, elle ne cessait de crier et de se lamenter :

– Maudit soit le jour où ce chevalier errant est entré chez moi. En voilà un qui me coûte cher ! La dernière fois, il a filé sans payer la dépense d'une nuit complète, avec souper, paille et orge pour lui, son écuyer, une rosse et un âne ; il a dit qu'il était chevalier d'aventures – Dieu le damne et damne par la même occasion tous les chevaliers d'aventures qu'il y a au monde –, et qu'à cause de ça, il n'avait rien à payer du tout, que c'était écrit dans les lois de la chevalerie errante. Ensuite, toujours à propos de ce chevalier, est arrivé cet autre monsieur qui a emporté ma queue, et qui me l'a rendue tellement pelée et abîmée qu'elle ne vaut plus rien et que mon mari ne peut même plus s'en servir ! Et voilà que, par-dessus le marché, ce don Quichotte vient crever mes outres et répandre tout mon vin. Moi, c'est son sang que je voudrais voir couler ! Mais il ne perd rien pour attendre ; par les os de mon père et par la vie de ma mère, je m'en vais lui faire payer ce qu'il me doit, jusqu'au dernier sou, ou je ne m'appelle pas par mon nom, et je ne suis pas la fille de mes parents !

Elle continua sur ce ton, aidée par sa fidèle servante Maritorne qui lui faisait chorus. Quant à sa fille, elle ne disait rien mais souriait de temps en temps. Le curé les apaisa en s'engageant à les dédommager, tant des outres crevées que du vin répandu, et surtout de cette queue diminuée de moitié dont ils faisaient grand cas. Dorothée consola Sancho en lui assurant que, s'il se confirmait que son maître avait tranché la tête du géant, elle lui donnerait le plus riche de ses comtés sitôt que la paix serait rétablie dans son royaume. Cette promesse consola Sancho. Il affirma à la princesse qu'il avait bel et bien vu la tête du géant, et même sa barbe, qui lui descendait jusqu'à la ceinture ; et que, si on ne retrouvait pas la tête, c'était parce que dans cette auberge tout se faisait par enchantement, comme il avait pu s'en apercevoir à ses dépens la dernière fois qu'il y avait logé. Dorothée répondit qu'elle était du même avis et qu'il n'avait aucune inquiétude à avoir, car tout s'arrangerait pour le mieux.

Quand tout le monde se fut calmé, le curé, voyant qu'il était presque arrivé au bout de la nouvelle, voulut achever de la lire, comme du reste Cardenio, Dorothée et les autres l'en priaient ; il poursuivit donc l'histoire pour leur plaisir à tous :

« Depuis qu'Anselme était rassuré quant à la vertu de sa femme, il menait une vie heureuse et insouciante. De son côté, Camille feignait de faire grise mine à Lothaire pour qu'Anselme lût en elle des sentiments contraires à ceux qu'elle éprouvait. Lothaire, afin d'appuyer cette ruse, demanda à son ami la permission de ne plus reparaître chez lui, puisque le déplaisir que Camille avait à le voir n'était que trop manifeste ; mais le mari trompé refusa catégoriquement. Ainsi était-il lui-même l'artisan de son déshonneur, tout en croyant œuvrer à son bonheur.

Quant à Léonelle, ravie de voir ses amours reconnues, elle s'y livra ouvertement, sûre de la protection de sa maîtresse, qui allait jusqu'à lui indiquer comment s'y prendre pour ne pas être découverte. Mais une nuit, Anselme entendit marcher dans la chambre de la suivante ; voulant entrer pour voir qui était là, il poussa la porte et sentit qu'on lui opposait une résistance, ce qui lui donna davantage envie de l'ouvrir. Il poussa encore plus fort ; quand il réussit enfin à entrer dans la pièce, il eut le temps de voir un homme qui sautait par la fenêtre. Il voulut s'élancer pour le rattraper, ou du moins le reconnaître, mais Léonelle, le prenant à bras-le-corps, l'arrêta :

– Calmez-vous, monsieur, lui dit-elle, et ne cherchez pas à suivre celui qui vient de s'enfuir : c'est un homme qui me touche de près, et, pour ne rien vous cacher, c'est mon mari.

Anselme ne voulut pas la croire. Emporté par la colère, il

tira sa dague et menaça de la tuer si elle n'avouait pas la vérité. La suivante eut tellement peur que, sans mesurer ce qu'elle disait, elle le supplia :

– Ne me tuez pas, monsieur. Je sais des choses qui sont pour vous de la plus haute importance.

– Eh bien, parle, ou je te tue !

– Pour l'instant, cela me serait impossible : mon trouble est trop grand. Attendez demain, et je vous ferai des révélations étonnantes. Cependant, je puis déjà vous assurer que celui qui vient de sauter par cette fenêtre est un jeune homme de la ville, qui m'a promis le mariage.

Anselme se calma et consentit au délai qu'on lui demandait, car il était loin de se douter que les révélations de Léonelle pouvaient être dirigées contre Camille, dont il ne mettait plus la vertu en doute. Il sortit donc de la chambre, où il enferma la suivante en lui disant qu'il ne la délivrerait que lorsqu'elle lui aurait dévoilé ce qu'elle savait.

Puis il alla trouver sa femme et lui raconta ce qui venait de se passer ainsi que la promesse que lui avait faite Léonelle de lui révéler un grand secret. Inutile de le dire, Camille en fut bouleversée. L'idée que Léonelle s'apprêtait à raconter à Anselme ce qu'elle savait de la trahison de sa maîtresse – car on pouvait s'attendre à tout de cette fille – la plongea dans le plus grand effroi. Elle n'eut pas le courage d'attendre ni de s'assurer que ses soupçons étaient fondés : la nuit même, dès qu'elle crut Anselme endormi, elle prit de l'argent et ses plus beaux bijoux, sortit de chez elle sans être vue et courut chez Lothaire, à qui elle expliqua ce qui était arrivé, le suppliant de lui trouver un asile ou de fuir avec elle. Lothaire en fut si troublé qu'il ne pouvait dire un mot et ne savait quel parti prendre.

Enfin, il proposa à Camille de la conduire dans un couvent, dont une de ses sœurs était l'abbesse. Camille accepta, et ils partirent avec toute la hâte que les circonstances exigeaient. Lothaire la déposa au couvent et lui-même quitta la ville sans aviser personne de son départ.

Le lendemain matin, Anselme se leva, sans même remarquer l'absence de Camille à ses côtés, si grande était son impatience d'entendre ce que Léonelle avait à lui dire. Il courut à la chambre où il l'avait enfermée, l'ouvrit, entra ; il n'y avait personne. Il vit seulement des draps noués à l'appui de la fenêtre, preuve que Léonelle avait réussi à s'échapper par ce moyen. Très inquiet, il retourna auprès de Camille pour lui rendre compte de ce qui arrivait, et ne la trouva pas dans son lit, ni dans toute la maison. Il interrogea les domestiques, mais nul ne put lui fournir d'explication.

Il continuait à la chercher, lorsqu'il vit ses coffrets ouverts, vidés de presque tous leurs bijoux ; alors, il mesura l'étendue de son malheur, dans lequel Léonelle n'était pour rien. Et sans même achever de s'habiller, il alla, triste et accablé, conter sa peine à Lothaire. Mais il ne le trouva pas non plus ; quand il apprit par ses gens que son ami avait disparu durant la nuit, emportant tout son argent, il crut devenir fou. Et pour achever de l'abattre, en rentrant chez lui, il ne trouva plus ni valets ni servantes : la maison était déserte.

Il ne savait plus que penser, ni que dire, ni que faire ; et il sentait que, peu à peu, sa raison s'égarait. Il se voyait d'un seul coup sans femme, sans ami, sans serviteurs, abandonné du ciel, et, par-dessus tout, déshonoré, comme la disparition de Camille en était la preuve.

Au bout d'un long moment, il décida de se rendre à la campagne, chez cet ami où il avait séjourné à plusieurs reprises, pour mener à bien ce stratagème qui avait fait son malheur. Il ferma les portes de sa maison, monta à cheval et, profondément abattu, se mit en route. Il n'avait pas parcouru la moitié du chemin qu'il dut s'arrêter, assailli par ses tristes pensées. Il attacha son cheval à un tronc d'arbre, au pied duquel il se laissa tomber, et il resta là, à soupirer et à se lamenter sur son sort. Il faisait presque nuit, lorsqu'il vit venir un cavalier qui arrivait de la ville. Après l'avoir salué, il lui demanda quelles étaient les dernières nouvelles de Florence.

– Les plus étranges qu'on ait entendues depuis longtemps, répondit l'inconnu. Il est de notoriété publique que Lothaire a enlevé Camille, la femme de son grand ami, le riche Anselme, qui habite près de San Giovanni et qui a disparu lui aussi. C'est une suivante de Camille qui a révélé toute l'affaire ; il paraît que le gouverneur l'a surprise hier, en pleine nuit, alors qu'elle se laissait glisser, le long d'un drap, d'une fenêtre de la maison d'Anselme. Je ne peux pas vous en dire davantage ; ce que je sais, c'est que toute la ville est en émoi, car on n'attendait rien de tel de l'étroite amitié qui liait ces deux hommes, qu'on appelait *les deux amis*.

– Sait-on, par hasard, demanda Anselme, où sont allés Lothaire et Camille ?

– Pas le moins du monde. Pourtant, le gouverneur a tout fait pour les retrouver.

– Adieu, monsieur.

– Adieu, dit le voyageur, et il poursuivit son chemin.

Ces terribles nouvelles faillirent faire perdre à Anselme non seulement la raison, mais la vie. Il se releva comme il put et se rendit chez son ami qui ignorait tout, mais qui, le voyant venir pâle, accablé, défait, comprit qu'il lui était arrivé quelque accident. Anselme le pria de l'aider à se mettre au lit et de lui apporter de quoi écrire. Ce qui fut fait. Puis, on le laissa seul et on ferma la porte, comme il l'avait demandé. Une fois couché, Anselme, mesurant l'étendue de son malheur, comprit qu'il n'y pourrait survivre. Et, voulant laisser une explication de cette étrange fin, il commença à écrire une lettre ; mais avant d'avoir pu arriver au bout, les forces lui manquèrent et il mourut de chagrin, emporté par le vilain défaut de la curiosité.

Quand le maître de maison vit qu'il se faisait tard et que son ami n'avait pas appelé, il se résolut à entrer dans sa chambre pour voir s'il allait mieux. Il le trouva étendu sur le ventre, la moitié du corps hors du lit, penché sur le bureau, devant un papier couvert de son écriture, et tenant encore sa plume. Il l'appela, s'approcha, lui prit la main, déjà froide, et comprit qu'Anselme était mort. Fortement affligé par ce malheur inattendu, il appela ses gens, pour qu'ils fussent témoins de ce triste événement. Puis il lut la lettre qu'Anselme avait laissée ouverte, et qui disait ceci :

Un absurde et vilain défaut m'a coûté la vie. Si la nouvelle de ma mort parvient à Camille, qu'elle sache que je lui pardonne :

elle n'était pas obligée de faire des miracles, et moi, je n'avais pas à lui demander d'en faire. Puisque j'ai été l'artisan de mon déshonneur, il est juste que...

Anselme s'était arrêté là ; ce qui donna à penser que la mort l'avait surpris avant qu'il n'eût achevé sa phrase. Le lendemain, l'ami fit prévenir ses parents de son décès. Mais ils en avaient déjà été informés.

Quant à Camille, elle était dans son couvent, et prête à suivre Anselme dans son dernier voyage, non parce qu'elle venait d'apprendre sa mort, mais parce qu'on lui avait dit que Lothaire avait disparu. Bien que veuve, elle refusa de quitter le couvent et ne voulut pas davantage y prononcer ses vœux. Quelque temps plus tard, le bruit courut que Lothaire avait péri dans la bataille que M. de Lautrec venait de livrer au grand capitaine Gonzalo Hernández de Cordoue, dans le royaume de Naples, où s'était rendu cet ami déloyal au repentir tardif. Alors, Camille prit le voile, mais la tristesse et la mélancolie eurent bientôt raison de ses jours. Ainsi finit cette histoire qui avait commencé sous de si fâcheux auspices. »

– Cette nouvelle me paraît bonne, dit le curé ; mais je ne puis croire que ce qu'elle raconte soit vrai. Et si c'est une histoire inventée, l'auteur invente bien mal, car il est difficile d'imaginer un mari assez bête pour tenter une expérience qui coûte si cher. Passe encore si cela arrivait entre un amant et sa maîtresse, mais entre un mari et sa femme, c'est presque impossible. Quant à la manière de raconter, elle ne me déplaît pas.

Qui traite d'autres aventures extraordinaires
arrivées dans l'auberge

L'AUBERGISTE QUI, à ce moment-là, se tenait devant sa porte s'écria :

— Voici venir une nombreuse et belle compagnie ; j'aimerais bien que tous ces gens s'arrêtent devant ma porte !

— Qui sont ces voyageurs ? demanda Cardenio.

— Il y a quatre hommes à cheval, armés de lances et de boucliers, répondit l'aubergiste, et qui portent tous un masque ; au milieu d'eux, il y a une dame vêtue de blanc, et masquée elle aussi, assise sur une selle à dossier ; et derrière, deux valets de pied.

— Et ils se trouvent près d'ici ? demanda le curé.

— Si près que les voilà qui arrivent.

Dorothée rabattit aussitôt son voile et Cardenio se précipita dans la chambre où dormait don Quichotte. Il était temps, car déjà toute la troupe entrait dans l'auberge. Les cavaliers, fort élégamment vêtus, mirent pied à terre ; puis, l'un d'eux souleva la dame dans ses bras et vint l'asseoir sur une chaise, qui se trouvait à l'entrée de la chambre où Cardenio venait de se cacher. Les nouveaux arrivants n'avaient toujours pas ôté leurs masques ni prononcé une parole. La dame, en s'asseyant, avait seulement poussé un profond soupir, avant de laisser tomber les bras, comme si elle était malade et défaillante. Les valets de pied menèrent les montures à l'écurie.

Le curé, intrigué par ces gens aussi secrets que silencieux, alla demander à l'un des valets qui étaient ses maîtres.

– Ma foi, monsieur le curé, répondit celui-ci, je serais bien incapable de vous le dire ; je sais seulement qu'ils ont l'air de gens de qualité, surtout le cavalier qui a aidé cette dame que vous avez vue à descendre de cheval. Je dis ça parce que tous les autres le traitent avec respect, et que c'est toujours lui qui décide et commande.

– Et la dame, qui est-elle ?

– Je ne le sais pas davantage, pour la bonne raison que je n'ai pas vu son visage de tout le chemin ; mais je l'ai entendue soupirer bien souvent, et pousser de tels gémissements qu'on aurait dit, à chacun d'eux, qu'elle allait rendre l'âme. Mais ce n'est pas étonnant que je n'en sache pas plus long : il n'y a que deux jours que mon camarade et moi sommes à leur service. Nous les avons rencontrés sur la route, et ils nous ont persuadés de les accompagner jusqu'en Andalousie, en nous promettant de bons gages.

– Avez-vous entendu au moins prononcer le nom de l'un d'entre eux ?

– Pas une seule fois, ce qui est surprenant. Mais ils n'ont pas desserré les dents de tout le voyage. On n'entend que les soupirs et les sanglots de cette pauvre dame, qui nous fait bien pitié. Pour nous, il n'y a pas de doute, on l'emmène contre son gré. A en juger par son habit noir, elle est religieuse ; ou elle va bientôt l'être, ce qui est le plus probable ; et c'est peut-être parce qu'elle n'a pas la vocation qu'elle est tellement triste.

– Sait-on jamais, dit le curé.

Et, quittant l'écurie, il revint trouver Dorothée. Celle-ci, qui avait entendu les soupirs de la dame masquée, s'approcha d'elle, pleine de compassion, et lui dit :

– De quoi souffrez-vous, madame ? Si c'est d'un mal dont les femmes ont l'expérience et qu'elles savent soigner, je suis à votre service, si je puis vous être d'une quelconque utilité.

Mais, toute à sa peine, la dame ne répondait pas. Dorothée eut beau renouveler ses offres de service, l'autre gardait le silence. Enfin, le cavalier masqué auquel, selon le valet, tous les autres obéissaient, s'adressa à Dorothée :

– Ne perdez pas votre temps, madame, à proposer vos services à cette femme : elle est indifférente à ce que l'on fait pour elle. Et n'essayez pas davantage d'obtenir une réponse, si vous ne voulez pas entendre un mensonge sortir de sa bouche.

– Jamais je n'en ai dit, s'écria vivement l'inconnue, qui avait gardé jusque-là le silence ; c'est pour avoir été trop sincère et n'avoir pas voulu user d'artifices mensongers qu'il m'arrive pareil malheur. Vous en êtes, monsieur, le meilleur témoin, puisque la vérité que je clame fait de vous un menteur et un traître.

Cardenio entendit très distinctement ces propos, car seule une porte le séparait de celle qui parlait. Aussitôt, il poussa un grand cri :

– Mon Dieu ! Ai-je bien entendu ? Quelle est cette voix ?

La dame, tout émue, regarda autour d'elle et, ne voyant pas celui qui parlait, se leva pour entrer dans la chambre d'où provenaient ces cris. Le cavalier se précipita pour la retenir, et l'immobilisa. Dans son trouble et son agitation, elle laissa tomber son masque de taffetas et découvrit un visage céleste, à la beauté incomparable, bien que livide et presque hagard, car elle tournait les yeux de tous côtés, avec tant d'inquiétude qu'on aurait dit une folle ; cette attitude, dont ils ignoraient la cause, inspira une grande pitié à Dorothée, et à tous les autres. Le cavalier la maintenait fortement par les épaules et, tout occupé à la retenir, il ne put relever le pan de sa cape qui dissimulait ses traits, et qui finit par glisser complètement. Quand Dorothée, qui soutenait la dame dans ses bras, leva les yeux, elle put voir que cet homme n'était autre que son époux don Ferdinand ; à peine l'eut-elle reconnu qu'un long et douloureux gémissement monta du plus profond de sa poitrine, et elle tomba à la renverse, évanouie. Et si le barbier, qui se trouvait près d'elle, ne l'avait pas retenue, elle serait tombée à terre.

Le curé se précipita aussitôt pour soulever son voile et lui mouiller un peu le visage ; alors, don Ferdinand – car c'était bien lui – la reconnut et devint pâle comme un mort. Cependant, il tenait toujours Lucinde, qui se démenait pour échap-

per à son étreinte, car elle avait entendu la voix de Cardenio, comme celui-ci avait entendu la sienne. Lorsque Dorothée, en tombant, poussa un gémissement, Cardenio crut
que c'était sa chère Lucinde et, affolé, il sortit de la
chambre. La première chose qu'il vit, ce fut don Ferdinand
qui retenait Lucinde dans ses bras. Celui-ci le reconnut aussitôt. Tous quatre restèrent muets de surprise, ne pouvant
comprendre ce qui leur arrivait.

Ils se taisaient tous et s'observaient ; Dorothée n'avait
d'yeux que pour don Ferdinand, don Ferdinand pour Cardenio, Cardenio pour Lucinde, et Lucinde pour Cardenio. La
première à rompre le silence fut Lucinde, qui s'adressa à
don Ferdinand en ces termes :

– Laissez-moi, don Ferdinand, au nom du respect que
vous devez à votre personne, car nulle autre considération
ne saurait vous y obliger, laissez-moi m'appuyer sur ce mur
dont je suis le lierre, et dont ni vos importunités, ni vos
menaces, ni vos promesses, ni vos cadeaux n'ont pu me
détacher. Voyez par quels chemins étranges, et inconnus de
nous, le ciel m'a remise en présence de mon véritable
époux. Vous savez désormais, pour l'avoir appris à vos
dépens, que seule la mort serait capable de l'effacer de ma
mémoire. Puisque vos illusions sont dissipées, il ne vous
reste plus qu'à changer votre amour en fureur et vos désirs
en dépit : vous n'avez plus d'autre choix que de m'ôter la
vie. Si je meurs auprès de mon tendre époux, je m'estimerai
comblée, et ma mort sera pour lui la preuve que je lui suis
fidèle jusqu'au dernier soupir.

Dorothée, qui entre-temps était revenue à elle, avait entendu
les propos de la jeune femme et compris qu'il s'agissait de
Lucinde. Voyant que don Ferdinand la tenait toujours serrée,
et qu'il ne lui répondait rien, elle rassembla toutes ses forces,
se leva et alla se jeter à ses pieds, son beau visage baigné de
larmes, en disant :

– Si les rayons de ce soleil que tu tiens dans tes bras,
espérant vainement éclipser sa lumière, ne t'avaient aveuglé, tu aurais reconnu en celle qui t'implore à genoux la
triste Dorothée, infortunée aussi longtemps que tu le décide-

ras. Je suis cette humble paysanne que ta bonté – ou ton
caprice – a élevée assez haut pour être tienne ; celle qui,
recluse dans sa vertu, vivait heureuse jusqu'au jour où,
cédant à tes sollicitations et à tes désirs, qu'elle croyait honnêtes et sincères, elle franchit pour toi la porte de la retenue
et te remit les clefs de sa liberté. Ce don, tu m'en as bien
mal remerciée, comme le prouvent ma présence en ce lieu et
l'état dans lequel je t'y vois. Garde-toi bien pourtant de
croire que c'est le déshonneur qui m'a conduite jusqu'ici.
Non, ce qui m'amène, c'est la douleur et le chagrin de me
voir oubliée. Tu as voulu me faire tienne ; et tu as agi de
telle sorte que désormais, quand bien même tu ne le voudrais plus, tu es à moi. Considère, mon seigneur, que mon
incomparable amour vaut bien la beauté et la noblesse de
celle pour qui tu m'abandonnes. Tu ne peux être à Lucinde,
parce que tu es à moi ; et elle ne peut pas être à toi, car elle
est à Cardenio. Songe qu'il sera plus doux de te laisser
aimer par celle qui t'adore que de contraindre à t'aimer une
femme qui te hait. Quand tu sollicitais mon innocence et
faisais le siège de ma vertu, tu n'ignorais pas mon humble
condition ; tu n'as pas oublié, d'autre part, dans quelles circonstances j'ai cédé à tes désirs. Tu ne peux donc pas prétendre que je me suis jouée de toi. Puisqu'il en est ainsi, et
que tu es aussi bon chrétien que parfait gentilhomme, pourquoi user de détours et retarder le moment de donner à notre
histoire un dénouement aussi heureux que le fut son début ?

« Et si tu ne veux pas de moi pour qui je suis, c'est-à-
dire pour épouse légitime, accepte-moi au moins comme
esclave : pourvu que je t'appartienne, je m'estimerai satisfaite. Ne permets pas, en m'abandonnant, que mon honneur
devienne la risée des médisants. Ne gâche pas les vieux
jours de mes parents ; ce serait bien mal reconnaître les
loyaux services qu'en bons vassaux ils t'ont toujours rendus. Si tu penses que tu t'aviliras en mêlant ton sang
au mien, dis-toi qu'il y a peu de nobles familles, et sans
doute aucune, qui n'aient, à un moment ou à un autre,
emprunté ce chemin ; et puis, ce n'est pas la naissance des
femmes que l'on prend en compte pour la descendance. De

plus, la véritable noblesse consiste dans la vertu ; et si tu refuses de me rendre ce qui m'est dû, tu auras failli à celle que tu as hérité, et je serai alors plus noble que toi. En un mot, que tu le veuilles ou non, je suis ton épouse ; j'en ai pour preuve tes serments, qui ne sauraient être faux, si tu te fais gloire de ce pour quoi tu me méprises ; et aussi la promesse que tu m'as écrite, en prenant le ciel à témoin. Quand tout cela ne suffirait pas, sache que ta propre conscience ne manquera pas d'élever ses cris silencieux au milieu de tes plaisirs, pour te rappeler cette vérité que je viens de dire et troubler tes plus douces jouissances.

La pauvre Dorothée dit bien d'autres choses encore, avec tant d'émotion et tant de larmes que tous ceux qui étaient présents pleurèrent avec elle, même les cavaliers qui accompagnaient don Ferdinand. Il l'écouta jusqu'au bout, sans répondre un mot. Quand elle eut terminé, elle se mit à sangloter si fort qu'il eût fallu avoir un cœur de bronze pour ne pas s'attendrir devant pareille douleur. Lucinde la regardait, aussi émue de sa peine qu'admirative de sa beauté et de sa sagesse ; et elle aurait couru la consoler, si don Ferdinand ne l'avait retenue fermement dans ses bras. Celui-ci, plein de trouble et de confusion, après avoir longuement contemplé Dorothée, ouvrit les bras et libéra Lucinde.

– Tu as vaincu, belle Dorothée, s'écria-t-il, tu as vaincu. Qui aurait la force de résister à tant de vérités réunies !

Encore mal remise de son évanouissement, Lucinde serait tombée si Cardenio, qui s'était placé derrière don Ferdinand pour n'être pas vu de lui, ne s'était précipité pour la retenir, oubliant toute crainte. La prenant dans ses bras, il lui dit :

– Si le ciel compatissant daigne enfin t'accorder quelque repos, ma belle, loyale et fidèle épouse, tu ne seras nulle part plus en sécurité que dans ces bras qui te reçoivent, et qui te recevaient autrefois, quand j'avais la chance de pouvoir t'appeler ma femme.

A ces mots, Lucinde, qui avait reconnu la voix de Cardenio, leva les yeux vers lui pour s'assurer qu'elle ne se trompait pas ; alors, à demi pâmée, oubliant toute bienséance, elle se jeta à son cou en s'écriant :

– C'est toi, oui, toi, mon véritable maître, et je suis ta captive, même si le sort contraire s'y oppose, même s'il y va de ma vie, dont la tienne est le soutien !

Étrange spectacle pour don Ferdinand et les autres, qui n'avaient rien imaginé de pareil ! Dorothée vit don Ferdinand blêmir et porter la main à son épée, comme pour se venger de Cardenio ; aussitôt, avec une promptitude inouïe, elle tomba à ses genoux, qu'elle embrassa en les tenant si étroitement serrés qu'elle l'empêchait de bouger, et lui dit en pleurant :

– Que vas-tu donc faire, ô mon unique refuge, devant un tel dilemme ? Ton épouse est à tes pieds, et celle que tu voudrais avoir à toi est dans les bras de son mari. Considère s'il convient ou s'il est possible de séparer ceux que le ciel a unis. Ne vaudrait-il pas mieux que tu consentes à élever, jusqu'à en faire ton égale, celle qui, malgré tous les obstacles, soutenue par sa constance, te regarde en ce moment de ses yeux pleins de larmes, dont elle inonde le visage et le sein de son véritable époux ? Je t'en conjure, au nom du ciel, je t'en supplie au nom de qui tu es : à présent que tu es désabusé, ne te laisse pas dominer par la fureur. Retrouve ton calme, permets à ces deux amants enfin réunis de vivre en paix, et ne cherche pas à leur nuire. Tu prouveras ainsi la générosité de ton noble et illustre sang, et le monde saura que la raison a sur toi plus d'empire que la passion.

Pendant que Dorothée parlait, Cardenio, sans cesser de tenir Lucinde dans ses bras, ne quittait pas des yeux don Ferdinand, bien résolu, s'il le voyait faire un geste menaçant, à se défendre contre lui et contre ceux qui voudraient l'attaquer, dût-il lui en coûter la vie. Mais, à ce moment, les amis de don Ferdinand s'approchèrent, ainsi que le curé et le barbier, qui avaient assisté à toute la scène, sans oublier le brave Sancho Panza. Ils firent cercle autour de lui et le supplièrent de ne pas rester insensible aux larmes de Dorothée ; de ne pas frustrer de si justes espérances, puisque tout ce qu'elle avait dit était l'entière vérité ; de considérer, enfin, que ce n'était pas le hasard, comme on aurait pu le penser, mais bien la Providence qui les avait tous réunis dans un lieu aussi inattendu.

Le curé ajouta que seule la mort pourrait enlever Lucinde à Cardenio, et que si le tranchant d'une épée devait mettre un terme à leur union, cette fin leur semblerait bien douce ; que, dans cette situation irrémédiable, la sagesse imposait à don Ferdinand de vaincre ses propres sentiments et de manifester sa générosité ; et qu'il devait donc laisser les deux époux jouir du bien que le ciel leur avait accordé. Il le supplia également de jeter les yeux sur la beauté de Dorothée, qui n'avait sans doute point d'égale, sans oublier l'humilité de la jeune femme et l'immense amour qu'elle lui portait. Il lui rappela, d'autre part, qu'en tant que gentilhomme et bon chrétien, il ne pouvait manquer à la parole qu'il avait donnée ; qu'il honorerait ainsi Dieu, et satisferait les gens sensés qui savent que la beauté, même d'humble naissance, si elle est accompagnée de vertu, peut s'élever au plus haut rang, sans rabaisser celui qui l'y porte. Pour finir, il l'assura que quiconque cède à l'empire des sentiments, s'il le fait sans pécher, ne saurait être blâmé.

A ces propos du curé, les autres ajoutèrent tant d'arguments si justes et si convaincants que le cœur noble de don Ferdinand – où battait un sang illustre – s'adoucit et céda devant la vérité, qu'il n'aurait pu réfuter même s'il l'avait voulu. Pour témoigner qu'il se rendait à leurs raisons, il releva tendrement Dorothée et lui dit :

– Il n'est pas juste, madame, que je laisse agenouillée à mes pieds celle qui règne sur mon âme. Si ma conduite ne vous a pas démontré ce que je vous déclare à présent, c'est sans doute par un ordre du ciel, qui, en me faisant le témoin de votre constance, m'impose de vous estimer comme vous le méritez. De grâce, ne me reprochez pas mes mauvais procédés. La même force qui m'avait poussé à vous posséder m'a ensuite contraint à m'éloigner de vous. Il vous suffit, pour me croire et me pardonner mes erreurs, de tourner vos yeux vers ceux de Lucinde, que vous verrez si heureuse. Puisqu'elle a obtenu ce qu'elle désirait, et que moi je trouve en vous tout ce que je peux souhaiter, qu'elle coule de longs jours paisibles auprès de Cardenio ! Quant à moi, je prie le ciel qu'il m'accorde le même bonheur auprès de ma Dorothée.

En achevant ces mots, il serra à nouveau la jeune femme dans ses bras et joignit son visage au sien avec tant d'émotion qu'il dut se faire violence pour retenir ses larmes, témoins de son amour et de son repentir. Lucinde et Cardenio ne purent retenir les leurs, pas plus que ceux qui écoutaient : et comme ils pleuraient tous, les uns de joie, les autres d'attendrissement, on aurait cru qu'un grand malheur les avait frappés. Même Sancho s'était mis de la partie ; on a su depuis que c'était parce que Dorothée n'était pas, comme il l'avait cru, la princesse Micomiconne, dont il espérait tant de faveurs. Ils restèrent ainsi un long moment partagés entre l'émotion et la surprise. Puis, Cardenio et Lucinde allèrent s'agenouiller devant don Ferdinand, pour le remercier de sa générosité, en termes si touchants que, tout embarrassé, il les releva et les embrassa avec beaucoup d'affabilité et de tendresse.

Il voulut ensuite savoir de Dorothée comment elle était parvenue dans un endroit aussi éloigné de chez elle. Elle répéta en quelques mots tout ce qu'elle avait dit précédemment à Cardenio. Don Ferdinand et ses compagnons furent si charmés par son récit, qu'elle racontait avec tant de grâce, qu'il leur parut bien court. Quand elle eut terminé, don Ferdinand expliqua à son tour qu'après qu'on eut découvert dans le corsage de Lucinde le billet où elle se déclarait l'épouse de Cardenio, il avait voulu la tuer, et qu'il l'aurait fait si ses parents ne l'en avaient empêché. Il était donc parti, dépité et furieux, bien résolu à se venger dès qu'une meilleure occasion se présenterait. Mais, le lendemain, il apprit qu'elle avait quitté la maison paternelle, et qu'on ignorait ce qu'elle était devenue. Enfin, au bout de quelques mois, il sut qu'elle s'était retirée dans un couvent, avec l'intention d'y demeurer toute sa vie si elle ne pouvait la passer avec Cardenio. Aussitôt, il demanda à ces trois gentilshommes de l'accompagner, et il se rendit là où elle était. Il n'avait pas voulu la voir tout de suite, de crainte que la nouvelle de sa venue ne fît renforcer la surveillance du couvent. Il attendit le moment où le parloir était ouvert, laissa deux de ses compagnons garder la porte, et entra avec le troisième pour chercher Lucinde. Ils la trouvèrent dans le cloître, qui parlait à une religieuse ; ils l'enlevèrent sans qu'elle pût opposer la moindre résistance, et s'arrêtèrent au premier village où ils se procurèrent ce qui leur fallait pour le voyage. Tout cela fut d'autant plus aisé que le couvent était situé en pleine campagne, à bonne distance de la ville. Il ajouta que, lorsque Lucinde s'était vue en leur pouvoir, elle s'était évanouie et n'avait repris connaissance que pour pleurer et gémir, sans jamais dire un seul mot. Et c'était ainsi, dans le silence et les larmes, qu'ils étaient arrivés jusqu'à cette auberge, où il se croyait parvenu au ciel, là où prennent fin et s'oublient tous les malheurs de la terre.

Où se poursuit l'histoire de l'illustre infante Micomiconne, avec d'autres aventures tout aussi divertissantes

SANCHO ÉCOUTAIT ces propos le cœur tout triste à l'idée que ses chances d'obtenir le titre de comte s'en allaient en fumée depuis que la jolie princesse Micomiconne s'était changée en Dorothée, et le géant en don Ferdinand. Et son maître qui dormait à poings fermés, sans se douter de rien ! Quant à Dorothée, elle se demandait si son bonheur n'était pas un rêve ; Cardenio partageait cette pensée, et Lucinde également. Don Ferdinand rendait grâces au ciel de l'avoir tiré d'un labyrinthe inextricable, où il avait bien failli perdre son honneur et son âme. Bref, tous ceux qui étaient dans l'auberge étaient contents et se réjouissaient de l'heureux dénouement de cette affaire si délicate et embrouillée.

Le curé, en homme sage, tirait les leçons de l'aventure et félicitait chacun de la part qu'il avait prise au bonheur de tous. Mais celle qui montrait le plus de bonne humeur et de joie, c'était la femme de l'aubergiste, parce que Cardenio et le curé avaient promis de payer, intérêts compris, tous les dommages causés par don Quichotte. Seul, comme on l'a dit, Sancho était désolé, affligé, éploré ; et c'est la mine bien longue qu'il entra chez son maître, qui venait de s'éveiller.

— Vous pouvez continuer à dormir, lui dit-il, monsieur à la Triste Figure, autant qu'il vous plaira. Il n'y a plus aucun géant à tuer, ni aucune princesse à remettre sur le trône ; tout ça, c'est terminé.

— Je n'en doute pas, répondit don Quichotte, car j'ai livré

au géant la plus terrible et sanglante bataille que je pense jamais livrer de ma vie. D'un revers – plaf –, je lui ai tranché la tête, et le sang a tellement coulé qu'il ruisselait sur le sol, comme si c'était de l'eau.

– Dites plutôt comme si c'était du vin ; sachez, monsieur, si vous ne le savez pas encore, que le géant mort, c'est une outre crevée ; et le sang qui a coulé, les trente pintes de vin que cette outre avait dans le ventre ; et la tête coupée, la putain qui m'a mis au monde… et le diable emporte toutes vos inventions !

– Qu'est-ce que tu racontes, Sancho ? Serais-tu devenu fou ?

– Levez-vous, monsieur, et vous verrez que vous avez fait du joli et que ça va nous coûter cher ! Vous verrez aussi que la reine s'est changée en une simple dame qui s'appelle Dorothée, et bien d'autres choses dans ce goût-là, qui vont vous surprendre si vous mettez le nez dessus.

– Rien ne pourrait me surprendre, répliqua don Quichotte. Rappelle-toi : la dernière fois que nous avons logé ici, je t'avais expliqué que toutes les choses qui s'y passaient étaient affaire d'enchantement ; je ne suis donc pas étonné qu'il en soit de même, cette fois encore.

– Tout ça, je le croirais bien, monsieur, si mes sauts dans la couverture étaient une affaire de ce que vous dites ; mais je sais, moi, que j'ai voltigé pour de bon. Et j'ai vu, de mes yeux, l'aubergiste, le même qu'aujourd'hui, qui tenait un des coins de la couverture et qui m'envoyait gaillardement dans les airs, de toutes ses forces, en riant aux éclats : quand on peut reconnaître les personnes, il me paraît à moi, pauvre pêcheur ignorant, qu'il n'y a aucun enchantement, mais beaucoup de mauvais traitements et de mauvaise chance.

– Laissons à Dieu le soin d'en décider, répliqua don Quichotte. Aide-moi à m'habiller ; je veux sortir d'ici et voir toutes ces transformations dont tu parles.

Sancho s'exécuta ; pendant qu'il habillait son maître, le curé racontait à don Ferdinand et aux autres les folies de don Quichotte et le stratagème auquel il avait fallu recourir pour le tirer de la Roche-Pauvre, où il s'imaginait que l'avaient conduit les rigueurs de sa dame. Il raconta aussi tout ce que Sancho leur avait appris ; ils en furent à la fois amusés et surpris, et ce genre de folie leur parut, comme à tout le monde, la plus étrange qui pût se loger dans une cervelle dérangée. Le curé ajouta que, l'heureux dénouement des aventures de Dorothée les empêchant de poursuivre leur projet, il était nécessaire de trouver une autre ruse pour ramener don Quichotte chez lui. Cardenio proposa de ne rien changer à leur plan, Lucinde pouvant très bien jouer le personnage de Dorothée.

– Certainement pas, intervint don Ferdinand ; je veux que Dorothée tienne son rôle jusqu'au bout, et pourvu qu'il n'y ait pas trop loin d'ici au village de ce gentilhomme, je serai ravi de servir à sa guérison.

– Il est à peine à deux journées de marche, précisa le curé.

– Même s'il y en avait davantage, je les ferais avec joie, si cela pouvait contribuer à cette bonne œuvre.

A ce moment parut don Quichotte, armé de pied en cap, le bouclier au bras, le heaume de Mambrin tout cabossé sur la tête, et appuyé sur son tronçon de lance. Son aspect étrange frappa de stupeur don Ferdinand et tous ceux qui étaient là ; ils considéraient en silence son visage sec et jaune, long d'une demi-lieue, son port fier et grave, et les pièces disparates de son armure. Le chevalier s'avança et, d'une voix solennelle, s'adressa à Dorothée :

– Belle dame, je suis informé par mon écuyer que Votre Grandeur s'est annihilée et votre personne abolie depuis que la reine et souveraine que vous étiez a été changée en simple demoiselle. Si cette transformation s'est opérée sur l'ordre du roi votre père, le nécromant, dans la crainte que je fusse indigne de vous apporter l'assistance nécessaire, je dis qu'il est plus ignorant qu'une carpe et qu'il ne connaît rien aux romans de chevalerie. Car s'il les avait lus et relus avec autant de soin et d'attention que moi, il y aurait trouvé à chaque pas des chevaliers, de moindre renommée que moi, qui accomplissent des prouesses autrement difficiles. Ce n'est pas grand-chose de tuer un géant, pour arrogant qu'il soit : j'en ai fait la preuve il y a quelques heures à peine en me battant contre l'un d'eux et... Mais je n'en dirai pas plus, pour ne pas être traité de menteur. Avec le temps, tout finit par se savoir, et la vérité apparaît au moment où l'on s'y attend le moins.

– Votre géant, c'étaient deux outres pleines de vin, cria l'aubergiste.

Don Ferdinand lui ordonna de se taire et de ne pas interrompre don Quichotte.

– Si donc, noble princesse déshéritée, reprit celui-ci, pour la raison que j'ai dite, votre père a ainsi métamorphosé votre personne, vous ne devez en tenir aucun compte ; car il n'est péril sur la terre que ne brave mon épée, et bientôt, jetant à vos pieds la tête de votre ennemi, je poserai sur la vôtre la couronne qui vous revient.

Il se tut et attendit la réponse de la princesse. Celle-ci, à qui don Ferdinand avait fait part de sa volonté de poursuivre le stratagème jusqu'à ce qu'on eût ramené don Quichotte dans son village, lui répondit le plus sérieusement du monde et sur le même ton :

– Quiconque vous aura dit, vaillant chevalier à la Triste Figure, que j'ai été transformée dans ma personne et mon état vous aura menti, car telle que j'étais hier vous me voyez aujourd'hui. Il est vrai qu'un changement s'est opéré en moi, à la faveur de certains événements qui m'ont donné plus de bonheur que je n'en pouvais désirer. Mais je n'ai pas cessé pour autant d'être qui j'étais, ni de compter sur la vaillance et la force de votre invincible bras. Aussi, monsieur le chevalier, ayez la bonté de rendre l'honneur au père qui m'a engendrée et de le tenir pour un homme sage et avisé. N'a-t-il point, par sa science, trouvé le moyen le plus sûr et le plus facile de remédier à mes malheurs ? Je crois en effet que sans vous, monsieur, jamais je n'en aurais vu la fin ; et tous ceux qui sont ici présents peuvent témoigner que je dis vrai. Nous nous remettrons en route dès demain ; aujourd'hui, nous ne ferions qu'une courte étape. Quant à l'heureuse issue que j'espère, je m'en remets à Dieu et à la vaillance de votre noble cœur.

Ainsi parla l'habile Dorothée. Don Quichotte se tourna alors vers Sancho et lui dit, profondément irrité :

– Sancho, mon garçon, tu es le pire vaurien de toutes les Espagnes. Réponds, bandit de grands chemins, ne viens-tu pas de me dire que cette princesse était changée en une demoiselle du nom de Dorothée, que la tête que je crois avoir coupée au géant était celle de la putain qui t'a mis au monde, et d'autres balivernes qui m'ont jeté dans la plus grande confusion où je me sois jamais trouvé de ma vie ? Nom de… (et il regarda le ciel en se mordant les lèvres), je ne sais ce qui me retient de faire subir à ta personne de tels dommages que cela mettrait du plomb dans la cervelle de tous les écuyers menteurs qu'il y aurait de par le monde au service des chevaliers errants !

– Calmez-vous, monsieur, répondit Sancho. Peut-être que je me suis trompé au sujet de la transformation de Mme la princesse Micomiconne ; mais pour ce qui est de la tête du géant, ou plutôt des outres que vous avez transpercées, et du sang qui n'est que du vin, par Dieu ! j'ai raison. Il n'y a qu'à voir les outres toutes crevées qui sont encore au chevet de votre lit, et le vin qui fait une mare dans le grenier. Et si vous ne me croyez pas, attendez le moment de payer les pots cassés, je veux dire quand l'aubergiste vous demandera de lui rembourser tous les dégâts. Pour le reste, que Mme la reine soit la même qu'avant, je m'en réjouis du fond du cœur, parce que j'en aurai ma part de profit comme tout un chacun.

– Pardonne-moi l'expression, Sancho, mais tu n'es qu'un imbécile. Et puis, en voilà assez !

– Oui, assez, dit à son tour don Ferdinand ; ne parlons plus de cela. Puisque la princesse ne souhaite pas se mettre en route aujourd'hui, car il est trop tard, qu'il en soit selon son désir ; nous resterons à causer jusqu'au petit jour, et demain nous accompagnerons le chevalier don Quichotte, car nous voulons être témoins des prouesses inouïes qu'il ne manquera pas d'accomplir au cours de cette grande entreprise.

– C'est à moi, répondit don Quichotte, de vous servir et de vous accompagner, en reconnaissance de la faveur que vous me faites et de la bonne opinion que vous avez de ma personne, et que je m'efforcerai de justifier, dût-il m'en coûter la vie, et plus que la vie s'il est possible.

Il y eut alors un long échange de politesses et d'offres de service entre don Quichotte et don Ferdinand ; mais il fut interrompu par l'entrée dans l'auberge d'un voyageur qui, d'après son costume, avait l'air d'un chrétien revenant de chez les Maures. Il était vêtu, en effet, d'un justaucorps de drap bleu à courtes basques, avec des demi-manches et sans collet ; ses hauts-de-chausses étaient également de drap bleu, ainsi que son bonnet ; il avait des brodequins marron, et un cimeterre suspendu à un baudrier qu'il portait en écharpe. Derrière lui entra une femme montée sur un âne, vêtue comme une Mauresque, le visage caché sous le voile qui lui couvrait la tête ; elle était coiffée d'une toque de brocart et portait un cafetan qui la couvrait jusqu'aux pieds.

L'homme, âgé d'environ quarante ans, était robuste et de belle taille ; il avait le teint basané, la moustache longue et la barbe soignée. Bref, tout en lui dénotait une personne de qualité et de haute naissance, en dépit de son vêtement. Il demanda une chambre ; et comme on lui dit qu'il n'y en avait plus, il parut fort contrarié. Il se tourna vers la femme habillée en Mauresque, la prit dans ses bras et la déposa à terre. Lucinde, Dorothée, l'hôtelière, sa fille et Maritorne s'approchèrent, attirées par la nouveauté d'un costume qu'elles n'avaient jamais vu. Dorothée, toujours courtoise et prévenante, les voyant tous deux très ennuyés de n'avoir pu trouver à se loger, dit à la jeune femme :

— Ne soyez pas affligée, madame, de ne point trouver ici les commodités que vous espériez, et dont les auberges sont le plus souvent dépourvues ; mais, enfin, s'il vous plaît de partager notre chambre (et elle désigna Lucinde), peut-être serez-vous mieux accueillie que vous ne l'avez été au cours de tout votre voyage.

La femme voilée ne répondit pas à cette offre. Mais elle se leva du siège où elle s'était assise, croisa les mains sur sa poitrine et, baissant la tête, s'inclina profondément comme pour remercier. L'assistance en conclut qu'étant maure elle ne parlait pas la langue des chrétiens. A ce moment-là le captif, qui s'était absenté un instant, revint, et voyant toutes les dames faire cercle autour de sa compagne qui restait muette, il s'approcha :

— Mesdames, dit-il, cette jeune fille comprend à peine notre langue et ne connaît que celle qu'on parle dans son pays ; c'est pourquoi elle n'a pu répondre à vos questions.

— Nous ne lui avons pas demandé autre chose, expliqua Lucinde, que de partager pour cette nuit notre compagnie et la chambre où nous sommes installées. Nous l'y recevrons de notre mieux et avec tous les égards que l'on doit à des étrangers, à plus forte raison lorsqu'il s'agit d'une femme.

— En son nom comme au mien, madame, je vous baise les mains et vous remercie ; venant de personnes aussi nobles qu'il paraît à vous voir, c'est une grande faveur que vous nous faites.

— Dites-moi, monsieur, s'enquit Dorothée, cette dame est-elle chrétienne ou maure ? Son costume et son silence nous donnent à penser qu'elle est ce que nous ne souhaitons pas qu'elle soit.

— Elle est maure par le costume et par la naissance ; mais, dans l'âme, elle est bonne chrétienne, car elle a la volonté de le devenir.

— Elle n'a donc pas été baptisée ? demanda Lucinde.

— Depuis qu'elle a quitté Alger, sa patrie, l'occasion ne s'est pas présentée ; et comme jusqu'à présent elle ne s'est pas trouvée en danger de mort, pour qu'il faille la baptiser d'urgence, j'ai préféré attendre et lui donner le temps de connaître toutes les cérémonies ordonnées par notre sainte mère l'Église. Mais Dieu permettra, je l'espère, qu'elle le soit très bientôt, avec les solennités qui conviennent à son rang, bien plus élevé que ne le laissent supposer son costume et le mien.

Ces propos donnèrent à toute la compagnie l'envie de savoir qui étaient la femme maure et le captif. Mais personne n'osa le demander, car on voyait bien que, pour l'heure, ils avaient davantage besoin de repos que de conter leur histoire. Dorothée, tenant l'étrangère par la main, la fit asseoir à côté d'elle et la pria d'ôter son voile. La jeune femme regarda le captif, comme pour demander ce qu'on lui disait et ce qu'elle devait faire. Il lui répondit en arabe qu'elle pouvait ôter son voile. Elle se découvrit donc et montra un visage si parfait que Dorothée la trouva encore plus belle que Lucinde, et Lucinde encore plus belle que Dorothée ; l'assistance convint que si une femme pouvait, par ses attraits, rivaliser avec ces deux dernières, c'était la Mauresque ; certains lui donnèrent même l'avantage. Et comme la beauté a le privilège et le don d'attirer tous les cœurs, tous s'empressèrent auprès de la belle inconnue pour la servir et la fêter.

Le captif, répondant à la question que lui posait don Ferdinand, dit qu'elle s'appelait Lalla Zourayda. Mais elle, comprenant de quoi ils parlaient, s'écria vivement, d'un air inquiet :

– Non ! Pas Zourayda ! Marie, Marie !

Ces mots, et la passion qu'elle mit à les prononcer, firent verser plus d'une larme à ceux qui écoutaient, surtout aux femmes qui sont par nature sensibles et compatissantes. Lucinde l'embrassa tendrement en lui disant :

– Oui, Marie, Marie.

Elle répondit :

– Oui, Marie ! *Macache* Zourayda !

La nuit était tombée, et, sur l'ordre des compagnons de don Ferdinand, l'aubergiste avait mis beaucoup de soins et d'efforts à préparer le meilleur dîner possible. L'heure venue, ils s'assirent tous autour d'une longue table, comme celle d'un réfectoire, car il n'y en avait dans l'auberge aucune qui fût ronde ou carrée. Malgré ses protestations, on donna la place d'honneur à don Quichotte, qui exigea d'avoir à côté de lui la princesse Micomiconne, dont il était le protecteur et le gardien. Lucinde et Zourayda venaient ensuite ; leur faisant face, don Ferdinand et Cardenio, puis le captif et les autres gentilshommes et, à côté des dames, le curé et le barbier. Ils soupèrent joyeusement, et leur contentement s'accrut lorsque don Quichotte, sans doute en veine d'éloquence comme au cours de son repas avec les chevriers, demanda la parole.

– En vérité, messieurs, dit-il, et tout bien considéré, ceux qui font profession dans l'ordre de la chevalerie errante sont témoins de choses extraordinaires. Est-il une personne au monde qui, entrant par la porte de ce château et nous voyant ainsi attablés, devinerait ce que nous sommes ? Qui croirait que la dame assise à côté de moi est une grande reine, comme nous le savons, et que je suis moi-même le chevalier à la Triste Figure, dont le nom est sur toutes les lèvres ? C'est bien la preuve que cet exercice, ou profession, surpasse tous ceux que les hommes ont inventés, et que nous devons l'estimer d'autant plus qu'il comporte bien des dangers.

« Et qu'on ne vienne pas dire devant moi que les lettres l'emportent sur les armes ! Car je rétorquerais à quiconque oserait le prétendre, quel qu'il soit, qu'il ne sait pas de quoi il parle. En effet, la raison que les gens ont coutume d'invoquer, et dont ils ne sortent jamais, est que les travaux de l'esprit dépassent ceux du corps, et que dans les armes seul le corps est occupé. Comme si l'exercice des armes était un métier de portefaix, pour lequel il n'est besoin que d'être solidement charpenté. Comme si, dans ce que nous appelons les armes, nous qui en faisons métier, n'étaient pas inclus les actes de courage, qui demandent la plus haute intelligence. Comme si la vaillance du guerrier qui conduit une armée entière, ou qui a la charge de défendre une ville assiégée, n'exigeait pas autant de l'esprit que du corps. Croit-on vraiment qu'avec les seules forces corporelles on peut pénétrer et prévoir les intentions de l'ennemi, ses plans et ses stratagèmes, résoudre les difficultés qui se présentent, ou encore prévenir les dangers qui s'annoncent ? Tout cela est du domaine de l'intelligence et n'a rien à voir avec le corps.

« Étant ainsi établi que les armes font appel à l'esprit tout autant que les lettres, voyons maintenant qui, de l'homme de lettres ou de l'homme de guerre, fait davantage travailler son esprit ; ce dont on pourra juger d'après le but que chacun s'est fixé, le plus estimable étant celui qui aura la plus noble finalité. Or, les lettres – je ne parle point des lettres divines, qui n'ont d'autre ambition que d'élever l'âme et de la conduire au ciel, et à cette fin infinie nulle autre n'est comparable –, les lettres, dis-je, ont pour objet d'établir la justice distributive, de donner à chacun la part qui lui revient, de faire observer et appliquer des lois équitables. But noble, généreux et digne d'éloges sans doute, mais pas autant que celui auquel tendent les armes : je veux parler de la paix, le plus grand des biens que les hommes puissent désirer dans cette vie.

« Les premières bonnes paroles que reçurent les hommes et le monde furent celles qu'apportèrent les anges, en cette nuit qui fut notre jour, lorsqu'ils chantaient dans les airs : "Gloire à Dieu au plus haut des cieux et paix sur la terre aux hommes de bonne volonté !" Et le salut que le grand Maître du ciel et de la terre recommanda à ses disciples et à ses élus de prononcer, quand ils entraient chez quelqu'un, c'était : "La paix soit dans votre maison !" Et bien souvent, il dit à leur intention : "Je vous donne ma paix ; je vous laisse ma paix ; la paix soit avec vous", don plus précieux que tous les joyaux, et que cette main nous a offert et laissé en partage ; joyau sans lequel il ne saurait y avoir de bonheur sur la terre comme au ciel. Or, c'est la paix qui est le but véritable de la guerre – armes et guerre n'étant qu'une seule et même chose. Cette vérité étant admise et reconnue, je veux dire que le but de la guerre n'est autre que la paix, et qu'en cela les armes l'emportent sur les lettres, venons-en aux épreuves corporelles du lettré et du soldat, et voyons quelles sont les plus rudes.

Dans tout ce discours, don Quichotte s'exprimait en termes si clairs et choisis qu'aucun de ceux qui l'écoutaient ne l'aurait pris pour un fou ; au contraire, comme ils étaient pour la plupart des gentilshommes, et donc familiarisés avec le métier des armes, ils l'écoutaient avec grand plaisir.

– Voici, reprit notre chevalier, quelles sont les peines auxquelles est soumis celui qui choisit les lettres. D'abord, la pauvreté – non pas que tous les hommes d'étude soient dans la misère, mais je prends un cas extrême –, et dès l'instant qu'il y a pauvreté, inutile d'en dire plus sur les malheurs, car il n'arrive jamais rien de bon à un pauvre. Cette pauvreté, il l'endure sous tous ses aspects : tantôt la faim, tantôt le froid, tantôt le dénuement, ou même tout ensemble.

Cependant, il n'est jamais si pauvre qu'il ne trouve de quoi manger, même si c'est un peu plus tard qu'il ne voudrait, même si ce sont les restes des riches – ce qui est la plus grande misère des étudiants et qu'ils appellent entre eux *aller à la soupe*. Et il ne manque jamais une cheminée ou un brasero auprès duquel il peut, sinon se réchauffer, du moins se dégourdir. Et quand vient la nuit, il dort sous un toit.

« Je n'entrerai pas dans certains détails, tels que le manque de chemises ainsi que de souliers, la minceur des quelques vêtements qu'il possède, ou cette manière qu'il a de s'empiffrer quand la chance lui procure un bon repas !

« Par cette voie que j'ai dépeinte, rude et difficile, trébuchant ici, tombant là, se relevant, tombant encore, ces étudiants parviennent au but qu'ils ambitionnent. Et c'est ainsi que nombre d'entre eux, après avoir connu tant d'écueils, évité tant de Charybde et de Scylla, arrivent, comme emportés sur les ailes d'un destin favorable, à gouverner le monde du haut de leur siège. Leur faim s'est changée en satiété, leur froid en douce fraîcheur, leur nudité en habits de fête et, au lieu de dormir sur une paillasse, ils reposent entre des draps de Hollande, au milieu des brocarts : juste récompense de leur ténacité. Mais enfin, confrontées et comparées aux épreuves de l'homme de guerre, toutes ces souffrances restent loin derrière, comme je vais le démontrer.

Suite du brillant discours de don Quichotte
sur les armes et les lettres

« Nous venons de considérer la grande pauvreté de l'étudiant, continua don Quichotte. Voyons maintenant si le soldat est plus riche. Nous aurons vite fait de constater que nul n'est plus pauvre parmi les pauvres, car il n'a pour subsister qu'une solde misérable – qui arrive tard ou jamais – et ce qu'il peut brigander de ses mains, au péril de sa vie et de sa conscience. Si grand est son dénuement qu'un pourpoint tout lacéré lui sert souvent d'uniforme et de chemise. Quand il se trouve en rase campagne au milieu de l'hiver, il n'a que sa propre haleine pour se défendre des inclémences du ciel ; et je peux vous certifier qu'en dépit des lois naturelles, cette haleine qui sort d'un lieu vide est bien froide. Et ce n'est pas tout ; quand la nuit tombe, voyez comment il se dédommage de toutes ces incommodités dans le lit qui lui est offert : celui-ci ne sera trop étroit que par sa faute, car notre soldat peut mesurer sur le sol autant de pieds qu'il voudra et s'y rouler tout à son aise, sans crainte de chiffonner ses draps.

« Quand viennent le jour et l'heure de recevoir le diplôme de sa profession, c'est-à-dire le moment de la bataille, on lui met sur la tête un bonnet de docteur, fait de charpie, pour le guérir d'une balle qui lui a traversé la tempe, à moins qu'elle ne le laisse estropié d'un bras ou d'une jambe. Et si rien de tout cela n'arrive, car le ciel miséricordieux l'aura protégé et conservé sain et sauf, il est fort probable qu'il connaîtra à nouveau la misère. Et il lui faudra prendre part à bien des affrontements, à bien des batailles, et toujours en vainqueur, pour que son sort s'en trouve amélioré. Mais ces miracles sont rares. En effet, comparez, messieurs, si vous y avez jamais réfléchi, le nombre de soldats qui profitent de la guerre au nombre de ceux qu'elle tue. Vous êtes bien obligés de répondre qu'il n'y a pas de commune mesure, qu'on ne peut évaluer le nombre des victimes, tandis que ceux qui en réchappent ne dépassent pas quelques centaines.

« C'est tout le contraire chez les hommes de lettres, qui s'arrangent toujours, par des moyens licites ou illicites, pour assurer leur subsistance. Ainsi, quoique les souffrances du soldat soient immenses, sa récompense est minime. On pourrait objecter qu'il est plus facile de récompenser deux mille lettrés que trente mille soldats, car on paye les premiers par l'attribution d'une charge qui revient de droit à ceux de leur profession, tandis que les autres ne sauraient l'être qu'aux frais du maître qu'ils servent. Cela ne fait d'ailleurs qu'appuyer ma thèse.

« Mais laissons de côté ces questions, de crainte de nous perdre dans un véritable labyrinthe, et revenons à la prééminence des armes sur les lettres, qui reste encore à prouver, malgré les arguments avancés de part et d'autre. Du côté des lettres, on prétend que sans elles le métier des armes ne pourrait exister, car la guerre elle aussi est assujettie à des lois, et que les lois sont du domaine exclusif des lettres et des lettrés. A cela, les partisans des armes rétorquent que les lois ne pourraient se maintenir sans elles, car c'est avec les armes que les États sont défendus, les royaumes conservés, les villes gardées, la sécurité des chemins assurée, les mers purgées de corsaires ; bref, que sans leur secours, les États, les royaumes, les monarchies, les villes, les routes de terre et de mer seraient la proie du désordre et des excès qu'engendre la guerre, aussi longtemps qu'elle dure et qu'on la laisse user de ses privilèges et de ses violences.

« Il est reconnu que, plus une chose nous coûte, plus nous l'estimons et sommes en droit de l'estimer. Dans les lettres, pour atteindre à l'éminence, il en coûte du temps, des veilles, de la faim, du dénuement, des maux de tête, des indigestions et autres embarras du même genre. Pour parvenir, à force de mérite, à être un bon soldat, il en coûte à celui-ci au moins autant qu'à l'étudiant, mais à un degré tellement supérieur qu'il n'y a plus aucun rapport, puisque à tout moment le soldat risque de perdre la vie. Qu'est-ce que la peur du dénuement ou de la misère qui assaille l'étudiant en comparaison de celle qu'éprouve le soldat assiégé dans une forteresse, et qui, en sentinelle sur les murs ou en poste dans une tranchée, s'aperçoit que l'ennemi creuse une mine sous ses pas, et ne peut, sous aucun prétexte, ni s'éloigner ni fuir ce danger imminent ? Tout ce qu'il peut faire, c'est avertir son capitaine de ce qui se passe pour que celui-ci y réponde par une contre-mine, et rester là, sans bouger, à trembler et attendre l'explosion qui, d'un moment à l'autre, et bien malgré lui, va l'envoyer dans les nuages, avant de le précipiter au fond de l'abîme.

« Si ce péril ne vous semble pas suffisant, voyons s'il est égalé ou surpassé lorsque deux galères s'abordent en pleine mer et s'accrochent par la proue, si étroitement chevillées l'une à l'autre que le soldat n'a pour se mouvoir que le plancher du gaillard d'avant, c'est-à-dire deux pieds. Et cependant, il a beau voir, à une longueur de lance, autant de ministres de la mort qu'il y a de pièces d'artillerie grondant sur le navire adverse, il a beau savoir qu'au premier faux pas il ira visiter les sombres demeures de Neptune, cependant, dis-je, stimulé par l'aiguillon de l'honneur, il s'offre d'un cœur intrépide comme cible à toute cette mousquetade et tente, par cet étroit passage, l'abordage du vaisseau ennemi. Et le plus admirable, c'est qu'un soldat n'est pas plus tôt tombé à l'endroit d'où il ne se relèvera plus jusqu'à la fin des temps, qu'un autre déjà occupe sa place ; et si le deuxième tombe à son tour dans la mer qui le guette comme un ennemi, un autre le remplace et, s'il meurt, un autre encore, et ainsi de suite : on ne trouve pas d'intrépidité ni de courage plus grands dans tous les hasards de la guerre.

« Heureux les siècles qui n'ont pas connu ces diaboliques et furieux engins d'artillerie ! J'espère que l'enfer a récompensé l'auteur de cette invention démoniaque, qui permet à un bras infâme et lâche d'ôter la vie à un vaillant chevalier.

Sans que l'on sache comment ni par quel côté, au milieu de l'ardeur qui anime les cœurs valeureux, arrive une balle insolente, tirée par un soldat qui peut-être a fui, épouvanté par la flamme qui jaillit de cette maudite machine au moment de l'explosion ; et cette balle, en un instant, interrompt les pensées et met un terme à la vie de quelqu'un qui méritait d'en jouir encore pendant de longues années. Lorsque j'y pense, je dirais presque que je regrette d'avoir choisi la profession de chevalier errant en cette époque détestable où nous vivons. Certes, aucun danger ne m'effraie ; toutefois, je ne veux pas qu'un peu de poudre et de plomb m'empêche de devenir célèbre et reconnu sur toute la surface de la terre pour la valeur de mon bras et le tranchant de mon épée. Mais que le ciel en décide comme il lui plaira : si je réussis ce que j'entreprends, je serai d'autant plus digne d'estime que je me serai volontairement exposé à des dangers plus grands que les chevaliers errants de jadis.

Don Quichotte avait prononcé ce long préambule pendant que les autres soupaient, oubliant lui-même d'avaler la moindre bouchée, bien que Sancho lui eût dit à maintes reprises de finir son repas, et qu'il aurait ensuite tout le temps de parler. Ceux qui l'avaient écouté se sentaient à nouveau gagnés par la pitié en voyant qu'un homme, qui ne manquait pas de jugement et discourait si bien sur les sujets les plus divers, perdait complètement la tête dès qu'il était question de cette maudite chevalerie. Le curé approuva tout ce qu'il avait dit en faveur des armes, et déclara que, bien qu'étant lui-même un lettré, diplômé de l'université, il était du même avis.

Le dîner s'acheva et on se leva de table. Tandis que l'aubergiste, sa fille et Maritorne remettaient de l'ordre dans le galetas de don Quichotte, où l'on avait décidé que les dames passeraient la nuit, don Ferdinand pria le captif de leur raconter l'histoire de sa vie, qui ne pouvait manquer de les intéresser, à en juger par les quelques mots qu'il leur en avait dits à son arrivée en compagnie de Zourayda. Le captif répondit qu'il le ferait bien volontiers, mais qu'il craignait qu'elle leur procurât moins de plaisir qu'il le souhaitait. Le curé et tous les autres se joignirent à don Ferdinand. Se voyant ainsi sollicité, il déclara que leurs prières étaient superflues, et qu'il était à leurs ordres, quoi qu'on lui commandât.

– Si vous voulez bien me prêter attention, continua-t-il, vous allez entendre une histoire vraie, que n'égalent peut-être pas les fables les plus habilement composées.

A ces mots, tout le monde fit silence et se prépara à l'écouter ; voyant qu'on se taisait et qu'on attendait qu'il prît la parole, il commença d'une voix claire et posée :

Où le captif raconte sa vie et ses aventures

« **M**A FAMILLE EST ORIGINAIRE d'un village des Montagnes de León. La nature s'est montrée à son égard plus clémente et généreuse que la fortune ; toutefois, dans le grand dénuement de ces campagnes, mon père passait pour un homme riche, et peut-être l'aurait-il été vraiment s'il avait mis autant d'acharnement à conserver ses biens qu'à les dilapider. Ce tempérament libéral et dépensier lui venait d'avoir été soldat dans sa jeunesse, car l'armée est une école qui rend le ladre généreux et le généreux prodigue, et si l'on trouve des soldats avares, ils sont comme les monstres : une chose fort rare. Mon père dépassait les bornes de la libéralité, et se montrait même prodigue, ce qui ne vaut rien à un homme marié, qui doit transmettre à ses enfants son nom et sa position.

Nous étions trois garçons, en âge de choisir une carrière. Voyant, comme il disait, qu'il ne pouvait lutter contre son penchant, mon père voulut se priver des moyens de le satisfaire ; il se dépouilla de ses biens, sans lesquels même Alexandre aurait semblé parcimonieux. Un jour, il nous fit venir tous les trois auprès de lui et nous dit :

"Mes enfants, pour vous prouver que je vous veux du bien, il suffit de savoir et de dire que vous êtes mes enfants ; pour comprendre que je vous aime mal, il suffit de savoir que je ne fais aucun effort pour préserver votre fortune. Mais afin que vous sachiez dorénavant que je vous aime comme un père, et non comme un parâtre qui voudrait votre ruine, je veux mettre à exécution un projet qui vous concerne et que je médite depuis longtemps. Vous êtes en âge de vous établir, ou du moins de choisir une profession, qui, avec les années, vous apportera honneur et profit. Je vais donc partager mon bien en quatre parts : chacun de vous recevra celle à laquelle il a droit, et je garderai la quatrième pour vivre le reste des jours que le ciel voudra bien m'accorder. Mais lorsque vous aurez recueilli votre part d'héritage, je voudrais que chacun prît un des chemins que je vais vous indiquer. Nous avons en Espagne un proverbe, qui me paraît très juste, comme ils le sont tous, puisque ce sont de brèves maximes issues d'une longue et sage expérience, et qui dit : "Église, ou mer, ou maison du roi", ce qui, en termes plus clairs, signifie : "Celui qui voudrait réussir et devenir riche n'a qu'à entrer dans l'Église, ou naviguer en pratiquant l'art du commerce, ou se mettre au service du roi dans ses palais." Car, comme chacun sait : "Miette de roi vaut mieux que bienfait de seigneur." Je voudrais donc, et telle est ma volonté, que l'un de vous suivît la carrière des lettres, l'autre celle du commerce, et que le troisième servît le roi à la guerre, attendu qu'il est trop difficile d'être admis à le servir à la cour ; car si la guerre n'apporte pas de richesses, elle procure au moins estime et renommée. Dans huit jours, je vous donnerai votre part en argent, sans vous frustrer d'un liard, comme vous le constaterez. Dites-moi maintenant si vous pensez écouter mes conseils et faire ce que je vous ai proposé."

Il s'adressa d'abord à moi, qui suis l'aîné. Je le suppliai de ne pas se défaire de son argent mais d'en disposer à sa guise, car nous étions assez grands pour gagner notre vie ; et je terminai en déclarant que je me conduirais selon son désir, le mien étant d'embrasser la carrière des armes, pour servir Dieu et mon roi. Mon second frère lui fit les mêmes offres de service, et choisit de partir pour les Indes, avec la part qui lui revenait. Le plus jeune, et me semble-t-il le plus sage, dit qu'il voulait entrer dans le sein de l'Église, ou aller à Salamanque achever ses études.

Nous étant ainsi mis d'accord, mon père nous embrassa

et, dans le bref délai qu'il s'était fixé, mit en œuvre ce qu'il avait promis. Le jour où il nous donna notre part qui, si je ne me trompe, s'élevait pour chacun à trois mille ducats en argent (un oncle avait racheté tout le bien en le payant comptant, pour le conserver dans la famille), nous fîmes tous trois nos adieux à notre père bien-aimé ; à cet instant, trouvant qu'il était inhumain de lui laisser si peu de fortune pour ses vieux jours, je le persuadai d'accepter deux mille ducats sur mes trois mille, pensant avoir assez du reste pour m'équiper. Mes deux frères, suivant mon exemple, lui donnèrent chacun mille ducats ; mon père se retrouva donc à la tête de quatre mille ducats en espèces, outre les trois mille que représentait la part qui lui revenait, et qu'il avait préféré garder en bien-fonds.

Nous lui fîmes donc nos adieux, ainsi qu'à cet oncle dont je viens de parler, non sans beaucoup de larmes et d'émotion, en leur promettant d'envoyer de nos nouvelles, bonnes ou mauvaises, chaque fois que l'occasion s'en présenterait. Il nous embrassa et nous donna sa bénédiction ; puis l'un prit la route de Salamanque, l'autre celle de Séville, et moi celle d'Alicante, où j'avais eu connaissance qu'un navire génois repartait pour Gênes, avec un chargement de laine.

Il y aura vingt-deux ans que j'ai quitté la maison de mon père ; et bien que je lui aie écrit maintes fois, je n'ai jamais reçu de nouvelles de lui, ni de mes frères. Mais laissez-moi vous raconter brièvement ce qui m'est arrivé pendant ce temps.

Parti d'Alicante, je débarquai sans encombre à Gênes, d'où je me rendis à Milan pour acheter des armes et une tenue de soldat, décidé à m'enrôler dans le Piémont ; j'étais en route pour Alessandria della Paglia quand j'eus vent que l'illustre duc d'Albe passait en Flandre. Changeant d'avis, je le rejoignis et le servis dans les campagnes qu'il mena : je fus témoin de la mort des comtes d'Egmont et de Horn, et je devins lieutenant d'un vaillant capitaine de Guadalajara, Diego de Urbina.

Peu après mon arrivée en Flandre, on apprit que Sa Sainteté le pape Pie V, d'heureuse mémoire, avait fait alliance avec Venise et l'Espagne contre l'ennemi commun, le Turc, qui venait avec sa flotte de s'emparer de la fameuse île de

Chypre, encore sous la domination des Vénitiens : perte regrettable et douloureuse.

On apprit également que l'amiral de la ligue devait être Son Altesse Sérénissime don Juan d'Autriche, frère naturel de notre bon roi Philippe, et que l'on faisait d'immenses préparatifs de guerre. Ces nouvelles enflammèrent mon courage et m'inspirèrent le désir de prendre part à l'expédition qui s'annonçait ; bien que j'eusse l'espoir, et presque la certitude, d'être promu capitaine à la première occasion, je décidai de tout abandonner et de partir pour l'Italie. Ce que je fis. Par bonheur, j'y arrivai au moment où don Juan d'Autriche, passant par Gênes, devait s'embarquer pour Naples, et de là rejoindre la flotte vénitienne ; la jonction eut lieu à Messine. Je participai donc à l'illustre bataille de Lépante comme capitaine d'infanterie, rang honorable que je devais plus à la chance qu'à mes mérites. Ce jour, si glorieux pour la chrétienté, qui tira le monde et toutes les nations de l'erreur où elles étaient de croire que les Turcs étaient invincibles sur mer ; ce jour, dis-je, où furent brisées la morgue et la superbe ottomanes, parmi tant d'heureux (car les chrétiens qui y périrent eurent plus de bonheur que les vainqueurs qui survécurent), moi seul je fus malheureux, puisqu'au lieu de la couronne navale, que j'aurais pu espérer si j'avais vécu au temps des Romains, je me retrouvai, le soir de ce fameux jour, les fers aux pieds et aux mains. Voici ce qui s'était passé :

Ouchali, roi d'Alger, corsaire habile et intrépide, avait attaqué et pris la galère capitane de Malte, où il ne restait que trois survivants, tous trois grièvement blessés. La galère de Juan Andrea Doria, sur laquelle j'étais avec ma compagnie, se porta à son secours ; faisant ce que je devais en pareille circonstance, je sautai dans la galère ennemie, qui au même instant s'éloigna de celle qui l'attaquait, empêchant mes soldats de me rejoindre ; et je me retrouvai seul au milieu de mes ennemis, auxquels je ne pus résister, vu leur nombre. Je me rendis enfin, couvert de blessures. Comme vous devez le savoir, messieurs, Ouchali prit la fuite avec toute son escadre. Je restai en son pouvoir, et parmi tant d'hommes joyeux je fus le seul triste, comme je fus le seul captif parmi tant d'hommes libres, puisque ce jour-là quinze mille chrétiens recouvrèrent la liberté tant désirée : tous ceux qui ramaient dans la flotte turque.

On me conduisit à Constantinople, où le Grand Turc Sélim nomma mon maître général de la mer, parce qu'il avait fait son devoir pendant la bataille et rapporté comme preuve de son courage l'étendard de l'ordre de Malte. L'année suivante, en 1572, j'étais à Navarin, ramant sur la galère amirale. Je vis comment les nôtres manquèrent l'occasion de surprendre dans le port toute la flotte turque ; les hommes d'équipage et les janissaires qui se trouvaient là, persuadés qu'on allait les attaquer, tenaient déjà prêts leurs effets et leurs babouches – c'est ainsi qu'ils appellent leurs chaussures – pour s'enfuir par voie de terre sans attendre le combat, si grande était la frayeur que leur inspirait notre flotte. Mais le ciel en disposa autrement, non par faute ou par négligence de notre amiral, mais en raison des péchés de la chrétienté, et parce que Dieu veut et permet qu'il y ait toujours des bourreaux pour nous châtier.

Ouchali se réfugia à Modon, une île proche de Navarin, où ses hommes débarquèrent ; il fortifia l'entrée du port et s'y cantonna jusqu'au départ de don Juan. Au cours de cette expédition, les nôtres s'emparèrent d'une galère appelée *La Prise*, dont le capitaine était fils du fameux corsaire Barberousse. C'est la capitane de Naples, appelée *La Louve*, qui remporta cette victoire, conduite par ce foudre de guerre, ce père des régiments, l'invincible capitaine don Alvaro de Bazán, marquis de Santa Cruz. Je tiens à raconter ce qui advint pendant l'arraisonnement. Le fils de Barberousse était si cruel, il traitait si mal ses captifs que, lorsque ses rameurs virent que *La Louve* se rapprochait et allait bientôt les rattraper, ils lâchèrent tous en même temps les rames, s'emparèrent du capitaine qui, sur le gaillard d'arrière, criait de souquer ferme, se le passèrent de banc en banc, de la poupe à la proue, en le mordant de telle façon qu'au grand mât il avait déjà rendu son âme au diable : car la cruauté qu'il manifestait envers les captifs n'avait d'égale que la haine que ceux-ci lui portaient. Nous retournâmes à

Constantinople, et l'année suivante, en 1573, nous apprîmes que Son Altesse don Juan avait pris Tunis aux Turcs et installé Moulay Ahmed à la tête du royaume, ruinant les espérances qu'avait Moulay Ahmida, le Maure le plus cruel et le plus hardi que le monde ait connu, de remonter sur le trône.

Le Grand Turc fut très affecté par cette perte et, avec la sagacité propre aux gens de sa race, il signa la paix avec les Vénitiens, qui la désiraient encore plus que lui. L'année d'après, en 1574, il attaqua La Goulette, et le fort que don Juan avait laissé inachevé, à côté de Tunis. Je me trouvais à la rame lors de cet épisode, sans espoir de recouvrer la liberté, tout au moins par rançon, car j'étais résolu à ne pas informer mon père de mon malheur.

La Goulette finit par tomber, et le fort aussi, sous l'assaut de soixante-quinze mille hommes des troupes régulières, et de plus de quatre cent mille Maures et Arabes venus de toute l'Afrique, avec tant de munitions et de matériel de guerre, et des sapeurs en si grand nombre, qu'avec chacun une poignée de terre, ils auraient pu ensevelir La Goulette et le fort. C'est La Goulette, considérée jusqu'alors comme inexpugnable, qui tomba la première. Sa perte ne peut être imputée à ses défenseurs, qui firent tout ce qui était de leur devoir et de leur pouvoir ; mais les Turcs savaient d'expérience creuser des tranchées dans le sable du désert, et comme l'eau que l'on croyait à deux empans était au moins à deux toises, ils purent élever, avec d'innombrables sacs de sable, des parapets si hauts qu'ils dépassèrent les murailles de la citadelle ; de là, ils tirèrent en plongée, empêchant quiconque de se montrer ou de se défendre.

On a souvent prétendu qu'au lieu de s'enfermer dans La Goulette, les nôtres auraient dû affronter le débarquement en rase campagne ; mais c'est parler de loin et n'avoir guère l'expérience de ce genre de situation. La Goulette et le fort contenant à peine sept mille soldats, comment une troupe réduite, quel que fût son courage, aurait-elle pu tout à la fois faire les sorties nécessaires et défendre ses positions, alors que l'ennemi était si nombreux ? Comment tenir une citadelle qui ne reçoit aucun secours, surtout si elle est assiégée par un ennemi obstiné, qui plus est sur son propre terrain ? Beaucoup pensèrent, et j'étais du nombre, que le ciel avait accordé à l'Espagne une grâce et une faveur particulières en permettant que fût rasé ce repaire de tous les crimes, cette Tarasque, cette éponge qui absorbait inutilement des sommes fabuleuses, à seule fin de conserver la mémoire de son conquérant, l'invincible Charles Quint, comme s'il fallait ce tas de pierres pour la rendre éternelle. Le fort tomba aussi ; mais les Turcs durent le gagner pied à pied, car les soldats qui le défendaient se battirent avec tant de vaillance et de courage qu'ils tuèrent plus de vingt-cinq mille ennemis, au cours de vingt-deux offensives. Des trois cents qui survécurent, aucun ne fut capturé indemne, preuve irrécusable de leur bravoure et de leur acharnement. Un petit fortin, simple tour élevée au milieu de la lagune, dont la défense avait été confiée à Juan Zanoguera, gentilhomme valencien et soldat émérite, se rendit sous condition. Don Pedro Puertocarrero, commandant de La Goulette, fut capturé ; il avait fait de son mieux pour défendre la place ; il eut tant de chagrin de l'avoir perdue qu'il en mourut sur le chemin de Constantinople, où on l'emmenait en captivité. On fit également prisonnier le commandant du fort, Gabrio Cervellón, gentilhomme milanais, grand ingénieur et valeureux soldat.

Nombre d'importants personnages périrent dans ces deux forteresses, parmi lesquels Pagán Doria, chevalier de l'ordre de Saint-Jean, homme de cœur, comme le montre l'extrême libéralité qu'il manifesta à l'égard de son frère, le célèbre Juan Andrea Doria ; sa mort fut d'autant plus regrettable qu'il mourut de la main de quelques Arabes auxquels il s'était fié, voyant le fort perdu, et qui s'étaient offerts pour l'emmener déguisé en Maure jusqu'à Tabarca, sorte de comptoir tenu par les Génois qui y pratiquent la pêche au corail ; ces Arabes lui coupèrent la tête et l'apportèrent à l'amiral turc, lequel ne fit pas mentir notre proverbe castillan : "Si la trahison séduit, le traître n'en est pas moins haï", car il fit pendre ces hommes, pour les punir de ne pas le lui avoir ramené vivant.

Parmi les chrétiens qui furent faits prisonniers dans la forteresse se trouvait un nommé don Pedro de Aguilar, originaire de je ne sais plus quelle ville d'Andalousie, soldat valeureux et d'une rare intelligence, lieutenant dans le fort, et qui avait un talent particulier pour la poésie. Je le sais, car le destin l'amena dans ma galère, sur mon banc, et fit de lui l'esclave de mon maître ; avant de quitter le port, il composa deux sonnets en manière d'épitaphes, l'un dédié à La Goulette, l'autre au fort. Je veux vous les dire, car je les connais par cœur et je crois qu'ils ne vous déplairont pas. »

En entendant mentionner don Pedro de Aguilar, don Fernando avait regardé ses compagnons, et tous trois sourirent ; puis, comme le captif parlait de sonnets, l'un d'eux l'interrompit :

– Avant de continuer, je vous supplie de me dire ce qu'il est advenu de ce don Pedro de Aguilar dont vous parlez.

– Tout ce que je sais, répondit le captif, c'est qu'au bout de deux années passées à Constantinople il s'évada, en costume d'Albanais, avec un espion grec. J'ignore s'il a recouvré la liberté, mais je crois bien que oui, car un an après, j'ai aperçu le Grec à Constantinople, mais je n'ai pu l'interroger sur l'issue de leur voyage.

– Oui, il est libre, dit le gentilhomme. Ce don Pedro est mon frère, et il est revenu parmi nous. Le voilà maintenant riche et prospère, marié et père de trois enfants.

– Grâces soient rendues à Dieu, s'exclama le captif, pour tous les bienfaits qu'il lui a accordés ! Car il n'y a pas sur terre, à mon avis, de plus grande joie que de recouvrer sa liberté perdue.

– Au reste, reprit le gentilhomme, je connais ces sonnets de mon frère.

– Alors, récitez-les, je vous en prie. Vous saurez le faire mieux que moi.

– Bien volontiers. Voici d'abord celui sur La Goulette :

Où se poursuit l'histoire du captif

SONNET

Âmes heureuses qui, pour le bien que vous fîtes,
à jamais délivrées de l'amère illusion,
de notre vile terre avez quitté le gîte
pour prendre votre essor plus haut que l'horizon ;

Brûlantes de colère et d'un honneur farouche,
vous avez épuisé les forces de vos corps
pour, du sang d'autrui et du sang de votre souche,
colorer et la mer et le sable du port ;

Ce ne fut point l'ardeur, mais la vie la première
qui manqua à vos bras et vous valut la mort
des vaincus qui triomphent au-delà de la terre.

Par votre triste chute et votre noble fin
entre rempart et fer vous prîtes votre essor
pour l'honneur ici-bas, et pour l'éclat divin.

— C'est bien ainsi que je le connais, dit le captif.
— Quant au sonnet dédié au fort, continua le gentilhomme,
si je me souviens bien, il dit ceci :

SONNET

De ces monceaux de terre effondrée, infertile,
qui furent des bastions sapés et jetés bas,
les âmes des soldats, qui dépassaient trois mille,
s'élevèrent en gloire au moment du trépas ;

Quand ils eurent en vain tout d'abord exercé
la force de leurs bras et qu'ils l'eurent tarie,
les quelques survivants demeurant, épuisés,
se livrèrent au fer de l'armée ennemie.

Cette terre est comblée depuis des temps lointains
par des milliers de morts et elle n'aura de cesse
qu'elle n'inspire tristesses et regrets aux humains.

Mais de son âpre sein jamais n'auront monté
tant d'âmes élevées au ciel dans l'allégresse,
jamais tant de héros ne l'auront piétinée.

Les sonnets ne parurent pas mauvais, et le captif, ravi des bonnes nouvelles qu'on lui avait données de son compagnon, poursuivit son récit :

« Les deux places s'étant donc rendues, les Turcs ordonnèrent le démantèlement de La Goulette – on ne toucha pas au fort, car il n'y avait plus rien à raser. Pour en avoir plus vite fini, on la mina en trois endroits ; mais aucun explosif ne put venir à bout de la partie qui paraissait la plus fragile, c'est-à-dire les murailles anciennes, tandis que ce qui restait des nouvelles fortifications érigées par le Fratin s'écroula sans effort. Bref, la flotte revint à Constantinople, triomphante et victorieuse. Quelques mois plus tard, mourut mon maître Ouchali, que l'on appelait Ouchali Fartax, ce qui en langue turque signifie le Renégat teigneux. Les Turcs ont coutume de donner aux gens un nom qui illustre un de leurs défauts ou de leurs vertus, car ils ne disposent que de quatre noms propres, réservés aux descendants de la famille ottomane ; tous les autres, comme je l'ai dit, adoptent un prénom et un nom inspirés d'un défaut du corps ou d'une vertu de l'âme. Ce Teigneux avait passé quatorze ans à ramer sur les galères du Grand Seigneur, dont il était l'esclave, et, à plus de trente-quatre ans, furieux contre un Turc qui l'avait souffleté sur son banc de rame, il avait renié sa foi et s'était fait musulman pour pouvoir se venger. Il se distingua tant par son courage que, sans employer les moyens et chemins détournés dont les favoris du Grand Turc sont coutumiers, il devint roi d'Alger, puis amiral en chef, qui est la troisième charge de l'État. D'origine calabraise, il fut un homme de bien et traita ses captifs avec beaucoup d'humanité ; il en posséda jusqu'à trois mille, lesquels furent répartis après sa mort, comme il l'avait exigé par testament, entre le Grand Seigneur (qui hérite aussi de tous ses sujets, au même titre que les enfants du défunt) et ses renégats. J'échus à un renégat vénitien, qui avait été mousse sur un navire capturé par Ouchali, et qui devint son mignon favori, en même temps que le plus cruel renégat que l'on pût rencontrer. Il avait nom Hassan Aga ; il s'enrichit et fut aussi roi d'Alger. Je l'y suivis, bien content de me rapprocher de l'Espagne : je n'avais pas l'intention d'écrire à quiconque pour raconter mes malheurs, mais j'espérais, cependant, que le destin m'y serait plus favorable qu'à Constantinople, où j'avais vainement tenté de m'évader de mille façons. Je pensais faire à Alger d'autres tentatives, car je n'avais jamais renoncé à l'espoir de recouvrer la liberté : et, lorsque le projet que j'avais formé ne réussissait pas, je cherchais sans me décourager un nouvel espoir auquel me raccrocher, si mince et faible fût-il. C'est à cela que j'occupais mes jours dans une prison que les Turcs appellent un *bagne*, où ils enferment les captifs chrétiens, aussi bien ceux du roi que ceux qui appartiennent à des particuliers, ou encore à la ville. Ces derniers, désignés comme captifs du *Magzen*, ou du Conseil, et employés aux travaux publics et autres corvées, ont beaucoup de mal à obtenir leur liberté car, appartenant à la communauté, ils n'ont pas de maître qui puisse traiter leur rachat, même s'ils ont de quoi payer. Comme je viens de le dire, les particuliers de la ville amènent parfois leurs captifs dans ces bagnes, surtout quand ils peuvent payer une rançon, pour les garder en lieu sûr jusqu'à réception de la somme. Les captifs du roi qui sont dans le même cas ne vont pas travailler avec le reste de la chiourme, sauf si la rançon tarde ; alors, pour les inciter à la réclamer avec insistance, on les envoie avec les autres à la corvée de bois, ce qui n'est pas une tâche légère.

Je faisais partie des gens à rançon ; j'eus beau dire que je manquais de moyens et de fortune, quand on sut que j'étais capitaine, on m'inscrivit au nombre des gentilshommes et des personnes susceptibles d'être rachetées. On m'enchaîna, plus pour marquer que j'étais rachetable que pour s'assurer de ma personne ; et je passais ma vie dans ce bagne, en compagnie de gentilshommes et de personnes de qualité, susceptibles de rachat. Même si la faim et le dénuement nous faisaient parfois souffrir, rien ne nous affligeait plus que de voir et d'entendre à chaque instant les cruautés inouïes que mon maître infligeait aux chrétiens. Il n'y avait pas de jour qu'il n'en fît pendre, ou empaler, ou essoriller pour un motif futile ou même inexistant, ce qui prouvait bien aux Turcs qu'il agissait pour le plaisir et pour assouvir son naturel sanguinaire. Seul un soldat espagnol, un certain Saavedra, réussit à s'en tirer, bien qu'il eût fait, pour recouvrer la liberté, des choses dont les Turcs conserveront longtemps le souvenir. Jamais Hassan ne le fouetta, ne le punit, ne lui adressa une mauvaise parole ; pour le moindre de ses actes, nous redoutions tous qu'il fût empalé, et lui-même s'y attendit plus d'une fois. Si j'en avais le loisir, je vous décrirais les prouesses de ce soldat ; il y aurait matière à vous distraire et à vous étonner beaucoup plus qu'avec mon histoire.

Sur la cour de notre prison donnaient les fenêtres d'une maison appartenant à un Maure riche et respecté. C'étaient plutôt, comme le veut l'usage dans ce pays, des meurtrières, fermées par des jalousies opaques et très épaisses. Un jour que j'étais sur un terre-plein de la prison et que je m'exerçais, avec trois autres compagnons, à sauter avec nos chaînes pour passer le temps, tous les autres chrétiens étant au travail, je levai par hasard les yeux et vis, à l'une de ces fenêtres, un roseau au bout duquel se trouvait un linge noué ; le roseau se balançait et s'agitait, comme s'il nous invitait à le saisir. Nous observâmes ce manège, et l'un de mes compagnons alla se placer sous le roseau, pour voir si on le laisserait tomber ou ce qu'on ferait ; mais le roseau fut relevé et agité dans les deux sens, comme s'il disait *non* de la tête. Le chrétien s'éloigna, et le roseau redescendit, décri-

vant les mêmes mouvements qu'auparavant. Un autre compagnon s'approcha et fut reçu comme le premier. Le troisième ne fut pas plus heureux. Voyant cela, je voulus tenter
ma chance ; le roseau s'abaissa aussitôt et tomba à mes
pieds, dans le bagne. Je dénouai le linge et y trouvai dix cianis, qui sont des pièces d'or de faible aloi utilisées par les
Maures, chacune valant dix de nos réaux. Inutile de vous
dire que je me réjouis de l'aubaine ; ma satisfaction n'avait
d'égal que mon étonnement, car je voyais bien que ce don
m'était précisément destiné, comme le prouvait le refus du
roseau de lâcher le linge devant un autre. Je pris ce bon
argent, brisai le roseau, retournai sur le terre-plein, regardai
la fenêtre et vis une main très blanche qui s'ouvrait et se
refermait très vite.

Nous comprîmes ou imaginâmes que nous devions cette
faveur à une femme qui vivait dans cette maison ; pour lui
montrer notre reconnaissance, nous fîmes des salamalecs à
la manière des Maures, la tête penchée, le corps fléchi et les
bras sur la poitrine. Peu après, apparut à la même fenêtre
une petite croix faite de deux bouts de roseau, que l'on
retira aussitôt. Ce signe nous confirma qu'une chrétienne
devait être captive dans cette maison, et que c'était elle qui
nous avait fait le cadeau ; mais la blancheur de la main et
les bracelets qui la paraient nous firent revenir sur cette idée
et penser qu'il s'agissait plutôt d'une de ces chrétiennes
renégates que leurs maîtres prennent souvent pour épouses
légitimes, car ils les préfèrent aux femmes de leur pays.
Nous étions, cependant, fort loin de la vérité.

Nous passions notre temps à observer la fenêtre, véritable
pôle où nous était apparue, comme une étoile, cette tige de
roseau ; mais il fallut attendre au moins quinze jours avant
de revoir le roseau, la main ou tout autre signe. Pendant ce
temps, nous cherchions par tous les moyens à savoir qui
habitait cette maison et si elle abritait une chrétienne réné-
gate ; nous finîmes par apprendre que c'était celle d'un
Maure important et riche, un certain Hadji Mourad, ancien
gouverneur du fort d'El-Batha, un emploi des plus honori-
fiques chez les Maures.

Nous allions renoncer aux cianis tombés du ciel, quand nous vîmes reparaître le roseau auquel un nouveau linge était suspendu, et qui, cette fois, semblait plus enflé ; à ce moment-là, comme la fois précédente, le bagne était désert. Nous fîmes les mêmes tentatives : mes compagnons se présentèrent les premiers, mais la tige ne se rendit qu'à moi, car on la laissa tomber dès que je m'approchai. Je défis le nœud et découvris quarante écus d'or d'Espagne, accompagnés d'un papier écrit en arabe, au bas duquel était dessinée une croix. Je baisai la croix, pris les écus et retournai sur le terre-plein. Nous renouvelâmes nos salamalecs, la main reparut, je fis signe que je lirais le papier, et la fenêtre se referma.

Nous étions tous aussi joyeux que surpris de ce qui venait d'arriver. Aucun de nous ne connaissait l'arabe, mais aussi grand que pouvait être notre désir de savoir ce que disait le billet, il l'était cependant moins que la difficulté de trouver quelqu'un pour nous le lire.

Finalement, je décidai de me fier à un renégat de Murcie, qui se prétendait mon ami, et dont j'avais des gages qu'il garderait le secret que je lui confiais. En effet, ceux des renégats qui souhaitent retourner en terre chrétienne emportent des papiers avec la signature de captifs importants qui certifient, sous une forme ou sous une autre, que tel renégat est un homme de bien, qu'il s'est toujours charitablement comporté vis-à-vis des chrétiens, et qu'il désire s'enfuir à la première occasion.

Parmi ces renégats, certains se procurent ces certificats en toute bonne foi, pour rester dans leur patrie. D'autres le font à tout hasard et avec une arrière-pensée : s'ils s'égarent ou sont faits prisonniers lors d'une incursion en terre chrétienne, ils produisent ces signatures en prétendant qu'elles sont la preuve qu'ils veulent se réfugier chez les chrétiens, et qu'il leur a bien fallu pour cela suivre les Turcs dans leur expédition. Ils échappent ainsi au danger, se réconcilient avec l'Église sans qu'on leur nuise le moins du monde ; mais à la première occasion, ils retournent en Barbarie, où ils redeviennent ce qu'ils étaient. Or, le renégat dont je vous parle, et qui était mon ami, avait des attestations de cette sorte, et des plus chaleureuses, de tous nos compagnons ; si les Maures les avaient trouvées sur lui, ils l'auraient brûlé vif. Je savais qu'il connaissait très bien l'arabe : non seulement il le parlait, mais il l'écrivait. Cependant, avant de m'ouvrir entièrement à lui, je le priai de me lire ce papier, lui disant que je l'avais trouvé par hasard dans un trou du mur de ma cellule. Il le déplia et resta un bon moment à l'examiner et à le déchiffrer, en murmurant entre ses dents. Je lui demandai s'il comprenait ; il hocha la tête et déclara que si je voulais une traduction mot pour mot, ce serait mieux si je lui donnais de l'encre et une plume. Nous les lui apportâmes aussitôt ; il traduisit lentement et, quand ce fut fini, il me dit :

– Tout ce que j'ai écrit ici en espagnol représente, à la lettre près, ce qui est contenu dans ce billet. Je préciserai simplement que *Lalla Marien* signifie *Notre Dame la Vierge Marie*.

Nous lûmes le billet, qui disait ceci :

Quand j'étais petite, mon père avait une esclave, qui m'enseigna dans ma langue les prières chrétiennes et me parla longuement de Lalla Marien. Cette esclave mourut, et je sais qu'elle n'a pas fini dans les flammes, mais avec Allah, car je l'ai revue, par la suite, à deux reprises, et elle m'a dit d'aller dans le pays des chrétiens pour y rencontrer Lalla Marien, qui m'aime beaucoup. Je ne sais comment m'y rendre. J'ai vu bien des chrétiens par cette fenêtre, et aucun ne m'a paru être un vrai gentilhomme, sauf toi. Je suis très jeune, très belle, et j'emporterai une grosse somme d'argent. Vois si tu peux arranger notre départ ; une fois là-bas, tu seras mon mari, si tu le veux ; si tu ne le veux pas, c'est sans importance, Lalla Marien saura m'en trouver un. C'est moi qui ai écrit ces lignes ; prends garde à qui tu les donnes à lire : ne te fie à aucun Maure, ce sont tous des traîtres. Cela m'inquiète beaucoup, et je préférerais que tu n'en parles à personne, car si mon père l'apprenait, il me jetterait dans un puits et me recouvrirait de pierres. Je mettrai un fil au bout du roseau où tu attacheras ta réponse ; si tu ne connais personne qui puisse écrire en arabe, réponds-moi par signes ; Lalla Marien m'aidera à te comprendre. Qu'elle et Allah te gardent, ainsi que cette croix que j'embrasse souvent, comme me l'avait recommandé la captive.

Vous pouvez imaginer, messieurs, l'étonnement et le plaisir que cette lettre nous causa. Aussi, le renégat comprit-il bien que ce billet n'avait pas été trouvé par hasard, mais qu'il avait été adressé à l'un de nous. Il supplia, si ce qu'il soupçonnait était vrai, qu'on lui fît confiance, car il était prêt à risquer sa vie pour notre liberté. Puis, il tira de son sein un crucifix en métal et jura en sanglotant, par le Dieu qui y était représenté et auquel il croyait fermement, que, tout pécheur et indigne qu'il était, il garderait loyalement le secret que nous voudrions lui confier ; car il avait, disait-il, le pressentiment que grâce à celle qui avait écrit cette lettre, nous retrouverions tous la liberté, et qu'il pourrait enfin satisfaire l'ardent désir qu'il avait de rentrer dans le sein de notre sainte mère l'Église, dont il était séparé, tel un membre gangrené, par les péchés et l'ignorance. Le renégat prononça ces mots avec tant de larmes et de démonstrations de repentir que nous résolûmes de le mettre dans le secret. Nous lui rendîmes compte de tout, sans rien dissimuler ; nous lui montrâmes même la fenêtre où était apparue la tige de roseau ; il observa soigneusement la maison et promit de faire l'impossible pour découvrir par qui elle était habitée. Nous fûmes également d'avis qu'il fallait répondre au billet de la Mauresque ; le renégat, qui pouvait nous y aider, écrivit aussitôt les phrases que je lui dictai, telles que je vais vous les dire, car j'ai gardé en mémoire les principaux épisodes de cette aventure et je les y garderai jusqu'à ma mort. Voici donc ce qui fut répondu à la Mauresque :

Que le véritable Allah te protège, ô ma dame, ainsi que cette sainte Marien, qui est la véritable mère de Dieu, et qui t'a inspiré d'aller en terre chrétienne parce qu'elle t'aime. Supplie-la de te révéler comment mettre en œuvre ce qu'elle te demande ; elle est si bonne qu'elle ne manquera pas de t'éclairer. Pour ma part, comme tous mes amis chrétiens qui m'entourent, je t'offre de faire pour toi tout ce qui est en notre pouvoir, au risque d'en mourir. Continue de m'écrire et de me tenir informé de tes projets ; je te répondrai, car le grand Allah nous a donné un chrétien captif qui parle et écrit ta langue, comme tu pourras le constater par ce

billet. Tu peux donc nous communiquer sans crainte tout ce que tu
voudras. Quant à devenir ma femme si tu arrives en terre chré-
tienne, tu as ma promesse de bon chrétien que tu le seras, et sache
que les chrétiens tiennent ce qu'ils promettent mieux que
les Maures. Qu'Allah et Marien sa mère te gardent, ma dame
bien-aimée.

Une fois ce billet écrit et scellé, il fallut attendre deux
jours avant que le bagne ne fût désert. Je montai alors sur le
terre-plein habituel pour voir si le roseau apparaissait. Il ne
tarda pas à se montrer, même si la personne qui le tenait restait invisible. Je brandis alors mon billet, pour signifier qu'il
fallait l'accrocher à un fil. Mais le fil était déjà au bout de la
tige ; j'y attachai le papier, et notre bonne étoile reparut peu
après avec, en guise de drapeau blanc de la paix, le linge
noué. Il tomba, je m'en saisis et trouvai dedans des mon-
naies d'or et d'argent, pour plus de cinquante écus, qui
redoublèrent d'autant notre allégresse et ravivèrent notre
espoir d'être libres un jour. Le soir même, notre renégat vint
nous annoncer ce qu'il avait appris : dans cette maison
vivait bien le Maure dont on nous avait parlé, Hadji Mourad, un homme richissime, qui n'avait qu'une fille, héritière
de toute sa fortune, dont on disait dans la ville qu'elle était
la plus belle femme de Barbarie ; plusieurs vice-rois venus
dans la province avaient demandé sa main, mais elle n'avait
jamais voulu se marier ; il avait aussi découvert qu'une
chrétienne captive l'avait servie, et qu'elle était morte. Tout
cela confirmait les termes de la lettre.
Nous délibérâmes ensuite avec le renégat, pour savoir
comment enlever la Mauresque et retourner tous en terre
chrétienne ; il fut décidé d'attendre le deuxième message de
Zourayda (tel était le nom de celle qui veut à présent s'appeler Marie), car elle seule était en mesure de trouver un
remède à nos difficultés. Cette résolution prise, le renégat
nous conseilla de ne pas nous inquiéter : il nous rendrait la
liberté, dût-il en perdre la vie. Pendant quatre jours, le
bagne ne désemplit pas, ce qui empêcha le roseau de se
montrer. Enfin, quand notre prison retrouva sa solitude

habituelle, le roseau parut, portant un paquet si volumineux qu'il semblait annoncer un heureux événement. Roseau et linge se penchèrent vers moi : j'y trouvai un nouveau billet et cent écus d'or, sans autre monnaie. Le renégat était avec nous ; sitôt que nous fûmes dans notre cellule, nous lui donnâmes à lire la lettre, qui disait ceci :

Je ne sais pas, mon seigneur, comment m'y prendre pour aller en Espagne. Lalla Marien ne m'en a rien dit, et pourtant je lui ai posé la question. Tout ce dont je suis capable, c'est de t'envoyer par cette fenêtre beaucoup de pièces d'or. Paie ta rançon et celle de tes amis avec cette somme ; ensuite, l'un de vous ira acheter un bateau en terre chrétienne et reviendra chercher les autres. Vous me trouverez dans un jardin au bord de la mer, à la porte Bab-Azoun, où je dois passer tout l'été avec mon père et mes serviteurs. Vous pourrez m'enlever sans risque pendant la nuit et m'emmener dans votre bateau ; et n'oublie pas que tu dois être mon mari, sinon, je demanderai à Marien de te punir. Si tu n'as confiance en personne, rachète-toi et va chercher le bateau toi-même ; je sais que tu reviendras plus sûrement qu'aucun autre, car tu es gentilhomme et chrétien. Tâche de savoir où se trouve le jardin. Quand tu reviendras ici, cela signifiera que le bagne est vide, et je te donnerai encore de l'argent. Qu'Allah te garde, mon cher seigneur.

Tel était le contenu du second billet ; après en avoir pris connaissance, chacun s'offrit à se faire racheter, et promit d'aller et de revenir ponctuellement, moi comme les autres. Mais le renégat s'opposa à toutes ces offres, disant qu'il ne consentirait jamais à ce qu'aucun de nous fût libéré seul, car il savait d'expérience qu'une fois en liberté on ne respectait pas la parole donnée en captivité. Des captifs illustres avaient souvent recouru à ce moyen : ils rachetaient un captif qui allait à Valence ou à Majorque, avec assez d'argent pour armer un bateau et revenir chercher ceux qui avaient payé sa rançon. Mais le captif ne revenait jamais, car la liberté recouvrée et la crainte de la perdre à nouveau effaçaient toute obligation de sa mémoire. Pour preuve de cette vérité, il nous rapporta brièvement ce qui venait d'arriver à des gentilshommes chrétiens, la plus étrange des histoires survenues dans ces contrées, où les événements les plus effrayants ou étonnants surviennent à chaque pas. En conclusion, il nous proposa de lui confier l'argent que nous voulions consacrer au rachat de l'un d'entre nous, pour se procurer un bateau dans Alger même, sous prétexte de commercer à Tétouan et sur la côte ; étant propriétaire de ce bateau, il n'aurait aucun mal à nous sortir du bagne et à nous conduire à son bord. Et si la Mauresque donnait, comme tout semblait l'indiquer, assez d'argent pour nous racheter tous, rien n'était plus facile que d'embarquer en plein jour, une fois que nous serions libres. Le seul ennui, c'était que les Maures interdisaient à un renégat d'acheter ou d'employer une embarcation, à l'exception de bâtiments corsaires, car celui qui achetait un bateau, surtout s'il était espagnol, était soupçonné de vouloir retourner en terre chrétienne. Mais il avait l'idée de s'associer à un Maure tagarin, pour l'achat de l'embarcation et le commerce des marchandises, et par ce biais devenir maître du bateau, ce qui résoudrait toutes nos difficultés. Mes compagnons et moi aurions préféré envoyer quelqu'un chercher un bateau à Majorque, comme le disait la Mauresque, mais nous n'osâmes le contredire, craignant, si nous ne suivions pas ses avis, qu'il nous dénonçât et qu'il mît notre vie en péril en révélant notre entente avec Zourayda, pour la vie de laquelle nous aurions tous donné la nôtre. Nous décidâmes de nous en remettre à Dieu et au renégat, et répondîmes aussitôt à Zourayda que nous suivrions ses conseils, si avisés que Lalla Marien semblait les lui avoir dictés, et qu'il ne dépendait plus que d'elle de différer l'entreprise ou de la mettre en œuvre au plus tôt. Enfin, je lui rappelai mon intention d'être son époux.

Le lendemain, le bagne était vide, et elle nous remit en plusieurs livraisons, avec le roseau et le linge, deux mille écus d'or et un papier où elle disait que le *jumá* (c'est le vendredi) suivant, elle se rendrait au jardin de son père, mais qu'elle nous donnerait encore de l'argent avant de partir ; et que si cela ne suffisait pas, nous n'avions qu'à demander : son père en avait tant qu'il ne s'apercevrait de rien, et d'ailleurs c'était elle qui avait les clés de tout.

Nous remîmes aussitôt cinq cents écus au renégat pour l'acquisition du bateau. J'en consacrai huit cents à ma rançon, et je confiai l'argent à un marchand valencien de passage à Alger, qui me racheta au roi, mon maître, en s'engageant à le payer à l'arrivée du premier vaisseau qui viendrait de Valence. S'il avait livré l'argent sur l'heure, le roi aurait pu soupçonner que la somme était depuis des jours à Alger et que le marchand l'avait cachée pour en tirer profit. Bref, comme je savais le roi méfiant, je préférais qu'on ne lui versât pas l'argent trop vite.

La veille du vendredi, la belle Zourayda nous donna encore mille écus et nous avertit de son départ, me suppliant, aussitôt que je serais racheté, de m'informer du lieu où se trouvait le jardin de son père, de m'y rendre sans tarder et de chercher à la voir. Je lui répondis en peu de mots que je le ferais et lui demandai, de son côté, d'intercéder pour nous auprès de Lalla Marien et de réciter toutes les prières que la captive lui avait enseignées. Après quoi, je pris les dispositions nécessaires pour racheter mes trois compagnons, afin de leur faciliter la sortie du bagne ; car je craignais, si j'étais le seul à être racheté alors qu'il restait encore de l'argent, de les voir en prendre ombrage et que le diable ne leur soufflât un moyen de nuire à Zourayda. Certes, sachant qui ils étaient, il n'y avait pas lieu de s'inquiéter, mais je ne voulais prendre aucun risque. Je les fis donc racheter par le même moyen que j'avais employé pour moi, en remettant l'argent nécessaire au marchand afin qu'il pût les cautionner en toute sécurité, mais sans toutefois lui révéler notre entente ni notre secret, car c'eût été trop dangereux. »

Où le captif poursuit son récit

« E N MOINS DE QUINZE jours, notre renégat eut acheté un très bon bateau qui pouvait contenir plus de trente personnes. Pour que la transaction parût plausible et afin de détourner les soupçons, il décida de se rendre à Cherchell, ville située à trente lieues d'Alger du côté d'Oran, où l'on fait un grand commerce de figues sèches. Il accomplit ce voyage deux ou trois fois, en compagnie du Tagarin dont j'ai déjà parlé. En Barbarie, on appelle *Tagarin* les Maures d'Aragon, et ceux de Grenade on les nomme *Mudéjares*. Ces derniers sont appelés *Elches* dans le royaume de Fez, et c'est parmi eux que le souverain recrute la plupart de ses soldats.

A chaque trajet de son bateau, il mouillait dans une crique située à deux portées d'arbalète du jardin où Zourayda attendait ; là, le renégat se joignait à dessein aux jeunes Maures, qui lui servaient de rameurs, pour dire la prière, ou bien il les entraînait, par jeu, à simuler ce qu'il projetait ; il entrait même dans le jardin de Zourayda pour demander des fruits, que son père lui donnait sans le connaître. Il aurait bien voulu parler à la jeune fille, comme il me l'avoua par la suite, lui dire que c'était lui qui, sur mon ordre, l'emmènerait en terre chrétienne, et qu'elle pouvait attendre en toute confiance ; mais ce ne fut jamais possible, car aucune femme maure ne se laisse voir à un Maure ou à un Turc, à moins qu'elle n'en reçoive l'ordre de son mari ou de son père. Elles ne se laissent aborder que par les esclaves chrétiens, parfois même plus que de raison.

Je n'aurais pas aimé qu'il pût lui parler, car elle se serait sans doute alarmée en voyant que son sort dépendait de la discrétion d'un renégat. Mais Dieu, qui en avait ordonné autrement, empêcha notre renégat de parvenir à ses fins. Voyant enfin qu'il allait à Cherchell en toute sécurité, qu'il mouillait quand et où il voulait, que son associé tagarin n'avait d'autre volonté que la sienne, que j'avais été racheté et qu'il ne restait plus qu'à engager des chrétiens pour manœuvrer les rames, il me dit de choisir les gens que je voulais emmener, outre mes trois compagnons, et de les convoquer pour le vendredi suivant, jour qu'il avait fixé pour notre départ. Je pris langue avec douze Espagnols, vaillants rameurs, et choisis parmi eux ceux qui pouvaient sortir le plus librement de la ville. Ce fut d'ailleurs toute une affaire d'en trouver un tel nombre à cette saison, car vingt bateaux étaient sortis en expédition et ils avaient enlevé tous les hommes de rame ; et je n'aurais même pas pu trouver ces Espagnols, si le maître n'était resté à terre cet été-là, pour achever une galère qu'il avait en chantier. Je ne dis rien à ces chrétiens, sinon que, le vendredi suivant, à la tombée du jour, ils devraient sortir discrètement de la ville, un à un, et aller m'attendre au jardin de Hadji Mourad. Je donnai ces indications à chacun séparément, avec l'ordre, s'ils trouvaient là d'autres chrétiens, de leur dire que j'avais demandé qu'on m'attendît à cet endroit.

Il me restait une dernière démarche bien plus importante à accomplir : c'était d'informer Zourayda de l'état de nos affaires pour qu'elle se tînt prête et ne s'effrayât pas si nous l'enlevions plus tôt qu'elle ne s'y attendait, avant le temps où elle pensait le bateau revenu de chez les chrétiens. J'allais donc au jardin pour essayer de lui parler ; j'y entrai quelque temps avant notre départ sous prétexte de cueillir des herbes, et je tombai sur son père qui me demanda, dans la langue employée dans toute la Barbarie, même à Constantinople, entre les captifs et les Maures – ce n'est ni de l'arabe, ni du castillan, ni aucune langue connue, mais un mélange de toutes, grâce auquel nous arrivons à nous comprendre. Il me demanda donc, dans ce jargon, ce que je

cherchais dans son jardin et qui j'étais. Je lui répondis que
j'étais un esclave de Mamí l'Albanais (je savais de source
sûre qu'ils étaient grands amis) et que je cherchais des
herbes pour faire une salade. Il voulut savoir si j'étais un
homme à racheter et quel prix mon maître exigeait.

Sur ces entrefaites, la belle Zourayda sortit de la maison :
elle m'avait vu arriver, et comme les Mauresques n'ont
aucune répugnance à se montrer aux chrétiens et ne cherchent pas à les éviter, comme je l'ai dit, elle s'approcha sans
façons de l'endroit où je parlais à son père, qui d'ailleurs
l'appela dès qu'il l'eût aperçue.

Aujourd'hui encore, je ne saurais la décrire telle qu'elle
m'apparut alors, dans toute sa beauté, son élégance et ses
riches parures. Je dirai seulement qu'il y avait plus de perles
à son cou gracieux, à ses oreilles et dans sa coiffure qu'elle
n'avait de cheveux sur la tête. A chacune de ses chevilles,
découvertes selon l'usage, elle portait un carcan (ainsi
appelle-t-on chez les Maures ce genre de bracelets) d'or pur,
serti de diamants, que son père, me confia-t-elle plus tard,
estimait à dix mille doublons, et ceux qu'elle portait aux poignets en valaient au moins autant. Ses perles étaient aussi
belles que nombreuses et variées, car c'est la parure favorite
des femmes de Barbarie, qui les aiment de toute sorte ; voilà
pourquoi on en trouve davantage chez les Maures que dans
tous les autres pays. Le père de Zourayda passait pour posséder les plus précieuses qu'on pût trouver à Alger, ainsi
qu'une fortune de plus de deux cent mille écus espagnols ;
tout cela appartenait à cette dame qui m'appartient aujour-
d'hui. Vous pourrez juger combien elle était belle, ainsi
parée, au temps de sa prospérité, à ce qui lui en reste après
avoir traversé tant d'épreuves. Car on sait que chez certaines
femmes la beauté a ses jours et ses saisons, qu'un rien peut la
réduire ou l'accroître ; et il est normal que les mouvements de
l'âme l'augmentent, la diminuent, ou souvent même la
détruisent. Bref, elle était d'une telle élégance extrême et
d'une telle beauté, que je pensai n'en avoir jamais vu de plus
belle ; par ailleurs, sachant tout ce que je lui devais, il me
semblait être en présence d'une déesse descendue du ciel sur

la terre pour mon plaisir et mon salut. Quand elle nous eut rejoints, son père lui dit dans sa langue que j'étais un captif de Mamí, son ami albanais, et que je venais chercher de la salade. Elle prit la parole et, dans le jargon que j'ai décrit, elle me demanda si j'étais gentilhomme et pourquoi je n'avais pas encore été racheté. Je lui répondis que je l'étais déjà, et que le prix montrait assez le haut degré d'estime que m'accordait mon maître, car il avait donné pour moi mille cinq cents *sultanins*.

– En vérité, répondit-elle, si tu avais appartenu à mon père, je lui aurais dit de ne pas te lâcher pour le double ; car vous autres chrétiens, vous mentez toujours dans tout ce que vous dites, et vous feignez d'être pauvres pour abuser les Maures.

– C'est bien possible, lui répondis-je ; mais, moi, j'ai dit la vérité à mon maître, je la dis et la dirai toujours à toutes les personnes que je rencontrerai dans le monde.

– Et quand pars-tu ? dit Zourayda.

– Demain, je crois. Car un bateau de France met à la voile, et je pense y embarquer.

– Ne vaudrait-il pas mieux attendre un navire venant d'Espagne et partir avec lui plutôt qu'avec des Français, qui ne sont pas de vos amis ?

– Non, repris-je. Certes, on annonce l'arrivée d'un navire espagnol, et si la nouvelle se vérifie, je l'attendrai. Toutefois, le départ de demain est plus sûr ; car je désire tant revoir ma terre et les personnes que j'aime, que je n'aurai pas le cœur d'attendre une autre occasion, aussi bonne soit-elle.

– Tu es sans doute marié dans ton pays, dit Zourayda, et impatient de retrouver ta femme.

– Je ne le suis pas encore, répondis-je. Mais j'ai donné ma parole de me marier à mon arrivée là-bas.

– Et la femme à qui tu l'as donnée, est-elle belle ?

– Elle est si belle, qu'à dire vrai et pour la louer dignement, elle te ressemble beaucoup.

A ces mots, son père se mit à rire et dit :

– Par Allah, chrétien, il faut qu'elle soit bien belle pour

ressembler à ma fille, qui est la plus jolie du royaume. Si tu en doutes, regarde-la et tu verras que j'ai raison.

Le père de Zourayda, qui connaissait un peu de castillan, nous avait servi d'interprète pendant presque toute la conversation ; car si elle parlait la langue bâtarde qui, comme je l'ai dit, a cours dans ces régions, elle s'exprimait plus par signes que par mots. Nous en étions là quand un Maure arriva en courant, criant que quatre Turcs avaient sauté par-dessus le mur du jardin et qu'ils cueillaient les fruits encore verts. Le vieil homme s'émut, Zourayda aussi : les Maures ont une peur presque innée des Turcs, surtout des soldats, qui sont extrêmement insolents et les traitent avec autant d'arrogance que s'ils étaient, non pas leurs sujets, mais leurs esclaves. Hadji Mourad dit à sa fille :

— Rentre vite t'enfermer dans la maison, pendant que je vais parler à ces chiens ; quant à toi, chrétien, va cueillir tes herbes. Adieu, puisse Allah te ramener sain et sauf dans ton pays !

Je m'inclinai, et il alla parler aux Turcs, me laissant seul avec Zourayda, qui feignit de se retirer comme le lui avait ordonné son père. Mais à peine eut-il disparu derrière les arbres du jardin qu'elle revint vers moi, les yeux pleins de larmes, et me dit :

— *Achtemchi*, chrétien, *achtemchi* ? (Ce qui veut dire : "Tu t'en vas, chrétien, tu t'en vas ?")

— Oui, madame, mais pas sans toi. Notre départ est prévu pour le prochain *jumá* ; n'aie pas peur quand tu nous verras. Et sois sûre que nous arriverons en pays chrétien.

Je parlais de façon qu'elle comprît nettement chaque mot échangé ; passant alors son bras autour de mon cou, elle s'avança vers la maison d'un pas défaillant. Le sort, qui aurait pu nous être fatal si le ciel n'en avait pas décidé autrement, voulut que son père, qui revenait vers nous après avoir chassé les Turcs, nous vît dans la position que je vous ai décrite, avec son bras autour de mon cou. Nous savions qu'il nous avait vus ; mais Zourayda, prudente et avisée, au lieu d'ôter son bras, se serra davantage contre moi et appuya la tête contre ma poitrine, fléchissant un peu les genoux, comme une femme qui s'évanouit, tandis que je feignais de la soutenir à mon corps défendant. Son père accourut et, voyant sa fille dans cet état, lui demanda ce qu'elle avait. Comme elle ne répondait pas, il me dit :

– Elle a dû s'évanouir d'émotion en apprenant l'irruption de ces chiens.

Alors, il me l'enleva des bras et la pressa contre lui. Elle poussa un soupir et, les yeux encore noyés de larmes, elle répéta :

– *Achtemchi*, chrétien, *achtemchi* ! Va-t'en, chrétien, va-t'en !

– Peu importe que le chrétien s'en aille, ma fille, dit son père ; il ne t'a fait aucun mal. Les Turcs sont partis. Tu n'as plus rien à craindre, personne ne te fera de mal : je te répète qu'à ma demande les Turcs sont repartis par où ils étaient venus.

– C'est la présence des Turcs, dis-je à mon tour, qui a dû lui causer ce saisissement. Mais puisqu'elle me demande de m'en aller, je ne veux pas la contrarier. La paix soit avec toi ; avec ta permission, je reviendrai un autre jour chercher des herbes dans ce jardin ; car, si j'en crois mon maître, nulle part il n'y en a de meilleures.

– Tu peux revenir autant que tu voudras, répondit Hadji Mourad. Ma fille n'a rien contre toi ni contre les autres chrétiens, mais simplement, au lieu de dire aux Turcs de partir, c'est à toi qu'elle l'a dit ; ou bien elle pensait qu'il était temps pour toi d'aller ramasser tes herbes.

Je les quittai aussitôt. Elle s'éloigna avec son père. Quant à moi, sous prétexte de ramasser des herbes, j'explorai le jardin tout à loisir : je repérai les entrées et les sorties, évaluai la résistance que pouvait présenter la maison, et les facilités qu'elle offrait pour la réussite de notre plan. Cela fait, je m'en retournai et racontai tout ce qui s'était passé au renégat et à mes compagnons. J'attendai avec la plus vive impatience l'heure de jouir paisiblement du bien que le destin m'offrait en la personne de la belle Zourayda.

Le temps passa, et le jour tant attendu se leva enfin. Nous suivîmes à la lettre le plan que nous avions élaboré après mûre réflexion, et nous obtînmes le succès désiré. En effet, le vendredi qui suivit ma conversation avec Zourayda, notre renégat, à la nuit tombée, jeta l'ancre presque sous les murs du jardin.

Les rameurs chrétiens étaient prêts, cachés dans les environs. Ils m'attendaient avec inquiétude, impatients de prendre d'assaut le bateau qu'ils avaient devant les yeux ; ignorant l'accord passé avec le renégat, ils étaient persuadés qu'ils devaient gagner leur liberté à la force de leurs bras, en massacrant les Maures qui se trouvaient à bord. Quand j'arrivai avec mes compagnons, les chrétiens sortirent de leurs cachettes et se joignirent à nous. A cette heure, les portes de la ville étaient fermées, et on ne voyait personne dans la campagne.

Nous hésitions, ne sachant s'il fallait d'abord enlever Zourayda ou maîtriser les Maures qui ramaient sur le bateau, lorsque notre renégat arriva et nous demanda ce que nous attendions, car c'était le moment d'agir : ses Maures étaient sans méfiance, et la plupart d'entre eux dormaient. Nous lui expliquâmes ce qui nous arrêtait, mais selon lui le plus urgent était de nous rendre maîtres du bateau, ce que nous pouvions faire aisément et sans aucun danger ; ensuite nous irions chercher Zourayda. Son plan nous parut sensé et, sans balancer davantage, nous le suivîmes jusqu'à l'embarcation, dans laquelle il sauta le premier. Alors, il brandit un cimeterre et cria en arabe :

– Que personne ne bouge s'il veut avoir la vie sauve !

A ce moment-là, presque tous les chrétiens étaient déjà à bord. Les Maures, qui n'avaient guère de courage, furent épouvantés en entendant leur patron parler de la sorte et, sans penser à utiliser leurs armes – d'ailleurs, bien peu étaient armés –, ils se laissèrent ligoter sans dire mot par les chrétiens, qui agirent avec grande célérité, menaçant les Maures de les poignarder tous s'ils tentaient d'appeler à l'aide. Ensuite, la moitié des nôtres monta la garde, tandis que les autres, toujours guidés par le renégat, marchaient vers le jardin. Par chance, la porte s'ouvrit très facilement, comme si elle n'avait pas été verrouillée ; nous arrivâmes en silence jusqu'à la maison, sans avoir été vus de quiconque.

La belle Zourayda nous attendait à sa fenêtre. Sitôt qu'elle nous aperçut, elle demanda à voix basse si nous étions *nazrani*, autrement dit chrétiens. Je lui répondis par l'affirmative et la priai de descendre. M'ayant reconnu, elle n'hésita pas un instant et, sans prendre le temps de me répondre, elle se retrouva en bas dans la minute qui suivit, ouvrit la porte et nous apparut si belle et si richement vêtue que je ne saurais la décrire. Dès que je la vis, je pris sa main et la baisai ; le renégat et mes deux compagnons firent de même ; les autres, qui étaient dans l'ignorance, nous imitèrent, pensant que peut-être nous la vénérions et la reconnaissions comme maîtresse de notre liberté. Le renégat lui demanda en arabe si son père était là. Elle répondit qu'il dormait.

— Alors, il faut le réveiller, dit le renégat, l'emmener avec nous et emporter tout ce qui dans la maison a de la valeur.

— Non, dit-elle, je ne veux pas qu'on touche à un cheveu de mon père ; et il n'y a rien d'autre à prendre ici que ce que moi-même j'emporte ; c'est bien assez pour vous rendre tous riches et heureux. Attendez, vous allez voir.

Elle rentra, en promettant de revenir tout de suite et en nous recommandant de ne faire aucun bruit. Je demandai au renégat ce qui se passait ; il me rapporta sa conversation et je lui dis qu'il fallait agir en tout point comme Zourayda en aurait décidé. Celle-ci revint, portant un petit coffre rempli d'écus d'or, si lourd qu'elle pouvait à peine en supporter le poids. Par malchance, son père se réveilla à ce moment ; entendant du bruit dans le jardin, il se mit à la fenêtre et, comprenant que tous ces gens étaient des chrétiens, il se mit à crier en arabe : "Des chrétiens, des chrétiens ! Aux voleurs ! Aux voleurs !"

Ces cris nous plongèrent dans l'effroi et la confusion ; le renégat, voyant le danger et comprenant qu'il fallait agir avant d'être découverts, monta à toutes jambes vers l'endroit où se trouvait Hadji Mourad, suivi par quelques-uns des nôtres ; moi, je n'osais abandonner Zourayda, qui était tombée dans mes bras sans connaissance. Ceux qui étaient montés si diligemment redescendirent, un instant plus tard, avec le père de Zourayda, qu'ils avaient ligoté et bâillonné, le menaçant de lui ôter la vie s'il disait un mot. Quand elle l'aperçut, elle se couvrit les yeux pour ne pas le voir ; son père était stupéfait, car il ne pouvait savoir qu'elle s'était remise de plein gré entre nos mains. Mais pour le moment, c'était aux pieds d'agir ; nous retournâmes en toute hâte au bateau, où ceux qui étaient restés nous attendaient avec impatience, craignant qu'il ne nous fût arrivé quelque malheur.

Il était à peine plus de deux heures du matin quand nous nous trouvâmes tous réunis dans notre embarcation. Nous détachâmes les mains du père de Zourayda et lui ôtâmes son bâillon ; mais le renégat lui rappela que, s'il prononçait un mot, il perdrait la vie. En voyant sa fille, le père se mit à soupirer pitoyablement, surtout quand il découvrit que je la tenais étroitement enlacée, et qu'elle, au lieu de se défendre ou de se plaindre, ne cherchait pas à s'écarter de moi ; toutefois, il se taisait, craignant que le renégat ne mît ses menaces à exécution.

Zourayda, comprenant que nous allions lever l'ancre avec, à bord, son père et les autres Maures ligotés, me supplia, par l'intermédiaire du renégat, de relâcher ces Maures et de rendre la liberté à son père, déclarant qu'elle préférait se jeter à la mer plutôt que de voir emmener en captivité, par sa faute, un père qui l'avait tant aimée. Le renégat me traduisit ses propos, et je répondis que j'approuvais cette demande. Mais il m'objecta que ce ne serait guère prudent car si on les laissait sur le rivage, ils appelleraient du secours et ameuteraient les gens de la ville, qui se lanceraient à notre poursuite avec des frégates légères, nous coupant la retraite par terre ou par mer. Ce que nous pouvions faire, c'était les relâcher dans le premier pays chrétien où nous aborderions. Nous nous ralliâmes à cet avis, et Zourayda, à qui l'on exposa les raisons que nous avions de ne pas nous rendre immédiatement à ses désirs, s'en montra satisfaite.

Alors, dans le plus grand silence et avec une joyeuse impatience, chaque membre de notre vaillant équipage empoigna

sa rame, et nous nous dirigeâmes, en nous recommandant à
Dieu de tout cœur, vers les îles Baléares, la terre chrétienne
la plus proche. Mais comme la tramontane soufflait et la mer
était un peu forte, il nous fut impossible de garder le cap sur
Majorque. Nous dûmes, à notre grand regret, longer la côte
jusqu'à Oran, craignant d'être aperçus par les gens de Cherchell, un port situé à une soixantaine de milles d'Alger. Nous
redoutions aussi de croiser une de ces galiotes qui d'ordinaire ramènent des marchandises de Tétouan ; encore que
chacun de nous comptait bien ne pas être pris, si nous ren-
contrions une galère marchande, pourvu qu'elle ne fût pas
armée en course, et pensait même que nous pourrions nous
en emparer, pour achever notre traversée en toute sécurité.
Pendant que nous voguions, Zourayda avait caché sa tête
dans mes mains afin de ne pas voir son père ; je l'entendais
invoquer Lalla Marien et la supplier de nous aider.

Nous avions couvert quelque trente milles quand le jour
se leva ; le courant nous avait déviés à trois portées d'arquebuse de la côte, qui était déserte, et d'où nous ne risquions
pas d'être aperçus. Toutefois, nous regagnâmes le large en
faisant force de rames ; la mer s'était calmée et, au bout de
deux lieues, ordre fut donné aux rameurs de se relayer pendant que nous prendrions quelque nourriture, car le bateau
était bien pourvu ; mais ils déclarèrent qu'il n'était pas
encore temps de se reposer, et, comme ils ne voulaient pas
s'arrêter, ils se firent donner à manger par ceux qui ne
ramaient pas. Un vent régulier se leva sur ces entrefaites,
qui nous obligea à hisser la voile et à renoncer aux rames,
en faisant cap vers Oran, car aucune autre route n'était possible. La manœuvre fut exécutée avec promptitude, et nous
naviguâmes à la voile à plus de huit milles à l'heure, sans
autre crainte que de rencontrer un navire corsaire. Nous
donnâmes à manger aux rameurs maures, et le renégat les
consola en leur disant qu'ils n'étaient pas captifs et qu'à la
première occasion on leur rendrait la liberté. On tint le
même discours au père de Zourayda, qui répondit :

– J'aurais pu espérer bien des choses de votre générosité
et de votre courtoisie, chrétiens ! Mais que vous me rendiez

ma liberté, ne me croyez pas assez naïf pour me l'imaginer ; vous n'avez pas couru le risque de me la ravir pour me la rendre si généreusement, surtout en sachant qui je suis et quelle rançon vous pouvez obtenir de moi. Si vous voulez en fixer le prix, sachez que je suis prêt à vous offrir tout ce que vous voudrez pour moi et pour ma fille infortunée, ou même pour elle seule, car elle est la plus grande et la meilleure partie de mon âme.

A ces mots, il se mit à pleurer si amèrement qu'il éveilla notre compassion et força Zourayda à relever la tête. Le voyant si affligé, elle s'attendrit et me quitta pour aller l'embrasser. Père et fille mêlèrent leurs larmes avec tant d'émotion que la plupart d'entre nous pleuraient aussi. Mais, lorsque son père s'aperçut qu'elle portait ses plus beaux vêtements et tous ses bijoux, il s'exclama dans sa langue :

– Qu'est ceci, ma fille ? Hier soir, avant la catastrophe qui s'est abattue sur nous, tu portais tes habits de tous les jours, et maintenant, sans que tu aies eu le temps de t'habiller, sans que je t'aie apporté une bonne nouvelle à fêter qui justifie ta toilette et tes parures, te voilà revêtue des plus beaux vêtements que j'aie pu t'offrir, quand le destin nous était favorable ! Parle, car ceci me surprend encore plus que l'infortune où je suis plongé.

Tout ce que le père disait à sa fille était aussitôt traduit par le renégat. Elle, de son côté, ne répondait pas. Mais, quand il aperçut dans un coin du bateau le petit coffre où elle rangeait ses bijoux, qu'il savait pertinemment avoir laissé dans sa maison d'Alger, il fut encore plus surpris et lui demanda comment ce coffre était tombé entre nos mains, et ce qu'il contenait. Sans attendre la réponse de Zourayda, le renégat prit la parole :

– Cesse d'accabler ta fille de questions. Une seule réponse peut les satisfaire toutes : apprends qu'elle est chrétienne, que c'est elle qui a limé nos chaînes et qui nous a rendus libres. Elle est ici de son plein gré, aussi réjouie, me semble-t-il, de cette situation, que celui qui abandonne les ténèbres pour la lumière, la mort pour la vie, l'enfer pour le paradis.

– Ce que dit cet homme est-il vrai, ma fille ? demanda le Maure.

– C'est vrai, répondit Zourayda.

– Comment ! Tu es chrétienne ? C'est toi qui as livré ton père à ses ennemis ?

A quoi Zourayda répondit :

– Je suis chrétienne, c'est vrai, mais ce n'est pas moi qui suis la cause de ce qui t'arrive. Je n'ai jamais eu le désir de t'abandonner ou de te faire du mal, mais seulement celui de me faire du bien.

– Et quel est le bien que tu t'es fait, ma fille ?

– Demande-le à Lalla Marien ; elle te le dira mieux que moi.

Quand il entendit ces mots, le Maure, avec une incroyable promptitude, plongea dans la mer, et il se serait sans doute noyé si le vêtement long et ample qu'il portait ne l'avait maintenu à la surface. Zourayda cria qu'on le secourût ; nous nous précipitâmes tous et, le saisissant par son cafetan, le sortîmes à demi noyé et sans connaissance. Zourayda en fut aussi peinée que si son père bien-aimé était mort, et se mit à verser sur lui un torrent de larmes. Nous le couchâmes sur le ventre ; il rendit beaucoup d'eau et tarda près de deux heures à reprendre connaissance. Dans l'intervalle, le vent avait tourné, nous ramenant vers la terre ; mais en ramant avec énergie, nous évitâmes l'échouement, et notre bonne étoile nous poussa dans une crique, à l'abri d'un petit promontoire que les Maures appellent le cap de la *Cava roumia*, ce qui dans notre langue signifie la *Mauvaise femme chrétienne*. Leur tradition veut, en effet, qu'en ce lieu soit enterrée la *Cava*, par qui l'Espagne fut perdue – car en arabe *cava* veut dire *mauvaise femme*, et *roumia* chrétienne. Selon les Maures, il est de mauvais augure d'y jeter l'ancre, même en y étant forcé, et jamais ils ne s'y arrêtent. Toutefois, nous y trouvâmes non pas l'accueil d'une mauvaise femme, mais la protection d'un port, car la mer devenait houleuse. Nous postâmes des sentinelles à terre et, sans lâcher les rames, nous mangeâmes les provisions que le renégat avait apportées. Puis, nous priâmes avec ferveur

Dieu et la Vierge de nous permettre de mener à bonne fin une aventure si heureusement commencée.

Zourayda nous supplia de relâcher Hadji Mourad et les autres Maures, car son cœur sensible souffrait au spectacle de son père et de ses compatriotes ligotés. Nous promîmes de les libérer au moment de partir : les laisser sur ces rivages ne présentait aucun danger, car ils étaient déserts. Le ciel dut entendre nos prières, car bientôt un vent favorable et une mer calme nous invitèrent à poursuivre, pleins d'espoir, notre voyage. Alors, nous détachâmes les Maures et les déposâmes un par un à terre, ce dont ils furent bien étonnés. Mais lorsque vint le tour du père de Zourayda, qui avait repris tous ses esprits, il dit :

— Pourquoi croyez-vous, chrétiens, que cette mauvaise femme se réjouit qu'on me rende la liberté ? Pensez-vous que ce soit par pitié pour moi ? Non, certes : elle se réjouit car ma présence la dérangerait au moment de mettre à exécution ses mauvais desseins. Ne croyez pas qu'elle ait décidé de changer de religion parce qu'elle trouve la vôtre meilleure, mais parce qu'elle sait que dans votre pays on s'adonne au vice de la chair plus librement que dans le nôtre.

Puis, se tournant vers Zourayda, tandis qu'un chrétien et moi-même le tenions par les deux bras pour l'empêcher de commettre quelque folie, il lui lança :

— Ô fille infâme, égarée par les mauvais conseils, où vas-tu, aveugle et insensée, aux mains de ces chiens, nos ennemis naturels ? Maudite soit l'heure où je t'ai engendrée, et maudites soient la tendresse et les bontés que j'ai eues pour toi depuis ta naissance.

Voyant qu'il était loin d'avoir fini, je me hâtai de le débarquer à terre, où il poursuivit ses malédictions et ses cris, suppliant Mahomet de prier Allah de nous détruire, de nous confondre et de nous anéantir. Et quand les voiles nous eurent entraînés hors de portée de ses invectives, nous vîmes encore ses gestes : il s'arrachait les cheveux et la barbe, se roulait par terre. A un moment, il cria si fort, que sa voix nous parvint distinctement :

– Reviens, ma fille bien-aimée, disait-il, reviens à terre ; je te pardonne tout. Donne à ces hommes cet argent, puisqu'il est déjà en leur possession, et reviens consoler ton triste père qui laissera la vie sur cette plage déserte si tu l'abandonnes.

Zourayda entendait tout cela et, le cœur brisé, pleurait amèrement. Mais elle ne put que lui répondre :

– Mon père, plaise à Allah que Lalla Marien, qui a été cause de ma conversion chrétienne, te console dans ta tristesse. Allah m'est témoin que je n'ai pu agir autrement, et que ces chrétiens ne sont pour rien dans ma décision ; car même si au lieu de les suivre, je voulais rester chez moi, je ne le pourrais pas, tant mon âme est pressée de mettre en œuvre cette résolution, que je trouve aussi bonne que toi, père bien-aimé, tu la trouves mauvaise.

Il ne l'entendait déjà plus. Tandis que je consolais Zourayda, nous poursuivîmes notre route, poussés par un vent favorable, si bien que nous ne doutâmes point de nous trouver le lendemain à l'aube en vue des côtes d'Espagne. Mais comme un bien ne vient jamais seul, et qu'il est accompagné ou suivi d'un mal qui le gâche, notre destin voulut, ou peut-être les malédictions que le Maure avait proférées contre sa fille – celles d'un père, quel qu'il soit, sont toujours redoutables –, notre destin voulut, disais-je, qu'en pleine mer, à plus de trois heures du matin, toutes voiles dehors, rames levées, car un vent favorable nous évitait la peine de les utiliser, à la lueur de la lune qui brillait haut et clair, un navire aux voiles carrées et déployées coupa notre route par le travers. Il était si près que nous dûmes amener la voile pour éviter de l'aborder, tandis qu'il forçait la barre pour nous laisser le passage. Tout l'équipage vint nous regarder de près, et on nous demanda qui nous étions, où nous allions, d'où nous venions. Mais comme ces questions nous étaient posées en français, notre renégat dit :

– Que personne ne réponde ; ce sont sûrement des corsaires français, qui détroussent tout le monde.

Forts de cet avertissement, personne ne dit mot. Nous nous éloignâmes, laissant le navire sous le vent, mais il lâcha soudain deux pièces d'artillerie, à boulets ramés, dont l'une coupa notre mât par le milieu, le précipitant à la mer avec la voile ; aussitôt après, une autre pièce fut tirée, qui vint frapper le flanc de notre bateau, et le creva, mais sans blesser personne. Voyant que nous allions couler, nous appelâmes au secours à grands cris, suppliant ces gens de nous recueillir, faute de quoi nous allions tous périr noyés. L'équipage amena les voiles et mit une chaloupe à la mer ; douze Français armés jusqu'aux dents y montèrent avec leurs arquebuses et leurs mèches allumées, et arrivèrent jusqu'à nous. Voyant que nous étions si peu nombreux, et que notre bateau sombrait, ils nous recueillirent, en disant que rien de tout cela ne serait arrivé si nous avions été plus polis. Le renégat prit le coffre à bijoux de Zourayda et, sans être vu de personne, le jeta à la mer. Nous montâmes à bord du navire des Français, lesquels voulurent savoir tout ce qui nous concernait ; puis, comme si nous étions leurs pires ennemis, ils nous prirent tout ce que nous possédions, enlevant à Zourayda jusqu'aux bracelets qu'elle portait aux chevilles. Mais j'étais moins soucieux qu'elle des pertes dont elle s'affligeait, car je craignais qu'ils voulussent lui ravir un bien mille fois plus précieux, auquel elle tenait par-dessus tout.

Par bonheur, les désirs de ces gens ne vont pas au-delà de l'argent, et leur goût du lucre n'est jamais rassasié ; au point qu'ils nous auraient même pris nos vêtements de captifs s'ils en avaient trouvé l'utilité. Certains furent d'avis de nous jeter à la mer, enveloppés dans une voile, car ils avaient l'intention de trafiquer dans des ports espagnols en se faisant passer pour des Bretons, et s'ils nous emmenaient avec eux, leur forfait serait découvert, et on les punirait. Mais le capitaine – c'était lui qui avait dépouillé ma chère Zourayda – déclara qu'il se contentait du butin qu'il avait pris, et qu'au lieu de relâcher dans un port d'Espagne, il allait passer le détroit de Gibraltar, si possible de nuit, et retourner à La Rochelle, d'où il était parti. Ils résolurent donc de nous donner leur chaloupe avec tout ce qui était nécessaire pour la courte navigation qui nous restait ; et c'est ce qu'ils firent dès le lendemain, quand nous arrivâmes au large des côtes d'Espagne. La vue de notre terre nous causa une telle joie que nous en oubliâmes nos chagrins et nos misères, tant est vive la satisfaction de recouvrer la liberté perdue.

Il devait être près de midi quand ils nous jetèrent dans la barque avec deux barils d'eau et quelques biscuits. Le capitaine, touché de compassion, donna à la très belle Zourayda quarante écus d'or au moment où elle embarqua, et défendit à ses soldats de lui enlever ses vêtements, qu'elle porte encore sur elle. Une fois dans l'embarcation, nous remerciâmes ces gens pour leurs bienfaits, en leur témoignant plus de gratitude que de rancune. Ils prirent le large en direction du détroit. Quant à nous, n'ayant d'autre but que la terre qui s'offrait à nos yeux, nous ramâmes avec tant d'énergie que nous aurions presque pu aborder avant la nuit. Mais comme il n'y avait pas de lune et que le temps était couvert, nous ignorions où nous étions et il nous parut préférable de ne pas débarquer. Beaucoup d'entre nous étaient de l'avis contraire, préférant accoster, même dans les rochers et loin de toute agglomération, car c'était peut-être le moyen d'éviter les corsaires de Tétouan. Ceux-ci, en effet, partent de Barbarie à la tombée de la nuit et arrivent à l'aube sur les côtes d'Espagne, ils y font une incursion, puis retournent dormir chez eux. Pour finir, il fut décidé que nous approcherions prudemment de la côte : si l'état de la mer le permettait, nous trouverions bien un endroit où débarquer.

En effet, peu avant minuit, nous arrivâmes au pied d'une montagne abrupte et élevée, mais qui laissait entre elle et la mer assez d'espace pour nous permettre d'aborder commodément. Nous arrivâmes sur la plage, sautâmes à terre et embrassâmes le sable, remerciant Dieu notre Seigneur, avec des larmes de joie, pour l'incomparable faveur qu'il venait de nous accorder. Nous sortîmes la nourriture qui restait, nous échouâmes la barque et gravîmes une partie de la montagne car, bien qu'arrivés à bon port, nous n'étions pas rassurés, ni convaincus d'avoir posé le pied en terre chrétienne.

Le jour se leva plus tard que nous ne l'aurions voulu. Nous achevâmes notre ascension, espérant apercevoir de là-haut des habitations ou une cabane de berger ; mais nous eûmes beau regarder de tous côtés, nous ne découvrîmes ni village, ni sentier, ni chemin. Toutefois, nous décidâmes de pénétrer plus avant, pensant que nous finirions bien par rencontrer quelqu'un qui nous dirait où nous étions. Ce qui me chagrinait le plus, c'était de voir Zourayda aller à pied dans ces parages escarpés ; j'avais tenté de la porter sur mon dos, mais la crainte de me fatiguer l'empêchait de goûter ce repos ; aussi m'interdit-elle de prendre cette peine. Je me contentai de la tenir par la main, et elle avançait lentement, mais toute joyeuse.

Nous n'avions pas fait un quart de lieue, quand parvint à nos oreilles le son d'une petite clochette, signe incontestable qu'il y avait un troupeau non loin de là. Nous regardâmes autour de nous avec attention, et finîmes par découvrir, au pied d'un chêne, un jeune berger qui taillait tranquillement un bâton avec son couteau. Nous le hélâmes. Il releva la tête et sauta sur ses pieds car, nous l'apprîmes plus tard, il vit d'abord le renégat et Zourayda, et comme ils étaient en costume de Maures, il pensa que tous les Maures de Barbarie étaient à ses trousses. Il s'élança vers la forêt en criant à tue-tête :

– Les Maures ! les Maures ont débarqué ! Aux armes, aux armes !

Nous restâmes interdits, ne sachant que faire ; mais, considérant que les cris du berger risquaient de mettre le pays en émoi, et que les gardes-côtes à cheval ne tarderaient pas à s'en mêler, nous décidâmes que le renégat quitterait ses habits de Turc et mettrait une casaque de captif, que l'un de nous lui tendit aussitôt, ne gardant que sa chemise. Puis, nous recommandant à Dieu, nous suivîmes le chemin qu'avait pris le berger, craignant à chaque instant de voir apparaître la cavalerie. Nous ne nous étions pas trompés, car deux heures plus tard, alors que nous quittions ces fourrés et débouchions sur un plateau, nous découvrîmes une cinquantaine de cavaliers qui venaient à notre rencontre au grand trot. Nous nous arrêtâmes aussitôt pour les attendre. Ils arrivèrent jusqu'à nous et, trouvant, au lieu de Maures, tant de pauvres chrétiens, ils furent bien étonnés ; l'un d'eux demanda si c'était à cause de nous qu'un berger avait donné l'alarme.

– Oui, dis-je.

Et comme je voulais raconter mon histoire, d'où nous venions, qui nous étions, un de nos chrétiens, reconnaissant le cavalier qui me parlait, s'exclama sans me laisser ajouter un mot :

– Messieurs, rendons grâces à Dieu, qui nous a conduits à bon port ! Car, si je ne me trompe, nous voilà dans la province de Vélez Málaga. Mes années de captivité n'ont pas effacé de ma mémoire le souvenir que j'ai de vous, monsieur, qui nous demandez qui nous sommes, car vous êtes Pedro de Bustamante, mon oncle.

A peine le chrétien captif avait-il prononcé ces mots que le cavalier sauta à bas de son cheval et embrassa le jeune homme en s'écriant :

– Oui, je te reconnais, mon très cher neveu. Nous t'avons pleuré comme si tu étais mort, moi, ma sœur, ta mère, et tous les tiens, que Dieu a bien voulu garder en vie pour qu'ils aient le bonheur de te revoir ! Nous savions que tu étais à Alger et, si j'en juge par tes habits et ceux de tes compagnons, c'est miracle que vous ayez recouvré la liberté.

– C'est vrai, répondit le jeune homme, et nous aurons tout loisir de vous raconter notre histoire.

Quand les cavaliers eurent compris que nous étions des chrétiens captifs, ils mirent pied à terre, et chacun nous proposa son cheval pour arriver jusqu'à la ville de Vélez Málaga, à une lieue et demie de là. Quelques-uns allèrent chercher notre barque pour la ramener jusqu'à la ville, après que nous eûmes expliqué où nous l'avions laissée ; les autres nous prirent en croupe. Zourayda monta derrière l'oncle du chrétien. Toute la population vint nous accueillir, car quelqu'un avait pris les devants pour annoncer notre arrivée. On ne s'étonna pas de voir des captifs libres et des

Maures esclaves, car les gens de cette côte sont habitués à voir les uns et les autres ; mais on admira la beauté de Zourayda, encore rehaussée par la fatigue du voyage, par la joie d'être enfin en terre chrétienne et de se savoir en sécurité ; ces émotions avaient animé d'un tel éclat son visage que, si je ne craignais d'être abusé par la passion, je dirais qu'il n'y avait pas plus belle créature au monde ; tout au moins parmi celles que j'ai vues.

Nous allâmes droit à l'église pour rendre grâces à Dieu. Quand elle fut entrée, Zourayda remarqua qu'il y avait là des visages qui ressemblaient à ceux de Lalla Marien. Nous lui dîmes que c'étaient toutes des images de la Vierge, et le renégat lui expliqua de son mieux ce qu'elles signifiaient, pour qu'elle les adorât, comme si chacune était la véritable Lalla Marien qui lui avait parlé. Zourayda, qui est dotée d'une grande intelligence et d'un esprit vif, comprit immédiatement ce qu'on lui disait sur ces images. On nous répartit ensuite dans différentes maisons de la ville. Le chrétien qui était du pays emmena le renégat, Zourayda et moi chez ses parents, des gens d'une certaine aisance, qui nous manifestèrent autant d'affection qu'ils en montraient à l'égard de leur propre fils.

Nous restâmes six jours à Vélez, au bout desquels le renégat, qui avait entamé les démarches nécessaires, se rendit à Grenade pour comparaître devant la Sainte Inquisition et rentrer dans le giron de l'Église. Les autres chrétiens libérés s'en allèrent chacun de leur côté. Il ne resta que Zourayda et moi, avec pour tout bien les seuls écus que le galant Français avait donnés à Zourayda, et qui m'ont permis de lui acheter cette monture sur laquelle elle voyage. Jusqu'à présent, je lui ai servi de père et d'écuyer, mais non d'époux. Je la mène chez moi, car je veux savoir si mon père est encore en vie, ou si l'un de mes frères a connu un sort plus heureux que le mien, quoique le ciel, en m'accordant la compagnie de Zourayda, m'ait offert le plus grand bien que l'on puisse souhaiter. La patience avec laquelle elle supporte les privations qu'entraîne la pauvreté, et son empressement à être chrétienne sont tels qu'ils me remplissent d'admiration et m'engagent à la servir pour le reste de mes jours. Mais le plaisir de savoir que je suis à elle et elle à moi est gâté par l'incertitude où je suis de trouver dans mon pays un coin pour l'accueillir. Je crains, d'autre part, que le temps et la mort n'aient causé tant de ravages dans les biens et la vie de mon père et de mes frères que je ne rencontre, s'ils ont disparu, plus personne qui me connaisse.

Mon histoire est terminée; si elle est plaisante ou curieuse, c'est à vous, messieurs, d'en décider. Quant à moi, je puis vous dire que j'aurais aimé vous la conter plus briè-vement, bien que la crainte de vous importuner m'en ait déjà fait supprimer plusieurs épisodes. »

Qui traite de ce qui arriva ensuite dans l'auberge, et de bien d'autres choses dignes d'être connues

OYANT QUE LE CAPTIF avait terminé son histoire, don Ferdinand lui dit :

– Votre talent de conteur, monsieur le capitaine, n'a d'égal que l'étrangeté et la singularité de vos aventures, où tout est nouveau, inattendu, plein de circonstances saisissantes. Nous y avons pris tant de plaisir qu'aurions-nous passé la nuit entière à vous entendre, nous souhaiterions que vous recommenciez.

Puis il se mit, ainsi que tous les autres, à sa disposition avec tant d'empressement et de sincérité que le capitaine se sentit comblé par leurs démonstrations de bienveillance. Don Ferdinand, entre autres, l'assura que, s'il venait avec lui, il prierait le marquis, son frère, d'être le parrain de Zourayda, et que lui-même lui fournirait de quoi retourner dans son pays avec toutes les marques de dignité que méritait son noble rang. Le captif le remercia fort courtoisement, mais déclina ces offres généreuses.

Le jour commençait à baisser ; et il faisait déjà nuit noire, quand on entendit arriver devant l'auberge une voiture, accompagnée de quelques hommes à cheval, qui demandèrent à loger. La femme de l'aubergiste répondit qu'il n'y avait plus, dans toute la maison, un seul recoin inoccupé.

– Eh bien, répliqua un des hommes qui avait déjà mis pied à terre, il vous faudra trouver de la place pour M. le juge, qui est dans cette voiture.

A ce nom, la femme se troubla :

– C'est-à-dire, monsieur, que je n'ai pas de lit ; mais comme je suis sûre que M. le juge en porte un avec lui, qu'il se donne seulement la peine d'entrer ; mon mari et moi, nous lui céderons notre chambre, s'il veut bien s'en accommoder.

– Voilà qui est mieux, répondit l'écuyer.

Au même moment, sortait de la voiture un homme dont on reconnut aussitôt la fonction à son costume, car il portait la toge à manches tailladées des magistrats. Il tenait par la main une jeune fille d'environ seize ans, en habit de voyage, tellement jolie, élégante et pleine de grâce qu'elle fit l'admiration de tous ; et si Lucinde, Dorothée et Zourayda n'avaient pas été là, il aurait paru impossible de trouver une beauté comparable à la sienne.

Don Quichotte, qui avait assisté à l'arrivée de la jeune fille et du juge, dit à ce dernier :

– Soyez le bienvenu, monsieur, dans ce château où vous pourrez vous installer tout à votre aise, quoi qu'il ne soit ni grand ni bien pourvu ; mais il n'est aucune étroitesse ni incommodité au monde qui ne fasse de la place aux armes et aux lettres, surtout quand les lettres ont pour conducteur et pour guide la beauté, en la personne de votre fille, devant qui non seulement les châteaux doivent s'ouvrir grand, mais encore les rochers se fendre et les montagnes s'aplanir pour lui livrer passage. Entrez donc, monsieur, dans ce paradis ; vous y trouverez des étoiles dignes du soleil qui vous accompagne ; vous y trouverez les armes dans tout leur éclat et la beauté dans toute sa perfection.

Le juge, trouvant ce discours fort étrange, se mit à considérer don Quichotte, sans savoir quoi répondre ; il dut convenir que son allure n'était pas moins étrange que ses paroles. Mais il fut bien plus surpris quand il aperçut Lucinde, Dorothée et Zourayda, qui, ayant appris l'arrivée de nouveaux hôtes, parmi lesquels une jeune fille dont la femme de l'aubergiste vantait la beauté, accouraient pour la voir et la saluer. Don Ferdinand, Cardenio et le curé vinrent à leur tour, le plus courtoisement du monde, offrir leurs services.

M. le juge entra donc, tout étonné de ce qu'il voyait et entendait, cependant que les belles dames de l'auberge souhaitaient la bienvenue à la jolie jeune fille ; il comprenait bien qu'il avait affaire à des gens de condition, mais l'allure, la figure, la posture de don Quichotte n'étaient pas sans le déconcerter. Après force civilités de part et d'autre et un examen des commodités du lieu, on décida de faire comme on avait dit auparavant ; c'est-à-dire que toutes les dames logeraient dans le galetas que l'on sait, tandis que les hommes resteraient dehors, comme s'ils montaient la garde. Le juge accepta volontiers que sa fille se joignît aux autres dames, et la belle enfant ne se fit pas prier. Avec une partie du lit étroit de l'aubergiste et une bonne moitié de celui que le juge portait avec lui, elles s'arrangèrent, cette nuit-là, bien mieux qu'elles ne l'auraient pensé.

En apercevant le nouveau venu, le captif avait eu aussitôt le pressentiment que cet homme-là était son frère. Il demanda à ses gens quel était son nom et de quelle région d'Espagne il était. Un des valets dit que son maître s'appelait le licencié Juan Perez de Viedma, natif des montagnes de León. Cette réponse et ce qu'il avait vu lui confirmèrent que le juge était bien celui de ses frères qui, sur le conseil de leur père, avait suivi la carrière des lettres. Tout ému et joyeux, il prit à part don Ferdinand, Cardenio et le curé pour leur raconter ce qui lui arrivait, et leur affirma qu'il ne se trompait pas. Le valet avait précisé que son maître s'apprêtait à partir pour les Indes, où il devait occuper la charge de juge du Tribunal de Mexico ; la jeune personne était sa fille, dont la mère, morte en couches, avait laissé à son époux la riche dot qu'elle lui avait apportée.

Il leur demanda comment il devait s'y prendre pour se faire connaître, et s'il ne valait pas mieux sonder d'abord les sentiments de son frère et savoir si celui-ci aurait honte de le voir si pauvre ou, au contraire, lui ouvrirait les bras.

– Laissez-moi le soin de cette épreuve, dit le curé, quoique je ne doute guère que vous ne soyez fort bien reçu. Il me suffit de regarder votre frère pour voir que c'est un homme d'honneur et de cœur, et non un arrogant ou un ingrat incapable d'accepter les revers de la fortune.

— Je souhaiterais cependant, reprit le captif, me faire connaître de manière détournée, et non pas brutalement.

— Faites-moi confiance, répéta le curé ; j'arrangerai cela de manière que tout le monde soit satisfait.

Là-dessus, comme le souper était prêt, toute la compagnie s'assit autour de la table, sauf le captif, et les dames qui avaient été servies dans leur chambre. Vers le milieu du repas, le curé prit la parole :

— Monsieur le juge, dit-il, j'ai eu naguère à Constantinople, où j'ai été en captivité pendant quelques années, un compagnon qui portait le même nom que vous ; cet homme, natif des montagnes de León, comptait parmi les plus vaillants capitaines de toute l'infanterie espagnole. Mais son courage et sa bravoure n'eurent d'égal que ses malheurs.

— Et comment se nommait ce capitaine ?

— Ruy Perez de Viedma, répondit le curé. Il m'avait révélé, sur son père et ses frères, des choses si étonnantes que je les aurais tenues pour une de ces fables que les vieilles content les soirs d'hiver au coin du feu, si elles ne m'avaient été rapportées par un homme digne de foi. Il m'expliqua que son père avait partagé son bien entre ses trois fils, et leur avait donné des conseils dignes de Caton. Mon compagnon avait choisi la carrière des armes, où il avait si bien réussi qu'en peu d'années, par sa valeur et son mérite, et sans autre soutien que ses grandes vertus, il était parvenu au grade de capitaine d'infanterie, avec bon espoir de passer mestre de camp. Mais le sort lui avait été contraire au moment même où il semblait le plus favorable, car, au cours de la fameuse bataille de Lépante, qui pour tant d'autres fut le signal de la liberté reconquise, cet homme perdit la sienne. Moi-même je fus pris à La Goulette et, à la suite d'événements multiples, nous nous retrouvâmes en captivité à Constantinople. De là, il fut conduit à Alger, où j'ai su qu'il lui était arrivé une des plus étranges aventures qui soient.

Le curé raconta alors succinctement ce qui s'était passé entre Zourayda et le frère du juge. Celui-ci écoutait de toutes ses oreilles. Le curé arriva jusqu'à l'épisode où les corsaires français avaient dépouillé les chrétiens qui étaient sur le bateau ; il décrivit la misère et le dénuement où s'étaient vus réduits son compagnon et la belle Mauresque, dont il n'avait plus aucune nouvelle, ignorant s'ils étaient arrivés en Espagne ou si les pirates les avaient emmenés en France.

Le capitaine, qui se tenait à l'écart, écoutait lui aussi, sans rien perdre des mouvements de son frère. Quand le curé fut arrivé au bout de son histoire, le juge poussa un grand soupir et s'écria, les yeux pleins de larmes :

– Hélas, monsieur, si vous saviez combien m'importent et me touchent les nouvelles que vous me donnez ! Ces pleurs, que je ne peux empêcher de verser, vous le démontrent assez clairement. Le vaillant capitaine dont vous parlez est mon frère aîné qui, plus fort et plus noble que mon cadet et moi-même, avait choisi l'honorable profession des armes, une des trois carrières proposées par notre père, comme votre compagnon vous l'a expliqué dans ce que vous avez pris pour une fable. Moi, j'ai suivi la carrière des lettres, dans laquelle Dieu et mon travail m'ont élevé au rang où vous me voyez. Mon frère cadet est au Pérou, où il a fait fortune, si bien qu'avec ce qu'il nous a envoyé, à mon père et à moi-même, il a non seulement remboursé sa part d'héritage, mais il a permis à mon père de satisfaire sa générosité naturelle, et à moi de poursuivre mes études avec davantage d'aisance et de dignité, et d'obtenir la charge dont vous me voyez pourvu. Mon père vit encore, mais il se meurt d'être sans nouvelles de son fils aîné, et il demande à Dieu dans toutes ses prières de ne pas lui fermer les yeux avant qu'il n'ait revu son fils en bonne santé. Ce qui m'étonne, c'est que, connaissant les bons sentiments de mon frère, et quels qu'aient pu être ses déboires, ses peines ou ses joies, il ait négligé de donner de ses nouvelles à sa famille. Si mon père, ou l'un de nous, avait su qu'il était captif, il n'aurait pas eu besoin d'attendre le miracle du roseau pour obtenir son rachat. Ce que je crains à présent, c'est que les Français ne l'aient pas relâché ou qu'ils l'aient tué pour cacher leur larcin. Aussi vais-je poursuivre mon voyage, plein de mélancolie et de tristesse, et non avec le plaisir que j'en avais au début. Mon cher frère! Si seulement je savais où tu es, j'irais te chercher et te délivrer de tes peines, dussé-je échanger ma place contre la tienne! Si seulement notre vieux père apprenait que son fils est vivant! Même si tu étais enfermé dans le plus sombre des cachots de Barbarie, ses richesses, jointes à celles de mon frère et aux miennes, auraient vite fait de t'en sortir! Et toi, belle et généreuse Zourayda, comment te rendre tout le bien que tu as fait à notre frère? Que ne puis-je assister à la renaissance de ton âme et à ces noces, qui nous combleraient tous de bonheur!

Ainsi parlait le juge, si sincèrement ému en apprenant ce qui était arrivé à son frère que ceux qui l'écoutaient partageaient son affliction.

Le curé, voyant que sa ruse avait réussi, ne voulut pas prolonger davantage leur tristesse. Il se leva de table, entra dans la pièce où étaient les dames, prit par la main Zourayda, que suivaient Lucinde, Dorothée et la fille du juge. De l'autre, il prit le capitaine, qui se demandait où le curé voulait en venir, et il les amena tous deux auprès des hommes attablés.

– Séchez vos larmes, monsieur le juge, dit-il, tous vos désirs sont comblés, car vous avez devant vous votre frère bien-aimé et votre digne belle-sœur. Voici en effet le capitaine Viedma et la belle Mauresque qui a été si bonne pour lui. Les Français dont je vous ai parlé les ont laissés dans cet état de dénuement afin de vous donner l'occasion d'exercer envers eux votre générosité.

Le capitaine courut se jeter dans les bras de son frère, mais celui-ci le retint en lui posant les deux mains sur la poitrine, afin de l'examiner plus à son aise. Quand il l'eut bien reconnu, il le serra étroitement contre lui, en versant tant de larmes de joie que les assistants ne purent retenir les leurs. Je crois qu'il n'est pas possible d'imaginer et encore moins de décrire les propos ni la tendre émotion des deux frères. Ils se racontèrent brièvement leurs aventures, en manifestant la profonde affection qui les unissait; le juge embrassa Zourayda, lui offrit tout son bien, invita sa fille à l'embrasser à son tour. En voyant ainsi enlacées la chrétienne et la Mauresque, l'une plus belle que l'autre, l'assistance s'attendrit à nouveau. Don Quichotte observait sans rien dire et, tout à sa folie, attribuait ces étranges événements aux magies de la chevalerie errante.

On décida que le capitaine et Zourayda iraient avec le frère de celui-ci à Séville ; qu'on annoncerait au père le retour de son fils, en lui demandant de se rendre aussitôt que possible dans cette ville pour assister aux noces et au baptême de Zourayda. Car il était impossible au juge de changer de route : on l'avait prévenu qu'une flotte quitterait Séville pour la Nouvelle Espagne le mois suivant, et il ne pouvait en aucun cas retarder son départ.

Bref, tout le monde prit part au bonheur du captif ; comme la nuit était plus qu'à moitié écoulée, on résolut de se retirer pour se reposer, en attendant le jour. Don Quichotte s'offrit à prendre la garde du château, car il craignait qu'un géant ou un chevalier félon, convoitant le trésor de beautés qu'il renfermait, ne vînt l'attaquer. Ses amis l'en remercièrent, et ce fut l'occasion de raconter au juge les bizarreries du chevalier, ce qui le divertit beaucoup.

Sancho était le seul à regretter de se coucher si tard, mais il fut le seul à passer une nuit confortable, en se faisant un lit avec le bât de son âne, qui allait lui coûter fort cher, comme on le verra plus loin.

Les dames se retirèrent dans leur chambre, et les messieurs s'arrangèrent aussi commodément que possible, tandis que don Quichotte sortait de l'auberge pour faire sentinelle, comme il l'avait promis.

Peu avant l'aube, une voix se fit entendre, si harmonieuse et si douce que les dames ne purent s'empêcher de l'écouter, surtout Dorothée, qui, couchée auprès de doña Clara de Viedma, la fille du juge, ne dormait pas. Personne ne pouvait deviner quel était celui qui chantait si bien. La voix ne s'accompagnait d'aucun instrument ; elle semblait venir tantôt de la cour, tantôt de l'écurie. Pendant qu'elles écoutaient, aussi intriguées qu'attentives, Cardenio s'approcha de leur porte.

— Si vous ne dormez pas, dit-il, écoutez ; vous entendrez le chant enchanteur d'un garçon d'écurie.

— Nous l'entendons, monsieur, répondit Dorothée.

Cardenio s'éloigna, et Dorothée, plus attentive que jamais, écouta la chanson qui va suivre :

*Où l'on raconte la plaisante histoire du garçon
d'écurie, ainsi que d'autres événements étranges
survenus dans l'auberge*

J e suis un marin de l'amour,
et sur cet océan profond
je vais naviguant sans espoir
d'arriver à bon port un jour.

J'ai pour seul guide cette étoile
que je vois scintiller au loin,
plus belle et plus resplendissante
qu'au naufragé la blanche voile.

Je ne sais pas de quel côté
sa vive clarté me conduit.
Ainsi, je navigue éperdu,
admiratif de sa beauté.

De ses pudeurs inopportunes
de ses rigueurs et ses dédains,
comme nuages qui la couvrent,
elle nourrit mon infortune.

Ô doux objet de mes désirs,
ô étoile éclairant ma nuit,
si tu te dérobes à ma vue,
il ne me reste qu'à mourir.

A ce moment de la chanson, Dorothée, trouvant dommage
que Clara n'entendît pas une aussi belle voix, l'éveilla en la
secouant.

— Pardonne-moi de te réveiller, lui dit-elle, mais c'est pour que tu aies le plaisir d'écouter la plus jolie voix qui se puisse entendre.

Clara, encore tout ensommeillée, ne comprenait pas ce qu'on lui voulait. Dorothée le lui répéta, et la jeune fille prêta l'oreille. Mais à peine eut-elle entendu quelques mots de la chanson qu'elle fut prise d'un tremblement étrange, comme si elle était saisie d'un fort accès de fièvre ; se jetant dans les bras de Dorothée, elle lui dit :

— Chère dame et amie, pourquoi m'avoir réveillée ? Hélas, que ne suis-je en cet instant aveugle et sourde pour ne pas voir ni entendre ce malheureux musicien.

— Que me racontes-tu là ? On vient de me dire que c'est un garçon d'écurie qui chante !

— Non, c'est un gentilhomme qui possède de nombreuses terres et qui possède aussi mon cœur. Et s'il souhaite le garder, il est à lui.

Dorothée, surprise de l'émotion de Clara et de ces propos inattendus chez une jeune fille de son âge, lui dit :

— Ma chère enfant, je ne te comprends pas. Explique-toi plus clairement : à qui sont ces terres et ce cœur, et qui est ce musicien dont la voix te trouble tant ? Ou plutôt, non ; ne me dis rien pour le moment, car je ne veux pas perdre, en partageant ton émotion, le plaisir que j'éprouve à écouter cet inconnu. Je crois, en effet, qu'il reprend sa chanson sur un nouvel air et de nouvelles paroles.

— Comme vous voudrez, madame, répondit Clara.

Et, pour ne rien entendre, elle se boucha les oreilles des deux mains. Cela ne laissa pas de surprendre à nouveau Dorothée, qui n'en écouta pas moins les vers qui vont suivre, avec grande attention :

> Ô ma douce espérance,
> qui, niant tout obstacle s'opposant au désir,
> veut croire que la chance
> suit fermement sa voie pour enfin aboutir.
> Pourtant, à chaque pas
> se profilent les ombres de mon triste trépas.

Ne faisant pas d'effort,
le paresseux n'a point de victoire honorable.
Qui ne résiste au sort
ne peut voir son bonheur sous un jour favorable.
Point n'est récompensé
qui donne libre cours à son oisiveté.

Qu'amour ses plaisirs vende
ses bienfaits et caresses, c'est justice et raison,
et qu'à l'amant il rende
difficile sa loi, lointaine sa saison.
Il est bien malaisé
que ce qui coûte peu soit grandement prisé.

A l'amant obstiné
il n'est rien d'impossible ; c'est pourquoi je persiste
malgré ta dureté,
cherchant par tout moyen de ton amour la piste.
Et je fais de mon mieux
pour gagner sur la terre le droit d'entrer aux cieux.

La voix se tut, et les larmes de Clara recommencèrent à couler. Dorothée, qui mourait d'envie de connaître la cause d'un chant si doux et de pleurs si tristes, pria à nouveau la jeune fille de s'expliquer. Alors, Clara, qui ne voulait pas être entendue de Lucinde, se serrant contre Dorothée, lui parla à l'oreille pour être sûre que personne d'autre ne partagerait son secret :

– Celui qui chante, madame, est le fils d'un gentilhomme d'Aragon, seigneur de deux villages, dont la demeure, à Madrid, fait face à celle de mon père. Et, quoique nos fenêtres restent toujours fermées, en été par des jalousies, en hiver par des tentures, je ne sais comment ce jeune homme, en allant à ses études, me vit, à l'église peut-être, ou ailleurs. Il s'éprit de moi et me le fit comprendre des fenêtres de sa maison par tant de démonstrations et tant de larmes que je finis par le croire, et aussi par l'aimer, sans même savoir quelles étaient ses intentions.

« Entre autres signes qu'il m'adressait, il joignait ses deux mains, pour me donner à entendre qu'il voulait se marier avec moi. Je n'aurais pas demandé mieux, mais j'étais seule et sans mère, et je ne savais pas qui trouver pour le lui dire. Aussi, l'unique faveur que je lui accordais, lorsque mon père et le sien étaient sortis, c'était de soulever la tenture ou la jalousie, juste assez pour qu'il me vît tout entière ; cela lui causait tant de joie qu'on aurait dit qu'il devenait fou. Le départ de mon père approchait. Il l'avait appris, mais non par moi, puisque je ne pouvais lui parler. Il tomba malade, de chagrin je suppose, et c'est ainsi que, le jour venu, je ne pus même pas le voir pour lui dire adieu, ne fût-ce que du regard. Après deux jours de voyage, en entrant dans une auberge qui se trouve à une journée d'ici, je le vis devant la porte ; il était habillé en garçon d'écurie, et tellement bien déguisé que, si je n'avais pas gardé son portrait gravé dans mon cœur, jamais je ne l'aurais reconnu. J'étais étonnée et ravie. Il me regardait à l'insu de mon père, car il se cache toujours de lui quand il me rencontre sur la route ou dans une auberge où nous faisons halte. Comme je sais qu'il est de noble condition et qu'il fait tout ce chemin à pied, au prix de tant de fatigue, par amour pour moi, j'en suis au désespoir et, dès qu'il apparaît, je ne le quitte plus des yeux. J'ignore quelles sont ses intentions et comment il a pu s'échapper de chez son père, qui le chérit immensément, car il est son unique héritier. D'ailleurs, il le mérite, comme vous pourrez en juger lorsque vous le verrez ; sachez, de plus, que tout ce qu'il chante, il le trouve dans sa tête, et que j'ai entendu dire qu'il a de grandes dispositions pour l'étude et la poésie. Quant à moi, dès que je le vois ou que je l'entends chanter, tout mon corps frémit à l'idée que mon père pourrait le reconnaître et découvrir nos sentiments. Je ne lui ai jamais adressé la parole et, cependant, je l'aime tant que je ne peux vivre sans lui. Voilà, ma chère amie, tout ce que j'avais à vous dire de ce musicien dont la voix, qui vous a tant charmée, prouve à elle seule qu'il n'est pas un valet d'écurie, mais un maître, dans mon cœur comme sur ses terres.

– N'en dis pas plus, chère Clara, répondit Dorothée, en couvrant la jeune fille de baisers ; attends que le jour se lève. J'espère qu'avec l'aide de Dieu vos affaires auront l'heureuse fin que mérite un si vertueux commencement.

– Hélas, quelle fin puis-je espérer ? Son père est si riche et de si haute naissance qu'il ne me trouverait pas digne d'être la servante de son fils, à plus forte raison son épouse ! Quant à me marier en cachette de mon père, je ne le ferais pour rien au monde. Tout ce que je souhaite, c'est que ce jeune homme s'en aille et me laisse tranquille ; si je ne le revois pas pendant tout le temps que durera notre long voyage, ma peine s'en trouvera peut-être allégée ; mais je ne crois guère à ce genre de remède. En vérité, je ne comprends rien à ce qui m'arrive, et je ne sais pas d'où me vient l'amour que j'ai pour lui, alors que je suis si jeune, et lui aussi ; nous avons, je crois, le même âge, et, d'après mon père, je n'aurai seize ans révolus qu'à la Saint-Michel.

Dorothée ne put s'empêcher de rire en entendant Clara parler comme une enfant.

– Reposons-nous en attendant le jour qui ne tardera pas à se lever, dit-elle ; je suis sûre qu'avec l'aide de Dieu tout s'arrangera.

Elles se rendormirent, et dans l'auberge régna bientôt un profond silence. Seules la fille de l'aubergiste et Maritorne ne dormaient pas ; comme elles savaient de quel pied clochait don Quichotte, et qu'il était dehors, en armes et à cheval pour monter la garde, elles décidèrent de lui jouer un bon tour, ou tout au moins de se divertir un peu à ses dépens.

Il n'y avait, dans l'auberge, aucune fenêtre donnant sur la campagne, sauf la lucarne du fenil par où on jetait la paille. C'est à cette ouverture que vinrent se pencher nos deux soi-disant demoiselles ; elles virent don Quichotte à cheval, appuyé sur son tronçon de lance, et poussant de temps à autre de si longs et si tristes soupirs qu'on aurait cru qu'à chacun d'eux il allait rendre l'âme. Bientôt, il dit d'une voix tendre, douce et amoureuse :

– Ô Dulcinée du Toboso, modèle de beauté, sommet de

sagesse, comble de grâce, trésor de vertus, exemple en un mot de tout ce qu'il y a de bon, d'honnête et de délicieux en ce monde ! Que fais-tu, ô ma dame ? Daigneras-tu enfin accorder une pensée à ce chevalier, ton esclave, qui, voulant à tout prix te servir, n'hésite pas à braver les plus grands périls ? Donne-moi de ses nouvelles, ô toi, luminaire aux trois visages, qui la regardes peut-être à cette heure, jalousant sa beauté, tandis qu'elle se promène dans quelque galerie de son palais somptueux, ou qu'elle se demande, penchée à un balcon, par quels moyens calmer, sans nuire à son honneur ni à son rang, la tempête qu'elle a déchaînée dans mon cœur affligé, quelle satisfaction accorder à mes peines, quel apaisement à mon chagrin, quelle récompense à mes services ; en un mot, comment rendre la vie à celui qui se meurt pour elle. Et toi, soleil, qui te presses d'atteler tes coursiers à ton char pour venir sans attendre voir ma dame, salue-la, je te prie, de ma part ; mais prends garde à ne pas lui donner un baiser. Car je serais plus jaloux de toi que tu ne le fus de cette ingrate aux pieds légers, qui te fit tant courir et tant suer dans les plaines de Thessalie, ou peut-être sur les rives du Pénée – je ne me souviens plus très bien où t'a mené ta course d'amant jaloux.

Don Quichotte en était là de sa tendre tirade, lorsque la fille de l'aubergiste l'interpella à voix basse :

– Hé, monsieur le chevalier, venez un peu par ici.

A ces mots, il tourna la tête et vit, à la clarté de la lune qui brillait alors de tout son éclat, qu'on l'appelait d'une lucarne qu'il prit pour une fenêtre ornée de barreaux dorés, comme il convenait à ce riche château que lui paraissait être l'auberge. Alors, dans sa folie, il s'imagina que la fille de la châtelaine, cette beauté éperdue d'amour pour lui, venait solliciter une nouvelle fois ses faveurs. Aussi, ne voulant se montrer ni ingrat ni discourtois, il tourna bride, s'approcha de l'ouverture et, voyant ces demoiselles, il dit :

– Je déplore, belle dame, que vous m'ayez choisi pour objet de vos amoureux désirs, car je n'y puis répondre ainsi que le mériteraient votre noblesse et vos attraits. Mais j'ose espérer que vous n'en tiendrez pas rigueur à ce triste chevalier errant, à qui l'amour interdit de disposer de son cœur pour une autre que celle dont il fit la maîtresse absolue de son âme dès le premier instant où il la vit. Aussi, daignez me pardonner, madame, et vous retirer dans vos appartements ; et ne m'obligez point, en me déclarant plus avant votre flamme, à paraître plus ingrat encore. Cependant, si vous me jugez digne de satisfaire un autre de vos désirs, qui ne soit pas d'amour, commandez, vous serez obéie : je jure, par cette douce ennemie dont je déplore l'absence, de m'exécuter sur-le-champ, dussiez-vous me demander une mèche des cheveux de Méduse – qui étaient des serpents – ou les rayons du soleil enfermés dans une fiole.

– Ma maîtresse ne demande rien de tout ça, monsieur, intervint Maritorne.

– Sage duègne, que demande donc votre maîtresse ?

– Une seule de vos belles mains, pour pouvoir satisfaire le grand besoin qui l'a conduite jusqu'à cette lucarne, au risque d'y perdre son honneur. Parce que, si son père l'apprend, il la coupera en rondelles de la tête aux pieds.

– Je voudrais voir cela ! s'écria don Quichotte. Il s'en gardera bien, s'il ne veut pas avoir la mort la plus terrible qu'ait jamais eue un père en ce monde pour avoir porté la main sur les membres délicats de sa tendre et amoureuse fille.

Maritorne, certaine que don Quichotte donnerait cette main qu'on lui demandait, eut une idée. Elle descendit en hâte jusqu'à l'écurie, prit le licol de l'âne de Sancho et revint tout aussi vite, au moment où notre chevalier, debout sur la selle de Rossinante, s'efforçait d'atteindre la fenêtre à barreaux dorés, d'où il s'imaginait que l'entretenait la demoiselle éperdue.

– Prenez, madame, dit-il, cette main que je vous tends, ou plutôt ce fléau de tous les malfaiteurs de l'univers ; prenez cette main qu'aucune femme avant vous n'a jamais touchée, pas même celle à qui appartient mon corps tout entier. Je ne vous la donne point pour que vous la baisiez, mais afin que vous admiriez la texture de ses nerfs, la trame de ses muscles, la grosseur et l'ampleur de ses veines ; vous pourrez ainsi juger de la force du bras auquel appartient pareille extrémité.

– Nous allons voir ça tout de suite, dit Maritorne.

Elle fit un nœud coulant à un bout du licol, qu'elle lui passa autour du poignet ; puis elle alla attacher bien solidement l'autre bout à la porte du fenil. Don Quichotte, sentant à son poignet la rudesse de la corde, s'écria :

– C'est à croire, madame, que vous voulez me casser la main et non me la caresser. Ne la traitez pas aussi mal ; non seulement elle n'est pas coupable des rigueurs que j'ai pour vous, mais il n'est pas juste que vous vengiez cette grande offense sur une si petite partie de ma personne. Quiconque aime tendrement ne doit point châtier durement.

Il n'y avait personne pour écouter ses plaintes, car sitôt le chevalier pris au piège, les deux belles s'étaient enfuies, mortes de rire, le laissant dans l'impossibilité de se dégager.

Il était donc, comme on l'a dit, debout sur sa selle, tout le bras passé dans la lucarne, attaché par le poignet au verrou de la porte, et très inquiet à l'idée que, si Rossinante s'écartait d'un côté ou de l'autre, il resterait suspendu par le bras. Dans cette crainte, lui-même n'osait faire le moindre mouvement, bien qu'on pût espérer, vu la patience et la placidité de l'animal, qu'il demeurât des siècles sans bouger.

Quand don Quichotte comprit qu'il était attaché et que les dames étaient parties, il s'imagina aussitôt qu'il était victime d'un enchantement, comme lorsqu'il avait été roué de coups, dans ce même château, par le muletier changé en Maure. Et il maudissait à part lui son imprudence d'être revenu dans un endroit d'où il était déjà sorti mal en point, car il savait que, lorsqu'un chevalier errant tente une aventure dont il ne peut venir à bout, cela signifie qu'elle est réservée à un autre, et qu'il ne doit pas la tenter une deuxième fois. Ce qui ne l'empêchait pas de tirer sur son bras, en espérant se dégager. Mais il était si bien ligoté que tous ses efforts furent vains. Il est vrai qu'il tirait avec précaution, de peur qu'il ne prît à Rossinante l'envie de remuer ; et malgré son désir de se remettre en selle, il n'avait d'autre choix que de rester debout ou de s'arracher la main.

Comme il aurait donné cher pour avoir avec lui l'épée d'Amadis, à laquelle aucun enchantement ne résistait ! Et il maudissait son sort ; et il se lamentait, en pensant combien le monde allait pâtir de son absence tout le temps que durerait son enchantement. Car il n'en doutait pas un instant : il était enchanté. Et il évoquait sa bien-aimée Dulcinée du Toboso ; et il appelait son fidèle Sancho qui, plongé dans le sommeil et couché sur le bât de son âne, ne se souvenait même pas de sa propre mère ; et il invoquait les sages Lirgandé et Alquife, espérant leur secours ; et il implorait sa chère amie Urgande, attendant son aide. Enfin, le jour le surprit dans un tel état de désespoir qu'il beuglait comme un taureau ; car la venue du matin ne signifiait pas pour lui la fin de ses malheurs, qu'il pensait éternels puisqu'il se croyait enchanté. Il en était d'autant plus persuadé que Rossinante ne bougeait pas d'un pouce ; il se disait que lui et son cheval allaient rester sans manger, ni boire ni dormir, jusqu'à ce que cessât cette conjonction contraire des astres, ou qu'un autre magicien, plus habile, rompît l'enchantement.

Il se trompait. Le jour commençait à poindre lorsque arrivèrent à l'auberge quatre cavaliers fort bien équipés, le fusil à l'arçon de la selle. Ils frappèrent de grands coups contre la porte, qui était encore fermée. Ce que voyant, notre chevalier, qui malgré sa posture continuait à monter la garde, lança d'une voix fière et forte :

— Chevaliers ou écuyers, ou qui que vous soyez, inutile de frapper à la porte de ce château à une heure aussi matinale, car tous ceux qui l'habitent dorment encore. D'ailleurs, il n'est point dans les coutumes d'ouvrir les forteresses avant le lever du soleil. Éloignez-vous et attendez qu'il fasse jour. Nous verrons alors s'il convient qu'on vous laisse entrer.

— Quelle forteresse ou quel château est-ce donc, dit l'un d'eux, pour qu'on y fasse tant de cérémonies ? Si vous êtes l'aubergiste, faites ouvrir cette porte ; nous ne voulons que de l'avoine pour nos chevaux, avant de poursuivre notre voyage, car nous sommes pressés.

— Pensez-vous vraiment, messieurs, que j'aie l'air d'un aubergiste ?

— Je ne sais pas de quoi vous avez l'air ; mais je sais que vous êtes fou pour appeler cette auberge un château.

— C'est un château, vous dis-je, l'un des plus beaux de

toute la contrée. Et parmi les gens qui y habitent, certains ont eu le sceptre à la main et la couronne sur la tête.

– Pourquoi pas l'inverse ? répliqua le voyageur. La couronne à la main et le sceptre sur la tête ! Vous parlez sans doute d'une troupe de comédiens : ces gens-là portent en effet les insignes que vous dites. Car je doute fort que dans une si petite auberge, où l'on fait si peu de bruit, logent des personnes couronnées.

– C'est que vous ne connaissez rien aux aventures des chevaliers errants.

Les nouveaux venus, trouvant bien longue la conversation que leur compagnon poursuivait avec don Quichotte, frappèrent si fort contre la porte qu'ils finirent par réveiller tout le monde. L'aubergiste se leva et vint voir qui appelait ainsi. Sur ces entrefaites, une des montures des cavaliers s'approcha pour flairer Rossinante qui, triste et mélancolique, les oreilles basses, soutenait sans bouger le corps étiré de son maître. Et comme Rossinante était tout de même de chair, bien qu'il eût l'air de bois, il se ranima assez pour vouloir flairer à son tour celui qui venait lui faire une politesse. Mais il eut à peine remué que les deux pieds de don Quichotte glissèrent de la selle ; et notre chevalier serait tombé à terre s'il n'était resté pendu par le bras, ce qui lui causa une douleur si vive qu'il crut qu'on lui coupait le poignet ou qu'on lui arrachait le bras tout entier. Et il était si près du sol qu'il l'effleurait de la pointe des pieds, ce qui n'arrangeait rien ; car, sentant qu'il pouvait presque poser la plante, il tirait sur son bras tant et plus. Ainsi, les malheureux à qui on inflige le supplice de l'estrapade, et qu'on laisse suspendus juste au-dessus de terre, accroissent-ils eux-mêmes leurs souffrances en voulant à toute force s'étirer, trompés par l'illusion qu'ils vont toucher le sol s'ils s'allongent un peu plus.

*Où l'on trouvera la suite des aventures inouïes
arrivées à l'auberge*

D ON QUICHOTTE poussait de tels cris que l'aubergiste
ouvrit rapidement les portes et sortit, effrayé, pour voir qui
hurlait ainsi. Les quatre voyageurs le suivirent. Maritorne,
elle aussi réveillée par le bruit, avait deviné ce qui se passait ; elle courut au fenil et dénoua sans être vue le licol
auquel était pendu don Quichotte, qui tomba à terre sous les
yeux de l'aubergiste et des cavaliers. Ils se précipitèrent, lui
demandant pourquoi il criait si fort. Don Quichotte, sans
répondre, dégagea son poignet, se releva, enfourcha Rossinante, embrassa son bouclier et mit sa lance en arrêt ; puis,
prenant du champ, il revint au petit galop en disant :

– Quiconque oserait prétendre que j'ai été à juste titre
enchanté, je lui donne un démenti, et pourvu que la princesse Micomiconne me le permette, je le provoque et le
défie en combat singulier.

Les nouveaux arrivés étaient stupéfaits de ce discours ;
mais l'aubergiste mit fin à leur étonnement en leur expliquant qui était don Quichotte, et qu'il ne fallait pas faire
attention à ce qu'il racontait, car il n'avait plus toute sa tête.

Ils lui demandèrent alors s'il n'avait pas vu arriver dans
son auberge un jeune homme d'une quinzaine d'années,
habillé en garçon d'écurie, dont le signalement correspondait exactement à celui de l'amoureux de doña Clara. L'aubergiste répondit qu'il y avait tant de monde chez lui qu'il
ne l'avait pas remarqué ; mais l'un d'eux, ayant reconnu la
voiture du juge, s'écria :

– Il est sûrement ici : voilà la voiture qu'il n'a pas cessé de suivre, d'après ce qu'on dit. L'un de nous va rester à la porte, pendant que les trois autres entrent le chercher ; ou plutôt deux, car il en faut un pour tourner autour de l'auberge, au cas où il se sauverait en sautant par-dessus le mur de la cour.

– Allons-y.

Ainsi, pendant que l'un surveillait la porte, deux autres entrèrent dans la maison, laissant le quatrième faire le guet à l'extérieur. L'aubergiste les observait, sans deviner pourquoi ils prenaient toutes ces mesures, mais en se doutant bien qu'ils cherchaient celui dont ils lui avaient donné le signalement.

C'était le matin, et les cris de don Quichotte avaient réveillé tout le monde. Dorothée et doña Clara se levèrent, après avoir passé une bien mauvaise nuit, l'une parce qu'elle savait son amoureux près d'elle, l'autre parce qu'elle mourait d'envie de le connaître. Don Quichotte écumait de rage en constatant qu'aucun des cavaliers ne lui prêtait attention et ne relevait son défi ; si seulement les lois de la chevalerie avaient permis à un chevalier de ne pas manquer à sa parole en se lançant dans une nouvelle aventure avant d'avoir fini celle dans laquelle il était engagé, il les aurait attaqués tous les quatre et les aurait forcés à lui répondre ; mais, comme il avait promis à la princesse Micomiconne de la rétablir sur son trône, il jugea préférable de se taire et de ne pas insister, en attendant de voir ce que voulaient ces cavaliers. L'un d'eux découvrit bientôt l'adolescent, qui dormait à côté d'un garçon d'écurie, à mille lieues de supposer qu'on était à sa recherche, et encore moins qu'on le trouverait. L'homme le saisit fermement par le bras et lui dit :

– Eh bien, don Luis, vous voilà étrangement vêtu pour une personne de votre rang, et ce lit où je vous découvre est peu digne du luxe dans lequel votre mère vous a élevé !

Le jeune homme, tout ensommeillé, se frotta les yeux, puis regarda attentivement celui qui le tenait par le bras et reconnut un des domestiques de son père. Sa surprise fut telle qu'il ne put dire un mot.

– Monsieur, poursuivit le valet, il faut vous résigner à retourner chez vous si vous ne voulez pas que votre père, mon maître, aille dans l'autre monde, où le mènera, à coup sûr, le chagrin qu'il a de votre absence.

– Mais comment mon père a-t-il su que je suivais ce chemin, dans ce costume ?

– Un étudiant, à qui vous aviez confié vos intentions, pris de pitié en voyant l'affliction où la nouvelle de votre fuite avait plongé votre père, lui a tout révélé. Celui-ci a aussitôt envoyé quatre domestiques à votre recherche ; et nous voici, monsieur, pour vous servir, ravis comme vous pouvez l'imaginer d'avoir accompli notre tâche, puisque nous vous ramenons à celui qui vous aime tant.

– Je ne ferai que ce que je voudrai ou ce que le ciel aura ordonné.

– Tout ce que vous pouvez décider ou le ciel ordonner, c'est de rentrer chez vous. Il n'y a point de choix possible.

Le valet d'écurie couché auprès de don Luis avait tout entendu. Il se leva et courut raconter ce qui se passait à don Ferdinand, à Cardenio et aux autres, qui étaient déjà habillés. Il leur dit que son compagnon devait être gentilhomme puisqu'on l'appelait don Luis, qu'on était venu le chercher pour le ramener chez son père, mais qu'il n'avait pas l'air disposé à obéir. Ces nouvelles du jeune homme, dont ils ne connaissaient jusqu'à présent que la voix harmonieuse, accrurent leur désir de le connaître et ils se promirent de lui venir en aide au cas où l'on tenterait de lui faire violence. Ils se dirigèrent donc vers l'écurie, où ils le trouvèrent en pleine discussion avec son domestique.

Dorothée sortit à cet instant de sa chambre, suivie de doña Clara tout émue. Elle prit Cardenio à part et lui raconta en quelques mots l'histoire du chanteur et de la jeune fille. Lui, de son côté, informa Dorothée de la présence des domestiques qui venaient chercher don Luis. Bien qu'il eût parlé à voix basse, doña Clara l'entendit et en fut à ce point saisie que, si Dorothée ne l'avait pas retenue, elle serait tombée à terre. Cardenio dit à Dorothée de retourner avec la jeune fille dans leur chambre, qu'il s'efforcerait d'arranger les choses.

Les quatre domestiques entouraient à présent don Luis, voulant le persuader de retourner sur-le-champ chez son père afin de le consoler. Il leur répondit qu'il ne s'y résoudrait pas tant qu'il n'aurait pas réglé une affaire où il y allait de sa vie, de son honneur et de son cœur. Les domestiques insistèrent, affirmant qu'ils ne partiraient pas sans lui et qu'ils le ramèneraient de gré ou de force.

— Il faudra d'abord m'ôter la vie, déclara don Luis ; et, si vous m'y forcez, sachez que, de toute manière, c'est un cadavre que vous ramènerez.

Tous ceux qui étaient dans l'auberge étaient accourus au bruit de la dispute, en particulier Cardenio, don Ferdinand et ses compagnons, le juge, le curé, le barbier, et même don Quichotte, qui n'estimait plus nécessaire de monter la garde devant le château. Cardenio, qui connaissait l'histoire du jeune homme, demanda aux domestiques pour quel motif ils s'obstinaient à l'emmener contre sa volonté.

— C'est, répondit l'un d'eux, pour rendre la vie à son père, qui risque de la perdre si ce jeune homme ne rentre pas chez lui.

— Vous n'avez pas à informer ces messieurs de mes affaires, intervint don Luis. Je suis libre et je rentrerai chez moi si j'en ai envie. Dans le cas contraire, aucun de vous ne pourra m'y obliger.

— C'est la raison qui devrait vous y obliger ; et si elle n'a sur vous aucun effet, elle en a sur nous, qui ferons ce pour quoi nous sommes venus et à quoi nous sommes tenus.

— Expliquez-nous de quoi il s'agit, intervint alors le juge.

Le domestique, reconnaissant en lui un voisin de son maître, lui dit :

— Comment, monsieur le juge, vous ne savez pas qui est ce gentilhomme ? C'est le fils de votre voisin, qui a quitté la maison de son père dans ce costume si peu digne de son rang, comme vous le voyez.

Le juge, l'ayant regardé plus attentivement, le reconnut et lui dit en l'embrassant :

— Que veulent dire ces enfantillages, don Luis ? Et quels sont ces motifs impérieux qui vous ont mené jusqu'ici dans cette tenue qui s'accommode si mal avec votre état ?

Les larmes vinrent aux yeux du jeune homme, qui ne put répondre. Le juge apaisa les domestiques et leur assura que tout irait bien. Puis, prenant don Luis par la main, il l'emmena à l'écart et lui demanda les raisons de son escapade.

Tandis qu'il l'interrogeait, on entendit de grands cris à la porte de l'auberge : deux des hôtes qui y avaient passé la nuit, voyant tout le monde occupé à comprendre ce que cherchaient les quatre voyageurs, avaient tenté de partir sans payer. Mais l'aubergiste, plus intéressé par ses propres affaires que par celles d'autrui, les avait rattrapés au moment où ils sortaient et leur avait réclamé son dû, en blâmant leur conduite avec quelques mots bien sentis, auxquels ils se crurent obligés de répondre avec les poings. Et comme ils se mettaient à le rosser, le pauvre aubergiste n'eut d'autre solution que d'appeler au secours. Sa femme et sa fille, voyant que don Quichotte semblait moins occupé que les autres, coururent vers lui.

— Vite, monsieur le chevalier, lui dit la fille. Puisque Dieu vous a donné tant de courage, venez au secours de mon pauvre père : deux méchants hommes sont en train de lui faire voir les étoiles en plein jour.

— Belle demoiselle, répondit don Quichotte, posément et avec le plus grand calme, je ne puis pour l'heure accéder à votre demande, car il m'est interdit d'entreprendre une nouvelle aventure tant que je n'aurai pas mené à bien celle pour laquelle j'ai engagé ma parole. Je me bornerai donc, pour vous servir, à vous conseiller ce qui suit : allez auprès de votre père et dites-lui de résister de son mieux à l'ennemi et de ne se laisser vaincre sous aucun prétexte ; moi-même, je vais de ce pas demander à la princesse Micomiconne la permission de porter secours à un infortuné. Si elle me l'accorde, soyez certaine que je saurai le délivrer.

— Ah, misère ! s'exclama Maritorne, qui se trouvait là. Avant que vous ayez la permission que vous dites, mon pauvre maître sera dans l'autre monde !

— Eh bien, madame, répondit don Quichotte, permettez que j'aille la demander sans attendre. Aussitôt que je l'aurai obtenue, peu importe qu'il soit déjà dans l'autre monde ; car je l'en sortirai, en dépit de ce qu'on pourra en dire dans ce monde-là ou ailleurs ; ou, tout au moins, tirerai-je de ceux qui l'y auront envoyé une telle vengeance que vous en serez plus que moyennement satisfaite.

Et sans ajouter un mot, il alla se mettre à genoux devant Dorothée, en la priant, dans le plus noble style de la chevalerie errante, de bien vouloir lui donner l'autorisation de venir en aide au seigneur du château, dont l'honneur se trouvait dans un péril extrême. La princesse la lui accorda de bonne grâce ; alors, embrassant son écu et dégainant son épée, il se précipita à la porte de l'auberge, où les deux mauvais payeurs continuaient de malmener l'aubergiste. Mais à peine les eut-il vus qu'il s'arrêta net. Maritorne et sa maîtresse eurent beau lui demander pourquoi il restait immobile, au lieu de voler au secours de leur maître et mari, il ne bougeait pas.

– Je m'arrête, expliqua-t-il, parce que je n'ai pas le droit de tirer l'épée contre des manants. Appelez mon écuyer Sancho ; c'est à lui qu'il revient et appartient de venger cet affront.

Voilà ce qui se passait à la porte de l'auberge, pendant que pleuvaient gnons et horions, aux dépens de l'aubergiste et au grand dam de sa femme, de sa fille et de Maritorne, qui se désespéraient de la lâcheté de don Quichotte et du mauvais quart d'heure que passait leur maître, père et mari.

Mais laissons l'aubergiste pour le moment ; il finira bien par trouver quelqu'un pour lui venir en aide, et, sinon, qu'il souffre en silence : il n'avait qu'à ne pas s'en prendre à plus fort que lui. Retournons à cinquante pas de là, pour savoir ce que don Luis répondit au juge, qui lui demandait pourquoi il était venu jusqu'à l'auberge à pied et dans ce déguisement. Le jeune homme lui serra les mains avec force, comme saisi d'une grande douleur, puis éclata en sanglots.

– Monsieur, dit-il, je ne saurais vous mentir. Étant votre voisin, puisque le ciel l'a voulu ainsi, j'ai eu l'occasion de croiser doña Clara, votre fille, qui, dès le premier instant où je l'ai vue, a conquis mon cœur. Et si le vôtre, vous qui êtes mon véritable seigneur et père, ne s'y oppose pas, dès aujourd'hui elle sera ma femme. C'est pour elle que j'ai quitté ma maison, pour elle que j'ai revêtu ce costume, afin de la suivre en tous lieux, comme la flèche suit son but et le marin l'étoile polaire. Elle ne sait de mes désirs que ce qu'elle a pu en apprendre par les larmes que, de loin, elle m'a vu verser maintes fois. Vous connaissez, monsieur, la noblesse et la fortune de mes parents, dont je suis l'unique héritier. Si ces titres vous paraissent suffisants pour m'accorder l'unique trésor auquel j'aspire, daignez m'accepter sans attendre pour fils ; et si mon père, ayant à mon intention d'autres projets, ne sait apprécier ce joyau que j'ai découvert, nous laisserons faire le temps, qui a, plus que toutes les volontés humaines, le pouvoir de changer les choses.

Le jeune amoureux se tut, et le juge demeura tout aussi surpris et ému de la manière dont il lui avait découvert sa flamme qu'embarrassé par les suites à donner à une affaire aussi inattendue. Il se contenta de l'apaiser et lui demanda de faire patienter les domestiques de son père au moins une journée, afin de lui laisser le temps de réfléchir à ce qui convenait le mieux pour tout le monde. Don Luis voulut à tout prix lui baiser les mains, et les arrosa même de ses larmes, ce qui aurait attendri un cœur de pierre et pas seulement celui du juge qui, en homme habile, avait parfaitement compris tout le bénéfice que pouvait tirer sa fille d'un tel mariage. Bien sûr, il aurait préféré, dans la mesure du possible, obtenir le consentement du père de don Luis, qu'il savait vouloir faire de son fils un gentilhomme titré.

Entre-temps, les hôtes s'étaient réconciliés avec l'aubergiste car, les bons conseils de don Quichotte ayant prévalu sur les menaces, ils avaient payé tout ce qu'on leur réclamait. Quant aux domestiques de don Luis, ils attendaient la fin de l'entretien du juge et de leur maître et la décision de celui-ci, quand le diable, qui ne dort jamais, introduisit dans l'auberge le barbier auquel don Quichotte avait pris le heaume de Mambrin, et Sancho Panza le harnachement de son âne pour le mettre à son baudet. En menant sa bête à l'écurie, ledit barbier reconnut Sancho, qui était occupé à réparer je ne sais quoi à ce bât, et se précipita sur lui en criant :

— Ah, je te tiens, espèce de voleur ! Rends-moi mon plat à barbe et mon bât et tout l'attirail que tu m'as pris !

Sancho, se voyant ainsi attaqué à l'improviste et si grossièrement insulté, saisit le bât d'une main et de l'autre assena un tel coup au barbier qu'il lui mit la bouche en sang. Mais celui-ci, loin de lâcher prise, se mit à hurler si fort que tous les gens de l'auberge accoururent au bruit de la querelle.

— Justice, criait-il, au nom du roi ! Ce bandit, ce voleur de grands chemins, en plus de m'avoir détroussé, veut m'assassiner !

— Tu mens, rétorqua Sancho ; je ne suis pas un voleur de grands chemins, et c'est de bonne guerre que mon maître a gagné ces dépouilles.

Don Quichotte, qui était accouru comme les autres, fut très satisfait des aptitudes de son écuyer à la défensive et à l'offensive. Il le tint désormais pour un homme d'honneur et se promit de l'armer chevalier à la première occasion, pensant qu'il serait une bonne recrue pour l'ordre de la chevalerie errante.

Quant au barbier, il continuait à réclamer son bien.

— Messieurs, disait-il, ce bât est à moi aussi sûr que ma vie appartient à Dieu, et je le reconnais comme si je l'avais fait. Mon âne est là, dans l'écurie, pour le prouver, vous n'avez qu'à le lui essayer : s'il ne lui va pas comme un gant, je veux bien être pendu haut et court ! Et ce n'est pas tout : on m'a volé aussi ce jour-là un plat à barbe en cuivre, tout neuf, qui n'avait encore jamais servi et qui valait bien un écu.

C'en était trop pour don Quichotte qui, ne pouvant plus se contenir, sépara les combattants et posa le bât par terre, afin que l'objet du délit restât bien en évidence, le temps d'éclaircir l'affaire.

— Voici la preuve manifeste, messieurs, dit-il, que ce brave écuyer est dans l'erreur, lui qui ose appeler plat à barbe ce qui est et a toujours été le heaume de Mambrin, que je lui ai

pris de bonne guerre et que je possède en toute légitimité !
Quant au bât, je ne m'en mêlerai point ; je dirai seulement
que, lorsque ce poltron a été vaincu, mon écuyer Sancho
m'a demandé la permission de prendre le harnachement de
son cheval et de le mettre au sien. Je la lui ai accordée ; il l'a
donc pris. Que la selle se soit changée en bât, je n'y vois
qu'une seule explication, toujours la même : dans les histoires de chevalerie, ces changements sont fréquents. Pour
preuve de ce que je dis, va vite, Sancho, et rapporte-moi le
heaume que cet homme appelle un plat à barbe.

— Sacrebleu, monsieur, répondit Sancho, si c'est la seule
preuve que nous avons pour nous justifier, alors le heaume
de Malinin est bien une bassine de barbier et le harnachement de cet homme un bât !

— Obéis, Sancho ; on ne me fera pas croire que dans ce
château tout se passe par voie d'enchantement.

Sancho alla donc chercher le plat et l'apporta. Don Quichotte le lui prit des mains et dit :

— Voyez, messieurs, s'il faut être effronté pour prétendre
que ceci est un plat à barbe et non le heaume que je dis. Et
je jure, par l'ordre de chevalerie auquel j'appartiens, que
c'est bien celui-ci que je lui ai pris, sans y avoir rien ôté ni
ajouté.

— Aucun doute là-dessus, ajouta Sancho ; depuis que mon
maître l'a gagné, il n'a livré qu'une seule bataille, quand il
a libéré ces pauvres gens qui étaient enchaînés ; et sans
l'heaume-à-barbe, il ne s'en serait pas si bien sorti, parce que,
ce jour-là, les pierres pleuvaient à verse !

Où sont levés les derniers doutes au sujet du bât
et du heaume de Mambrin, avec d'autres aventures
tout aussi véridiques

ENFIN, MESSIEURS, dit le barbier, que pensez-vous de ces gens qui osent affirmer que ceci n'est pas un plat à barbe, mais un heaume ?

– Et je défie quiconque s'avisera dire le contraire ! s'écria don Quichotte. S'il est chevalier, je lui prouverai qu'il ment, et, s'il est écuyer, qu'il ment mille fois plus.

Maître Nicolas, notre barbier, qui avait assisté à toute la scène et qui connaissait bien l'étrange humeur de don Quichotte, eut l'idée d'encourager ses extravagances et de pousser la plaisanterie plus loin pour égayer la compagnie.

– Monsieur le barbier, dit-il, ou qui que vous soyez, sachez que je pratique le même métier que vous depuis plus de vingt ans et que j'en connais très bien tous les instruments, sans exception. De plus, j'ai été soldat dans ma jeunesse, et je sais aussi ce que c'est qu'un heaume, un casque à visière, un morion et beaucoup d'autres choses qui ont rapport à la guerre et aux armes. Eh bien, moi, jusqu'à preuve du contraire, m'en remettant à l'avis du plus sage, je déclare que la pièce que vous voyez là, et que ce monsieur tient dans ses mains, n'est pas un plat à barbe, qu'elle en est aussi éloignée que le blanc l'est du noir et la vérité du mensonge. Je soutiens donc que c'est un heaume, mais je dis que ce heaume n'est pas complet.

– Bien sûr, reprit don Quichotte ; il en manque la moitié, c'est-à-dire la mentonnière.

– C'est exact, intervint le curé, qui avait deviné où maître Nicolas voulait en venir.

Cardenio, don Ferdinand et ses compagnons furent du même avis. Et le juge aurait sans doute pris part à la plaisanterie s'il n'avait été préoccupé par les révélations de don Luis : cette affaire sérieuse l'absorbait tant que c'est à peine s'il prêtait attention à ces jeux.

– Dieu du ciel ! s'écria le barbier dont on se moquait, est-il possible que tant d'honnêtes gens prennent ce plat à barbe pour un heaume ? Il y a de quoi mettre en émoi toute une université, même la plus savante ! A ce train-là, et si le plat à barbe est un heaume, il faut aussi que ce bât soit un harnachement de cheval, comme l'a affirmé ce monsieur.

– Pour moi, dit don Quichotte, il me semble que c'est un bât ; mais j'ai déjà dit que je ne m'en mêlerais pas.

– C'est au chevalier don Quichotte, insista le curé, qu'il appartient de décider si c'est un bât ou un harnais. Pour ce qui touche à ces questions, ces messieurs et moi-même lui reconnaissons toute autorité.

– Par Dieu, messieurs, déclara celui-ci, il m'est arrivé dans ce château tant de choses étranges, les deux fois où j'y ai logé, que je ne me permettrai aucune assertion sur ce qu'il renferme, tant je suis persuadé que tout se fait ici par voie d'enchantement. La première fois, j'ai été malmené avec la plus grande rudesse par un Maure enchanté, tandis que mon écuyer n'était guère mieux traité par ses acolytes. Cette nuit, je suis resté suspendu par le bras pendant près de deux heures, sans savoir comment ni pourquoi pareil malheur m'arrivait. Dans ces conditions, il me semble bien téméraire de vouloir porter à présent un jugement sur une question aussi délicate. Pour ce qui est de juger si nous sommes en présence d'un plat à barbe, comme certains le prétendent, et non d'un heaume, j'ai déjà donné ma réponse ; mais, quant à dire si nous avons là un harnachement ou un bât, je ne me hasarderai pas à rendre une sentence sans appel : je m'en rapporte, messieurs, à votre opinion. Comme vous n'êtes pas armés chevaliers, il se peut que les enchantements de ce château n'aient pas prise sur vous et que, gardant l'esprit libre, vous puissiez voir les choses qui s'y passent telles qu'elles sont et non telles qu'elles me paraissent.

– Le chevalier don Quichotte a tout à fait raison, intervint don Ferdinand. C'est à nous qu'il revient de trancher ce litige. Et, afin que tout se fasse selon les règles, je recueillerai secrètement le vote de chacun de ces messieurs et rendrai un compte exact et fidèle du résultat.

Pour ceux qui connaissaient la folie de don Quichotte, cette scène était des plus divertissantes ; mais les autres n'y voyaient que la plus grande absurdité du monde, surtout les quatre domestiques de don Luis, don Luis lui-même, et trois nouveaux venus qui semblaient être des archers de la Sainte-Hermandad – ce qu'ils étaient en effet. Le barbier, au désespoir, contemplait son plat à barbe changé sous ses yeux en heaume de Mambrin et se disait que son bât allait sûrement se transformer en riche harnais de cheval. Mais les uns et les autres riaient de voir don Ferdinand recueillir les votes, parlant à l'oreille de chacun pour demander si cette belle pièce sur laquelle on avait tant débattu était un harnais de cheval ou un bât. Enfin, après avoir consulté tous ceux qui connaissaient don Quichotte, il s'adressa au barbier à voix haute :

– Mon bon monsieur, j'ai assez demandé à tous ces gens leur avis : chaque fois que je pose la question, on me répond qu'il est absurde de prétendre que c'est un bât, car c'est bel et bien un harnais, et même de cheval de race. Il faut donc vous résigner, vous et votre âne : ceci est un harnais et non un bât. Vous n'aviez qu'à mieux soutenir et défendre votre cause.

– Que les portes du paradis se ferment devant moi, s'écria le pauvre homme, si vous ne vous trompez pas, tous tant que vous êtes ; et je voudrais être aussi sûr que mon âme se présentera devant Dieu que je le suis d'avoir sous les yeux un bât et non un harnais ! Mais ce que veut le roi fait loi, comme on dit. Pourtant, je ne suis pas ivre, car je n'ai pas encore déjeuné, sauf en pensée.

Les sottises que débitait le barbier ne faisaient pas moins

rire que les grands discours de don Quichotte, qui intervint à nouveau :

– Que chacun prenne ce qui lui revient de droit ; ce que Dieu a donné, saint Pierre le bénira.

Alors, un des quatre valets déclara :

– J'ai comme l'impression que c'est un coup monté ; je n'arrive pas à imaginer que des gens, qui semblent avoir tout leur bon sens, osent dire et soutenir que ceci n'est pas un plat à barbe, ni cela un bât. Mais vu qu'ils le disent et le soutiennent, je me demande quel mystère il y a là-dessous et pourquoi ils s'obstinent à affirmer une chose tellement contraire à la vérité et à l'expérience. Nom de … (et il lâcha un juron), personne au monde ne me fera croire que ce que nous avons là, devant nous, n'est pas un plat de barbier et le bât d'un âne.

– Ou celui d'une ânesse, peut-être, dit le curé.

– Ça revient au même, répondit l'autre. Là n'est pas la question ; elle est de savoir si, oui ou non, c'est un bât.

Un des archers qui venaient d'arriver avait suivi la discussion et s'écria, très irrité :

– C'est un bât, aussi sûr que mon père est mon père. Et celui qui a dit ou se permettra de dire autre chose n'est qu'un sac à vin !

– Tu mens, maraud, mangeur d'ail ! répliqua don Quichotte.

Et, levant sa lance, dont il ne se séparait jamais, il allait lui en décharger sur la tête un tel coup que, si l'autre ne s'était pas écarté, il l'aurait laissé pour mort ; la lance frappa contre le sol et se brisa. Les archers, voyant qu'on maltraitait leur compagnon, se mirent à crier, en appelant à l'aide au nom de la Sainte-Hermandad.

L'aubergiste, qui était de la confrérie, courut chercher son insigne et son épée, et se rangea aux côtés de ses compagnons. Les domestiques de don Luis entourèrent leur maître, de crainte qu'il profitât du désordre pour leur fausser compagnie. Le barbier, voyant l'auberge sens dessus dessous, voulut reprendre son bât, et Sancho également. Don Quichotte dégaina et se jeta sur les archers ; don Luis cria à ses gens de le lâcher et d'aller plutôt secourir don

Quichotte, ainsi que don Ferdinand et Cardenio qui s'étaient rangés aux côtés du chevalier. Le curé criait, la femme de l'aubergiste hurlait, leur fille se lamentait, Maritorne pleurait. Dorothée était stupéfaite, Lucinde effrayée, doña Clara défaillante. Le barbier rossait Sancho, Sancho cognait le barbier. Don Luis donna un coup de poing à l'un de ses valets, qui avait osé le prendre par le bras pour l'empêcher de s'enfuir, et lui mit la bouche en sang ; le juge prit sa défense ; don Ferdinand, debout sur un archer étalé, le piétinait à plaisir. Quant à l'aubergiste, il criait de plus en plus fort, appelant à l'aide la Sainte-Hermandad.

Tout n'était que pleurs, cris, désordre, frayeur, douleur, estafilades, bastonnades, coups de pied, coups de poing, effusion de sang. Voyant cette confusion, ce chaos, cette mêlée, don Quichotte se crut brusquement transporté dans le camp d'Agramante, et il lança d'une voix qui fit trembler les murs :

– Que tout le monde s'arrête, rengaine son épée et se calme ! Et que tous ceux qui veulent rester en vie m'écoutent !

Au son de cette voix, les combattants s'immobilisèrent, et notre chevalier poursuivit :

– Ne vous avais-je pas dit que ce château était enchanté et qu'il doit être habité par une légion de démons ? La preuve en est, comme vous avez pu l'observer de vos propres yeux, que la discorde du camp d'Agramante règne désormais parmi nous. Regardez : l'un se bat pour l'épée, l'autre pour le cheval, celui-ci pour l'aigle blanc, celui-là pour le heaume ; tous, nous nous étripons, et aucun de nous ne veut entendre raison. Approchez, monsieur le juge, et vous, monsieur le curé ; soyez, l'un le roi Agramante, l'autre le roi Sobrino, et faites en sorte de nous réconcilier. Par Dieu, il ferait beau voir que des gentilshommes de qualité aillent jusqu'à s'entre-tuer pour des motifs aussi futiles !

Les archers, qui n'entendaient rien aux propos de don Quichotte et qui se voyaient malmenés par don Ferdinand, Cardenio et leurs compagnons, ne voulaient pas s'arrêter. Le barbier, lui, ne demandait pas mieux, car dans la bagarre

on avait mis à mal sa barbe et son bât. Sancho, en bon serviteur, obéit au premier mot de son maître. Les quatre valets
de don Luis se tinrent tranquilles eux aussi, comprenant
qu'ils avaient tout à y gagner. Seul l'aubergiste s'obstinait
et criait qu'il fallait en finir avec ce fou qui se permettait à
chaque instant de jeter le trouble dans sa maison. Enfin, le
vacarme s'apaisa ; mais, dans l'esprit de don Quichotte, et
jusqu'au jour du Jugement, le bât resta un harnais, le plat à
barbe un heaume et l'auberge un château.

Quand tout fut rentré dans l'ordre, et tout le monde réconcilié grâce aux bons offices du juge et du curé, les domestiques de don Luis pressèrent leur maître de partir avec eux
sans attendre ; pendant ce temps, le juge consultait don Ferdinand, Cardenio et le curé sur le parti à prendre en pareille
circonstance en leur racontant ce que lui avait dit le jeune
homme. Il fut convenu que don Ferdinand se ferait connaître
des valets de don Luis et leur exposerait son intention d'emmener le jeune homme avec lui en Andalousie, où son frère
le marquis le recevrait avec tous les égards dus à son rang ;
car il était clair que don Luis se serait plutôt laissé mettre en
pièces que de retourner en ce moment auprès de son père.
Instruits de l'identité de don Ferdinand et de la décision de
don Luis, les quatre valets résolurent que trois d'entre eux
iraient trouver leur maître pour l'informer de ce qui se passait, et que le quatrième resterait auprès de don Luis pour le
servir, et ne le quitterait que lorsqu'on serait venu le chercher ou que son père aurait donné d'autres instructions.

Ainsi s'apaisèrent les querelles des uns et des autres, grâce
à l'autorité d'Agramante et à la sagesse du roi Sobrino. Mais
quand l'Ennemi de la paix, l'Adversaire de la concorde, se
vit ainsi méprisé et bafoué, furieux du piètre résultat qu'il
avait obtenu en jetant tout le monde dans cette mêlée inextricable, il décida de faire une autre tentative, en provoquant
de nouveaux troubles et querelles.

Les archers s'étaient calmés dès qu'ils avaient su que les
gens contre lesquels ils se battaient étaient de haute naissance ; et ils abandonnèrent la partie, pensant que, de toute
manière, ils seraient perdants. Mais l'un d'eux, celui que

don Ferdinand avait si bien roulé sous ses talons, se rappela que, parmi les mandats d'arrêt dont il était porteur, il s'en trouvait un contre don Quichotte, que la Sainte-Hermandad voulait faire emprisonner pour avoir rendu la liberté aux galériens, comme Sancho l'avait craint si justement.

A cet effet, voulant s'assurer que le signalement donné dans ce mandat correspondait bien à celui de don Quichotte, il sortit un pli, trouva le papier qu'il cherchait et commença à épeler, car il ne savait pas très bien lire ; il levait la tête à chaque mot, comparant la description avec le visage de don Quichotte. Quand il fut convaincu qu'il n'y avait pas de doute sur la personne, il replia le parchemin et, tenant le mandat de la main gauche, de la droite il saisit le chevalier au collet, en serrant si fort qu'il l'empêchait de respirer.

– Main-forte à la Sainte-Hermandad ! cria-t-il. Voici le mandat d'arrêt lancé contre ce bandit de grands chemins ! Et si vous ne me croyez pas, vous n'avez qu'à le lire !

Le curé prit le document et put s'assurer que l'archer disait vrai, car le signalement correspondait en tout point. Don Quichotte, se voyant maltraité de la sorte par un vulgaire faquin, fut saisi d'une telle colère qu'il en grinçait de partout ; il réussit à le saisir à la gorge des deux mains, avec tant de force que, si ses compagnons n'étaient pas venus à la rescousse, l'archer y aurait laissé la vie avant que notre chevalier eût lâché prise. L'aubergiste, qui se devait de prêter assistance à un confrère, accourut à son aide. La femme, voyant son mari parti dans de nouvelles querelles, se remit à crier, soutenue aussitôt par sa fille et Maritorne, en implorant le secours du ciel et de tous ceux qui se trouvaient là. Quant à Sancho, il n'en revenait pas.

– Sacrebleu ! s'écria-t-il. Mon maître a raison de dire que ce château est enchanté : il n'y a pas moyen d'avoir une minute de paix !

Don Ferdinand sépara les combattants, à leur grande satisfaction, car ils se tenaient toujours agrippés, l'un au collet de son adversaire, l'autre à sa gorge. Mais les archers n'en réclamaient pas moins leur prisonnier, disant qu'ils le voulaient pieds et poings liés, ainsi que l'exigeait le service du

roi et de la Sainte-Hermandad, au nom desquels ils réclamaient assistance contre ce brigand, ce voleur de sentiers et
de grands chemins. Don Quichotte écouta sans sourciller
ces accusations absurdes et répondit d'une voix calme :

— Ainsi donc, vile et grossière canaille, vous traitez de brigand celui qui rend la liberté aux enchaînés, qui délivre les
prisonniers, qui secourt les malheureux, qui relève les humiliés, qui venge les opprimés ? Ah ! race infâme, bien trop vile
et grossière pour que le ciel daigne vous révéler la valeur de
la chevalerie errante, ou vous laisse seulement comprendre
le péché et l'ignorance où vous êtes en ne vous prosternant
pas devant un chevalier errant, quand vous devriez vénérer
jusqu'à son ombre ! Approchez, bande de voleurs et non
d'archers, détrousseurs de grands chemins pour le compte
de la Sainte-Hermandad ; dites-moi quel est l'ignorant qui a
signé ce mandat d'arrêt contre un chevalier comme moi. Il ne
savait donc pas que les chevaliers errants ne sont passibles
d'aucune peine, qu'ils n'ont d'autre loi que leur épée, d'autre
tribunal que leur bravoure, d'autre charte que leur volonté ?
Quel est l'imbécile, je répète, qui ignore qu'aucun titre de
noblesse ne confère autant de privilèges et d'exemptions que
celui que l'on acquiert du jour où l'on est armé chevalier et
que l'on se consacre au rude exercice de la chevalerie ? Quel
chevalier errant a jamais payé gabelle, corvée, taille, dîme,
douane ou péage ? Quel tailleur lui a jamais demandé la
façon d'un costume ? Quel châtelain, qui l'a reçu dans son
château, lui en a jamais présenté l'écot ? Quel roi ne l'a
accueilli à sa table ? Quelle jeune fille, éprise de lui, ne s'est
livrée à son bon plaisir ? Enfin, quel chevalier errant a-t-on
jamais vu et verra-t-on jamais qui n'ait assez de courage pour
donner à lui seul quatre cents coups de bâton à quatre cents
archers qui oseraient lui tenir tête ?

De l'importante aventure des archers et de la grande fureur de notre bon chevalier don Quichotte

PENDANT QUE DON QUICHOTTE tenait ce discours, le curé tentait de convaincre les archers que notre chevalier avait perdu la tête, comme ils pouvaient s'en rendre compte à ses actes et à ses paroles, et qu'il n'y avait donc pas lieu de donner suite à cette affaire ; car même s'ils l'arrêtaient et l'emmenaient avec eux, ils seraient obligés de le relâcher puisqu'il était fou. A quoi l'homme au mandat répondit que, pour sa part, il n'avait pas à juger de la folie de don Quichotte, mais à obéir aux ordres de son chef, et qu'une fois emprisonné, on pourrait bien le relâcher trois cents fois s'il le fallait.

— Et moi, je vous répète, insista le curé, que vous ne l'emmènerez pas ; d'ailleurs, je suis sûr qu'il ne se laissera pas faire.

Bref, le curé en dit tant et don Quichotte se livra à tant d'extravagances qu'il aurait fallu être plus fou que lui pour ne pas reconnaître qu'il avait perdu la raison. Les archers prirent donc le parti de se calmer et offrirent même leur arbitrage dans le litige opposant Sancho et le barbier, qui continuaient à se quereller âprement. En tant que membres de la justice, ils jugèrent la cause et convinrent d'un partage amiable, dont les deux parties se déclarèrent, sinon entièrement, du moins à peu près satisfaites : car on échangea les bâts, mais non les sangles ni les licols. Quant au heaume de Mambrin, le curé, à l'insu de don Quichotte, donna discrètement huit réaux au barbier pour son plat ; le barbier lui

515

signa une quittance, dans laquelle il s'engageait à renoncer à toute poursuite pour lors et pour les siècles des siècles, amen.

Une fois réglées ces deux querelles, qui étaient de loin les plus sérieuses, il ne restait plus qu'à convaincre trois des valets de don Luis de s'en retourner, tandis que le quatrième demeurerait pour accompagner son maître là où il plairait à don Ferdinand de le conduire. La chance, qui avait commencé à sourire aux amants et à tous les braves qu'il y avait à l'auberge en aplanissant difficultés et obstacles, ne voulut pas s'arrêter en si bon chemin : les domestiques consentirent à tout ce qu'exigeait don Luis, ce qui emplit doña Clara de joie, comme on pouvait le lire sur son visage rayonnant.

Zourayda, qui ne comprenait pas grand-chose à ce qui se passait, s'attristait ou se réjouissait, selon ce qu'elle observait sur les traits de chacun, et en particulier de son Espagnol, dont elle ne pouvait détacher ni ses yeux ni son cœur. L'aubergiste, auquel n'avait point échappé le cadeau que le barbier avait reçu en dédommagement, réclama l'écot de don Quichotte, ainsi qu'une réparation pour ses outres éventrées et son vin perdu, et jura que ni Rossinante ni l'âne de Sancho ne sortiraient de son auberge tant qu'on ne l'aurait pas payé jusqu'au dernier sou.

Le curé l'apaisa, et don Ferdinand le paya, quoique le juge eût proposé fort aimablement de le faire. Le calme et la tranquillité furent si bien rétablis qu'au lieu de la discorde du camp d'Agramante, évoquée par don Quichotte, on pouvait croire qu'il régnait dans l'auberge la paix d'Octave Auguste. Chacun reconnut qu'on le devait à l'intervention du curé et à son éloquence, ainsi qu'à l'incomparable générosité de don Ferdinand.

Don Quichotte, se voyant enfin débarrassé de toutes ces querelles, des siennes comme de celles de Sancho, trouva qu'il était temps de poursuivre son voyage et de mener à bien la grande aventure pour laquelle il avait été choisi et désigné. Il alla donc, d'un air résolu, s'agenouiller devant Dorothée, qui ne voulut pas l'entendre avant qu'il se fût relevé ; ce à quoi il consentit pour lui complaire. Puis, il lui tint ce discours :

— Comme on a coutume de dire, belle dame, aide-toi, le ciel t'aidera. Dans mainte affaire d'importance, l'expérience a prouvé qu'un plaideur zélé peut gagner le procès le plus douteux. Mais nulle part cette vérité n'est aussi évidente qu'à la guerre, où la promptitude et la célérité, prévenant les desseins de l'ennemi, assurent la victoire sans donner à celui-ci le temps de préparer sa défense. Je vous dis tout cela, belle et noble princesse, car il me paraît que notre séjour dans ce château ne nous est plus d'aucun profit, et qu'il pourrait même nous causer un dommage dont nous aurions à nous repentir un jour. Sait-on, en effet, si, par l'intermédiaire d'habiles espions, votre ennemi le géant n'est pas déjà averti que je viens l'anéantir ; et si, profitant du temps que nous lui laissons, il ne s'est pas retiré dans quelque forteresse inexpugnable, contre laquelle toute ma vaillance, toute la force de mon bras infatigable seraient impuissantes. Aussi, madame, je le répète, prévenons ses desseins par notre diligence, et partons sans tarder ; car Votre Altesse ne peut être plus impatiente de voir enfin ses désirs satisfaits que je ne le suis de me trouver face à votre ennemi.

Don Quichotte se tut et attendit sereinement la réponse de la belle infante. Celle-ci, prenant l'air solennel qui s'accordait avec le discours du chevalier, lui répondit sur le même ton :

— Je vous remercie, monsieur, du soin que vous prenez à me secourir dans l'affliction où vous me voyez plongée ; c'est agir en parfait chevalier, à qui il revient et appartient de venir en aide aux orphelins et aux malheureux. Plaise à Dieu que s'accomplissent votre désir et le mien, afin que je puisse vous prouver qu'il existe dans le monde des femmes reconnaissantes. Quant à mon départ, qu'il ait lieu quand vous le désirez : je n'ai d'autre volonté que la vôtre. Disposez de moi à votre guise et selon votre bon plaisir ; ayant remis entre vos mains la défense de ma personne et la restauration de ma souveraineté, je me dois de ne contrarier en rien ce qu'ordonnera votre grande sagesse.

— A la grâce de Dieu ! Puisqu'une si grande dame s'humilie devant moi, je ne veux pas perdre l'occasion de la relever et de la rétablir sur le trône dont elle a hérité. Partons sur-le-champ ; car on dit que le retard est source de danger, et cela ne peut qu'éperonner mon impatience. Donc, puisque le ciel n'a rien créé, ni l'enfer jamais rien vu qui me puisse épouvanter ou intimider, Sancho, dépêche-toi de seller Rossinante et de harnacher ton baudet et le palefroi de la reine ; prenons congé du châtelain et de ces gentilshommes, et quittons ces lieux au plus vite.

Sancho, qui avait assisté à toute la scène, hocha la tête.

— Ah, monsieur, monsieur ! Ne vous y fiez pas ! Comme dit le proverbe : ce qu'on dit dans la ville n'est pas tout évangile, sans vouloir offenser ces dames.

— Et que pourrait-on dire, rustre, dans aucune ville ou village du monde qui porte préjudice à ma renommée ?

— Si vous vous fâchez, je me tais, et vous ne saurez pas ce qu'en bon domestique et fidèle écuyer je ne devrais pas vous cacher.

— Dis ce que tu voudras, du moment que tes paroles n'ont point pour objet de m'effrayer. Si tu as peur, agis selon ta nature ; et moi, qui n'ai pas peur, j'agirai selon la mienne.

— Mais, monsieur, vous n'y êtes pas du tout ! Je voulais simplement vous dire que je suis sûr et certain que cette dame, qui se prétend reine du grand royaume de Micomicon, ne l'est pas plus que ma mère. Parce que, si elle l'était, elle n'irait pas à tout bout de champ et dans tous les coins se frotter le museau avec un de ces messieurs.

A ces mots, Dorothée devint toute rouge. Car c'était vrai : plus d'une fois, à la dérobée, son époux don Ferdinand avait goûté de ses lèvres à la récompense que méritaient ses honnêtes désirs. Sancho s'en était aperçu et il trouvait qu'une telle effronterie était plus le fait d'une courtisane que de la reine d'un grand royaume. Dorothée, ne trouvant rien à répondre, fut bien obligée de le laisser poursuivre :

— Ce n'est pas pour dire, mais si nous devons parcourir des routes et des chemins, passer des mauvaises nuits et des jours encore pires pour qu'après un certain monsieur ici présent se permette de nous souffler le fruit de nos efforts, moi je ne vois pas pourquoi je devrais me dépêcher de seller Rossinante, de bâter mon âne et de harnacher le palefroi. A ce compte-là, on peut tout aussi bien rester tranquille et se faire maquignon de chair fraîche.

Dieu me protège ! Il fallait voir la colère de don Quichotte quand il entendit les propos inconvenants de son écuyer ! Jetant des éclairs par les yeux, il lui cria en bégayant de fureur :

– Espèce de vil manant, grossier, malappris, inconvenant, ignorant, rustre, impudent, médisant, calomniateur ! Comment oses-tu tenir de tels propos devant moi et devant ces nobles dames ? De quel recoin de ta stupide imagination as-tu tiré des pensées aussi infâmes et impudentes ? Hors de ma vue, monstre de la nature, sac à malices, entrepôt de mensonges, magasin de fourberies, fabrique de méchancetés, inventeur de médisances, colporteur d'absurdités, ennemi du respect que l'on doit aux personnes royales ! Va-t'en et ne reparais plus devant moi, sous peine d'encourir ma colère !

Et il fronça les sourcils, gonfla les joues, regarda de tous côtés et frappa fortement le sol du pied droit, signes de la rage qui lui dévorait le cœur. Ces paroles et ces manifestations de colère ôtèrent à Sancho toute son assurance et l'épouvantèrent au point qu'il aurait voulu voir la terre s'ouvrir sous ses pas pour l'engloutir. Ne sachant plus à quel saint se vouer, il tourna les talons et s'éloigna au plus vite de ce maître furibond. Mais l'habile Dorothée, qui savait désormais comment parler à don Quichotte, trouva les mots pour l'apaiser :

– Monsieur le chevalier à la Triste Figure, ne vous irritez point des impertinences de votre écuyer ; il avait peut-être de bonnes raisons de les dire. Car son bon sens et sa conscience chrétienne ne permettent pas qu'on le soupçonne de porter contre quiconque un faux témoignage. C'est pourquoi il nous faut penser et affirmer, comme vous l'avez dit vous-même, monsieur le chevalier, que tout, dans ce château, se passe par enchantement ; c'est par cette voie diabolique que Sancho a pu voir les choses qu'il dit avoir vues, fort dommageables à mon honneur.

– Par Dieu tout-puissant, répondit don Quichotte, je suis prêt à jurer que Votre Altesse est tombée juste. Ce pauvre pécheur a dû avoir une mauvaise vision, qui lui aura mis devant les yeux ce qui ne pouvait exister que par enchantement. Je connais trop la bonté et l'innocence de ce garçon : il serait bien incapable de porter un faux témoignage.

– Je suis bien de votre avis, intervint don Ferdinand. C'est pourquoi, monsieur le chevalier, vous devez lui pardonner et lui accorder la grâce de le reprendre auprès de vous, *sicut erat in principio*, avant que ces dites visions ne lui aient fait perdre l'esprit.

Don Quichotte ayant accepté de pardonner à son écuyer, le curé alla chercher Sancho, qui revint tout penaud, s'agenouilla devant son maître et lui baisa la main. Don Quichotte lui donna sa bénédiction en disant :

– Désormais, Sancho, tu ne pourras plus mettre en doute ce que je t'ai répété tant de fois : dans ce château, tout arrive par voie d'enchantement.

– Pour ça, je vous crois, monsieur ! affirma Sancho. Mais, tout de même, l'histoire de la couverture, elle a eu lieu pour de bon et par les moyens les plus naturels qui soient.

– Détrompe-toi ; si ce que tu dis là était vrai, je t'aurais vengé alors, comme je te vengerais aujourd'hui, s'il le fallait. Mais ni alors, ni aujourd'hui je n'ai pu trouver à qui demander raison de ton offense.

Tout le monde voulut connaître l'histoire de la couverture, et l'aubergiste raconta en détail les envols de Sancho, au grand amusement de l'assistance, mais non du pauvre garçon, qui se serait fâché tout rouge si son maître ne l'avait assuré, une fois de plus, que c'était un enchantement. Et cependant, malgré toute sa naïveté, il savait qu'il avait été bel et bien berné par des personnes en chair et en os, et non par des fantômes sortis de son imagination, comme son maître le pensait et l'affirmait.

Deux jours s'étaient écoulés depuis que l'illustre compagnie était arrivée à l'auberge, et il était grand temps de partir. Mais afin d'éviter à don Ferdinand et à Dorothée d'avoir à accompagner don Quichotte jusqu'à son village, et tout en

lui laissant croire qu'il allait délivrer la princesse Micomiconne, on chercha un autre moyen de le ramener chez lui ;
car tel était le but du curé et du barbier, qui espéraient bien
trouver une cure pour leur incurable ami. D'un commun
accord, ils décidèrent de s'arranger avec un bouvier, qui
passait par là avec sa charrette et ses bœufs, et à qui l'on
demanderait de conduire notre chevalier de la manière
qu'on verra. On fit construire une sorte de cage, avec de
gros barreaux de bois, dans laquelle don Quichotte pût tenir
à l'aise ; puis, sur les conseils du curé, don Ferdinand et ses
compagnons, les valets de don Luis, les archers et l'aubergiste lui-même se masquèrent et se déguisèrent de diverses
façons, afin que don Quichotte les prît pour de nouveaux
venus dans le château.

Cela fait, ils entrèrent sans bruit dans la chambre où,
épuisé par tous les combats qu'il venait de livrer, notre chevalier dormait paisiblement et fort loin de se douter de ce
qui l'attendait. Ils le saisirent, lui attachèrent solidement les
pieds et les mains ; de sorte que, lorsqu'il s'éveilla en sur-
saut, il ne put bouger, et resta stupéfait de voir ces étranges
figures. Aussitôt, il lui vint à l'idée ce qu'invariablement
son imagination égarée lui représentait : il prit ces personnages pour des fantômes de ces lieux enchantés et se crut
lui aussi enchanté puisqu'il ne pouvait ni remuer ni se
défendre. Tout se passa donc exactement comme le curé
l'avait prévu en proposant ce stratagème. De tous les présents, seul Sancho avait gardé son apparence et son bon
sens habituels. Et il avait beau être, à peu de chose près,
atteint de la même maladie que son maître, il reconnut sans
mal quelles personnes se cachaient sous ces déguisements ;
mais il n'osa ouvrir la bouche avant de savoir comment se
termineraient la capture et l'arrestation de son maître. Don
Quichotte non plus ne disait mot, attendant de voir où le
mènerait cette triste aventure. Elle le mena dans la cage
qu'ils avaient apportée près de son lit, où ils l'enfermèrent
et dont ils clouèrent si solidement les barreaux qu'il aurait
fallu bien des secousses pour les ébranler ; puis ils la chargèrent sur leurs épaules. Au moment de sortir de la pièce,

on entendit une voix tonitruante : c'était le barbier (maître Nicolas, s'entend), qui forçait la sienne autant qu'il le pouvait.

– Ô chevalier à la Triste Figure ! disait-il. Puisse la capture dont tu as été l'objet ne pas te plonger dans l'affliction, car elle est nécessaire au prompt achèvement de l'aventure dans laquelle tu t'es vaillamment engagé, et qui s'achèvera lorsque le terrible lion de la Manche et la blanche colombe du Toboso auront convolé, et que le tendre joug du mariage aura fait courber leurs têtes altières. De cette union extraordinaire viendront au monde de fiers lionceaux, dressés sur deux pattes griffues à l'image de leur valeureux père. Et cela se produira avant qu'Apollon, qui poursuit la fugitive Daphné, ait rendu, dans sa course quotidienne et rapide, par deux fois visite aux signes étincelants du Zodiaque. Et toi, ô le plus noble et le plus fidèle écuyer ayant jamais porté le glaive au côté, la barbe au menton et le nez au milieu du visage, ne te laisse point abattre ni troubler en voyant qu'on emmène sous tes yeux la fleur de la chevalerie errante. Car bientôt, s'il plaît à notre Créateur, tu te verras élevé bien au-delà de tout ce que ton bon maître t'aura promis, si haut que tu pourras à peine te reconnaître. Et je peux t'assurer, au nom de la sage Mentironianne, que ton salaire te sera payé, comme tu le verras le moment venu. Suis les pas de ce vaillant chevalier enchanté, car il convient que tu l'accompagnes jusqu'au lieu où tous deux vous vous arrêterez. Il ne m'est pas permis d'en dire davantage. Adieu ; pour moi, je m'en retourne d'où je viens.

Vers la fin de la prophétie, le barbier força encore la voix, puis la laissa retomber, avec une telle douceur que même ceux qui étaient dans le secret faillirent un instant le prendre au sérieux.

Cette prophétie rassura don Quichotte, qui s'empressa d'en démêler le sens point par point : il serait uni par les liens sacrés et légitimes du mariage à sa chère Dulcinée du Toboso, dont les bienheureuses entrailles donneraient le jour à des lionceaux, ses enfants, pour la gloire éternelle de la Manche. Persuadé qu'il en serait ainsi, il poussa un grand soupir et s'écria :

— Qui que tu sois, toi qui me promets tant de bonheur, je te supplie de demander de ma part au sage enchanteur chargé du soin de mes affaires de ne point me laisser périr dans cette prison, où l'on m'emporte avant que j'aie vu s'accomplir d'aussi réjouissantes et incomparables promesses. Si mes prières sont exaucées, les peines endurées dans cette prison me seront bien douces, les lourdes chaînes qui m'entravent bien légères, et ce lit sur lequel on me couche ne me paraîtra point un dur champ de bataille mais la plus moelleuse et la plus délicate couche nuptiale. Quant au dédommagement promis à mon écuyer Sancho Panza, je connais assez sa bonté et son honnêteté pour savoir qu'il ne m'abandonnera pas, que le sort me soit contraire ou favorable ; et si la fortune ne nous souriait ni à l'un ni à l'autre, et que je ne puisse lui donner son archipel ou quelque chose d'équivalent, il ne perdra pas pour autant son salaire : j'ai spécifié dans mon testament ce que l'on doit lui donner, et qui n'est certes pas en proportion de ses bons et loyaux services, mais de mes moyens.

Sancho s'inclina très civilement devant son maître et lui baisa les deux mains au lieu d'une : comme elles étaient attachées, il ne pouvait guère faire autrement.

Aussitôt, les fantômes soulevèrent la cage et la chargèrent sur le char à bœufs.

De l'étrange manière dont fut enchanté
don Quichotte, avec d'autres événements
tout aussi fameux

LORSQUE DON QUICHOTTE se vit encagé et hissé sur le chariot, il dit à Sancho :

– J'ai pourtant lu bien des histoires de chevaliers errants, parmi les plus célèbres ; mais jamais je n'ai lu, vu ou entendu dire que les chevaliers enchantés fussent ainsi emmenés, au pas lent et traînant d'une paire de bœufs. C'est toujours par les airs qu'on les emporte, à une rapidité prodigieuse, enveloppés dans un épais et sombre nuage, ou dans un char de feu, ou bien sur un hippogriffe ou quelque autre animal du même genre. Me voir, moi, emmené dans une charrette, vive Dieu ! voilà qui m'emplit de confusion ! Mais peut-être, à l'époque où nous vivons, la chevalerie et les enchantements suivent-ils une autre voie que celle des temps passés. De même que je suis nouveau dans le monde de la chevalerie, et le premier à ressusciter l'ordre oublié des chercheurs d'aventures, on aura inventé des enchantements nouveaux et de nouveaux moyens de transporter les enchantés. Qu'en penses-tu, Sancho ?

– Moi, je n'en pense rien du tout, parce que je ne suis pas versé comme vous dans ces écritures-là. Pourtant, j'irais jusqu'à affirmer, et même jurer, que ces fantômes qui nous entourent ne sont pas très catholiques.

– Catholiques ? Sûrement pas ! Comment le seraient-ils, puisque ce sont autant de démons, qui se cachent dans des corps fantastiques afin d'accomplir ce joli travail et de me mettre dans cet état ? Et si tu désires t'en assurer, tu n'as qu'à les toucher et les palper : tu verras que leur corps est seulement de l'air, et qu'ils ne sont qu'apparence.

– Par Dieu, monsieur, vous pensez si je les ai touchés ! Et je peux vous dire que ce diable-là, qui m'a l'air si occupé, a la chair bien ferme ; et il a en plus une particularité très différente de celles qu'on attribue aux démons qui, paraît-il, sentent le soufre et répandent des mauvaises odeurs ; lui, il sent l'ambre à une demi-lieue.

Sancho voulait parler de don Ferdinand qui, ainsi que tout grand seigneur, devait sentir comme il le disait.

– Tu n'as aucune raison de t'en étonner, répondit don Quichotte ; les diables en savent long, je te le dis. Par eux-mêmes ils ne sentent rien, car ce sont des esprits. Et s'ils ont une odeur, elle ne peut qu'être mauvaise et fétide ; car, où qu'ils se trouvent, ils portent avec eux l'enfer, sans qu'aucune rémission soit jamais accordée aux supplices qu'ils endurent. Et comme les bonnes odeurs sont source de délectation et de plaisir, il est impossible qu'ils sentent bon. Si donc il te semble que ce démon dont tu parles sent l'ambre, ou bien tu te trompes, ou bien c'est lui qui cherche à te tromper sur ce qu'il est.

Pendant que maître et serviteur conversaient ainsi, don Ferdinand et Cardenio, craignant que Sancho ne finît par découvrir leur stratagème, car il avait déjà des soupçons, décidèrent de partir sans attendre. Prenant l'aubergiste à part, ils lui commandèrent de seller Rossinante et de bâter l'âne ; ce qui fut fait.

Entre-temps, le curé s'était entendu avec les archers, qui les accompagneraient jusqu'au village, moyennant salaire. Cardenio suspendit à l'arçon de la selle de Rossinante, d'un côté le bât, de l'autre le plat à barbe, et ordonna par signes à Sancho de monter sur son âne et de prendre Rossinante par la bride. Puis, il plaça les deux archers, avec leurs fusils, de chaque côté du chariot. Mais avant le départ, la femme de l'aubergiste, sa fille et Maritorne vinrent faire leurs adieux à don Quichotte en feignant de pleurer amèrement sur son sort.

– Ne pleurez pas, mesdames, leur dit-il ; ces épreuves sont le lot de tous ceux qui exercent la profession dont je m'honore. Si j'en étais épargné, je craindrais pour ma gloire : il n'y a que les chevaliers sans renom qui ne connaissent pas de malheurs, pour la bonne raison que personne ne se soucie d'eux. Au contraire, la force et le courage des plus vaillants provoquent l'envie de nombreux princes et de chevaliers, qui s'attachent par tous les moyens à les détruire. Néanmoins, la vertu a tant de pouvoir que, par elle seule et en dépit de toute la science de Zoroastre, inventeur de la magie, elle sortira victorieuse du combat et répandra sa lumière sur le monde, comme le soleil la répand au ciel. Pardonnez-moi, nobles dames, si, par mégarde, je vous ai causé quelque déplaisir ; telle n'était point mon intention, car je n'ai jamais offensé personne volontairement. Priez Dieu qu'il me tire de cette prison où m'a enfermé un enchanteur malfaisant. Si un jour je retrouve ma liberté, soyez sûres que je n'oublierai pas les bontés que vous m'avez témoignées durant mon séjour dans ce château, et que je saurai les reconnaître, les honorer et les récompenser comme elles le méritent.

Tandis que les belles du château s'entretenaient avec don Quichotte, le curé et le barbier prenaient congé de don Ferdinand et de ses compagnons, du capitaine et de son frère le juge, et enfin des dames, tout heureuses à présent, en particulier Dorothée et Lucinde. On s'embrassa en se promettant de se donner réciproquement des nouvelles. Don Ferdinand dit au curé où il devait lui écrire pour lui raconter ce qui arriverait à don Quichotte, l'assurant qu'il aurait grand plaisir à le savoir ; que lui-même l'informerait de ce qu'il croirait pouvoir lui être agréable à propos de son mariage, du baptême de Zourayda, des amours de don Luis et du retour de Dorothée chez ses parents. Le curé promit à don Ferdinand qu'il serait en tout point obéi. On s'embrassa encore, en échangeant maintes offres de services.

L'aubergiste vint remettre au curé des papiers qui, dit-il, étaient restés dans une doublure de la mallette où il avait trouvé la nouvelle intitulée *La curiosité est un vilain défaut* ; il lui offrit de les emporter, puisque son propriétaire n'avait pas reparu et que lui-même n'en voulait pas, ne sachant pas lire. Le curé l'en remercia ; il ouvrit aussitôt le cahier et lut le titre : *Rinconete et Cortadillo*. Il en conclut que ce devait être une autre nouvelle du même auteur, et il se promit de la lire dès que l'occasion s'en présenterait, sûr qu'elle lui donnerait autant de plaisir que la première.

Le barbier et le curé montèrent à cheval, en gardant leur masque pour ne pas être reconnus de don Quichotte ; puis ils allèrent se placer à l'arrière, et toute la troupe s'ébranla, dans l'ordre suivant : en tête le chariot, conduit par son propriétaire ; de chaque côté, les archers, avec leurs fusils ; venait ensuite Sancho sur son âne, menant Rossinante par la bride. Nos deux compères fermaient la marche, d'un air calme et grave, le visage couvert d'un masque, comme on vient de le dire, accordant le pas de leurs bonnes mules à la marche lente des bœufs. Don Quichotte était assis dans sa cage, les mains liées, les jambes allongées, le dos appuyé aux barreaux, tellement silencieux et immobile qu'on l'aurait pris non pas pour un homme de chair et d'os, mais pour une statue de pierre.

Ils marchèrent, à cette allure et en silence, pendant près de deux lieues, au bout desquelles ils se trouvèrent dans un vallon. Le bouvier demanda au curé la permission de s'arrêter pour y laisser paître ses bêtes ; mais le barbier fut d'avis qu'il fallait continuer encore un peu, car derrière une butte qu'on voyait toute proche, il y avait un autre vallon où l'herbe poussait encore plus drue et plus verte. On suivit le conseil du barbier, et on se remit en route.

A ce moment, le curé tourna la tête et vit venir derrière lui six ou sept hommes à cheval, qui les eurent vite rattrapés ; car ces cavaliers, tous élégants et bien mis, n'allaient pas aussi paresseusement que les bœufs, mais comme des gens montés sur des mules de chanoines et pressés d'arriver avant l'heure de la sieste à l'auberge que l'on voyait au loin, distante d'environ une lieue. Les inconnus rejoignirent donc le lent cortège et on se salua avec courtoisie. L'un d'eux, qui était, en effet, un chanoine de Tolède, et le maître de la troupe, voyant cette procession en bon ordre – la charrette, les archers, Sancho, Rossinante, le curé, le barbier et, sur-

tout, don Quichotte encagé –, ne put s'empêcher de demander pour quelle raison on emmenait ainsi cet homme, bien
qu'il eût compris, aux insignes des archers, que ce devait
être un bandit de grands chemins ou quelque criminel dont
le châtiment était du ressort de la Sainte-Hermandad. L'archer auquel il s'adressa lui répondit :

– Monsieur, c'est à lui qu'il faut demander pourquoi on
l'a mis en cage ; nous autres, nous n'en savons rien.

Don Quichotte, qui avait entendu, intervint :

– Messieurs les cavaliers, êtes-vous, comme je l'espère,
instruits et versés dans ce qui touche à la chevalerie errante ?
En ce cas, je vous confierai mes malheurs ; si vous ne l'êtes
point, il est inutile que je me donne cette peine.

Le curé et le barbier, voyant la conversation s'engager
entre les nouveaux venus et don Quichotte, s'étaient appro-
chés pour répondre de manière que leur ruse ne fût pas
dévoilée. Mais déjà le chanoine disait à don Quichotte :

– En vérité, mon ami, j'en sais plus sur les romans de
chevalerie que sur le *Traité de dialectique* de Villalpando.
Si donc il ne tient qu'à cela, vous pouvez me raconter tout
ce que vous voudrez.

– Dieu soit loué ! Eh bien, sachez, monsieur, que l'on
m'emmène dans cette cage par la volonté d'enchanteurs malfaisants et envieux, qui m'ont capturé par surprise ; car la
vertu est davantage persécutée par les méchants qu'elle n'est
aimée des gens de bien. Je suis un chevalier errant, et non
point de ceux que la Renommée a effacés de sa mémoire :
en dépit des jalousies que j'ai suscitées, en dépit de tous les
mages que la Perse a produits, de tous les brahmanes de
l'Inde, de tous les gymnosophistes d'Éthiopie, mon nom restera gravé dans le temple de l'Immortalité afin de servir, dans
les siècles futurs, d'exemple et de modèle aux chevaliers
errants qui, par le bon usage des armes, veulent accéder au
faîte de la gloire.

– Le chevalier don Quichotte de la Manche a dit vrai, s'empressa d'intervenir le curé. C'est parce qu'il a été enchanté
qu'on l'emmène sur ce chariot : non pour ses fautes ou ses
péchés, mais à cause de la malveillance de ceux qu'outrage

la valeur et qu'offense la vertu. Cet homme, monsieur, n'est autre que le chevalier à la Triste Figure, que vous avez certainement entendu nommer, et dont les exploits et les prouesses resteront gravés dans le bronze et éternisés dans le marbre, malgré tous les efforts des envieux pour les rabaisser et des méchants pour les tenir secrets.

Quand le chanoine entendit le prisonnier et l'homme qui était libre tenir le même langage, il faillit se signer de stupeur ; il ne savait plus à quoi s'en tenir, et ceux qui l'accompagnaient n'étaient pas moins étonnés que lui. Sancho, qui s'était approché afin d'écouter la conversation, ajouta pour tout arranger :

– Ma foi, messieurs, et tant pis si on m'en veut de ce que je vais dire, la vérité, c'est que mon maître don Quichotte n'est pas plus enchanté que ma pauvre mère : il a tout son bon sens, il mange, il boit, il fait ses besoins comme nous tous et comme il les faisait hier, avant d'être mis dans cette cage. Et malgré ça, vous voudriez me faire croire qu'il est enchanté ? J'ai entendu dire à beaucoup de gens que les enchantés ne mangent pas, ne dorment pas, ne parlent pas ; et mon maître, si personne ne l'interrompt, parle plus que trente procureurs.

Puis, se tournant vers le curé :

– Ah, monsieur le curé, monsieur le curé ! Vous pensiez que je n'allais pas vous reconnaître, et vous croyez peut-être que je ne devine pas où vous voulez en venir avec ces nouveaux enchantements ? Eh bien, vous avez beau cacher votre figure, je vous ai reconnu ; et vous avez beau déguiser vos mensonges, j'ai tout compris. Mais où règne l'envie, il n'y a pas de place pour la vertu, ni pour la générosité là où règne l'avarice ! Par tous les diables ! si Votre Révérence ne s'en était pas mêlée, à l'heure qu'il est mon maître aurait déjà épousé la princesse Micomiconne, et moi je serais comte, ou quelque chose d'approchant ; parce que je ne pouvais pas en attendre moins de la bonté de mon maître, le chevalier à la Triste Figure, vu l'importance des services que je lui rends. Ah, on a bien raison de dire que la roue de la Fortune tourne plus vite qu'une roue de moulin, et que ceux qui hier étaient tout en haut se retrouvent aujourd'hui plus bas que terre ! Je le regrette surtout pour mes enfants et pour ma femme : eux qui pouvaient et devaient espérer voir leur père revenir gouverneur ou vice-roi d'un archipel ou d'un royaume, ils le verront arriver en valet d'écurie. Tout ça, monsieur le curé, pour dire que Votre Paternité devrait faire un peu plus cas du mauvais traitement qu'on inflige à mon maître ; prenez garde que Dieu, dans l'autre vie, n'aille vous demander des comptes de son emprisonnement et vous reprocher d'empêcher le chevalier don Quichotte d'accomplir quantité de bonnes actions pendant le temps qu'il est prisonnier.

– Mais qu'est-ce que tu racontes ? s'écria alors le barbier. Serais-tu de la même confrérie que ton maître, Sancho ? Vive Dieu ! Tu mériterais d'aller lui tenir compagnie dans la cage, et d'être enchanté toi aussi, puisque tu as attrapé sa maladie ! Tu as eu tort de te laisser appâter par ses promesses et de te fourrer dans la tête cette histoire d'archipel, qui semble te tenir tellement à cœur.

– Je ne suis pas homme, répliqua Sancho, à me laisser appâter par le roi ni par qui que ce soit ! Et quoique pauvre, je suis vieux chrétien et je ne dois rien à personne. Si j'ai envie d'archipels, il y en a qui ont envie de choses pires. D'ailleurs, chacun est fils de ses œuvres ; et moi, qui ne suis ni plus ni moins qu'un autre, je peux devenir pape, et à plus forte raison gouverneur d'un archipel, surtout que mon maître pourrait bien en gagner tant qu'il ne saurait plus à qui les donner ! Mesurez vos paroles, monsieur le barbier ; ce n'est pas tout de raser des barbes, il faut aussi savoir à qui on cause. Je vous dis ça pour que vous sachiez qu'on ne me roule pas avec des dés pipés. Et pour ce qui est de l'enchantement de mon maître, Dieu connaît la vérité ; mieux vaut en rester là et, comme on dit, ne pas réveiller le chat qui dort.

Le barbier préféra se taire, de peur que Sancho ne finît par révéler, en disant des sottises, ce que le curé et lui-même s'efforçaient de cacher. Le curé, qui partageait ses craintes, proposa au chanoine et à ses gens de marcher avec lui en tête du cortège, car il voulait leur raconter l'étrange histoire du prisonnier et d'autres choses qui ne manqueraient pas de les divertir. Ils prirent donc les devants. Le chanoine écouta avec attention le curé, qui leur parla du caractère, de la vie, des habitudes et de la folie de don Quichotte, et leur exposa brièvement l'origine de ses extravagances et la suite de l'histoire, jusqu'au moment où on l'avait enfermé dans cette cage pour le ramener dans son village, avec l'espoir de le guérir de sa folie. Tout ce récit leur parut surprenant ; lorsque le curé eut terminé, le chanoine prit la parole :

— A dire vrai, monsieur le curé, je considère pour ma part que ces livres qu'on nomme romans de chevalerie sont fort préjudiciables à l'État. Moi-même, poussé par un goût regrettable, j'ai lu le commencement de presque tous ceux qui sont imprimés, mais je n'ai jamais pu en achever aucun ; car je trouve que, à quelques nuances près, ils racontent tous la même chose, et qu'ils ne valent guère mieux l'un que l'autre.

« Pour ma part, je classerais ce genre d'écrits et de compositions parmi les fables dites milésiennes, fictions extravagantes qui ne visent qu'à amuser et non à instruire, au contraire de celles qu'on appelle apologues, qui font les deux à la fois. D'ailleurs, bien que l'unique but de ces romans soit de distraire le lecteur, ils sont remplis de tant d'absurdités et d'invraisemblances que je ne vois pas comment ils pourraient y réussir. Les plaisirs de l'esprit naissent de la beauté et de l'harmonie des choses que nous voyons ou imaginons ; et tout ce qui comporte disproportion ou laideur ne saurait nous donner de satisfactions. Or, quelle beauté y a-t-il, quelle harmonie entre les parties et le tout, dans un livre qui n'est que fiction, où l'on voit un garçon de seize ans, d'un coup d'épée, couper en deux un géant plus haut qu'une tour, comme si c'était un bâton de sucre candi ? Et, quand on nous décrit une bataille, après avoir précisé que l'armée ennemie compte un million de combattants, du moment que c'est le héros du roman qui les attaque, nous devons accepter, bon gré mal gré, qu'il remporte la victoire par la seule force de son bras ! Et que dire

de la facilité avec laquelle une reine ou une impératrice remet
son sort entre les mains d'un chevalier errant inconnu ? Quel
esprit, à moins d'être tout à fait inculte et barbare, peut se
divertir en lisant qu'une grande tour, remplie de chevaliers,
vogue sur les flots comme un vaisseau poussé par un vent
favorable ; qu'un soir, elle se trouve en Lombardie et le lendemain matin au pays du prêtre Jean des Indes, ou dans
d'autres contrées, que ni Ptolémée ni Marco Polo n'ont
jamais décrites ?

« Et si l'on me répond que les auteurs de ces romans ne
prétendent pas écrire autre chose que des fictions menson-
gères, et qu'ils ne se sentent donc point liés par la vérité, je
rétorquerai que la fiction est d'autant meilleure qu'elle a
l'air plus vraie, et qu'elle plaît d'autant plus qu'elle se rap-
proche du vraisemblable et du possible. Les fictions doivent
être à la portée de ceux qui les lisent, et écrites de manière à
rendre acceptables et faciles les choses qui ne le sont pas ;
de sorte que, tenant sans cesse l'esprit en suspens, elles provoquent l'admiration et la surprise, l'émotion et l'intérêt, et
qu'à les lire on se sente à la fois réjoui et captivé. Mais ce
résultat ne pourra être obtenu par ceux qui s'éloignent de la
vraisemblance et de l'imitation, en quoi consiste la perfection de l'art. Je n'ai jamais vu aucun roman de chevalerie
dont la fable forme un corps entier avec tous ses membres,
de manière que le milieu réponde au commencement, et la
fin au commencement et au milieu. Au contraire, ils sont
composés de tant de membres qu'on croirait plutôt que leur
intention est de fabriquer une chimère ou quelque autre
monstre, et non une forme bien proportionnée. En outre,
leur style est malaisé, leurs prouesses incroyables, leurs
amours licencieuses, leurs formules de courtoisie maladroites, leurs batailles interminables, leurs discours stupides, leurs voyages extravagants ; en un mot, ils sont à ce
point dépourvus de qualités qu'on devrait les exiler des
États chrétiens comme gens inutiles.

Le curé, qui avait écouté avec la plus grande attention,
pensa que le chanoine était un homme de jugement et qu'il
avait raison dans tout ce qu'il disait. Il lui répondit qu'il

partageait son opinion, qu'il regardait lui aussi d'un mauvais œil les romans de chevalerie, et qu'il avait brûlé la plupart de ceux que possédait don Quichotte. Il lui raconta l'examen minutieux qu'il leur avait fait subir, indiqua lesquels il avait condamnés au bûcher et lesquels il avait épargnés.

Le chanoine trouva la chose fort divertissante et ajouta que, malgré le mal qu'il venait de dire des livres de chevalerie, il leur reconnaissait néanmoins une qualité : c'est qu'ils donnent à l'auteur matière à démontrer ses talents, car ils lui offrent un vaste champ où laisser librement courir sa plume. Il peut décrire des naufrages, des tempêtes, des joutes et des combats ; ou dépeindre un vaillant capitaine possédant toutes les qualités requises pour mériter la gloire : prudent quand il faut déjouer les ruses de l'ennemi, éloquent lorsqu'il s'agit d'encourager ou de retenir ses soldats, sage dans ses conseils, rapide dans ses décisions, non moins redoutable quand il temporise que quand il attaque. Il peut tantôt nous émouvoir par le récit d'une aventure tragique, tantôt nous égayer par des scènes riantes et imprévues ; nous présenter tantôt une belle dame, modeste, honnête et sage ; tantôt, un chevalier, bon chrétien, valeureux et courtois ; ou un barbare brutal et fanfaron ; ou un prince affable et valeureux ; ou encore la loyauté d'un fidèle vassal, et les largesses et récompenses d'un grand seigneur. L'auteur peut même, selon les besoins, se transformer en astrologue ou en excellent cosmographe ; démontrer ses talents de musicien, d'homme d'État, et même à l'occasion, et si besoin en est, de magicien. Il peut nous peindre les ruses d'Ulysse, la piété d'Énée, la vaillance d'Achille, les malheurs d'Hector, la trahison de Sinon, l'amitié d'Euryale, la générosité d'Alexandre, le courage de César, la clémence et la sincérité de Trajan, la fidélité de Zopyre, la sagesse de Caton ; en un mot, toutes ces grandes actions qui font qu'un homme illustre est parfait, et qu'il représentera tantôt réunies en un seul, tantôt partagées entre plusieurs.

— Et si cela est présenté dans un style simple et agréable, conclut le chanoine, et avec une certaine ingéniosité dans l'invention, mais toujours le plus proche possible de la vérité, notre auteur aura composé une riche toile tissée de fils variés qui, une fois terminée, présentera une telle perfection et une telle beauté qu'il aura atteint le but principal de tout écrit, qui est, je le répète, d'instruire et de divertir. Touchant à des genres multiples, ces livres permettent à l'auteur de se montrer tour à tour épique, lyrique, tragique, comique, et de réunir toutes les qualités que contiennent en soi ces sciences si harmonieuses et nécessaires que sont la poésie et l'éloquence, car l'épopée peut s'exprimer aussi bien en prose qu'en vers.

Où se poursuit le discours du chanoine
sur les romans de chevalerie, et sur d'autres sujets
dignes de son grand jugement

VOUS AVEZ TOUT À FAIT raison, monsieur le chanoine, dit le curé ; et voilà qui rend plus blâmables encore ceux qui, jusqu'à ce jour, ont composé des romans de chevalerie sans respect du bon goût ni des règles qui, en les guidant, auraient pu les rendre aussi célèbres en prose que le sont, en vers, les deux princes de la poésie grecque et latine.

– J'ai eu, pour ma part, poursuivit le chanoine, la tentation d'écrire un livre de ce genre, mais en y observant tous les préceptes que je viens de mentionner. J'ose même avouer que j'en ai fait plus de cent pages. Pour m'assurer qu'elles méritaient le bien que j'en pensais, je les ai montrées à des hommes qui se plaisent à ce genre de lecture, certains fort instruits, d'autres complètement ignorants et qui ne cherchent dans ces extravagances qu'un simple divertissement. Chez les uns comme chez les autres, j'ai trouvé une approbation flatteuse. Si je n'ai pas poussé plus loin, c'est d'abord parce qu'il m'a semblé que cette occupation ne s'accorde pas avec l'habit que je porte ; et ensuite, parce que j'ai constaté que le nombre des sots excède celui des sages. Et comme il vaut mieux être loué par quelques gens d'esprit que raillé par une foule d'imbéciles, j'ai préféré ne pas m'exposer au jugement inconsidéré de lecteurs stupides, à qui ces ouvrages sont le plus souvent destinés.

« Mais si je n'ai plus voulu toucher à ces pages, ni même y repenser, c'est surtout parce que je me suis tenu le raisonnement suivant, à propos des pièces de théâtre que l'on représente aujourd'hui. La plupart d'entre elles, me dis-je, qu'elles soient historiques ou de pure fiction, contiennent tant d'absurdités notoires qu'elles n'ont ni queue ni tête ; cependant, les gens y trouvent de l'agrément, et les applaudissent comme si elles étaient bonnes, alors qu'elles sont loin de l'être. Les auteurs qui les composent et les acteurs qui les jouent disent qu'il ne faut rien y changer, car le public les aime ainsi et pas autrement ; que celles qui suivent les règles de l'art ne conviennent qu'à deux ou trois grands esprits, capables d'en saisir les finesses, tandis que les autres n'entendent rien à leur mérite ; et qu'il vaut mieux gagner de quoi vivre en plaisant au plus grand nombre que gagner la gloire en ne plaisant qu'à quelques-uns. Or, je crains que ce ne soit mon cas : quand j'aurai les yeux battus d'avoir tant observé ces préceptes que j'ai dits, je serai comme le tailleur de la chanson, "qui donnait gratis le fil et la façon".

« J'ai maintes fois essayé de convaincre des acteurs qu'ils se trompaient, qu'ils attireraient plus de monde et se feraient un plus grand renom en représentant des œuvres écrites selon les règles, au lieu de ces pièces absurdes. Mais leur opinion est si profondément ancrée que nul argument, nulle évidence ne peuvent en venir à bout. Je me rappelle avoir dit un jour à l'un de ces entêtés : "Souvenez-vous : il y a quelques années, on a représenté en Espagne trois tragédies composées par un de nos plus grands poètes. Eh bien, elles ont étonné, ravi et captivé tous ceux qui les ont entendues, les sots comme les gens d'esprit, le vulgaire comme l'élite ; et elles ont rapporté plus d'argent à elles seules que trente des meilleures pièces qu'on a écrites depuis. – Vous voulez parler, je suppose, m'a-t-il répondu, d'*Isabelle*, de *Philis* et d'*Alexandra* ? – C'est exact, lui ai-je dit ; voilà des œuvres qui ont respecté scrupuleusement les règles de l'art, ce qui ne les a pas empêchées d'être bonnes et de plaire à tout le monde. Ce n'est donc pas la faute du public s'il demande des sottises, mais de ceux qui ne savent pas lui offrir autre chose. Trouvez-vous qu'il y ait des inepties dans *L'Ingratitude vengée*, dans *Numance*, dans *Le Marchand amoureux*, dans *L'Ennemie complaisante*, et dans quelques autres pièces composées par des poètes de grand talent, pour le plus grand profit de leur honneur et de la bourse des interprètes ?" J'invoquai encore bien d'autres raisons pour le tirer de son erreur ; je parvins à le troubler, mais non à le convaincre.

– Monsieur le chanoine, dit alors le curé, vous venez de réveiller en moi une vieille rancune que je garde contre les pièces de théâtre qu'on écrit de nos jours, au moins égale à celle que j'ai contre les romans de chevalerie. Selon Cicéron, le théâtre doit être le miroir de la vie, un exemple pour les mœurs, et l'image de la vérité ; or, les œuvres que l'on représente aujourd'hui ne reflètent que des inepties, ne donnent en exemple que des sottises, ne proposent que des images de lascivité. Quoi de plus absurde, en effet, que de nous montrer au lever du rideau un enfant au maillot qui, dès la deuxième scène, a de la barbe au menton ? Et n'est-ce pas ridicule de nous présenter un vieillard valeureux ou un jeune homme poltron, un valet parlant bien, un page donnant de bons conseils, un roi portefaix et une princesse souillon ? Quant à la manière dont on respecte les temps et le déroulement de l'action, c'est faire fi de toutes les règles de la vraisemblance. J'ai moi-même assisté à la représentation d'une œuvre dont le premier acte se passait en Europe, le deuxième en Asie, le troisième en Afrique ; et il est probable que s'il y en avait eu quatre, elle se serait achevée en Amérique, et on aurait parcouru toute la terre.

« S'il est vrai que le théâtre est fondé sur l'imitation de la vie, comment l'esprit le plus médiocre peut-il accepter, dans une action se déroulant à l'époque de Pépin le Bref et de Charlemagne, que le personnage principal puisse tout à la fois entrer avec la croix dans Jérusalem, comme le fit l'empereur Héraclius, et conquérir le saint-sépulcre, comme Godefroy de Bouillon, alors qu'un si grand nombre d'années sépare ces deux événements ? Et si le théâtre n'est que fiction, comment ose-t-on introduire dans une œuvre certaines vérités historiques, en y mêlant des personnages d'époques différentes, sans se soucier des erreurs manifestes et en tout point inexcusables ? Le plus grave est qu'il y a des ignorants pour prétendre que c'est cela la perfection, et que tout le reste n'est que raffinements inutiles. Et le théâtre religieux, parlons-en ! On y trouve quantité de faux miracles et d'histoires apocryphes mal comprises, puisqu'on va jusqu'à attribuer à un saint les miracles d'un autre ! Des miracles, les auteurs osent même en montrer, sans aucun scrupule, dans les pièces profanes, sous prétexte que ledit miracle ou effet de machines, comme ils l'appellent, fera bien à tel endroit, qu'il étonnera les ignorants et attirera du public. Tout cela se fait au préjudice de la vérité, au mépris de l'histoire, et jette l'opprobre sur nos grands auteurs espagnols ; car les étrangers, qui observent un strict respect des règles, nous considèrent comme des barbares et des ignorants quand ils voient les absurdités et les extravagances que produit notre théâtre.

« Ce n'est pas une excuse suffisante de dire qu'un État bien gouverné, en autorisant les spectacles publics, n'a d'autre but que de distraire le peuple avec des passe-temps honnêtes, et de le préserver ainsi des mauvais penchants qu'engendre l'oisiveté ; que n'importe quelle pièce, bonne ou mauvaise, fera aussi bien l'affaire ; qu'il n'y a donc aucune raison de prescrire des lois, de contraindre auteurs et acteurs à les observer, puisque, je le répète, le but sera atteint quelle que soit la qualité de l'œuvre. Et moi, je rétorquerai que l'on atteindrait ce but autrement mieux avec du bon théâtre qu'avec du mauvais. Car, après avoir entendu une pièce bien écrite et bien agencée, le public sortirait du spectacle amusé par les plaisanteries, instruit par les vérités qu'on y représente, étonné par l'intrigue, fortifié par la sagesse des propos, averti par les exemples, prévenu contre les fourberies, abhorrant le vice et chérissant la vertu. Tels sont les effets que doit produire une bonne pièce de théâtre dans l'esprit de celui qui l'écoute, si rustre et grossier soit-il ; et il est parfaitement impossible que celle qui réunit toutes ces qualités ne puisse réjouir, instruire, satisfaire et divertir davantage qu'une autre qui en serait dépourvue, comme c'est le cas, malheureusement, pour la plupart de celles que l'on représente de nos jours.

« La faute n'est pas aux poètes qui les composent, car certains d'entre eux savent très bien par où ils pèchent, et encore mieux ce qu'ils devraient écrire. Mais les pièces de théâtre étant devenues une marchandise comme une autre, ils disent, et c'est bien vrai, que les acteurs ne les leur achèteront que si elles sont fabriquées au goût du jour. Aussi le poète fait-il de son mieux pour répondre aux exigences de celui qui le paie. La preuve en est le nombre infini de pièces qu'a composées un des esprits les plus heureusement doués de ce royaume, avec tant de finesse et d'humour, en vers si élégants, avec des répliques si parfaites, des maximes si profondes, bref, avec une telle éloquence et un style si élevé que son nom est célèbre dans le monde entier. Cependant, pour avoir voulu se soumettre aux exigences des acteurs, seules quelques-unes de ses œuvres ont atteint ce degré de perfection auquel toutes devaient prétendre. D'autres auteurs apportent si peu de soin dans la composition de leurs pièces qu'après la représentation les acteurs sont obligés de fuir et de disparaître, de crainte d'être punis, comme c'est arrivé souvent, parce qu'ils ont dit des textes offensants pour un souverain ou une famille illustre.

« Ces inconvénients, et bien d'autres dont je ne parlerai pas, disparaîtraient s'il y avait à la cour une personne intelligente et avertie, chargée de lire toutes les œuvres de théâtre avant qu'elles ne soient jouées ; non seulement celles que l'on donnerait à Madrid, mais toutes celles que l'on voudrait représenter en Espagne. Et sans l'approbation, le sceau et la signature de cette personne, les autorités locales n'en laisseraient représenter aucune. De cette manière, les comédiens, après avoir accompli la formalité d'envoyer leurs pièces à Madrid, pourraient ensuite les jouer en toute sécurité. Quant à ceux qui les composent, ils y mettraient plus d'attention et de travail, se sachant soumis à l'examen rigoureux d'un juge avisé. Nous aurions enfin de bonnes pièces, qui répondraient en tout point à ce que l'on attend d'elles : un divertissement pour le peuple, la gloire pour les poètes d'Espagne et, pour les comédiens, profit et sécurité, en leur épargnant le risque d'être punis.

« Et si l'on chargeait ce même censeur, ou bien un autre, d'examiner les romans de chevalerie que l'on écrit de nos jours, quelques-uns posséderaient peut-être les qualités dont vous venez de parler et enrichiraient notre langue d'un précieux trésor d'éloquence, jetant aux oubliettes les chevaleries du temps passé. Ces romans serviraient d'honnête passe-temps, non seulement aux oisifs, mais aux personnes les plus occupées ; car un arc ne saurait être continuellement tendu, ni l'humaine faiblesse se passer de quelque aimable divertissement.

Ils en étaient à ce point de leur conversation, quand le barbier s'approcha.

– Voici l'endroit, dit-il au curé, où j'ai pensé que nous pourrions nous reposer au frais, et où les bœufs trouveront de l'herbe en abondance.

– Arrêtons-nous donc, approuva le curé.

Et il fit part de leur intention au chanoine. Celui-ci, séduit par le vallon verdoyant qui s'offrait à leur vue, décida de s'arrêter avec eux. Désireux de poursuivre sa conversation avec le curé, qu'il avait pris en amitié, et aussi de connaître plus en détail les exploits de don Quichotte, il ordonna à quelques-uns de ses domestiques d'aller jusqu'à l'auberge, qui n'était pas loin, et d'acheter de quoi nourrir toute la compagnie. L'un d'eux répondit que le mulet chargé du garde-manger devait être déjà arrivé à l'auberge, qu'il portait bien assez de provisions, et qu'il suffirait d'acheter de l'orge pour les bêtes.

– En ce cas, reprit le chanoine, emmenez toutes les montures et ramenez le mulet.

Pendant ce temps, Sancho, qui pouvait enfin parler à son maître hors de la continuelle présence du curé et du barbier, dont il se méfiait, s'approcha de la cage.

– Monsieur, il faut que je vous dise, pour décharger ma conscience, ce que j'ai découvert à propos de votre enchantement. Ces deux hommes que vous voyez là, avec un masque sur le visage, ce sont le curé et le barbier de notre village. Je les soupçonne de vous avoir enfermé là-dedans simplement parce qu'ils sont jaloux de la gloire que vous gagnez avec vos exploits. Cette vérité une fois admise, il s'ensuit que vous n'avez pas été enchanté, mais roulé dans la farine. Et pour vous le prouver, je vais vous poser une question ; si vous me répondez de la manière que je pense, vous toucherez du doigt la tromperie et vous verrez bien qu'il n'y a pas le moindre enchantement, mais que vous avez l'esprit dérangé.

– Demande-moi ce que tu voudras, Sancho ; je ferai tout mon possible pour te satisfaire. Quant à ce que tu dis, à savoir que les deux hommes qui nous accompagnent sont le curé et le barbier, ces amis que nous connaissons bien, il est possible qu'il te paraisse que ce sont eux ; mais qu'ils le soient réellement, tu ne dois le croire en aucune façon. S'ils leur ressemblent, c'est parce que ceux qui m'ont enchanté auront voulu prendre leur apparence. Sache qu'un enchanteur peut prendre toutes les formes qu'il veut ; ils auront emprunté l'aspect de nos amis pour te donner de bonnes raisons de penser ce que tu viens de me dire, et t'embrouiller si bien l'esprit que, même en suivant la ficelle de Thésée, tu ne t'y retrouverais plus. Peut-être l'ont-ils fait aussi pour que je ne sache plus moi-même où j'en suis, et m'empêcher de deviner d'où me vient ce malheur. Si, d'une part, toi tu dis que ceux qui nous accompagnent sont le curé et le barbier de notre village, et, d'autre part, moi je me retrouve dans cette cage tout en sachant pertinemment qu'aucun être humain, à moins d'être doté de pouvoirs surnaturels, ne saurait m'y enfermer, que veux-tu que je dise ou pense, sinon que mon enchantement est tel qu'il dépasse tout ce que j'ai lu d'analogue dans les histoires de chevaliers errants ? Tu peux donc avoir l'esprit tranquille et oublier ce que tu viens de me dire, parce que ces deux-là sont le curé et le barbier comme moi je suis turc ! Et maintenant, pose-moi des questions jusqu'à demain matin si tu le souhaites, je suis prêt à te répondre.

– Au nom du ciel ! s'écria Sancho, est-ce possible que vous ayez la tête tellement dure et si peu de cervelle dedans que vous ne voyiez pas que ce que je dis est la vérité pure, et que, si vous êtes enfermé dans cette cage, c'est par méchanceté et non par enchantement ? Eh bien, puisque c'est comme ça, je vais vous le prouver, moi, que vous n'êtes pas enchanté. Dites-moi, monsieur… Puisse Dieu vous sortir de là, et vous mettre dans les bras de Mme Dulcinée du Toboso au moment où vous vous y attendrez le moins.

– Cesse d'invoquer le ciel et demande-moi ce que tu veux ; je t'ai déjà dit que je te répondrai aussi précisément que possible.

– J'y compte bien. Ce que je veux savoir… Mais il faudra me dire la vérité, sans rien ajouter ni retrancher, avec toute l'honnêteté qu'on est en droit d'attendre de ceux qui ont choisi le métier des armes, comme vous, monsieur, et qui professent dans l'ordre de la chevalerie errante…

– Je te répète que je ne te mentirai en rien. Mais dépêche-toi, Sancho ; je commence à avoir assez de tes protestations, de tes préambules et de tes prières !

– Je peux donc avoir toute confiance en la bonne foi et en la sincérité de mon maître. Pour en revenir à notre histoire, je me permettrai de vous demander, monsieur, sauf votre respect, si depuis que vous êtes encagé ou, si vous préférez, enchanté dans cette cage, vous n'avez pas eu envie de faire petit ou gros, comme on dit.

– Je ne comprends pas ce que tu entends par petit et par gros. Explique-toi un peu mieux, si tu veux que je te réponde précisément.

– Comment ? Vous ne savez pas ce que c'est de faire le petit besoin ou le gros ? Mais les enfants apprennent ces mots-là au berceau ! Disons que ce que je veux vous demander, c'est si vous n'avez pas eu cette envie qu'on ne peut pas retenir.

– J'ai compris, Sancho, j'ai compris ! Oh ! oui, bien des fois ! Et en ce moment encore. Tire-moi de ce mauvais pas, car il est grand temps !

Où se poursuit l'entretien édifiant que Sancho eut avec son maître don Quichotte

AH, S'ÉCRIA SANCHO, je vous tiens ! Voilà ce que je voulais savoir, au prix de mon âme et de ma vie ! Et maintenant, monsieur, est-ce que vous oseriez nier qu'on dit souvent de quelqu'un qui n'est pas dans son assiette : « Je ne sais pas ce qu'a untel en ce moment, mais il ne mange plus, il ne boit plus, il ne dort plus, il répond tout de travers à ce qu'on lui demande : on dirait vraiment qu'il est enchanté » ? D'où je conclus que ceux qui ne mangent pas, qui ne boivent pas, qui ne dorment pas, et qui ne font pas ces besoins naturels dont je viens de parler sont enchantés ; et puisque vous, monsieur, vous avez ces besoins-là, que vous buvez ce qu'on vous donne, que vous mangez quand vous avez de quoi et que vous répondez dès qu'on vous parle, c'est que vous ne l'êtes pas.

– Ce que tu dis là est vrai, Sancho ; mais je t'ai souvent expliqué qu'il y a différentes sortes d'enchantements. Et puis, il est possible qu'avec le temps les choses aient changé, et qu'aujourd'hui ce soit l'usage que les enchantés fassent tout ce que je fais, alors qu'auparavant ils ne le pouvaient pas. Chaque époque a ses coutumes, et on ne doit pas les remettre en question, ni en tirer des conclusions hâtives. Pour moi, je sais, je suis certain qu'on m'a enchanté ; cela suffit à rassurer ma conscience, qui serait lourdement chargée si je pensais que je ne l'étais pas et que je restais dans cette cage par lâcheté et paresse, abandonnant à leur sort nombre de malheureux et d'affligés qui, en ce moment même, ont tant besoin de mon secours et de ma protection.

– Justement, monsieur, répliqua Sancho, pour que votre conscience soit encore plus tranquille, vous devriez essayer de sortir de cette prison – je vous promets de faire tout mon possible pour vous aider, et même pour vous tirer de là –, et remonter sur votre brave Rossinante, qui m'a tout l'air d'être enchanté, lui aussi, tellement il est triste et mélancolique. Quand ce sera chose faite, nous irons à la recherche de nouvelles aventures ; et si la chance est contre nous, il sera toujours temps de regagner la cage, où je promets, foi de bon et loyal écuyer, de m'enfermer avec vous si vous êtes assez malchanceux, et moi assez bête pour que les choses ne réussissent pas comme je le pense.

– Je consens volontiers à ce que tu proposes, Sancho. Dès que tu trouveras une occasion de me remettre en liberté, je t'obéirai en tout et pour tout ; mais tu verras par toi-même que tu te trompes sur la nature de mon malheur.

Ainsi conversaient notre chevalier errant et son écuyer ronchonnant, lorsqu'ils arrivèrent à l'endroit où les attendaient le curé, le chanoine et le barbier, qui avaient déjà mis pied à terre. Le charretier détela les bœufs et les laissa paître à plaisir dans la prairie verdoyante, dont la fraîcheur semblait inviter au repos, non pas les personnes enchantées comme don Quichotte, mais les gens avisés comme Sancho. Celui-ci pria le curé de laisser son maître sortir un moment de la cage, et l'avertit qu'en cas de refus, ladite cage risquait fort de ne pas rester aussi propre que l'exigeait la dignité d'un chevalier tel que don Quichotte. Le curé comprit aussitôt et répondit qu'il y consentirait volontiers s'il ne craignait que celui-ci, se voyant en liberté, ne fît des siennes et ne se sauvât là où personne ne pourrait le retrouver.

– Je me porte garant qu'il ne s'enfuira pas, dit Sancho.

– Moi aussi, renchérit le chanoine ; surtout s'il me donne sa parole de chevalier de ne pas s'éloigner sans notre permission.

– Je vous la donne, dit don Quichotte, qui avait tout entendu. D'autant plus volontiers que celui qui est enchanté, comme moi, n'est pas libre de ses mouvements : on peut l'obliger à rester dans le même endroit pendant trois siècles.

Et, s'il s'enfuit, l'enchanteur le fera revenir à tire-d'aile.

Il ajouta qu'on pouvait donc le relâcher sans crainte, et que ce serait mieux pour tout le monde ; car, dans le cas où ils ne le laisseraient pas sortir, il ne pourrait éviter d'offenser leur odorat, surtout s'ils ne s'éloignaient pas du chariot.

Le chanoine prit une des mains de don Quichotte, bien qu'il les eût liées, et, sur la foi de son serment, on lui ouvrit la porte de la cage, ce qui lui causa le plus vif plaisir. Quand il se vit dehors, il commença par s'étirer de tout son long, puis il s'approcha de Rossinante et lui donna deux tapes sur la croupe, en disant :

– Je prie Dieu et sa sainte Mère, ô fleur et miroir de tous les coursiers, que nous nous retrouvions bientôt tels que nous le souhaitons : toi portant ton maître, et moi dressé sur ta selle, dans l'exercice de la profession pour laquelle le Tout-Puissant m'a mis au monde.

Puis, sans attendre, il entraîna Sancho dans un lieu à l'écart, d'où il revint plus léger et fermement décidé à obéir en tout point à son écuyer.

Le chanoine considérait avec étonnement cet homme atteint d'une si étrange folie : dans sa conversation, il montrait le plus grand bon sens, mais perdait complètement la tête, ainsi qu'on a pu le voir, dès qu'il était question de chevalerie. Pris de compassion, il lui dit, après que tout le monde se fut assis dans l'herbe en attendant l'arrivée des provisions :

– Est-il possible, monsieur le gentilhomme, que la lecture néfaste des romans de chevalerie vous ait à ce point troublé l'esprit que vous croyiez être enchanté, et d'autres absurdités du même ordre, aussi éloignées de la vérité que peut l'être le mensonge ? Comment se fait-il qu'un homme doté de jugement admette qu'il ait existé cette multitude d'Amadis, cette foule de vaillants chevaliers, tous ces empereurs de Trébizonde, ces Félix-Mars d'Hyrcanie, ces palefrois, ces demoiselles errantes, ces serpents, ces monstres, ces géants, tant d'aventures inouïes, de batailles, d'enchantements, de combats effroyables, toutes ces parures somptueuses, ces princesses folles d'amour, ces écuyers devenus comtes, ces nains pleins d'esprit, ces billets doux, ces propos galants, ces femmes portant armure, bref, les innombrables extravagances que contiennent les romans de chevalerie ?

« Pour moi, j'avoue que je prends un certain plaisir à les lire, aussi longtemps que j'oublie que ce sont des futilités et des mensonges ; mais il suffit que j'y pense pour que je jette le meilleur d'entre eux contre le mur, et je le jetterais au feu si j'avais là des tisons. C'est le châtiment qu'ils méritent, pour être tous faux et trompeurs, et s'écarter du cours naturel des choses ; pour prôner de nouvelles doctrines et de nouveaux modes de vie, et inciter le vulgaire ignorant à considérer comme parole d'évangile toutes les inepties qu'ils contiennent. Ils poussent même l'audace jusqu'à troubler les esprits des gentilshommes sages et bien nés. Voyez à quoi ils vous ont réduit, monsieur : au point où l'on est obligé de vous enfermer dans une cage et de vous mener dans une charrette à bœufs, comme ces lions ou ces tigres que l'on traîne de village en village et qui servent de gagne-pain à celui qui les exhibe.

« Allons, monsieur, ayez pitié de vous-même ; revenez dans le giron de la sagesse, sachez faire bon usage de celle que le ciel vous a généreusement impartie, et employez vos innombrables facultés à des lectures plus profitables à votre âme et plus utiles à votre renommée ! Et si, porté par votre penchant naturel, vous vouliez toutefois lire des livres d'aventures et de chevalerie, lisez donc celui des Juges dans la Sainte Écriture : vous y trouverez non seulement des vérités grandioses, mais des prouesses aussi véridiques que valeureuses. Le Portugal a eu un Viriathe, Rome un César, Carthage un Hannibal, la Grèce un Alexandre, la Castille un comte Fernán Gonzáles, Valence un Cid, l'Andalousie un Gonzalo Fernández, l'Estrémadure un Diego García de Paredes, Jerez un Garci Pérez de Vargas, Tolède un Garcilaso, Séville un don Manuel de León. La lecture de leurs vaillants exploits ne peut manquer de divertir, d'instruire, d'étonner et de ravir les plus grands esprits. Oui, monsieur, cette lecture-là est digne de vous et de votre intelligence ; vous en sortirez savant en histoire, épris de la vertu, fortifié dans votre bonté, meilleur dans vos mœurs, courageux sans témérité, audacieux sans lâcheté : le tout pour la plus grande gloire de Dieu, pour votre profit et pour l'honneur de la Manche, d'où j'ai su que vous êtes originaire.

Don Quichotte avait écouté le chanoine avec grande attention ; quand celui-ci eut terminé, notre chevalier le regarda un long moment, avant de lui répondre :

– Si je comprends bien, monsieur le gentilhomme, votre discours tend à me prouver que les chevaliers errants n'ont jamais existé ; que tous les romans de chevalerie sont faux, mensongers, inutiles, et nuisibles à l'État ; que j'ai mal fait de les lire, plus mal de les croire, et encore plus mal de les imiter, en me vouant à la très dure profession de chevalier errant qu'ils enseignent. De plus, vous niez qu'il y ait jamais eu d'Amadis de Gaule, ni de Grèce, ni aucun de ces chevaliers dont ces romans sont pleins.

– C'est exactement cela.

– Vous avez ajouté, monsieur, que ces livres m'avaient nui grandement, puisqu'à cause d'eux j'avais l'esprit dérangé et j'étais enfermé dans une cage ; que je ferais mieux de m'amender et de changer de lectures, en en choisissant de plus véridiques, qui amusent et instruisent tout à la fois.

– Exactement.

– Eh bien, moi, je trouve que c'est vous qui avez perdu la tête ; c'est vous qui êtes enchanté, puisque vous vous permettez de blasphémer contre une vérité admise et reconnue de tous. Et quiconque, comme vous, la nie mériterait d'être condamné à cette même peine que vous dites vouloir infliger aux livres qui semblent tant vous déplaire. Oser prétendre qu'Amadis n'a jamais existé, ni aucun des illustres chevaliers dont ces ouvrages nous racontent les aventures, c'est soutenir que le soleil n'éclaire pas, que la glace n'est pas froide, que la terre n'est pas sous nos pieds. Quel homme d'esprit se permettra jamais de dire que l'histoire de l'infante Floripe et de Guy de Bourgogne n'est pas vraie, pas plus que celle de Fier-à-Bras sur le pont de Mantible, contemporaines toutes deux de Charlemagne, alors que, par

Dieu, cela a existé aussi sûr qu'en ce moment il fait jour ? Si
c'est un mensonge, cela veut dire aussi qu'il n'y a jamais eu
d'Hector, d'Achille, de guerre de Troie, de douze Pairs de
France, ni de roi Arthur d'Angleterre, encore aujourd'hui
métamorphosé en corbeau, et dont les sujets attendent d'un
moment à l'autre le retour. On pourrait même décréter que
l'histoire de Guarino Mezquino et celle de la quête du Saint
Graal sont fausses ; que les amours de Tristan et de la reine
Iseult sont apocryphes, tout comme celles de Guenièvre et
Lancelot, alors qu'il y a encore des gens qui se souviennent
presque d'avoir vu la duègne Quintagnone, qui fut le
meilleur échanson de toute la Grande-Bretagne. C'est tellement vrai que ma propre grand-mère paternelle me disait, je
m'en souviens, lorsqu'elle voyait une duègne avec sa
grande coiffe : "Tu vois, mon enfant, cette dame-là ressemble à la duègne Quintagnone." D'où je conclus qu'elle
devait la connaître ou, du moins, qu'elle avait vu un de ses
portraits. Peut-on nier que l'histoire de Pierre de Provence
et de la belle Maguelonne soit vraie, quand on voit encore
aujourd'hui, dans la galerie d'armes de nos rois, la cheville
avec laquelle Pierre dirigeait le cheval de bois qui l'emportait dans les airs ? Tout près de cette cheville, qui est un peu
plus grosse qu'un timon de charrette, il y a la selle de
Babiéca, le cheval du Cid. Et à Roncevaux, on peut voir le
cor de Roland, qui a la taille d'une poutre. Ce qui prouve
bien que les douze Pairs ont existé, ainsi que Pierre de Provence, et le Cid, et bien d'autres de ces chevaliers qui,
comme dit la chanson, "à leurs aventures vont".

« Et pendant que vous y êtes, niez que l'intrépide Portu-
gais João de Merlo fut chevalier errant, qu'il alla jusqu'en
Bourgogne, qu'il défia dans la ville d'Arras le fameux
seigneur de Charny, appelé messire Pierre, et dans celle
de Bâle le seigneur Henri de Remestan ; combats dont il
sortit victorieux et couvert de gloire. Niez les aventures et
les batailles où triomphèrent, toujours en Bourgogne, les
vaillants Espagnols Pedro Barba et Gutierre Quichada (dont
je descends en ligne droite par les mâles), en terrassant les
fils du comte de Saint-Pol. Affirmez également que don

Ferdinand de Guevara n'alla jamais chercher fortune en Allemagne, où il défia messire Georges, chevalier de la maison du duc d'Autriche. N'hésitez pas à traiter de farces les joutes où se distingua Suero de Quiñones, sur les rives de l'Orbigo ; ou bien les duels entre messire Louis de Falces et Gonzalo de Guzmán, chevalier castillan, ainsi qu'une foule d'autres prouesses accomplies par des chevaliers chrétiens, d'Espagne et d'ailleurs, si authentiques et dignes de foi qu'il faudrait, je le répète, avoir perdu la raison pour mettre leur existence en doute.

Le chanoine fut fortement surpris d'entendre ce mélange de vérités et de mensonges, tout en admirant la connaissance qu'avait don Quichotte de ce qui se rapportait à sa chevalerie errante.

– Je ne puis nier, monsieur, lui répondit-il, qu'il y ait une part de vérité dans ce que vous venez de dire, surtout pour ce qui touche aux chevaliers errants espagnols. J'admets de bon gré que les douze Pairs de France ont existé, mais je refuse de croire qu'ils ont pu accomplir tout ce qu'écrit sur eux l'archevêque Turpin. C'étaient des chevaliers choisis par les rois de France, que l'on appelait *Pairs* parce qu'ils étaient tous égaux en vaillance, en noblesse et en vertu ; ou du moins, s'ils ne l'étaient pas, ils auraient dû l'être. Ils constituaient une sorte d'ordre militaire comme celui de Saint-Jacques ou de Calatrava, dans lequel seuls pouvaient faire profession des chevaliers valeureux et bien nés. Et de même que nous disons aujourd'hui chevalier de Saint-Jean ou chevalier d'Alcantara, on disait à l'époque chevalier des Douze Pairs ; ce qui ne veut pas dire que les douze chevaliers qui furent choisis pour composer cet ordre se comportèrent avec la même vaillance.

« Quant à l'existence du Cid, nul n'en doute ; de même pour Bernard de Carpio. Mais qu'ils aient accompli l'un et l'autre les exploits qu'on leur attribue, c'est beaucoup moins sûr. Pour la cheville du comte Pierre de Provence, dont vous venez de dire qu'elle se trouve à côté de la selle de Babiéca dans la galerie d'armes des rois, je vous avoue, à ma grande honte, que j'ai vu la selle, mais pas la cheville,

soit par ignorance, soit parce que j'ai la vue courte, et surtout si la cheville est aussi grosse que vous le dites.

– Pourtant, elle y est, cela ne fait aucun doute, répliqua
don Quichotte ; à telle enseigne qu'on la garde, paraît-il,
dans un étui de cuir pour la préserver de la rouille.

– Tout est possible ; mais je vous jure, par les ordres que
j'ai reçus, que je ne me rappelle pas l'avoir vue. Et quand je
vous accorderais qu'elle y est, ce n'est pas une raison pour
que je croie à l'existence de tous ces Amadis, ou de cette
foule de chevaliers dont on nous parle dans ces histoires ; ni
pour qu'un homme aussi honorable et plein de qualités que
vous l'êtes, doté d'un si bon jugement, puisse accepter
comme véritables toutes les folies et absurdités que l'on
trouve dans les romans de chevalerie.

De la savante controverse qu'eurent don Quichotte et le chanoine, avec quelques autres événements

ALLONS DONC! répliqua don Quichotte. Vous prétendez que des livres imprimés avec la permission du roi et l'approbation de ceux qui ont pour charge de les examiner, des livres qui plaisent aux petits et aux grands, aux jeunes et aux vieux, aux lettrés et aux ignorants, aux nobles et aux plébéiens, en un mot aux personnes de tous âges et de toutes conditions, ne seraient que mensonges? Sans compter qu'ils présentent toutes les marques de la vérité, puisqu'on nous y parle du père, de la mère, du pays, de la famille, de l'âge de chacun de ces chevaliers, ainsi que de tous leurs exploits et des lieux où ils se déroulent, point par point et jour après jour. Taisez-vous, monsieur, au lieu de dire pareil blasphème. Écoutez plutôt le conseil que je vous donne, et que vous suivrez si vous êtes un homme de bon sens : lisez ces livres et vous verrez quel plaisir vous en aurez.

« Dites-moi, par exemple : y a-t-il plus grand agrément que de voir soudain, devant soi, un lac de poix bouillonnante où grouillent quantité de lézards, de serpents, de couleuvres et d'autres animaux aussi terribles que féroces? Et d'entendre tout à coup, sortant du plus profond de ce lac, une voix triste et plaintive disant : "Chevalier, qui que tu sois, toi qui oses poser les yeux sur ce lac horrible, si tu veux gagner le trésor caché sous ses eaux ténébreuses, montre le courage de ton cœur invincible et jette-toi sans tarder dans le feu de cette onde obscure. Si tu ne le fais point, tu n'es pas digne de contempler les insignes merveilles que renferment les sept

châteaux des sept fées vivant dans ces noires profondeurs."
A peine le chevalier a-t-il entendu cette voix inquiétante que,
sans réfléchir, ni considérer le péril auquel il s'expose, sans
prendre le temps de se débarrasser de sa pesante armure, il se
précipite dans le lac brûlant, en se recommandant à Dieu et à
sa dame. Et voilà qu'il se retrouve, sans savoir comment,
au milieu de prairies en fleurs, auprès desquelles les champs
Élysées ne sont rien, où le ciel paraît plus diaphane, où le
soleil brille avec plus d'éclat. Devant lui s'étend une paisible
et verte forêt, dont les arbres aux frondaisons épaisses réjouissent la vue, tandis que l'oreille se complaît au gazouillis naturellement harmonieux d'une foule d'oiseaux bigarrés, qui
volettent dans les rameaux entrelacés. Plus loin, il aperçoit
un frais ruisseau dont l'onde cristalline coule sur un sable si
fin et des cailloux si blancs qu'on les prendrait pour de l'or
pur et des perles précieuses. A côté, s'élève une élégante fontaine, faite de jaspe de plusieurs couleurs et de marbre poli ;
plus loin encore, une autre fontaine, rustique celle-là, où le
menu coquillage de la moule et les maisons tortueuses du
limaçon, rayées de blanc et de jaune, se mêlent, dans un
désordre étudié, à des morceaux de cristal étincelant et à des
émeraudes factices ; l'ensemble produit un tel effet de variété
que l'art semble avoir surpassé la nature en voulant l'imiter.
Mais bientôt, notre chevalier découvre un château fort, ou un
magnifique palais, dont les murs sont d'or massif, les créneaux de diamants, les portes d'hyacinthes ; l'ordonnance en
est si admirable que, malgré les diamants, les escarboucles,
les rubis, les perles, l'or et les émeraudes qui le composent,
l'architecture en est plus précieuse que la matière.

« Et ce n'est pas tout. Après avoir contemplé cette merveille, il voit sortir du château un grand nombre de jeunes
filles, vêtues avec tant de richesse et d'élégance que, si je me
mettais à vous décrire leurs parures comme on le fait dans
ces romans, je n'en aurais jamais fini. Celle qui semble être
la maîtresse prend par la main l'audacieux chevalier qui a
osé se jeter dans le lac bouillonnant et, sans lui dire un mot,
l'introduit dans ce somptueux palais, le dépouille de ses vêtements, le plonge, nu comme il est venu au monde, dans un

bain d'eau tiède, puis lui frotte le corps avec des onguents aromatisés et lui passe une chemise de la soie la plus fine, qui embaume délicieusement. Arrive une autre demoiselle ; celle-ci lui couvre les épaules d'un manteau qui, à lui seul, dit-on, vaut bien une ville, et peut-être davantage. On le conduit ensuite dans une autre salle, où il voit des tables dressées avec une telle magnificence qu'il en reste abasourdi. On lui verse sur les mains de l'eau au parfum d'ambre et de fleurs ; on le fait asseoir sur un siège d'ivoire ; il est servi par l'ensemble des jeunes filles, dans un silence merveilleux ; on lui présente des mets si variés et savoureux qu'il ne sait plus, malgré son appétit, lequel choisir. Pendant qu'il mange, il entend une douce mélodie, mais il ne sait d'où elle vient ni qui la chante. Quand le repas s'achève, et que le chevalier se renverse sur son siège, sans doute en se curant les dents, comme c'est la coutume, voilà qu'entre à l'improviste une jeune fille encore plus belle que les autres ; elle s'assoit à côté de lui et lui explique quel est ce château où elle est enchantée, et bien d'autres choses encore qui ont de quoi surprendre le chevalier autant que les lecteurs.

« Sans que j'aie besoin de m'étendre davantage, vous en aurez conclu qu'il suffit d'ouvrir un roman de chevalerie, à la page que l'on voudra, pour trouver de quoi se divertir et s'émerveiller. Aussi, croyez-moi, monsieur, lisez ces livres, comme je vous l'ai conseillé à plusieurs reprises : vous verrez qu'ils chasseront la mélancolie dont vous pourriez être atteint, et adouciront votre humeur, si elle est mauvaise. Pour moi, je dirai que, depuis que j'appartiens à l'ordre des chevaliers errants, je suis devenu courageux, modeste, affable, bienveillant, généreux, patient, doux, hardi, courtois, résigné au malheur, à la prison, aux enchantements ; et bien que je sorte à peine d'une cage où l'on m'a enfermé comme fou, je me vois déjà, si le ciel me protège et que le sort ne m'est pas contraire, gagnant en quelques jours, par la seule force de mon bras, un royaume dont je serai le souverain et où je pourrai manifester la gratitude et la générosité dont mon cœur est plein. Car en vérité, monsieur, le pauvre est hors d'état de se montrer généreux avec qui que ce soit, même s'il possède au plus haut degré la vertu de charité ; et quand la gratitude ne s'exprime que dans l'intention, elle reste chose morte, tout comme la foi sans les œuvres. Voilà pourquoi je voudrais que la fortune m'offrît au plus vite l'occasion de devenir empereur : pour prouver mon bon cœur en faisant le bien à mes amis et surtout à ce pauvre Sancho Panza, mon écuyer, qui est le meilleur homme du monde, et à qui j'espère donner le comté que je lui ai promis depuis longtemps ; je crains seulement qu'il n'ait pas les capacités nécessaires pour gouverner ses États.

Sancho, qui avait entendu cette dernière phrase, dit à son maître :

– Vous, monsieur, occupez-vous de me donner ce comté que vous m'avez fermement promis et que, moi, j'attends ferme ; pour le reste, ne craignez rien, je serai tout à fait capable de le gouverner. Et si je ne l'étais pas, j'ai entendu dire qu'il y a des hommes qui prennent à bail les États de leur maître ; ils leur donnent tant par an de revenu et se chargent de les gouverner ; le maître, lui, peut se mettre les pouces à la ceinture et vivre de ses rentes sans se préoccuper de rien. J'ai bien l'intention de les imiter, parce que je ne veux pas me rompre la cervelle ; je serai débarrassé de tous ces tracas, je vivrai de mes rentes comme un duc, et que les autres se débrouillent !

– Ce que vous prétendez là, Sancho, intervint le chanoine, n'est possible que pour ce qui concerne la rente. Mais pour l'administration de la justice, il faut que le maître s'en charge lui-même. Cela exige de l'habileté, du jugement et surtout le désir de bien faire ; si la bonne volonté manque dès le commencement, on commettra des erreurs au milieu et jusqu'à la fin. Car Dieu soutient l'homme simple dans ses bonnes intentions et abandonne l'homme éclairé à ses mauvais desseins.

– Je ne comprends rien à toutes vos philosophies, dit Sancho. Ce que je peux dire, c'est que je ne l'aurai pas plutôt reçu, ce comté, que je saurai le gouverner. Après tout, j'ai autant d'âme et autant de corps qu'un autre ; je serai aussi bon roi de mon État que chacun l'est du sien ; et, étant roi, je ferai ce que je voudrai ; et puisque je ferai ce que je voudrai, je ferai ce qui me plaît ; et puisque je ferai ce qui me plaît, je serai content ; et si on est content, on n'a plus rien à désirer ; et quand on n'a plus rien à désirer, tout est dit. Alors, qu'on me le donne, cet État, et adieu, au plaisir de vous revoir, comme lançait un aveugle à un autre aveugle !

– Ces philosophies, comme vous les appelez, Sancho, reprit le chanoine, me semblent tout à fait justes ; cependant, il y aurait beaucoup à dire sur le chapitre des comtés.

Don Quichotte intervint :

– Moi, je ne vois rien à ajouter ; je me contente de suivre l'exemple que me donne le grand Amadis de Gaule, qui nomma son écuyer comte de l'Archipel-Ferme ; je peux à mon tour, sans scrupule de conscience, nommer comte mon écuyer Sancho Panza, qui est un des meilleurs écuyers qu'ait jamais eus chevalier errant.

Le chanoine était stupéfait d'entendre don Quichotte débiter tant d'absurdités avec tant d'assurance ; il s'étonna aussi de la manière dont celui-ci avait dépeint l'aventure du chevalier du Lac et de l'impression qu'avaient faite sur son esprit tous les mensonges qu'il avait lus. Mais la niaiserie de Sancho, qui attendait avec tant d'impatience le comté que son maître lui avait promis, ne lui parut pas moins surprenante.

Entre-temps, les domestiques du chanoine étaient revenus de l'auberge avec la mule chargée des provisions ; on s'installa sur l'herbe, à l'ombre d'un bouquet d'arbres, avec un tapis en guise de nappe, et toute la compagnie dîna là, pour permettre au charretier de profiter du pâturage, comme on l'a dit tout à l'heure.

Alors qu'ils mangeaient tranquillement, ils entendirent une voix forte et le son d'une clochette qui provenaient d'un épais buisson de ronces, non loin d'eux. Au même instant, sortit de ces broussailles une jolie chèvre, tachetée de blanc, de noir et de brun ; derrière elle venait un chevrier, qui l'apostrophait dans ce langage qu'on tient aux bêtes, pour l'obliger à s'arrêter ou à retourner auprès du troupeau. La fugitive, tout effarouchée et craintive, vint vers eux, comme pour leur demander protection, et s'arrêta. Le chevrier la rejoignit, la saisit par les cornes et lui dit, comme si elle était capable de le comprendre :

– Ah, la Tachetée, la Tachetée, toujours aussi coureuse ! Mais qu'est-ce que tu as donc depuis quelques jours à faire des caprices ? Aurais-tu peur du loup ? Explique-toi, la belle ! Oh, je sais bien, tu n'es qu'une femelle comme les autres, tu ne peux pas rester tranquille ! Le diable t'emporte, toi et tes pareilles ! Allons, reviens, reviens, ma jolie ; même si tu ne t'y plais pas, tu seras plus en sûreté dans la bergerie ou parmi tes compagnes. Si toi, qui es supposée leur servir de guide et de garde, tu t'écartes du droit chemin, que vont-elles devenir ?

Les paroles du chevrier égayèrent la compagnie, et surtout le chanoine, qui lui dit :

– Au nom du ciel, mon ami, calmez-vous, et ne soyez pas aussi pressé de ramener votre chèvre au bercail. Puisque c'est une femelle, comme vous l'avez si bien dit, elle suivra son instinct naturel, quoi que vous fassiez pour l'en empêcher. Mangez un morceau et buvez ; il n'y a rien de tel pour apaiser la colère ; pendant ce temps-là, votre chèvre se reposera un peu.

Ce disant, il lui tendait à la pointe du couteau un râble de lapin froid. Le chevrier accepta ce qu'on lui offrait et remercia ; puis il but et, une fois calmé, déclara :

– Je ne voudrais pas, messieurs, que, pour m'avoir entendu parler à cette chèvre comme à un être humain, vous me preniez pour un simple d'esprit ; ce que je lui ai dit, il est vrai, a de quoi étonner. Mais j'ai beau être un rustre, je ne le suis pas au point d'ignorer comment on doit s'adresser aux gens et aux bêtes.

– Je le crois bien volontiers, dit le curé ; car je sais par expérience que les bois abritent des lettrés, et les cabanes de bergers des philosophes.

– Du moins, monsieur, répliqua le berger, on y trouve des gens qui ont été à la dure école de la vie. Et pour vous faire toucher du doigt cette vérité, au risque de vous ennuyer en vous demandant un moment d'attention sans y avoir été invité, je vous raconterai une histoire authentique, qui viendra à l'appui de ce que nous avons dit, ce monsieur (il désigna le curé) et moi-même.

Don Quichotte intervint :

— Cette affaire me paraît avoir un je-ne-sais-quoi de che-valeresque ; je vous écouterai, pour ma part, avec grand inté-rêt, et ces messieurs aussi, car ce sont des hommes avisés, toujours prêts à entendre des nouveautés qui surprennent, amusent et instruisent, comme je ne doute pas que le fera votre histoire. Commencez donc : nous sommes tout oreilles.

— Ne comptez pas sur moi, dit Sancho ; je vais aller m'as-seoir avec ce pâté au bord du ruisseau, où j'ai l'intention de m'empiffrer pour trois jours. Mon maître m'a toujours dit que l'écuyer de chevalier errant doit manger quand l'occa-sion se présente jusqu'à n'en plus pouvoir, parce qu'il peut lui arriver de s'enfoncer dans une forêt si épaisse qu'il n'en sorte pas pendant six jours ; et s'il n'a pas le ventre plein, ou le bissac bien garni, il risque, comme c'est arrivé plus d'une fois, de se retrouver desséché comme une momie.

— Tu as parfaitement raison, Sancho, dit don Quichotte ; va donc où tu voudras et mange tant que tu pourras. Pour moi, je suis rassasié ; je n'ai besoin que de me nourrir l'esprit en écoutant ce brave homme.

— Nous aussi, dit le chanoine.

Et il pria le chevrier de commencer. Celui-ci donna deux tapes sur le dos de la chèvre, qu'il tenait toujours par les cornes, en lui disant :

— Couche-toi près de moi, la Tachetée ; nous avons tout le temps de retourner à la bergerie.

On aurait dit que la chèvre avait compris son maître : quand il s'assit, elle vint se coucher tranquillement près de lui, en le dévisageant, comme si elle s'apprêtait à écouter. Et le chevrier commença son histoire :

Ce que raconta le chevrier à tous ceux qui emmenaient don Quichotte

A TROIS LIEUES DE cette vallée, il y a un village qui, s'il est petit, n'en est pas moins l'un des plus riches de la région. Dans ce village, vivait un fermier respecté de tous ; et, quoiqu'on associe le respect à la fortune, il était davantage considéré pour ses vertus que pour son argent. Mais ce qui, à l'entendre, le rendait le plus heureux, c'était d'avoir une fille si belle, si sage, dotée de tant de grâces et de vertus, qu'en la voyant on ne pouvait qu'admirer ces dons précieux qu'elle avait reçus du ciel et de la nature. Enfant, elle était déjà jolie ; elle le devint encore plus en grandissant, et, à seize ans, c'était une véritable beauté, dont la renommée s'étendit bientôt aux villages voisins. Que dis-je, aux villages ? Elle atteignit les villes les plus éloignées, pénétra même jusqu'aux palais des rois et arriva aux oreilles de tant de gens qu'on accourait pour la voir, comme on vient admirer un objet rare ou une image qui fait des miracles. Son père montait la garde, mais elle savait se garder toute seule : car il n'y a pas verrou, gardien ni serrure qui protège mieux une jeune fille que sa propre sagesse.

La richesse du père et la beauté de la fille incitèrent beaucoup de jeunes gens du village et d'ailleurs à la demander en mariage. Le père, auquel il appartenait de disposer d'un tel trésor, était fort embarrassé pour choisir parmi cette foule de prétendants. J'étais du nombre, et j'avais grand espoir de voir ma demande acceptée : il me connaissait bien puisque j'habitais le village, et il savait que j'étais bon chrétien, dans la fleur de l'âge, pourvu d'une belle fortune et d'un bon jugement. Elle fut demandée en même temps par un garçon qui offrait les mêmes qualités que moi, ce qui rendit la tâche difficile à son père ; celui-ci était d'autant plus indécis que sa fille, croyait-il, serait aussi bien établie avec l'un qu'avec l'autre. Pour sortir de cet embarras, il décida de s'en ouvrir à Léandra – ainsi se prénomme la riche jeune fille qui est la cause de mon malheur –, pensant, comme devraient le faire tous les parents qui songent à marier leurs enfants, qu'il pouvait la laisser choisir selon son goût, puisque nous étions à égalité. Je ne veux pas dire qu'on les laisse choisir parmi les mauvais partis, mais qu'on leur en présente de bons, et que, parmi ceux-là, on les laisse décider en toute liberté. J'ignore quelle fut la réponse de Léandra ; je sais seulement que son père nous opposa à tous deux le jeune âge de sa fille et des considérations d'ordre général qui, sans l'obliger, ne nous désobligeaient point. Mon rival s'appelle Anselme, et moi Eugène : vous connaissez à présent les noms des trois personnages de cette tragédie, dont l'issue est encore incertaine, même si tout laisse présager qu'elle sera funeste.

A cette époque, un dénommé Vincent de la Roca, fils d'un fermier pauvre du village, revint d'Italie après avoir parcouru bien des pays comme soldat. Un capitaine, qui passait par là avec sa compagnie, l'avait emmené alors qu'il avait douze ans, et, douze ans plus tard, il était de retour, dans un uniforme aux couleurs éclatantes, bardé de verroteries et de chaînettes d'acier. Chaque jour, il se pavanait dans une nouvelle tenue, avec de nouveaux ornements, tous aussi voyants, mais sans aucune valeur. Les paysans, qui sont malicieux par nature et, lorsqu'ils en ont le loisir, sont la malice même, avaient observé et compté ses multiples uniformes et trouvé qu'il en possédait seulement trois, de différentes couleurs, avec bas et jarretières ; mais il savait si bien en marier les parties, qu'on aurait juré qu'il en avait au moins dix, et plus de vingt panaches. N'allez pas croire que cela est sans importance ou que j'exagère, car ces costumes tiennent un rôle essentiel dans mon histoire.

Cet homme s'asseyait sur un banc de pierre, à l'ombre d'un peuplier de la grand-place, et nous racontait ses exploits, que nous écoutions bouche bée. Il avait visité tous les pays du monde, participé à toutes les batailles, tué plus de Maures que n'en comptent le Maroc et la Tunisie, livré plus de combats singuliers, à l'en croire, que Gante, que Luna, que Diego García de Paredes, et que mille autres encore ; il en était toujours sorti victorieux et sans avoir perdu une goutte de sang. Il nous montrait aussi les marques de ses blessures, qu'aucun de nous ne pouvait distinguer, en nous disant que c'étaient des coups d'arquebuse qu'il avait reçus au cours d'échauffourées ou d'escarmouches. Il fallait entendre avec quelle arrogance il tutoyait les gens, même ceux qui savaient d'où il sortait, et proclamait qu'il n'avait d'autre père que la force de son bras, d'autre lignage que ses propres actes, et qu'en tant que soldat il ne devait rien à personne, pas même au roi. J'ajouterai qu'en plus d'être insolent il était un peu musicien, et grattait de la guitare assez bien pour laisser croire à certains qu'il la faisait parler. Mais ses talents ne s'arrêtaient pas là : il se piquait aussi d'être poète, et sur n'importe quel commérage il vous faisait une chanson longue d'une lieue.

Donc, ce soldat que je viens de dépeindre, ce Vincent de la Roca, bravache, galant, musicien et poète, Léandra le vit. Elle eut même tout le loisir de le contempler d'une fenêtre de sa maison qui donnait sur la place. Elle fut séduite par ses nombreuses et clinquantes parures ; elle succomba au charme de ses poèmes, qu'elle recopiait au moins vingt fois chacun ; elle entendit parler de ses prouesses, dont il avait lui-même fait le récit. Bref, elle en tomba amoureuse – le diable y était sans doute pour quelque chose – avant même que le galant n'eût osé la courtiser. Et comme, dans les histoires d'amour, tout s'arrange d'autant plus facilement que la dame est consentante, Léandra et Vincent ne tardèrent pas à s'accorder. Bien avant qu'aucun des nombreux prétendants de la jeune fille n'eût deviné son dessein, elle l'avait déjà mis à exécution : elle quitta la maison de son père bien-aimé – elle n'a plus de mère – et s'enfuit du village avec le soldat, qui tira plus de gloire de cette affaire que de tous les exploits dont il s'était vanté.

Dans le village, et partout où la nouvelle se répandit, ce fut la stupeur. J'étais confondu, Anselme hébété, le père affligé, la famille outragée, la justice alarmée, les archers ameutés. On battit les chemins, on fouilla les bois ; enfin, au bout de trois jours, on retrouva l'imprudente demoiselle au fond d'une grotte, en chemise, sans argent ni aucun des bijoux de valeur qu'elle avait emportés en quittant sa maison. On la ramena chez son père qui désespérait ; on la questionna. Elle avoua sans contrainte qu'elle avait été trompée par Vincent de la Roca. Celui-ci, après avoir juré d'être son époux, l'avait persuadée d'abandonner la maison paternelle en lui promettant de la mener à Naples, la ville la plus riche et la plus divertissante du monde. Elle l'avait cru, trop naïve pour comprendre qu'on l'abusait ; elle avait volé son père et, la nuit même de sa disparition, avait rejoint le soldat, qui la conduisit dans la montagne, l'enferma dans la grotte, puis l'abandonna après lui avoir volé tout ce qu'elle possédait, mais sans lui ravir son honneur : ce qui ne manqua pas d'étonner une nouvelle fois les gens du village. Il était difficile de croire à la continence du jeune homme, mais Léandra l'affirma avec de tels accents de vérité qu'elle parvint à consoler son malheureux père : peu lui importait les joyaux qu'on lui avait pris, du moment qu'on avait laissé à sa fille ce trésor qui, une fois perdu, ne se retrouve jamais.

Le jour même où Léandra reparut, son père la fit disparaître à tous les regards ; il alla l'enfermer dans un couvent d'une ville non loin d'ici, en espérant que le temps couvrirait d'un voile sa mauvaise conduite. La jeunesse de Léandra fut considérée comme une excuse, du moins par ceux que l'affaire laissait indifférents. Mais ceux qui connaissaient sa grande sagesse et son bon sens n'attribuèrent point sa faute à l'ignorance, mais à sa légèreté et au naturel des femmes, qui sont pour la plupart capricieuses et déraisonnables.

Léandra enfermée, Anselme devint comme aveugle, car rien ne pouvait réjouir sa vue ; je restai moi aussi dans les ténèbres, puisqu'aucun objet n'avait grâce à mes yeux. En l'absence de la jeune fille, notre tristesse augmentait, notre patience s'épuisait ; nous maudissions les beaux costumes du soldat et regrettions amèrement que le père eût manqué de vigilance. Enfin, après nous être concertés, nous décidâmes de quitter tous deux le village et de nous établir dans ce vallon, où nous faisons paître, lui ses moutons, moi mes chèvres, et passons notre vie au milieu des arbres, donnant libre cours à notre chagrin, chantant ensemble les louanges de la belle Léandra ou déplorant nos malheurs, ou encore chacun de son côté gémissant, solitaire et confiant au ciel le secret de ses tourments.

Notre exemple a été suivi par d'autres prétendants, qui nous ont rejoints dans ce site sauvage ; ils sont venus si nombreux qu'on se croirait dans une nouvelle Arcadie, avec tous ces bergers et ces troupeaux. Et partout l'on entend prononcer le nom de la belle Léandra ; l'un la maudit pour ses caprices, son inconstance, son effronterie ; l'autre lui reproche sa coupable légèreté ; un troisième l'absout et lui pardonne ; un autre encore la blâme et la condamne ; tel célèbre sa beauté ; tel autre abomine son humeur. Tous, enfin, la flétrissent de leurs injures, et tous l'adorent. Leur folie atteint une telle extrémité que certains se plaignent de ses dédains sans jamais lui avoir parlé, ou souffrent même de jalousie, ce mal violent qu'elle ne peut avoir provoqué : car, comme je l'ai dit, on connaissait sa faute avant de la savoir éprise. Pas une grotte, pas un bord de ruisseau, pas un ombrage où l'on ne voie un berger contant son infortune à la brise ; partout l'écho répète le nom de Léandra : Léandra, reprennent les montagnes ; Léandra, murmurent les ruisseaux. Et nous attendons tous, envoûtés par Léandra, espérant sans espoir, emplis de crainte sans savoir ce que nous craignons.

Parmi tous ces jeunes gens égarés, mon rival Anselme est à la fois le plus fou et le plus sensé : alors qu'il aurait tant de raisons de se plaindre, il déplore l'absence de Léandra dans des vers où il déploie tout son talent et qu'il chante au son d'une viole dont il joue à ravir. Moi, j'ai choisi un chemin

plus facile et à mon avis plus juste : dire du mal de la légèreté des femmes, de leur inconstance, de leur duplicité, de
leurs trompeuses promesses, de leurs serments rompus,
bref, du peu de sagesse qu'elles mettent dans leurs pensées
et leurs désirs. Voilà, messieurs, pour quelle raison vous
m'avez entendu parler de la sorte à cette chèvre quand nous
arrivions : c'est une femelle et je n'ai pour elle que mépris,
bien qu'elle soit la meilleure de mon troupeau.

Mon histoire est terminée. Si j'ai été trop long à vous la
raconter, je ne le serai pas à vous offrir mes services : ma
cabane est près d'ici, j'y ai du lait frais, de l'excellent fromage et des fruits variés, non moins agréables à la vue
qu'au goût.

*De la dispute qu' eut don Quichotte avec le chevrier
et de l' étrange aventure des pénitents,
où notre chevalier dut suer sang et eau pour
parvenir à un heureux dénouement*

L E RÉCIT DU CHEVRIER plut à tout le monde, en particulier au chanoine qui, fort surpris, trouvait que le conteur s'était exprimé avec la délicatesse d'un citadin et non comme un simple gardien de troupeau. Aussi fit-il observer que le curé avait eu raison de dire que les bois abritaient des lettrés. Chacun proposa son aide à Eugène ; mais celui qui se montra le plus généreux dans ses offres de service fut don Quichotte.

– Soyez assuré, mon ami, lui dit-il, que si je me trouvais en position d'entreprendre une aventure, je serais déjà parti pour vous prêter main-forte ; j'irais enlever votre Léandra du monastère – où elle est sans aucun doute enfermée contre sa volonté –, en dépit de l'abbesse et de tous ceux qui voudraient s'y opposer ; je vous la remettrais afin que vous en disposiez à votre guise, à condition toutefois que vous respectiez les lois de la chevalerie, qui interdisent que l'on fasse outrage à aucune demoiselle. Mais j'espère en Dieu notre Seigneur que le pouvoir d'un enchanteur bien disposé à mon égard surpassera celui de l'enchanteur malfaisant qui me poursuit. Et alors, je vous promets aide et secours, ainsi que m'y oblige ma profession, qui n'est autre que de défendre les faibles et les déshérités.

Le chevrier regarda don Quichotte et, lui trouvant bien piètre allure et bien mauvais visage, demanda au barbier qui se trouvait juste à côté :

– Monsieur, qui est donc cet homme à la mine étrange et qui parle de cette façon ?

— Qui voulez-vous que ce soit ? répondit le barbier. Mais, voyons, c'est l'illustre don Quichotte de la Manche, le vengeur d'offenses, le redresseur de torts, le soutien des jeunes filles, la terreur des géants, le vainqueur de tous les combats !

— Cela ressemble à ce que j'ai pu lire dans les livres, où les chevaliers errants font toutes ces choses que vous dites ; mais je crois plutôt que vous vous moquez de moi, ou que ce monsieur a une case vide dans la cervelle.

— Tu n'es qu'un fieffé coquin, s'écria don Quichotte ; c'est toi qui es vide, imbécile ! Moi, je suis autrement plein que ne l'aura jamais été le ventre de la charogne qui t'a mis au monde !

Et sans plus de manières, il attrapa un pain qu'il y avait auprès de lui et le lança à la tête du chevrier avec une telle fureur qu'il lui écrasa le nez. Celui-ci, sérieusement écorché, ne goûta pas la plaisanterie ; sans respect pour le tapis, ni pour les mets, ni pour tous ceux qui mangeaient, il se jeta sur don Quichotte et lui agrippa le cou à deux mains. Nul doute qu'il aurait serré jusqu'à l'étrangler si Sancho Panza n'était pas revenu à ce moment-là : il saisit le chevrier par les épaules et l'envoya rouler sur la nappe, brisant des assiettes, cassant des verres, faisant voler au diable toutes les bonnes choses qu'il y avait là. Don Quichotte, se voyant délivré, sauta sur le chevrier qui, roué de coups par Sancho et aveuglé par le sang, cherchait en tâtonnant un couteau pour prendre une terrible revanche. Mais le curé et le chanoine l'en empêchèrent ; quant à maître Nicolas, il s'arrangea pour que le chevrier pût maintenir sous lui don Quichotte, sur lequel s'abattit une telle pluie de horions que le visage du pauvre chevalier n'était pas moins baigné de sang que celui de son ennemi.

Le chanoine et le curé riaient à se tenir les côtes, les archers sautaient de joie et excitaient les adversaires l'un contre l'autre, comme on fait pour des chiens qui se battent. Seul Sancho Panza était au désespoir, car il ne parvenait pas à se débarrasser d'un des domestiques du chanoine, qui le tenait fermement pour qu'il ne pût aller au secours de son maître.

Bref, tout le monde, mis à part les deux lutteurs qui continuaient à s'entre-déchirer, prenait du bon temps, lorsqu'on
entendit une sonnerie de trompette, si lugubre qu'ils tournè-
rent tous la tête du côté d'où venait le bruit. Mais le plus
troublé fut don Quichotte ; quoique retenu, bien malgré lui,
sous le chevrier, et plus qu'à moitié moulu, il dit à son
adversaire :

– Frère démon – car il faut que tu sois le diable, puisque
ta vaillance et ta force ont eu raison de moi –, faisons une
trêve, je te prie, d'une heure seulement ; le son douloureux
de cette trompette semble en effet annoncer quelque nouvelle aventure qui m'est destinée.

Le chevrier, qui en avait assez de se battre et d'être battu,
le lâcha aussitôt ; don Quichotte se remit debout, se tourna à
son tour du côté d'où venait le son de la trompette, et vit
descendre d'une colline des hommes vêtus de longues robes
blanches de pénitents.

Il faut savoir que, cette année-là, les nuages avaient refusé
à la terre leur rosée ; et dans toute la contrée, il y avait des
processions, des rogations, des flagellations, pour demander
à Dieu d'ouvrir les mains de sa miséricorde et d'en laisser
tomber la pluie. C'est dans ce but que les habitants d'un village voisin venaient faire leurs dévotions à un ermitage qui
se trouvait sur un versant de la vallée.

Don Quichotte, apercevant les étranges costumes des
pénitents, sans penser qu'il en avait vu tant de fois de semblables, crut qu'une aventure se présentait, et qu'il avait, en
tant que chevalier errant, le devoir de l'entreprendre. Il en
était d'autant plus convaincu qu'il s'imagina que la statue
en voiles de deuil qu'ils portaient n'était autre qu'une noble
dame, emmenée de force par ces félons, ces redoutables
malandrins. A peine cette idée lui eut-elle traversé l'esprit
qu'il courut à toutes jambes vers Rossinante, qui continuait
à paître et, détachant de l'arçon le mors et le bouclier, brida
son cheval en un clin d'œil, demanda à Sancho son épée, se
mit en selle, empoigna son bouclier et dit à voix haute à
tous ceux qui étaient là :

– Et maintenant, illustre compagnie, vous allez juger

combien il importe qu'il y ait en ce monde des chevaliers errants ; vous allez, dis-je, en me voyant rendre la liberté à cette noble dame captive, juger s'ils sont dignes d'estime.

Ce disant, à défaut d'éperons, il serra les flancs de son coursier avec les genoux, et au grand trot – car nulle part il n'est dit dans cette véridique histoire que Rossinante ait jamais réussi à galoper –, il se précipita à la rencontre des pénitents, malgré les efforts du curé, du chanoine et du barbier pour le retenir, tandis que Sancho criait :

– Où allez-vous, monsieur ? Il faut que vous soyez possédé par les démons pour oser vous en prendre à notre foi catholique ! Ah, malheur, vous ne voyez donc pas que c'est une procession de pénitents, et que cette dame qu'ils portent sur leurs épaules, c'est la statue de la Sainte Vierge, bénie soit-elle ! Prenez garde, monsieur, parce que, cette fois, on peut vraiment dire que vous ne savez pas ce que vous faites !

Mais Sancho s'épuisait en vain : son maître s'était si bien mis en tête de charger cette troupe d'encapuchonnés et de délivrer la dame en habit de deuil qu'il n'entendit pas un mot ; eût-il entendu qu'il n'aurait pas tourné bride, même sur ordre du roi. Il atteignit donc la procession, arrêta Rossinante qui ne demandait pas mieux que de prendre un peu de repos, et lança d'une voix rauque et impatiente :

– Holà, vous autres, qui ne devez pas être bien honnêtes pour vous cacher ainsi le visage, écoutez ce que j'ai à vous dire !

Les premiers à s'arrêter furent ceux qui portaient la statue ; l'un des quatre prêtres qui chantaient les litanies, voyant la maigreur de Rossinante, l'étrange figure de don Quichotte et bien d'autres détails qui, dans sa personne, prêtaient à rire, répondit :

– Monsieur mon frère, si vous avez quelque chose à nous annoncer, faites vite, car ces frères que vous voyez ont les épaules rompues ; et ce ne serait pas raisonnable de nous arrêter pour vous écouter, à moins que vous n'ayez que deux mots à nous dire.

– Je n'en ai qu'un, répliqua don Quichotte, et c'est que

vous rendiez sur-le-champ la liberté à cette belle dame, dont les larmes et le visage éploré sont la preuve évidente que vous l'emmenez par force, et qu'elle a subi de votre part quelque grave offense ; moi, qui suis venu au monde pour venger de semblables outrages, je ne permettrai pas que vous avanciez d'un pas, tant que vous ne lui aurez pas rendu la liberté qu'elle désire et qu'elle mérite.

Tous les gens qui l'entendirent ne doutèrent pas que cet homme était un fou, et ils se mirent à rire de bon cœur. Mais ce rire enflamma la colère de notre chevalier qui, sans ajouter un mot, se précipita, l'épée au poing, sur le brancard. Un des porteurs, abandonnant la charge à ses compagnons, fit face à don Quichotte en brandissant le bâton fourchu qui l'aidait à soutenir le brancard dans les temps de repos ; un grand coup d'estoc que lui porta notre chevalier brisa la fourche en deux ; avec le manche qui lui restait dans la main, l'autre déchargea à son tour un tel coup sur l'épaule de son adversaire, du côté de l'épée, que, l'écu n'ayant pu le protéger contre l'assaut de ce rustre, le pauvre don Quichotte alla rouler sur le sol, en fort mauvais état.

Sancho, qui arrivait hors d'haleine sur les pas de son maître, le vit à terre et cria à son assommeur de ne plus le battre, parce que c'était un pauvre chevalier enchanté qui, de toute sa vie, n'avait fait de mal à personne. Ce ne furent pas les cris de Sancho qui arrêtèrent le paysan, mais l'immobilité de don Quichotte, qui ne remuait plus ni pied ni patte ; croyant qu'il l'avait tué, il retroussa sa robe jusqu'à la ceinture et s'enfuit à toutes jambes à travers champs.

Entre-temps, la compagnie était parvenue sur les lieux ; quand les hommes qui formaient la procession virent ces gens qui arrivaient au pas de course, suivis des archers avec leurs arbalètes, ils craignirent que l'affaire ne prît un mauvais tour, et ils se disposèrent en rang serré autour de la statue. La cagoule relevée, les pénitents empoignèrent leurs disciplines, les prêtres leurs chandeliers, et ils attendirent l'assaut, résolus à se défendre et même, s'ils le pouvaient, à prendre l'offensive. Mais le sort arrangea les choses mieux qu'on ne pensait, car Sancho ne fit pas autre chose que se jeter sur le corps de son maître et, le croyant mort, poussa les lamentations les plus déchirantes et les plus comiques du monde.

Le curé fut reconnu par un de ceux qui menaient la procession, et cela calma l'effroi réciproque des deux bataillons. Notre curé expliqua en quelques mots à son confrère qui était don Quichotte ; alors, tous ces gens s'approchèrent du pauvre chevalier pour voir s'il était vraiment mort, et ils entendirent Sancho qui, les larmes aux yeux, disait :

– Ô fleur de la chevalerie, qui as vu trancher d'un seul coup de bâton le cours d'une vie si bien remplie ! Ô orgueil de ta race, honneur et gloire de toute la Manche, et du monde tout entier qui, du jour où tu disparais, va se remplir de malfaiteurs dont les crimes resteront impunis ! Ô toi, plus généreux que tous les Alexandres, puisque, pour huit mois de service, tu m'as donné le meilleur archipel que la mer ait jamais bordé ni entouré ! Ô toi, humble avec les orgueilleux et arrogant avec les humbles, braveur de dangers, endureur d'affronts, amoureux sans objet, ami des bons, fléau des méchants, ennemi des vils manants, bref, chevalier errant, et c'est tout dire !

Aux cris et gémissements de Sancho, don Quichotte revint à lui, et ses premiers mots furent :

– Celui qui vit loin de vous, dulcissime Dulcinée, est sujet à des misères autrement pires que celles-ci. Aide-moi, Sancho, à me remettre sur le char enchanté, car je ne suis plus en état de presser les flancs de Rossinante, et j'ai toute cette épaule en morceaux.

– Très volontiers, monsieur ; et ensuite, nous retournerons dans notre village, en compagnie de ces messieurs qui ne veulent que votre bien ; une fois là-bas, nous pourrons préparer une nouvelle sortie, dont nous retirerons plus de gain et plus de gloire.

– Bien parlé, Sancho ; c'est faire preuve de sagesse que de laisser passer les mauvaises influences des astres, qui en ce moment prédominent.

Le chanoine, le curé et le barbier lui dirent qu'ils approuvaient fort sa résolution. Après s'être bien diverti des sottises que débitait Sancho, on remit don Quichotte sur le chariot. La procession se reforma et les pénitents poursuivirent leur chemin ; le chevrier prit congé de tous ; les archers trouvant inutile d'aller plus loin, le curé leur paya ce qu'on leur devait. Le chanoine pria le curé de lui donner des nouvelles de don Quichotte, car il voulait savoir s'il guérirait ou non de sa folie ; puis il leur fit ses adieux et continua son voyage. Bref, chacun partit de son côté et il ne resta plus que le curé, le barbier, don Quichotte, Sancho Panza et ce brave Rossinante qui, en toutes circonstances, montrait autant de patience que son maître. Le charretier attela ses bœufs et arrangea don Quichotte sur une botte de paille ; puis, avec son flegme habituel, il suivit le chemin que lui indiqua le curé.

Six jours plus tard, ils arrivèrent au village. Comme c'était dimanche, et qu'ils entraient en plein midi, tous les habitants étaient réunis sur la place quand le chariot la traversa. Ils se pressèrent pour voir ce qu'il y avait dedans, et quand ils reconnurent leur compatriote, ils restèrent stupéfaits. Un gamin courut annoncer à la nièce et à la gouvernante que leur oncle et maître arrivait, maigre et jaune, couché sur un tas de foin, dans une charrette à bœufs. C'était pitié d'entendre les cris de ces braves femmes, les claques qu'elles se donnèrent, les malédictions qu'elles lancèrent une fois de plus contre ces maudits romans de chevalerie ; et cela recommença lorsqu'elles virent don Quichotte franchir le seuil.

A la nouvelle du retour de don Quichotte, la femme de Sancho Panza s'était précipitée, car elle savait que son mari était parti avec lui en qualité d'écuyer ; la première chose qu'elle demanda à Sancho quand elle le vit, ce fut si l'âne se portait bien. A quoi Sancho répondit qu'il se portait mieux que son maître.

– Loué soit Dieu, dit-elle, qui a tant de bonté pour moi ! Mais raconte, mon mari : qu'est-ce que tu as ramassé depuis que tu es écuyer de ton maître ? Est-ce que tu me rapportes un cotillon brodé, et de beaux souliers pour tes enfants ?

– Je ne rapporte rien de tout ça, ma femme, mais des choses de plus de poids et d'importance.

– Tant mieux, répondit la femme ; montre-les-moi vite, ces choses de plus de poids et d'importance ; j'en ai besoin pour me réjouir le cœur, qui était tout triste pendant les siècles qu'a duré ton absence.

– Je te les montrerai à la maison ; en attendant, contente-toi de savoir que, si Dieu permet que je fasse une nouvelle sortie avec mon maître en quête d'aventures, tu me verras bientôt devenu comte, ou gouverneur d'archipel, et pas un de ces archipels comme on en voit partout, mais le meilleur de tous.

– Le ciel t'entende, mon mari ; parce que nous en avons bien besoin. Mais dis-moi d'abord ce que c'est qu'un archipel, je ne comprends pas.

– Le miel n'est pas pour la bouche de l'âne. Tu verras, le moment venu, et tu seras bien étonnée quand tes vassaux te donneront du « Votre Seigneurie », gros comme le bras.

– Mais qu'est-ce que tu racontes, Sancho, avec tes seigneuries, tes vassaux, et tes archipels ? s'écria Juana Panza (c'est ainsi qu'elle se nommait, non parce qu'ils étaient parents, mais parce que l'usage veut, dans la Manche, que les femmes prennent le nom de famille de leur époux).

– Tu es trop pressée, Juana, tu veux tout apprendre d'un coup ; contente-toi de savoir que c'est vrai, et tais-toi. Tout ce que je peux te dire, en passant, c'est qu'il n'y a rien de mieux au monde que d'être l'honorable écuyer d'un chevalier errant qui cherche les aventures. Évidemment, elles ne réussissent pas toujours aussi bien qu'on le voudrait, puisque sur cent qu'on rencontre, au moins quatre-vingt-dix-neuf tournent mal ou tout de travers. J'en parle par expérience : plus d'une fois j'ai été berné et roué de coups. Mais c'est tout de même agréable d'attendre qu'une aventure se présente : on traverse des montagnes, on bat les forêts, on gravit des rochers, on visite des châteaux, on loge dans des auberges sans jamais débourser un sou.

Ainsi s'entretenaient Sancho Panza et Juana Panza, sa femme, tandis que la nièce et la gouvernante de don

Quichotte recevaient celui-ci, le déshabillaient et le couchaient dans son vieux lit. Notre chevalier les considérait d'un œil soupçonneux, car il n'avait pas compris où il était. Le curé chargea la nièce de prendre grand soin de son oncle, de veiller à ce qu'il ne fît pas une nouvelle escapade, et il lui raconta tout le mal qu'ils avaient eu à le ramener chez lui. Les deux femmes se remirent à pousser les hauts cris, à fulminer contre ces maudits romans de chevalerie, et elles implorèrent le ciel de précipiter dans un abîme sans fond les auteurs de tant d'absurdités et de mensonges. Bref, elles n'étaient guère rassurées, et s'attendaient à ce que leur oncle et maître leur faussât compagnie dès qu'il se sentirait un peu mieux ; ce qui d'ailleurs arriva, comme elles l'avaient prévu.

Mais l'auteur de cette histoire, malgré tous ses efforts pour rechercher les exploits accomplis par don Quichotte au cours de sa troisième sortie, n'en a pas trouvé trace, du moins dans des écrits authentiques. On sait seulement, d'après la tradition conservée par les habitants de la Manche que, lorsqu'il quitta sa maison pour la troisième fois, don Quichotte alla à Saragosse, où il participa à des joutes fameuses qui avaient lieu dans cette ville, et qu'il lui arriva là des choses dignes de sa vaillance et de son grand esprit. Quant à sa fin et à sa mort, il n'en aurait jamais rien su s'il n'avait rencontré par hasard un vieux médecin en possession d'un coffret en plomb, qu'il disait avoir trouvé sous les fondations d'un ancien ermitage que l'on restaurait. Ce coffret contenait un parchemin écrit en lettres gothiques, mais en vers castillans, qui relatait un grand nombre de ses exploits, et où il était question de la beauté de Dulcinée du Toboso, de l'allure de Rossinante, de la fidélité de Sancho, et aussi de la sépulture de notre don Quichotte, avec différents épitaphes et éloges de sa vie et de ses mœurs.

L'auteur, que l'on sait digne de foi, de cette histoire aussi nouvelle qu'inouïe rapporte ici les vers qu'on a pu lire et déchiffrer. Et pour prix de l'immense travail que lui ont coûté ses recherches et investigations dans toutes les archives de la Manche afin de permettre à cette histoire de voir le jour, ledit auteur demande qu'on accorde à celle-ci le même crédit que les gens d'esprit accordent de nos jours aux romans de chevalerie, qui connaissent une telle vogue de par le monde. Il s'estimera ainsi largement payé et satisfait, et cela l'encouragera à se remettre en quête de nouvelles histoires, sinon aussi véridiques, du moins tout aussi ingénieuses et divertissantes.

Voici les premiers mots écrits en tête du parchemin trouvé dans le coffret en plomb :

LES ACADÉMICIENS DE L'ARGAMASILLA,
VILLAGE DE LA MANCHE, SUR LA VIE ET LA MORT
DU VALEUREUX DON QUICHOTTE DE LA MANCHE,
HOC SCRIPSERUNT

LE MACACONGO, ACADÉMICIEN DE L'ARGAMASILLA,
SUR LA SÉPULTURE DE DON QUICHOTTE

ÉPITAPHE

L'insensé qui orna la Manche de dépouilles
plus que le grand Jason en Crète ne le fit,
l'esprit qui s'aiguisa à chercher les embrouilles
alors qu'il eût dû être un peu plus aplani,

le bras dont l'énergie fut si démesurée
que, partant du Catay, elle atteignit Gaeta,
le plus subtil talent, et le plus méprisé,
qui jamais dans le bronze ait gravé son éclat,

celui qui dépassa de loin les Amadis,
et prit les Galaors pour du menu fretin,
porté par son amour et par sa grandeur roide,

qui, ayant imposé silence aux Bélianis,
partit sur Rossinante pour courir les chemins,
celui-là gît ici, sous cette pierre froide.

DON QUICHOTTE

LE PROTÉGÉ, ACADÉMICIEN DE L'ARGAMASILLA,
« *IN LAUDEM* DULCINÉE DU TOBOSO »

SONNET

Celle dont vous voyez le visage rustaud,
la poitrine bombée, les mouvements fougueux,
c'est cette Dulcinée, reine du Toboso,
dont le grand don Quichotte fut un jour amoureux.

Pour elle, il parcourut de l'un à l'autre bord
toute l'immensité de la Sierra Negra,
la fort noble campagne de Montiel et encore
les prairies d'Aranjuez, et ce, à pied et las.

Coupable Rossinante ! Ô dur et triste sort
que celui de l'errant chevalier invincible
et de sa dame qui, en ses jeunes années,

fut privée de beauté par faute de la mort.
Et lui, bien que gravé dans le marbre, fut cible
de l'amour, des fureurs et des billevesées.

DU CAPRICIEUX,
SÉRÉNISSIME ACADÉMICIEN DE L'ARGAMASILLA,
EN LOUANGE À ROSSINANTE, CHEVAL DE
DON QUICHOTTE DE LA MANCHE

SONNET

Sur le trône superbe, diamanté et sanglant
des foulées du dieu Mars, notre homme de la Manche
lève son étendard, et d'un geste apaisant,
suspend l'acier poli avec lequel il tranche,

taille et anéantit. Prouesses inouïes !
L'art donne au paladin nouveau nouvel habit.
Amadis fut chanté, ses descendants aussi,
et par leur fer la Gaule et la Grèce grandies.

Aujourd'hui, le conseil de Bellone a fait choix

574

de coiffer don Quichotte de feuilles de laurier,
et avec lui la Manche se trouve couronnée.

Car l'oubli n'a terni aucun de ses exploits,
et Rossinante même en gloire a surpassé
Brillador et Bayard, modèles de coursiers.

DU MOQUEUR, ACADÉMICIEN DE L'ARGAMASILLA,
À SANCHO PANZA

SONNET

Voici Sancho Panza ; pour le corps tout petit,
pour le courage un lion, miracle bien curieux !
L'écuyer le plus sot et le plus vertueux
que le monde ait connu, croyez ce que je dis.

Il faillit être comte, et l'eût sans doute été,
si ne s'étaient alors contre lui conjugués
tous les mesquins affronts, les viles cruautés
d'un siècle n'épargnant même pas les baudets.

Sur l'un d'eux chevauchait – si l'on peut ainsi dire –
ce paisible écuyer, derrière Rossinante,
de son maître l'illustre et placide coursier.

Les vaines espérances contre l'homme conspirent !
Elles viennent jusqu'à nous, promesses éclatantes,
puis se changent en ombres, en songe et en fumée !

DU FOUTREDÉMON, ACADÉMICIEN DE L'ARGAMASILLA,
SUR LA SÉPULTURE DE DON QUICHOTTE

ÉPITAPHE

Ci-gît l'insigne chevalier
bien abîmé et mal errant,
qui fut porté par Rossinante
dans les chemins et les sentiers.

Ci-gît aussi son écuyer,
Sancho Panza était son nom,
le plus fidèle et rodomont
qu'on vit jamais dans ce métier.

DE TIC-TAC, ACADÉMICIEN DE L'ARGAMASILLA,
SUR LA SÉPULTURE DE DULCINÉE DU TOBOSO

ÉPITAPHE

Ici repose Dulcinée
qui, grosse garce potelée,
fut, ô indignité du sort,
réduite en cendres par la mort.

Comme elle était de grand lignage,
grand'dame elle parut aussi ;
et fut l'honneur de son village,
et de Quichotte le souci.

Ces vers-là sont ceux qu'on a pu lire. Comme l'écriture en était usée, on a confié les autres à un académicien, pour qu'il les rétablisse par conjectures. On sait qu'il y est arrivé à force de veilles et de travail, et qu'il a même l'intention de les publier, dans l'espoir que don Quichotte fera une troisième sortie.

Forse altri canterà con miglior plettro.

Ce passage n'apparaît pas dans l'édition Princeps, dans laquelle il n'est fait aucune allusion à la perte ou au vol de l'âne de Sancho, jusqu'à la moitié du chapitre XXV, où, sans donner d'explication, Cervantes nous annonce que l'âne a été volé. Il faut attendre la troisième édition (1608), pour que le texte soit complété. Dans la Seconde Partie de Don Quichotte, *Cervantes fera allusion à cette lacune qu'on lui a reprochée (chap. III et IV), et en rejettera la faute sur l'imprimeur.*

* * *

Cette nuit-là, ils arrivèrent au plus profond de la Sierra Morena, où Sancho conseilla à son maître de passer la nuit, et même de s'arrêter plusieurs jours, au moins tant que dureraient leurs provisions. Ils s'installèrent donc entre deux rochers, à l'abri d'un bouquet de chênes-lièges. Mais la fatalité qui, comme le pensent ceux que n'éclairent pas les lumières de la vraie foi, arrange, dispose et compose tout à sa façon, voulut que Ginès de Passemont, le fourbe fameux, l'insigne voleur, libéré de ses chaînes par la grâce et la folie de don Quichotte, qui craignait, non sans raison, d'avoir la Sainte-Hermandad à ses trousses, avait lui aussi décidé de se cacher dans ces montagnes. Le destin et la peur le conduisirent à l'endroit même où se trouvaient don Quichotte et Sancho, qu'il eut le temps de reconnaître avant de les laisser dormir. Et comme les méchants sont toujours des ingrats, que la nécessité et l'occasion font le larron, et que le présent fait oublier l'avenir, Ginès, qui n'avait pas plus de reconnaissance que de bonnes intentions, résolut de voler l'âne de Sancho Panza, se souciant peu de Rossinante qui lui paraissait aussi mauvais à vendre qu'à mettre en gage. Pendant que Sancho dormait, il lui prit donc son âne et, avant qu'il fît jour, il était déjà loin et hors d'atteinte.

L'aurore parut, pour réjouir la terre et désoler Sancho, quand il se retrouva sans son baudet. Il se répandit en plaintes et en gémissements si pitoyables que don Quichotte s'éveilla et l'entendit.

– Ô fils de mes entrailles, toi qui es né dans ma propre maison, jouet de mes enfants, délices de ma femme, envie de mes voisins, soulageur de mes fardeaux, bref, nourricier de la moitié de ma personne car, avec les vingt-six maravédis que tu me rapportais par jour, tu couvrais la moitié de mes dépenses !

Don Quichotte, ayant appris la cause de ces lamentations, consola Sancho de son mieux, lui conseilla de prendre patience, et lui promit de lui donner une lettre de change de trois ânons, à prendre sur les cinq qu'il avait laissés chez lui. Sancho, un peu consolé, calma ses sanglots, sécha ses larmes et remercia son maître de la faveur qu'il lui faisait.

TABLE DES CHAPITRES

L'INGÉNIEUX HIDALGO
DON QUICHOTTE DE LA MANCHE

PREMIÈRE PARTIE

DEUXIÈME PARTIE

TROISIÈME PARTIE

RÉALISATION : PAO ÉDITIONS DU SEUIL
IMPRESSION : CPI FRANCE
DÉPÔT LÉGAL : SEPTEMBRE 2001. N° 22212-19 (3015071)
Imprimé en France

Éditions Points

Le catalogue complet de nos collections est sur
Le Cercle Points, ainsi que des interviews de vos
auteurs préférés, des jeux-concours, des conseils
de lecture, des extraits en avant-première…

www.lecerclepoints.com

Cómo se fabrican
las noticias

Papeles de Comunicación

Colección dirigida por J. M. Pérez Tornero y Pilar Sanagustín

Últimos títulos publicados:

Manuel López

Cómo se fabrican las noticias

Fuentes, selección y planificación

Nueva edición ampliada

PAIDÓS
Barcelona • Buenos Aires • México

Cubierta de Mario Eskenazi

© 1995 de todas las ediciones en castellano
   Ediciones Paidós Ibérica, S. A.,
   Av. Diagonal, 662-664 - 08034 Barcelona
   www.paidos.com

ISBN: 978-84-493-0152-0
Depósito legal: B-37.425/2007

Impreso en Book Print Digital
Botànica, 176-178 - 08908 L'Hospitalet de Llobregat (Barcelona)

Impreso en España - Printed in Spain

SUMARIO

PRÓLOGO
El destino de Sísifo

Siempre hay algo mal. Lo descubres desde la primera ojeada al primer ejemplar del diario, el que, al filo de la medianoche, recién impreso, acaban de subir a la redacción desde la sala de rotativas. Siempre hay dos o tres fallos evidentes: una noticia poco valorada o valorada en exceso, un titular farragoso, una entradilla con una errata, una foto que tiene poco o nada que ver con el texto que le acompaña. Más de doce horas de trabajo continuo de decenas, cientos de periodistas no han podido conseguir un producto perfecto.

Ésta es la eterna historia de la prensa diaria: un oficio de Sísifo, en el que cuando, con la roca a cuestas, crees haber alcanzado la cúspide de la montaña descubres que el pedrusco rueda hacia abajo a toda velocidad. Hay que escalar de nuevo, hay que volver a intentar conseguir el imposible periódico perfecto: el que lleve todas las noticias y opiniones importantes e interesantes y las presente en su justo término. Hay que intentarlo siete días a la semana, todos los días del año, excepto dos o tres fiestas de mucha tradición. Y, además, hay que hacerlo sabiendo que si alguna vez se consigue el milagro de la perfección, ese periódico soñado no podrá estar en los quioscos más allá de una jornada.

Mucha gente está convencida de que el más mínimo detalle en un diario es el fruto de una decisión largamente discutida y madurada. «¿A qué obedece que hayáis dado esta noticia a una columna y en página par?», «¿Por qué desapareció en la segunda edición tal historia?», «¿Cuál es el sentido oculto de haber publicado esta foto poco favorecedora de fulano?», «¿Qué explicación tiene el que durante dos días consecutivos se hayan publicado cartas al director sobre tal asunto?», suelen preguntar los que jamás han trabajado en una redacción y creen que todo, absolutamente todo en un periódico es el resultado de una compleja reflexión en la que participan los informadores, la dirección periodística e incluso la empresa editora, y en la que se evalúan las menores consecuencias de cada palabra e imagen. Ante este tipo de preguntas lo mejor es improvisar una respuesta tranquilizadora e intentar evitar que aflore una sonrisa irónica: «Si supieran».

Lo que se aprende pronto en un diario es que la gran mayoría de decisiones que afectan a la información que va a ser publicada en la siguiente edición son tomadas en una fracción de segundo, y ello sin que la dirección periodística sea consultada en todos y cada uno de los casos. La dirección, faltaría más, conoce la totalidad de la primera página y de la página editorial —de hecho, ésas son sus aportaciones directas al producto— y conoce también los titulares y los contenidos de los grandes temas de las distintas secciones. Pero ningún director puede pretender que se le consulte, por ejemplo, lo que va a ir en la columna de salida de la cuarta página de Economía o quiénes van a ser los protagonistas de la página de Gente. Ningún gran diario podría salir a la calle si no fuera así. En cuanto a la empresa editora, responsabilizada de todo lo polémico en un país como el nuestro, en el que tanto gustan las versiones conspiratorias de la realidad, precisaré que, en mi caso, en el de mi diario, no la he visto nunca asomar las orejas en el proceso de toma de decisiones profesionales. Supongo que nos pagan para que las adoptemos nosotros y que, si nos alejamos de la línea editorial y/o arruinamos la cuenta de resultados, ya nos enviarán el finiquito.

El proceso de toma de decisiones empieza en la base, en los redactores que cubren las distintas áreas informativas y que cada día y varias veces al día, seleccionan los temas que van a proponer a sus inmediatos superiores. Éstos, jefes de sección y redactores-jefe, hacen la segunda criba, y casi siempre al tiempo que atienden un par de llamadas telefónicas y ultiman las notas que van a llevar a una reunión a la que ya llegan con retraso. Así que cuando las noticias del día llegan al nivel de la dirección, éstas ya han sufrido una selección importante. Si no fuera así, insisto, no habría manera de hacer un periódico.

No quiere todo esto decir que un diario no tenga criterios, que las sucesivas cribas sean producto del azar o del capricho. Los principios profesionales y deontológicos básicos, la cultura informativa y editorial creada a lo largo de los años de vida del diario, la organización temática de las páginas, la estructura por secciones de la redacción, la selección de reporteros y responsables de área, la composición misma del equipo directivo, son otros tantos elementos que hacen que, ante la misma realidad, los periódicos respondan de una u otra manera. Para reafirmar esos criterios y organizar al mismo tiempo el trabajo cotidiano se celebran, además, reuniones diarias de la dirección y los responsables de las distintas áreas.

Tampoco sería exacta la idea de que la dirección de un periódico anda absolutamente desprovista de elementos para calibrar la justeza de la selección y valoración de noticias que le proponen los jefes de sección y redactores-jefe. La dirección tiene sus propios canales paralelos de información: los despachos de las agencias, las informaciones de la radio y la televisión, la lectura de otros diarios y semanarios nacionales o internacionales, sus relaciones personales con políticos, empresarios, diplomáticos, escritores y líderes sociales y culturales. Disponen también los miembros del equipo directivo de otro elemento: antes de frailes fueron cocineros, es decir, ellos mismos durante muchos años estuvieron en la mina desenterrando información.

Es el de periodista un oficio de alto riesgo

El más evidente, el riesgo físico, lo corren los informadores que cubren guerras y catástrofes y los que desvelan los secretos que a los poderosos les gustaría conservar encerrados bajo siete llaves. Pero no es el único. Sobre los niveles directivos pesa la eterna amenaza del error. Y no sólo del cometido al no publicar una noticia relevante o publicarla sin el necesario despliegue. Ese tipo de errores tienen un precio profesional y comercial, en ocasiones alto, que pagan su autor y su diario. Me refiero a los posibles daños a terceros. Siendo la información un material altamente inflamable, pudiendo afectar a la honorabilidad de las personas o a la marcha de los asuntos de Estado, la decisión adoptada en cuestión de segundos pudo tener graves repercusiones.

Combinar la rapidez de reflejos con el rigor es la clave del éxito en periodismo. ¿Es una noticia verdaderamente relevante para la colectividad o sólo es una anécdota o un cotilleo? ¿Está suficientemente comprobada o es un mero rumor? ¿Está siendo el diario víctima de una intoxicación interesada o se está ante un verdadero filón informativo? La hora del cierre se aproxima y las respuestas a esas preguntas no pueden tardar demasiado.

En estos tiempos en que la rapidez técnica y la feroz competencia de los medios audiovisuales provocan un verdadero aluvión de noticias, en que se agudiza la tendencia a convertir la información en espectáculo, en que algunos medios intentan vender el sensacionalismo como combatividad, en que los grupos de presión políticos y económicos han comprendido que el mejor modo de controlar la información es generando y difundiendo la que a ellos les interesa a través de potentes gabinetes de comunicación, una luz ámbar de cautela debe estar permanentemente encendida en los cerebros de los responsables de cualquier diario que aspire a ser creíble. Frente a la radio y la televisión, el diario escrito todavía tiene la ventaja de algunas horas, pocas, para pensarse las cosas.

Frente a estos nuevos problemas siguen siendo válidas las respuestas clásicas del buen periodismo: noticia es lo que es importante o interesante para un amplio grupo de ciudadanos; las noticias tienen que haber sido confirmadas por, al menos, dos fuentes independientes entre sí; la fuerza de un diario radica en su independencia frente a los partidos políticos y los grandes grupos económicos y en la credibilidad de sus informaciones; el espíritu crítico frente a los poderosos y autocrítico respecto al propio trabajo es inseparable del oficio de informar.

Y todo ello no impide que cuando llegan a la redacción los primeros ejemplares salidos de la rotativa, el mancharse los dedos de tinta fresca vaya acompañado de sonoros juramentos ante los errores detectados al primer golpe de vista. Podría servir de consuelo el pensar que el destino de Sísifo del periodismo es no sólo su tortura, sino su ventaja: todo puede ser recomenzado a la mañana siguiente. Pero no sé por qué, al filo de la medianoche, recién caído de la montaña de una jornada informativa que no ha terminado de escalarse satisfactoriamente y ante la perspectiva de comenzar dentro de unas horas la ascensión de otra, ese posible consuelo apenas funciona. Casi siempre uno se va a dormir cabreado.

JAVIER VALENZUELA[*]

* Javier Valenzuela es director adjunto de *El País*. Fue corresponsal en Beirut, Rabat y París. Autor del libro de reportajes *El partido de Dios*.

INTRODUCCIÓN:
¿Cómo se hacen los productos informativos?

¿Cómo se hacen los productos informativos?

Los periodistas no sólo escriben noticias, crónicas, reportajes, entrevistas y editoriales. Algunos periodistas tienen como principal misión organizar la tarea de sus compañeros, maquetar lo que escriben, cuidar de que el reloj no les haga retrasar la hora de cierre y atender los mil y un detalles que cada día surgen en una redacción, sea grande o pequeña.

Este libro trata sobre los periodistas que no escriben pero que tienen la responsabilidad de decidir qué se publica, cuándo se publica o emite, en qué orden y con qué dimensión.

Este libro trata, pues, de los periodistas que toman decisiones, de los llamados *gatekeeper* (McCombs, 1981; Tuchmann, 1983; McQuail, 1991, entre otros).

Gatekeeper puede traducirse del inglés por «portero», «guardabarreras», «vigilante». Estamos ante una figura periodística que define a aquel profesional que tiene por misión decidir sobre el contenido de las informaciones. Es, por decirlo así, un «filtrador» más que un «filtro».

La labor de este vigilante o guardabarreras es activa, muy activa. Tan activa es, que a veces el filtrador podría ser calificado de censor, caso de que el sistema organizativo de su redacción no se base en esquemas lógicos, transparentes y, en fin, democráticos.

Al *gatekeeper* le vamos a denominar a lo largo de este libro como «guardabarreras».

Los periodistas-decididores —que también podemos definirlos como periodistas-jueces— son los que tienen un cargo medio o elevado: desde un jefe de sección hasta el propio director,

pasando por los redactores-jefe, coordinadores de área, editores
y subdirectores, citándolos por aproximación y que estudiaremos detalladamente más adelante.

En sus manos está el resultado final del producto comunicacional. Un producto que se basa en centenares de unidades informativas.[1]

Los periódicos, en resumen, no sólo los hacen los periodistas de a pie, sino que, principalmente y cada día más, los periódicos son el resultado final de un proceso de toma de decisiones
por parte de los «guardabarreras».

Del ruido a la melodía

Teniendo siempre presente que el periodista de a pie va sólo
a donde le dice su jefe, entenderemos lo básico de este libro: el
proceso de toma de decisiones, conocido en la terminología teórica como «agenda setting-function».

«Agenda setting-function» podría traducirse por «producción
del temario periodístico», «establecimiento de la agenda periodística» e incluso puede aceptarse un solo vocablo: «tematización», aunque este concepto admite mayores definiciones teóricas.
Aquí, a partir de ahora, nos referiremos a la «agenda setting-
function» como «producción del temario periodístico».

De lo que se trata es de convertir el «ruido» que producen
decenas de periodistas en «melodía» gracias al proceso de toma
de decisiones. En todo caso de lo que se trata a través del proceso de toma de decisiones es de poner un orden en el concierto
de noticias.

Un director de orquesta no da entrada a todos los instrumentos en todo momento. Con su batuta advierte al flautista-dulce
para que se prepare, mientras que con su mano izquierda indica
el ritmo para los que están interviniendo.

En una fábrica de coches el director planifica con su equipo

---

1. Por unidad informativa debemos entender desde la noticia a la crónica, pasando
por el reportaje y la entrevista. Por unidad opinativa entenderemos el artículo, la columna, el editorial e incluso el chiste, también llamado cómic o viñeta cómica.

la disposición de sus recursos en función de los mercados, de los precios, de la infraestructura técnica de que dispone y de la habilidad de sus obreros.

Pues bien, la «producción del temario periodístico» o el proceso de toma de decisiones en un periódico —y también en un informativo radiofónico y/o televisivo— se asemeja al sistema empleado por el director de orquesta y el director de la fábrica de automoción.

De lo que se trata es de organizar un equipo de periodistas que sepa dónde hay buenas fuentes informativas, qué escenarios son los más adecuados para que surjan noticias y, al final, cuáles de los centenares de noticias van a ser las que aparezcan al día siguiente publicadas.

Dar buenas y mejores noticias

El medio de comunicación que sepa establecer una estrategia de trabajo correcta, estará en mejor disposición que sus competidores para ofrecer al lector buenas y mejores noticias.

Estamos en un mundo plenamente competitivo y, sin embargo, si analizamos el contenido de diferentes periódicos de una misma ciudad descubriremos un alto porcentaje de temas coincidentes.

¿En qué se diferencia un periódico del otro?, ¿por qué vende más el periódico A que el B? En algunas ocasiones la diferencia entre uno y otro viene dada no por la oferta informativa sino por una política de mercadotecnia: se regalan libros, folletos, se incluyen sobres de sopicaldo y de café soluble o se canjean ciertos vales por una botella de vino, por ejemplo.

Si los medios de comunicación escritos basan su crecimiento en políticas comerciales semejantes, el fin del periodismo en soporte papel está ya escrito y sólo falta ponerle una fecha definitiva.

El futuro está en manos de aquellas empresas periodísticas que crean en el periodismo, en un periodismo independiente, profesional, abierto, alejado de las presiones del poder económico e institucional, pero al mismo tiempo un periodismo bien presentado, en color, con amplios servicios y una buena dosis de material reflexivo, además de un inmejorable material informativo. Estamos ante un reto: hemos adoptado las nuevas tecnologías[2] y le hemos mantenido el pulso a la televisión y a la radio. El futuro tan sólo depende de nosotros.

La producción periodística es universitaria

La producción periodística se ha convertido en asignatura obligatoria en los planes de estudio de las escuelas y facultades de ciencias de la información de América y Europa. Es tan importante saber escribir noticias como saber decidir qué noticias han de tener un espacio en nuestro periódico, informativo de radio y de televisión.

Con este reconocimiento se concede carta de autoridad al proceso de toma de decisiones y la universidad, al fin, se plantea la necesidad de formar para la industria periodística cuadros directivos a través de una política educativa concreta y estudiada.

Los futuros periodistas, los estudiosos de la comunicación, tienen ante sí un reto: entender la dinámica de la toma de decisiones en el proceso de establecimiento del temario periodístico y adoptar esquemas de trabajo menos convencionales, más sugerentes que los que actualmente se emplean en los medios informativos.

El objetivo es conseguir periódicos e informativos de radio y televisión más interesantes, menos aburridos, más profundos y, en fin, más democráticos si es que consiguen dar más protagonismo a sectores sociales que actualmente apenas aparecen en ellos.

2. A lo largo de tres años estudié el impacto de las nuevas tecnologías de la información (NTI) en dos diarios españoles: *La Vanguardia* y *El Periódico de Catalunya*, concluyendo que la adopción de estas novedosas formas de tratar la información habían modificado el mensaje pero no en sentido negativo. Es decir: los periódicos daban más y mejor información redaccional y gráfica después que antes de la revolución de las telecomunicaciones y la informática, pero también descubrí que no habían llegado a utilizar todas las posibilidades y que se habían quedado con tan sólo aquellas que les ahorraban gastos. Este trabajo, muy resumido aquí, constituyó mi tesis doctoral en 1992: «La influència de les innovacions tecnològiques en l'evolució dels models de diari a la premsa d'informació general diària de Barcelona. Anàlisi del canvi en el bloc informatiu de *LA VANGUARDIA* i *EL PERIÓDICO DE CATALUNYA* (1979-1989)». La tesis recibió la calificación máxima de «Apto *cum laude*» por unanimidad del tribunal.

CAPÍTULO 1

LA PRODUCCIÓN PERIODÍSTICA SE BASA EN DETECTAR EL OBJETIVO Y ESTABLECER LOS MEDIOS

El temario periodístico —es decir, la selección de noticias seleccionadas de entre todas las informaciones para confeccionar un producto informativo— está en relación directa con los condicionantes del medio y el modelo elegido por el editor: sensacionalista, serio, popular, etc. No todos los medios se orientan en la misma dirección porque cada uno tiene su especificidad.

Estudiémoslas porque hay muchos públicos, un amplio mercado y una variada oferta.

Los profesionales de cualquier ciencia y rama de la industria de un país tienen ante sí, cuando empiezan a trabajar en determinada empresa, un interrogante: ¿de qué medios disponen?, ¿cuál es el contexto en el que se desenvuelve su trabajo?

Estos interrogantes se plasman en el mundo del periodismo a través de una pregunta básica: ¿qué propiedades, virtudes y circunstancias envuelven al medio en el que trabajamos?

Y de esta pregunta surge otra: ¿se escribe igual, se trabaja igual, en el periodismo escrito, radiofónico y en el televisivo? (Martínez Albertos, 1991).

La respuesta es obvia: no.

1.1. El periódico ayuda a la reflexión

El periódico, presentado en secuencia diaria, semanal, quincenal, mensual o multimensual, es un medio que llega al público a través del soporte papel y cuya distribución se realiza a través de la venta callejera o de la suscripción. La nueva variante del periodismo escrito se denomina periodismo electrónico y también periodismo a la carta, pero todavía estamos en su fase experimental.

Por periodismo electrónico se entiende aquel periodismo que llega al público a través de dos procesos tecnológicos entroncados entre sí: informática y telecomunicaciones. Actualmente se experimenta con el envío al público de productos periodísticos a través de las pantallas de su televisor o de su ordenador.

La redacción confecciona las noticias —incluyendo imágenes televisivas— y se hacen llegar al abonado a través de cables de fibra óptica administrados por las compañías telefónicas.

El público puede elegir qué noticias le interesan más y dispone de dos opciones para verlas-leerlas: hacerlo en la propia pantalla o materializarlas en papel a través de su impresora. Lógicamente sólo pagará por las noticias que se ha quedado. Esto es una ventaja respecto al planteamiento actual: compramos periódicos con 150 o 200 noticias, pero en realidad sólo nos interesan una mínima parte de ellas, ¿por qué pagar el resto?

Hay una diferencia abismal entre el teletexto —comercializado desde hace siete años— y el periódico electrónico. El primero es muy, muy lento y no colma las necesidades informativas de la población, mientras que el segundo es mucho más rápido y sus expectativas de satisfacer al público son mucho más positivas si se complementan con accesos a bancos de datos y servicios comerciales.

En Denver —EE.UU.— el *Rocky Mountain* es un periódico electrónico con 5.000 abonados. En este mismo país el *Star Telegram* —de Fox Worth, Tejas— comercializa su producto por un módico abono de 10 dólares de media al mes.

Aquí y ahora, en Europa y América, estamos todavía en la era del periodismo en soporte papel o a través de las ondas radiofónicas y televisivas —incluido el cable— y sobre estas bases de transmisión de información nos ceñiremos a lo largo del libro.

Pero sea en soporte papel, o en soporte informático/electrónico, la prensa escrita tiene su principal virtud en la capacidad de reflexión que ofrece al lector (Moles, 1975).

Un periódico permite al público leer cuando se le antoje, en el lugar que quiera y al ritmo que le apetezca. Se puede empezar a leer, u hojear, a pie de punto de venta o viajando en el colectivo autobús o en la oficina, si el jefe es benigno, en la barbería o paseando.

Si algún artículo o noticia no se entiende, se puede volver atrás, lo que no sucede con un programa informativo de radio y de televisión, a no ser que llevemos a todas partes una grabadora, lo que resulta poco práctico.

La virtud del periódico-reflexivo es también la posibilidad de almacenar la parte que nos interese.

1.1.1. No todos los periódicos son iguales

En una sociedad tan diversa —y dispersa— como la actual, sería ilógico esperar que todos los periódicos fueran iguales en cuanto a contenido y presentación formal; tamaño y número de páginas; temática y tirada.

Una sociedad plural requiere y exige pluralidad de oferta comunicativa. Esta oferta se plasma en el periodismo diario en una corta serie de modelos de prensa escrita.

En primera instancia los periódicos han sido tipificados de dos maneras: de *prestigio* y de *masas*. Es bueno que estudiemos sus principales características porque la producción del temario periodístico estará en función de las pretensiones y público de cada uno de estos modelos.

1.1.1.1. *El diario de* prestigio *es sobrio*

El primero estaría caracterizado por el dominio del texto sobre la forma y su contenido se centraría eminentemente en el ámbito político. Ejemplos suficientemente claros lo serían *Le Monde*, *The Washington Post* y *El País*, entre otros.

Está dirigido a las elites políticas, económicas y sociales del país donde se edita y trata de ser su mentor. En realidad constituye una especie de faro orientador. El periódico de prestigio intenta influir sobre los líderes de opinión. Es decir, se dirige a un público que podríamos calificar de homogéneo y exigente dada su amplia base cultural o su papel hegemónico en los ámbitos antes citados.

Su lectura gráfica es poco ambiciosa: ni abusa de los grandes titulares ni se apoya en el equilibrio entre superficies entintadas y superficies blancas.

Separa información de opinión y su paginación viene jerar-
quizada por un primer bloque de temas políticos, un segundo
de temas de sociedad/cultura y un tercero dedicado a la economía.
En este modelo de periódicos se suele trabajar con fuentes
informativas institucionales (del gobierno, ayuntamientos, judicatura, fiscalía, mundo económico...).
El tipo de lenguaje redaccional está muy cuidado y no es nada
vulgar. Se tiende a utilizar un vocabulario lo más preciso posible, por lo que en muchas ocasiones es inaccesible a buena parte de la ciudadanía.

1.1.1.2. *El modelo de* masas *es vistoso*

En cambio, el modelo de periodismo de masas o popular se
dirige a la sociedad en general. Una sociedad interclasista, poco
exigente y que busca en los medios de expresión escritos un di-
vertimento informativo. Este público busca productos como *The
Sun* (Reino Unido), *US Today* (EE.UU.), *El Periódico de Catalunya* (España) e *Information* (Francia).
Este tipo de periodismo es el más extendido. Sus editores re-
curren a la presentación gráfica en color, utilización masiva de
elementos iconográficos (fotografía e infográficos),[1] uso y abu-
so, a veces, de grandes titulares y un equitativo reparto entre las
superficies impresas y las que no lo son.
Su lenguaje es coloquial, evitando los vocabularios técnicos.
La extensión de sus noticias, reportajes y crónicas no suele so-

---

1. La infografía es la expresión gráfica de una información. Se utiliza masivamente
desde la aparición de programas de diseño gráfico por ordenador (surgidos a mediados
de la década de los ochenta). La infografía tanto sirve para explicar la batalla de Bagdad
(Guerra del Golfo, en 1991), como para detallar el reglamento del fútbol americano
a través de una serie de viñetas.
Estamos ante la concesión de categoría comunicacional al cómic como expresión
cultural global, no en vano las nuevas generaciones de jóvenes aprendieron a leer en
aquel tipo de publicaciones. La aceptación de esta tesis comporta que periodísticamente estamos adentrándonos en una cultura de iconos, donde la escritura pierde protagonismo.

brepasar las 120 líneas a 36 espacios (algo más de un folio meca-
nografiado) y la información central se apoya en informaciones
secundarias.

El periódico de masas presenta una paginación basada en las
secciones de sociedad, espectáculos y deportes. La política y la
economía suelen quedar relegadas a un segundo plano aunque
la publicación pueda ofrecer una distribución paginal muy pa-
recida a la del periódico de prestigio.

Los recursos en el periodismo popular se dirigen a la búsqueda de noticias de interés humano. Ahí entra desde la política
municipal de aparcamientos hasta el crimen más horrendo.

Entre los modelos de periódicos de prestigio y de masas encontraremos en el mercado modelos considerados híbridos (Casasús y Roig, 1981), es decir, publicaciones que toman de cada
uno de aquellos modelos algunas de sus características.

También conviene tener en cuenta que hay otras formas de
analizar los modelos de periódicos por su:

Contenido: Informativos
           Interpretativos
           Sensacionalistas
           Ideológicos

Objetivo: Políticos
           Comerciales

Paginación: 1/ Modulares
            No uniformes (de pistola)
            2/ Horizontales
            Verticales

Formato: Estándar
           Tabloide

Es bueno —e imprescindible— que el periodista o el estudioso de la comunicación sepa siempre ante qué tipo de publicación se encuentra para poder realizar la correspondiente crítica reflexiva en consonancia con las líneas de trabajo esbozadas por el editor.

Es decir, a un tabloide[2] sensacionalista nunca se le podrá exigir la utilización de un vocabulario culto y para minorías, aunque sí se le puede reclamar un tratamiento veraz de la información.

1.2. La radio es rápida y la televisión muestra cómo es la noticia

El medio de comunicación más rápido es la radio y ello comporta que las rutinas de su producción informativa sean absolutamente diferentes de las del periodismo escrito e incluso del televisivo.

La voz, a través de las ondas, es rápida e impactante. «La imprenta permite ... la mentira absoluta. La grabación, la mentira relativa» (Tubau, 1993, pág. 59). Ahí tenemos una solemne diferencia entre noticia escrita y noticia hablada/dicha: escuchada/oída.

Un simple teléfono móvil permite emitir a través de las ondas lo que dice el político de moda, Miguel Induráin recogiendo la copa de vencedor del Tour o a José Luis Rodríguez, «El Puma», siendo vitoreado en Miami (con permiso de Julio Iglesias).

Pero no toda la emisión radiofónica se basa en la noticia. La radio alterna información con programas de entretenimiento, música y servicios.

---

2. Formato de un periódico diario, la mitad que el formato grande —estándar o sábana—. El diario tabloide observa unas medidas aproximadas de 38 centímetros de ancho por 45 de alto, aunque podemos encontrar ejemplos de periódicos más pequeños, en España sin ir más lejos (López de Zuazo, 1985).

De ahí uno de sus problemas: el oyente no puede elegir el momento en que quiere escuchar noticias. Se deberá atener a la programación, lo que no sucede con el periodismo escrito, del que sólo dependeremos en cuanto a su horario de distribución. En cuanto a la televisión, su gran ventaja es que ofrece al público las noticias en movimiento. Claro que para eso es necesario disponer de una gran infraestructura, de lo contrario deberá usar y abusar de los bustos parlantes, por lo que se convierte en radiofonía más o menos ilustrada, o al menos esto dicen de la «ventana mágica» algunos radiofonistas.

Las cadenas de radio y de televisión suelen ser generalistas, es decir, su programación está basada en una sinfonía de espacios informativos, dramáticos —cine y teatro, «reality show» incluidos—, deportivos —que no dejan de ser informativos—, de entretenimiento y servicios.

Hay cadenas temáticas dedicadas a espacios culturales — documentales, enseñanza—, a articular mensajes religiosos o a emitir constantemente música —videoclips en TV y temas musicales en radio— e incluso encontraremos cadenas especializadas en deportes exclusivamente o... en noticias, como la CNN.

A pesar de que parezca contradictorio, las emisoras de radio y de televisión más difíciles de proyectar en el mercado en busca de un hueco son las generalistas. No abundan las cadenas radiofónicas y televisivas que sepan combinar espacios dramáticos con una buena política cinematográfica y una más que decente tanda de programas informativos. De éstas hablaremos en esta obra dedicada a la producción periodística, porque las cadenas generalistas son las que compiten diariamente con la oferta informativa de los periódicos de aparición diaria y de más amplia difusión, como los semanarios.

No olvidemos, pues, que la televisión muestra cómo es la noticia, la radio la dice y el periódico la explica. Tengámoslo presente porque conocer el medio es saber a quién nos estamos dirigiendo, a quién nos queremos dirigir y con qué elementos debemos trabajar.

Capítulo 2

LAS FUENTES INFORMATIVAS SON LA BASE PARA OBTENER NOTICIAS EN PRIMER ORDEN

El periodista no se inventa las noticias. El periodista, obviamente, no puede ser siempre testigo de los acontecimientos dignos de ser convertidos en noticia. Así pues, el periodista tiene que basarse en testimonios para escribir sus relatos. Toda noticia está respaldada por un testimonio. A estos testimonios les llamamos fuentes informativas. Las hay interesadas y desinteresadas. Que intoxican y mienten. ¡Cuidado con las fuentes que seleccionamos!

Las primeras noticias recibidas por los lectores de Europa y América sobre las matanzas en Ruanda no procedieron directamente de los periodistas destacados en el continente africano. Fueron unos misioneros belgas los que dieron la voz de alarma. Estos misioneros, sin saberlo, se convirtieron en una fuente informativa privilegiada para las empresas periodísticas del mundo: habían presenciado las primeras matanzas y conocían los antecedentes históricos de por qué estaba sucediendo el genocidio.

Luego se desplazaron periodistas por decenas y vieron, personalmente, lo que sucedía o hablaron con nuevos testimonios, «porque la mayoría de los periodistas no han sido testigos presenciales de los hechos sobre los que informan» (De Fontcuberta, 1993, pág. 57).

Estamos ante uno de los problemas de la confección del temario periodístico: buscar buenas fuentes.

Podríamos definir a una fuente informativa como un canal —persona o institución— que nos proporciona datos sustanciales o complementarios —al ser testigo directo o indirecto— para poder confeccionar noticias, reportajes, crónicas e informes.

«Quien dice la primera palabra al mundo es quien tiene la razón», dice Doob (citado en Klapper, 1974, pág. 51), que decía el lugarteniente de Adolf Hitler, Goebbles.

Sin olvidar el interés malsano de esta definición, sí admitiremos que el primero que habla, que aparece en un medio de comunicación diciendo algo, consigue mayor impacto entre la audiencia y la opinión pública que el que lo hace en segunda instancia.

La fuente informativa es una persona, un grupo de personas, una institución, una empresa, un gobierno, una religión, una secta, un club deportivo ... y quién sabe cuántas variables más, que han visto u oído algo, o que tienen documentos sobre ese algo y que están dispuestos a proporcionarlo a algún medio informativo por interés público o porque conviene a sus propias estrategias.

El periodista sabe que entre fuente informativa y noticia hay una relación directa (Tuchman, 1983). Tan directa es esta relación que la elección y selección de fuentes va a condicionar nuestra labor en un periódico, emisora de radio, televisión o agencia de noticias.

«Cuantas más [fuentes] tiene uno, más [información] consigue» (Tuchman, 1983, pág. 83)[1] y disponer de numerosas y garantizadas fuentes significa para un periodista un incremento de su prestigio profesional. («Es un periodista muy bien informado» suele decirse de alguien que tiene muchos contactos.)

Tener buenas fuentes informativas a nuestro alcance significa ser menos dependientes de ciertas partes interesadas, o, como dice Borrat (1989), cuanto más intensos y plurales sean los flujos de información ... «menor será para el periódico la necesidad de usar la información filtrada o la información investigada y a la inversa ...» (Borrat, 1989, pág. 93).

Tener buenas fuentes informativas es una garantía de que estamos en mejor disposición que otros medios para obtener la primicia informativa. Pero para ello los cuadros medios del periódico deben haber tejido una amplia red de contactos, estableciendo con cada uno de ellos una especie de protocolo que nos permita acceder a las noticias y, al mismo tiempo, evitar intoxicaciones.

Por «intoxicación» debemos entender cualquier intento de proporcionar informaciones falsas a un medio con el objetivo de crear un estado de ánimo favorable o desfavorable a determinadas instituciones, empresas o personas. Un claro ejemplo de intoxicación lo tenemos en la denominada Guerra del Golfo, 1991. Iván Tubau (1991, pág. 101) señaló que «la Guerra del Gol-

---

1. A partir de ahora las palabras que aparecen entre corchetes son mías.

fo mató a muchas personas cuyo único pecado fue nacer en Bagdad, pero asestó también un golpe de muerte a la credibilidad periodística».

2.1. La polifonía es democracia informativa

Tener muchas fuentes informativas es bueno para el público porque le permitirá al periodista contrastar informaciones y realizar operaciones de verificación.

Todos los periodistas deben pasar un tiempo verificando sus afirmaciones, cuestionando las fuentes, generando dudas razonables que puedan ser resueltas de forma honesta y sincera.

Dice Borrat (1988) que la credibilidad de un medio está en relación directa con la cantidad, calidad y diversidad de las informaciones y de las fuentes que cita.

Bernstein y Woodward, los periodistas que descubrieron y profundizaron en el «escándalo Watergate», que supuso la dimisión en la historia de un presidente de los Estados Unidos de América del Norte —Richard Nixon—, sostienen que todo hecho debe estar verificado en dos fuentes independientes entre sí (Tuchman, 1983).

Esta misma propuesta la encontraremos en numerosos libros de estilo y manuales de la redacción, tanto en periódicos europeos como latinoamericanos. La tienen, por ejemplo, las redacciones de *Le Monde*, *El País*, *The Washington Post*, *The New York Times* y se hace especial hincapié en el tema en *El Espectador*, de Bogotá, un periódico ejemplar en la lucha contra el narcotráfico.

Si dos personas diferentes, y con intereses no compartidos, confirman un hecho, este hecho será, sin duda, un hecho verificado y publicable de inmediato.

El redactor-jefe de la agencia Europa-Press que la madrugada del 20 de noviembre del año 1975 lanzó el siguiente despacho: «S. E. El Jefe del Estado, Francisco Franco Bahamonde, ha muer-

to» había confirmado poco segundos antes de emitirlo su vero-
similitud a través de dos fuentes diferentes: una del cuadro mé-
dico y otra del gobierno.

Este periodista se jugaba su futuro al adelantarse a la agencia
oficialista EFE en dar la muerte del dictador. EFE, en teoría,
debiera de tener el monopolio de esa exclusiva. El periodista se
jugó su carrera porque tenía el hecho verificado y contrastado
en dos buenas fuentes.

El periodista de Europa-Press supo discernir entre hechos y
juicios de valor, como propone Tuchman (1983). Quizás alguna enfermera pudiera haberle dado alguna pista minutos antes
de que tuviera en sus manos las dos confirmaciones oficiales («es
muy raro, pero no nos dejan entrar en la habitación de Franco,
lo que puede significar que ha muerto, pero yo no lo he visto»),
diría por ejemplo, pero el redactor-jefe se esperó y entró en la
historia del periodismo español.

2.2. El equilibrio entre las fuentes

En nuestra carrera periodística podríamos encontrarnos con
un cierto desequilibrio en cuanto a fuentes informativas. El periodista del ámbito local, por ejemplo, podría tener magníficas
relaciones (y pactos) con el alcalde y su equipo de gobierno. Con
la secretaria del alcalde y con el chófer del primer teniente de
alcalde, con lo que siempre estaría en disposición de saber adónde
había ido la primera autoridad municipal y así seguirle la pista.

Sin embargo, este mismo periodista podría disponer de pocas conexiones con la oposición. Quizás algún que otro desayu-
no de trabajo con el jefe del partido minoritario, alguna llamada telefónica del secretario del segundo grupo en la oposición
y basta.

En cuanto surgiera un tema de cierta importancia, este periodista vería su agenda repleta de referencias y opiniones del
equipo del gobierno y poquísimas de la oposición. En buena

ley y dado que el tiempo aprieta, su noticia resultaría más bien tendenciosa aunque él no lo quisiera. El equipo del gobierno podría engañarle, intoxicarle informativamente.

Así pues, la «potencia informativa del periódico se pone de manifiesto ... en el número, la calidad y el pluralismo de sus fuentes de información» (Borrat, 1989, pág. 57).

2.3. Valor de las fuentes

¿Hay que hacer más caso a unas fuentes que a otras?, ¿qué fuentes tienen más valor? Éstas son dos preguntas básicas de los estudiantes de primer ciclo de nuestras facultades de periodismo que vamos a tratar de resolver a través de una sencilla respuesta: toda fuente es valiosa en sí misma y en contraposición a las otras porque se enriquecen a través del contraste y la polémica.

Sin embargo, estamos acostumbrados a ver cómo algunos periodistas hacen más caso, por ejemplo, de la policía que de los amotinados de un penal (Tuchman, 1983).

Sí, ya sabemos que los penados suelen ser delincuentes más o menos peligrosos y que al recibir la sentencia pierden parte de sus derechos cívicos. No obstante, en relación con un motín se convierten en la mitad de las fuentes informativas.

Gaye Tuchman advierte sobre una toma de posición previa del periodista. Diríamos que el informador sale a la calle en busca de noticias con una concepción bastante definida de la sociedad que le suele llevar a pensar que ésta está dividida en «buenas» y «malas» fuentes.

Y, precisamente, las «buenas fuentes» siempre suelen estar cercanas al poder (político, social, financiero o religioso, e incluso deportivo).

El buen periodista debe estar advertido de esta posibilidad y aún más si tenemos en cuenta que las cárceles europeas empiezan a estar llenas de banqueros y políticos.

La verdad informativa no está en manos de nadie y debemos pensar que ninguna fuente tiene el ciento por ciento de la razón, aunque sí podemos establecer una cierta categoría entre las fuentes a través del análisis de su cercanía a los procesos de toma de decisiones.

En esta línea convendremos que la mayoría de individuos que están en la directiva de una junta saben más que los que no están en la junta.

Algunos miembros de la junta saben más que otros miembros de la junta (Tuchman, 1983).

Saber cómo funciona la junta (o el ayuntamiento, o el parlamento, o el gobierno de la nación) nos ayudará a conceder valores distintos a distintas fuentes informativas.

Nuestro tiempo es precioso y no podemos esperar, en teoría, que el vicepresidente tercero sepa más que el propio presidente, aunque debemos estar alerta ante esta posibilidad, pero no es normal.

2.4. Busquemos bien nuestras fuentes

La selección previa de las fuentes se convierte, en el proceso de producción periodística, en una fase clave para materializar una oferta informativa veraz, seria, honesta y profunda.

La selección de nuestras fuentes y su constante revisión nos servirá para eludir uno de los peligros de la «producción del temario periodístico»: reiterar fuentes institucionales y, dentro de ellas, establecer unas rutinas burocratizadas que vienen justificadas por la falta de ganas de trabajar y de ser críticos.

La selección previa de nuestras fuentes comporta, también, que establezcamos una metodología específica en su tratamiento. Nosotros podríamos elegir una buena relación de fuentes y, sin embargo, no ser correspondidos por ellas.

Las fuentes informativas deben ser cultivadas y cuidadas. Es decir, debemos tratar periódicamente con ellas, consultarlas, solicitarles opiniones, contrastar informaciones, establecer calendarios de temas...

Si uno es visto continuamente por las salas de prensa o lugares habituales adonde acuden nuestras fuentes, podremos establecer una cierta familiaridad que no debe excluir un trato equidistante y teniendo siempre presente que nuestros intereses suelen ser diferentes. Con las fuentes debemos tratar siempre con cierto distanciamiento.

El peligro de que la familiaridad sea excesiva comportará el peligro de que las fuentes nos consideren «sus» periodistas y que, por lo tanto, dosifiquen sus entregas de información en función de cómo vayamos tratándolas.

Con las fuentes informativas continuas debemos establecer previamente un acuerdo tácito de que nuestra profesionalidad está y estará siempre por encima de la amistad y el compañerismo. Incluso les podemos hacer cómplices de nuestra profesionalidad proponiéndoles que nos ayuden a hacer una sociedad más transparente y democrática a través de sus informaciones. Algunas veces hay alguien que pica.

2.5. Tipos de fuentes: ¿a quién hacer más caso?

En un medio informativo se trabaja con los siguientes tipos de fuentes:

Fuentes propias
Fuentes institucionales
Fuentes espontáneas
Fuentes confidenciales y anónimas

Por *fuentes propias* debe entenderse las establecidas por el propio medio: la plantilla de periodistas es la base de este tipo de fuentes, pero también los pactos del editor con empresas e instituciones.

Una buena plantilla de periodistas nos permitirá enviar más personas a más escenarios para buscar más noticias más contrastadas, y perdón por la reiteración del adverbio.

¿Tendrá igual valor la información facilitada por dos periódicos que ofrecen diariamente 60 páginas si sabemos que uno de ellos tiene una plantilla de doscientos periodistas, mientras que el otro sólo cuenta con cuarenta?

En un momento en que los medios informativos cuentan con un gran número de canales gracias a la revolución de las nuevas tecnologías (telecomunicaciones más informática), el procesamiento de los miles de mensajes obliga a tener amplias y preparadas plantillas.

«El periodista gandul lo tiene fácil», me dijo hace poco el director técnico de *El Periódico de Catalunya* (Barcelona), Mario Santinoli. Se refería, claro está, a que a la mesa del informador llegan miles de mensajes que debieran ser contrastados, pero que muchas veces se aceptan como válidos y se hacen llegar al lector sin suficientes verificaciones.

He aquí uno de los grandes peligros de las NTI: tantos mensajes pueden generar ruido y no melodía. Tarea de la redacción será clasificar, ordenar y jerarquizar el gran volumen de información recibida. De ahí que los recursos propios sean tan importantes. Desde la mesa de redacción se puede telefonear a todo el mundo y esto sólo se puede hacer si tenemos suficiente personal lo suficientemente preparado.

Las *fuentes institucionales* son aquellas procedentes de lo que hemos convenido en calificar de poder: financiero, político y religioso, especialmente, pero también social.

Gobiernos, ayuntamientos, bancos, iglesias e instituciones de gran relevancia no dudan en realizar cuantiosas inversiones en gabinetes de comunicación e imagen para incidir en los medios informativos.

De los gabinetes de prensa de organismos oficiales debemos considerar que cumplen con una obligación de las modernas democracias al hacer llegar a las redacciones las decisiones adoptadas por los gobiernos, parlamentos, entes judiciales y órganos ejecutivos.

El periodista no puede pasarse las 24 horas del día analizando boletines oficiales para buscar noticias. De ahí que sean tan valiosos los boletines de prensa institucionales.

Pero el peligro es que algunos —o muchos— gabinetes informativos silencian temas considerados peligrosos por sus jefes, mientras que tienden a centrar sus esfuerzos en difundir noticias de escaso valor y que en muchas ocasiones más bien parecen notas propagandísticas (Ofa Bezunartea, 1988).

Miles de personas están trabajando continuamente para analizar lo que se publica y emite sobre sus instituciones y poder, así, reaccionar de inmediato ante cualquier noticia que les afecte.

Estos gabinetes de comunicación e imagen no sólo actúan a la defensiva, todo lo contrario. Generan campañas de información pensando —acertadamente— que cuanto más material positivo consigan introducir en la programación informativa de los medios, menos espacio tendrán éstos para publicar hechos negativos sobre ellos.

Se trata, sin duda, de una maniobra de guerra: ocupando territorio del «enemigo», le tendremos entretenido y preocupado, al tiempo que impediremos que otros «ejércitos» ocupen las parcelas —territorios— invadidos por nuestras informaciones.

Un buen ejemplo de esta estrategia lo observaremos en los suplementos científicos de algunos periódicos que no sólo están patrocinados por grandes corporaciones químicas y médicas, sino que los reportajes publicados proceden también de sus gabinetes de comunicación.

Las agencias de noticias también entrarían en esta tipología porque generalmente se trata de organismos dependientes de empresas multimedia muy ligadas a intereses particulares o están subvencionadas directamente por el Estado, como es el caso de la agencia EFE.

La labor de los periodistas en el momento de establecer la

agenda temática del día será desbrozar entre la paja y el trigo, como ya veremos en el capítulo 9.

Las *fuentes espontáneas* son las más interesantes porque proceden de aquellos sectores de la sociedad que generalmente entran en conflicto con las grandes corporaciones que constituyen el poder.

Se trata de asociaciones y colectivos de ciudadanos afectados por la construcción de una autopista, la falta de escuelas, la contaminación de una fábrica o la adulteración alimenticia.

No suelen tener gabinetes de comunicación estables, ignoran muchas veces cómo acceder a los periodistas y cuando lo hacen, se expresan confusamente.

El valor de estas fuentes es que contrapesan la estrategia de los poderosos y, específicamente, sus opiniones responden a los intereses y preocupaciones de la mayoría de los ciudadanos, por esto es tan importante tenerlos siempre presentes.

Las *fuentes espontáneas* responden, por lo general, a lo que convencionalmente calificamos como «hombre de la calle» y, no lo olvidemos, que suelen ser el grueso de nuestro público.

En cuanto a las *fuentes confidenciales y/o anónimas* diremos que se trata de líneas de información muy raras, poco abundantes, escasas y, por lo tanto, muy apreciables, aunque peligrosas.

Las *fuentes confidenciales* están relacionadas con el poder y a través de ellas obtenemos documentos e informes de gran valor periodístico a los que no hemos podido acceder por vías convencionales. Woodward y Bernstein apodaron como «garganta profunda» a la persona que les facilitaba información de primera mano sobre el corrupto proceso Watergate. Esta definición ha sido incorporada plenamente al argot periodístico internacional.

Las *fuentes anónimas* suelen ser personas que informan de algún hecho de interés periodístico pero que lo hacen sin darse a conocer. A lo largo de una semana se producen varias llamadas de este tipo en cada medio de comunicación, con resultados apenas apreciables, pero en ocasiones merece la pena atenderlas porque generan pistas de gran calidad informativa.

No podemos dejar de señalar el peligro de este tipo de fuentes, especialmente porque el periodista está indefenso caso de que su director le exija identificar al testigo. En el anonimato puede esconderse alguien interesado en intoxicarnos informativamente.

A pesar de todo, no olvidemos que la policía y la judicatura han resuelto casos complicados gracias a este tipo de informadores. Entonces, ¿por qué no pueden ser válidas para el periodista?

Otra forma de identificar y clasificar las fuentes informativas la ofrece Borrat (1989) al señalar que podemos encontrar fuentes resistentes, abiertas, espontáneas, ávidas, compulsivas, gubernamentales y no-gubernamentales.

2.6. Cómo trabajar con las fuentes

Lo primero que tiene que plantearse un medio de comunicación, y los periodistas que trabajan en él, para obtener un buen producto periodístico es el tema de las fuentes.

Qué fuentes son válidas. Ante qué fuentes nos debemos poner en guardia.

Veremos en el capítulo siete cómo se confecciona una agenda periodística. Pero adelantaremos que cualquier agenda temática está en relación directa con las fuentes con las que vamos a trabajar.

Lo principal es confeccionar un Archivo Básico de Fuentes (ABF) en el que, de forma sistemática y organizada, se reflejen todas y cada una de las personas e instituciones que tienen algo que decir en nuestro ámbito de actuación (geográfico, temático, específico).

Este ABF deberá ir siempre con nosotros adonde quiera que vayamos. Podemos llevarlo en forma de agenda-papel o agenda-binaria, es decir, en un pequeño ordenador de bolsillo. También es posible ahora utilizar la telefonía móvil para consultar el banco de datos de nuestro medio de comunicación.

El ABF será revisado permanentemente para tener la identificación de personas e instituciones al día. ¿De qué nos sirve un teléfono que ya está fuera de uso?

La organización de la agenda personal se verá más adelante, pero repito que el ABF es la pieza clave sobre la que se edificará la producción periodística.

Por último tengamos siempre presente que el público tiende a ser más receptivo a ciertas fuentes que a otras. Por ejemplo, las fuentes consideradas como fidedignas, seguras y de alto prestigio consiguen un alto índice de persuasión entre el público, mientras que fuentes consideradas más negativas, la obstaculizan.

Durante la reciente Guerra del Golfo (1991) al público se le presentaban dos fuentes televisivas dignas de servir de ejemplo sobre el discurso del párrafo anterior. La fuente fidedigna podría venir dada por el general de los EE.UU. Schwarzkopf, una especie de osito de peluche —imagen limpia— de dos metros de altura que apenas vociferaba. La fuente negativa la personalizaría un bigotudo y barrigudo —imagen de suciedad— Sadam Hussein.

Capítulo 3

SELECCIÓN, INCLUSIÓN Y EXCLUSIÓN

Cada día llegan a los medios de comunicación miles de noticias a través de teletipos, teléfonos, mensajes radiofónicos y televisivos, correspondencia convencional, mensajes personales, boletines de prensa (institucionales, financieros, políticos, deportivos, religiosos...). Las Nuevas Tecnologías de la Información (NTI) permiten la transmisión de miles de datos en pocos segundos. En resumen: la redacción se las ve y se las desea para digerir y tratar ese gran volumen de información. Procede, entonces, actuar como un cirujano: aquí corto, esto me interesa, esto lo quito y esto otro lo pongo. Y ya tenemos el temario periodístico.

Los más de mil noticias y mensajes diversos —y dispersos— que llegan cada día a nuestra mesa de redacción nos someten a una drástica prueba: eliminar a buena parte de ese volumen, echarlo a la papelera.

Un periódico de aparición diaria tan sólo puede absorber entre 150 y 200. Sobran, por lo tanto, unas 800 u 850. Una emisora de radio o de TV aún son capaces de asumir menos volumen de informaciones, a no ser que emitan las 24 horas.

Procede tomar una determinación: aplicar un método de trabajo severo e incluso drástico. Este proceso, que nos conduce a rechazar y echar a la papelera centenares de noticias, se puede definir en cuatro palabras: seleccionar, incluir, excluir y, por último, jerarquizar. Veamos estas fases pormenorizadamente.

Con la mesa de trabajo todavía vacía, los redactores-jefe, a instancias de la dirección, envían a sus periodistas en busca de noticias. Supongamos que la elección de escenarios, fuentes y ámbitos es la correcta.

Al cabo de pocas horas sus mesas estarán llenas de mensajes. Ha llegado la hora de la verdad. Procede afrontar el momento más cruel del proceso de producción periodística, a través del cual el medio de comunicación y el equipo que lo dirige y realiza demostrará, o no, su capacidad profesional.

Sea cual sea el resultado, siempre quedará la duda de si no podía haberse hecho mejor. Y esto es así porque «los conflictos narrados y comentados en el discurso polifónico del periódico son solamente una parte reducida del conjunto de conflictos conocidos por el periódico» (Borrat, 1989, pág. 41).

La producción periodística se centra en el proceso de inclusión y exclusión de hechos noticiables y entre los incluidos se procede a su jerarquización.

3.1. La selección tiene una base científica

A esta fase previa se la podría denominar el acopio de información u obtención. Procede, entonces, seleccionar entre la primera oleada de noticias publicables.

La selección se realiza en función de las siguientes premisas: fuentes que merecen garantía y han sido homologadas por el medio; escenarios —espacio y ámbitos— en los que siempre encontramos noticias y, en tercer lugar, nuestra frecuencia temporal de salida al mercado, que condiciona absolutamente el producto. Damos por hecho que sabemos a qué público queremos dirigirnos y que el objetivo de la empresa está definido.

En teoría, si el periodismo fuera una ciencia exacta sabríamos a ciencia cierta cómo debe procederse a la selección ajustándonos a las propuestas de Carl Warren (1975), que dice que la noticia está compuesta por los siguientes ingredientes: actualidad, proximidad, consecuencias, relevancia personal, suspense (intriga), rareza, conflicto, sexo, emoción y progreso. Pero los medios de comunicación no siempre tienen en cuenta esta plantilla.

La rutina profesional nos indica que nuestros periodistas, corresponsales, colaboradores, agencias contratadas e informantes espontáneos nos van a proveer de numerosas pistas y hechos susceptibles de ser convertidos en noticia.

Podemos tener encima de la mesa entre 600 y 1.000 hechos noticiables, de los que en primera instancia descartaremos los que no interesan para nada.

En muchas ocasiones los gabinetes de prensa oficiales suelen enviar gacetillas meramente propagandísticas sin apenas valor: «El alcalde ha inaugurado una fuente en el barrio América». Si el citado barrio ya estaba lleno de fuentes, el hecho, lógicamente, no interesará apenas a nadie.

Y así seguiremos descartando numerosas notas de escaso valor. Nos quedaremos, al final de este primer proceso de selección, con un volumen menor de noticias, pero ciertamente aún será demasiado grande como para que todas ellas tengan entrada en nuestros espacios informativos de radio y televisión o en nuestras páginas.

Con el material seleccionado nos debemos plantear una segunda criba, porque lo que hemos hecho hasta ahora es, simplemente, quedarnos con lo más interesante en función de las premisas del medio para el que trabajamos. No es lo mismo la selección de noticias en un periódico sensacionalista que en uno dirigido a las elites políticas y económicas del país.

3.2. Inclusión y exclusión centran el temario

La segunda criba consiste en quedarse «realmente» con lo más interesante de entre el material interesante. Es decir, vamos a incluir en la agenda temática de nuestro medio tan sólo aquello que estrictamente va a caber en las páginas —en el caso de los periódicos en soporte papel— o en el minutaje —para radio y televisión—. En realidad vamos a incluir todo aquello que consideremos que debería caber.

Incluir es centrar nuestros esfuerzos en trabajar sobre unas noticias que coinciden con los intereses fundamentales del producto y del lector. Naturalmente esta fase del proceso comporta que el medio considere que las informaciones incluidas, inicialmente, en el temario son «un conflicto políticamente importante» (Borrat, 1989, pág. 41).

El antónimo de incluir —excluir— comporta que dejaremos a un lado —en la papelera probablemente— los conflictos políticamente menos importantes[1] que el medio no considere adecuados a su línea editorial o dignos para el lector.

Posteriormente se procede a jerarquizar.

---

1. Podría tratarse de un conflicto importante que puede dañar los intereses del editor o propietario, lo que explicaría su exclusión.

3.3. Jerarquizar es ordenar y dedicar esfuerzos a ciertos temas

Esta última fase es ciertamente delicada porque comporta decidir qué informaciones serán utilizadas como «bandera» del medio para atraer la atención del público y, al mismo tiempo, servirán para popularizar personajes y temas o conflictos.

Jerarquizar es ordenar, priorizar, destacar algo sobre la masa y relativizar otros temas.

«Este tema lo daremos en la primera de Internacional y este otro en un breve», dice diariamente el redactor-jefe de la sección de Extranjero siguiendo las normas —rutinas— aceptadas o impuestas en el medio.

Al mismo tiempo jerarquizar determina que algunas informaciones serán más elaboradas que otras, por lo que se pondrán a trabajar más periodistas, vaciando de recursos el tratamiento de otros conflictos.

Jerarquizar supondrá también revestir la información con infografías, fotografías y detalles complementarios —en el periodismo escrito—; o incluir declaraciones de viva voz de ciertos personajes en radio o televisión, acompañando, en este último caso, la noticia con imágenes del día o de archivo.

Risiti (1982) da una versión más particular de este largo proceso, que en realidad ha de realizarse en muy pocas horas en el caso de periódicos diarios o informativos de radio y televisión.

Dice este autor que primero se decide qué entra y qué no queda incorporado en el circuito informativo. Luego se produce la primera jerarquización y valoración de temas de interés público y quizá se establezca una jerarquía de prioridades.

A continuación se decide el temario final: es decir, se procede a concentrar la atención pública y movilizarla hacia una serie de noticias, eliminando otras. Pero éste es un tema que entra en el siguiente capítulo: ¿quién decide el temario final?, ¿quién señala qué entra y qué no en el temario periodístico?

CAPÍTULO 4

LA GENTE QUE VIGILA Y CONDICIONA
EL TEMARIO INFORMATIVO:
EL «GUARDABARRERAS»

La información que aparece en los periódicos y programas de radio y TV no se selecciona ni redacta por sí sola: profesionales de probada solvencia —o eso sería de desear— deciden qué noticias va a publicar o emitir su medio y cuáles quedan fuera. También señalan a los periodistas que están bajo sus órdenes, previa discusión, el enfoque a dar en cada noticia. Estamos ante los «guardabarreras», los gatekeepers *de la prensa anglosajona. Son odiados porque su tarea es muchas veces cruel: decidir.*

Los periodistas de prensa, radio y televisión están organizados en redacciones más o menos amplias, dependiendo de los recursos empresariales puestos a su disposición.

Estas redacciones no son otra cosa que grupos de trabajo organizados para producir una mercancía absolutamente perecedera: diarios y programas informativos de radio y de televisión, cuando no despachos de agencias de noticias.

La organización periodística está basada en pirámides en cuya cúspide se sienta el director del medio, que decide en caso de conflicto y señala las metas a alcanzar, además de negociar con la empresa los recursos precisos y estudiar, conjuntamente, los objetivos editoriales.

El director tiene a sus órdenes a subdirectores, que a su vez mandan a redactores-jefe y éstos a jefes de sección, que gobiernan sobre los periodistas de base.

En realidad el *staff* directivo está todo el día revisando las previsiones hechas en función de los temas que van llegando y de las noticias que surgen (Tuchman, 1983). La producción del informativo —en soporte papel o a través de las ondas o del cable— se va actualizando constantemente hasta el momento en que se lanza la versión definitiva, sobre la que, sin embargo, aún podrían hacerse cambios de ultimísima hora gracias a las NTI.

En realidad la tarea principal del *staff* directivo tiende a ser más la de guardabarreras pasivo que la de agentes activos con tendencia a romper esquemas y convencionalismos.

El «guardabarreras» es, en verdad, el origen de la producción de la noticia (Tuchman, 1983) porque de su capacidad de toma de decisiones dependerán las rutinas y el envío de profesionales a escenarios y ámbitos. Más tarde procederá a seleccionar, incluir-excluir y jerarquizar las informaciones obtenidas por su plantilla.

Pero aún tiene más funciones porque no sólo ejercerá su in-

fluencia decisoria sobre el producto del día sino que sus órdenes irán más allá, proponiendo qué temas han de ser tratados
a lo largo de una secuencia temporal más o menos larga. Es decir: en sus manos está el popularizar o demonizar a algún personaje o institución a través de su mantenimiento en la agenda
a lo largo de varios días o semanas.

Al mismo tiempo asigna recursos —equipos y personas—, distribuye espacios y condiciona volúmenes y posiciones. Por ejemplo, el «guardabarreras» puede decidir que una noticia salga reiteradamente en portada o que vaya a la última columna de la
última página, escondida entre los anuncios inmobiliarios.

Grandi (1985) indica tres clases de «guardabarreras» que aceptamos como válidas: la del vigilante individual; la del vigilante
de la organización o institución y la del vigilante del sistema
comunicativo global.

El «guardabarreras» es la primera base del edificio de la confección del temario periodístico, o compendio final de noticias
que publicará o emitirá un medio, como indicaron McCombs
y Shaw (1972), iniciadores de la teoría.

El «guardabarreras» actúa en función de su capacidad y experiencia profesional, pero en numerosas ocasiones ha sido elegido para esa función por la empresa y no por sufragio redaccional, por lo que su labor puede derivar también en la de
vigilante y controlador de los periodistas.

4.1. La organización piramidal

Pero para hacer posible la realización de un producto informativo cohesionado, honesto y bien hecho, se precisa antes disponer de una organización bien estructurada.

No es que la organización piramidal sea la panacea, pero en
la realidad de la industria de la comunicación es la más extendida.[1] De ahí que centraremos nuestro análisis en ella.

---

1. Además de la organización piramidal —estructura de mando en cascada y con
un jefe «supremo» que decide en última instancia y, previamente, ha dado las instruc-

Ésta es la organización de un periódico clásico:

DIRECTOR		
SUBDIRECTOR DE INFORMACIÓN	SUBDIRECTOR DE OPINIÓN	SUBDIRECTOR DE EDICIÓN
REDAC.-JEFE DE	REDAC.-JEFE DE	REDAC.-JEFE DE
Política	Editorial	Maquetación
Sociedad	Columnistas	Edición
Deportes	Colaboradores	Cierre
Economía	Cartas Director	Infografía
Espectáculos	Páginas especiales	Fotografía
Suplementos		
JEFES DE SECCIÓN	JEFES DE SECCIÓN	JEFES DE SECCIÓN
Polít. Internacional	S/ necesidades	S/ necesidades
Polít. Nacional		
Polít. Regional		
Sociedad		
Local		
Tribunales		
Policía		
Sucesos		
Ecología		
Fútbol		
Resto Deportes		
Espectáculos (cine, teatro)		
Espectáculos (TV)		
Empresarial		
Laboral		
Economía Pública		
Suplemento dominical		
Suplementos especiales		

ciones precisas para alcanzar los objetivos— nos encontramos con diferentes tipos de estructuras mucho más democráticas y participativas.

En primera instancia llamamos la atención sobre la empresa autogestionaria donde todos los periodistas tienen los mismos derechos y se vota, democráticamente, las principales directrices editoriales. El director pasa a ser un coordinador y en caso de indecisión, la última palabra la tiene el consejo de redacción: un voto por persona y el del director es decisivo en caso de empate. Este tipo de organización está muy extendido en los órganos de comunicación alternativos y marginales (prensa política, sindical, vecinal, de consumidores, colectivos radicales, etc.).

En segundo lugar podemos recurrir a la Sociedad de Redactores (*Le Monde*). Los periodistas tienen en sus manos buena parte de las acciones, pero dejan el poder de decisión final en manos del director, que ve su tarea muy facilitada por el proceso de toma de decisiones —democrática— realizada en los estratos intermedios.

En tercer lugar, y último, hallaremos la comunicación de intermediación. Consiste en crear una base comunicacional —prensa, radio o TV— en la que se recogen y emiten todos los mensajes que llegan: no hay proceso de toma de decisiones y todo vale. Ejemplos de este tipo de comunicación de intermediación lo ofrecen algunas publicaciones de tendencia anarcosindicalista, contrarias al papel clásico de los periodistas.

En algunos medios encontraremos categorías profesionales determinadas, como las de realizador y montador en televisión, que en ocasiones no están asumidas por periodistas sino por especialistas procedentes de escuelas técnicas.

En una emisora de televisión convencional, los servicios informativos están organizados de la siguiente forma:

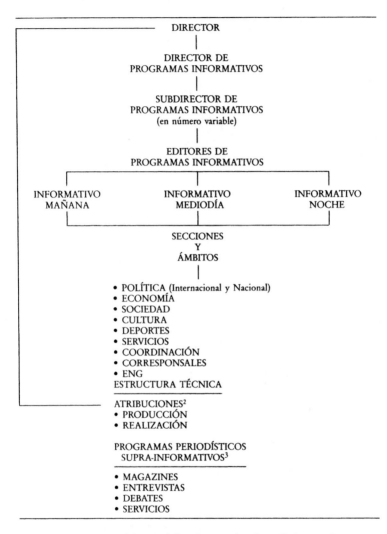

DIRECTOR

DIRECTOR DE
PROGRAMAS INFORMATIVOS

SUBDIRECTOR DE
PROGRAMAS INFORMATIVOS
(en número variable)

EDITORES DE
PROGRAMAS INFORMATIVOS

INFORMATIVO MAÑANA   INFORMATIVO MEDIODÍA   INFORMATIVO NOCHE

SECCIONES
Y
ÁMBITOS

- POLÍTICA (Internacional y Nacional)
- ECONOMÍA
- SOCIEDAD
- CULTURA
- DEPORTES
- SERVICIOS
- COORDINACIÓN
- CORRESPONSALES
- ENG
ESTRUCTURA TÉCNICA

ATRIBUCIONES[2]
- PRODUCCIÓN
- REALIZACIÓN

PROGRAMAS PERIODÍSTICOS
SUPRA-INFORMATIVOS[3]

- MAGAZINES
- ENTREVISTAS
- DEBATES
- SERVICIOS

2. «Atribuciones» es el órgano de la cadena que distribuye diariamente los recursos técnicos en función de criterios que, muchas veces, están por encima de las exigencias de los responsables de sección e incluso de los directores de los informativos. En realidad el jefe de atribuciones es un nuevo *gatekeeper* porque de sus decisiones depende que una noticia tenga, o no, imágenes vivas.

3. Se trata de programas informativos basados en reportajes, entrevistas y servicios. No necesariamente aparecen cada día.

Y éste sería el organigrama de una emisora de radio convencional, en la vertiente de informativos:

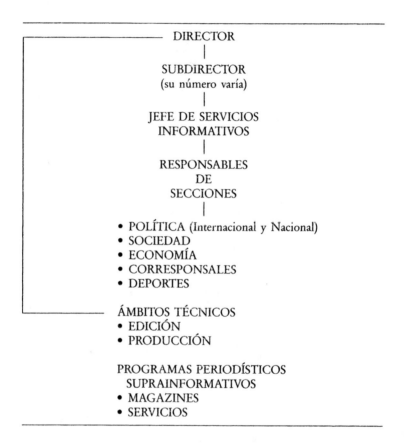

DIRECTOR
|
SUBDIRECTOR
(su número varía)
|
JEFE DE SERVICIOS
INFORMATIVOS
|
RESPONSABLES
DE
SECCIONES
|
• POLÍTICA (Internacional y Nacional)
• SOCIEDAD
• ECONOMÍA
• CORRESPONSALES
• DEPORTES

ÁMBITOS TÉCNICOS
• EDICIÓN
• PRODUCCIÓN

PROGRAMAS PERIODÍSTICOS
SUPRAINFORMATIVOS
• MAGAZINES
• SERVICIOS

Como podemos observar, en cada medio de comunicación hay una cadena de poder que en cada eslabón ofrece un nivel propio de toma de decisiones. A la persona que está encargada de resolver asuntos periodísticos se la conoce en la jerga periodística anglosajona como «guardabarreras», es decir, el guardabarreras, el portero, el que da paso o lo impide.

De esta forma, el director sería el último y más decisivo «guardabarreras», pero también merecerían este calificativo los subdirectores, redactores-jefe y jefes de sección. El periodista, a su manera, sería el primer «guardabarreras», ya que en su ámbito concreto es el que decide qué temas lleva a la redacción y qué asuntos no cree que merezca la pena tratarlos siquiera. Y en el caso de TV, el auténtico filtrador sería el jefe de atribuciones.

4.2. En busca de la noticia: misión difícil, pero no imposible

La principal misión de esta pirámide organizativa es proveerse de buenas y exclusivas noticias y materializarlas a través del papel o de las ondas en los plazos previstos: 24 horas para un periódico diario; cada 60 minutos en el caso de informativos horarios de alcance en radio y TV o informativos en profundidad cada 6 u 8 horas.

En realidad, en un periódico —y también en radio y TV— podemos detectar diversos subsistemas que se incardinan y relacionan entre sí para hacer posible la producción final. Pensemos que además de los periodistas encontraremos la red administrativa, la publicidad, los talleres técnicos y, en prensa escrita, la distribución (Borrat, 1989).

Los medios de comunicación están inmersos, además, en unos condicionantes propios y ajenos. No olvidemos que muchos tienen estatutos empresariales, estatutos de la redacción, presiones económicas y políticas, pactos empresariales y sindicales, etc.

Todo ello no obsta para que, en general, el periodismo de los países democráticos ofrezca productos bastante aceptables, aunque, como es lógico, susceptibles de ser mejorados a poco que sus protagonistas reflexionen críticamente sobre lo que están haciendo. No en vano los medios de comunicación son uno de los pilares básicos de una sociedad abierta, plural y libre. Si en algún momento dejan de asumir su papel de conciencia crítica, la sociedad, inevitablemente, se empobrecerá.

Las empresas no deben nunca olvidar que para hacer buenas informaciones hace falta mucho personal y esto significa unos costos sociales de cierta consideración. Hacer información es caro.

Pues bien, la búsqueda de la noticia empieza en la base de la pirámide, cuando el periodista sale a la calle, o desde la mesa de redacción, y atisba el horizonte informativo en busca de algo susceptible de ser convertido en noticia.

El periodista que sale a la calle suele ser un especialista. Se le ha formado para saber mucho de alguna institución o ámbito temático y hacia estos objetivos deberá dedicarse en cuerpo y alma. Periódicamente leerá prensa especializada, publicaciones oficiales y mantendrá contactos para actualizar sus conocimientos, asistiendo, asimismo, a seminarios y cursos.

El periodista que se queda en la redacción suele ser un generalista, es decir, su tarea consistirá en volver a redactar noticias procedentes de agencia, comunicados oficiales o de sus propios compañeros que están en ayuntamientos, parlamentos o tomando datos de un siniestro.

En la redacción podemos también descubrir a periodistas especialistas de mesa, que se dedican a temas de política internacional —por ejemplo— u otros ámbitos que sólo pueden ser tratados a través de los modernos medios de telecomunicación.

En toda redacción debe tenderse a buscar un equilibrio entre periodistas generalistas y especialistas (Borrat, 1989) para dar más cohesión al producto.

Sin embargo Tuchman (1983) advierte que es inútil que todos los periodistas se empeñen en saber sólo de una cosa, lo mejor es que cada especialista pueda ser un generalista y viceversa, así se garantiza la posibilidad de que todos puedan cubrir sucesos imprevistos con igual dosis de profesionalidad. Mal periodista será aquel que, siendo requerido para ello, se niegue a cubrir una emergencia aduciendo que él tan sólo sabe de equis tema y no de otros.

La polivalencia del periodista está garantizada si éste domina las técnicas narrativas periodísticas y, como buen profesional, se mantiene informado —ligera o profundamente— de los temas que puedan interesar al público medio.

No olvidemos nunca que el periodista ha de ser, siempre, un buen lector, oyente y televidente.

El estudio de cada una de las categorías profesionales de una redacción lo realizaremos desde la base (el periodista) hacia arriba (el director) puesto que las noticias las aporta siempre el primero, dando origen a la producción periodística propiamente dicha.

4.2.1. El periodista es la persona básica

Periodista es todo aquel profesional con una base cultural sólida —adquirida en la universidad— que domina las técnicas periodísticas y está dotado de criterios personales basados en la honestidad y el respeto a la verdad.

El periodista puede expresarse de forma literaria, gráfica, infográfica, audiofónica y televisiva.

Para Tuchman (1983, págs. 80 y 81) «ser un periodista significa conocer cómo encontrar relatos pertinentes para la ubicación que uno tiene en la red informativa».

Un periodista debe tener interés en saber cómo funciona la sociedad que le envuelve. Un buen profesional será aquel que se interese por descubrir el detalle que explica una noticia, prescindiendo de lo trivial.

Un buen periodista se diferencia, en parte, de uno mediocre o de un aprendiz «en su capacidad intuitiva para comprender el alcance contextual de los acontecimientos e interpretarlos adecuadamente con relación a los intereses singulares de los públicos relativos» (Núñez Ladevéze, 1991, págs. 174-175).

Ya desde su etapa de estudiante, el futuro periodista debe comprender que el contacto con la actualidad a través de la información de los periódicos y programas informativos de radio y televisión es imprescindible para su formación periodística.

En realidad, el periodista podría ser considerado también como un historiador y como un intelectual. Como historiador, porque en realidad está haciendo la crónica diaria de su mundo. Como intelectual porque es intérprete del devenir y trata de orientarse y de orientar a los demás en los procesos de cambio (Núñez Ladevéze, 1991).

El periodista puede figurar en la plantilla de un medio de comunicación o bien ser corresponsal —corresponsal local, nacional o en el extranjero— o colaborador suplente —contratado los fines de semana y durante vacaciones y períodos especiales de elecciones, Juegos Olímpicos, etc.

En la industria de la comunicación encontraremos también una figura característica que da mucho juego informativo: el periodista *freelance*, es decir, el informador independiente que va en busca de la noticia —escrita, fotografiada o filmada— y cuando la tiene la ofrece al medio adecuado.

El *freelance* suele actuar en escenarios bélicos o en escenarios sociales. Tanto se le puede encontrar en la guerra de Bosnia como persiguiendo a Claudia Schiffer a través del Mediterráneo.

4.2.2. El jefe de sección es el capitán de la tropa

El jefe de sección es la persona que trata directamente la información con el periodista. Le señala diariamente la tarea a realizar y discute con él —o al menos eso sería lo deseable— el enfoque que debe dar a sus relatos periodísticos.

El jefe de sección tiene a su cargo un ámbito temático o geográfico —que estudiaremos en el capítulo seis— y su responsabilidad es dirigir hacia los escenarios noticiables a sus periodistas en el momento oportuno.

Para ello debe tener bien claro el territorio en el que actúa y delimitar las fronteras del ámbito con los otros jefes de sección. En caso de duda, siempre será más útil asumir temas fronterizos que pensar que los va a cubrir otra área de su medio de comunicación. De ser así, podrían perderse noticias porque entre unos y otros eludirían su responsabilidad.

El jefe de sección es responsable de mantener viva la agenda temática de su ámbito, enriquecerla y relacionarla con las agendas personales de su plantilla.

Al mismo tiempo tiene la obligación de acudir a todos los consejos de redacción a los que sea convocado para decidir el temario periodístico definitivo.

A estas reuniones acudirá con las previsiones informativas actualizadas —es decir, con las últimas noticias llegadas a su mesa de trabajo— y tendrá claro el espacio o tiempo que necesita para poder publicar, o emitir, los hechos de interés periodístico.

Pero no todo es pura organización y rutina para el jefe de sección y para sus periodistas. En realidad,

> los reporteros compiten entre sí para que se les asignen las coberturas periodísticas. Los jefes compiten con otros jefes para lograr que las asignaciones vayan a sus reporteros y luego negocian para que los relatos de sus reporteros pasen a ser impresos o televisados (Tuchman, 1983, pág. 38).

En realidad, diariamente se producen numerosas fricciones entre los ámbitos organizativos de cada medio de comunicación y hasta cierto punto es bueno que sea así porque demuestra que los periodistas de cada estamento ansían para sus noticias el lugar más relevante posible. Sin embargo, muchas veces estas fricciones no son otra cosa que el resultado de una mala organización. En ocasiones el director y su *staff* no han estudiado debidamente cómo debe organizarse la redacción y generan un sinfín de problemas que cualquier analista de sistemas podría resolver en pocos minutos. Los periodistas, en el campo de la organización, tenemos mucho que aprender todavía.

Por último digamos que el jefe de sección tiene la obligación de leerse detenidamente todo lo que sus periodistas han escrito antes de enviarlo a la fase de producción posterior: fotocomponedora en prensa escrita y montaje en radio y televisión.

4.2.3. El redactor-jefe manda sobre departamentos temáticos y geográficos

El redactor-jefe es el coordinador y responsable de un ámbito, que agrupa a diferentes secciones. Por esta razón debe trabajar muy estrechamente con los jefes de sección con los que establecerá lazos de profunda sinceridad profesional.

El redactor-jefe acude no sólo a las grandes reuniones del consejo de redacción sino que también será llamado a las reuniones restringidas para perfilar la estrategia final, el producto y establecer los temas de la portada —en periodismo escrito— o los sumarios de cabecera en radio y televisión.

El redactor-jefe no trata tan directamente con los periodistas porque para eso están los jefes de sección. Sin embargo, sí lo hace cuando los temas —noticias— son lo suficientemente importantes que requieran la participación de miembros del cuadro directivo.

La noticia sobre la posible corrupción de un presidente del gobierno no sólo sería tratada entre el periodista que se encarga del caso y su jefe de sección. También participaría el redactor-jefe e incluso el director.

El redactor-jefe negocia con los otros redactores-jefe el reparto del espacio/tiempo y luego divide la parcela conseguida entre sus jefes de sección.

El redactor-jefe no tiene la obligación de leerse atentamente todo lo que escriben los periodistas de su ámbito, pero sí dedicará especial atención a los temas más delicados.

Al mismo tiempo el redactor-jefe será el responsable de tratar con la administración de su medio de comunicación en todo lo que afecta a recursos materiales y técnicos, aunque puede delegar esta función en su asistente, caso de que lo tenga.

El redactor-jefe también tratará con las secciones de maquetación/montaje y edición.

De alguna manera tiene la obligación de seguir la pista a sus noticias hasta que esté seguro que se van a publicar o emitir tal como se había acordado.

Más adelante veremos que surgen numerosos problemas en el acabado final del producto periodístico por la intervención —a veces dictatorial— por parte de las secciones de maquetación/montaje y edición.

Finalmente, el redactor-jefe también tiene entre sus funciones la de atender las quejas de lectores, usuarios y personajes e instituciones que pueden sentirse afectados por lo publicado o emitido.

Naturalmente esta labor puede ser delegada en otras personas, pero cuando se producen quejas, ha de ser el responsable de la publicación o la emisión el que atienda las reclamaciones, porque por su categoría está capacitado y autorizado para pactar cualquier compromiso.

4.2.4. El subdirector se encarga de grandes áreas

Por encima del redactor-jefe encontraremos en casi todos los medios informativos la figura del subdirector, aunque a veces surja también la del coordinador.

El subdirector es la persona de confianza del director para mandar sobre departamentos concretos del medio. En el organigrama expuesto anteriormente hemos situado a tres subdirectores: uno de información, otro de opinión y el tercero de edición.

Esta diferenciación no deja de ser meramente indicativa porque hay medios de difusión que pueden tener hasta ocho y nueve subdirectores. En algunas ocasiones se trata de personas que han sido apartadas de sus responsabilidades anteriores y se les mantiene la categoría por los servicios que han prestado al medio, cuestión perfectamente aceptable y humana.

El subdirector tiene la obligación de responsabilizarse de un ámbito concreto, decíamos. Pues bien, el subdirector de información cuidará de las noticias, reportajes, crónicas, entrevistas e informes. Es decir, de todo lo que sea novedoso, del día, de actualidad.

4.2.4.1. El subdirector de información

El subdirector de información es el jefe natural de todos los periodistas, jefes de sección y redactores-jefe que se ocupan de buscar y producir noticias.

Estudia y pacta con los redactores-jefe el temario del día y más tarde negocia con los otros subdirectores el temario del medio durante la producción de la siguiente edición expresada en papel o a través de las ondas.

Los subdirectores tan sólo tienen una persona por encima de ellos: el director. Por debajo pueden llegar a tener hasta 1.500 personas, como sucede en los principales periódicos de EE.UU. y Japón.

4.2.4.2. El subdirector de opinión

El subdirector de opinión se ocupará del ámbito de reflexión del medio. Trazará las líneas para el editorial del día —en el caso de un periódico—, esbozará y pactará los argumentos para el comentario editorial en radio y televisión y también se ocupará de atender a los colaboradores de opinión del medio.

Estos colaboradores son personas especializadas en temas específicos que son llamados para dar su contrastada y autorizada opinión en determinadas ocasiones. Durante la reciente Guerra del Golfo los medios informativos europeos fueron literalmente ocupados por colaboradores bélicos —que no belicistas— que informaron detalladamente al público sobre la amplia disponibilidad de medios mortíferos por parte de las tropas aliadas como si de los productos de un supermercado se tratara.

Los colaboradores especializados son los que aportan la profundidad a un medio de comunicación a través de sus conocimientos.

El subdirector de opinión buscará y atenderá también a los colaboradores literarios y artísticos que estén de moda en la sociedad en aquellos momentos.

Es bien sabido que la sociedad alterna sus preferencias en virtud de la aparición de nuevas propuestas que afectan al modo de vida. Pues bien, mala política sería la de aquel medio que se empeñara en mantenerse en ciertas tendencias estéticas y éticas ya abandonadas por su público.

El subdirector de opinión debe estar al día de cuál es el escritor de moda, cuál la actriz de éxito, qué empresario está ascendiendo y cuál ministro puede llegar a ser el próximo presidente.

La tarea del subdirector de opinión no es nada fácil y más si le añadimos otra responsabilidad: la de seleccionar las cartas al director que dirigen sus lectores, en el periodismo escrito, o dar vía libre a la opinión de los oyentes si se trata de un programa radiofónico.

No vamos a descubrir aquí la importancia de la sección de cartas al director de un periódico, pero sí es conveniente resaltar la dificultad en encontrar el equilibrio perfecto para mantener constantemente el interés del público en una de las secciones históricamente más leídas.

4.2.4.3. *El subdirector de edición*

El subdirector de edición es el responsable último del producto. En sus manos está la tarea nada fácil de definir el resultado final y responsabilizarse de su calidad.

En la industria del periodismo escrito este subdirector debe velar por el cumplimiento de los horarios de producción, por las relaciones con los talleres y por el acabado final del periódico.

Por lo general podremos comprobar que el subdirector de edición es el que ultima la portada de un periódico, previa discusión en el seno del cuadro directivo.

También es el que cuida de los cambios finales, para lo que cuenta con un redactor-jefe de cierre y cambios.

Este redactor-jefe es también el redactor de guardia, encargado de hacerse cargo de cualquier emergencia informativa y para ello debe esta permanentemente localizable y contará con todos los elementos precisos para localizar, al mismo tiempo, a cualquier miembros de la redacción.

Dado que las noticias no suelen surgir cuando le conviene al medio —no tienen un horario fijo, como suelen tenerlo los trenes—, los periodistas han de dejar en manos de un miembro de su colectivo la responsabilidad de realizar cambios de última hora en sus noticias para que el lector quede satisfecho con el producto.

El redactor de guardia deberá tener en su mesa de trabajo o en el ordenador todos los teléfonos de emergencia local, regional y estatal para poder consultar con las autoridades, de inmediato, cualquier asunto periodístico.

El subdirector de edición, por último, será la persona que certifique página a página la calidad periodística del bloque de noticias y opiniones antes de que lleguen al público.

4.2.4.4. El defensor del público

En la estructura organizativa periodística empezamos a descubrir una nueva figura situada al margen de la redacción pero que tiene una estrecha relación con el producto. Se trata del «Defensor del público» que en el caso de un periódico sería «Defensor del lector» y en el de radio y televisión «Defensor del oyente o del televidente».

Ésta es una figura surgida en EE.UU. cuando el editor del *Louisville Courier Journal* y también del *The Times de Louisville*, en el estado de Kentucky, decidió en 1967 crear una sección para explicar al lector el porqué de algunos errores y aprovechar el espacio para publicar rectificaciones.

El primer «Defensor del ...» de la prensa española fue el de *El País*. Creado el mes de noviembre de 1985, su presencia en las ediciones dominicales ha sido frecuente, aunque no constante y siempre en relación directa con la valía de la persona que ha ocupado el cargo.

Básicamente la figura del «Defensor del ...» es atender quejas y sugerencias de lectores, oyentes y televidentes ansiosos de señalar errores publicados o emitidos por el medio, que pueden afectarles personalmente o no.

El «Defensor del ...» interpela al periodista que ha escrito alguna noticia impugnada por un lector y luego publica su investigación en un espacio semanal.

No se trata de una «fe de erratas» aunque en ocasiones observaremos justificación ante un fallo propio.

A través de esta sección los medios de comunicación pretenden decirle al público consumidor de noticias que los periodistas también nos equivocamos, por qué nos equivocamos y que, además, estamos ansiosos por corregir nuestros errores e insuficiencias.

La figura del «Defensor del ...» es hasta ahora muy rara en la prensa de los países democráticos y tan sólo se la pueden permitir aquellos medios con suficientes recursos o probada responsabilidad pública.

Tal como recomienda el Estatuto-Marco de Redacción de Cataluña —creado en 1991 por organismos profesionales y sindicales de esta región—, estamos ante una figura que debiera ser extendida a todos los medios de comunicación posibles por cuanto tiene de garantía de pluralidad y transparencia informativa.

4.2.5. El director es el principal «guardabarreras»

La figura del director es una mezcla de profesional y empresario, lo que nunca debe olvidarse porque muchas de sus decisiones serán tomadas en función de los intereses materiales de la empresa y que, en ocasiones, podrían resultar contradictorias con el sentir profesional del colectivo que está bajo sus órdenes.

El director —también conocido en ciertos medios como «editor»— es la persona de confianza de la empresa al que se le encarga la realización de un producto pactando con él la línea editorial. Se le señalarán los objetivos a alcanzar y para obtener éxito se le facilitarán los medios humanos, técnicos y comerciales, o al menos eso es lo deseable.

El director —como en cualquier empresa mercantil— suele rodearse de personas de confianza, quienes a su vez elegirán a sus colaboradores en función de afinidades personales y profesionales.

El director es ante la ley el responsable del contenido periodístico y por ello tiene el derecho de veto de cualquier original ... lo que puede reportarle complicaciones con sus periodistas, caso de que en la redacción exista un estatuto de redacción aceptado por ambas partes.

4.3. Cuántos periodistas hacen falta en un medio

Hemos defendido anteriormente que una redacción con una gran plantilla de periodistas es sinónimo de garantía informativa porque de esta forma podemos cubrir más ámbitos, más espacios, más fuentes.

Pero, ¿cuántos periodistas hacen falta para la realización de un buen producto periodístico?

No hay normas estrictas para poder establecer una proporción exacta entre el número de periodistas que se considera indispensable para hacer un producto informativo, bien sea un periódico escrito, un programa de radio o uno de televisión.

El número de periodistas necesario para realizar un buen informativo está en relación directa con la responsabilidad de la empresa, bien sea una editorial o una emisora radio-televisiva.

¿Se puede hacer, técnicamente, un periódico de 72 páginas de formato tabloide con 20 periodistas? A primera vista diríamos que no, que es imposible. Sin embargo, si este medio recurre a las agencias de noticias y de reportajes, y, además, está abonado al servicio de otro periódico que le envía codificadas algunas crónicas y reportajes, será muy factible que tan pocos trabajadores logren sacar el producto.

Sin embargo, cabe advertir que será un producto con poca personalidad y pocas noticias propias, es decir, pocas exclusivas.

A través de un estudio aproximativo, aunque no demasiado riguroso,[4] podríamos convenir que los periódicos de elite o prestigio dedican dos periodistas a elaborar cada una de las páginas.

Siguiendo con este estudio diríamos que un periódico local invertiría la proporción, es decir, asignaría dos páginas a cada uno de sus periodistas alegando escasos recursos económicos.

Pero, antes de concluir este capítulo, deberemos también tener en cuenta que detrás de cada periodista que encontraremos ante una mesa de la redacción hay uno o dos colaboradores que buscan noticias en diferentes ámbitos y que dependen de lazos más que flexibles del centro editor.

De esta forma acabaré señalando que si un periódico de ámbito estatal tiene una plantilla de 270 periodistas, es más que probable que a su alrededor se mueva un millar de colaboradores: articulistas, críticos, ensayistas, dibujantes, corresponsales locales, corresponsales deportivos, etc.

---

4. Es imposible poner de acuerdo a los profesionales a la hora de señalar la relación que debe haber entre paginación y personal de plantilla, por lo que mi tesis no deja de ser más que indicativa.

Capítulo 5

TECNOLOGÍA PUNTA PARA LA CORRECTA PRODUCCIÓN PERIODÍSTICA

Los periódicos y los programas informativos de radio y televisión llegan al público, ahora, de forma muy distinta a como se hacía diez años atrás. Es posible transmitir una guerra en directo y entrevistar al jefe de una tribu recién descubierta en Nueva Guinea apenas saque la nariz de su cabaña sorprendido ante la presencia de un barbudo cámara de TV.

Las Nuevas Tecnologías de la Información (NTI) han posibilitado acceder a nuevas formas de explicar las noticias: ahora son más ricas, trepidantes, «calientes», pero también «mueren» antes porque la velocidad de transmisión trae nuevos hechos, quizá más importantes.

Las Nuevas Tecnologías de la Información (NTI) son la suma resultante de la interrelación entre informática y revolución en las telecomunicaciones. Hace apenas diez años era casi imposible establecer diariamente una conexión televisiva con nuestros enviados especiales en Nueva York. Todo eran problemas y pérdidas de sonido o de imagen.

Ahora no. Ahora el reto es enviar un equipo ligero de TV a la Amazonia para entrevistar a un buscador de esmeraldas que ha encontrado un templo de una cultura indígena ya desaparecida y todo ello sin que en la zona haya energía eléctrica, repetidores de TV, carreteras, ríos o aeropuertos.

Bastaría un helicóptero y tres personas debidamente capacitadas que portarían una antena parabólica, un emisor, la cámara de vídeo y un grupo electrógeno de campaña. Se pone al esmeraldero ante la cámara y se espera que pase por sus coordenadas precisas el satélite de turno y ¡adelante!: «Estamos en medio de la selva virgen con don Manuel Sarmiento de Lópes, que acaba de descubrir un templo maya mientras buscaba esmeraldas. Dígame, señor Sarmiento de Lópes ...».

Y a miles de kilómetros de distancia, los parroquianos de un bar de Boston, una taberna sevillana o la familia que está cenando ante el televisor, en tantos hogares del mundo, contemplarán a un nervioso esmeraldero, asustado por la invasión técnica de su cerrado mundo.

5.1. Del chip al lid

Los ingleses son grandes consumidores de *fish and chip*[1] pero, al igual que en el resto de países avanzados tecnológi-

---

1. Pescado frito con patatas también fritas.

camente, se están pasando en masa al consumo de «chip[2] and lid».[3]

Estamos en la era de las NTI cuya base es la informática —recordemos: lenguaje binario con la base física en el chip. Esta era, la de las NTI, tiene su expresión más aguda en el campo de la comunicación en el concepto «lid».[4]

De ahí que la fórmula «chip and lid» dé de comer al ávido consumidor informativo del planeta.

Estamos ante un plato combinado de múltiples gustos y elaborada composición: la informática y el periodismo, junto a las telecomunicaciones, se han maridado para superar viejos esquemas informativos.

La actualidad es más actual —autoríceseme la redundancia— gracias a las NTI.

5.1.1. La informática: más rápido, más perfecto, más complejo

La informática es la base para el tratamiento redaccional de las noticias en la prensa escrita y en los informativos de radio y TV.

Es difícil, casi imposible, encontrar una máquina de escribir convencional en una redacción periodística, a no ser que algún redactor la tenga como pieza de museo.

---

2. El chip es una cápsula plástica o cerámica que contiene complejos circuitos electrónicos integrados en finos y pequeñísimos trozos de silicio. Un chip contiene 64.000 bits (unidad binaria de información —1/0— (Rispa, 1986, págs. 12-13). Un grupo de bits forma un byte que, en lenguaje coloquial, equivaldría a una letra o un número en la pantalla de nuestro ordenador.

3. El «lid» es la fórmula inicial de la noticia (De Fontcuberta, 1981). Es decir, el primer párrafo en el que se destaca el hecho más importante de la noticia. Es la fórmula de presentación, pero nunca el resumen. «Lid» viene del verbo inglés *to lead*: encabezar, presentar.

4. El «lid», del inglés *to lead*, es la fórmula inicial de la noticia, el primer párrafo donde se explica al lector lo más importante de la unidad informativa. Si se tratara de una novela, el «lid» explicaría en la primera página quién es el asesino (el mayordomo, por supuesto). No entraré más en este tema porque está muy bien explicado en *La noticia*, de Mar de Fontcuberta, Editorial Paidós, Barcelona, 1993.

Gracias a la informática se puede escribir rápido, corregir certeramente y autocorregir automáticamente,[5] y enviar la noticia ya hecha a la filmadora (en el caso de la prensa escrita) o al «prompter»,[6] en TV.

Las redacciones radiofónicas emplean la informática como soporte escrito de sus noticias, mientras que las agencias informativas la usan para transmitir mensajes a sus abonados y, al mismo tiempo, almacenar los textos con destino a sus bancos de datos.[7]

La informática es uno de los soportes tecnológicos básicos para la producción periodística porque permite actualizar los textos informativos casi en tiempo real gracias a la rapidez de las operaciones a realizar.

Un ejemplo: un periódico está a punto de cerrar la última página de su sección de Internacional. Son las 23.55 h. y a las 00.00 la página ha de salir hacia la filmadora para que el técnico correspondiente haga la plancha y la entregue en la sección de rotativas para ser colocada en el correspondiente cilindro (una operación que se puede realizar en sólo 10 minutos).

5. La autocorrección automática consiste en utilizar un programa paralelo del sistema informático que detecta errores ortográficos y léxicos. Actualmente se están empleando ya algunos programas de corrección sintáctica. Este tipo de operaciones acepta la incorporación de nuevos vocablos fórmulas, lo que enriquece el programa hasta extremos increíbles. Este libro ha sido corregido en primera instancia a través de uno de estos programas, por lo que los errores que puedan detectarse tan sólo cabe achacarlos a la impericia o al error del autor.

6. El «prompter» es una pantalla en la que aparecen en tipos de letra grande los textos informativos que leerán los presentadores de los programas de TV. Se sitúa debajo o al lado de las cámaras y el presentador o presentadora mueve acompasada y lentamente la cabeza para evitar que el espectador se dé cuenta de que está fijando su atención en un punto concreto. Con la aparición y utilización del «prompter» se evita la histórica imagen del busto parlante leyendo unas hojas de papel siempre desordenadas.

7. Un banco de datos es un archivo de textos e iconos clasificado temática, geográfica, alfabética o nominalmente y que puede ser consultado no sólo por la propia redacción sino por cualquier abonado que tenga en su sede un ordenador conectado a la red telefónica. Los bancos de datos van a convertirse en instrumentos de incrementada consulta en los próximos años gracias a la creación de las denominadas «autopistas de la información», que permitirán consultas más rápidas y más económicas gracias a la rapidez en la transmisión de volúmenes de información.

Pues bien, César Manrique, el redactor de guardia, está esperando el resultado de la última sesión del Grupo de Contacto que intenta un nuevo «alto el fuego» en la guerra de Bosnia. El periodista está con el teléfono en la mano. Al otro lado de la línea, en Ginebra, tiene a Gustavo Lampreave, un compañero que espera la salida del portavoz de los mediadores de la sala de debates.

«Ya salen» le dice Lampreave a Manrique. Son las 23.56 h. El portavoz se acerca a los micrófonos. Se hace el silencio. Son las 23.57 h. «Señores, los contendientes han aceptado firmar un nuevo "alto el fuego"», dice con voz cansada. Manrique ya está escribiendo en pantalla lo que escucha a través del teléfono portátil de su compañero. Son las 23.59 y por la puerta de la redacción saca la cabeza el jefe de cierre: «¡Misión cumplida!», parece decirle el de guardia con el dedo pulgar hacia arriba.

Claro que la operación podría resolverse aún mejor a través de una variante: Lampreave estaría en Ginebra ante un ordenador portátil conectado a su ordenador central en Madrid, gracias a la red telefónica, y sería él quien escribiría el texto final. Manrique esperaría tranquilamente a ver aparecer en su pantalla el texto ya acabado.

Muchos periodistas deportivos acuden a la tribuna de prensa de los estadios provistos de un ordenador personal. Ya en su tarima, sólo tienen que conectarlo a una terminal telefónica y podrán enlazar con el procesador de su medio informativo.

En cuanto finalice el encuentro, ya tendrán hecha la crónica y sólo deberán teclear la orden oportuna para que su redactor-jefe la reciba. Mientras éste la relee, el periodista podrá entrevistar a los contendientes para poder redactar las impresiones después del partido.

Es probable que cuando llegue a la redacción ya le esté esperando el periódico impreso.

5.1.2. Las autopistas de la información: dame un teléfono y pondré el mundo a tus pies

Las telecomunicaciones son la otra base de la reconversión del periodismo en esta última década del siglo. Cualquier periodista que se precie sabe que tiene que conseguir de su empresa un teléfono móvil[8] porque de esta forma siempre estará localizable y podrá hablar con quien quiera en cualquier momento del día o la noche.

Pero la telefonía celular es tan sólo la punta del iceberg de la revolución telecomunicacional. En los próximos años vamos a asistir a lo que se denomina el desarrollo de las autopistas de la información: cables de fibra óptica, satélites y reemisores de gran potencia permitirán la transmisión más que rápida de grandes volúmenes de información[9] entre puntos del planeta alejados entre sí miles de kilómetros. Entramos en la era de las llamadas autopistas de la información: el Tercer Mundo podrá gestionar información del Primer Mundo, lo que permitiría —hipotéticamente— repartir más democráticamente la tecnología y el trabajo existente.[10]

La producción periodística va a tener que acomodarse a esta

8. El teléfono móvil se basa en la estructura celular de la nueva red telefónica mundial que permite la rápida conexión del abonado con el resto de usuarios de telefónica. En los países adelantados el nivel de cobertura de la red alcanza el 95% de la geografía nacional.

9. Un grupo internacional de empresas proyecta tender un cable de fibra óptica de 29.000 kilómetros de longitud entre el Reino Unido y Japón, pasando por Portugal, España, Italia, Egipto, Arabia Saudí, India, Malasia, Singapur, Indonesia, Hong Kong y Corea. El grupo ha denominado al proyecto Flag (Fibreoptic Link Around the Globe), y el cable constará de dos filamentos de apenas el grosor de un pelo humano, permitiendo transmitir simultáneamente 600.000 comunicaciones de voz, datos, imágenes, conferencias por vídeo e imágenes médicas, entre otras (*El País*, 13 de marzo de 1994, pág. 7).

10. La primera autopista de la comunicación europea fue creada el 14 de diciembre del 1993, uniendo a 17 países a través de la Red Digital de Servicios Integrados Paneuropea (Eurie 93). A través de esta vía puede transmitirse de forma superrápida textos, voz, datos e imágenes.

nueva dinámica que está suponiendo, por ejemplo, la posibilidad de potenciar la información local hasta unos límites inconcebibles.

Hasta hace poco, por ejemplo, la redacción de un periódico se veía obligada a incorporar a sus páginas de la sección de Sociedad noticias de diferentes ciudades con el fin de contentar a todos sus lectores en cada una de ellas.

Ahora ya es posible desarrollar modelos de periódicos superlocales a través del periodismo multilocacional.[11] Localidades de entre 50.000 y 80.000 habitantes pueden tener su edición especial gracias a las redes de telecomunicación que permiten la transmisión de páginas enteras cuyos datos viajan comprimidos a través de los hilos de fibra óptica.

Estos datos son decodificados en la ciudad de destino, donde las páginas pasan a las fotocomponedoras e impresora de cualquier taller de impresión local.

Es posible transmitir textos, fotografías —en color y blanco y negro—, infografías y publicidad en páginas ya compuestas sin que se pierda un ápice de calidad impresora.

Los equipos de producción periodística tan sólo ven complicada su labor por el hecho de que en lugar de hacer un producto informativo, en realidad están trabajando sobre diferentes versiones del mismo: una para cada punto de destino. La toma de decisiones se descentraliza en lo que respecta a las ediciones locales, aunque la sede central siempre está informada de lo que se publicará al día siguiente.

En el caso de la radio y la televisión, la revolución telecomunicacional permite la transmisión instantánea de hechos y con un bajo coste de producción gracias a la tecnología de la digitalización de voz e imágenes.

---

11. El primer gran ejemplo de periódico multilocacional lo encontramos en el diario norteamericano *USA Today*. Desde un gran centro periodístico se envían a casi 30 sedes diferentes las páginas centrales del diario que contienen la información sobre política internacional, nacional, sociedad, economía y deportes. En cada ciudad se añaden las páginas de local correspondientes y se imprimen en pequeñas imprentas.

5.1.3. En el futuro todos seremos periodistas

Pero tanta revolución tecnológica, tanto «chip and lid», ¿va a significar la desaparición de la profesión más antigua del mundo, la del periodista?[12] Al menos existe la posibilidad.

Situémonos en la perspectiva del año 2000.

Los estudiantes que ahora cursan la carrera de periodismo ya estarán trabajando en redacciones de prensa, radio y TV. Tendrán a su disposición potentes ordenadores y una inmejorable red de telecomunicaciones.

Pero no serán los únicos.

Sus vecinos del barrio también tendrán ordenadores y estarán conectados a esa maravillosa red.

Unos y otros podrán depositar sus ofertas en los grandes programas de intercambio de información mundiales.

Los periodistas ofrecerán noticias exclusivas.

Sus vecinos quizá sólo quieran vender su motora fuera borda, pero ¿y si alguno de ellos ha visto un accidente y quiere vender su versión del mismo?

Ejemplo: «Testigo de accidente de aviación vende su versión. Interesados llamen al 098.22.33. Tengo narración hecha por 500 $».

¿Qué pasaría si todos los testigos de algo ponen a la venta lo que saben?

Bueno, en realidad es difícil que suceda esto. Lo más probable es que en el siglo venidero (¡de aquí a cinco años!) los periodistas sigan siendo los sumos sacerdotes de la información aunque sus noticias las vendan de forma algo diferente.

---

12. Discrepo absolutamente de que sea la prostitución la profesión más antigua del mundo. Si nos atenemos a la mitología bíblica el primer ser al que se le encomendó un trabajo fue a un ángel. Dios le instó a ir a ver a Adán y a Eva para comunicarles que no debían comer fruta del árbol prohibido. Ese ángel fue el primer periodista: «Dios acaba de comunicar que no debe comerse de ese árbol», mensaje tan repetido posteriormente con otros personajes: «El ministro de Agricultura acaba de prohibir la pesca de merluza con mallas estrechas en el mar de los Sargazos», por ejemplo.

Radio y TV seguirán siendo los medios más rápidos y entretenidos, pero la prensa escrita habrá acortado distancias gracias al periodismo electrónico.

El periodismo electrónico no es otra cosa que un periódico a la carta.

El lector consultará cada mañana —o en el momento del día que quiera— en el ordenador la oferta de noticias de cada empresa de comunicación.

No se verá obligado —como sucede ahora— a adquirir un ejemplar de 72 páginas —por ejemplo— con 180 noticias de las que sólo le interesan 25 o 30.

La pantalla del ordenador le ofrecerá un menú con el título de las noticias de cada sección. A través de una sencilla operación el lector elegirá las que considere más convenientes. En pocos segundos saldrán por la impresora láser. El papel que usará será reciclable e incluso quizá pueda recuperarse la tinta empleada.

Con ese periódico hecho a su medida, la empresa periodística habrá alcanzado un objetivo ahora imposible: personalizar el producto. Incluso se podría llegar a redactar noticias en función de la demanda.

«Los vecinos del bloque 55 de la Cuadra 14 de Manhattan solicitan reportaje sobre ejemplos de gastronomía andaluza» (o sobre el conflicto de Bosnia, que lleva camino de eternizarse), pedirían un grupo de lectores, por ejemplo, al *The New York Times*.

La producción periodística tenderá en el futuro a concretar su oferta informativa. Esto significará necesariamente la ampliación de las redacciones para poder satisfacer la demanda: el periodismo es una profesión de futuro gracias a las NTI, aunque siempre será un reto peligroso para la libertad de información la creciente creación de poderosos grupos de comunicación que tienden a concentrar recursos y canales en pocas manos.

EQUIPAMIENTO BÁSICO PARA UNA REDACCIÓN

Telefonía:

Teléfonos de mesa, con conexión para grabadora
Teléfonos móviles
Fax
Conexiones MODEM para ordenadores
Telefotos
Equipo portátil de antena parabólica
Teletipos conectados a agencias

Informática:
Red de ordenadores unidos al servidor
Ordenadores personales portátiles
CD-ROM para bancos de datos (removibles)

Audiovisual:
Antenas parabólicas dirigidas a satélites TV
Aparatos de TV en cada sección
Aparatos de radio en cada sección
Contratación de líneas con canales codificados
Aparatos vídeo-grabadores/reproductores
Alguna cámara de vídeo-grabación
Equipo completo de fotografía convencional y digitaliza-
da (aparatos, taller, lectores)

Telecomunicaciones:
Scanner (detección de canales de emergencia)
Red propia de radioemisión
Aparatos de radioemisión

Transportes:
Flota de vehículos según el volumen de la empresa
Flota de motocicletas para desplazamientos rápidos
Contrato con empresa aviones privados
Contrato con empresa helicópteros privados
Contrato con empresa de aviación nacional
Contrato con empresa de envío de paquetes

EQUIPO TECNOLÓGICO BÁSICO PARA EL PERIODISTA

Teléfono portátil personal
Ordenador portátil personal
Grabadora/reproductora
Agenda electrónica
Cámara fotográfica «autofocus» (para emergencias)
Y, por supuesto, bloc de notas y algo para escribir

(este equipo debe estar siempre a mano)

5.2. Las tecnologías no son neutras

Por lo dicho hasta ahora parecería que las NTI son el reme-
dio para solucionar los problemas de los periodistas: sirven para
tratar más rápidamente los textos y nos permiten acceder a bancos de datos, personajes y noticias situados a miles de kilómetros de distancia en tiempo real, es decir, al momento.

Pues bien, las tecnologías no son neutras como la ciencia nun-
ı ha sido neutral.

De hecho, muchos estudios de las organizaciones de medios de
comunicación han llegado a la conclusión de que la tecnología no
es neutral y de que la adaptación organizativa a la tecnología
deja una gran huella en los productos (MacQuail, 1991, pág. 141).

En realidad las viejas técnicas mecánicas y las actuales NTI
condicionan la producción periodística de forma diferente, pero
siempre dejando huella sobre el periodismo, bien sea escrito, radiofónico o televisivo.

Por lo pronto los periodistas han asumido una serie de tareas que antes realizaban personas pertenecientes a otros oficios:
linotipistas, personal de cierre, ajustadores, correctores, maquetistas y editores.

Además, los altos costos de las NTI obligan a las empresas a ponerse en manos de un solo fabricante del que dependerá a lo largo de muchos años por razones de estrategia empresarial, equipamiento, suministros, reparaciones, renovaciones de programas e incluso por las condiciones de financiación.

En este sentido, la tecnología de IBM y Apple condicionan y seguirán condicionando durante años el periodismo mundial.

Capítulo 6

CÓMO ORGANIZAR A LOS PERIODISTAS

Dirigir a un equipo de periodistas es sumamente complejo, a pesar de que Hollywood nos haya hecho pensar lo contrario. La intrepidez del reportero ante un suceso de gran interés popular no es suficiente si antes, en su redacción, no se ha decidido que tal día, a tal hora, en tal lugar habría un periodista para ver qué pasaba.

Escenarios, rondas, rutinas son conceptos claves para estar el día «D», a la hora «H», en el lugar «L», que es donde va a surgir la noticia.

También veremos cómo puede funcionar mejor un colectivo humano a través de líneas maestras de probada solvencia.

La organización redaccional de un medio de comunicación es básica para poder garantizar que se cubrirán todos los escenarios y ámbitos donde pueden surgir noticias.

Los medios de información dividen al mundo en áreas de responsabilidad territorial en función de los intereses de sus lectores y de lo que ellos pueden cubrir a través de sus propios recursos (Tuchman, 1983).

Público y recursos son las palabras claves que debe tener en cuenta una redacción para organizar la producción periodística, es decir, el temario. La decisión final de los periodistas para orientar su interés hacia unas fuentes y escenarios, dejando otros de lado, condicionará la consecución de los objetivos de ese medio.

Aun teniendo en cuenta que «un periódico es una burocracia» (Tuchman, 1983, pág. 164), esta burocracia se dota de una serie de premisas nada rígidas —poco burocratizadoras— para funcionar. Estas premisas fijan, o debieran fijar, bien claramente los siguientes conceptos (Tuchman, 1983):

A. *METODOLOGÍA EMPRESARIAL*
   - METAS (objetivos a conseguir)
   - ESTRUCTURAS (organización y recursos propios)
   - PROCEDIMIENTOS NORMALIZADOS (RUTINAS) (esquema de trabajo)
   - POLÍTICAS (jerarquización de intereses propios del medio)

y todo ello a través de un esquema de trabajo sostenido en los siguientes pilares (Rodrigo, 1989, pág. 129):

B. *METODOLOGÍA PROFESIONAL-PERIODÍSTICA*
- PLANIFICACIÓN (organización en función de objetivos)
- RECOPILACIÓN (acopio de materiales)
- SELECCIÓN (jerarquización: selección, inclusión, exclusión)
- PRODUCCIÓN (materialización profesional y técnica)

Estos dos sistemas se incardinan, subordinándose B a A y estableciendo la Metodología Empresarial la base para el desarrollo de la Metodología Profesional-Periodística.

La empresa periodística que desarrolle armoniosamente estas dos propuestas metodológicas estará en disposición de satisfacer a su público.

Si a esto unimos una política de relaciones humanas (que desarrollaremos al final de este capítulo detenidamente) basada en concretar y definir objetivos para posibilitar la motivación del equipo, dando responsabilidades a sus miembros, la cuadratura del círculo estaría conseguida.

En resumen, la organización periodística está en función de unos criterios que posibiliten el acopio de noticias y posteriormente, permita su construcción en forma de textos (Borrat, 1989).

Estos criterios pasan por lo que se cree que es la apetencia o demanda de la sociedad: hechos que suceden en lugares específicos (instituciones de todo tipo); hechos que genera alguien (instituciones y personajes) y ciertos temas (temas reiteradamente tratados).

6.1. ¿Adónde enviar a nuestros periodistas?

El principal problema que se plantea a la hora de distribuir los recursos humanos de la redacción consiste en decidir dónde deben estar permanentemente nuestros periodistas y cuáles son los centros de información necesarios para atender las necesidades de nuestros lectores. Es decir, como no tenemos un equipo de profesionales ilimitado, forzosamente nos veremos obligados a establecer qué fuentes, qué escenarios, qué personajes son prioritarios y cuáles no.

Un problema secundario, pero también vital, viene dado por el hecho de que buena parte de las noticias se concentran en un corto período de tiempo, justo el que necesita la sociedad para organizar sus actividades.

La dispersión de los reporteros para recoger hechos genera su propia estructura organizativa con su asignación de responsabilidades y prioridades (Tuchman, 1983). Es decir, los periodistas de un medio de comunicación no empiezan a buscar noticias sin que antes sus jefes correspondientes hayan organizado la labor del colectivo, fijando, también, prioridades.

6.1.1. El horario de la sociedad influye mucho

Esto quiere decir que un gran bloque de periodistas se verá obligado a trabajar en esa franja horaria (de las 11 horas a las 19 horas) aunque unos inicien su horario laboral antes que otros. Pasado ese horario vendrá la hora de escribir los textos y confeccionar el producto. Pero también significará que las noticias que queden fuera de esa franja, tendrán más difícil su entrada en el temario.

¿Podríamos hablar de noticias de primera y noticias de segunda categoría en función de la hora en que se producen y de nuestra disposición sobre el terreno? Sí, lo que no es nada bueno, periodísticamente hablando.

La producción periodística nos obliga a destinar una gran parte de las personas de nuestra redacción al segmento horario de la sociedad que podríamos denominar «comercial/administrativo» (es decir, el horario en que funciona la industria, el comercio y la administración), mientras que, por otro lado, sabemos que fuera de la franja 11h.-19 h. puede surgir la gran noticia del día a través de una catástrofe natural, un accidente de circulación o un evento deportivo, por no mencionar el inicio de actividades bélicas en un frente hasta entonces en calma.

En conclusión: la franja horaria en que la sociedad desarrolla plenamente sus actividades no debe hacernos olvidar que la noticia no se ve condicionada por el reloj, aunque siempre podremos prever algunos hechos fuera de aquella franja (por ejemplo, el evento deportivo del que hablábamos antes).

Además, el mundo genera noticias a lo largo de las 24 horas porque siempre hay actividad en alguna parte del planeta. Véase la importancia de la Bolsa de Tokio para Europa: mientras allí se negocia, en el viejo continente la gente duerme. Luego, al despertarse, puede haber sonrisas o intentos de suicidio al saber qué sucedió en la capital asiática.

Así pues, la organización redaccional deberá tener en cuenta estos factores para asumir el hecho de que una mínima parte de sus periodistas deberán estar en condiciones de cubrir noticias a horas intempestivas. De ahí que sea obligado crear un cuerpo de guardia o escalonar la incorporación de periodistas al trabajo de forma que cubramos perfectamente las 24 horas del día con personal plenamente preparado.

6.1.2. Busquemos escenarios donde siempre ocurran cosas

Siendo cierto que «las organizaciones informativas colocan a los reporteros con el objetivo de encontrar sucesos que puedan ser transformados en relatos informativos» (Tuchman, 1983, pág. 24), podemos deducir que hay un serie de escenarios donde, con toda probabilidad, pueden surgir hechos noticiables con lo que podríamos calificar de cierta actualidad y novedad.

Estos escenarios son los siguientes:

ESCENARIOS HABITUALES QUE REQUIEREN LA PRESENCIA
O SEGUIMIENTO POR PARTE DE LOS PERIODISTAS

- COMISARÍAS DE POLICÍA
- CUARTELES DE BOMBEROS
- JUZGADOS Y PRISIONES
- AYUNTAMIENTOS
- GOBIERNOS FEDERAL, ESTATAL Y REGIONAL
- PARLAMENTOS FEDERAL, ESTATAL Y REGIONAL
- MINISTERIOS Y DEPARTAMENTOS REGIONALES
- EMBAJADAS
- INSTITUCIONES INTERNACIONALES
  (sedes ONU, UNESCO, UNICEF...)
- CENTROS DEPORTIVOS
- CENTRO DE CONTROL DE TRÁFICO Y TRANSPORTES
  (carreteras, aeropuertos, puertos, autobuses...)
- HOSPITALES
- CENTROS CULTURALES
- CENTROS FINANCIEROS Y ECONÓMICOS
- SINDICATOS

La adscripción de periodistas a escenarios concretos se conoce por «anclaje» y supone que el medio de comunicación acredita[1] formalmente a su redactor ante la dirección del centro para que le sea facilitada la labor.

Normalmente los medios suelen acreditar a dos o tres periodistas ante cada escenario e institución para evitar problemas en el caso de que se produzca alguna baja por enfermedad, vacaciones, dimisión o un exceso de trabajo.

---

1. Acreditar significa dar a conocer de forma oficial a un periodista ante el organismo en cuestión. Este paso es sustancial en el ámbito de la política internacional, seguimiento de autoridades o acceso a foros de cierto relieve. En muchas ocasiones el carnet de periodista que nos facilita el medio no servirá de nada si no va acompañado de otra acreditación extendida por la organización del evento. Naturalmente la organización puede negar el pase a quien quiera, con lo que el periodista no tendrá acceso directo a la noticia.

6.1.3. Periodistas de mesa y periodistas de calle

Aunque más adelante, en este mismo capítulo, veremos la forma en que el periodista puede y debe cubrir la actividad en estos centros, sí resulta necesario destacar que estos escenarios pueden ser controlados por la redacción a través de dos figuras profesionales:

- El periodista de calle (trabajo de campo).
- El periodista de mesa (trabajo a distancia).

El primero es el que se desplaza habitualmente al escenario del que se le ha hecho responsable y establece unas rutinas para obtener de forma metódica y continua hechos susceptibles de ser convertidos en noticia.

El periodista de mesa realizaría la misma función a través del control de teletipos y despachos que lleguen a la redacción, y de una correcta utilización del teléfono.

Naturalmente el periodista de calle está en disposición de obtener una información más rica y sugerente porque su cometido se desarrollará en el propio escenario, lo que le permitirá recopilar datos de ambiente y testimonios directos, cosa que no podrá hacer su compañero de mesa.

Por el contrario el periodista que se ha quedado en la redacción tiene a su alcance una serie de medios técnicos para ponerse en contacto con cualquier parte del mundo (teléfonos, fax, teletipos, emisoras de radio, de televisión, bancos de datos, etc.).

Sin embargo, la tarea de ambos no se contradice ya que en el momento de la confección de las noticias puede y debe establecerse una puesta en común de los datos obtenidos por ambas vías, lo que posibilitará resultados difícilmente rebatibles.

Naturalmente enviar a un periodista a un ámbito temático o un espacio geográfico es una elección definitiva para la realización del temario periodístico, porque significa que lo que cubre nuestro redactor o redactora tendrá un puesto en el sumario final, ya que para esto hemos invertido tiempo y dinero de la empresa y hemos de justificar esa decisión.

Enviar a nuestros periodistas a un lugar y no hacerlo a otro condicionará el producto final.

En conclusión, «la dispersión de los reporteros para recoger hechos genera su propia estructura organizativa con su asignación de responsabilidades y prioridades» (Tuchman, 1983, pág. 224).

Pero existe un problema que estudiaremos más adelante: ¿es suficiente tener periodistas en aquellos espacios y ámbitos temáticos —oficiales casi todos ellos—, ya que los que hemos mencionado hasta ahora están más o menos relacionados con instituciones públicas que, lógicamente, constituyen el poder institucional establecido?

Ésta es la pregunta clave para el establecimiento de la agenda temática: siempre debemos preguntarnos si el poder establecido no genera expectativas para atraer nuestra atención sobre ellas, lo que impide que destinemos nuestros recursos humanos a otros temas que no le serían tan favorables.

6.2. Periodistas especializados: más profundidad a través de la organización temática

Las instituciones públicas configuran, sin duda alguna, la principal fuente de información de cualquier medio de comunicación, pero sería despreciativo hacia el resto de la sociedad y hacia el público olvidar que detrás de cada una de estas fuentes hay una serie de intereses.

La verdad y toda la verdad no la sabe nunca nadie. Ésta es una máxima del periodismo moderno que pretende evidenciar que los medios de comunicación intentan acercarse a ella, la verdad, pero que, modestamente, reconocen que nunca están seguros de que lo que publican, radian o televisan sea del todo cierto. En todo caso es lo más aproximado a la verdad que, a través del rigor y la honestidad, han sido capaces.

La principal vacuna contra la verdad —debería entrecomillarse, «la verdad»— de las instituciones es el periodismo especializado y el periodismo de investigación, que en muchas ocasiones veremos que son lo mismo.

Los medios no sólo preparan a su personal para que esté presente en el lugar necesario, el día y la hora precisos. Los medios impulsan a una parte de sus periodistas para que además de dominar la técnica periodística sepan de qué va el tema.

En este sentido podemos establecer una nueva organización profesional en función de dos categorías:

- Periodistas generalistas de producción diaria.
- Periodistas especialistas de producción atemporal.

La primera categoría la componen los profesionales que elaboran las noticias del día. Gracias a ellos, prensa, radio y TV llegan cada día al público a la misma hora, en el mismo quiosco, dial o canal.

La segunda categoría está protagonizada por los periodistas que no están obligados a entregar textos diariamente ya que dedican sus esfuerzos a analizar y contextualizar qué hay detrás de la noticia o a generar noticias propias.

En este sentido podríamos establecer un cuadro de especializaciones que se entrecruzaría con el de escenarios:

ESPECIALIZACIONES PERIODÍSTICAS

- POLÍTICA DIPLOMÁTICA (seguimiento autoridades)
- POLÍTICA INTERNACIONAL
- POLÍTICA ESTATAL
- POLÍTICA REGIONAL
- POLÍTICA AMBIENTAL
- POLÍTICA TERRITORIAL (urbanismo, obras públicas)
- POLÍTICA ECONÓMICA
- TERRORISMO
- CIENCIA, EDUCACIÓN
- TÉCNICA
- INVESTIGACIÓN POLICIAL
- SANIDAD
- CONSUMO
- DEPORTES DE MASAS
- DEPORTES MINORITARIOS
- ARTE (pintura, danza, ópera, música moderna, literatura, cine, teatro)
- TELEVISIÓN
- RELIGIONES (la más importante de cada país)
- JUVENTUD («tribus», modas, tendencias)
- ESTILO (modas, decoración...)
- OCIO (viajes, aficiones...)
- SERVICIOS
- COMUNICACIÓN ... y cuantos temas puedan ser de interés

Estas especializaciones comportan que el periodista debe estar permanentemente preocupado por ponerse al día de las novedades que se produzcan en su ámbito, mantenga reuniones con los líderes y sepa proveerse de las publicaciones periódicas que emanen de esos colectivos e instituciones.

¿Quiere esto decir que mi periódico —o emisora de radio o canal de televisión— debe pagar a uno de sus periodistas para que esté al día de la reconstitución de un colectivo terrorista desorganizado meses atrás por la policía?: sí.

Problema del redactor será cómo puede conseguir información fidedigna del proceso de las bandas armadas, cosa que podrá hacer a través de contactos personales amparados por el secreto profesional, a través de los miembros encarcelados, de los círculos más próximos y lógicamente, de sus abogados. La policía puede ayudar a nuestro compañero a que esté al día de la reorganización de estos grupos antisociales.

Debemos tener siempre en cuenta que lo que prima es el derecho del público a estar informado y que toda democracia se basa en que sus ciudadanos tengan los suficientes elementos como para poder elegir la opción que les convenga en el momento preciso. Eso sí, respetando siempre el derecho al honor, la intimidad y la imagen.

6.3. Las rutinas: vamos de ronda a través de un método estudiado

Analizada ya la organización periodística por escenarios institucionales, escenarios temáticos y ámbitos comunes, llega el momento de poner en práctica lo estudiado. Es decir, tenemos a la periodista —por ejemplo a Carlota Enríquez— a quien se ha encomendado un escenario institucional, la Jefatura Central de Policía, y un escenario temático, la ola de pequeña delincuencia que sacude a la región. Todo ello dentro de un pequeño país imaginario que bien podría denominarse Europolis.

Carlota Enríquez es una periodista metódica y por eso sabe que lo primero que tiene que hacer es identificar los centros de información de su escenario temático, acreditarse ante las fuentes oficiales y, como contrapeso, localizar fuentes que contrasten a las anteriores: es decir, debe encontrar a alguien que tenga autoridad para contradecir las versiones informativas policiales.

Carlota sabe que la Jefatura Central de Policía depende del Ministerio de la Gobernación de Europolis y que su titular forma parte de un gobierno apoyado por el Partido Democrático de la Libertad (PDL). La periodista Enríquez, por contraposición, deberá acudir al partido rival, en el que seguramente encontrará a algún «ministro en la sombra», es decir, a algún miembro destacado que se ocupe de estudiar desde la oposición el tema de la delincuencia.

Ahí tiene una primera fuente para contrastar versiones oficiales. La segunda fuente se la pueden facilitar en instituciones de defensa de los derechos humanos. La tercera, en la Facultad de Sociología, donde un profesor está realizando un estudio sobre esta epidemia delincuencial. La cuarta fuente procedería de los abogados defensores de los presuntos delincuentes capturados últimamente.

Carlota Enríquez ha determinado las fuentes y sabe qué puede esperar de cada una de ellas:

• La policía le informará de las detenciones y sus circunstancias; las denuncias y las operaciones desarrolladas para acabar con la plaga de pequeña delincuencia de Európolis.

• La oposición dará su opinión sobre las operaciones desarrolladas y criticará, desde su punto de vista, la política seguida.

• Los organismos de defensa de los derechos humanos darán cuenta de posibles irregularidades en las detenciones y permanencia de los detenidos en comisarías y cárceles.

• En la Facultad de Sociología obtendrá datos y conclusiones sobre las razones de esta oleada de actos de delincuencia: quizás esté enferma la sociedad y los robos e intimidaciones sean sólo la fiebre que anuncia la infección.

• Por último, los abogados defensores de los detenidos la pondrán en contacto con sus clientes para informarse de sus circunstancias, métodos, aspiraciones y perspectivas.

Carlota Enríquez tiene ante sí un enorme trabajo, de ahí que deba organizarse con inteligencia, de esta forma evitará despilfarrar sus energías y dar palos de ciego.

Para trabajar acertadamente deberá establecer un método de trabajo que le acercará a la rutina. Dado que ha determinado las fuentes y que éstas son contrapuestas o no proceden de la misma institución, Carlota evitará el sentido peyorativo de la rutina.

La rutina, el método elegido, no ha de caer en simplificaciones ni mixtificaciones. La oleada de pequeña delincuencia sólo podrá ser explicada al público a través de la continuada labor de consulta a la policía y a las fuentes previamente seleccionadas. Si sólo publicamos notas policiales, caeríamos en la trampa de legitimar el orden político vigente y, lo que es peor, legitimaríamos al partido político que ostenta en este momento ese poder. Y, en democracia, podría descubrirse que están equivocados, de ahí que la crítica sea una buena cura.

Contrastar informaciones es, en resumen, la clave para mantener una democracia informativa.

Ya Walter Lippman (en McQuail, 1991, pág. 216) fue el primero en percibir la rutinización en la selección de noticias a través de destacar tan sólo los hechos procedentes de centros donde sabemos que siempre surge la noticia, como tribunales, parlamentos, aeropuertos, hospitales, sin buscar el contrapeso informativo.

Mark Fishman (1983, pág. 56) destacaba en su obra que el periódico *Record*, sobre el que realizaba una investigación, enviaba a sus periodistas a buscar noticias en sedes policiales, tribunales y ayuntamiento, pero dejaba de lado los colectivos marginales y no tenía en consideración el punto de vista de los marginales y marginados.

Carlota Enríquez no caerá en esta trampa ya que sabe que las noticias procedentes del gabinete de prensa de la policía tan sólo sirven para informarle de algo que ha pasado, pero no de lo que ha pasado. Carlota no se ve obligada a identificarse necesariamente con el punto de vista de la policía, aunque respete su labor.

De ahí que Carlota establezca una rutina a través de una ronda diaria. Cada mañana se hará con los boletines de noticias de la Central de Policía de Európolis. Los leerá atentamente y pedirá aclaraciones al jefe del gabinete.

Por lo general, las notas de prensa oficiales están llenas de lagunas informativas que conviene colmar con preguntas por parte de los periodistas.

Según el contenido de estas notas, Carlota se pondrá en contacto con alguna de las otras cuatro fuentes informativas.

Quizás ese día el partido de la oposición tenga algo bueno que publicar. Tal vez el profesor de sociología sepa explicar por qué continúa el fenómeno delictivo. A lo mejor uno de los abogados le consigue una entrevista con esa persona acusada de cincuenta atracos a mano armada.

Mientras está pensando a quién debe acudir, cogerá el teléfono y pondrá al corriente a su jefe de sección. Éste tiene la primera reunión del consejo de redacción a las 12.00 h. y debe acudir con las previsiones del día ya actualizadas: si no lo hace, los demás jefes de sección le «robarán» páginas o minutos —según trabajemos en prensa escrita, radio o TV— porque sí llevarán trabajados sus temas.

Dos horas más tarde Carlota volverá a llamar a su responsable de área para reactualizar la noticia y se le informará del espacio que se le ha destinado: quizás una página entera, a lo peor un suelto de ocho líneas. Todo depende de la consideración que haya dado el consejo de redacción al tema que lleva la periodista entre manos o a la importancia del resto de noticias del día.

Pero Carlota está trabajando muy a fondo su información y por ello el *staff* directivo le ha reservado un buen espacio o un buen minutaje. Carlota trabaja tal como le gusta a Mark Fishman:

> Si los periodistas emplearan otros métodos para la recolección de las noticias, emergería de éstas una realidad diferente, que quizá pusiera en tela de juicio la legitimidad de las estructuras políticas vigentes. Mientras que, con el sistema actual, los reporteros seguirán sustentando los intereses del *statu quo*, con independencia de sus propias actitudes e intenciones y de las que guían a los directo-

res de las publicaciones y a las fuentes de la información (entresacado del texto de la solapa de la obra de Mark Fishman, 1983).[2]

Por suerte para Carlota Enríquez, su medio de comunicación está dirigido por profesionales capacitados que confían más en las informaciones de sus periodistas que en las que proceden de agencia, en contra de lo que cree Fishman que suele suceder en las redacciones. En líneas generales este estudioso tiene razón: muchos jefes de información dan más crédito a un despacho de agencia, un teletipo, que al texto redactado por un miembro de su equipo, aunque sepa a ciencia cierta que su periodista ha estado en el lugar del suceso y no tenga tal constancia del periodista de la agencia.

Carlota Enríquez ha decidido utilizar material procedente del profesor universitario y de uno de los abogados de los detenidos. Regresa a la redacción y redacta una magnífica noticia. Pero antes ha pasado por el Centro Internacional de Prensa para recoger correspondencia y se ha encontrado con varios colegas que le han hecho preguntas sobre lo que estaba haciendo ese día.

Es el último peligro: el de la camarilla. Por lo general los periodistas de diferentes medios que comparten escenario temático y escenario institucional suelen convertirse en un grupo de intercambio de información. Y aún más, en una especie de oficina de autojustificación a través de la cual llegan a negociar el contenido de sus reportajes. Muchas veces se da la circunstancia —nada curiosa porque es una circunstancia creada premeditadamente— de que al día siguiente todos los medios publican las mismas informaciones.

Si lo que llevamos entre manos es la investigación de un tema especialmente delicado, nada menos oportuno que hacerla pública entre la profesión: es la mejor manera de que se cierren

---

2. Obviamente debemos entender que Fishman se refiere al derecho del público a ser informado cuando habla de «estructuras políticas vigentes». Es decir, el poder lo que pretende es imponer su verdad y si el periodista no se vacuna contra ello, se convierte en su cómplice.

las fuentes informativas. Recordemos que los periodistas del *The Washington Post* —Bernstein y Woodward— condujeron de forma magistral la investigación en torno al *affair* Watergate gracias a la perseverancia y al cultivo de la discreción, especialmente en la primera fase.

Lo mejor es intercambiarse poca información, aunque siempre es recomendable echar una mano a la competencia, pero no hasta el extremo de verse condicionados por ella. No debemos olvidar nunca una frase ciertamente tendenciosa pero aceptable por lo que sugiere de esfuerzo personal: la exclusiva es para el que la trabaja.

Ya de noche, la sociedad puede dormir tranquila porque sabe que muchas Carlota Enríquez han hecho posible que los hechos acaecidos las horas antes han sido tratados de forma profesional, contrastada y con honestidad.

6.4. Claves para una buena dirección de personal

Las redacciones periodísticas son organizaciones de mujeres y hombres —profesionales, universitarios la mayoría— con unos objetivos concretos —informar verazmente—, lo que no les diferencia demasiado del resto de actividades industriales.

En efecto, los hospitales no son otra cosa que un conjunto de buenos profesionales que tienen por objetivo curar a las personas.

Una fábrica de coches es un colectivo de ingenieros técnicos y mecánicos que trabajan al unísono para crear vehículos seguros, capaces y rápidos.

Periodistas, médicos e ingenieros pueden y debe regirse por unas claves organizativas semejantes que pasan por el establecimiento de una política de recursos humanos bastante bien definida en las sociedades industriales.

Veámoslas.

CLAVES PARA LA DIRECCIÓN DE PERSONAL

- FIJACIÓN DE OBJETIVOS
  - El personal debe tener bien claro qué ha de hacer de forma colectiva e individual.[3]
  - El personal debe ser consultado en el momento en el que se establecen los planes de producción.
  - La dirección ha de considerar a los trabajadores como personas y no como máquinas.

- POLÍTICA DE MOTIVACIÓN
  - El personal debe estar remunerado de forma suficiente.
  - El personal debe tener acceso a promocionarse.
  - El personal debe tener canales de comunicación con la dirección.
  - El personal debe trabajar en un ambiente cómodo.
  - El personal debe trabajar en un ambiente seguro.
  - El personal debe saber las limitaciones que condicionan al producto y a la empresa.

- POLÍTICA DE FORMACIÓN
  - El personal debe tener acceso a la formación permanente.
  - El personal debe estar informado de las novedades técnicas y tecnológicas del sector.
  - El personal debe participar en debates con sus superiores sobre innovación.

Lo que se persigue con estas claves sobre dirección de recursos humanos no es otra cosa que hacer corresponsable del producto a las decenas o centenares de técnicos y trabajadores a través de unas propuestas de trabajo ampliamente aplicadas en numerosas ramas industriales (Harper y Linch, 1992).

Hasta ahora hemos venido hablando del trabajo del perio-

3. La fijación de objetivos ha de basarse en el estudio de la realidad del mercado. Interesa saber la pirámide de edades, renta y hábitos del público al que nos dirigimos. Lengua empleada, niveles de escolaridad, tasa de actividad, prioridades de sus gastos y perspectivas globales de la zona: imposible vender un «magazine» de lujo en una zona industrial proletaria en declive y en plena crisis.

dista en el seno de una organización profesional, pero no hemos abordado el trabajo en equipo.

Es obligado tratar esta posibilidad porque la tarea combinada y coordinada de tres personas supera, siempre, la de un investigador solitario.

Trabajar en equipo no es precisamente un proceso demasiado extendido en el periodismo actual. Se tiende a personalizar el ámbito periodístico —temático o geográfico— de tal manera que la intromisión de otro miembro de la redacción en el territorio de un periodista es considerada, en muchas ocasiones, inadmisible o es un síntoma de que la dirección está dejando de confiar en él.

En realidad las posibilidades del trabajo en equipo multiplican por mil los resultados a la hora de investigar un tema. Debemos acabar con el mito del periodista cinematográfico que aporreando a los villanos conseguirá la gran exclusiva gracias a su audaz labor detectivesca.

Debemos convenir que Hollywood ha corrompido la imagen del periodista para convertirlo en una especie de protagonista de género. Ni todos los profesionales del periodismo son triunfadores como Robert Redford en *Todos los hombres del presidente*, ni tampoco se convierten en cínicos directores como Walter Matthau en *Primera Plana*.

El mito del periodista individualista ha de ser sustituido por la realidad de los equipos de redacción que, a través de reuniones periódicas —tal vez diarias en los momentos de máxima tensión—, establecerán una estrategia con el fin de obtener hechos susceptibles de ser convertidos en noticias.

Los equipos de redacción pueden ser semiestables, pero difícilmente serán siempre permanentes porque la realidad nos impelirá a reconducir esfuerzos en pos de los objetivos marcados.

Es decir, podemos tener un equipo de cuatro o cinco periodistas que se ocupa del ámbito municipal —ayuntamiento, distritos, obras públicas, saneamiento y transportes— pero que puede verse ampliado a siete u ocho personas en el momento en que surja un tema complicado o de gran magnitud.

Y al revés, uno de los cuatro o cinco periodistas del ámbito municipal puede ir a colaborar con el equipo redaccional de política en caso de que surjan unas elecciones generales.

Lo esencial del equipo redaccional es que cada uno de sus miembros debe tener los conocimientos suficientes como para funcionar en cualquiera de los puestos del grupo.[4] Además, deben generarse discusiones entre ellos para involucrarse en la toma de decisiones sobre cómo mejorar el trabajo.

Obviamente, de entre los miembros del equipo redaccional debe surgir un responsable o coordinador. Ya sabemos que la asignación de responsabilidades y cargos es tarea de la dirección, pero sería muy útil que los periodistas pudieran participar en esa toma de decisiones, tal como recogen algunos Estatutos de la Redacción.

En efecto, en Europa, diarios tan prestigiosos como *El País* (España) y *Le Monde* (Francia), otorgan a los periodistas voz para participar en el nombramiento de altos cargos de la redacción, incluido el director. En el caso del periódico galo incluso tienen derecho de veto. Qué duda cabe de que los periodistas trabajarán más responsablemente en aquellos medios en que se tiene en cuenta su opinión.

En resumen, la organización periodística requiere una buena dosis de metodología empresarial unida a una flexible política de relaciones laborales en pos de un objetivo: generar productos informativos correctos —si no brillantes— veraces y económicamente productivos.

---

4. Mi propuesta no es nada novedosa, lo confieso. Últimamente la ha reactivado José Ignacio López de Arriortúa (*El País*, 16.08.1994, pág. 38), ingeniero automovilístico encargado de la producción en las plantas de Volkswagen, pero en realidad esta forma de trabajar la está llevando a la práctica desde hace quince años la industria japonesa de la automoción.

CAPÍTULO 7

LA AGENDA TEMÁTICA

Confeccionar la agenda temática de un medio de comunicación, sea prensa escrita, radio o televisión, comporta tener en cuenta el pasado, controlar el presente y otear el horizonte. Muchas veces los medios establecen una agenda de temas que no se corresponde con la realidad, pero para el público sí es la realidad o, cuando menos, los temas que son más importantes. Éste es el concepto negativo del proceso de producción de la agenda temática del medio, que los periodistas han de combatir frontalmente.

La agenda temática es la parte más difícil del periodismo porque requiere una buena dosis de profesionalidad para obtener productos coherentes y equilibrados. Todo empieza con las previsiones, pasa por la planilla y acaba bajo la exigente crítica del público.

La capacidad de los medios de comunicación de establecer la agenda temática es un tema de indudable atractivo para el estudioso, el profesional y para el público que quiere ver y saber qué hay tras las bambalinas de la prensa, radio y TV.

La agenda temática no es otra cosa que el compendio de noticias, reportajes, crónicas, entrevistas, artículos, editoriales, informes, imágenes e incluso la publicidad que publica o emite un medio.

Ya hemos visto anteriormente que a una redacción periodística pueden llegar en 24 horas hasta 1.000 noticias. Sin embargo, un periódico diario sólo puede acoger a unas 150 en sus páginas, mientras que los informativos de radio y TV apenas asumen entre 30 y 80, claro que a lo largo del día pueden llegar hasta 150.

7.1. Los peligros que acechan a la agenda temática

Confeccionar la agenda temática es sumamente complejo porque cada medio intenta asumir un rol que le convierta en actor —actuante, protagonista— (Borrat, 1989) que le permita influir —intervenir— en el discurso de la sociedad con un protagonismo más destacado.

Sin embargo, la prensa (y la radio y la TV), en la mayoría de las ocasiones, no tiene éxito diciendo a la gente qué ha de pensar, pero continuamente tiene éxito diciendo a sus lectores sobre qué han de pensar (Cohen, 1963).

¿Es importante para el empresario propietario de un medio —sea el Estado o una empresa privada— influir en la opinión pública? La respuesta definitivamente es positiva. Y lo es porque la creación de un medio de comunicación persigue objetivos políticos y/o objetivos comerciales.

Cuanta más influencia tenga ese medio, más beneficio político y/o económico obtendrá. Walter Lippman, en 1922, hizo notar el destacado papel que pueden tener los periódicos al orientar la atención de los lectores hacia unos temas de interés colectivo, al mismo tiempo que desprecian o infravaloran otras cuestiones que potencialmente podrían también obtener igual atención por parte de la sociedad (en Martínez Albertos, 1989, pág. 229).

Robert Ezra Park (1925) destacaba el poder de los medios para el establecimiento de cierto orden de preferencias en la capacidad de discriminación —selección— en los temas presentes en la prensa y en el marco de la nueva sociedad industrial, urbana y de masas.

Es cierto, pues, que «cada periódico produce una actualidad periodística que le es propia, característica, autónoma e irrepetible» (Borrat, 1989, pág. 39).

7.2. La «producción del temario periodístico», un espejo insuficiente

En términos académicos confeccionar o establecer la agenda temática se conoce como «producción del temario periodístico»,[1] «producción del temario periodístico» puede considerar-

---

1. Algunos traductores de libros técnicos de periodismo traducen *agenda setting-function* de la siguiente manera: «jerarquización de noticias» (D. MacQuail, 1984); «capacidad de agenda temática» (Enric Saperas, 1985 y 1987); «canalización de los mass-media» (José Luis Dader, 1983 —tesis doctoral publicada bajo el título *Periodismo y pseudocomunicación política*, Pamplona, EUNSA, 1983). La recopilación es de Martínez Albertos: 1989: 229.

Setting significa, literalmente, «puesta, ocaso, fraguado, endurecimiento, engaste, montura, marco, escenario, medio circundante, ambiente, situación, composición, establecimiento y montaje».

Agenda tiene el mismo significado que en español: agenda y orden del día.

Function se traduce por «función —no de teatro—, fiesta, reunión, acto, ocupación, profesión» y *to function* es «funcionar».

se también sinónimo de tematización, al menos eso sostiene Noelle-Neumann (1979, pág. 439).

Tematizar es el proceso de movilización hacia la decisión, por cuanto exige la resolución de un problema estructural mediante la adopción de una opinión determinada (Saperas, 1987). La tematización y la teoría de la «producción del temario periodístico» sostienen conjuntamente que lo que pretenden los medios a través de estos procesos no es sólo exponer temas, sino centrar la atención del público en unos temas (Marletti en Rodrigo, 1989, pág. 135).

Nosotros trabajaremos en la línea de considerar sinónimos los conceptos de «producción del temario periodístico» y tematización, aunque hay autores que suelen tender a definirlos de forma algo diferente. La diferencia consistiría en que la tematización no se fundamenta en la investigación empírica de los medios sino en la reflexión y especulación del contenido de los mismos (Saperas, 1987, págs. 91 y 92).

Hemos esbozado antes que la «producción del temario periodístico» o el establecimiento de la agenda temática conlleva el peligro de la parcialidad, del sectarismo, del subjetivismo. Estos tres aspectos son las consecuencias negativas de la operación periodística de recopilar-seleccionar-incluir-excluir y jerarquizar.

Pues bien, en la operación de establecer la agenda temática bien puede suceder que los periodistas «puedan inventar la realidad» (Martínez Albertos, 1989, pág. 234), cuestión bastante diferente a inventar noticias.

7.2.1. Dar lo que se espera, no lo que queremos

Inventar la realidad puede hacerse a través de noticias correctas, veraces. Es sorprendente esta afirmación, ¿verdad? Sin embargo es cierta: la operación consiste en seleccionar tan sólo «aquellas» noticias veraces que nos interesen a nosotros, los editores, empresarios y periodistas, sin preguntarnos correctamente si este temario es el que objetivamente —y aproximadamente— espera nuestro público, en realidad, la opinión pública.[2]

Estaremos de acuerdo que establecer la agenda temática puede comportar, cuando menos, una acción de desinformar y, cuando más, manipular, en el sentido peyorativo que le da el Diccionario de la Lengua Española, publicado por la Real Academia Española: «Intervenir con medios hábiles y a veces arteros en la política, en la sociedad, en el mercado, etc., con frecuencia para servir los intereses propios o ajenos» (cuarta acepción de la vigésima edición, 1992).

Para MacQuail, los medios de comunicación de los Estados Unidos de América del Norte omiten sistemáticamente las noticias que ofenderían los valores religiosos, familiares, comunitarios, comerciales y patrióticos (MacQuail, 1991), ¿no es esto un tipo de censura?

Esta misma tesis la sostiene la socióloga Tuchman cuando dice que:

...las actividades de los profesionales de la información norteamericanos están montadas para el mantenimiento del sistema político norteamericano del mismo modo que el trabajo de los periodistas soviéticos está montado para preservar el sistema político de esa nación (Tuchman, 1983, pág. 112).

En todo caso podemos establecer de forma aproximada que los individuos, a pesar de su libertad de elección en una democracia, tan sólo pueden optar entre las selecciones temáticas previamente establecidas por los medios de comunicación de masas.

La selección será, por ello, de segunda instancia y subsidia-

---

2. No toda la población lee prensa, escucha radio y ve televisión. Sin embargo esta población sí se rige o deja aconsejar por un compacto grupo de líderes de opinión —educadores, políticos, religiosos, financieros, *jet set*— que sí utilizan o consumen medios de comunicación. Un periódico, emisora de radio o televisión que quiera ser influyente, deberá llamar la atención y colmar los anhelos comunicacionales de ese grupo compacto de líderes de opinión.

ria o será una selección parcial en función de la tematización producida según los criterios determinados por los medios.

Afortunadamente encontraremos grandes y esperanzadores ejemplos de medios de comunicación independientes y ajenos a esa política informativa en EE.UU. y buena parte de los países con democracia liberal.

En el caso de la ex Unión Soviética —Rusia y el rosario de repúblicas independientes— vemos cómo ahora despierta del largo sueño socialista-narcotizante y aún es pronto para estudiar la actitud de sus medios de comunicación respecto al sistema por la sencilla razón de que todavía no hay sistema, o al menos un sistema estable y definido.

7.2.2. Bombardeo de escenarios, temas y personajes

Pues bien, actualmente los medios de comunicación siguen políticas de establecimiento de agendas temáticas muy subjetivas: A) reiteran escenarios, B) repiten personajes, C) olvidan ciertos temas y D) postergan sectores sociales.

A. Los medios de comunicación suelen enviar a sus periodistas a buscar noticias a instituciones públicas y privadas a las que se da un prestigio permanente, es decir, se sobrevalora su importancia porque a través de esta operación creamos una idea específica de sociedad. La concesión de los premios Oscar de cinematografía obtienen mayor tratamiento informativo que cualquier otro de más calidad e independencia a pesar de que generalmente los galardones son una operación de mercadotecnia.

B. Identifica y acredita —populariza— a personajes para que asuman un rol de líder ante la opinión pública, o quizá lo contrario, identifica y despopulariza, a través de la demonización, a personajes a los que se quiere presentar como algo negativo. Claudia Schiffer es una *top-model* que fue creada para asumir un rol determinado ante la juventud —y post juventud— consumidora. Por el contrario, el general Manuel Antonio Noriega es un dictador-narcotraficante —un demonio—, encarcelado en EE.UU. tras la invasión de 1989. Pocos años antes fue el hombre fuerte de la CIA en el istmo.

C. Hay temas intocables, temas sobre los que los medios de comunicación pasan como si fueran trampas mortales. La monarquía es intocable en España, pero no en el Reino Unido. Allí se ha silenciado a los partidos favorables al I.R.A., cosa que en la península ibérica nunca ha sucedido.

D. Hay sectores sociales que nunca conseguirán un espacio o un minutado permanente en prensa, radio o televisión, a no ser que generen noticias contundentes. ¿Quién había oído hablar de Chiapas, México, hasta que se creó un ejército en el que sólo tenía fusil ametrallador la cúpula de dirigentes y el resto de los combatientes llevaba carabinas de feria y machetes?

7.3. Los medios cultivan una imagen muy particular de la sociedad

Por lo general, los medios de comunicación han sido creados para generar una imagen de la sociedad que es la que interesa al poder, de ahí que no deba sorprendernos el hecho de que la agenda temática sea el filtro definitivo que emplean estos medios para cumplir con el objetivo señalado.

Los medios de comunicación actúan por regla general, aún incluso sin pretenderlo, confirmando los valores dominantes en una comunidad o país. Y esto lo hacen a través de una combinación de decisión personal e institucional, presión exterior y previsión de lo que espera y desea una audiencia grande y dispersa, heterogénea (MacQuail, 1991).

También los medios son conservadores debido a la combinación de fuerzas del mercado, necesidades funcionales y hábitos laborales, actuando, además, activamente en nombre de la clase dominante y del estado burgués, todo ello con el intento de sofocar y acallar a la oposición y limitar la desviación política y social (MacQuail, 1991).

Los medios de difusión masiva, por el simple hecho de prestar atención a algunas noticias y silenciar otras, tienen un claro efecto sobre las manifestaciones concretas de la opinión pública (MacQuail, 1991).

Y aún más, los medios de comunicación no son meros canales, son más bien co-productores ...no se limitan a transmitir la política o a hacerla comprensible, sino que contribuyen a definirla (Grossi, en Rodrigo, 1989).

A través del estudio de diferentes analistas sobre la «producción del temario periodístico», cuanto mayor es el énfasis de los medios sobre un tema, mayor es la importancia que los miembros de una audiencia le concederán. Y esto, lo repetimos, no significa que la gente vaya a creer a pies juntillas lo que se le dice, pero sí va a pensar —de forma general— en los temas seleccionados por los medios. En buena lógica, si piensan en unos temas, no lo harán tanto en otros.

Un ejemplo ya abordado anteriormente lo podemos tener en la propaganda belicista en torno a la Guerra del Golfo, durante el año 1991. Buena parte de los medios de comunicación centraron la atención de la opinión pública en el peligro del ejército de Sadam Hussein, cuando posteriormente se ha sabido que la CIA estaba perfectamente enterada de que las tropas iraquíes eran tan sólo un tigre de papel. Además, si se dijo que se luchaba por la democracia en aquella región, ¿puede decirse que hoy, en 1994, los regímenes saudí y kuwaití son representativos y han sido elegidos libremente?

Podríamos decir que una buena parte de los medios de comunicación son un espejo insuficiente y deficiente que depara y materializa una imagen de la realidad que aunque distorsionada, será comúnmente aceptada por el público a través de la presencia reiterada de temas y personajes.

La elaboración de una agenda temática pensando en una sociedad plural, democrática y abierta parece constituirse en el gran reto de los medios ante la inminente sociedad de las autopistas de la información. ¿De qué servirá transmitir cien veces más información si ésta conlleva un vicio de origen, el vicio de una tematización reprochable?

7.4. Las bases de una agenda temática correcta

El establecimiento de una correcta agenda temática pasa por unas premisas organizativas que permiten sugerir que a través de su correcta aplicación se eludirán buena parte de los problemas citados hasta ahora.

Por una parte los medios deben dotarse de una planificación en dos fases: diaria y a medio plazo (Tuchman, 1983).[3]

La primera fase se realiza en función de las previsiones y de las noticias que pueden surgir durante el período de producción periodística (una semana, un día, unas horas). En esta instancia se tienen en cuenta las previsiones de la plantilla redaccional y de los colaboradores.

La segunda fase pasa por preparar el tratamiento de temas anunciados. Aquí entra toda la operación estratégica previa para garantizar el cubrimiento de noticias que tendrán su papel en los próximos días: conferencias internacionales de paz; eventos deportivos y políticos —elecciones políticas—; congresos científicos; incluso fenómenos de la naturaleza como eclipses, etc.

El establecimiento de la agenda temática, además, se realiza en función de dos superficies específicas: la redaccional y la publicitaria.[4]

La agenda temática, o compendio de temas a ofrecer al público de la industria de la comunicación, se establece en función de las agendas particulares de los reporteros-estrella, de los redactores convencionales y la agenda global del medio.

---

3. Damos por supuesto que un medio, inicialmente, debe diseñar una política editorial basada en la veracidad y el servicio al público.

4. Recordemos que por superficie redaccional debemos entender páginas en lo que se refiere a periódicos y minutos por lo que hace a radio y televisión.

Hay estudiosos que conceden una gran importancia a las agendas particulares de los periodistas, llegando incluso a decir que «tienen más fuerza que los criterios ideológicos de los propietarios y de los editorialistas» (Martínez Albertos, 1989, pág. 233), pero esta afirmación tan sólo puede ser aceptada si confirmamos que los periodistas han interiorizado —hecho suyo— previamente un decálogo de valores emanado —de forma evidente o inconsciente— del poder.

Este decálogo bien podría comenzar por los siguientes principios: defensa de determinados valores; la crisis es noticia; el reconocimiento social del emisor es sustancial en el proceso productivo; haremos caso de quien tenga éxito político; la novedad priva sobre lo viejo —doctrina—; recojamos los dolores —dramas— de la civilización (Böckelman, en Saperas 1987).

Y aún añade más este estudioso: el enriquecimiento es noticia; también lo extraordinario y exótico y lo privado sobre lo general.

Por ello la agenda particular y la agenda del medio acaba coincidiendo aunque siempre podamos destacar el toque personal del periodista a título individual.

En realidad, la agenda temática es una sinfonía acompasada de subtipos. Estamos ante un proceso que según Saperas (1987, págs. 68 a 73) genera cuatro especificaciones concretas:

— La agenda intrapersonal: conjunto de temas de actualidad en manos de un individuo que evidencian sobre qué piensa y con qué grado de relevancia.

— La agenda interpersonal: conjunto de temas de actualidad que un grupo de individuos supone de mayor interés para el resto de los individuos.

— La agenda del medio: conjunto de temas de actualidad presentes en el medio de comunicación durante un período.

— La agenda pública: conjunto de temas que reclama la atención pública durante un período, expresada a través de los estados de la opinión pública.

En el fondo lo que interesa es establecer la relación entre la agenda de los medios y la agenda pública. Sin embargo, la amenidad de una obra de consulta como es ésta comporta que establezcamos dos categorías simples a fin de poder establecer procedimientos correctos para el establecimiento de agendas temáticas veraces, ciertas.

7.4.1. La agenda personal

La agenda personal es la agenda del periodista —reportero, informador, cronista, entrevistador, editorialista, columnista, fotógrafo, infografista, editor e incluso maquetista— en la que se registran o inscriben los temas a tratar de inmediato y a medio y largo plazo.

La agenda personal tiene una función específica: recoger concienzudamente todos aquellos hechos susceptibles de convertirse en noticias con el objeto de nutrir la primera fase de la producción periodística, es decir, la de la compilación, fase previa del proceso ya conocido y que vuelvo a citar, esquemáticamente: selección, inclusión/exclusión, jerarquización.

Compilar permitirá seleccionar, excluir, incluir y, al final, jerarquizar. Estamos, como se está diciendo a lo largo de este libro, ante una sucesión de decisiones. Por esto es que podemos afirmar que sin la labor previa de recogida de datos y posibilidades no es posible establecer una correcta agenda temática.

La agenda personal nutrirá la agenda del medio de comunicación correspondiente a través de la supraagenda departamental o de área y, finalmente, la del propio periódico, emisora de radio o de televisión.

La agenda personal, sin embargo, deberá tener una cierta privacidad. La agenda personal no deja de ser, además, un dietario en el que se apuntan posibilidades y pistas sin más valor que el de que algún día puedan convertirse en hechos noticiables.

Al periodista se le pide que esté en contacto con los protagonistas de un área temática, geográfica, institucional o que vigile los pasos de algún personaje y que informe, convierta en noticia, cualquier evidencia contrastada.

Pues bien, para ello el periodista deberá no sólo nutrir su agenda personal con toda suerte de pistas sino que también se verá obligado a disponer de una agenda profesional que le posibilite en el momento oportuno saber localizar a cualquier personaje o institución del área que tenga encomendada.

La agenda profesional —de directorio— estará compuesta por aquellos nombres y apellidos de personas de interés para el tema que se ha de controlar y contará también con la plena identificación de las instituciones afectadas.

No es lo mismo tener en la agenda una entrada que dice «Luis Migraña, gas», que haber escrito en su día: «Luis Migraña, presidente de la Compañía de Gas de Európolis». Además, la agenda profesional nos indicará el teléfono de la centralita, el de su despacho particular, el de su domicilio habitual, el de su domicilio secundario, y, por supuesto, el número de su teléfono móvil.

Tarea del periodista será disponer de todo ese amplio bagaje documental que puede conseguirse directamente de Migraña —pactando con él un buen uso de su telefonía— o de las personas que le conocen, por ejemplo su secretaria personal o su jefe de prensa, de los que también intentaremos tener los teléfonos.

Podría parecer exagerada esta propuesta de plena identificación, pero recordemos que Woodward y Bernstein, los célebres investigadores del llamado «*affair* Watergate» obtuvieron buena parte de sus pistas a través de chóferes y secretarias de la administración gubernamental. Aquello sí que fue una labor detectivesca.

En todo caso hemos de tener presente que la noticia puede surgir cualquier día en cualquier momento. Si surge un domingo por la tarde el rumor de que la compañía del gas se fusionará mañana con su rival, y las oficinas están cerradas, ¿quién podrá confirmarnos la veracidad de la misma?

La agenda personal del periodista puede reflejarse en un bloc de notas en soporte papel o en un documento de su ordenador. En el primer caso cabe pensar que puede extraviarse o ser robado. En el segundo, cualquier técnico informático puede entrar en él. El consejo es mantener una doble anotación de hechos y, una vez cada quince días, hacer una copia de seguridad.

Lo mismo ocurrirá con la agenda profesional telefónica y de direcciones: lo mejor es llevarla encima, pero mantener una copia en lugar seguro.

7.4.2. La agenda del medio

La agenda del medio estará a cargo de un alto directivo —quizás el secretario de redacción o el subdirector de información— y se nutrirá de recursos propios y de las agendas personales de sus periodistas y colaboradores.

La agenda del medio es la base de la agenda temática porque en la primera se anotan todos aquellos hechos susceptibles de convertirse en noticia, mientras que la agenda temática es el resultante de la fase de selección final, que concluye con la jerarquización y distribución a través de las páginas del periódico o del minutaje en radio y televisión.

En la agenda del medio se anotarán todas las previsiones anunciadas —plenos parlamentarios, reuniones ministeriales, estrenos teatrales, eventos deportivos, etc.— y las previsiones probables: rumores de fusión de empresas, pistas de dimisiones de políticos, crisis deportivas aún sin confirmar, etc.

Ya hemos indicado páginas atrás que la agenda del medio tiene dos dimensiones: inmediata y a medio plazo. Esto quiere decir que en tal agenda se anotarán hechos surgidos en las últimas horas y, al mismo tiempo, hechos que serán noticia dentro de unos días, semanas o meses.

La agenda del medio se confecciona actualmente, casi en todos los casos, en un documento del ordenador central al que tiene acceso toda la plantilla, para poder ir depositando las anotaciones. Sin embargo, existe una segunda agenda del medio de carácter más restringido y a la que sólo puede acceder el cuadro de directivos, porque allí se anotan decisiones estratégicas de la empresa. Esta segunda agenda tendrá carácter secreto, por razones empresariales obvias.

Por ejemplo, la dirección considera que sería útil realizar una ronda de entrevistas con los líderes de opinión del país —políticos, artistas, intelectuales—, una por semana, pero quiere mantenerlo en secreto para no dar pistas a la competencia.

Obviamente, la agenda del medio estará en relación directa con el número de periodistas en plantilla, la capacidad profesional de éstos, la involucración del medio con la sociedad, la aceptación del medio por parte de la opinión pública, la capacidad tecnológica del medio y la capacidad de contratación de publicidad del mismo.

En resumen: una agenda temática, procedente del tratamiento selectivo-jerarquizador de la agenda del medio, ha de estar en perfecta sintonía con la capacidad humana y profesional, el equipamiento tecnológico y la capacidad de autofinanciación del propio medio. Si se consigue la perfecta armonía, estamos ante un medio equilibrado e independiente. Caso que falle alguna de estas bases, el medio ofrecerá un bagaje informativo pobre —quizás adulterado—, o económicamente deberá someterse a intereses extraños al periodismo.

7.5. Agenda, publicidad y paginación se condicionan entre sí

La relación establecida entre agenda del medio y la publicidad y la producción es tal que los tres factores se condicionan mutuamente.

En efecto, no es lo mismo tratar de producir un periódico, un informativo de radio o de televisión en pleno verano —buena parte del consumidor comunicacional está en la playa o en el campo, de vacaciones y la vida administrativa está casi interrumpida— que realizar ese mismo producto en plena temporada laboral.

Cuantas más noticias de interés tengamos en nuestra agenda del medio, más probable es que la agenda temática resultante sea rica y atractiva.

Esta circunstancia nos permitirá establecer que el producto podrá ser más voluminoso —en páginas (periódico) o en minutaje (radio y televisión)— y, por lo tanto, en mejor disposición estaremos ante la contratación de publicidad.

Pero puede darse una circunstancia extraña al periodismo: un buen temario periodístico continuado podría generar una demanda publicitaria excesiva, lo que repercutiría en la disminución del volumen de noticias para dejar espacio —columnas o minutos— para los anuncios.

La resolución de este problema —casi insoluble, como saben perfectamente los periodistas— lo dejamos para el capítulo siguiente.

CAPÍTULO 8

LA PLANIFICACIÓN DEL PRODUCTO PERIODÍSTICO: LA PLANILLA, PAUTA, LANZADO O CASADO

La producción periodística es el proceso profesional-industrial por el que los informadores toman lo que consideran la parte más importante del material noticiable para ofrecerlo a su público a través de una determinada y metodológica presentación.

Pues bien, el desarrollo de la primera fase del proceso, la distribución del espacio/tiempo, se plasma en un documento de programación y planificación que recibe diferentes denominaciones: pauta, planilla, planillo, lanzado, casado, reglilla e incluso guión, según zonas.

Se trata de un esbozo gráfico de la distribución temática que está condicionado por las noticias y por la publicidad.

El proceso de producción periodística pasa por diferentes fases que culminan con la de la planificación previa a la tematización.

Recordemos que en los inicios de la elaboración de un producto periodístico es preciso recopilar, es decir, ir a buscar y recoger elementos informativos y hechos que posteriormente puedan ser transformados en noticias u otro tipo de géneros periodísticos. El proceso culmina con la jerarquización.

Esta última fase comporta no sólo dar prioridad a una información sobre otra, sino también decidir las dimensiones y volumen de su presentación y el ornato iconográfico, policrómico y audiovisual —según el medio para el que trabajemos— que deberá acompañarla. Pero la toma de decisiones es permanente a lo largo del proceso horario de producción periodística: lo que se previó a primeras horas de la mañana posiblemente no sirva a las 22 horas, cuando estamos a punto de cerrar la edición. Sin embargo, ha sido necesario darle vueltas a una serie de problemas para decidir el temario final.

Estudiemos con detalle cómo se desarrolla el tratamiento de la planilla (pauta, lanzado, planillo, guión...).

8.1. Priorizar es igual a jerarquizar

Cuando se ha procedido a seleccionar-incluir-excluir y jerarquizar el material, es obligado establecer prioridades para que cada noticia tenga su espacio o su minutado dentro del producto global.

El equipo de redacción ha revisado las noticias, ha estudiado las previsiones para las próximas horas y se acerca la hora de cierre de la edición. Sólo falta la puesta en página o, en el caso de radio y televisión, la distribución del minutado.

Es ésta una tarea que no debe ni improvisarse ni dogmatizarse. Cada tanda productiva —un día, una semana, un mes— comporta una distribución de espacio y tiempo específica. Dado que no hay dos días con noticias iguales, tampoco habrá dos jornadas diferentes con una distribución paginal o temporal exactamente igual.

Además, no sólo estamos decidiendo qué noticias abrirán el producto —la portada en el caso de un periódico o el sumario de entrada, en el caso de radio y TV— ya que también deberemos decidir en esta fase si la noticia va acompañada de otros elementos periodísticos como serían las fotografías en el caso de la prensa escrita, la música y los «inserts» en el de la radio, y las imágenes si trabajamos para TV.

Y aún hay más, quizá nos veamos obligado a decidir cuál de las tres informaciones de portada puede llevar fotografías en color, o infográficos. O a qué periodista televisivo le concedemos recursos técnicos para filmar una noticia, cuando tenemos varios hechos en marcha y sólo un equipo con cámara autónoma.

Sin embargo, todos estos problemas no pueden resolverse a última hora. Las fotografías en color no se inventan. Las tomas televisivas son difíciles de obtener. No es probable que podamos improvisar el lamento de la víctima de un accidente si nuestro periodista no lleva una grabadora.

A pesar de que el periodismo acepta y requiere de una buena dosis de imaginación e improvisación, ningún producto informativo es fruto del azar, de ahí que sea obligado estudiar atentamente la fase previa a la producción final de la pauta o guión. Esta fase previa se denomina «anuncio de previsiones» o «cartera de previsiones».

8.2. La tematización se realiza a través de las previsiones

Cuando el secretario de redacción, o el editor de radio/TV, inicia su jornada de trabajo, sabe que antes de tomar alguna decisión deberá consultar la cartera de previsiones.

Se trata del compendio de actos previstos para el día —o la semana, o el mes— que pueden ser susceptibles de convertirse en noticia. En el capítulo anterior hemos estudiado cómo se alimenta este banco de avisos. Lo que nos interesa aquí es qué uso debemos darle.

Con las previsiones en mano, el secretario de redacción o el editor audiovisual sabe, en primera instancia, si el producto de ese día tiene valor periodístico o no.

Por de pronto, los periodistas de la redacción nos habrán alertado sobre lo que están trabajando.

Con la vista puesta en la agenda de previsiones, el secretario o editor consultará la tablilla de publicidad.

8.2.1. La publicidad es un condicionante

En la industria de la comunicación escrita o audiovisual la publicidad tiene el importante papel de garantizar el equilibrio económico del producto, junto a otros ingresos menores como son las ventas —en el caso de la prensa— o la venta de producciones en radio y TV.

Publicidad y noticias van de la mano, pero ¿cuál de las dos deberá ocupar más espacio o más tiempo?

Este dilema puede ampliarse: ¿debemos acoger toda la publicidad que nos llega o bien es obligado mantener un equilibrio?

La respuesta nos la da Harold Evans cuando propone que «la primera regla básica es que la publicidad y el material de redacción deben ser fácilmente diferenciables para el lector» (Evans, 1984, pág. 53) y añade que la información siempre debe primar sobre la publicidad, aunque haya muchos anuncios.

Los editores de *El País* y *Le Figaro*, por ejemplo, intentan que la publicidad no cubra más allá del 40 por ciento del espacio útil. En radio y televisión la publicidad no está directamente relacionada con los programas informativos sino que las emisoras se nutren por su oferta global de programación, aunque los anunciantes buscarán horas-punta para hacer más rentables sus mensajes comerciales. Lógicamente esas horas tendrán unas tarifas más altas que en las horas de baja audiencia.

También en periodismo escrito sucede algo parecido: todos los anunciantes quieren que su publicidad aparezca en las páginas más vistosas, ocupando los lugares más destacados. Y pagan por ello, aunque hay espacios intocables. En los periódicos de prestigio las páginas de opinión suelen publicarse sin anuncios. En la portada apenas habrá más que un octavo de página.

Los diarios canadienses suelen distribuir la superficie redaccional ofreciendo un 54% a la publicidad y un 46% para noticias. En cuanto a las revistas de alcance nacional la distribución es diferente: 35% publicidad y 65% información (Leclerc, 1991).

Un me io de comunicación relativamente serio establecerá desde su fundación el equilibrio porcentual que debe existir entre la superficie periodística y la superficie publicitaria. Dado que los medios de comunicación se justifican por el hecho de que quieren transmitir a su público noticias, este dato nos indicaría —inicialmente— que al menos el 51% del volumen ofrecido al público deben ser noticias.[1]

Naturalmente el equilibrio financiero de la empresa está por encima de algunos principios, pero el público, el consumidor, no es nada tonto y si se da cuenta de que lo que se le ofrece es un compendio de publicidad más algunas noticias, se pasará, sin duda, a la competencia.

En buena lógica esta tesis no puede aplicarse a la denominada «prensa gratuita», i. reciente implantación.

8.2.1.1. *Dónde colocar la publicidad en prensa escrita*

Aunque éste sea un problema colateral con la especialidad periodística de la maquetación o diagramación, sí que el secretario de redacción —o el editor— deberá tener bien claro dónde debe situar la publicidad para evitar que ésta ocupe espacios o minutados demasiado ostensibles que puedan dar la imagen de que hay más propaganda que noticias, a pesar de que el porcentaje fuera a la inversa.

La publicidad en periodismo escrito debe colocarse en parcelas de escaso interés visual. No se trata de esconder la publicidad sino de compensar la brillantez de su presentación para equilibrar la presencia de la superficie entintada. En el apartado 8.3.1. volveremos a hablar de este tema en función de la distribución paginal y diagrámica de las noticias.

8.2.1.2. *Dónde colocar la publicidad en radio y TV*

En el caso de los medios audiovisuales la publicidad deberá ser colocada al final de los bloques seccionales o bien para diferenciar bloques temáticos.

A diferencia de la prensa escrita, en radio y TV no podemos insertar publicidad apenas ha empezado el programa informativo puesto que cortaríamos la atención del público que podría desplazarse hacia otras emisoras para eludir el bloque inicial de anuncios.

La publicidad en los programas informativos de radio y TV no debe aparecer hasta culminar las noticias más importantes del sumario. Es decir, si el sumario está compuesto por dos noticias principales y cinco secundarias, los primeros anuncios aparecerían al final de las siete informaciones o, como máximo, entre la tercera y la cuarta secundarias, siempre que fueran de distinto tema y de distinta intensidad dramática.

La incorrecta distribución publicitaria en radio y TV podría significar la creación de una imagen de frivolidad de nuestra empresa caso de que no acertáramos en la intercalación de información y anuncios.

Por ejemplo, después de una información sobre el drama de Ruanda es del todo incorrecto insertar un anuncio sobre las delicias del salmón ahumado o del caviar iraní (o del champán francés). Hemos de pensar que nuestro público oye más que escucha (Tubau, 1992) pero que así y todo, está intermitentemente atento a lo que se le dice.

El efecto de intercalar publicidad de alimentos de lujo tras una información sobre el hambre puede generar una imagen de poca seriedad en el subconsciente de la audiencia.

Algo parecido suele suceder con los suplementos dominicales de numerosos periódicos: a veces contemplamos el anuncio de un automóvil de superlujo justo al lado de una «guagua» de cualquier país latinoamericano hasta los topes de viajeros. Y aún es peor si el texto del anuncio dice algo así como que el turismo es «un lujo a su alcance».

En resumen, la publicidad es una parte de las previsiones que deberá tener en cuenta el secretario de redacción o el editor y que no sólo deberá estudiarse sus dimensiones o tiempo, sino también su contenido, para evitar herir la susceptibilidad del público y no generar efectos contraproducentes.

8.2.2. Los recursos técnicos son el otro condicionante

No sólo la publicidad condiciona el establecimiento de la agenda temática a través de su expresión superficial en páginas o minutos. También los recursos técnicos condicionarán el bagaje de noticias que vayamos a ofrecer a nuestros compradores o consumidores.

Todos los medios de comunicación tienen el condicionante del horario de cierre impuesto por la elección del período de edición (una hora, un día, una semana, un mes).

Hay un momento en el proceso productivo en el que todo

se paraliza: el momento del cierre. Ya pueden llegar noticias anunciando que se ha registrado un terremoto o que la flota japonesa ha atacado nuevamente Pearl Harbor: el cierre es el cierre y si llegan nuevas noticias debe procederse a elaborar una nueva edición.

Que el cierre sea tan definitivo se debe al pacto establecido entre la empresa y el público. Este pacto está en función del elemento «tiempo vital» (De Fontcuberta, 1992) que es el período que necesita la persona para informarse. Este período se expresa en rutinas de consumo: por la mañana encontrará el periódico en el quiosco, tomará el coche y oirá algún informativo o magazine —según la hora— y al mediodía conectará con su programa de TV favorito para saber las últimas noticias.

El pacto es éste: el lector no irá por la tarde al quiosco ni conectará la TV a las 11 de la mañana a no ser que esté abonado a la CNN o a alguna emisora de información permanente.

El cierre está, a su vez, condicionado por los recursos técnicos con que cuenta la empresa periodística.

8.2.2.1. *La prensa está en inferioridad de condiciones*

En prensa los condicionantes más serios son, en la actualidad, las filmadoras y la impresión. Podemos dejar de publicar una buena, incluso una gran noticia, por culpa de la técnica.

Un periódico suele tener magníficas redes informáticas que procesan los textos noticiables con extremada rapidez, pero el ritmo se atasca cuando el ordenador central envía a la filmadora más páginas de las que puede procesar.

En 1993 una filmadora procesaba una página en ocho minutos como mínimo. Procesar una página es convertir el lenguaje binario, utilizado por la redacción para escribir e insertar fotografías y publicidad, en una plancha «fotográfica», en un cliché, que posteriormente será tratado químicamente para fabricar la teja que irá a la rotativa.

En cuanto a la máquina de impresión, estamos ante uno de

los grandes atrasos de la industria de las artes gráficas. Pocas rotativas permiten cambios continuos de planchas y pocas empresas están dispuestas a costear esos cambios aunque el periodista de guardia demuestre al gerente que la introducción de nuevas noticias estaba más que justificada.

Y si la impresión es un subcondicionante más que destacado, la distribución eleva al cubo la impotencia de la prensa para satisfacer al público con noticias de ultimísima hora.

El horario de cierre está en relación directa con el fin de la jornada social, con los recursos técnicos propios y con el horario de aviones, trenes y camiones de reparto.

En algunas ciudades —principalmente españolas— la distribución está en manos de los llamados quiosqueros cuyo gremio profesional prohíbe a las empresas de prensa vender sus ejemplares a través de voceadores o de máquinas automáticas. Este es, sin duda, uno de los frenos para el incremento de ventas en algunos países.

Los quiosqueros españoles se oponen incluso a que la prensa se venda en máquinas automáticas, en colmados o en panaderías.

8.2.2.2. Radio y TV dependen de las ondas (o del cable)

Las emisoras de radio y TV no tienen tantas dependencias técnicas como la prensa para llegar a sus públicos. Sin embargo sus problemas derivan del alcance de sus ondas y, en el caso de la TV, de la red de repetidores que esté a su alcance.

Los periodistas de radio y TV tienen la gran ventaja de poder entrar en directo durante la emisión de un programa informativo, lo que es absolutamente imposible de hacer en el periodismo escrito. Esta dificultad podría paliarse a través del llamado periodismo electrónico, del que nos hemos ocupado en el capítulo 1.

Sin embargo, el directo en los medios audiovisuales no está tan extendido como debiera, por lo que buena parte de los informativos se producen a través de la edición previa.

Las noticias se «enlatan», es decir, se buscan y editan en laboratorios en forma de cápsula o videocinta y se entregan al editor para que las inserte en el momento oportuno a lo largo de la emisión, y siempre incardinando su inserción con el minutaje indicado en el guión del programa.

La cobertura informativa en radio es más fácil de realizar que en TV. Basta un periodista radiofónico con un teléfono portátil en la mano para hacer llegar la noticia a la redacción, incluso en directo.

En televisión el montaje es bastante más complicado. Para obtener una noticia televisiva con imagen es preciso desplazar a un equipo técnico compuesto por, al menos, dos personas: un cámara y un técnico de sonido.

Es muy posible que la mayor parte de las emisoras de TV de los países democráticos, y parte de los que todavía no lo son, dispongan ya de equipos ENG (Electronic News Gathering), lo que facilitará la obtención de noticias.

El problema es decidir qué noticias requieren equipos de rodaje y cuáles no. Es decir, si una emisora de TV dispone de quince equipos y ese día están previstos 25 actos, el problema es asignar recursos. Obviamente habrá diez actos que no podrán ser cubiertos, a no ser que se pueda realizar una planificación horaria de desplazamientos para que cada equipo de rodaje cubra dos o tres actos, lo que no siempre es factible.

Por otra parte es problemático el alcance de las ondas. Cada Estado tiende a compartimentar y dosificar la concesión de licencias de emisión y las empresas, además, tienen el grave problema de que dependerán siempre de la red de repetidores terrestres.

Actualmente se está extendiendo el empleo de satélites para distribuir las ondas hacia los centros de redistribución local. En un futuro inmediato se posibilitará la distribución por cable a domicilio e incluso mejorará la calidad de la transmisión gracias a la digitalización de las señales, como ya hemos señalado antes.

8.2.2.2.1. Los informadores de TV también son meticulosos

Aparte de la técnica, los periodistas de televisión se dotan de una metodología de trabajo bastante rigurosa que pasa por este proceso en siete fases bien diferenciadas:

PROCESO DE TRABAJO PARA LA REALIZACIÓN DE INFORMATIVOS TELEVISIVOS

Fases

A. Selección de las ideas y esquema (guión) del programa.
B. Búsqueda del material.
C. Recopilación del material del programa.
D. Selección del material del programa.
E. Esquema detallado del programa y copia.
F. Adaptación de la copia.
G. Grabación del programa.

Como puede verse, este proceso metodológico (Elliot, en Miquel Rodrigo, 1989), es similar al empleado en el periodismo escrito, aunque en TV el proceso es más complejo porque la edición técnica corre a cargo de los periodistas en colaboración con los editores, mezcladores, tituladores, etc.

8.3. La planilla organiza la producción

La planilla es el documento de trabajo periodístico que planifica la distribución de noticias a lo largo y ancho de un producto periodístico.

En realidad, en el argot periodístico nos encontraremos con otros vocablos análogos al de planilla. En Andalucía se denomina «casado» mientras que en buena parte de España se reconoce a este documento como «pauta»,[2] «lanzado», «planillo» e incluso «programación».

La planilla es un elemento dinámico que se inicia a primera hora del día y se ultima con el cierre de la edición.

En periodismo escrito, la planilla se refleja en una gran hoja de papel donde están impresas tantas páginas o superficies paginales como sea capaz de aceptar nuestra rotativa.

Es decir, si la rotativa de un periódico acepta cien páginas, la planilla tendrá cien cuadrículas, una por página.

Cada página llevará su número y, si es posible, se reflejará en cada rectángulo el número preciso de módulos publicitarios para favorecer y permitir la inscripción detallada de los anuncios.

Además, cada planilla deberá ser lo suficientemente amplia como para recoger los siguientes datos:

1. Temas seleccionados.
2. Publicidad a insertar.
3. Elementos infográficos.
4. Horario de entrega.

Veamos un ejemplo, el de *El País*, en cuya redacción nos facilitaron el material empleado para la elaboración de la edición del 16 de setiembre de 1994.

Cada recuadro de la pauta, representativo de una página, plantea ya la base de la maquetación o diagramación.

La maquetación paginal de un periódico puede ser de dos tipos: 1. Modular y 2. Irregular. La primera consiste en dividir la página en rectángulos de idénticas dimensiones, lo que facilitará la puesta en página de la publicidad y la maquetación informática de las noticias. En este tipo de maquetación las noticias suelen formar rectángulos exactos, es decir, ninguna información o noticia entra dentro de otra.

---

2. López de Zuazo (1985) define la pauta como la «relación de anuncios que se van a publicar en un periódico, con indicación del espacio que ocupa cada anuncio». En realidad la denominación está teniendo un uso más amplio.

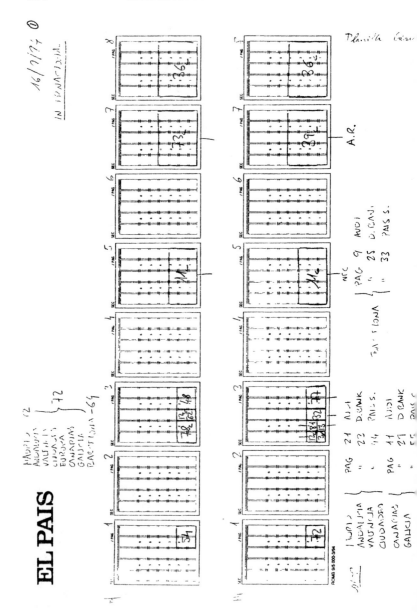

MAQUETACIÓN MODULAR

Como puede observarse, la información del texto A es perfectamente rectangular, al igual que la del texto B. Ambas unidades informativas están separadas por figuras geométricas perfectamente detectables a simple vista.

La maquetación paginal irregular (2) también es conocida por
«maquetación de pistola» porque algunas de las informaciones
entran en otras informaciones, tomando forma de arma ligera.

MAQUETACIÓN IRREGULAR

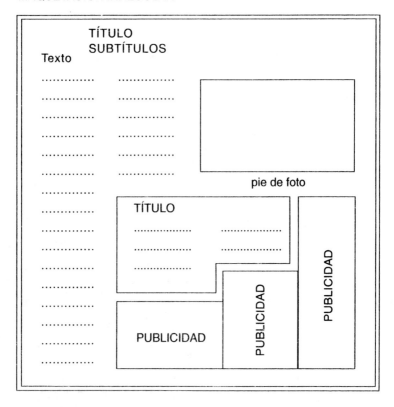

Como puede verse, la forma volumétrica de las noticias y anuncios de esta página toma la imagen de una «pistola». Este tipo de maquetación está ya en desuso porque distorsiona y dificulta la lectura de las noticias al unir titulares y textos y al obligar al lector a sortear numerosos obstáculos por la irregularidad de la superficie.

8.3.1. El responsable de la planilla sabe que su trabajo será modificado una y otra vez

La planilla es un instrumento de trabajo del que se responsabiliza un periodista de cargo medio. En muchas ocasiones encontraremos al frente de la planilla al secretario de redacción o a un redactor-jefe de apertura, en contraposición al redactor-jefe de cierre. A efectos de este libro, le daremos la calificación de «jefe de planilla».

El jefe de planilla es el primero en aparecer por el periódico. Lo hace a primeras horas de la mañana (en el caso de un matutino) y cuando se sienta ante su mesa de trabajo tiene varios paquetes de teletipos que le esperan.

Su trabajo consiste en poner en marcha el periódico realizando la primera planificación temática en función de los siguientes elementos:

1. Noticias previstas.
2. Publicidad contratada.
3. Paginación estipulada (y condicionantes técnicos).
4. Últimas noticias llegadas a la redacción a través de teletipos y de la correspondencia.
5. Horarios recomendables de producción.[3]

Una vez que ha revisado estos cinco puntos, el jefe de planilla empieza la distribución paginal de la publicidad y los temas. Este trabajo le llevará dos o tres horas. Si ha llegado a la redacción a las 09.00 h., hacia las 11.30 h. habrá acabado la primera planificación.

Poco después se realizará el consejo de redacción del medio-

---

3. Los horarios de producción varían constantemente en función de la propia actualidad y de la capacidad técnica de los talleres. No es lo mismo realizar una distribución paginal-temática un día de la semana en que no haya ningún elemento informativo de gran magnitud, que hacerlo el domingo, cuando se sabe que la edición del lunes ha de recoger todos los eventos deportivos de la jornada anterior.

día, a través del cual se introducirán los primeros cambios en la planilla. En el capítulo siguiente veremos cómo funciona la mecánica periodística.

Entretanto sigamos con el jefe de planilla.

La planilla debe equilibrar la distribución de espacios entre la publicidad y las noticias (y reportajes, crónicas, entrevistas, secciones fijas, servicios, editoriales, columnas, etc.). Pues bien, el jefe de planilla debe estar muy mentalizado sobre cuáles son los objetivos del diario para realizar la paginación inicial porque de sus decisiones dependerá la marcha de la tematización.

Ya sabemos que su trabajo será retocado y reformado, pero la primera planilla sirve de camino maestro a través del cual se realizarán modificaciones, pero no habrá un rechazo total a la misma a no ser que surja la noticia de alguna catástrofe con interés local o nacional.

Cada periódico tiene establecida una distribución paginal previa en función de dos valores:

1. El tipo de público al que va dirigido.
2. Los recursos propios.

Con esto queremos decir que el modelo elegido es el que marcará inicialmente la paginación. Si estamos ante un modelo popular, qué duda cabe de que las noticias de sociedad y sucesos serán las más beneficiadas en el reparto de superficie paginal.

Caso de que estemos ante un periódico de elites o político, las noticias referentes a la vida institucional y a la economía tendrán prioridad superficial.

Al mismo tiempo, y en referencia a los recursos propios, un periódico no puede pretender informar detalladamente de lo que sucede en la otra parte del mundo si no tiene allí un equipo de periodistas trabajando. Dedicar cinco páginas diarias al drama de Ruanda, durante el verano del año 1994, significa haber enviado previamente a un nutrido grupo de profesionales compuesto por periodistas literarios y fotógrafos. Además, deben ir provistos de un generador eléctrico, una antena parabólica, un transmisor y un pequeño laboratorio fotográfico para transmitir a través del satélite, de lo contrario no podrían enviar diariamente sus crónicas y documentos gráficos.

El jefe de planilla de cualquier periódico sabe que debe moverse en un universo con un cierto orden generado a través de convencionalismos de los que generalmente sólo se escapa la prensa sensacionalista y la política, es decir, las expresiones periodísticas minoritarias, si es que podemos asegurar que la mayor parte de los periódicos de los países democráticos son informativos o informativos/interpretativos.

Pues bien, estos convencionalismos pasan por los siguientes puntos:

A. La portada recoge lo más importante.[4]

B. Las secciones fijas priman sobre las secciones no estables.

C. El editorial es el elemento de opinión de la empresa.

D. Los artículos de opinión de periodistas y colaboradores tendrán más importancia cuanto más cerca estén del editorial.

E. Las páginas pares se ven menos que las impares.

F. La mitad superior de la página es más leída que la inferior.

G. Comúnmente se considera que las páginas son leídas por el lector a través de un itinerario en V, con el vértice en la parte inferior central.[5]

---

4. Lo de «más importante» puede ser relativo. Algunos medios escritos consideran que algo es importante cuando «importa» o «interesa» a los propios periodistas. Otros medios califican de importante lo que es comercial. Otros, lo que puede servir para orientar a la opinión pública. Como vemos, el problema del diseño de la *agenda setting-function* o la realización de la agenda temática raramente se escapa a una serie de intereses. En todo caso, no profundizaremos más en el estudio de la motivación jerarquizadora de los medios escritos para centrarnos en la realidad: a portada va todo aquello que el editor y su equipo periodístico consideran que es, más o menos, lo más importante para su público.

5. Haas (1966:227), por su parte, entiende que los ojos del lector realizan el siguien-

H. Una información con un bloque de titulación múltiple (epígrafe, título, subtítulo, subtítulos interiores, etc.) tiene más importancia que una información sin el bloque.
I. Los textos periodísticos con elementos iconográficos tienen más importancia que los que no los llevan.

Estos convencionalismos (algunos de estos puntos son estudiados en Borrat, 1989 y en Haas, 1966) están dejando de ser ciertos porque la fuerza de las palabras, por ejemplo, hace resaltar una información a columna y sin fotografía por encima de otra unidad informativa a cuatro, con foto e infográfico. Veamos un ejemplo:

---

te itinerario a través de la página y que nos recuerda un diseño parecido al de la letra zeta:

PÁGINA PAR   PÁGINA IMPAR

3	5	12	11		2	1
7	14		20	19	10	4
8	16		24	23	15	6
13	18		22	21	17	9

El ojo, según este autor, va de la parte superior de la página impar, a la parte superior de la par, para volver a la impar y regresar a la par (1-2-3-4-5). Regresa a la impar (6), vuelve a posarse en la par en sentido descendente (7-8) y salta a la impar (9), casi abandonando los límites paginales para centrarse en las partes internas: 10-11-12-13 (última externa), 14-15-16, etc.

La publicidad, según este autor, debería ser insertada en el área comprendida entre los números 19 a 24, es decir, formando una especie de rectángulo central caído. Los publicitarios han obviado estos rincones y, como vemos continuamente, ocupan columnas exteriores en sentido vertical, espacios centrales e incluso aperturas de páginas impares.

noticia 1   noticia 2

Revuelta campesina en plena Andalucía ....(TEXTO)..	El presidente González busca en Bruselas apoyo de los europeístas • El PSOE critica a los populares ....(TEXTO)........	FOTOGRAFÍA
		pie de foto
		INFOGRÁFICO ESTADÍSTICO

Estos ejemplos, tomados de la prensa española durante el verano del año 1994, podrían convencernos de la tesis de que extensión volumétrica no significa forzosamente importancia periodística evidente si aceptamos que la palabra «revuelta» es lo suficientemente poderosa como para llamar más la atención que la tediosa política europea sobre la que el ciudadano del llamado viejo continente apenas entiende nada.

A pesar de esta reflexión, el periodismo acepta viejos convencionalismos y por ello el jefe de planilla debe atenerse a lo que se consideran principios básicos de la profesión a no ser que en su redacción se haya generado un clima de reflexión y debate que deparen, con el tiempo, nuevas fórmulas de entender el hecho de la información.

Al final, el jefe de planilla trabajará intensamente tan sólo tres horas pero quizá sean las horas más decisivas de un periódico. Lo que pase a continuación es responsabilidad de cada redactor-jefe, cuya tarea y el encadenamiento de órdenes para culminar la producción se estudiará en el siguiente capítulo, realizado con los datos tomados durante una estancia de estudios en el diario *El País*.

CAPÍTULO 9

VEINTICUATRO HORAS EN *EL PAÍS*

La teoría sobre la producción periodística —fuentes, escenarios, estrategias, decisiones— se pone a prueba cuando llega la hora de sacar a la calle la edición de un periódico de aparición diaria.

El 15 de setiembre de 1994 pude presenciar todo el proceso de toma de decisiones del diario El País gracias a la gentileza de la dirección. Nada se me ocultó y pude asistir a todas las reuniones del consejo de redacción preparatorias para sacar a la calle el periódico del siguiente día, el 16.

En 24 horas, 246 periodistas e innumerables colaboradores generaron unas 150 páginas en las que reflejaron lo que consideraron más importante de aquel día. Veamos cómo lo hicieron. Estamos ante los principales «guardabarreras» de España.

Félix Monteira ya había sido avisado por el director adjunto, Javier Valenzuela, de mi visita. Yo había solicitado, y obtenido, que se me permitiera asistir al proceso de toma de decisiones durante una edición del diario *El País*, en su sede central de Madrid.

Elegí este rotativo por dos razones. La primera es que estamos ante el primer diario español por volumen de difusión, tirada y negocio.[1] En segundo lugar, se trata de un diario de referencia dominante de España y de gran prestigio en Latinoamérica.[2]

Por su modelo, *El País* es un periódico informativo-interpretativo[3] en el que actualmente se acentúa su lectura política, especialmente por el alto índice de competitividad registrado en

---

1. La difusión media de *El País*, declarada por la empresa al controlador OJD, entre los meses de julio del 1993 al de junio de 1994 fue de 412.344 ejemplares, aunque la certificación de la Oficina de Justificación fue sólo de 401.258 ejemplares para el período que va de enero a diciembre del año 1993.

La competencia más directa de *El País* quedó así:

Medio	Difusión s/empresa	Difusión s/OJD
Período	07/1993-06/1994	01/1993-12/1993
ABC	327.024	334.317
EL MUNDO	245.702	209.992

Fuente: *El País* 04.10.1994 (pág. 32)

2. Por diario de referencia debe entenderse aquel rotativo que por su difusión y prestigio se constituye por méritos propios en periódico de consulta obligada por las elites política, económica y social. El Comité Internacional de Comunicación, Conocimiento y Cultura de la Asociación Internacional de Sociología promovió en 1981 una investigación internacional que estudió cabeceras de referencia de diferentes países del mundo. *El País* representó a España, como *Le Monde* a Francia; *Il Corriere de la Sera* y *La Repubblica* a Italia y *The Guardian* al Reino Unido (Imbert y Beneyto, 1986).

3. Consultar la tipología expuesta por Casasús y Roig, redefinida posteriormente por mí en el capítulo 1.

la prensa madrileña de alcance nacional tras la aparición de *El Mundo* y la recuperación de *ABC*.

Valenzuela y Monteira, con la autorización de Jesús Ceberio, el director —«editor», en lectura latinoamericana—, me permitieron estar a su lado a lo largo de la confección de la edición del día 16 de setiembre de 1994. Al mismo tiempo me facilitaron los documentos con que se trabajó durante esta jornada.

La línea editorial de este diario se basa en una escala de valores bastante estricta que viene dada por el tipo de periódico. «Somos todo menos sensacionalistas —dice el subdirector—. ¿Por qué dar a cinco columnas una información si una columna tiene igual valor?»

Se refiere, claro está, a la pátina de autenticidad que da a una noticia el hecho de aparecer en las páginas del rotativo madrileño. *El País* ha publicado últimamente alguna información de importancia sobre la posible corrupción de un alto mando policial, y sin embargo no ha aparecido en su portada para no darle más impacto del que puede tener ya con la información interior.

9.1. Una planilla de 92 páginas y el 40% de publicidad

El diario madrileño tiene un tope de paginación de 92 páginas en función de la capacidad de sus rotativas. La distribución paginal se denomina aquí «planillo». Pensemos que 92 multiplicadas por la tirada media diaria de 401.258 ejemplares supone mover al cabo de 24 horas nada menos que más de 36.000.000 de páginas aproximadamente.[4]

Si se intenta una paginación superior a las 92 páginas, deberá realizarse horas antes, es decir, a través de hacer trabajar las

---

4. La edición de Madrid del día 16 de setiembre de 1994 pesaba unos 750 gramos y llevaba 96 páginas, 64 de la edición nacional y 32 de la edición de Madrid. Lógicamente los 750 gramos son aproximados porque la humedad puede elevar esta cifra en ciertas zonas.

rotativas un tiempo extra, cosa que se hizo en la edición que estamos detallando.

La paginación se convierte, en buena lógica, en el primer condicionante para los periodistas de *El País*. Aunque quisieran y tuvieran suficientes noticias, no podrían publicar más allá de 92 páginas al ritmo normal de sus rotativas.

El planillo de *El País* es, inicialmente, rígido, poco flexible. «Cuando alguien nos pide más páginas, nuestro primer impulso es conservador», es decir, se deniega el espacio solicitado, según Monteira.

El segundo condicionante es la publicidad. *El País* tiene estipulada una relación información/publicidad del 60 y el 40 %. Lógicamente puede haber días en que esta interrelación oscile hacia arriba o hacia abajo, pero los anuncios nunca superarán el 50% de la superficie total del diario.

Los empleados del departamento de publicidad de *El País* tienen una doble responsabilidad: conseguir anuncios y que estos anuncios sean válidos. Lo primero es relativamente sencillo, aun en época de crisis, no en vano estamos ante el primer diario español. Por lo que respecta a su validez, los principios deontológicos de la empresa Diario *El País*, Sociedad Anónima, antes llamada PRISA, editora de *El País*, estipulan que no se aceptará publicidad atentatoria a la ley, principios democráticos, y al derecho al honor y a la intimidad de las personas, debiendo demostrarse, además, su veracidad.

Esta inicialmente rígida política permite a *El País* mantener ante sus lectores una alta credibilidad moral, aunque en ocasiones se les cuele algún que otro anuncio que nunca debiera publicarse. Cuando esto sucede, será «La defensora del lector» la que dé al público las explicaciones y pida excusas.[5]

---

5. Un ejemplo típico de anuncio que nunca debió publicarse fue excusado por la Defensora del Lector en la edición del domingo 2 de octubre del año 1994.

En resumen, la paginación media de este diario es la siguiente para las diferentes ediciones:

Edición de Madrid y su distrito
      64 páginas nacionales
      32 páginas de local y distrito
TOTAL   96 páginas

Edición Nacional (excepto ediciones de Madrid y Cataluña)
      64 páginas nacionales
      8 páginas del suplemento «Ciudades»
TOTAL   72 páginas

Edición de Cataluña
TOTAL   64 páginas nacionales (que incluyen entre 3 y
      56 páginas dedicadas a esta nacionalidad)

Es decir, los periodistas de *El País* gestionan y realizan al día 64+32+8+6=112 páginas de información.

Este dato es relativo, porque una pequeña parte de la redacción dedica sus esfuerzos en la preparación del suplemento dominical y a los diferentes suplementos culturales: «Libros», «Babelia» y «Tentaciones». Es decir, podría decirse que cada 24 horas la redacción de *El País* genera unas 150 páginas de periódico y suplementos, eso sí, incluida la publicidad.

El País tenía el 15 de setiembre de 1994 246 periodistas en plantilla según datos oficiales facilitados por el director adjunto Javier Valenzuela.

De éstos, 199 pertenecían a la organización de Madrid y 47 a la de Barcelona.[6]

---

6. Los periodistas de Barcelona no sólo están dedicados a buscar noticias locales y regionales. También están adscritos a diferentes secciones de las ediciones estatales, por lo que la cifra de 47 periodistas en Cataluña no significa que se dediquen única y exclusivamente a este ámbito geopolítico.

La estructura jerárquica y funcional de *El País* era la siguiente:

Redacción de	MADRID	BARCELONA
Director	1	
Director adjunto	2	1
Subdirectores	5	1
Redactores-jefe	22	2
Jefes de sección	27	8
Subjefes de sección	26	5
Redactores	116	30
TOTAL	199	47

Entre los 199 periodistas adscritos a la sede central de Madrid debemos contar los corresponsales en: Bruselas, México, Washington, Oriente Próximo, París, Londres, Bonn, Roma y Moscú.

En los departamentos de confección trabajaban 20 periodistas en Madrid y 10 en Barcelona.

En los de infografía, 7 en Madrid.

En fotografía, 13 en Madrid y 4 en Barcelona.

En resumen, la plantilla del diario *El País* resulta envidiablemente amplia, si se la compara con la del resto de la prensa española, pero insuficiente por el volumen de información que han de gestionar, lo que comporta que este periódico se vea obligado a contar con numerosos colaboradores.

«El periódico no saldría sin una buena base de colaboradores», aseguró Javier Valenzuela. Con esta afirmación daba también a entender que buena parte de la plantilla sólo se dedica —o lo hace durante una buena parte de su jornada laboral— a gestionar[7] información y, por lo tanto, apenas a obtenerla.

---

7. Por gestionar información debe entenderse dirigir a los colaboradores para que obtengan noticias, encargar crónicas a corresponsales, vigilar la recepción de este material informativo, ponerlo en página, corregirlo, editarlo y cerrar las páginas correspondientes, además de incorporar los elementos infográficos e iconográficos precisos. A lo largo de su vida, un periodista puede pasarse la jornada laboral gestionando sin redactar en ningún momento una noticia de *motu propio*.

Las NTI obligan a los medios de comunicación a dedicar buena parte de los esfuerzos de sus plantillas al sistema. Esto quiere decir que más del 50% de los periodistas de un diario moderno apenas se levantan de su mesa de trabajo en la que tienen el ordenador y el teléfono, además de estar rodeados de televisores y aparatos de radio.

El País ha venido dedicando a lo largo de 1994 unos 100 millones de pesetas mensuales a pagar a sus colaboradores, de lo que podemos deducir la importancia de éstos. Claro está que en esta partida presupuestaria se incluyen los articulistas, editorialistas, especialistas —cine, teatro, deportes— y, por supuesto, los corresponsales de zona —ciudades— y los periodistas *freelance* que trabajan de forma independiente.

No sería aventurado asegurar que *El País* lo hacen no menos de 600 profesionales, entre personal de redacción fijo y colaboradores habituales.

9.2. Las previsiones se hacen la noche antes

Son las 10 de la noche y buena parte de los periodistas ya están camino de casa o hacia algún restaurante para mantener una cena de trabajo con banqueros, artistas, entrenadores deportivos o confidentes de los bajos fondos.

Sin embargo, antes de irse, cada uno de ellos ha depositado en la agenda electrónica de su sección las previsiones para el día siguiente.

Hay dos tipos de previsiones: las fijas y las imprevisibles.

Las primeras son las citas oficiales que se registran periódicamente. Por ejemplo, se sabe que el ayuntamiento dedica el último viernes de mes a realizar un pleno ordinario. Pues bien, en la agenda informática ya podemos incluir esta cita.

Igual sucede con los parlamentos, consejos de ministros, encuentros deportivos, reuniones de la Comunidad Europea y un sinfín de sucesos previsibles. Esto no quiere decir que el periódico deba hacerse eco de cada encuentro. Lo que sí hará es enviar a algún periodista para que presencie lo que sucede en cada ámbito y detectar si es digno de ser elevado a la categoría de noticia.

Las noticias imprevisibles son las que genera la propia actualidad.

Un accidente de aviación es imprevisible. El estudio de sus causas también. Ahí tenemos una noticia —la del accidente— y un reportaje —el de sus causas—.

Las consecuencias de las declaraciones de un político generan más noticias si sabemos encontrar a otro político que esté interesado en rebatir sus palabras.

Un encuentro futbolístico entre el Real Madrid y el Sporting de Lisboa debe transcurrir entre la deportividad, pero si no es así, ya tenemos más noticias.

El tema sanitario genera numerosas informaciones en función de descubrimientos científicos o la aparición de nuevas enfermedades (la «enfermedad del legionario», el SIDA, la neumonía atípica, por ejemplo, han significado para el periodismo una gran fuente de noticias).

Pues bien, entre las previsiones fijas y las imprevisibles se genera una agenda de temas a seguir que garantiza la continuidad del periodismo como negocio y como servicio. De ahí que en verano la paginación sea menor, debido a la falta de noticias, mientras que en otoño, invierno y primavera suceda lo contrario.

Las previsiones de *El País* para la edición del día 16, estudiadas en la reunión del consejo de redacción de las 11 de la mañana, eran las siguientes:[8]

---

8. He copiado textualmente las previsiones, con la autorización de Félix Monteira. Como podrá leerse, hay anotaciones telegráficas, otras muy pormenorizadas y algunas con pocos detalles informativos. Algunos errores, fruto de la rapidez, han sido corregidos por mí sobre la marcha. Entre paréntesis figura el nombre de la persona que se encarga del tema. Los corchetes indican que he añadido la palabra o la letra, que no aparecía en el texto original del listado de previsiones de *El País*.

INTERNACIONAL

Haití: Clinton defiende hoy ante su opinión pública la invasión de Haití. «Se irán por las buenas o por las malas», ha dicho. Propone un exilio dorado a los militares haitianos. El presidente de Haití, desafiante, hace un llamamiento a la comunidad internacional para impedir la invasión y pide a la población que resista.

Argelia: Catorce degollados. Madani pide ver a su hijo. Confusión sobre el paradero del líder integrista liberado: puede estar en Bilda o en Argel. Posible liberación de Hachani en las próximas horas. Ofensiva de la prensa, excepto la oficial, contra la excarcelación de los líderes del FIS (Ferran Sales).

Suecia: Previo de las elecciones suecas (Ángel Antonio).

América Latina: Toma de posesión de César Gaviria como nuevo presidente de la Organización de Estados Americanos (OEA) (Caño).

Cuba: Seguimiento de la situación tras la firma de los acuerdos de Nueva York (Vicent y Caño).

En Madrid: Probable entrevista con la primera ministra de Pakistán, Benazir Bhutto, de visita oficial (Cembrero).

Visita de la ministra de Defensa de Finlandia (Cambre).

Irak: El Consejo de Seguridad de la ONU mantiene las sanciones contra Irak a pesar de la propuesta de Francia y Rusia de suavizar el embargo.

ESPAÑA

González se reúne con los presidentes de las comunidades gobernadas por socialistas para preparar el debate sobre el Estado de las Autonomías.

El Rey, en el Colegio de Europa de Brujas (Vidal).

Concluye la visita de Benazir Bhutto. Rueda de prensa con González a mediodía (Cembrero).

Congreso. Comisión de partidos políticos (16.30). Calendario, acuerdos sobre comparecencias y respuesta a la negativa del Banco de España de enviar datos de los créditos.

Congreso. Pleno. Supresión de las cámaras de la propiedad urbana.

Rueda de prensa del PP (12 horas, en el Congreso) para presentar las enmiendas a la Ley de Contratos del Estado.

El Parlamento navarro decide hoy sobre la petición de HB, EA e IU de crear una comisión investigadora sobre la gestión de Urralburu y Aragón.

Funeral por los bomberos en Mora del Ebro (Tarragona). Acuden Pujol y Marco.

Sentencia por despido del agregado cultural de Paraguay.

ETA: importancia de los explosivos capturados (se incluye de viva voz).

ANDALUCÍA

Chaves inaugura el curso escolar en un colegio de un pueblo de Cádiz.
Informe del Rectorado sobre el acceso de los alumnos a la Universidad de Sevilla. También se darán los resultados de la evaluación del rendimiento de los profesores de la misma.

Rojas-Marcos presenta oficialmente su candidatura a la Alcaldía de Sevilla.

Reunión del comité ejecutivo regional del PP, que sustituirá al actual secretario general.

El Defensor del Pueblo andaluz comparece en el Parlamento para explicar las irregularidades llevadas a cabo por uno de sus funcionarios.

Hoy se inaugura la VIII Bienal de Flamenco de Sevilla.

MADRID

PRIMER BLOQUE:
Vuelta al cole: posibles problemas (Álvarez).

El cabecilla del juego de rol pide al juez que le devuelva su juego (Jotiya).

Reportaje chavales taller de motos levantado ayer para meter publicidad (y publicado hoy por *Diario 16*) (Begoña).

Comienzan las elecciones sindicales.

12.00 Revenga, Isidoro Álvarez y Mercè Sala firman en la Consejería un convenio para hacer la estación de El Barrial y un aparcamiento disuasorio (Javier Casqueiro).

19.30 Inauguración del Hipercor de Pozuelo (Javier Casqueiro). Hacer un cuadro de accesos. Nota: No se puede acceder desde Madrid por la N-VI.

Las subvenciones a los transportes de Barcelona, comparadas con las de Madrid (Casqueiro).

12.00 El alcalde coloca la primera piedra de la futura Puerta de San Vicente.

El consejo de administración de Produsa decide cuándo se reanudan las obras de las torres de KIO.

PUEBLOS. 12.00 La Comunidad crea una especie de «Defensor del Pueblo de los pueblos». Se trata de una asesoría jurídica que se encarga de mediar en los pleitos de los pequeños municipios (Olaya).

FUENLABRADA. Un herido muy grave en el encierro. Tiene la femoral seccionada (Luis Fernando Durán).

CAMARMA. Reportaje del lío del cura de Camarma (Javier Barrio).

ALCOBENDAS. Presentación del avance del Plan de Ordenación Urbana de Alcobendas. Hay ilustración (diapositiva en cajón de Carbajo Javier).

BARRIO

El fiscal pide 12 años para dos funcionarios de Correos que malversaron 125 millones de pesetas en telegramas (JAH).

Un diputado del PP ha planteado 25 preguntas al Congreso con defectos en puntos de la M-40, M-30 y accesos (Carlota).

Moncho Alpuente. 3 PLAZA (Mercado de Maravillas).

Accidente policías (se añade de viva voz).

Funcionarios municipales (se añade de viva voz).

SEGUNDO BLOQUE:

El Ayuntamiento de Madrid concede una partida presupuestaria de 1.479 millones de pesetas para arreglar más de 100 monumentos de la capital (Susana).

Seguimiento de las jornadas de presentación del Libro Blanco de la Comunidad. Coloquio con Pilar Miró, entre otros.

A las 21.30 horas Carlos Cano presenta su disco en el Círculo de Bellas Artes.

A las 23.00 horas Pedro Manuel Guerra y Carlos Varela en Libertad 8 (Ricardo).

Inauguración del edificio nuevo del Teatro Español. Por confirmar.

Un grupo del norte de Marruecos actúa en la casa de la Cultura de Majadahonda para la colonia marroquí. Pedida foto.

Primer encierro de las fiestas de Fuenlabrada. Un herido grave, con la femoral seccionada (Luis F. Durán). Pedida foto.

ÚLTIMA

Entrevista: Azucena. Sol Alonso a Azucena Rodríguez. Directora de cine que termina el rodaje de *Entre Rojas*0009. Probablemente debería decir *Entre rejas.* en Yeserías.

Reportaje. Julio Iglesias firma ejemplares.

SOCIEDAD

Página 26. Educación. Enmiendas a la totalidad de la reforma de la LRU en el Congreso (Esteban Sánchez García).

Fotonoticia: el primer día de cole.

Página 27. Astronomía. Presentado en Canarias el telescopio de ocho metros que quieren construir allí.

Más datos sobre el cometazo (Alicia Rivera).

Los astronautas del Discovery saldrán mañana al espacio con las nuevas mochilas que les aportan una autonomía total (Malen Ruiz de Elvira).

Página 30. La Plataforma del 0,7% asegura que la Junta de Extremadura ya se ha comprometido a dar ese porcentaje a Cooperación Internacional (Corresponsal).

Página 31. Se fallan los Premios Príncipe de Asturias de la Concordia (Javier Cuartas).

COMUNICACIÓN

Iniciativa de la Comisión Europea para armonizar las legislaciones nacionales sobre límites a la propiedad de medios de comunicación. Entrevista complementaria con Alfonso Sánchez Tabernero, consultor de la UE.

Vuelve el optimismo al sector publicitario: las principales centrales creen que este año finalizará con cifras de inversión muy similares a las de 1993, lo cual implica el freno de la caída.

El teléfono ya es poco para Telefónica: reportaje sobre su entrada en el mercado de la imagen.

Las emisoras de la *Voz de Galicia* se desenganchan de la COPE e inician programación propia.

Registradas cuatro publicaciones con el nombre «La República» y similares.

Breves, convocatorias, servicios y demás.

CULTURA

Empieza la Bienal de Arte Flamenco en Sevilla (hasta el 2 de octubre) (Balbino).

Inauguración en París de la exposición sobre el galeón San Diego, hundido en las Filipinas en el siglo XV. El caso de los almirantes mentirosos. El español (Antonio de Morga) se hundió solo y el holandés aseguró que había ganado una gran batalla.

Exposición «Prix Ars Electrónica».

En el museo de Antropología (antes MEAC) expo sobre tapices rumanos.

Último día de «Un diálogo por la cultura». En Artes Plásticas y Patrimonio, Mesa Redonda: Manuel Falces, Valeriano Bozal, Juan Carrete, José María Luzón, José Antonio Fernández Ordóñez, Carlos Sambricio. En Artes Audiovisuales, Mesa Redonda: Pilar Miró, Gerardo Herrero, Manuel Gutiérrez Aragón, José María Otero, Pedro Pérez, Xabier Elorriaga. Conferencia: Política cultural en la Europa de fin de siglo: Jack Lang.

Presentación en Sevilla de *El comedido hidalgo*, de Juan Eslava. Premio Ateneo de Sevilla.

Estreno en el María Guerrero del montaje *El sueño de la razón* de Buero Vallejo.

Estreno en Berlín de *El magnífico cornudo*, de Goldsmith, que fue prohibida por el nazismo como música degenerada.

Empieza el Festival de San Sebastián con la proyección de *The Shadow*, Rocío: entrevista con Penelope Ann Miller (actriz de la peli).

Centenario del nacimiento de Jean Renoir.

Julio Iglesias firma discos en el Corte Inglés (Craaazzyy).

DEPORTES

España se embarca en la Copa América.
Recopa: Gloria Distrita— Zaragoza (15.30 horas).
Romario lesionado baja para dos semanas.
Pequeño perfil de Lluís, el nuevo jugador del Barcelona.
Paunovic, el duro entrenador del Logroñés.
Seguimiento de la suspensión de la Liga de béisbol.
Golf: Comienza el Masters británico.
Ciclismo: Tour del Porvenir.
Previa de la jornada de baloncesto de mañana.
Atletismo: Reunión de Tokio. Budka, Christie y Powell despiden la temporada.

ECONOMÍA

El director general de Pesca explica la situación del conflicto originado por Marruecos de reducir la flota al 50%.
Comisión Banesto. El presidente de Dorna es llamado a comparecer.
Firma del acuerdo entre la Administración y los funcionarios.
Seguimiento de Presupuestos.
El congreso de los Diputados trata de la supresión de las Cámaras Urbanas.

CATALUÑA

Entierro de los bomberos muertos ayer.
Inicio de curso.
Estado de la negociación entre los militares y la Generalitat para el traspaso de dos escuelas a la red pública.
Pujol viaja a Andorra.
La federación de Municipios reclama a Vilalta cambios en el nuevo Plan de Saneamiento.
Declaración del director general de telecomunicaciones de la Generalitat en el juzgado de instrucción número 16 por una supuesta prevaricación en relación con el cierre de una emisora de radio municipal de San[t] Quirze del Vallès.
Repetición del juicio a varios funcionarios de la oficina de recaudación de l'Hospitalet. El juicio ya se hizo pero un defecto de forma ha obligado, por orden del Supremo, a repetir la vista.
Patrocinada por la FMC, reunión de representantes de municipios y comarcas afectadas por incendios.
La Confavc pide al Parlament la retirada del proyecto de ley de asociaciones.

CULTURA
La Fundació Tàpies prepara la temporada.
Presentación de la exposición «Empowered images», de nueve fotógrafos contemporáneos estadounidenses.
Entrevista con la ganadora del Premi Carlemany de Novela (Maria Mercè Marçal) que hoy se concede.
Bomberos y peritos oficiales declaran ante el juez por el incendio del Liceo.

DEPORTES
Seguimiento de la lesión de Romario.
Preparativos para el Barça-Español.
Debut del Zaragoza en la Recopa.
La huelga en el béisbol americano.
Resultados.

En la reunión del consejo de redacción de las 18 horas se incorporaron los siguientes temas:
Ulster: nuevos datos.
Italia: Crisis con De Pietro.
Conflicto en el PSOE: Los guerristas inician un proceso de desmarque.
Robos en museos de Nápoles.
Crisis en BBV.
Tema Ley de Arrendamientos Urbanos.
El resto de temas se da por bueno.

9.3. El diario empieza a hacerse a las 9 h. de la mañana

La noche ha sido larga. Periodistas de diferentes secciones han mantenido encuentros con artistas, banqueros y quizá delincuentes.

Ahora son las 10 de la mañana y Félix Monteira está ya en su despacho. En la redacción empieza a verse a los primeros periodistas.

Félix hojea la edición del día 15 de su periódico y toma nota, mentalmente, de las posibles incorrecciones que va detectando. Luego echa un vistazo a la competencia, empezando por *El Mundo*, que en los últimos meses ha experimentado un notable incremento de ventas gracias a la publicación de diferentes escándalos que afectan al gobierno y a su partido.

El subdirector de información habla con diferentes redactores-jefe, especialmente con el de internacional, Ricardo M. de Rituerto, que está al corriente por sus periodistas de las informaciones enviadas o que realizan sus corresponsales en el extranjero.

A las 11.00 en punto se celebra la primera de las dos reuniones del consejo de redacción.

9.4. El primer consejo de redacción es a las 11 h.

Preside el primer consejo de redacción del día el director del medio, Jesús Ceberio.

El ambiente es distendido cuando el más alto directivo de la rama profesional de *El País* realiza un par de ligeras críticas a la edición del día, hecha 24 horas antes. Se centra en titulares y se pregunta si el público sabe lo que es un gen —que aparece en un titular de la sección de ciencia— o sobre el orden de presentación de otro título, esta vez de economía, que dice lo siguiente:

«El Tribunal Europeo obliga a España a recuperar 18.705 millones dados a tres empresas públicas»

y que según Ceberio debería llevar, más o menos, el siguiente enunciado:

«Tres empresas públicas deberán devolver 18.705 millones ...».

Los redactores-jefe de ciencia y economía aceptan las críticas, después de matizar sus decisiones.

Luego, Ceberio señala que informaciones de cierto calibre de los alrededores de Madrid —se refiere a Guadalajara— han de ser cubiertas desde la sede central y no sólo por el corresponsal de la zona. Se refiere al cubrimiento informativo de la visita de los reyes a Cifuentes, en aquella provincia, para inaugurar oficialmente el curso escolar.

A continuación se analizan algunas informaciones propias comparándolas con las de otros medios. En resumen, se considera que lo publicado en *El País* es más acertado que lo de la competencia.

El tono sigue siendo amable, de compañerismo, aunque a ninguno de los afectados por las críticas del director parece gustarles ser protagonistas del debate del día.

Y empieza el análisis del temario informativo del día.

Cada redactor-jefe comenta las previsiones reflejadas en el listado. El de la sección de Nacional añade una noticia sobre los explosivos interceptados a ETA en un «zulo». Más tarde irá tomando importancia hasta convertirse en apertura de portada.

En general, los redactores-jefe apenas se apartan de las previsiones. Sorprende que nadie cite los últimos programas informativos de radio y televisión para actualizar los temas anunciados.

La tendencia es mantenerse en la línea de las previsiones suscritas la noche anterior e incorporar solamente temas propios o los forzados por la actualidad, como el vuelco de una camioneta de la Policía Nacional que ha podido presenciar un redactor del diario cuando se dirigía a la redacción.

Tras el desgrane de los temas y ciertos comentarios amables e incluso jocosos sobre el «cometazo» que comenta la redactora-jefe de la sección de ciencia, se da por acabada la primera sesión del consejo de redacción 45 minutos después de las 11 de la mañana.

A lo largo de la jornada y hasta las 19 horas el subdirector de información, Félix Monteira, realizará innumerables salidas de su despacho para acercarse a cada redactor-jefe e incluso jefes de sección para mantenerse permanentemente informado del desarrollo de las noticias previstas e incluidas ya en el temario definitivo.

Es hora de analizar cómo funciona cada una de las secciones más importantes del diario: Internacional, Nacional, Economía y Madrid.

9.5. Las secciones establecen sus rutinas específicas

La gentileza de la dirección de *El País* me permitió desarrollar mi trabajo a lo largo de dos jornadas, el 14 y el 15 de setiembre de 1994.

En realidad, durante la primera Félix Monteira y yo estuvimos preparando con detalle la sesión de trabajo definitiva, que se realizaría al día siguiente.

Me informó del proceso y me presentó a los principales protagonistas de mi investigación. Las líneas que vienen a continuación son un fiel reflejo del proceso de toma de decisiones en las principales secciones de *El País*. En fin, los «guardabarreras» del diario tienen la palabra.

9.5.1. La sección de Internacional tiene periodistas trabajando en todo el mundo las 24 horas

El redactor-jefe de Internacional, Ricardo M. de Rituerto, explica la dinámica de una sección muy compleja, ya que sus redactores trabajan a lo largo de 24 horas dada la diferencia horaria de los hemisferios. Dispone de 13 periodistas en la sede central de Madrid y cuenta con 12 corresponsales conectados por ordenador.

Las prioridades de esta sección empiezan por Europa, pasan por Latinoamérica, Magreb y Estados Unidos. Sin embargo, la disposición de sus corresponsales no queda justificada en función de aquellos objetivos ya que están ubicados en las siguientes ciudades: Bruselas, París, Londres, Bonn, Roma, Moscú, Washington, México, Buenos Aires, Marruecos —norte de África—

y Oriente Próximo. Se cuenta, además, con colaboradores en otras capitales y zonas que trabajan por encargo, además de los corresponsales volantes, como Maruja Torres.

África y Asia están muy mal cubiertos por *El País* por lo que este diario queda en manos de otras fuentes para informar a sus lectores de lo que suceda en aquellos continentes. Algo así sucede, en primera instancia, con Latinoamérica, aunque en aquella región se dispone de numerosos colaboradores habituales o se desplaza a cronistas de dilatada experiencia como Maruja Torres.

Precisamente durante mi estancia en la sede de *El País* Félix Monteira dispuso que se localizara a Maruja Torres en Guatemala para ordenarle que se desplazara cuanto antes a Haití. La operación salió bien gracias a la colaboración de la embajada española.

Un periodista abre la sección hacia las 9.30 h. de la mañana realizando la primera ronda de contacto con los corresponsales.

A lo largo del día los periodistas de la sede central de Madrid irán recibiendo las crónicas de sus corresponsales. Las editarán e incluirán en ellas informaciones que vayan apareciendo por los teletipos, aunque en este caso se enmarcarán con unos corchetes ([...]) para dar a entender al lector que no se trata de un texto enviado por el corresponsal.

Al mismo tiempo, los periodistas ubicados en la sección de Internacional de Madrid elaborarán el resto de informaciones que no son cubiertas por los corresponsales.

A partir de las 17 h. saben que han de empezar a cerrar páginas. Las páginas estarán ya maquetadas, operación muy sencilla dada la simplicidad de la diagramación de este medio y en consonancia con el modelo adoptado: de prestigio, lo que imposibilita alardes de tipos y audaces disposiciones de volúmenes.

Los temas que primarán en la edición de mañana, viernes, serán Haití y Argelia. En el país caribeño se espera de un momento a otro la invasión de las tropas aliadas, con protagonismo especial de los EE.UU.

En Argelia se ha descubierto otra matanza, aunque no se sabe todavía a quien achacársela.

Con las previsiones de los corresponsales, Ricardo realiza el «lanzado». Dispone de doce páginas, de la 2 a la 13, aunque en la edición definitiva sólo ocupará hasta la 12 porque la 13 estará ocupada por la publicidad.

De las 12 páginas iniciales dispondrá de 3 páginas absolutamente limpias de anuncios y el resto lleva publicidad, casi siempre ocupando la mitad de la página.

Las páginas libres son las pares —2, 4 y 6—, lo que quiere decir que serán las menos visibles si aceptamos la tesis de que los lectores dirigen su atención visual a las páginas impares.

En realidad, el planillo de Internacional tan sólo permite 11 noticias abriendo página, pero en la edición definitiva tan sólo contará con 9, ya que a lo largo del día ha aparecido publicidad en las páginas 8, 11 y 13.

El condicionante de la publicidad en *El País* será la constante de todas las secciones, por lo que no volveremos sobre el tema.

Al final, aparte de los temas previstos sólo se incluye una apertura de página —4 columnas de la 5— dedicada a la guerra de los Balcanes y otra apertura —página 6— con un análisis sobre este tema.

En la página 7 aparece una apertura con tres unidades informativas de dos columnas dedicadas a la posible bancarrota institucional italiana, suspensión de empleo para 27 policías alemanes acusados de maltratar a extranjeros y una columna que informa sobre la explosión de una bomba de la Segunda Guerra Mundial en el centro de Berlín.

La página 9 es un mosaico de medianas y pequeñas noticias, es decir, un cajón de sastre que recoge 8 temas diferentes escasamente jerarquizados, es decir, poco atractivos para el lector por su nada brillante presentación diagrámica. Aún más: no se inserta ninguna fotografía.

Para Ricardo M. de Rituerto el problema es el espacio: «Hemos de acudir a los breves para poder dar parte de lo que consi-

deramos más importante» a lo que asiente el resto de periodistas de la sección.

Sobre el papel de las agencias de información para la sección
de Internacional, su redactor-jefe asegura que «sirven sólo para
orientarte o para utilizar las informaciones de aquellas zonas
en las que no tenemos corresponsal. Es un apoyo, una red de
seguridad».

La relación entre las informaciones propias y las procedentes de agencia podría ser ésta: 8 o 9 propias y 1 o 2 de agencia
por cada 10 noticias publicadas.

El País trabaja con las principales agencias informativas del
mercado, todas ellas del ámbito de los países industrializados
y capitalistas: Efe, Reuter, Agence France Press, servicios de *The
New York Times, Der Spiegel,* servicios del *The Washington Post,
Los Angeles Times, The Independent* —que tiene relaciones empresariales con la empresa— y *Le Monde.*

Como puede verse, la influencia del mundo anglosajón es
evidente.

Para formar parte de la sección de Internacional es necesario dominar el inglés y es conveniente también el francés o el
alemán.

La toma de decisiones se basa en las previsiones realizadas
el día antes que son continuamente actualizadas. Sólo si surge
algún tema de gran importancia se producirán cambios en el
planillo.

9.5.2. La sección de Nacional se basa en pluri-especialistas

Mariló Ruíz de Elvira, redactora-jefe de la sección de España —«nacional» en otros medios— tiene un problema inicial en
cada edición: el de los temas fronterizos.

«Prima el ámbito del personaje, si es un deportista, aunque
haga declaraciones políticas irá a la sección de Deportes», me
dice. Y añade que las declaraciones del ministro de Asuntos Ex-

teriores de Cuba, Robaina, se publicarán en España si no afecta a la política exterior cubana. Caso de que fuera así, iría a Internacional.

En la sección de España podemos encontrar temas que van desde los sucesos más patéticos —asesinatos, violaciones, etc.— hasta la alta política del Estado.

Mariló cuenta con 18 periodistas más los corresponsales de las grandes ciudades españolas. Acudirá también a colaboradores, habituales o no.

El personal de España está especializado en temas muy concretos, pero es imposible dedicar un periodista a un solo ámbito, de ahí que podamos hablar de redactores pluri-especializados.

Efectivamente, uno de los periodistas cuida especialmente de los temas de Defensa, pero al mismo tiempo se ocupará de Interior e incluso de Tribunales.

Entre tres periodistas cubrirán temas tan intensos y delicados como Interior —que incluye el terrorismo—, Tribunales, Justicia y Defensa.

Por razones de seguridad profesional los tres periodistas se intercambian información para evitar vacíos informativos caso de que uno esté de baja o de vacaciones.

Otros periodistas dedican sus principales esfuerzos a controlar —en forma de «ronda»— a los partidos políticos, especialmente PSOE, Partido Popular e Izquierda Unida. En las delegaciones de Cataluña y Euskadi seguirán, informativamente, a los partidos nacionalistas de su zona.

Asimismo otros periodistas cubrirán diariamente las incidencias noticiables que surjan en el gobierno y consejo de ministros —sesiones preparatorias del jueves y reuniones decisorias del viernes.

Ante los numerosos temas y el escaso personal, Mariló dice que se ve obligada a «trasvasar temas y personas».

No se dedica especialmente a nadie a organizaciones políticas minoritarias y extraparlamentarias, a no ser «que nos llamen» o que «haya elecciones».

En la edición del día 16 de setiembre de 1994 que estamos estudiando, Mariló Ruíz de Elvira gana una apertura, pasando de una previsión de 6 páginas a 7 (17, 18, 19, 20, 22, 24 y 25). En cuanto a los temas anunciados, se descuelga el referente a la comisión de partidos políticos en el Congreso; tema de las Cámaras Urbanas. En cambio se incorpora, de viva voz en la primera reunión del consejo de redacción, el tema de los explosivos de ETA; la gratuidad para los pasajeros del AVE por una avería; y posible reapertura de los casos «Casinos» y «tragaperras», además de otras informaciones de escaso volumen y presencia.

La sección de España atribuye a las agencias de noticias un valor relativo: «no todo lo que recibimos son noticias, sino declaraciones sin valor». Y la redactora-jefe añade que «los teletipos sirven para alertarte por si pasa algo». Se reciben los servicios de Efe, Europa-Press y Servimedia.

La toma de decisiones se basa en las previsiones realizadas el día antes y continuamente revisadas.

9.5.3. Economía tiene unas rígidas previsiones

La sección de Economía y Trabajo de *El País* está constantemente condicionada por un calendario institucional muy rígido. En uno de los paneles de la sección se detallan las numerosas citas, con fecha fija, de instituciones públicas y privadas.

Cada semana deben cubrirse informativamente las valoraciones de bolsa, finanzas, economía, precios y consumo. Cada índice facilitado por estos puntos de atención se convierte, casi forzosamente, en tema de apertura de la sección o de alguna de las páginas importantes.

Dado el liderazgo de *El País* y su condición de periódico de referencia dominante —lo que significa que es uno de los grandes formadores de opinión de España—, la sección de Economía y Trabajo es un espacio informativo que debe ser tratado y elaborado con especial atención para evitar consecuencias en la vida empresarial.

Serán los propios periodistas de la sede central de Madrid los principales proveedores de información de primera mano gracias a la cobertura de ámbitos y escenarios especializados.

La sección cuenta con un redactor-jefe —Andreu Misé—, un jefe de sección y dos subjefes, además de diez redactores en Madrid y cuatro en Barcelona.

Lógicamente los corresponsales en el extranjero también están a su disposición para temas económicos.

Los ámbitos que cubren estas 17 personas fijas de la sección son los siguientes: laboral, tributos, hacienda, economía, banca, política territorial, empresas, área internacional e informes. Se cuidan, además, de la publicación de los índices diarios de divisas y cotizaciones.

En la edición del día que estamos estudiando se le respetan las previsiones del planillo: cuatro aperturas informativas, otra de análisis y una columna de breves en la página 57, con 7 noticias.

De las noticias anunciadas se soslaya, definitivamente el tema de las Cámaras Urbanas y el del seguimiento de los presupuestos. En cambio, surge a lo largo del día la crisis del BBV —anunciada de viva voz en el primer consejo de redacción por Misé—; la crisis de J.P. Morgan; declaraciones de Griñán; impugnación de la junta de Grand Tibidabo; Banco de España y carteras de deudas de empresas y seis noticias breves.

Las fuentes informativas ajenas a la redacción de Economía y Trabajo proceden de las agencias convencionales: Efe, Europa-Press, Reuter —«la más importante», para Andreu Misé—, AFP y Associated Press.

9.5.4. Madrid es un suplemento independiente con gente muy joven

La sección dedicada a la vida local de Madrid se trata en realidad de un suplemento con numeración diferenciada del volumen que lo envuelve.

Alejo Grijelmo está al frente de un grupo de 40 personas de las que 14 están en plantilla, 15 son corresponsales de poblaciones cercanas y otras 10 constan como colaboradores.

Madrid es una capital de Estado con autonomía uniprovincial, cuando lo normal en España es que cada región disponga de varias provincias.

La capital dispone de gobierno, tribunales, asamblea autonómica, ayuntamiento de Madrid y ayuntamientos de la provincia.

Grijelmo ha dispuesto un periodista en cada uno de estos ámbitos: asuntos autonómicos, ayuntamiento, área de transporte y cultura. «Es muy difícil que una persona esté dedicada a una sola cosa», reconoce el redactor-jefe de la sección más joven del diario.

Sus fuentes suelen ser las institucionales: gabinetes de prensa oficiales y los propios políticos y responsables técnicos de las instituciones.

La información no institucional apenas se trata con una cierta cotidianidad: una colaboradora está dedicada a temas de «marginación e inmigrantes», según dice Alejo Grijelmo.

Curiosamente la sección de local que *El País* dedica a Madrid es mucho más agresiva que la que dedica a Barcelona. En la capital del Estado la mayoría municipal es de derechas mientras que en la capital catalana es de izquierdas.

La toma de decisiones la realiza Grijelmo en función de las previsiones que le facilitan sus periodistas y que se ven actualizadas y modificadas por la actualidad. Dado que éste es un ámbito muy dinámico, las previsiones pueden resultar alteradas en un índice muy superior al de las otras secciones estudiadas antes.

9.6. El segundo, y decisorio, consejo de redacción: aquí se decide la portada

Son las 18 h. del jueves 15 de setiembre y en la sala de juntas de la redacción de *El País* se concentran, nuevamente, el equipo de dirección y los redactores-jefe del periódico. También está presente el gerente, que acude con cierta asiduidad para perfilar la estrategia de reparto de la edición, según me informa Monteira.

Sobre el temario previsto en la sesión de la mañana se producen algunos cambios: incorporaciones y eliminaciones. Es justo el proceso que nos interesa.

La reunión es mucho más breve que la de la mañana. Salen los redactores-jefe y se quedan el director adjunto Javier Valenzuela y diversos altos cargos. También está presente el subdirector de Opinión, Hermann Tertsch, que da cuenta de los temas sobre los que el diario editorializará mañana.

Valenzuela estudia las notas tomadas. En sus manos está la decisión definitiva sobre los temas que irán en portada y la distribución jerárquica que adoptarán en esta página.

Éstos son los temas más importantes sobre los que se estudia el último proceso:

- Definición de los «guerristas» para actuar como grupo dentro del PSOE.
- Sustitución del vicepresidente del BBV.
- Intervención del Rey en el Colegio Europeo de Brujas.
- Explosivos de ETA.
- Reforma de la ley de arrendamiento urbano.
- Bancarrota institucional en Italia.
- Haití.

Al mismo tiempo un ayudante aporta las fotografías más interesantes recibidas hasta ahora en la redacción. Llama la atención una de la agencia AP que muestra a un grupo de civiles haitianos probando su puntería en cuclillas. La imagen es lo suficientemente patética e hilarante como para merecer un puesto en la primera página, pero fue recibida durante la madrugada anterior y algunos de los presentes temen que ya haya sido utilizada por otros periódicos.

Se confirma que nadie lo ha hecho hasta ahora, por lo que Valenzuela parece quedarse con ella para portada.

Tras unos quince minutos de reflexión, el director adjunto se muestra partidario de abrir el diario con la nueva postura de fuerza de los guerristas, Haití en segundo lugar y la información sobre el Rey en Brujas para abrir los sumarios.

El jefe de maquetación ejecuta un esbozo de portada allí mismo, que es aprobado. La portada parece estar decidida. No será así, como veremos al día siguiente.

Acabada esta segunda reunión, en la redacción empiezan a cerrarse páginas en diferentes secciones. Es la hora de la edición final, ¿quién decide sobre los originales?

9.6.1. La edición final se realiza en pantalla

Será Félix Monteira quien responda a la anterior pregunta: «es mejor que las informaciones sean editadas por cada redactor-jefe y jefes de sección, porque ellos saben de qué va el tema», pero esto no quita que a lo largo de la jornada este subdirector acuda a la mesa de diferentes periodistas para recibir información detallada y, de paso, revisar algún texto.

Redactores-jefe y jefes de sección son los «guardabarreras» iniciales y finales del proceso de producción periodística en *El País*. Ellos son los que aceptan los temas propuestos por sus redactores para figurar en el listado de previsiones de la mañana y los que revisarán el contenido de las informaciones por la tarde.

Los periodistas saben qué se espera de ellos y dado que obtener información innovadora, veraz y contrastada resulta cada vez más difícil —porque las NTI han generado un universo comunicacional asimétrico y «ruidoso»—, los hombres y mujeres que hacen este diario utilizan fuentes, escenarios y ámbitos recurrentes.

Un día tras otro aparecerán los mismos personajes localizados en sus escenarios y que darán continuidad a las historias dejadas en un punto y aparte el día antes.

Un periódico de elite y de referencia como *El País* difícilmente puede romper sus rutinas informativas para dar protagonismo a personajes que él mismo todavía no ha homologado.

Por cierto, el tema de apertura de la portada estará dedicado, finalmente, al hallazgo de 230 kilos de un potente explosivo en la fábrica de ETA;[9] los guerristas ocuparán una discreta segunda mitad de la portada y encima de esta información aparecerá una fotoinformación sobre Haití. La ilustración no es la que citábamos antes: un grupo de civiles porta al hombro fusiles con cerrojo de una cierta vetustez. A dos columnas, casi saliéndose de la página, se ha hecho un hueco para la crisis del BBV.

El Rey irá, como se anunció, como primera noticia del sumario.

La portada de la edición de Barcelona sólo se diferenciaba de la estatal por la inclusión de dos temas catalanes en espacios secundarios.

Las portadas de los otros diarios de Madrid estaban dedicadas a los siguientes temas:

YA
1.ª «El golpe de Bayona deja a ETA sin su mayor arsenal»
2.ª «Clinton a Haití: "El tiempo se acabó"» (fotonoticia)
3.ª «Griñán pide reducir las cotizaciones 2,5 puntos»

---

9. A destacar que la noticia del descubrimiento del «zulo» ya había sido publicada en la edición del día 15 de setiembre en la página 20: «La policía francesa desmantela en Bayona el nuevo taller de explosivos de ETA», decía el titular. La información del día 16 sólo ampliaba los detalles, por lo que, periodísticamente, apenas añadía nada. El hecho de dar la noticia en portada al día siguiente del hallazgo responde al interés de *El País* en incidir en la buena marcha de la represión sobre el terrorismo en un momento en que el Gobierno intentaba recuperar el consenso roto por el Partido Popular. La portada del 16 tiene, por lo tanto, una lectura política.

4.ª «El PSOE admite la actualización de todas las rentas de viviendas hasta 1985»

5.ª «Vocales del CGJP denuncian que se les ha ocultado el informe sobre ampliación del aborto»

EL MUNDO

1.ª «Clinton anuncia que invadirá Haití y el general Cedras que morirá en su puesto»

2.ª «Ybarra pacta con las "familias" el cambio de Gúrpide por Uriarte como hombre fuerte del BBV»

3.ª «Reclusos de ETA hacen acopio de comida durante su huelga de hambre»

4.ª «El 76% de los españoles no recuerda el nombre de ningún diputado de su circunscripción»

5.ª «El PP busca que el PSOE se oponga en solitario a Martín Pallín como Defensor del Pueblo»

ABC

1.ª «El rey destaca el papel de la nueva Europa frente a los excesos de los nacionalismos»

2.ª «Benazir Bhutto se compromete a que Pakistán no construya la bomba atómica»

3.ª «Los diputados guerristas se unen para defenderse del rodillo de los felipistas»

4.ª «Acuerdo entre administración y sindicatos para mantener el poder adquisitivo de los funcionarios»

5.ª «Cuatro años de prisión para un edil socialista de Marmolejo (Jaén) por un caso de fraude al PER»

LA VANGUARDIA

1.ª «Haití amenaza con un baño de sangre si EE.UU. invade la isla»

2.ª «Benazir Bhutto emplaza a India a renunciar al armamento nuclear»

3.ª «El BBV sustituye a Javier Gúrpide por Pedro Luis Uriarte como responsable ejecutivo del banco»

4.ª «Primera gramática normativa de la lengua castellana»

5.ª «Más de sesenta millones por un café demasiado caliente»

EL PERIÓDICO DE CATALUNYA

1.ª «Griñán advierte del riesgo de colapso de la Seguridad Social»

2.ª «El incendio de la Terra Alta arrasa 3.000 hectáreas y mantiene un frente sin control»

3.ª «Clinton busca el apoyo ciudadano ante la inminente invasión de Haití»

4.ª «ETA pierde su principal centro de fabricación de explosivos»

5.ª «Los guerristas plantearán una política alternativa»

Como puede observarse, la coincidencia de temas es plena: casi todos los periódicos citados coinciden en la crisis de Haití, guerristas, ETA, declaraciones de Griñán y cambios en el BBV. En cambio, no vemos en estas portadas temas sugerentes de elaboración propia, lo que históricamente se ha venido denominando exclusivas o reportajes propios.

Capítulo 10

LA PRODUCCIÓN PERIODÍSTICA
EN INTERNET

La sociedad está informándose a través de la radio, la televisión, el periodismo en papel y, desde hace muy poco, los sectores más avanzados consultan y reciben la información a través de códigos binarios, satélites de comunicaciones, ondas y cables, es decir, a través del ordenador y navegando por internet. Informar por y desde internet significa atreverse a llevar el proceso comunicacional hasta las últimas consecuencias: no sólo damos texto, sino también imágenes, voz, datos, hemerotecas, abrimos nuestra página al mundo.
Bienvenidos al futuro.

El periodismo está cambiando tanto que los manuales sobre la comunicación informativa han de actualizarse constantemente ante la avalancha de novedades que generan no sólo interesantes líneas de renovación sino, incluso, obligados cambios para mejorar los productos, acentuar su calidad y desarrollar nuevas hipótesis de trabajo, basadas en la creatividad y la experimentación.

Este capítulo se inscribe en esta última propuesta: las Nuevas Tecnologías de la Comunicación (NTC) y la cada vez más popular incorporación de internet a la vida cotidiana están suponiendo un reto para la producción periodística.

De hecho, los periódicos ya no se hacen ahora igual que a principios de la década de 1990, cuando se desarrolló comercialmente la red internacional de intercambio de datos, más conocida por la denominación de internet, o red internacional. Mejor dicho, los periódicos se hacen igual, pero con nuevos medios, nuevas fuentes, nuevos procesos que obligan a reconducir las rutinas habituales, emanadas del periodismo moderno surgido a mediados del siglo xix y que se enriqueció con la aparición del telégrafo, el ferrocarril, la rotativa, la linotipia, el teléfono, la radio, la TV y otros descubrimientos de la era industrial.

Pero desde la década de 1960 estamos entrando en una nueva era, la de las Nuevas Tecnologías de la Comunicación, basada en la informática y la revolución en la transmisión de datos por satélite y por cable.

De ahí que el periodismo escrito se siga haciendo básicamente de la misma manera que siempre, pero algo diferente, porque la telemática e internet han enriquecido las posibilidades de los periodistas y las periodistas. Hoy, un profesional de la información puede estar en la otra punta del mundo y, por medio de un teléfono móvil, transmitir el hecho que esté viendo en directo. Mejor aún, puede acceder al ordenador de su periódico o revista y escribir directamente en la maqueta, incorporar las fotos que ha tomado con su cámara digital, adjuntar un archivo con imágenes de vídeo y consultar, si fuera preciso, el servicio de documentación de su medio para resolver alguna duda.

Todo está cambiando; de ahí que sea obligado estudiar cómo se hace la producción ahora que las telecomunicaciones están mucho más avanzadas de lo que lo estaban hace diez años, que internet ha superado la prueba de carga y cuenta ya con un 35% de clientes en el mundo capitalista, y que han aparecido nuevos protagonistas que hasta ahora permanecían callados sencillamente porque no tenían canales para difundir sus opiniones y realidades. Ahora, periodistas y fuentes tienen internet. Todo ello hace que la producción sea *igual*, pero diferente.

10.1. El periodismo de producción continuada o ciberperiodismo

Hablar de producción periodística en internet es hablar de ciberperiodismo.[1] Puede darse por válida la propuesta de ciberperiodismo si se considera como tal el proceso de creación de un periodismo generado y difundido por medios informáticos a través de un ámbito artificial, o virtual, es decir, de un ámbito (o soporte) que no vemos, en este caso la red que permite la transmisión de un elemento básico: el bit. Estamos ante la unidad que permite la difusión digital de informaciones que han sido codificadas en lenguaje binario: 1/0.[2] Nadie ha visto un bit en su

1. Cibernética es la ciencia que estudia la comunicación y el control en los animales y en las máquinas. Todo el proceso se basa en la retroalimentación y retroacción (*feedback*), lo que permite superar errores o carencias.

2. En realidad el lenguaje binario comporta dos ciclos: uno positivo y uno negativo. La base del telégrafo ya comportaba transmisión de elementos con-

vida, pero lo que sí vemos es el resultado de la traslación a una pantalla de un voluminoso conjunto de bits: porque se transforman en voz, imágenes, texto... También se habla de periodismo electrónico, periodismo multimedia, periodismo digital, en la red u *on-line*. Quizá lo mejor sería hablar de producción periodística continuada (PPC).

Trabajaremos con el concepto «ciberperiodismo» y el de «PPC» como lo han hecho otros autores[3] españoles, entre ellos yo mismo, al hablar de los géneros dialógicos,[4] y retomaremos algunas de las reflexiones surgidas en el VIII congreso de la Sociedad Española de Periodística,[5] celebrado en Barcelona en abril de 2004, donde diversos investigadores jóvenes de las universidades de Madrid, Barcelona, Sevilla y Salamanca pusieron sobre la mesa del debate académico el valor periodístico de los mensajes SMS y de las *weblogs* o *bitácoras*.

Hablar de ciberperiodismo supone hablar del hipertexto. Si el ciberperiodismo es el sistema combinatorio comunicacional, el hipertexto es su expresión llevada a las últimas consecuencias, porque permite la interrelación de textos, imágenes y datos a través de conceptos comunes, y ello a través de documentos creados por diferentes personas, que probablemente no se conozcan entre sí y trabajen para medios o instituciones diferentes.

El ciberperiodismo significa continuidad, frente a la periodicidad en prensa, radio y TV. También significa integralidad, transtemporalidad, interactividad, versatilidad y multiplicidad, como

---

trapuestos, como si apagáramos y encendiéramos la luz de una habitación. Una serie de combinaciones de positivo y negativo, o de 1 y 0, genera letras, y éstas generan palabras. Una sinfonía de palabras genera frases: ahí tenemos un mensaje.

3. Javier Díaz y Ramón Salavarria (comps.), *Manual de redacción ciberperiodística*, Barcelona, 2003.

4. M. López y P. Bolaños, «Géneros dialógicos: la entrevista y otros».

5. Las ponencias y comunicaciones pueden ser consultadas en la *web* oficial del congreso http: //www26.brinkster.com/iflix/index.htm y también se accede desde http://ccc.web.uab.es

bien expresó Josep Maria Casasús i Guri en el VII congreso de la SEP celebrado en Sevilla en el año 2002.[6]

Efectivamente, no podemos hablar propiamente de periódico digital refiriéndonos al ciberperiodismo, puesto que éste significa producción continuada, mientras que el concepto de «periódico» viene a expresar la aparición en determinados momentos de la semana, del día o cada equis horas.

Por tanto, hablar de ciberperiodismo es hablar de producción periodística continua, interactiva, versátil, múltiple...

La producción ciberperiodística o producción periodística continuada, en internet, sólo puede compararse con la gestión de información de las agencias de noticias: el redactor-jefe de la sección de Internacional de Reuters o de EFE no espera ninguna señal horaria para distribuir una noticia que le ha enviado su corresponsal en Bagdad: sencillamente ordena la reemisión inmediata a la red de clientes. Esto es lo que hacen los ciberperiodistas, pero añadiendo valor al producto. De esto vamos a hablar en este nuevo capítulo.

10.2. El hipertexto asume y complementa los medios ya existentes

El concepto «complementariedad» va a ser básico, a partir de ahora, para poder asumir el reto de informar a una sociedad que ha convertido el ordenador conectado a internet en un electrodoméstico más. A la espera de que en nuestras salas los televisores ofrezcan conexiones con la red internacional, una tercera parte de la sociedad de los países capitalistas consulta diariamente la red de redes.

La radio emite ondas, la TV nos llega ahora a través del cable o por satélite, el periódico sigue vendiéndose en los quioscos o

6. En la ponencia «Nuevos conceptos teóricos para la investigacion en periodismo digital».

nos lo regalan al entrar en el metro: son tres medios diferentes que nos llegan por diferentes canales.

Internet es un solo medio que nos facilita radio, texto periodístico, TV, telefonía, datos, catálogos comerciales, servicios administrativos públicos y privados, consultas a distancia con videntes o asesores financieros... En fin, supera, con mucho, al resto de los medios, a los que, además, incorpora y absorbe.

El reto del periodista clásico es ése: intentar domar toda esta sinfonía. Lógicamente, es harto improbable que una sola persona pueda domar al tigre. Sí se puede intentar recurriendo al trabajo en equipo. Se acabó el héroe hollywoodiense, al estilo de Humphrey Bogart, que intentaba eliminar de la ciudad al malvado de turno: adiós Humphrey, bienvenido equipo.

«Equipo», ése es el concepto obligado para poder trabajar con las NTC, sacar provecho de ellas y no dejarse sumir por el caos que genera tanta música informativa.

El hecho de que sea obligado trabajar en equipo también comporta trabajar con todos y cada uno de los medios de información actualmente existentes. A través de internet es posible recibir información basada en varios medios. Una noticia aparecida en un ciberperiódico puede contener texto, imágenes fijas y en movimiento, sonido —música o voces—, datos documentales, enlaces, elementos artísticos y una morfología precisa.

Esto comporta que el periodista de un periódico clásico tenga que asumir ya, ahora mismo, el tratamiento de otros medios, si es que se le traslada desde la redacción convencional hasta la redacción en línea, y *on-line*. Esto es lo que le ocurrió a Mari Luz Ruiz de Elvira, redactora-jefe de la sección de Política de *El País*, en Madrid, cuando su director le dijo, a mediados de la década de 1990, que al día siguiente debía hacerse cargo de la edición del periódico en línea.

Tuvo que aprenderlo todo, aunque el nuevo medio no emitiera aún noticias tan enriquecidas como las que indicábamos en el párrafo anterior, con aportaciones radiofónicas, televisivas o musicales.

Ahora, nuestros estudiantes tienen la obligación de saber trabajar con el conjunto multimedia que le ofrece su ordenador y que le exige su público. No hay duda: un usuario de internet prefiere un portal que le ofrezca noticias multimedia que otro que sólo le entregue texto y una vieja foto de archivo: ¿cómo dudar de ello?

10.3. La producción periodística continuada y la nueva redacción

Cada vez que aparece un nuevo medio, se modifican sustancialmente, o en parte, los viejos equipos de trabajo. Las personas pueden ser las mismas, pero aparecen nuevas categorías, nuevas funciones y nuevas especializaciones. En esta ocasión, con las NTC y su expresión más popular, internet, no podía suceder otra cosa.

Hasta hace quince años las redacciones estaban compuestas especialmente por periodistas. Poco después se incorporaron diseñadores o maquetistas digitales, editores y personas procedentes de telecomunicaciones y de informática.

Ahora es el momento de los documentalistas como gestores de apoyo para los periodistas, que podrán apoyarse en una profesión que hasta ahora sólo se hacía cargo del archivo, generalmente situado lejos de la redacción central.

Pero lo más importante es el hecho de que la toma de decisiones ya no queda exclusivamente en manos de los periodistas. Desde hace diez años participan en ella los siguientes profesionales: telecomunicadores, informáticos, diseñadores, editores, documentalistas y comerciales. Esta última es una figura no periodística, pero, como estudiaremos más adelante, básica en la creación de productos añadidos.

10.4. Tipología de medios de producción periodística continuada

Tenemos ya un equipo; digamos ahora cuál es su objetivo para llegar a amplios sectores de la sociedad, saciar sus ansias informativas y, al mismo tiempo, investigar con el nuevo medio para alcanzar nuevos objetivos.

Hasta el momento, en internet puede hallarse una breve tipología de páginas virtuales:

1. Portales de amplio espectro o generalistas: ofertan una primera página desde la que acceder a cualquier necesidad del consumidor. Esa primera página dispone de una sección de última hora informativa que alerta de sucesos de importancia. La procedencia de esa sección cabe adjudicarla a una agencia de noticias con la que se contrata el servicio. Lógicamente nadie entrará en ese portal para informarse a fondo de la agenda periodística del momento. Como ejemplos más destacados hallaremos a *yahoo, altavista* y *magallanes.*

2. Portales de servicios: vía de entrada de internet a la oferta de servicios pública o privada en cuyas páginas no cabe información ni se destina recurso alguno para ofrecer las noticias de última hora, aunque algunos portales oficiales presentan enlaces (*links*) con listados de medios informativos de su ámbito geográfico o de su ámbito de interés. Todo ayuntamiento, municipio, ministerio o consejo territorial dispone de una página de este tipo. La tipología de este apartado incluiría también los portales de servicios comerciales, o privados, que ofrecen desde un buen buscador, en el caso de *google*, hasta la página de una empresa telefónica dedicada básicamente a responder cuestiones planteadas por su público y a atender, especialmente, peticiones relativas a su negocio. Uno de los tipos de portal de servicios más solicitado en la red es el de oferta de contactos sexuales, de tal manera que numerosas empresas han tenido que adquirir programas cortalíneas para im-

pedir que sus trabajadores entraran en esas ofertas en horas de trabajo o fuera de ellas.

3. Portales comerciales no informativos: páginas de entrada a la red ofrecidas por marcas comerciales o industriales y cuyo único objetivo es potenciar la imagen propia, entregar sus catálogos en línea o aceptar pedidos. Consecuentemente, y en función de la responsabilidad del equipo director, también aceptan quejas y, para ello, ofrecen un buzón para reclamaciones y sugerencias. La relación es tan extensa como los registros comerciales de cada país: Nestlé, Volkswagen, Ford, etc.

4. Portales informativos, comerciales o no: páginas de internet dedicadas especial y prioritariamente a mantener informado al público sobre lo que sucede en el mundo. La subtipología nos indica que, en función de la potencia del promotor, pueden establecerse páginas secundarias comerciales, generalmente sindicadas con empresas foráneas, cuyos beneficios pueden permitir la supervivencia del propio portal.

Este último es el espectro virtual que nos interesa para poder profundizar en la gestión y producción de la información virtual continuada.

Desde que en 1994 apareciera en la red internacional el *San José Mercury*, hecho en EE.UU., y *El Temps*, hecho en Valencia, las empresas periodísticas no han dejado de experimentar con nuevos productos para intentar hacer negocio en internet. Si la red estuviera en disposición de ofrecer algo así como su hemeroteca, podríamos observar que los principales diarios del mundo no han hecho otra cosa que cambiar el ciberperiódico cada equis meses apenas lo han puesto en circulación.

No hay manuales definitivos, apenas hay literatura sobre la perspectiva de cómo diseñar productos informativos para ganar dinero en internet. Reconocidos expertos han perdido grandes fortunas mientras que jóvenes inexpertos han amasado millones de dólares. Hay quien dice que debe ofrecerse mucho texto,[7] otros proponen partir de cero y centrarse en la infografía.

Sin ánimo de sentar cátedra, lo cierto es que están abriéndose paso algunas fórmulas de periodismo continuado en línea basadas en morfologías claras, dosificaciones de información que crecen a través de enlaces y un cierto equilibrio estético.

Podríamos decir, inicialmente, que algunos medios digitales presentan una página de entrada basada en una morfología de tres columnas —la central muy amplia y las laterales a modo de sumarios o índices—, pero esa oferta no gusta a todo el mundo: algunos prefieren cuadricular su primera portada para que el lector o lectora elija.

En realidad, estamos dando los primeros pasos, al igual que lo hicieron los primeros periodistas de EE.UU., Inglaterra y Alemania cuando el telégrafo y el ferrocarril, además de las mejoras en las artes gráficas, les abrieron nuevos objetivos.

Analizadas centenares de páginas periodísticas en internet, creemos que el producto informativo digital, o ciberperiódico, ha de basarse, sin duda alguna, en la oferta informativa como elemento central de sus páginas. Es decir, si queremos ofrecer un producto informativo, la publicidad no puede tener el papel más importante, ni siquiera como elemento dinámico en forma de *banner,* o anuncio rectangular en movimiento y con poderosos y atractivos colores y formas. Al abrir la página informativa, por tanto, el público no ha de encontrar, en primer lugar, un anuncio comercial.

Puede parecer demasiado reiterativo, pero en internet todavía debe regir el principio periodístico de separar información y publicidad, y la información debe segmentarse de la opinión. Esto no quiere decir que en los medios deba eliminarse la publicidad, lo cual significaría la muerte de numerosos programas radiofónicos, televisivos y en papel, pero el protagonismo, en un

---

7. Mario García, en *Ciberpaís,* 1.05.2004, propone «pocos elementos gráficos, buenos titulares y buenos sumarios», con mucho texto.

MCM (Medio de Comunicación de Masas) ha de asignarse a la información.

Paralelamente, pero en un nivel inferior, pueden incorporarse productos o enlaces, o secciones, que permitan al público profundizar en el hecho noticiable central.

Es decir: gracias a la inmediatez de internet y a la facilidad de transmisión de noticias, el nuevo medio debe asumir que, periodísticamente, sus páginas tienen que estar a disposición del hecho más reciente, del suceso más destacado, de la fuente más contrastada. Y el hecho, el suceso y la fuente deben aparecer de la manera más destacada: en el centro de la página o con títulos especiales y elementos secundarios que la enriquezcan —fotografías, voz o vídeo.

El cuerpo central de la página virtual debe reservarse a las noticias del momento y los cuerpos laterales servirán para incorporar elementos de valor que ayuden a interpretar esos hechos: hemeroteca, enciclopedia, traductor, compendios, enlaces a otros medios, correo electrónico del medio, estadísticas generalistas y otros factores que podamos gestionar con nuestros propios medios o sindicándonos con empresas exteriores.

En resumen: si nuestra portada o página de entrada a nuestro producto informativo digital se basa en una oferta tricolumnista, será en los cuerpos laterales donde incorporaremos la oferta paralela de nuestro portal periodístico: A) secciones temáticas informativas y B) servicios, carteleras, recomendaciones, fórums, servicios de SMS, *chats*, consultorios y cuantos servicios seamos capaces de gestionar.

Surge una pregunta básica: ¿las secciones han de estar a la izquierda o a la derecha del lector?, ¿el público mira antes los servicios que la columna de secciones informativas?

La respuesta estará en nuestras manos: si tenemos suficientes recursos para mantener una oferta de calidad en las columnas A y B, no nos causará ningún problema el orden ofrecido. El problema surgirá si las secciones no ofrecen una alta calidad informativa, por ejemplo, si se nutren sólo de noticias de agencia, o, por el contrario, si la oferta de servicios, la cartelera, etc., están presentadas con deficiencias por el hecho de no haber formado equipos profesionales de solvencia.

Aquí entra el último profesional que se incorpora a la redacción de nuestro producto virtual: el comercial. Se trata de un gestor y promotor de ventas que, con su esfuerzo, posibilitará la creación de una amplia oferta de servicios: consultorios médicos, páginas de motor, consultorios diversos, comercialización de titulares informativos a través de mensajes telefónicos (SMS), comercialización de la hemeroteca y ofertas comerciales diversas.

Nuestra propuesta es incluir a este profesional en la redacción desde el momento en que le necesitemos para realizar las prospecciones precisas para crear nuevos servicios, que en muchos medios se conocen por *canales*.

El comercial deberá trabajar con el periodista de la sección del motor cuando se intente llevar adelante un nuevo canal informativo. Se trata de unir esfuerzos para detectar tendencias, sugerir líneas informativas, hilvanar subsecciones y conseguir exclusivas periodísticas de nuevos productos.

En buena lógica, si uno de estos canales consigue el éxito al poco tiempo, es más que probable que la editora lo independice y genere una revista digital al margen del portal informativo inicial, aunque relacionada con él.

En resumen: el producto periodístico continuado, puesto en línea a través de internet, ha de ofrecer prioritariamente información, secundariamente publicidad y complementariamente secciones temáticas y servicios. No debe caber duda alguna: los principales recursos técnicos y humanos serán dedicados a la actualización permanente de la información. Si desviáramos la atención hacia objetivos complementarios, estaríamos traicionando los intereses del público.

Veamos cómo quedaría una plantilla básica de un producto periodístico de continuidad o un ciberperiódico.

Ésta sería una página modelo que tener en cuenta en el momento en que nos planteemos crear un portal informativo básico:

Razón del producto	TÍTULO DEL CIBERINFORMATIVO (Página básica de entrada)	Razón de la empresa
Secciones informativas: Política Sociedad Deportes Etc.	Título de la primera noticia. Tres líneas de texto y enlace a más texto. Foto, voz y vídeo. Título de la segunda noticia. Un subtítulo y enlace a más texto. Foto, voz y vídeo. Más noticias con un título, un subtítulo, una foto y enlace.	Canales de servicios: SMS Motor Libros Cine Consultorio sentimental Etc.

Esta página básica tiene una morfología sencilla a la que podemos incorporar elementos artísticos procedentes del propio programa con el que estemos diseñándola o elementos exteriores.

Algo básico es la elección del color, o colores, del fondo de la página y el estilo, o estilos, de tipografía. Es muy importante tener en cuenta que los colores no han de cansar la vista, por lo que se recomienda inclinarse por tonalidades suaves sobre las que contrastará con fuerza la tipografía que se empleará cuando surjan noticias de gran relevancia.

Un estilo de letra negra sobre fondo rojo no se puede leer y el azul pálido está demasiado extendido, por lo que es recomendable la tonalidad de pasteles marrón claro o beige. Estamos ante un reto en el que, para asumirlo y vencerlo, debe participar ese experto de nuestro equipo que, ya proceda de las escuelas de bellas artes, ya sea autodidacta, sabe cómo tratar la belleza del conjunto sin comprometer, para ello, la seriedad y el rigor de sus contenidos.

10.5. Los modelos de informativos en internet

Cuando hablamos de tipografía, de morfología genérica y del color, estamos tratando un tema nuevo: el de los modelos en los ciberinformativos. Igual que encontramos periódicos sensacionalistas, informativos, populares, ideológicos e interpretativos que se expresan habiendo optado por medidas, colores, morfología, política seccional y empleo de la iconografía diferentes, igual, en internet, debemos tener presente que nos dirigimos a un público determinado.

Hablar de públicos determinados en internet parece una contradicción, puesto que el medio es demasiado joven y parecería que los internautas pertenecen a diferentes clases sociales con apenas intereses comunes. Esta teoría está dejando de ser cierta, puesto que los analistas de mercadotecnia han detectado *targets* en función de centros de interés y de niveles culturales.

Si esto es así, podría hablarse entonces de modelos de ciberperiódicos al igual que lo hacemos con los productos impresos en papel.

La tipología sería, momentáneamente, bien precisa y sujeta a dos categorías:

1. Informativos.
2. Populares.

No podemos incorporar los modelos interpretativos o de referencia histórica, puesto que las editoras de las cabeceras clásicas han optado por incluir en sus páginas digitales un sinfín de ofertas comerciales que no aparecen en las ediciones en papel. De esta tendencia no se escapan ni *The New York Times* ni *The Washington Post* ni, por supuesto, *El País* o *La Vanguardia*. De esta manera parece que los medios escritos creen y consideran que los lectores de los medios digitales son más propensos a modelos con más publicidad, menos rigurosos quizá, más frívolos. No sé si es del todo lógico pensar que un lector de *The Wa-*

shington Post es diferente ante el papel que ante la pantalla del
ordenador.

10.6. Los géneros en internet

Una vez dispuesta una primera plantilla para la página de entrada y elegido el modelo, queda analizar la utilización de los
géneros periodísticos. Inicialmente, el género de la noticia pura
y dura tiene su importancia histórica, puesto que internet ha pasado a ser el medio más inmediato por excelencia. Como ya está
aceptado, el periodismo en papel no se caracteriza por dar noticias recién acontecidas, lo que sí hacen la radio y la TV.

En internet, un ciberperiódico debe utilizar la noticia como el
género más solicitado por el público, pero no como el único.
Ahora es un buen momento para recuperar la crónica y el reportaje, reconduciendo estos géneros hacia una refundación, ya que
en internet se pueden ver enriquecidos por la oferta de enlaces a
otras páginas, la incorporación de voz e imágenes y la posibilidad del *feedback*, o retorno de respuesta al mensaje emitido.

La entrevista, otro de los géneros periodísticos clásicos, pasa
a una nueva fase, muy superior a la actual, porque permite la
posibilidad de intervención del público. Esta novedad se basa en
la técnica del *chat*, que se constituye en género dialógico.[8] Un
personaje central, un *webmaster*[9] y el público: al cabo de una
hora pueden haberse alcanzado hasta sesenta intervenciones.

Igualmente, aparece otro género basado en el diálogo: el fó-
rum. Se trata de un género creado alrededor de un tema que han
propuesto los internautas o el propio medio. También aquí apa-

---

8. Nos referimos al libro antes citado, *Manual de redacción ciberperiodística*.
9. El *webmaster* es el director de la *web*, aunque en este caso se centra en el
moderador y transcriptor del *chat*. En realidad también asume el papel de *gatekeeper,* es decir, ejerce de *portero,* que decide qué entra y qué queda fuera del
debate.

rece la figura del *webmaster* para moderar y censurar intervenciones ajenas a la temática o provocadoras.

Un tercer género basado en la intervención del público, lo que podríamos denominar la sección de cartas al director o directora, apenas está teniendo éxito en los ciberperiódicos. Las empresas abren buzones para recibir peticiones o quejas, pero no permiten que el lector o lectora exponga sus opiniones de forma libre. Ésta es una opción que ofrece inmensas posibilidades, aunque también puede significar un sinfín de problemas en caso de que no podamos identificar a los participantes para exigirles responsabilidades si transgreden alguna ley.

Los géneros opinativos clásicos apenas están teniendo importancia en la red. Parecería que a nadie le interesa un editorial de la empresa propietaria de la *web*, aunque muchos internautas sí que estarían interesados en expresar su opinión.

Debe experimentarse con los géneros opinativos y desde aquí proponemos que se abran ventanas a las instituciones culturales, vecinales y deportivas para que puedan expresar sus opiniones a través de nuestra página virtual. Ganaremos audiencia e incrementaremos la oferta polifónica de nuestro medio sin que ello represente demasiada inversión económica.

10.7. Cómo se toman las decisiones en un ciberperiódico

Una vez planteado el tema morfológico, el de los géneros y modelos y el de los recursos humanos a través de la creación de redacciones polivalentes, toca ahora proponer un sistema de toma de decisiones adecuado al medio.

En internet vamos a tener que decidir a cada momento, por lo que la rutina de un producto periodístico en papel apenas nos sirve. ¿Para qué reunirnos cuatro veces a lo largo de 10 horas cuando nuestra oferta informativa es continua durante las 24 horas del día?

Si disponemos ya de un modelo, una morfología y una redacción con personas especializadas en ámbitos y ciencias diferentes, vamos a tener que prepararlas para que se responsabilicen permanentemente de sus espacios y tomen decisiones al momento.

Una vez al día, o en cada turno, se realizará una reunión para analizar el trabajo y las decisiones tomadas en las últimas 24 horas, sacar conclusiones y aplicar soluciones a los problemas detectados. Al mismo tiempo, se estudiará la agenda de temas previstos y se dispondrá a la redacción en función de lo anunciado.

Semanalmente, se estudiarán los canales complementarios para estimular los poco consultados y reconducirlos, o bien eliminarlos si al cabo de un período de tiempo suficiente se detecta que no funcionan.

Algo que va a resultar básico para que nuestra página informativa guste a los internautas es que el producto resultante sea coherente en sí mismo y esté cohesionado, y, para ello, proponemos sesiones especiales de intercambio de opiniones y estudio de problemas entre los redactores de todas las categorías y especialidades. Aquí probablemente sea necesario adoptar una estrategia de dirección de debates a partir de encuestas previas o cualquier otra línea de trabajo de las muchas que últimamente emanan de las escuelas de negocios.

Como hemos dicho anteriormente, es más que posible, y quizá necesario, que en la redacción de un producto informativo digital encontremos a periodistas, documentalistas, diseñadores, informáticos, ingenieros de sistemas y de telecomunicaciones, editores, infógrafos, comerciales, y probablemente a algún profesional más para los canales temáticos (médicos, mecánicos, videntes, etc.).

Se trata de especialistas que probablemente nunca hayan trabajado juntos, por lo que será obligado realizar esas reuniones para cohesionar el equipo mediante una política de comunicación empresarial flexible, pero con objetivos bien claros: todos han de saber cuál es el objetivo y que éste es elaborar un producto informativo instantáneo y continuado, por lo que todos y cada uno de los especialistas han de someterse a la actualidad y al discurso periodístico.

Esto comporta que nos preguntemos quién debe ser el responsable máximo de este equipo de procedencias tan diversas. Sólo puede haber una respuesta: si el producto es informativo, el director o coordinador ha de ser alguien procedente de las facultades de periodismo o de ciencias de la comunicación. Esta persona deberá sumar a su bagaje educativo periodístico una cierta preparación en dirección de recursos humanos, toma de decisiones empresariales y nociones de informática. Pero lo más importante lo dejamos para el final: deberá saber trabajar en equipo. De lo contrario, el fracaso está asegurado.

En periodismo en papel el periodista/director sólo trata con periodistas y algunos profesionales de otras procedencias. En cambio, en el ciberperiodismo, va a encontrarse con muchos más especialistas. Es todo un reto saber dirigirlos, aceptar sus ideas y proponer dinámicas de grupo adecuadas para tener éxito en un medio que acaba de nacer.

CONCLUSIONES

La producción periodística es una parte tan importante de la cultura de la comunicación que debe sorprendernos el hecho de que no se realice de forma minuciosa, profunda y responsable, de ahí el reto que tenemos ante nosotros. Y aún más diremos: la producción periodística no abunda en el desarrollo de nuevos temas, escenarios o en el descubrimiento de personajes inéditos.

He detectado un cierto clamor entre los periodistas y estudiosos consultados por el abandono de fuentes, escenarios y temas no institucionales, es decir alejados de la vida oficial.

Es como si los movimientos sindicales, vecinales, ecologistas y juveniles sólo pudieran ser noticia cuando protagonizan algaradas callejeras, encierros u ocupaciones.

Buena parte de los medios de comunicación del mundo industrial no saben recoger en estos escenarios la creatividad que generan, las historias que protagonizan o las iniciativas que impulsan.

Existe como una especie de rutina burocratizada que hace que el periodista se despreocupe de todo aquello que sabe que no le va a facilitar la noticia a no ser que se la trabaje: es mejor acudir al gabinete de prensa del alcalde porque seguramente tendrá una gacetilla para nosotros.

Por este camino se seguirá fomentando el divorcio entre grandes masas y productos informativos: ahora hay pocos lectores de prensa escrita, pero mañana podrían contarse con los dedos de una mano quienes se interesaran por los informativos radiofónicos y televisivos, caso de que sigan las rutinas impuestas por los periódicos.

El resurgir de la cultura informativa se está dando en el mundo gracias a iniciativas como las del *US Today* —en EE.UU.— y la de *Libération* —Francia— y modestamente a través de productos paralelos o suplementos como el «Tentaciones» de *El País*.

Abrirse a nuevas fuentes, escenarios y temas es el objetivo. Si los medios de comunicación consiguen hacerlo, la democracia comunicacional participativa será un hecho.

EPÍLOGO:
La producción periodística entra en la universidad

A primeros de 1992 el decano de la Facultad de Ciencias de la Información de la Universidad de Sevilla me pidió que me hiciera cargo de la asignatura «Producción Periodística», que iba a ofrecerse a los alumnos del segundo ciclo del Plan de Estudios de 1992.

La materia se había incluido en el Plan de Estudios como materia troncal y como asignatura con 4,5 créditos (3 teóricos y 1,5 prácticos), de la que el descriptor decía únicamente que se refiere a los «procesos de creación y elaboración de la comunicación periodística a través de medios escritos, audiovisuales y electrónicos. Teoría y práctica de la organización y gestión de la empresa informativa».

El decano José Manuel Gómez Méndez y el director del Departamento de Comunicación, Antonio García Gutiérrez, con los que hablé mucho sobre este asunto, me brindaron ideas y sugerencias, además de carta blanca para establecer el temario, a lo que me puse durante el verano de 1992 con la ilusión y los temores del pionero.

Pionero, claro está, en la formulación teórica. Porque lo que abarca la materia llamada en los planes de estudio Producción Periodística es algo en lo que está ducho cualquier periodista que haya tenido responsabilidades en un medio informativo. Se trata, en definitiva, de las técnicas de trabajo, los sistemas de organización y los mecanismos de toma de decisión que hacen posible que los periódicos (y los servicios informativos de la radio y la televisión) salgan a tiempo, en lucha contra el reloj y contra la avalancha de información que inunda las redacciones.

Y pionero en la formulación teórica, desde luego, sólo en España, donde hasta el momento ningún estudioso se había acercado a la Producción Periodística. Tampoco en países de nuestro entorno cultural, aunque sí en los Estados Unidos, que es de donde procede el concepto de *agenda setting-function*, en torno al cual gira en buena manera la formulación teórica y la sistematización de contenidos de la asignatura Producción Periodística.

En el temario que elaboré y en mis clases tuve en cuenta que la Producción Periodística abría a los alumnos un mundo insospechado. Hasta el momento de llegar a mis manos habían recibido formación para ser periodistas «de a pie», habrían de buscar, contrastar y redactar informaciones que se les habían encargado previamente. Lo que yo tenía que hacer era enseñarles con qué criterios se les encargaba cubrir esa información y no otra, por qué habría de tener tal o cual extensión, por qué darla mañana y no hoy, cómo se fija la hora límite para entregar el original, etc... Yo tenía que enseñarles nada menos que a ser periodistas que quizás no escriben, pero que tienen la responsabilidad de decidir qué y cómo se publica o emite. Tenía que ayudarles a prepararse para ser periodistas con cargo: jefes de sección, redactores-jefe, editores, subdirectores o directores.

Para ello preparé el siguiente programa, en cuya definición de objetivos decía que «los periódicos y revistas son publicaciones complejas, casi siempre con más de un centenar de páginas, que hay que planificar, organizar, redactar, maquetar e imprimir cada día o cada semana, recogiendo una actualidad que por definición es imprevisible. Para que ello sea posible, se han desarrollado unas técnicas de producción y unos sistemas de organización que, aunque son distintos en cada medio, tienen en común la agilidad, la economía y la eficacia. El objeto de este curso es familiarizarse con esos sistemas y rutinas de trabajo, mecanismos de toma de decisiones y controles de calidad de los medios impresos, así como con las tecnologías que lo hacen posible. Mediante exposiciones teóricas del profesor y debates orientados en clase se repasarán los sistemas de producción habituales en la prensa diaria, semanal y mensual, las tecnologías empleadas, la organización de las redacciones, los cometidos de cada uno de sus miembros, los mecanismos de seguimiento y control de trabajo periodístico, la organización del casado o planillo de texto, los límites horarios, la simultaneidad de ediciones y los sistemas de distribución».

El temario era el siguiente:

1. El concepto de producción en los medios audiovisuales y en la prensa escrita. Elementos que intervienen en la producción de periódicos y revistas. Marco financiero, legislativo y tecnológico que incide en la producción periodística.

2. Cómo llega y se procesa el material informativo y de opinión en la redacción. El casado o planillo de texto. Límites de espacio y tiempo para la información. La orden de publicidad. Terminología publicitaria. Cómo se establece el horario de cierre. Ediciones.

3. Las nuevas tecnologías en la redacción. El periódico informatizado.

4. Organigrama de la redacción (1). Las distintas funciones: editor, director, subdirector, redactor-jefe, redactor de mesa, redactor de calle, corresponsal, enviado especial, redactor gráfico, ayudante de redacción. Editorialistas y colaboradores.

5. Organigrama de la redacción (y 2). El servicio de archivo y documentación: criba y selección de datos, verificación, investigación, custodia y recuperación. La documentación personal. Tecnologías para archivo y documentación.

6. Relación y dependencia de la redacción con otros ámbitos de la empresa periodística: administración, publicidad, talleres y distribución. El Consejo Editorial. El Consejo de Redacción. Los Estatutos de Redacción. Derechos del personal.

7. Las secciones de un periódico: nacional, regional, local,

economía, laboral, cultura, espectáculos, deportes, sucesos, etc... Horarios, temas de interés y fuentes de información de cada sección. Métodos de trabajo de calle y de mesa. Definición de tareas y responsabilidades.

8. La producción de revistas: de información general, técnicas, especializadas, locales, de empresa.

9. Publicaciones eventuales. Prensa gratuita. Confidenciales y newsletters. Costes básicos y cálculo de ingresos.

10. Establecimiento de la red informativa de un medio periodístico. Reacción ante situaciones inesperadas. El concepto de *agenda setting*.

11. Distribución con medios propios. Distribución con medios ajenos: correos, ferrocarril, avión. Subscripciones. Empresas distribuidoras.

La bibliografía que recomendaba —y lo sigo haciendo— era la siguiente:

Donaciano Bartolomé Crespo y otros, *Estudios sobre tecnologías de la información*, Madrid, Dykinson, 1992.

Ruth Adler, *Un día en la vida del* The New York Times, México, Editores Asociados S. A., 1985.

Carl Bernstein y Robert Woodward, *Todos los hombres del presidente. El escándalo Watergate*, Barcelona, Argos Vergara, 1977.

José María Casasús, *Iniciación a la Periodística*, Barcelona, Teide, 1988.

María Fraguas de Pablo, *Teoría de la desinformación*, Madrid, Alhambra, 1985.

Dennis McQuail, *Modelos para el estudio de la comunicación colectiva*, Pamplona, EUNSA, 1984.

Montserrat Quesada, *La investigación periodística. El caso español*, Barcelona, Ariel, 1987.

Gaye Tuchman, *La producción de la noticia*, Barcelona, Gustavo Gili, 1983.

Francisco Javier Davara y otros, *Introducción a los Medios de Comunicación*, Madrid, Ediciones Paulinas, 1990.

La experiencia del curso 1992-1993 resultó muy interesante para mí y me gustaría creer que también lo fue para mis alumnos. Pasamos mucho tiempo estudiando los elementos que intervienen en la producción de un medio, porque no todos eran conscientes de la complejidad del marco financiero, legislativo y tecnológico en que los periodistas han de hacer el periódico, la revista o el informativo de radio o televisión. Incluso el propio concepto de producción les era extraño, pues muchos pensaban que sólo tenía que ver con la radio o la televisión, y no necesariamente en el ámbito informativo.

Para hacerles comprender mejor la complejidad de la organización del flujo informativo que llega a la redacción me apoyé en los casados (planillos o lanzados se les llama en otros lugares de España) de los periódicos. Al principio, se trataba de reconstruirlos a partir de periódicos ya publicados y, luego, hacerlos en clase a partir de diferentes supuestos. Según íbamos haciendo más, yo complicaba el modelo y acortaba el tiempo dado, para introducir el sentido de la urgencia en ese trabajo básico de toda redacción.

Cuando abordamos los temas relativos al organigrama de la redacción percibí cierta perplejidad. Revisando los contenidos de las asignaturas cursadas hasta ese momento —cuarto año de la carrera— me di cuenta de que era la primera vez que se les hablaba de los cargos periodísticos, de las funciones que tienen encomendadas y de las responsabilidades que asumen.

Otro aspecto del programa en el que noté un incremento del interés fue el referido a las relaciones de la redacción con los demás ámbitos de la empresa periodística (administración, publicidad, talleres, distribución...), aunque las «estrellas» del temario fueron las sesiones dedicadas a las fuentes de la noticia en las distintas secciones, porque cómo localizarlas, comprobar su fiabilidad o contrastarlas era algo que hasta ese momento de su formación los jóvenes aspirantes a periodista creían que tenía más que ver con el medio que con el profesional.

La última parte del temario la dediqué, en varias sesiones, al ejercicio práctico de crear varias pequeñas revistas, lo que me dio pie a abordar el tema del establecimiento de las redes informativas propias de cada medio y el de los mecanismos y sistemas de distribución.

En ese primer año de docencia de Producción Periodística, y a falta de textos de referencia (ya que en la bibliografía recomendada no había más que acercamientos al tema), me apoyé sobre todo en mi experiencia personal como periodista que ha ocupado durante años bastantes puestos de responsabilidad en varios medios. Así, pues, el programa resultó limitado a esa experiencia y me dejó clara la necesidad de encontrar y formular sus bases teóricas. Pasé varios meses buscando publicaciones que me iluminaran, pero el tema es lo bastante nuevo como para que apenas localizara algún artículo específico.

Hay, desde luego, numerosas publicaciones sobre organización de empresas, estrategias de recursos humanos, técnicas de comercialización y distribución, impacto de nuevas tecnologías en el trabajo, ratios de control de productividad y tantos otros asuntos que tienen que ver de alguna manera con lo que hemos llamado Producción Periodística, una materia que está en la frontera del ejercicio del periodismo con el de la gestión de empresas periodísticas. Quizás de lo que trata esta materia es de los aspectos de esa gestión que se ha encomendado a los periodistas.

Y en estas elucubraciones estaba cuando apareció Manuel López anunciándome que iba a impartir la misma materia en la Universidad Autónoma de Barcelona. Como estaba tan perplejo, tan entusiasmado y tan intrigado como yo, hablamos mucho por teléfono, intercambiamos notas y hasta vino a verme a Sevilla, donde asistió a algunas de mis clases, que luego comentábamos. Era mi segundo año con la materia y pude alertarle de mis propios tropezones, para que no los repitiera.

Pero lo interesante de esa visita —además de que cimentó una amistad que hasta entonces no tenía más nivel que el que permiten el teléfono y el fax— es que comprobamos que teníamos poco material teórico al que agarrarnos y que era imperativo ponerse a investigar, a buscar otros colegas interesados, a extender la preocupación por una materia cuya trascendencia en la formación de los nuevos periodistas nos parece decisiva.

Desde entonces hemos permanecido en contacto permanente y aunque él se me ha adelantado en la redacción y publicación de este libro, el primero que se edita en España sobre la materia, yo le he ganado por la mano organizando la primera reunión científica sobre Producción Periodística. En realidad, son dos facetas de una misma preocupación académica y profesional, que compartimos.

Ambos sentimos que, de alguna manera, estamos fijando el contorno de un camino ya desbrozado por la experiencia de los periodistas que, en todo el mundo, se ocupan de que los textos, las palabras y las imágenes lleguen al público a tiempo y con garantía de calidad profesional. A la catalogación y análisis de esa experiencia, a su formulación, la hemos convertido en materia de estudio y la llamamos Producción Periodística.

Prof. Dr. JUAN LUIS MANFREDI MAYORAL
Universidad de Sevilla

REFERENCIAS BIBLIOGRÁFICAS

Adler, Ruth (1975): *Un día en la vida del* The New York Times, México, Editores Asociados, S.A.

Arno, Andrew/Wimal Dissanayake (edición a cargo de) (1984): *The News Media in National and International Conflict*, Boulder y Londres, Westview Press.

Bernstein, Carl; Woodward, Robert (1977): *Todos los hombres del presidente. El escándalo Watergate*, Barcelona, Argos Vergara SA.

Bezunartea, María Josefa (OFA) (1988): *Noticias e ideología profesional*, Bilbao, Deusto.

Bezunartea, Ofa (1988): «La noticia, incómodo refuerzo de las instituciones», en *La prensa ante el cambio de siglo*, Bilbao, Deusto.

Borrat, Héctor (1988): *El periódico como actor político (propuesta para el análisis del periódico independiente de información general)*; tesis de Doctorado; Facultat de Ciències de la Informació, Universitat Autònoma de Barcelona; Barcelona.

Casasús i Guri, Josep Maria (1988): *Iniciación a la periodística*, Barcelona, Teide SA.

de Fontcuberta, Mar (1980): *Estructura de la noticia periodística*, Barcelona, ATE.

de Fontcuberta, Mar (1989): «Velles pors, noves tecnologies», en *Barcelona, metròpolis mediterrània*, Ayuntamiento de Barcelona, n. 13 (págs. 81-83).

de Fontcuberta, Mar (1993): *La noticia*, Barcelona, Paidós.

Dader, José Luis (1983): *Periodismo y pseudocomunicación política*, Pamplona, EUNSA.

Duroselle, Jean Baptiste (1982): *Tout empire périra*, París, Publications de la Sorbonne.

Fishman, Marck (1977): *Manufacturing the News: the Social Organization of Media News Production*, Ph. D. dissertation. University of California, Santa Bárbara.

Fishman, Marck (1983): *La fabricación de la noticia*, Buenos Aires, Tres Tiempos.

Fraguas de Pablo, María (1985): *Teoría de la desinformación*, Madrid, Alhambra.

Gandy, Oscar H. (1988): «Agenda Setting and Beyond: A construct Explored», en *Main Papers, Communications to the sections* (Actas del 16 Congreso Internacional de la AIERI/IAMCR; Barcelona 24-28 julio 1988); págs. 640-652.

Gomis, Lorenzo (1974): *El Medio Media: la función política de la prensa*, Madrid, Seminarios y Ediciones, S.A.

Gomis, Lorenzo (1991): *Teoría del periodismo*, Barcelona, Paidós.

Harper y Lynch (1992): «Motivación de personal y clima laboral», Colección «Manuales de Recursos Humanos», *Gaceta de los Negocios*, n. 8, Barcelona.

Jenkins, Craig (1975): *Farm Workers and the Powers: Insurgency and Political Conflict (1946-1972)*: Ph D. dissertation, State University of New York, Stony Brook.

Klapper, Joseph (1974): *Efectos de las comunicaciones de masas*, Madrid, Aguilar.

Larsen, Otto, N. (1964): «Social effects of mass communication», en Robert E.L. Faris (edición a cargo de), *Handbook of Modern Sociology*, Chicago, Rand McNaylly.

Lazarsfeld, Paul F y Robert K. Merton (1948): «Mass Communication, Popular Taste and Organized Social Action», en Lyman Bryson (edición a cargo de) *The communication of ideas*, Nueva York, Harper and Brother.

Leclerc, Aurélien, (1991): *L'enterprise de presse et le journaliste*, Québec (Canadá), Presses de L'Université de Québec.

López de Zuazo, Antonio (1977): *Diccionario de periodismo*, Madrid, Pirámide.

López, Manuel (1989): «L'ombudsman, o la necessitat de fer una premsa honesta», en *Annals del periodisme català*, n. 15, Col·legi de Periodistes de Catalunya, Barcelona.

López, Manuel (1990-1991): «La boja carrera de la informatització no fa vendre gaires diaris més», en *Capçalera*, n. 18, diciembre-enero, Col·legi de Periodistes de Catalunya, Barcelona.

López, Manuel (1992): «La influència de les innovacions tecnològiques en l'evolució dels models de diari a la premsa d'informació general diària de Barcelona», tesis doctoral, Facultat de Ciències de la Comunicació, Universitat Autònoma de Barcelona (inédita).

López, Manuel (1993): «Nuevas tecnologías y rutinas narrativas», en *Comunicacions*, Facultat de Ciències de la Comunicació, Universitat Autònoma de Barcelona.

López, Manuel (1994): *Un periodisme alternatiu i autogestionari*, Barcelona, Col. Vaixell de Paper, n. 15, Col·legi de Periodistes de Catalunya y Diputació de Barcelona.

Martínez Albertos, José Luis (1983): *Curso general de redacción periodística*, Barcelona, Editorial Mitre.

Martínez Albertos, José Luis (1989 y edición revisada en 1992): *Curso general de redacción periodística*, Madrid, Paraninfo.

Martínez de Sousa, José (1981): *Diccionario general del periodismo*, Madrid, Paraninfo.

McCombs, Maxwell E., y Donald L. Shaw (1972): «The Agenda-setting function of Mass media», *Public Opinion Quaterly*, 36, págs. 176-187.

McCombs, Maxwell E. (1972): *The Agenda-Setting Approach* en D.D. Nimmo/K.R. Sanders (comp.); págs. 121-140.

Morin, Edgar (1972): «Le retour de l'evénement», en *Communications*, n. 5.

Núñez Ladevèze, Luis (1977): *Lenguaje y comunicación*, Madrid, Pirámide.

Núñez Ladevèze, Luis (1991): *Manual para periodismo*, Barcelona, Ariel.

Oliva, Llúcia; Sitja, Xavier (1990): *Les notícies a la televisió*, Barcelona, IORTV.

Prado, Emilio (1981): *Estructura de la noticia radiofónica*, Barcelona, ATE.

Rodrigo, Miquel (1989): *La construcción de la noticia*, Barcelona, Paidós.

Quesada, Montserrat (1987): *La investigación periodística. El caso español*, Barcelona, Ariel.

Reboul, E. (1980): *Aprender a usar las fuentes de información*, Madrid, Narcea.

Saperas, Enric (1987): *Los efectos cognitivos de la comunicación de masas*, Barcelona, Ariel.

Saperas, Enric (1989): *La sociología de la comunicación de masas en los Estados Unidos*, Barcelona, Ariel.

Sless, David (1986): «Whose Agenda? Whose Meeting?», en *Media information Australia*, n. 40, mayo de 1986.

Sigelman, Lee, «Reporting and News: An organizational Analysis», *American Journal of Sociology*, 79 (1), págs. 132-151.

Smith, Adam (1983): *Goodbye Gutenberg*, Barcelona, Gustavo Gili.

Tapia Fernández, Jesús (1994): *Noticias por la radio*, Barcelona, Ediciones Marzo 80.

Tubau, Iván (1993): *Periodismo oral*, Barcelona, Paidós.

Tuchman, Gaye (1983): *La producción de la noticia (Making news. A study in the construction of reality)*, Barcelona, Gustavo Gili.

VV.AA. (1986): *El periodismo escrito*, Barcelona, Editorial Mitre.

VV.AA. (1991): *Las mentiras de una guerra*, Barcelona, Deriva.

van Dijk, Teun A. (1990): *La noticia como discurso*, Barcelona, Paidós.

Vilches, Lorenzo (1987): *Teoría de la imagen periodística*, Barcelona, Paidós.

REFERENCIAS BIBLIOGRÁFICAS
COMPLEMENTARIAS

Casasús, Josep Maria/Roig, Xavier, (1981): *La premsa actual. Introducció als models de diari*, Barcelona, Edicions 62.

Dovifat, Emil (1959): *Periodismo*, volúmenes I y II, México.

Fernández Beaumont, José (1987): *El lenguaje del periodismo moderno*, Madrid, SGEL.

Chomsky, Noam (1990): *Los guardianes de la libertad*, Barcelona, Crítica.

Imbert, Gerard/Vidal Beneyto, Josá (comps.) (1986): El País o *la referencia dominante*, Barcelona, Editorial Mitre.

Klaper, Joseph T. (1974): *Efectos de las comunicaciones de masas. Poder y limitaciones de los medios modernos de difusión*, Madrid, Aguilar SA de Ediciones.

McLuhan, Marshall (1972): *La comprensión de los medios como las extensiones del hombre*, México, Diana.

McQuail, Denis (1985): *Introducción a la teoría de la Comunicación de Masas*, Barcelona, Paidós.

McQuail, Denis y S. Widahl (1984): *Modelos para el estudio de la comunicación colectiva*, Pamplona, EUNSA.

Taufic, Camilo (1978): *Periodismo y lucha de clases*, México, Melo.